GLEAM

RAVEN KENNEDY

TRADUÇÃO DÉBORA ISIDORO

Copyright © 2021 Raven Kennedy
Título original: Gleam
Tradução para Língua Portuguesa © 2024 Débora Isidoro. Todos os direitos reservados à Astral Cultural e protegidos pela Lei 9.610, de 19.2.1998. É proibida a reprodução total ou parcial sem a expressa anuência da editora.
Este livro foi revisado segundo o Novo Acordo Ortográfico da Língua Portuguesa.

Editora Natália Ortega
Editora de arte Tâmizi Ribeiro
Produção editorial Andressa Ciniciato, Brendha Rodrigues e Thais Taldivo
Preparação de texto Letícia Nakamura
Revisão João Rodrigues e Alexandre Magalhães
Capa Maria Spada / Imagine Ink Designs
Adaptação Tâmizi Ribeiro
Foto Arquivo Pessoal

Conteúdo sensível: Este livro contém linguagem adulta, violência e estupro que podem desencadear gatilhos.

Dados Internacionais de Catalogação na Publicação (CIP)
Angélica Ilacqua CRB-8/7057

K43g
    Kennedy, Raven
        Gleam / Raven Kennedy ; tradução de Débora Isidoro. — Bauru, SP : Astral Cultural, 2024.
        560 p. (Série A prisioneira dourada ; vol. 3)

    ISBN 978-65-5566-476-8

    1. Literatura norte-americana 2. Literatura fantástica I. Título II. Isidoro, Débora III. Série

24-0222   CDD 813

Índice para catálogo sistemático:
1. Literatura norte-americana

BAURU
Rua Joaquim Anacleto Bueno, 1-20
Jardim Contorno
CEP 17047-281
Telefone: (14) 3879-3877

SÃO PAULO
Rua Augusta, 101
Sala 1812, 18º andar
Consolação
CEP 01305-000
Telefone: (11) 3048-2900

E-mail: contato@astralcultural.com.br

Para aqueles que foram mantidos no escuro.
Que vocês possam sorrir para o sol.

Prólogo
AUREN

Dez anos atrás

Aqui o céu não canta. Ele não dança nem toca, ele não afunda em minha pele com um perfume doce nem sopra meu cabelo com um beijo fresco. Não como em Annwyn.

A chuva cai, a água inunda o solo, mas nem isso limpa o mau cheiro deste lugar. O sol desce e a lua se levanta, mas não existe harmonia com as deusas adormecidas em suas estrelas foscas. Este horizonte é morno e carente.

Nada aqui parece tão vivo quanto parecia em casa. Mas talvez essas sejam as lembranças de faz de conta de uma menininha. Talvez Annwyn não seja nada disso e eu tenha me esquecido.

Se for o caso, prefiro continuar a fingir. Gosto de como ela é na minha cabeça — transbordando uma vivacidade que saturava cada um dos meus sentidos.

Aqui meus sentidos também são saturados, mas não de um jeito bom.

Derfort Harbor ainda está molhado das chuvas matinais. Tudo aqui é sempre coberto de água do mar ou do céu. Às vezes dos dois. Não há um só telhado de madeira e piche que não esteja encharcado, ou uma porta velha que não esteja descascando em consequência da umidade opressora.

As nuvens puxam as tempestades do oceano com frequência e as despejam aqui. Mas a chuva não limpa. Só devolve ao mar que a alimentou, trazendo o cheiro de peixe ao inundar as ruas enlameadas.

Hoje o ar pesa com tal umidade, que molha meu vestido e enche meus pulmões. Vou ter sorte se minhas roupas secarem depois que eu as pendurar hoje à noite, se meu cabelo não estiver úmido e cheio de frizz.

Mas ninguém olha para meu cabelo ou para minhas roupas. Olhos gananciosos sempre param em minhas faces coradas de ouro, passeiam por minha pele brilhante demais para ser real. Por isso sou conhecida como "a garota pintada". A órfã dourada de Derfort Harbor. Não importa quais trapos eu vista, existe uma riqueza absurda sob minhas roupas ensopadas. Uma riqueza imprestável em minha pele que não serve para nada, mas já causou de *tudo*.

Ao longo da rua do mercado, as barracas dos vendedores permanecem escuras, os sacos de lona estão cheios, as carroças continuam cobertas e pingando. Fecho os olhos e respiro, na tentativa de fingir que não sinto o odor veemente de ferro do fabricante de âncoras. Não sinto o aroma das tábuas de madeira encharcadas nos navios ancorados. Não sinto o cheiro dos caixotes de peixes agitados misturados à areia salgada da praia.

Minha imaginação não é suficiente para afastar o odor.

É óbvio, o ar provavelmente teria um aroma melhor se eu não estivesse sentada em cima da lata de lixo do bar. Por pior que seja o odor de cerveja velha, este lugar é um dos mais secos e que oferece mais sombra, e isso faz dele um endereço valioso.

Ajeito o peso do corpo sobre a tampa metálica quando apoio as costas no prédio atrás de mim, estudando o beco do mercado. Eu não devia estar aqui. Devia continuar andando, mas até isso é um grande risco. Zakir tem muitos olhos na cidade. É só uma questão de tempo até eu ser pega, esteja eu parada no mesmo lugar ou não. Estou me escondendo dele, dos deveres que impôs a mim. Estou escondida de seus capangas, que vagam pelas ruas, vigiando as crianças mendigas — não pela segurança delas, mas para garantir que ninguém invada o território de Zakir ou roube de seus ladrões.

Estou escondida em um lugar onde não há esperança de continuar assim.

Como se algo puxasse meus olhos, meu olhar se ergue à procura do oceano, que se estende entre duas barracas. Vislumbro as velas dos navios atracados, suas silhuetas como nuvens amarradas que tentam se soltar e se elevar ao céu. Meu estômago se contrai ante a visão, com o arremedo de fuga. Uma tentação ondulante de liberdade logo ali no horizonte.

É uma mentira.

Clandestinos são duramente castigados em Derfort, e seria tolice tentar. Várias crianças de Zakir *tentaram* e não sobreviveram para contar a história. Acho que nunca vou me esquecer de como as gaivotas bicavam os corpos pendurados, abandonados ao vento da praia e à chuva salgada.

Dentre todos os cheiros, aquele é o pior.

— Que diabos pensa que está fazendo?

Dou um pulo tão alto que esfolo o braço na parede áspera de tijolos de calcário atrás de mim. Zakir aparece em meu esconderijo e se aproxima como uma ameaça.

Olhos castanhos em um rosto vermelho, o queixo salpicado de pelos de uma semana, como espinhos em um cacto. Sinto cheiro de álcool nele, um odor tão forte que se sobrepõe ao do lixo embaixo de mim. Ele deve ter passado horas bebendo.

— Zakir. — Não consigo banir a culpa da voz, mal consigo olhar nos olhos dele quando desço da lata de lixo e paro diante do homem.

Ele põe as mãos na cintura, e o colete cor de sálvia se abre sobre o peito cabeludo.

— Está com cera nas orelhas? Perguntei que diabos está fazendo!

Estou me escondendo. Sonhando. Fingindo. Evitando.

Como se pudesse ouvir a resposta silenciosa em minha cabeça, ele me encara mostrando os dentes manchados de fumo de cachimbo e canecas de café. Lábios rachados de muitos palavrões, coices verbais e acordos cruéis.

Desde que a lua longa chegou e marcou o novo ano, os deveres que Zakir impunha a mim mudaram. Pelas contas dele, tenho quinze anos. Sou uma oreana adulta.

— Eu só estava... — Não consigo pensar em uma desculpa com a rapidez necessária.

Zakir dá um tapa na parte de trás da minha cabeça, fazendo meu pescoço se dobrar para frente. Agora esse é o único lugar em que ele me bate. Minha pele dourada se mancha com facilidade e cria hematomas de um tom escuro de metal queimado, mas ninguém pode enxergar as marcas sob meu cabelo.

— Devia estar no The Solitude há uma hora! — ele grunhe, abaixando-se para aproximar o rosto do meu. — O filho da mãe foi me procurar aos berros dizendo que você não apareceu, e o sujeito que mandei vigiá-la disse que você deve ter escapado pela porta dos fundos.

Errado. Pulei a janela quebrada da adega. Foi mais fácil escapar pela rua de trás da hospedaria. A alternativa seria a viela lateral, que está sempre cheia de cães ferozes brigando pelos restos de comida nas latas de lixo.

— Está me ouvindo, porra?

Agarro minha saia suja e a aperto, como se tentasse espremer o som de sua voz até fazê-la explodir como uma uva.

— Não quero ir ao The Solitude de novo.

Minha voz sai irregular, como o ruído de uma pedrinha rolando pelo chão. Não gosto nem de pensar na hospedaria, muito menos de falar a respeito. Apesar de seu nome, isolamento é a última coisa que encontro lá. Lá, o local onde minha inocência foi roubada como dedos sujos mergulhando nos bolsos de desconhecidos na rua. Tudo que vou encontrar no The Solitude é a opressão de olhares indesejados, as armadilhas de toques repulsivos.

O rosto de Zakir endurece, e penso que ele vai bater na minha cabeça de novo com seus dedos gordos e cheios de anéis, mas não é o que acontece. Imagino quantas das moedas que ganhei com muito esforço foram usadas para comprar aquelas pedras incrustadas em ouro.

— Não me interessa nem um pouco o que você quer. Você trabalha para *mim*, Auren.

O desespero contrai minha garganta, impedindo a passagem do ar.

— Então me mande de volta para as ruas para mendigar na esquina, ou furtar os vendedores no mercado — imploro. — Só não me mande para lá. Não posso fazer *aquilo* de novo. — Meus olhos se enchem de lágrimas. Outra coisa que transborda em Derfort.

Zakir suspira, mas aquele sorrisinho detestável não desaparece de seu rosto.

— Ei, não venha com essa ceninha de choro. Mantive você em pé durante todo esse tempo, e não posso garantir que os mercadores de tráfico humano teriam feito a mesma coisa. Se não tenho lucro com você, não tenho motivo para mantê-la comigo — avisa. — E comigo você teve tudo de bom. Lembre-se disso, menina.

Tudo de bom.

A palavra ecoa em minha cabeça ao pensar na vida durante os últimos dez anos. Muitas outras crianças chegaram e partiram, mas eu fiquei por mais tempo, porque minha estranha pele dourada atrai o tipo de atenção que Zakir tornou lucrativa. Mas nem uma vez, em todo esse tempo, eu diria que tive *tudo de bom*.

Forçada a mendigar nas ruas o dia todo e furtar à noite, tive de aprender a fazer minha aparência estranha trabalhar por mim enquanto vagava pela cidade portuária. Era isso ou limpar a casa de Zakir de ponta a ponta, esfregando superfícies até meus dedos racharem e os joelhos doerem. Porém, nunca houve uma faxina de verdade na adega. Ali era sempre dominado pelo frio, pela umidade e pela solidão.

Normalmente, éramos de dez a trinta crianças lá embaixo, espremidas sob cobertores podres e sacos velhos. Crianças vendidas, compradas e obrigadas a trabalhar. Crianças que nunca brincavam, aprendiam ou riam. Dormíamos e ganhávamos dinheiro, e era isso. A amizade é sempre sufocada, inexistente, ao passo que crueldade e um espírito competitivo são cultivados com frequência sob o olhar atento de Zakir. Éramos como cachorros mantidos salivando para lutar por um osso.

Mas eu tinha de olhar para o lado positivo. Porque, embora não fosse bom, podia ser pior.

— O que pensou que fosse acontecer? — ele pergunta, rindo, como se eu fosse uma idiota ingênua. — Sabia que isso ia chegar, porque viu as outras meninas. Conhece a regra, Auren.

Olho diretamente nos olhos dele.

— Ganhar o meu sustento.

— Isso mesmo. Você ganha o seu sustento. — Zakir me olha de cima a baixo, detendo-se na bainha enlameada quando uma tosse frustrada escapa de sua garganta queimada pelo cachimbo. — Você está horrível, menina.

Normalmente, estar horrível faz parte da cena de criança mendiga, mas ultrapassei esse estágio. Ter quinze anos significa que Zakir mudou minhas roupas de trapos remendados para vestidos de mulher.

Quando ele me deu o primeiro vestido, eu me achei bonita. Fui idiota o bastante para acreditar que o vestido era um presente de aniversário. Tinha renda cor-de-rosa na frente e um laço nas costas, e era o item mais lindo que tive desde que vim morar aqui.

Mas isso foi antes de eu perceber que vestidos bonitos significavam alguma coisa feia.

— Vá para o The Solitude — Zakir ordena, e seu tom não deixa espaço para argumentação.

O medo se aloja em meu estômago quando ele levanta a cabeça.

— Mas...

Um dedo de unha amarelada é apontado para meu rosto.

— O cliente pagou por você, e é isso que ele vai receber. O povo daqui espera há anos a menina pintada de ouro crescer. Você é muito requisitada, Auren. E *eu* alimentei muito essa demanda fazendo o povo esperar... Outra coisa pela qual deveria ser grata.

Tudo de bom. Grata. Zakir usa essas palavras, mas não acredito que ele saiba o significado delas.

— Por minha causa, você é a puta mais cara em Derfort, e nem está em um bordel. As meretrizes estão queimando de inveja. — Ele fala como se isso fosse motivo de orgulho, como se estivesse eufórico porque nem as outras putas gostam de mim.

Zakir coça um ponto do rosto, os olhos ficam cheios de cobiça.

— A mendiga pintada de ouro de Derfort Harbor enfim tem idade suficiente para que possam comprar uma noite no meio de suas pernas. Não vou deixar você arruinar minha chance de ganhar essas moedas *nem* vou permitir que destrua minha reputação nas ruas — ele conclui, com a voz ríspida como águas batidas por uma tempestade.

Cerro os punhos até enterrar as unhas nas palmas, e a região entre minhas omoplatas formiga, coça. Se me arranhar e arrancar os cabelos fizesse alguma diferença, eu o faria. Faria qualquer coisa para me livrar do brilho em meu corpo. Houve noites em que tentei fazer exatamente isso, enquanto as outras crianças dormiam. Mas, diferentemente dos boatos que correm em Derfort, não sou pintada. Este ouro nunca vai se apagar, por mais que eu me lave e me esfregue. A pele e o cabelo novos sempre crescem com o brilho exatamente igual ao anterior.

Meus pais me chamavam de "o solzinho" deles, e eu me orgulhava do brilho. Mas, neste mundo cheio de oreanos boquiabertos e com um céu vazio, tudo o que quero é ser sem graça. Enfim encontrar um esconderijo onde ninguém consiga me achar.

Zakir balança a cabeça para mim, os olhos vermelhos das noites de jogatina e pouco descanso, uma eterna nuvem de fumaça pairando em torno de si, como sempre. Parece hesitar por um momento, antes de se inclinar para trás com os braços cruzados e dizer:

— Barden Leste mandou os homens dele atrás de você.

Arregalo os olhos.

— O... o quê? — pergunto, empurrando o sussurro apavorado para fora da boca.

Barden é outro mercador de tráfico humano aqui no porto. Ele comanda a zona leste — daí o apelido —, mas, à diferença de Zakir, que é até meio tolerável, ouvi dizer que Barden... não é.

Zakir teve a decência de esperar até eu ser considerada adulta, antes de me tornar montaria para marinheiros de passagem e moradores da cidade. Mas o que se comenta em Derfort é que Barden é o pior tipo de mercador de tráfico humano, alguém sem qualquer decência. Ele não trabalha com crianças mendigas e batedores de carteira. Sua riqueza vem de assassinos e piratas, comércio de tráfico humano e prostituição. Nunca estive na zona leste, mas dizem que o jeito como Barden administra os negócios faz Zakir parecer um santo.

— Por quê? — pergunto, mas as palavras saem sufocadas da garganta, apertadas por uma força ameaçadora que parece envolver meu pescoço.

Zakir me encara de um jeito seco.

— Você sabe por quê. Pelo mesmo motivo que as montarias no bordel começaram a pintar a pele de cores diferentes. Você tem certo... *apelo*, e agora que é uma mulher...

A bile sobe até a garganta. É engraçado como parece ter gosto de água do mar.

— Por favor, não me venda para ele.

Zakir dá um passo à frente e me encurrala contra a parede do edifício. Meu pescoço arrepia ante a proximidade, a pele das costas se distende como se o medo quisesse brotar.

— Tenho sido compreensivo, porque, dentre todos os outros, você sempre rendeu mais nas ruas — ele diz. — As pessoas adoravam dar moedas para a menina pintada. E, se não dessem, você as distraía o suficiente para tirar esse dinheiro de seus bolsos mais tarde.

A vergonha sobe por meu pescoço. O que meus pais pensariam de mim se me vissem agora? O que pensariam da mendicância, dos roubos, das brigas de socos com as outras crianças?

— Mas você não é mais criança. — Zakir passa a língua sobre os dentes antes de cuspir no chão uma substância poluída. — Se me desobedecer de novo, vou vender você para Barden Leste. E estou lhe dizendo: se isso acontecer, vai *desejar* ter ficado comigo e se comportado.

Lágrimas fazem meus olhos arderem. Os músculos das minhas costas se contraem tanto que a coluna enrijece.

Zakir põe a mão no bolso do colete e pega o cachimbo de madeira. Quando o põe na boca e o acende, ele olha para mim.

— Então? Como vai ser, Auren?

Por uma fração de segundo, meus olhos buscam os navios, além dos ombros de Zakir; as velas cheias são como nuvens amarradas ao mar.

Eu era o solzinho dos meus pais.

Costumava dançar sob um céu que cantava.

Agora estou aqui, uma prostituta pintada nos cortiços de um porto encharcado, com imundície no ar e um grito silencioso na garganta, e não há chuva que lave a maldição de ser dourada.

Zakir aspira o cachimbo, sopra fumaça azul por entre os dentes e grunhe. Está ficando impaciente.

— Mas que porra. Você só precisa ficar lá deitada.

Meu corpo estremece, lágrimas ameaçam transbordar. Foi isso que o primeiro homem me disse. *Deita logo no pallet, menina. Vai ser rápido.* Quando acabou, ele jogou uma moeda em cima do colchão. Eu a deixei lá, metal gasto e manchado pelo contato com muitas mãos, mas nem de longe tão maculado quanto eu.

É só deitar lá. É só deitar lá e ser gasta pouco a pouco. É só deitar lá e sentir a morte de dentro para fora.

— *Por favor*, Zakir.

A súplica o faz morder a ponta do cachimbo.

— Vai ser o Barden, então? Prefere ir morar na zona leste?

Balanço a cabeça em negativa, com veemência.

— Não.

Nem a população da zona leste quer morar na zona leste, mas a maioria não tem como sair de lá. Com lixo nas costas, poças sob os pés e meu dono bloqueando o caminho, conheço o sentimento. Lugar algum para ir, nenhum lugar onde se esconder.

Ele acena com o queixo.

— Então vá trabalhar. *Agora.*

De cabeça baixa, passo por ele e começo a andar pela rua com o coração batendo na garganta e ecoando nas costas. Dois dos capangas de Zakir aparecem na frente, em busca de me conduzir, à medida que ele me segue como uma sombra sinistra, guiando-me para meu destino decrépito.

Meus sapatos grudam nas pedrinhas lavadas, mas quase nem percebo quando algumas se alojam ali dentro, fragmentos afiados perfurando a sola dos meus pés. Também não percebo o mercado movimentado, repleto de gritos, ofertas e negociações.

Não observo os navios de novo, porque aquele arremedo de liberdade é insuportável. Então, procuro dentro de mim aquela calmaria do entorpecimento e tento fingir que estou em qualquer outro lugar, menos aqui.

Arrasto os pés, mas não importa se caminho devagar para o The Solitude. Ainda vou terminar a caminhada na porta caiada, ainda vou ver meu reflexo no arranjo grosseiro de fundos de garrafa cortados e cimentados para parecer uma janela.

O vitral do pobre.

Meu coração bate tão forte que perco o equilíbrio, como se estivesse em um daqueles navios, e não em terra firme.

Zakir surge ao meu lado, e sinto o hálito de fumaça azul bem perto da minha orelha. É a mesma cor daquelas garrafas.

— Lembre-se do que eu disse. Ganhe seu sustento ou vou deixar Barden Leste ficar com você.

Com um olhar severo, Zakir se afasta com a mão no bolso, sacudindo as moedas que ganhei para ele, enquanto mais dois de seus homens aparecem e o seguem como cães de guarda. Os outros ficam comigo e se posicionam junto à porta, conduzindo a ovelha de Zakir. Não preciso espiar para saber que tem outro homem atrás de mim.

O magricelo à minha esquerda me examina da cabeça aos pés, e a palidez cinzenta de seu rosto não combina com os olhos amarelados.

— Ouvi dizer que Barden Leste gosta de testar suas putas primeiro. Ele faz testes com elas antes de permitir que trabalhem — revela, arrancando risadas dos outros.

Olho para a porta, olho para os fundos de garrafas azuis que me fazem pensar nos olhos redondos de uma aranha, sabendo que vou entrar direto em sua boca, já presa na teia em que Zakir me jogou.

Tento lembrar.

Tento lembrar o tom lírico da voz de minha mãe. A brisa no sino dos ventos pendurado do lado de fora da minha janela. Tento me lembrar do som da risada de meu pai. O jeito como os cavalos relinchavam nas baias.

Mas um instante passa, e tudo é abafado pelo som dos homens debochando de mim. Com o martelar do mercado em minha cabeça, somaram-se os gritos e os estrondos, justamente quando as nuvens se abriram e despejaram a chuva de novo, encharcando todos nós com água fétida.

Não, aqui o céu não canta.

E a cada ano que passa a canção de casa é apagada um pouco mais da minha memória, lavada por um litoral poluído e repleto de crueldade escarpada.

Deita logo no pallet, menina.

Ignoro os navios zarpando atrás de mim, ignoro a escolha — que nem é uma escolha — entre Leste e Oeste, entre Barden e Zakir. Entre vida e morte. Depois, com uma gota de chuva no rosto, que pode ter caído do meu olho, abro a porta e entro na hospedaria.

E morro só mais um pouquinho.

1
AUREN

Verdades são como temperos.

Quando você acrescenta um pouco, tem mais camadas para digerir. Existe um sabor que antes não tinha. Mas, se acrescentar demais, a vida pode se tornar completamente intragável.

No entanto, quando essas verdades são reprimidas por muito tempo, quando você percebe que se acostumou com as mentiras insossas, não há esperança de conseguir remover da língua o gosto sobrepujante.

E neste momento minha boca está queimada com a revelação que vou ter de engolir, de algum jeito.

Você é o Rei Ravinger.

É, Pintassilgo, eu sou. Mas pode me chamar de Slade.

Degola, Ravinger — quem quer que seja —, ele me vê sufocar com sua verdade.

O que se faz quando alguém não é quem você pensava ser?

Na minha cabeça, Degola e o rei eram dois homens completamente diferentes. O Rei Ravinger era um demônio que eu não queria ter de encarar. Alguém com um poder corrompido do qual eu queria me manter bem longe.

E Degola era... bem, o *Degola*. Complicado e perigoso, mas alguém que eu considerava uma espécie de aliado e que me ensinou muita coisa no pouco tempo que passamos juntos. Alguém que me assustava e me irritava, mas de quem passei a gostar.

Mas agora tenho de reconciliar todos esses pensamentos anteriores. Porque a pessoa que me induziu a admitir o que eu era, o homem que me beijou em sua tenda e ficou na praia coberta de neve de um mar ártico para ver uma lua matinal... ele é outra pessoa.

Ele é o rei que todos temem. O governante que envia corpos decompostos como se fossem buquês de margaridas. Ele é, talvez, o mais poderoso monarca que Orea já viu, porque é *feérico*, e tem escondido isso à vista de todos.

Dormi na porcaria da tenda desse rei, a poucos passos dele todas as noites, sem saber quem ele era de verdade.

Sou incapaz de separar todas as camadas que vêm com essa verdade. Não sei se tenho condições mentais para isolar de maneira apropriada todas as informações e digeri-las, nem sei se *quero* fazê-lo.

Não. No momento, estou muito furiosa.

Olho para ele.

— Você... seu *mentiroso* do cacete.

Consigo ouvir a veemência que arde em minhas palavras com a mesma nitidez com que sinto as chamas iluminando meus olhos. O fogo me consome em um segundo.

Degola — Ravinger, seja lá quem esse condenado pelo Divino for — joga a cabeça para trás, como se minha raiva lhe fosse um choque. Seu corpo fica tenso, os espinhos malevolentes nos braços refletem a luz pálida do ambiente. Um cômodo que, de repente, parece pequeno demais.

— Como é que é?

Fico parada à porta, de mãos fechadas, como se pudesse tomar as rédeas da minha raiva e guiá-la adiante em um galope. Dou um passo para o interior do quarto da gaiola, na direção dele, arrastando as fitas exaustas atrás de mim como se fossem minhocas doentes se contorcendo no chão.

— Você é o rei — declaro, balançando a cabeça como se pudesse apagar esse fato. Eu *sabia* que a aura dele era estranha. Sabia que podia sentir um poder subjacente ali, mas nunca teria desconfiado de quanto o truque era profundo. — Você me enganou.

Degola me encara. O carvão de seus olhos pretos parece querer absorver o fogo que arde nos meus. Ele parece pronto para queimar em minha raiva.

Que queime.

— Posso afirmar a mesma coisa — responde.

— Não se atreva a virar isso contra mim. Você *mentiu...*

— Você também. — A ira sangra de sua expressão, fazendo as escamas cinzentas ao longo do rosto brilharem no escuro, a face de um predador olhando para mim.

— Disfarcei meu poder. É diferente.

Degola ri.

— Você escondeu seu poder, suas fitas, sua origem.

— Ser feérica não tem *nada* a ver com isso — rosno.

Ele percorre com três passos o espaço restante entre nós.

— Tem *tudo* a ver com isso! — Degola ferve, e parece querer me sacudir.

Levanto o queixo, recuso-me a sentir medo, e imagino as fitas acertando-o no estômago. Se não estivessem tão fracas e exaustas...

— Você está certo — respondo, com calma forçada. — Tive que me esconder em um mundo que não era meu por vinte anos sem ver um único feérico, até conhecer você.

Parte da dureza deixa meu rosto por uma fração de segundo, mas não acabei. Não estou nem perto disso.

— Você me pressionou de maneira implacável para eu admitir o que era.

A irritação aparece no rosto dele como um raio prestes a atingir o solo oco.

— Sim, para ajudar você...

Fecho um pouco os olhos.

— Você arrancou verdades de mim enquanto se escondia. Não acha isso hipócrita?

Degola range os dentes com tanta força que pondero se ele vai quebrar um deles. Espero que sim, filho da mãe mentiroso.

— Eu não podia confiar em você — ele responde, com frieza.

Uma risada irônica sai da minha boca, um som punitivo e cruel.

— Seu cretino egoísta. Vai mesmo ficar aí falando sobre como *você* não podia confiar em *mim*?

— Cuidado — ele alerta ao mostrar os dentes em um sorriso maldoso. — Existe um ditado sobre pedras e telhados de vidro.

— Não moro em nada de vidro, moro no ouro. Posso jogar quantas pedras eu quiser — disparo.

— É óbvio. Eu não devia esperar menos de você.

Minhas costas se enrijecem.

— E o que isso significa?

— Só que você sempre me julga muito depressa — Degola responde, com indiferença fria. — Fale para mim: também chamou Midas de mentiroso? — ele desafia, e sua testa de espinhos fica mais baixa sobre os olhos. — Há quanto tempo ele tem usado seu poder como se fosse dele? Há quanto tempo você *mente* para todo mundo sobre ele?

— Não estamos falando sobre Midas.

Sua risada é cruel, pronta para morder, ferir.

— É nítido que não. Seu rei do ouro nunca erra — ele pontua, sarcástico.

Cravo as unhas na palma das mãos com tanta força que quase rasgo minha pele.

— Você não tinha o direito de ficar zangado quando escolhi voltar para ele. Não depois de ter mentido para mim desde o início.

Um grunhido terrível escapa do peito de Degola, como se ele tentasse contê-lo e falhasse.

— Ele também mentiu para você!

— Exatamente! — grito. O som e a emoção transmitida pelo grito o fazem recuar, hesitante. — Estou cansada de ser enganada! As mentiras, as manipulações. Você tentou fingir que era muito melhor do que ele, mas é exatamente igual.

A expressão de Degola fica turva como a noite, e meu estômago se contrai.

— Sou? — Sua resposta é incisiva, porém são os olhos que me atingem.

Um silêncio quente e pesado cai entre nós. O peso morto de um cadáver quente aos nossos pés. A fumaça de nossas decisões turva a visão que temos um do outro.

— Agradeço por explicar exatamente o que pensa sobre mim. — Sua aura o cerca, e, como agora sei que ela contém o vigor reprimido de seu poder infeccioso, tenho vontade de correr e me esconder. — É um bom lembrete de quanto suas percepções são distorcidas.

Eu o odeio. Odeio-o tanto neste momento, a ponto de meus olhos arderem. Queimam até eu não conseguir mais conter a língua de fogo. Uma lágrima escaldante desce por meu rosto, e os olhos dele a seguem até ela pingar do queixo.

— Minhas percepções talvez não fossem tão *distorcidas* se as pessoas em quem confiei não mentissem, enganassem e me manipulassem constantemente — respondo, secando outra lágrima.

Atrás dele, nas sombras da sala, a gaiola quebrada debocha de mim. É um lembrete. Do que pode acontecer quando alguém em quem confio me engana.

— Auren... — Há um som ali, na voz dele, que não suporto ouvir.

Abaixo a cabeça, olho para as sombras que se formaram aos nossos pés e sinto o ar passando por meu peito com dificuldade.

— Você estava lá, me beijou e tentou me fazer escolher você quando eu nem sabia qual era a sua identidade real — declaro, e minha voz esfria quando olho novamente para ele. — Você me fez sentir a pior pessoa do mundo por escolher ele, mesmo depois de eu ter avisado muitas vezes que tinha de fazer essa escolha.

Degola levanta a cabeça ao ouvir as últimas palavras.

— *Tinha* de fazer?

Eu me arrependo imediatamente do deslize.

Mantendo uma expressão estoica, declaro:

— Quero que você vá embora.

A raiva obscura e sombria volta ao seu rosto, as linhas de poder se contorcem em torno da mandíbula rígida.

— Não.

Meu coração fica mais apertado do que meus punhos. Odeio essa minha parte que ainda sente alívio por ele estar aqui, como se eu estivesse segura agora, como se ele ainda fosse meu aliado.

Não é. Não tenho aliados, e preciso me lembrar disso. Seja lá o que eu tenha pensado que Degola era para mim, isso acabou. Não tenho ninguém.

Relaxo os dedos, levanto uma das mãos e a passo no rosto. Estou muito cansada. Exausta de mentiras. As dele. As de Midas. As *minhas*. Estou vestida de farsa e moldada em manipulação, farta de tudo que fiz para sobreviver. Quero que tudo se desenrole. Quero sair do emaranhado que me capturou, antes de acabar mumificada por ele.

A tensão que domina os ombros de Degola é tão intensa que ele praticamente vibra com ela, um trovão pronto para eclodir.

— Então é isso? Tenho de aguentar a solidez da sua fúria, ao passo que você continua jogada aos pés de Midas?

Meus olhos faíscam.

— O que eu faço não é da sua conta.

— *Droga*, Auren...

Eu o interrompo:

— O que você quer, Degola? Por que está aqui?

Ele cruza os braços, e os espinhos submergem na pele com um movimento fluido, sem esforço.

— Eu? Estava indo fazer uma caminhada, só isso.

— Ah, que bom, mais uma mentira para a lista — respondo, sardônica. — Devo pegar pena e papel para não perder as contas?

Degola suspira e passa as mãos no rosto, um raro momento de fraqueza que abala sua fachada pétrea.

— Essa sua reação é exagerada.

Meu corpo todo enrijece, e o encaro de boca aberta.

— Acabei de ver você mudar de rei a comandante com a rapidez de quem veste um casaco. Algumas horas atrás, você apodreceu o jardim de Ranhold só por passar ali, e ameaçou a cidade com uma guerra. Atrás de mim agora mesmo, tenho certeza de que há uma sala cheia de guardas mortos por você. Acabou de admitir que me enganou desde que o conheci, mas... acha que minha reação é *exagerada*?

O músculo em sua mandíbula salta.

— Qual dessas coisas a incomoda mais?

— Ah, não sei, não gosto de mentiras, mas assassinato sem justificativa não fica muito atrás disso.

— Não foi sem justificativa.

Engulo, na busca de lidar com a confirmação de que há mesmo guardas mortos na sala ao lado.

— Você os decompôs?

— Estou muito mais interessado no *seu* poder — Degola responde, e percebo quando ele olha para a estátua da mulher dentro da gaiola. — Esta foi a primeira pessoa que você transformou em ouro?

— Foi um acidente — reajo, porque eu *não* sou uma assassina inconsequente.

Ele olha para mim, vitorioso, estuda meu rosto, e quero muito chutar a mim mesma por ter acabado de confirmar o que ele só havia deduzido.

A constatação modifica sua expressão, acende em seus olhos o brilho da curiosidade.

— Um acidente... É pelo toque, então? Por isso está sempre coberta? Não consegue controlar o próprio poder? — As perguntas condescendentes me enchem de vergonha. Eu não devia estar surpresa por ele ter identificado minha inadequação, sendo um homem que parece ter controle insuperável sobre sua magia, mas ainda assim dói. — Como isso funciona? — ele insiste quando não respondo.

— Lá vem você de novo, tentando arrancar verdades de mim sem ter esse direito — acuso. — É por isso que o chamam de Degola?

— Você deixa as pessoas a chamarem de montaria de ouro — ele retruca, e isso me faz ver tudo vermelho. — Para cada coisa que odeia em mim, parece que Midas já fez mil vezes pior.

Ele está certo, e o odeio por isso também.

A pele em torno dos meus olhos repuxa, mas não posso me manifestar, porque tudo que está preso em minha garganta é autodesprezo.

Degola inclina a cabeça e olha para mim.

— Ele faz muito bem esse jogo do rei sem poder. Usa você de caso pensado, e de maneira clandestina. Dá para entender por que a mantém engaiolada.

A última coisa que eu queria fazer era falar sobre estar engaiolada. O suor frio escorre por minhas costas só de ouvir a palavra.

— Como muda sua aparência? — questiono, mudando de assunto. — Como é possível que ninguém perceba que vocês dois são a mesma pessoa?

Por mais furiosa que esteja com ele por me enganar, estou ainda mais furiosa comigo por não perceber a verdade. Mesmo com as linhas de poder apodrecidas que cobriam seu rosto, mesmo com os olhos verdes e as sombras que o banhavam, devia tê-lo reconhecido. Estive com Degola por tempo suficiente para ter percebido.

Ravinger tem o mesmo queixo forte, o mesmo cabelo preto. Degola só parece um pouco mais *feérico*. Mais aguçado. Não é à toa que as pessoas dizem que o temido comandante foi modificado pelo Rei da Podridão, porque Degola parece muito *distinto*. Os ossos do rosto, a ponta das orelhas, os espinhos nas costas e nos braços: tudo é afiado o bastante para cortar vidro, e muito diferente de qualquer pessoa que já vi.

Em sua forma de Ravinger, ele parece estranho por causa daquelas raízes escuras e sinistras que balançam junto da pele tais como sombras, boa parte delas escondida sob a barba. Queria saber até onde aquelas linhas se estendem, e o que *significam*.

No entanto, mesmo com tamanhas diferenças, Degola e Ravinger têm semelhanças suficientes para eu ter percebido. Assim que o rei entrou na sala, eu deveria ter sentido quem ele realmente era. Olhos verdes ou pretos, espinhos ou superfície lisa, orelhas pontudas ou arredondadas, eu deveria saber.

As duas formas são muito bonitas e sobrenaturais, e qualquer que seja a cor dos olhos, ele me olha com a mesma intensidade de sempre.

— Uma manobra aprendida — ele responde, com simplicidade. — Quanto às pessoas, elas veem o que são convencidas a ver, acreditam no que são convencidas a acreditar. Mas não preciso explicar isso a você, preciso? Midas tem colhido benefícios disso há anos — Degola comenta, com desdém perceptível. — Por que diabos deixou todo mundo acreditar que ele tem o poder do toque de ouro, quando esse poder sempre foi seu?

Quase reviro os olhos ao perceber sua confusão irritada.

— Está brincando? Fiquei *feliz* por poder esconder. Na primeira vez que o ouro começou a pingar dos meus dedos, eu soube que estava encrencada. Sabe o que as pessoas fariam com uma garota que pode transformar tudo em ouro? — Balanço a cabeça para ele, passando a mão cansada pela testa. — Não. Este mundo já me usou demais.

Usou, abusou... e isso quando eu só *parecia* ser de ouro. Não gosto nem de pensar no que teria acontecido se eu não tivesse fugido naquele momento. Se ainda estivesse em Derfort Harbor quando meu poder se manifestou, as coisas teriam ficado muito piores para mim, e eu *nunca* teria saído ilesa dali. Um tremor sacode meu corpo ante a ideia.

Os espinhos nas costas de Degola se enrolam como punhos, enquanto expressões ilegíveis passam por seu rosto como sombras.

— E agora? Sente que ainda precisa se esconder, Auren?

Meus olhos dourados fitam os dele.

— Não me faça essa pergunta.

— Por que não?

— Porque você quer que eu revele a verdade pelas razões erradas. — Uma tristeza atravessa minha pele, uma decepção que se coloca sobre meus ombros que nem um manto. — Quer que eu pare de me esconder a fim de destruir Midas.

Seu silêncio e a incapacidade de negar a acusação dizem tudo.

Primeiro Midas, agora ele. Quero correr para bem longe de toda porcaria de rei em Orea e me esconder onde nenhum deles seja capaz de me encontrar de novo. *Quanto ainda vou suportar?*

Torna-se cada vez mais difícil permanecer aqui, fitar o rosto dele e não sentir esse desapontamento esmagador me rasgando até o coração.

— Quero que vá embora, Degola — repito, esperando que desta vez me escute.

— Já disse que pode me chamar de Slade.

— Não, obrigada — respondo, sem rodeios, saboreando o lampejo de frustração que perpassa seus olhos. — Mas me curvo diante de você, Vossa Majestade Decompositora.

Ele me encara, furioso.

— Muito bem, vou embora. Mas só se me disser mais uma coisa.

— O quê? — pergunto, impaciente.

Degola se inclina e posiciona seu rosto bem na frente do meu, tão perto que posso sentir o calor de seu corpo.

— Por que estava gritando?

A pergunta me pega de surpresa.

— Eu... não estava gritando.

Degola não parece convencido, e minha hesitação ao responder não ajuda em nada.

— Hum. Talvez *eu* deva pegar tinta e pena para registrar as mentiras entre nós.

Desgraçado.

— Está enganado. Você não me ouviu gritar — minto, apesar de o coração bater com tanta força no peito, que torço para ele não escutar.

Na verdade, eu era como um animal enjaulado, pronta para derrubar a porta com as unhas, enquanto os guardas me mantinham trancada neste quarto sem saída, mas não vou admitir isso agora. Não para ele.

Degola arqueia uma sobrancelha com ar condescendente.

— Sério? Então imaginei que você gritava implorando para sair?

Merda.

É preciso muito esforço consciente para não revelar coisa alguma em minha expressão, em especial com ele tão perto.

— Talvez não escute tão bem por causa dessa horrível coroa de ramos na cabeça.

Para minha irritação, ele sorri. Odeio como meu estômago reage à visão, com uma contração.

Embora haja apenas uns trinta centímetros entre nós, Degola se inclina para frente, o que me faz respirar fundo. Ele rouba todo o ar no quarto, conduz a pulsação em minhas veias como um cachorro na coleira.

Estamos quase peito a peito, e ele abaixa a cabeça, enquanto elevo a minha. Olhamos um para o outro com muitas emoções misturadas em nossos olhares travados, sem qualquer esperança de um dia traduzi-las.

Quais são as palavras nos olhos silenciosos e revoltos desse homem? Por que sinto que sou esmagada de dentro para fora? Ele exerce um poder sobre mim que não tem nada a ver com sua aura, e tudo a ver com o modo como meus olhos buscam seus lábios quando ele inspira.

Deparo-me de novo com aquele sorriso de enfurecer.

— Hum. Gosto da sua raiva, Pintassilgo. Pena que é sempre dirigida a mim.

Abro a boca para gritar com ele, porém, antes que eu consiga pronunciar uma palavra, ele abaixa a mão e segura uma das minhas fitas. Fico paralisada, sentindo o coração falhar.

Nós dois olhamos para baixo e, quando ele esfrega de leve a textura acetinada e dourada, esqueço-me de respirar.

Como se ronronasse, a fita vibra ligeiramente entre seus dedos. Um arrepio repentino alcança todas as outras, cada uma delas lânguida de alívio, como se pudessem sentir isso também. Arrepios se espalham por meus braços quando ele continua o afago, leve como nunca senti antes.

Eu devia puxar a fita. Devia recuar. Devia fazer qualquer coisa para delimitar um espaço entre nós.

Mas não faço nada disso. Não faço, e não consigo nem reconhecer o porquê.

A proximidade, o olhar de Degola, tudo dificulta muito o ato de pensar. Não consigo funcionar direito à medida que sinto a respiração dele no meu rosto, o toque que quase nem está ali.

Preciso me lembrar de quem ele é, do que é capaz. Preciso manter a guarda alta, agora mais do que nunca.

— Devia mantê-las sempre expostas — ele comenta, em voz baixa, e por alguma razão outra lágrima quer transbordar de mim.

Não gosto desses sentimentos que se acumulam. Quero me apegar à raiva, usá-la como apoio para me ajudar a afastá-lo. O ar entre nós fica mais denso, como se passássemos pela primeira fileira de árvores e penetrássemos mais fundo no bosque. É tão congestionado de galhos e ramos que não consigo avançar sem sofrer arranhões.

Exige esforço, mas consigo pigarrear e sussurrar:

— Vá, Degola. Por favor.

Sua expressão se fecha; o momento em que estávamos presos se dissipa. Ele solta minha fita, que cai no mesmo instante como uma flor, um suspiro silencioso de pesar se dobrando até o chão.

Quando ele recua, sinto-me aliviada e abandonada ao mesmo tempo. Tento não sentir nada.

Degola abre a boca como se quisesse falar mais alguma coisa, mas fica quieto e inclina a cabeça, como se escutasse algo.

Sinto um arrepio.

— Que foi?

— Hum, parece que ainda não posso ir embora.

— Por que não?

O sorriso que me enfurece retorna, mas não é como antes. Este é mais... maldoso, e me enche de medo.

— Porque seu Rei de Ouro se aproxima. Acho que vou ficar para dar um oi.

2
AUREN

Arregalo os olhos.

— O quê? Midas está voltando?

Degola levanta uma sobrancelha.

— Que foi? Isso a incomoda?

Comprimo os lábios quando a frustração me invade. Se Midas está chegando, perdi a chance de tentar fugir.

Embora, para ser sincera, essa nunca tenha sido uma chance de verdade. Para conseguir escapar sem Midas descobrir, eu teria de conhecer muito bem as entradas e saídas deste castelo, além de ter *muita* sorte. E mesmo que, por algum golpe de sorte, eu *conseguisse* fugir, seria só uma questão de tempo até ele me rastrear. Ele nunca vai permitir que eu o abandone.

Estou presa. Uma montaria amarrada nas rédeas.

— Você tem de ir *agora* — insisto.

Degola me irrita profundamente quando olha para mim e não se move.

— Por quê?

Pisco, incrédula.

— Porque se Midas o encontrar aqui...

— O que ele vai fazer? Me transformar em ouro? — Degola debocha com um brilho vingativo nos olhos. É óbvio que ele se vangloria. Por que não? Tem o maior segredo de Midas nas mãos.

A tensão me domina.

— Não...

O sorriso dele é ardiloso.

— Com licença, vou vestir meu outro casaco.

Antes que eu consiga me preparar, seu poder se projeta, e sinto a náusea. Caio contra o batente da porta, quase vomitando com a magia que agora rasga o ar.

Degola começa a se transformar de novo, e noto a agudeza dos traços desaparecer. As orelhas pontudas de feérico se suavizam, as faces pronunciadas perdem o relevo e as escamas cinzentas desaparecem. A fileira de espinhos curtos na testa desaparece em um piscar de olhos, tão rapidamente quanto as dos braços e das costas.

Quando Degola desaparece e o Rei Ravinger surge, seu corpo inteiro treme. Ele gira os ombros musculosos, e linhas escuras e insidiosas aparecem sob a pele do pescoço. Elas sobem, chegam ao queixo como raízes à procura de um solo melhor.

Inspiro na tentativa de amenizar o enjoo. Contudo, antes que ele me domine por completo, seu poder é retirado, levando a náusea consigo. Meu corpo trêmulo relaxa, aliviado, quando o observo.

A transformação termina e, quando ele reabre os olhos, o familiar brilho preto não está mais lá. No lugar dele, vejo o verde profundo das íris do Rei da Podridão.

Desvie o olhar, aconselho a mim mesma.

Preciso desviar o olhar porque, a cada vez que nos encaramos, meu estômago se contorce e o peito dói, e sinto como se não o conhecesse nem um pouco.

Meu coração disparou de novo, mas não sei se é efeito de seu poder ou se é porque ele me amedronta quando está nessa forma — o *Rei Ravinger* me amedronta. É engraçado como, apesar de ele não ter as escamas e os espinhos, torna-se mais aterrorizante, de alguma forma.

Não gosto de avistar essa versão dele. Por mais que eu tente me lembrar de que é só o Degola, a sensação é a de que ele é um estranho. Um estranho em quem não ouso confiar.

A trepidação se transforma em medo, e eu me viro e corro para o quarto de Midas, precisando colocar espaço entre nós, precisando *fugir*.

Mas dou apenas dois passos antes de tropeçar em alguma coisa. Consigo me equilibrar antes de cair de cara, e percebo que a coisa em que tropecei é um corpo.

— Grande Divino... — Levo a mão à boca e contemplo, horrorizada, a pessoa caída a meus pés.

Os olhos do guarda estão fechados, mas a boca ficou aberta. A armadura dourada que cobre seu peito brilha, porém, embaixo dela, sua pele murchou e ficou acinzentada. Uma uva colhida do caule e jogada no chão para murchar ao sol.

Meu olhar salta dele para outro corpo, outro guarda na mesma condição. E depois outro, outro e outro.

Um som estrangulado escapa de minha garganta, e os ouvidos apitam como se disparasse neles um alarme arrepiante. Mas não consigo deixar de olhar para os corpos caídos, para os olhos secos e chocados mirando o nada. Não consigo desviar o olhar dos lábios que secaram e descascaram ou das faces que afundaram.

Isso, é isso o que Ravinger é capaz de fazer.

Em um segundo, todos esses guardas estavam vivos; no outro, não são nada além de carcaças desidratadas.

Sinto meu peito subir e descer com a respiração rápida, mas, por mais que eu respire depressa, não consigo ar suficiente, porque um pensamento grita em minha cabeça.

Eu teria feito a mesma coisa?

Se o sol não tivesse se posto e meu poder de toque de ouro ainda estivesse ativo, se eu tivesse conseguido arrombar aquela porta, teria sido *eu* a assassina, em vez de Ravinger?

Sinto o ardor de lágrimas em meus olhos. Talvez esta seja a única defesa do meu corpo: tentar turvar minha visão. Mas não funciona.

Ravinger se posiciona na minha frente, bloqueia a visão, e isso funciona. Meus olhos sobem por seu corpo até encontrarem os dele. Os olhos verdes que perscrutam meu rosto são como vapor deslizando sobre águas agitadas.

— Você precisa respirar, Auren.

— *Estou* respirando — respondo.

— Está ofegando, e vai hiperventilar se continuar assim — ele responde, calmo. — Só tinha visto a morte dourada que decorre do seu poder?

Quase rio com amargura.

— Já vi muita morte.

Recordações antigas e amarrotadas se abrem, uma a uma. Conheci a morte na noite em que fui roubada de casa, e ela me persegue desde então.

— Esses homens não mereciam isso — declaro, limpando com um gesto raivoso uma lágrima que cai do meu olho.

— Discordo. Eles a estavam mantendo aqui contra sua vontade.

— Estavam só seguindo ordens. Fazendo o que alguém mandou. — Minha cabeça é invadida pelas coisas que *eu* fui obrigada a fazer. — Não queria... — Odeio o tremor em minha voz. — *Isso*.

Sufoco-me com uma culpa que parece crescer no silêncio.

— Esses seus olhos dourados são tão expressivos... — Ravinger murmura. — Em um segundo eles contêm ódio; no outro, bondade.

Com seus olhos verdes, tal qual uma floresta, presos aos meus, Ravinger ergue uma das mãos, e me encolho por instinto. Ele para, e sua expressão fica sombria diante de minha reação.

— Não vou machucar você, Pintassilgo.

Minha expressão anuncia que ele já me machucou.

Com a mandíbula contraída, ele vira uma das mãos, como se manipulasse uma alça invisível. Lentamente, as linhas escuras de poder se espalham pela pele da palma, envolvendo os dedos feito cipós.

Como uma brisa, sinto seu poder me tocar de novo. Eu me preparo para o impacto da náusea, mas ele não vem. Desta vez, não há pulsação ou incorreção pútrida. A magia distende o ar como um espectro arfando ao inalar, levando ar aos pulmões.

Nada me faz tremer, sentir ânsia ou me dobrar ao meio. Não fico enjoada. Em vez disso, a energia lateja à nossa volta, e a base de cada uma de minhas fitas se alonga, arrepiando minhas costas.

De repente, alguém tosse e eu pulo assustada, me viro na direção do barulho.

— O que...?

Os guardas estão rolando no chão ou se sentando, tossindo como se tivessem uma lixa na garganta, arfando e tentando fazer o ar passar entre os lábios descamados. Olho para Ravinger.

— Como fez... Pensei que eles estivessem mortos!

Ele abaixa a mão de novo, e as linhas somem da palma.

— Estariam, se eu esperasse um pouco mais. A decomposição de um corpo só pode ser revertida dentro de um limite de tempo.

Pisco, balançando a cabeça enquanto os soldados ficam em pé. Estão confusos, como se tivessem acabado de estar frente a frente com a morte e não soubessem como conseguiram atravessar de volta a fronteira para o mundo dos vivos.

— Você acabou... Você... *Por quê?* — pergunto, ofegante, porque não o entendo.

Mas Ravinger não tem chance de responder. A porta do quarto é aberta de repente e com violência, interrompendo a conversa.

Midas para na soleira. A túnica e a calça dourada brilham à luz amena, fazendo o cabelo cor de mel parecer ainda mais claro. Sua expressão revela surpresa quando os olhos fazem uma varredura no quarto, o queixo bronzeado e angular fica tenso. Ele nota os guardas cambaleantes, ainda tentando entrar em posição de alerta, e de repente me vê. Quando percebe Ravinger em pé ao meu lado, o rosto é contorcido pela fúria.

— O que significa isto? *Que diabos* pensa que está fazendo em meus aposentos pessoais? — Mal reconheço a voz de Midas, a fúria que a domina. Ele avança e para ao meu lado, mas seus olhos castanhos permanecem cravados no Rei da Podridão.

Ravinger não parece se incomodar com a ira de Midas. Na verdade, ele o encara com humor e tédio. Parece que ele não só acabou de modificar a própria aparência, mas também, em uma mera fração de segundo, assumiu outra persona. Até os gestos são diferentes: Ravinger parece arrogante e relaxado, com as sobrancelhas arqueadas compondo um ar que é, de alguma forma, aristocrata e debochado ao mesmo tempo.

Espinhos, escamas, olhar ameaçador, tudo desapareceu. Em seu lugar há agora um sorriso desdenhoso e linhas desenhadas sob a pele. A coroa está meio de lado na cabeça.

Não é à toa que outras pessoas não desconfiam que os dois sejam a mesma pessoa.

— Ah, estes não são meus aposentos de hóspede? — Ravinger responde, com falsa inocência, analisando ao redor. — Eu me enganei.

— Sabe muito bem que não são — Midas retruca por entre os dentes. — E que diabos fez com meus guardas?

Os homens ainda tossem um pouco, mas ao menos conseguem ficar de pé, mesmo que pareçam ter sido mastigados pela morte.

— Ah, eles? Apodreci um pouco.

Midas empalidece.

— Você... fez *o quê*?

Observo os dois com atenção, presa entre duas rochas irredutíveis.

Ravinger dá de ombros.

— Agora estão bem. Um pouco de comida e repouso, e vão ficar novos em folha.

Sinto a raiva de Midas com a mesma certeza com que a vejo iluminando seus olhos castanhos.

— Isto é um ato de guerra.

Olhos verdes param em Midas, penetram-no.

— Se isso fosse guerra, você saberia — Ravinger avisa, com frieza, mas o desdém em sua expressão é substituído por algo mais cruel. Meu peito aperta, o olhar se move entre eles.

Midas ferve em silêncio por um momento, e depois olha para a porta aberta da sala da gaiola — a porta que agora é dourada e cintilante.

— O que minha favorita está fazendo do lado de fora, vulnerável a um rei estrangeiro? — ele pergunta aos guardas.

Não sei como isso é possível, considerando a palidez já alarmante de todos, mas os homens vestidos com armaduras ficam ainda mais brancos. Alguns olham rapidamente em minha direção, com expressões de nervosismo, e sou tomada pelo desânimo.

Eles viram. Viram a porta ser transformada em ouro. Tomada pela raiva, bati com as mãos nela, tentando quebrá-la, e dourei a coisa toda diante de testemunhas. Midas franze a testa, e seus olhos escurecem quando ele percebe o que os guardas devem ter presenciado.

Merda.

— Rei estrangeiro? — Ravinger o interrompe, como se não percebesse a tensão. — Midas, assinamos um tratado há poucas horas, você se lembra? Somos aliados agora — ele pontua, com um sorriso.

— No entanto, você está aqui, em *meus* aposentos, usando seus poderes contra meus guardas e próximo de minha favorita, onde não tem o direito de estar! Nós dois sabemos que não pensou que estes fossem seus aposentos.

Midas não gosta de ser surpreendido. Planejador que é, ele é meticuloso em relação a como as coisas devem acontecer. Com Ravinger infiltrado em seu espaço pessoal, ele se sente ameaçado, como uma presa encurralada.

Midas é perigoso quando se sente encurralado.

Ravinger examina o quarto, registra a cama, a lareira, a varanda, tudo com desinteresse entediado.

— Talvez esteja enganado. É possível que eu tenha mesmo confundido estes aposentos com os meus, e apodreci seus guardas porque pensei que você estava armando uma emboscada para mim.

Um som parecido com um rosnado irrompe do peito de Midas.

— Ou... — Ravinger continua. — Talvez eu só quisesse ver como vive o monarca em atividade no Quinto Reino. — Olhos verdes passam por mim. — Interessante como a favorita de um rei é mantida — ele comenta, com um sorriso de lado. — O que acha que isso diz sobre um homem que mantém uma mulher em uma gaiola?

O ar fica preso em minha garganta. Sinto meu coração bater mediante a tensão no cômodo. Ela é densa como cordas, pronta para envolver meu pescoço e me tirar do chão.

Ravinger observa Midas, e Midas observa Ravinger.

Eu observo os dois.

Ravinger quer cutucar e provocar, ser uma pedra no sapato de Midas. Mas Midas parece querer esmurrar Ravinger até jogá-lo no chão.

Mas... não pode.

É óbvio, normalmente sou a única pessoa que sabe disso. Midas desempenha muito bem seu papel. Afinal de contas, ele tem uma década de prática. Um truque de mágico aqui, me posicionar deliberadamente ali, trazer alguns objetos dourados depois do fato... ele sabe como agir para convencer de que tem o poder.

Mas Ravinger agora sabe a verdade. Midas não sabe disso, e quero que as coisas continuem assim. Por outro lado, talvez tudo esteja prestes a ser arruinado, aqui e agora. Talvez Ravinger esteja a um passo de desmascará-lo. Ou talvez só vá apodrecer Midas ali mesmo.

Meus nervos se contraem, como um espartilho apertado demais.

Os guardas de Midas se inquietam. Talvez sintam a ameaça, como eu. A última coisa que querem, provavelmente, é ter de enfrentar Ravinger de novo. Na primeira vez, a história não acabou muito bem para eles. Mas, como guardas, eles não têm escolha.

O silêncio no quarto só aumenta a tensão, e até minhas fitas, mesmo doloridas como estão, enrijecem ao longo da coluna, como se esperassem uma luta. Se houver uma, Midas não poderá vencê-la. Ameaças só podem levá-lo até determinado ponto.

Ele deve ter chegado à mesma conclusão que eu, porque vejo o momento em que Midas decide recuar. Exige esforço, mas seus traços relaxam, assim como os dedos, e a expressão se esvazia; ele retoma o ar da corte e afasta todos os traços de emoção verdadeira.

Midas não é bobo. Ele sabe como estudar os oponentes, e, no momento, sabe que não tem o domínio da situação. Quando não se pode jogar para ganhar com seu poder, joga-se com a política.

Por isso, não me surpreendo quando ele pigarreia e diz:

— Somos aliados, de fato, como você diz. Por isso vou perdoar seu *erro*.

Ravinger inclina a cabeça, e um sorriso estende sua boca.

— Muito obrigado. — Os olhos me procuram de novo, e ele pisca para mim antes de sair do quarto.

Assim que o Rei da Podridão sai, olho para Midas, mas ele está ocupado observando os guardas.

— Vocês falharam — diz a eles.

Os homens ficam tensos, e alguns até se encolhem quando o rei passa por eles a caminho do corredor, falando tão baixo que não consigo ouvir. Assim que ele retorna, dez novos guardas o acompanham, e no mesmo instante seguram os guardas que foram encarregados de me vigiar.

Os homens não resistem quando são levados, e sei que Midas vai matá-los por terem testemunhado o que fiz com a porta.

— Não os mate. — A súplica brota da minha boca como uma planta, embora eu saiba que é inútil. Assim como a maioria das solicitações feitas a Midas.

— Já está feito — ele responde. — Esses homens selaram o próprio destino quando viram o que não tinham permissão para ver.

A culpa fecha minha garganta. Não só perdi o controle e dourei a mulher que fingia ser eu, como também agora esses homens vão morrer por causa do meu poder. Talvez não pelas minhas mãos, mas o resultado é o mesmo.

Como disse a Ravinger, vi muitas mortes.

Talvez os guardas devessem ter continuado como restos em decomposição. Quem sabe não teria sido um destino mais brando? Eles teriam preferido a retaliação de qual rei?

Engulo em seco, mas desta vez a náusea que revira meu estômago não tem relação com o poder de Ravinger. Tem a ver com meu arrependimento e com o homem parado ao meu lado.

3
AUREN

Sem Ravinger, o quarto parece repentinamente vazio. Não percebi antes quanto sua presença era dominadora, até ele se retirar. Devia me sentir aliviada por ele ter partido, mas não.

Olho para Midas, e a amargura se espalha por meu rosto como rachaduras no vidro. É surpreendente que eu não esteja rosnando abertamente. Todo o meu corpo fica tenso, antecipando sua próxima ação.

Por um momento, ele não faz nada além de olhar para mim. Não está mais com a coroa ou o manto, apenas com uma túnica dourada e calça para dentro das botas brilhantes.

Ravinger mencionou que fazia horas desde que eles chegaram ao tratado. Isso significa que Midas esteve fora fazendo sabe-se lá o quê, me deixando presa aqui como um animal selvagem.

A raiva se junta à dor em meu peito, e as duas emoções borbulham bem perto da superfície.

Não sei o que ele vê em meu rosto, mas vejo muita coisa no dele. Agora o leio, como se tudo que ele já disse não passasse de mentiras rabiscadas em seus lábios. A página que ele ocupou em minha vida é vazia de qualquer coisa real.

Uma batida à porta interrompe nosso olhar silencioso. Midas se dirige à sala da gaiola e fecha a porta dourada, escondendo o que aconteceu antes de autorizar a entrada de quem quer que seja.

Duas criadas entram vestidas de dourado da cabeça aos pés, inclusive as toucas. Uma delas carrega uma pilha de roupas; a outra, uma bandeja de comida. As duas se curvam em uma mesura profunda, antes de seguirem para a sala de banho. Ouço o estalo de canos e o barulho de água.

Midas pigarreia, e sua voz fica mais suave.

— Elas vão preparar seu banho, e você pode comer quando estiver limpa.

A surpresa me faz hesitar. Esperava que ele tentasse me jogar de volta na sala da gaiola. Estava pronta para ser interrogada sobre como saí e o que Ravinger estava fazendo aqui, mas, em vez disso, ele estende a mão como se fosse um ramo de oliveira.

— Não quero tomar banho — reajo. O que estou dizendo, na verdade, é que não quero tomar banho só porque ele ordenou.

Midas suspira.

— Auren, a gaiola...

— *Não* vou voltar para a maldita gaiola! — anuncio, com um sussurro perverso. — Pode trazer todos os ferreiros do reino, e juro pelas deusas lá no alto: vou quebrar cada porta. Pode me trancar naquele quarto, enviar cem guardas para me vigiar, mas eu... — Paro de repente, consciente das duas criadas no outro cômodo, e ambos espiamos de soslaio a sala de banho. Respiro fundo para me acalmar, me inclino na direção dele e baixo a voz, de forma que só ele possa me ouvir: — Se tentar me empurrar para lá de novo, vou resistir até o fim, e *nunca mais* transformo outra coisa em ouro para você.

A amargura que se derrama de minha boca é mais quente do que qualquer fogo. Pois que o queime com a mesma intensidade com que me queimou.

Midas fica tenso, e manchas vermelhas de raiva aparecem em seu rosto. Eu o surpreendi. Dá para perceber no modo como ele se esquece de respirar. Não está acostumado com esta minha versão, esta pessoa que não se curva e não se ajoelha a seus pés.

Meu peito arfa com a paixão furiosa em minha voz. Eu não ficaria surpresa se meus olhos dourados se incendiassem.

Midas me encara. Vejo que ele está calculando, posso praticamente ouvir os pensamentos que giram em sua cabeça, à medida que decide como lidar comigo. Sei disso porque, durante todos esses anos, fui apaixonada por ele, não foi só desejo. E também o observei. *Aprendi* Midas como se aprende um idioma.

Foi necessário por causa de seu temperamento, porque eu não queria aborrecê-lo ou desafiar sua paciência. É por ser sensível às emoções dele, por ter passado muitos anos analisando esse homem, que sei como sua mente funciona.

Sua expressão se suaviza, os olhos de semente de alfarroba ficam mais ternos, como se minhas palavras o tivessem tocado.

Midas levanta uma das mãos, deixa o polegar deslizar de leve por minha mandíbula. Fico tensa e movo a cabeça para me afastar do contato, mas ele levanta a outra mão e segura meu rosto com as duas, fitando-me com uma expressão torturada.

— Sinto muito, Preciosa. — Seu hálito toca meus lábios, a voz arrependida entra em meus ouvidos.

Antes, eu teria me derretido com isso. Teria me inclinado para frente como uma flor se curvando em sua presença. Mas não me encolho sob seu toque, e meus lábios não relaxam em um sorriso de perdão. Meus olhos não se fecham, e nenhum suspiro passa entre meus lábios.

Porque... é tarde demais.

A venda foi arrancada de meus olhos. Agora, meu coração não fica apertado. O estômago não se contrai. Ele quebrou alguma coisa dentro de mim, muito mais do que só meu coração. Quebrou minha vontade. Minha determinação. Minha voz. Ele quebrou meu espírito, e eu permiti.

O fardo de amor, que carreguei por ele durante tanto tempo, foi removido. Descascado como pele seca e morta se soltando sob um sol abrasador. Tiras desbotadas e desnutridas que já não sentem coisa alguma. Nunca mais serei a argila que ele molda entre as mãos. Eu mesma vou me moldar.

— Agi de um jeito abominável. Perdi a cabeça por completo — ele confessa, e dedos suaves acariciam meu rosto, enquanto olho para os botões de ouro de sua camisa. — Fiquei muito preocupado com você, e precisava garantir sua segurança depois do que aconteceu. Tinha acabado de trazê-la de volta, e todo esse estresse com o Quarto Reino... — Midas se cala, e deixa as mãos caírem.

Não falo nada, estou ocupada demais com a tentativa de enxergar além das palavras floreadas, cavando o solo arenoso de sua verdadeira intenção.

Está mudando de tática.

Midas não é bobo. Ele sabe que minhas ameaças dificultariam sua vida. Afinal, precisa de mim. Toda a sua reivindicação ao trono depende disso. As leis de Orea determinam que só pode reinar alguém que detém magia, e Midas precisa do meu poder para sustentar sua mentira.

O que as pessoas diriam se, de repente, ele parasse de transformar objetos em ouro?

Ele precisa de mim complacente. Que melhor maneira de recuperar o controle sobre mim, se não puxando os cordões do meu coração?

No passado, ele sempre foi capaz de me convencer a me *comportar*. Fazer o que ele dizia, confiar em sua sabedoria e deixá-lo fazer o que quisesse, ao passo que eu definhava atrás de grades de ouro.

Mas Midas não pode me manter dominada sem minha obediência, e essa é uma verdade que ele nunca quis que eu visse. Ele nunca quis que eu acordasse e percebesse quanto poder tenho, na verdade.

Ainda estamos em silêncio quando o som de água corrente silencia na sala de banho, e, um momento depois, as criadas saem dali. Curvam-se em reverência, depois se retiram do quarto. E eu continuo calada.

— Venha, vou cuidar de você, e podemos conversar, como você queria — ele fala, com tom emocionado, suplicante. Ele usa muito bem essas ferramentas: o remorso, o reconhecimento sentimental.

Eu poderia enfrentá-lo. Poderia cuspir em seu rosto e afirmar que sei o que está tentando fazer. Ou me virar, correr e fugir do quarto, tentar sair do castelo. Apesar de todas as alternativas serem muito tentadoras, eu me controlo.

Se quiser me libertar dele, ser livre *de verdade*, não posso agir de maneira impulsiva. Tal como Midas, preciso planejar. Porque ele nunca vai me deixar ir embora. Nunca. Então, para conseguir minha liberdade, tenho de ser esperta.

— Preciosa? — ele insiste.

Não tenho aliados nem conexões. E isso significa que, mesmo que eu consiga sair de Ranhold, será que não seria capturada e usada por outra pessoa? Não, estou cansada de ser prisioneira. Estou cansada de ser propriedade.

Tenho de planejar e fazer as coisas do jeito certo, fugir para onde Midas não possa me encontrar nunca mais. Tenho de me fortalecer para ser capaz de me proteger contra o mundo que me usaria.

Então... assinto. É hora de fazer o jogo dele.

— Certo.

A expressão de Midas é transformada pelo alívio, as linhas de preocupação em torno de seus olhos se modificam com um sorriso. Como deve estar satisfeito com a ideia de ter me influenciado de novo com tanta facilidade.

Como fui simplória.

Ele me leva ao banheiro. Passamos por um espelho com moldura prateada e pela cadeira sanitária, em direção a uma grande banheira de ferro no fundo do aposento. Ela tem pés altos e borda pintada, e uma pedra coberta de vidro e esculpida na forma de uma cabeça de leão, cuja boca aberta em um rugido despeja água, em vez de som.

— Vamos tirar de você a imundície do exército do Quarto — Midas declara quando paro diante da banheira. Já está cheia de água fumegante, e uma fina camada de bolhas flutua na superfície como lírios-d'água. — O Rei da Podridão a machucou? — ele pergunta, tomando o cuidado de manter o tom manso.

Sim. Mas não como você pensa.

— Não. Ele tinha acabado de entrar quando você chegou.

Midas parece se acalmar depois de ouvir isso.

— Não gosto daquele filho da mãe feio no mesmo ambiente que você.

Pisco, surpresa. *Feio?*

Seu poder é feio, não há dúvida, mas ele? Não. Longe disso. Ravinger é dolorosamente bonito, e também quando assume a forma de Degola. Há nele uma masculinidade etérea que não se encaixa inteiramente neste mundo. É óbvio, suponho que não devesse estar surpresa com a avaliação de Midas. Midas rejeita qualquer coisa menos que perfeita. É provável que olhe para Ravinger e veja aquelas estranhas marcas de poder que correm abaixo da pele, pensando que elas tornam Ravinger grotesco.

Decido não responder e me afasto um pouco, ao mesmo tempo que Midas lida com a bandeja de comida que foi deixada em uma banqueta ao lado da banheira. Lentamente, começo a me despir. Todas as peças estão velhas, sujas, amarrotadas. Parecem pesar quando as jogo no chão.

Por um momento, limito-me a fitá-las. Muita coisa aconteceu enquanto eu vestia essas roupas. Eu não era a mesma pessoa antes de usá-las. É como tirar a armadura que vesti durante a batalha. Os Invasores Rubros, Sail, Capitão Fane, Degola, Midas... tudo aconteceu enquanto eu usava esse vestido.

Não sei se Midas está olhando para mim, e não me interessa. Ele já me viu nua muitas vezes. Protejo muito mais o que existe sob a pele. O que há dentro de mim — mente, coração, espírito —, são essas coisas que quero manter fora do alcance dos olhos dele.

Respiro fundo e, deixando para trás a pilha de roupas, entro na banheira. Sento-me e sou de imediato envolvida pelo calor que parece penetrar até em meus ossos gelados. As fitas deslizam para o fundo, absorvendo esse conforto simples em todo seu comprimento cansado.

Gemo quando apoio a cabeça na beirada curva, apreciando o calor. Depois de semanas e semanas me limpando com trapos molhados na neve, isso é *celestial*. Não vou permitir que a presença de Midas estrague a experiência.

De olhos fechados, inspiro o aroma dos óleos florais que as criadas devem ter misturado à água. Mas me encolho e os abro de novo quando, de repente, sinto as mãos de Midas afagando meu cabelo.

— Shh, está tudo bem, Preciosa. Vou compensar tudo que aconteceu com você.

— A única compensação possível é não tentar me trancar de novo, nunca mais — respondo, com tom controlado, me concentrando nas bolhas que flutuam na superfície da água.

Posso até precisar fazer o jogo, me comportar como se estivesse novamente hipnotizada por seu charme, mas não vou voltar a ser cativa.

Midas hesita por um momento, as mãos param em meu cabelo.

— É claro — ele concorda depois de uma inspiração curta. — É claro. A gaiola só servia para garantir sua proteção. Entretanto, se não precisa mais dela, vou mantê-la segura sem ela.

Ele recua lindamente.

Deixo um sorrisinho dançar em meus lábios e viro a cabeça, olho para ele por cima de um ombro. O rosto bonito dele é a imagem da adoração, mas os ombros estão rígidos, traindo o fardo da raiva persistente.

— Sério?

— Sim — ele responde, de um jeito veemente, agarrando-se à minha esperança hesitante ao segurar meu rosto, enquanto mechas de cabelo loiro caem sobre sua testa. — Peço desculpas pelo modo que me comportei mais cedo, Preciosa. Perdoe-me.

— Você me feriu — informo, e desta vez estou dizendo a verdade.

Ele se inclina na banqueta que está sentado ao lado da banheira e encosta o rosto em minha testa. A pele dele está fria, ao passo que a minha está úmida do vapor de banho que paira entre nós.

— Eu vou compensar tudo isso. Vou reconquistar sua confiança e seu perdão.

— Você disse que não precisava do meu perdão — relembro-o, com um tom mais duro.

Midas suspira e pega do chão uma jarra prateada. Ele a mergulha na água e começa a molhar meu cabelo.

— Eu não estava pensando direito. — O rei dobra as mangas e puxa a bandeja de comida para mais perto de mim. Depois produz espuma com o sabão entre as mãos e lava meu cabelo oleoso, embaraçado. — Não espero que me perdoe agora, mas só agi daquele jeito porque estava preocupado com você.

Acredito que Midas goste de mim, à sua maneira torta. Mas não é saudável, e não é suficiente. Não é o que mereço. Não acredito que um dia terei o tipo de amor com que sonho.

Pensar no assunto turva meus olhos quando os direciono ao teto, rumo à janela coberta de gelo no alto da parede. A tristeza me envolve tanto quanto o faz a água ensaboada.

E, quando a tristeza supera a raiva, tento entender o que tem de errado comigo. Por que ele não foi capaz de me amar? Amar *de verdade*?

Midas ama minha pele cintilante, o cabelo brilhante. Sem dúvida, é apaixonado por meu *poder*. Dei-lhe meu coração, e era jovem demais, idiota demais para identificar que sua adoração era por meu ouro, não por *mim*.

Devo ser defeituosa de algum jeito. Indigna.

Ou esse é simplesmente meu destino. Talvez não possa ter mais nada. A mulher que é capaz de transformar o mundo em ouro precisa ter algum freio em sua ganância.

Talvez o amor seja o preço do meu poder.

Meus pensamentos são como um peso afundando uma consciência em flor. Midas continua a lavar meu cabelo, mantendo a conversa em ritmo constante. Ele fala de como sentiu minha falta, das coisas que fez no Quinto Reino desde que nos separamos, de quanto trabalho temos para fazer agora que estamos juntos de novo.

Eu o deixo falar e ele me deixa ficar quieta, uso a comida como desculpa para não ter de conversar. Consumo tudo que há na bandeja sem sentir nenhum sabor, ocupada demais ruminando minha reflexão. Não consigo deixar de pensar na última vez que ele fez isso — cuidou de mim, me deu banho —, logo depois do ataque do Rei Fulke.

Inconscientemente, levo as mãos ao pescoço, e os dedos tocam a pequena cicatriz que permanece ali. Não foi Midas quem me salvou naquela noite. Foi Digby, e eu também o perdi.

De algum jeito, todo mundo que já amei foi tirado de mim. Até Midas, e ele está sentado a centímetros de distância.

Depois de ser esfregada e enxaguada, e de ter consumido até a última migalha de comida, saio da banheira e visto uma camisola limpa. É de algodão branco e grosso, comprida, com mangas amplas que terminam em pontas além dos meus dedos. As fitas se torcem para eliminar o excesso de água, depois pendem soltas em tiras preguiçosas em minhas costas.

— Pronto — Midas murmura, olhando para mim da cabeça aos pés. — Brilhante e nova outra vez.

Respondo com um sorriso contido. Meu corpo está tão cansado quanto o espírito, e tudo que quero agora é ficar longe dele.

— Preciso dormir.

O rei assente.

— Mandei as criadas prepararem um quarto do outro lado do corredor. Pode ficar lá. Vai ter seu próprio... espaço.

A surpresa e a desconfiança me fazem fitá-lo.

— Um quarto só para mim? *Sem* grades?

Ele prende uma mecha de cabelo úmido atrás da minha orelha.

— Sem grades. Só seu quarto, onde você pode relaxar e ter segurança — replica, em voz baixa. — Estava falando sério. Eu errei, e vou reparar meu erro com você, Auren. Agora venha, deve estar cansada.

Deixo Midas segurar minha mão, e ele me leva de seus aposentos para o corredor. Depois de acenar com a cabeça para alguns guardas, abre a porta do quarto na frente do seu. Entro no dormitório escuro e observo ao redor, mas tudo que consigo enxergar no espaço iluminado apenas pelo luar é uma cama macia.

Midas me solta, caminha até a janela e fecha as cortinas, e vou me deitar. Mal tenho energia para puxar as cobertas antes de me acomodar sobre o colchão fofo.

Fico tensa ao sentir o colchão ceder quando Midas se deita ao meu lado. Ele não perde tempo, me puxa e acomoda minha cabeça em seu peito. Sou como um bloco de gelo junto dele, me recuso a derreter, quero me afastar.

— Relaxe, Auren — ele ordena. — Descanse. Vou ficar até você dormir.

Quase dou risada. Isso é tão reconfortante quanto ser informada de que existe um monstro embaixo da cama, a única diferença é que o monstro está deitado comigo.

Mas o cansaço vence minha teimosia.

Pouco a pouco, me acomodo em seu abraço. Todavia, quando ele começa a acariciar meu braço de leve, fecho a boca. Ódio e tristeza me invadem, mas tento afastar as emoções que desejam me ocupar como uma nuvem inchada.

Torpor. Preciso me sentir entorpecida. Insensível, indiferente, atrás de uma parede grossa onde ele nunca mais vai poder me atingir.

— Você é minha menina preciosa. — É um murmúrio na escuridão, um incentivo que escapa de sua boca.

Odeio que ele seja tão bom nisso. Não quero que me abrace, mas isso é justamente tudo que quis por muito tempo, e ele sabe disso. E é por isso que uma lágrima lenta e fria escorre por meu rosto e vai parar em sua túnica, enquanto ele afaga meu cabelo.

— Eu amo você, Auren.

Mentiroso.

Que mentiroso falso, enganador, diabólico.

— Senti saudade disso — ele continua, e boceja. Talvez essa parte seja verdade, ou é só mais uma mentira para me envolver.

De qualquer maneira, me entrego ao momento. Só este. Pela garota inocente que perdeu o amor que acreditava ter, deixo que ela viva esse instante.

Porque isso... isso é sua despedida silenciosa.

Por trás da raiva e do torpor estão os pedaços machucados de um coração partido. E essa parte minha, a menina de olhos encantados e loucamente apaixonada, está de luto sob minha raiva amarga.

Então, por essa parte de mim, solto o ar com um suspiro trêmulo que vibra como trovão. Depois colo a orelha ao peito dele pela última vez, para ouvir uma canção que acreditava tocar só para mim.

Foco no batimento regular, e outra lágrima rola acompanhando o ritmo enquanto ele afaga meu cabelo, porque não é amor que estou ouvindo. É só controle possessivo. É tão alto que não acredito que não tenha escutado antes.

— Você voltou ao lugar a que pertence — ele declara.

Fecho os olhos, sinto os cílios molhados como gotas de orvalho na face.

Se mudássemos de posição, se fosse a cabeça dele em repouso no meu peito, ele ouviria? Escutaria meu coração e saberia o que o som significava? Reconheceria a aversão lírica?

Adormeço ouvindo o pulsar constante do meu peito e o do dele, os dois tons desencontrados que nunca soarão em harmonia. Deixo a garota em mim se afastar pulso a pulso, dizendo adeus à sua maneira silenciosa.

Quando acordar, vou garantir que meu coração endureça. Quando amanhecer, vou garantir que ele toque uma canção apenas para *mim*.

4
Rei Midas

Sentado no interior do gazebo de ferro, estou pensativo enquanto observo, distraído, os homens trabalhando no pátio. O ar frio do Quinto Reino é refrescante, o impacto perfeito para se ter lucidez.

O banco é acolchoado com couro forrado de palha, e deve ter sido confortável em dado momento, mas há muito tempo afundou.

Ao meu lado, o diário é como um par de olhos me encarando. Nele estão todas as minhas anotações, todos os meus planos, tarefas que precisam ser executadas. É escrito em um código que uso somente para mim, embora sempre o mantenha comigo. Não se pode confiar nas pessoas, todo cuidado é pouco, e tenho muita coisa em jogo.

As demandas de comandar não um só reino, mas dois, pesam sobre meus ombros. Todas as questões que preciso resolver se tornaram uma pressão incessante que vibra em minha cabeça durante todas as horas que passo acordado.

Agora que Auren está comigo de novo, consigo me concentrar com mais veemência em Ranhold. Ele precisa dessa atenção.

Adiei as queixas com facilidade, mas sei que não vai durar. Trouxe ouro suficiente comigo para a transição, mas as pessoas estão ficando inquietas. Há cochichos nos corredores. Todos se perguntam por que o Rei de Ouro ainda não transformou nada. Minha desculpa de respeitar Ranhold e permitir um período para o luto não funcionará por muito mais tempo, e meus fundos se extinguiram também.

Auren precisa voltar ao trabalho. Mas sei que preciso lidar com ela com a mesma delicadeza com que lido com a política aqui. Tenho dezenas de pontas soltas que estou amarrando em simultâneo, e todas exigem concentração e elegância.

E é por isso que venho sempre ao gazebo, onde o ar é cortante o suficiente para me manter alerta.

Ouço o som cadenciado de um martelo em ação e contemplo as esculturas do lado de fora. O pátio é repleto delas. Sobre pedestais de pedra separados por poucos metros entre si, os blocos de gelo são esculpidos com precisão elaborada.

De onde estou, consigo vislumbrar um bloco esculpido em forma de salgueiro, e outro, um timberwing com a boca aberta em um grito feroz. Ao lado dele, há uma deusa sensual com os braços estendidos para o céu, as curvas de ampulheta reveladas pelo vestido. Cada escultura é incrivelmente detalhada, algumas tão altas que os artistas precisam de escadas para trabalhar nelas.

Com formões, martelos e panos de proteção, os homens garantem com todo o cuidado que cada peça seja mantida em perfeitas condições. Os escultores estão sempre envolvidos no trabalho, seja para criar mais obras ou para preservar as que já estão prontas.

Percebo que se sentem incomodados com minha atenção, mas não olham para mim, continuam trabalhando sem pausa. Estou quase pegando meu diário outra vez quando um novo trabalhador aparece com um uniforme roxo igual aos outros.

Olho para ele no mesmo instante e, por um momento, tenho de separar a visão atual daquilo que já vi um dia.

Com uma bolsa de ferramentas de artesanato presa à cintura, ele se dirige à escultura de uma espada apoiada sobre a própria ponta e começa a dar polimento à peça com um pano, removendo a neve acumulada.

Ele é careca, e quatro rugas salientes cortam o topo de sua cabeça como as listras de um tigre. A barba branca e cheia parece ser capaz de esconder uma expressão raivosa de dentes à mostra, mas estou longe demais para conseguir ver se estou certo.

Enquanto examina a obra, ele vasculha a bolsa de ferramentas presa ao cinto e tira de lá um par de óculos, os quais coloca sobre o nariz. Solto o ar por entre os dentes diante da imagem.

Ele parece meu pai.

Não é ele, sem dúvida. A menos que tenha feito um pacto com os deuses para renascer dos mortos. Mas a barba, a cabeça careca, a pele bronzeada, aqueles *óculos* amaldiçoados pelo Divino, até o jeito de segurar o martelo, tudo me traz a lembrança daquele que me deu a vida.

Silenus Midas. "Sile" para todo mundo, "pai" para mim; embora *pai* seja um termo usado de maneira muito vaga. Ele não passava de um bêbado do povoado, que às vezes conseguia sair de casa a fim de fazer trabalhos de marcenaria na cidade.

Quanto a mim, fui só o filho bastardo a quem ele desprezava. Ele odiava ter de sacrificar parte de seu dinheiro com comida e roupas para mim, quando teria preferido gastar tudo com cerveja.

Não sei se ódio fazia parte da minha natureza, ou se ele o alimentou, mas era algo que tínhamos em comum, um pelo outro. Não conheci minha mãe, mas a detestava também.

Ao que parece, ela era volúvel. Uma mulher de hábitos livres que, certa noite, bebeu demais em um bar e foi parar na cama de Sile, e, nove meses depois, me deu à luz.

Assim que nasci, ela me deixou na porta da casa dele com uma jarra de vinho e seis moedas de ouro, e nunca olhou para trás. Sile também não conseguiu localizá-la, ou nem se incomodou com isso.

Não sei o que eu detestava mais nele. A preguiça, a bebedeira ou a propensão para me espancar.

Na verdade, talvez eu odiasse ainda mais o fato de ele ser uma piada para a gente do povoado. Em todos os lugares aonde ia, ele era seguido por risadas, deboche ou pena.

E as pessoas estendiam o mesmo tratamento a mim. Eu não era nada. Só o bastardo de um bêbado, pobre demais para ter duas moedas para esfregar uma na outra, e nunca escaparia daquele lamentável arremedo de vida. Foi por isso que, ao me tornar um adulto de acordo com as leis oreanas, roubei uma jarra de vinho — um tributo debochado à minha mãe — e a deixei ao lado da cama suja de meu pai em nossa choupana pequena e arruinada.

Não demorou muito para ele apagar de tanto beber. Demorou menos ainda para eu riscar a pederneira e atear fogo ao casebre dilapidado. O Primeiro Reino era sempre seco.

— Majestade?

Desvio o olhar do escultor e me deparo com meu principal conselheiro do lado externo do gazebo, entre as balaustradas de ferro.

— O que foi, Odo? — indago, guardando o diário no bolso interno do colete.

— Meu rei, temos um problema.

Aperto um pouco os olhos.

— É o Príncipe Niven?

O filho de Fulke é um pirralho chorão que já se mostrou difícil. Mais um assunto delicado que tive de tratar com cuidado.

— Não é o príncipe — Odo responde, constrangido, espiando em volta para se certificar de que não tem ninguém por perto. São só os escultores; meus guardas foram orientados a esperar na entrada do castelo, onde seis deles estão de sentinela.

— O que foi, então? — pergunto, irritado com a interrupção.

— É sua esposa, Majestade.

A tensão enrijece a linha dos meus ombros.

— Hum. Finalmente recebeu uma mensagem?

— Sim, mas não dela.

Continuo a encará-lo, esperando que divulgue a notícia de uma vez.

Odo se inclina para frente e apoia uma das mãos na balaustrada, evitando que as palavras sejam levadas pelo vento. Até as esculturas de gelo têm ouvidos no Quinto Reino.

— Ao que parece, a pausa nas comunicações não foi consequência de tempestades sobre Sinoalto. A rainha interrompeu deliberadamente toda correspondência que entra e sai do castelo. Todos os falcões mensageiros que enviamos retornaram, enfim, embora nenhum deles tenha trazido cartas.

Eu me encosto no banco e olho para frente enquanto minha cabeça trabalha, os dedos batucando na coxa.

— O que Malina pretende? — resmungo para mim mesmo. Não posso afirmar que me surpreende saber que ela está tramando alguma coisa, não depois de ter tentado me confrontar sobre o plano para enganar Fulke, mas *estou* surpreso com seu atrevimento.

Odo continua:

— Seus olhos em Sinoalto dão conta de que a rainha fez uma aparição na cidade. Ela foi vista distribuindo doações ao povo, mas parece que houve algum problema com os dissidentes.

— Ela foi à cidade fazer *caridade*? — pergunto, incrédulo. Malina nunca se preocuparia com o povo de Sinoalto, a menos que tivesse um propósito específico.

Quando um dos escultores olha para nós, atraído pelo som de minha voz, eu me levanto e saio do gazebo. Odo corre a fim de me alcançar e caminha ao meu lado pela calçada de pedra. Ignoro os guardas na porta.

— Também houve comentários entre os nobres de Sinoalto — Odo relata quando atravessamos a entrada larga do palácio. Meus passos são amortecidos por uma longa passadeira roxa, e as paredes de vidro e pedra são iluminadas pela janela em forma de estrela de dez pontas emoldurada pelos arcos de madeira no teto.

— O que estão dizendo? — indago, e me dirijo à escada para subir aos meus aposentos. Por ora, ainda estou na ala de hóspedes. Com Niven vivo e a morte de Fulke recente, é melhor preservar as aparências.

Por enquanto.

Odo fica ofegante ao tentar me acompanhar escada acima.

— Que a rainha está... Bem, ela está usando branco, Majestade.

Paro em meu lugar e o encaro com a testa franzida.

— O quê?

Odo agarra o corrimão, ofegando algumas vezes antes de responder:

— Ela não está usando dourado em público, Majestade. Nenhum vestido dourado. Nem as coroas que Vossa Majestade tocou, e até a guarda pessoal da Rainha trocou de armadura. Pedi confirmação a várias fontes.

Ranjo os dentes com a força da frustração. Então é *assim* que Malina pensa que vai me testar? Não é só uma cor que ela se recusa a usar; ouro é uma declaração do meu poder e do meu reinado. Não é uma simples mudança de guarda-roupa. É uma mensagem.

— O que quer que eu faça, meu rei?

Reflito um pouco antes de dizer:

— Nada ainda. Quero que todos os relatórios sejam levados à minha mesa. Pela manhã decido o que vou fazer com ela.

— Muito bem, Majestade. E também tem a questão das solicitações por ouro. Recebemos mais e mais a cada dia.

— Lembre a essas pessoas que o reino ainda está de luto. Não preciso exibir meu poder agora, quando eles acabaram de perder seu rei — declaro, com um tom severo de crítica. — Sejam quais forem as dívidas deste reino, eu as pagarei. Quanto aos nobres interessados em forrar os bolsos, dê-lhes algum dinheiro, por ora.

— Não temos nada, meu senhor.

Meu rosto enrijece.

— *Não temos*? Acabou tudo o que trouxemos?

Odo tenta controlar uma reação assustada, mas não consegue.

— Bem, foram muitos pedidos. Todos queriam uma recordação de seu poder. Quase todos os objetos de ouro que trouxemos também foram distribuídos.

Ranjo os dentes com tanta força que a mandíbula estala. Meu tempo está acabando. Se eu não fizer uma demonstração de poder em breve, meu controle aqui vai enfraquecer, o que não posso permitir.

Viro-me e continuo subindo a escada, mas meu conselheiro irritante me segue a caminho dos aposentos privados. Com seriedade, meus guardas se colam à parede, nos dando todo o espaço possível quando entro no quarto.

— Majestade, tem mais uma complicação — Odo avisa, em voz baixa, torcendo as mãos manchadas diante de si depois de fechar a porta.

Deixo escapar um suspiro pesado.

— O que é agora?

Preciso ler os relatórios sobre os acontecimentos em Sinoalto desde que saí de lá. Preciso lidar com a megera fria da minha esposa.

Quando souber os detalhes, conseguirei planejar. Depois vou dar uma olhada em Auren. Ela está dormindo há dois dias, exausta por causa de tudo que suportou com o exército do Quarto.

Deixei-a descansar, e também mandei que levassem ao quarto dela todos os confortos em que consegui pensar. As sedas mais macias, os travesseiros mais fofos, enchi-a de livros e perfumes — mandei até uma harpa nova.

Espero que, depois de repousar, ela se sinta normal outra vez. Preciso dela na ativa, não posso mais adiar o momento de fazer mudanças no castelo e encher os cofres.

Meu delicado poder sobre Ranhold depende de encher de ouro as mãos dos nobres, de lembrar a todos quem sou e por que é interessante que apoiem minha presença aqui. Já fiz isso uma vez em Sinoalto, sei como tomar um reino. Primeiro você espalha riqueza, fascina os nobres e conselheiros com benevolência, torna-se uma presença radiante para os plebeus. Depois aperta o cinto pouco a pouco, deixando-os dependentes e necessitados, brigando entre si pela preferência do rei para que possam colher os benefícios.

Quando eu terminar, não haverá dúvida sobre quem eles preferem manter. Eu, que posso dar ao reino uma riqueza estonteante, ou o filho pedante do rei morto.

— Como sabe, as montarias foram examinadas pelo reparador assim que retornaram, de acordo com suas instruções — Odo me informa.

Arqueio uma das sobrancelhas.

— E?

— O reparador acabou de confirmar e mandou me avisar imediatamente. — Meu conselheiro ajeita o cabelo grisalho na parte de trás da cabeça, um gesto de nervosismo. — É que... parece que uma delas está grávida.

Congelo.

Todos os pensamentos são interrompidos quando as palavras dele descem por minhas costas como um arrepio. Um segundo depois, avanço e o seguro pelo colarinho da camisa dourada.

— O que está dizendo?

Os olhos azuis e leitosos de Odo se arregalam, todo o seu corpo enrijece, e quase o tiro do chão.

— El... ela diz que o filho é seu, Majestade — Odo sussurra, apressado.

Um filho bastardo... Solto o homem com brusquidão, e ele cambaleia, se apoiando na parede atrás de si.

— A prostituta está mentindo, é óbvio. Ela quer me chantagear para obter ouro ou atenção. Quer alguma coisa, Odo, é só isso. Minhas montarias tomam ervas. Isso nunca falhou.

— Sim, Majestade, nunca falhou no passado, mas o reparador confirmou...

Movo a mão em um gesto brusco, e ele se encolhe.

— Então ela trepou com outro alguém. Esteve com o exército do Quarto, e com os malditos piratas da neve antes disso. Dispense-a agora mesmo dos meus serviços. Não vou empregar uma montaria infiel.

Odo passa a mão trêmula na frente da camisa amarrotada e me observa quando me ponho a andar de um lado para outro.

— O reparador também duvidou do que ela disse, por isso demorou mais do que o habitual para me alertar. Ele queria ter certeza, mas acredita que a moça está grávida há quase três meses, o que significa que ela ainda estava em Sinoalto quando engravidou.

Minha cabeça roda, lateja como se castigada pelo martelo do escultor, um formão arranca lascas do meu cérebro e o esculpe em irritação. Não gosto de surpresas.

Minhas montarias eram quase tão protegidas quanto Auren. Eu fazia um revezamento de guardas muito severo. Nenhum deles teria se atrevido a trepar com uma das minhas montarias. Decido trocar os guardas também, por precaução.

Se o reparador estiver correto sobre o tempo de gestação, se o bebê for de fato meu...

— Quem mais sabe disso?

— Ninguém — garante o conselheiro. — O reparador me procurou diretamente, Majestade.

Assinto, distraído.

Odo torce as mãos enquanto reflito.

— Quer que eu faça alguma coisa?

— Ainda não — aviso. — Está dispensado.

O homem se curva com rapidez e sai apressado, sem dúvida grato por poder se afastar de mim.

Assim que fico sozinho, me aproximo da mesa e apoio as mãos ali, mirando a pilha de papéis sem enxergar nada, na verdade. Minha cabeça está ocupada demais navegando por um plano, como um marinheiro se orientando pelas estrelas.

Meus dedos se dobram sobre a madeira, contraídos pela irritação. Malina, Auren, a prostituta... *todos* os meus problemas são causados por mulheres amaldiçoadas pelo Divino. É exatamente por isso que não se pode confiar nelas. Minha mãe me ensinou isso.

Estou fazendo um trabalho importante, não posso deixar que nada me desvie do caminho.

Fui eu quem tirou Sinoalto das dívidas e fez dele um símbolo de riqueza cintilante e prosperidade. E agora Malina se atreve a me testar? Ela não passa de uma mulher amarga, inútil, incapaz até de me dar um herdeiro. Tem sorte por eu ter me casado com ela e permitido que mantivesse a coroa.

As lembranças me invadem — de meu pai, das crianças do povoado debochando de mim, da paróquia me expulsando por ser sujo, dos lojistas cochichando "bastardo" onde quer que eu fosse.

Depois de tantos anos cumprindo meu dever e tentando engravidar aquela megera fria, essa é a gratidão que ela demonstra.

Eu *sabia* que Malina era a estéril.

Agora engravidei uma montaria. Ranjo os dentes de novo e de novo.

No entanto, quando minha cabeça volta a funcionar em meio àquelas cordas acrescentadas às minhas mãos, vislumbro possibilidades de novos nós. Nós esses que podem ser exatamente o que preciso ter para fortalecer meu reinado.

Uma criança pode ser algo poderoso. Afinal, não há nada como um bebê para despertar no povo o amor pela família real. Talvez até ajude a solidificar meu poder aqui. Pena que é um bastardo.

Endireito as costas, abaixo as mãos e sorrio.

Não, preciso é de um *herdeiro*.

5
AUREN

Acordo sobressaltada e me sento na cama, tomada pelo pânico. Por um momento, não sei onde estou. Não há uma tenda preta esticada acima de mim, nem teto dourado brilhando. Estou fitando um tecido lilás estendido sobre as quatro colunas da cama desconhecida sobre a qual repouso.

Tudo volta de repente. Onde estou, com quem estive. Felizmente, o espaço ao meu lado está frio, e o silêncio no quarto revela que estou sozinha. A única prova de que alguém esteve ali é o crepitar manso do fogo do outro lado do aposento.

Depois de ter estado cercada pelos soldados do Quarto, a privacidade tranquila do cômodo é quase assustadora. Acostumei-me com a respiração regular de Degola dormindo em seu pallet. E me acostumei com o cheiro do couro molhado, das brasas ardendo entre nós.

Contemplo o quarto ricamente decorado, examino o travesseiro onde Midas descansou a cabeça, mas tudo que consigo ver é a silhueta escura de Degola do outro lado da barraca, a luz de seus olhos escuros.

Passo a mão no peito, porque sinto no coração uma dor que não tem nada a ver com Midas. Tento convencer a mim mesma de que não é o gosto da traição que bloqueia minha garganta, que a dor não tem relação com um homem com raízes pela extensão do queixo e os olhos verdes de um estranho.

— Esqueça-o — murmuro para mim mesma.

Lidar com Midas. Esquecer Ravinger. É isso que preciso fazer.

Respiro fundo e me recomponho, empurrando à força todas as emoções para o interior de uma caixinha cuja tampa posso fechar. Não há espaço para distrações. Preciso cauterizar os pedaços do meu coração que sangra, porque tenho planos para traçar.

Giro os ombros para trás e gemo, os braços estalam quando os estico para cima. Não sei quanto tempo passei dormindo, mas nesgas de luz passam pelas frestas entre as cortinas pesadas que cobrem as portas de vidro da varanda.

Afasto os cobertores dourados e me levanto, porém, assim que meus pés descalços tocam o tapete, ficam molhados, e o ouro encharca o branco no mesmo instante. Devia ter dormido de meias, mas acho que isso não importa agora. Um aspecto bom de estar com Midas é que toda evidência de meu poder é associada a ele, não preciso esconder nada.

Por mais que me sinta grogue e dolorida, tenho força e controle suficientes para conter minha magia e não solidificar o tapete. Encontro um par de chinelos à minha espera, e os calço antes de sair à procura de uma roupa.

A luz pálida do sol me recebe quando atravesso a porta do quarto de vestir, e minha pele formiga ligeiramente quando atravesso os raios fracos. À minha volta, um novo guarda-roupa me espera, vários vestidos em diversos tons de roxo pendurados nos cabides.

Escolho um de costas baixas, assim posso manter as fitas do lado de fora. No momento em que o toco, ouro pinga de minhas mãos e molha o tecido aveludado, absorvido como tinta em papel.

Pego luvas e meias de flanela grossa na cômoda, mas não consigo encontrar saiotes para usar sob o vestido. Em vez disso, deparo-me com pilhas e pilhas de renda e babados. Intrigada, pego uma dessas peças e demoro muito para perceber que essa coisa é uma roupa íntima.

— Isso não tem como ser confortável — comento, em voz baixa. Mas é a única opção, a menos que eu queira ficar nua sob o vestido.

Com um suspiro resignado, tiro a camisola antes de vestir aquela coisa pequenina. Caminho até a frente do espelho, e levanto as sobrancelhas ao ver como a renda delicada abraça minhas curvas.

— Bem, o lado positivo é que isso faz minha bunda ficar *incrível*.

Felizmente, a maciez das meias se contrapõe à renda, que não é tão incômoda quanto imaginei que fosse. Mas o vestido é outra história.

Ao que parece, as mulheres no Quinto Reino não precisam respirar, porque há barbatanas embutidas no espartilho do vestido. Ele me aperta tanto que fico sem ar antes mesmo de acabar de me vestir.

Contemplo os outros vestidos ao considerar a ideia de trocar de roupa, mas todos possuem aquela mesma peça. Ao observar o espartilho que empurra meus seios até o pescoço e mantém minhas costelas cativas, ajo por impulso. Minhas fitas se movem e quebram as barbatanas uma a uma, até eu ter espaço suficiente para respirar de verdade.

Miro o espelho de novo e vejo o espartilho, agora torto, com linhas rompidas de barbatanas se projetando de um jeito estranho, e sorrio.

— Muito melhor — aprovo.

Calço os sapatos e as luvas, enquanto as fitas ajeitam meu cabelo, fazendo tranças que prendo com grampos no alto da cabeça. Em vez de esconder as fitas por inteiro, envolvo o quadril com elas como um cinto solto, reduzindo o comprimento apenas para que não se arrastem no chão, e então estou pronta.

Para todo mundo, pode ser que eu não pareça ter mudado. A mesma montaria dourada, a mesma favorita tocada de ouro.

No entanto, quem olha de perto consegue perceber um brilho em meu olhar. Talvez identifique a curva sutil que meus lábios desenham para baixo, sugerindo o descontentamento.

Volto ao quarto, caminho diretamente para a porta e a abro. Saio sem hesitar, e um arrepio leve percorre minhas costas.

As sentinelas no corredor ficam tão surpresas com minha aparição repentina que os dois guardas mais próximos pulam, enquanto os outros quatro olham para mim estupefatos, conforme começo a me mover pelo corredor.

— Hã...

Seguem-se murmúrios.

Um sussurro específico.

— Ela tem permissão para sair?

— Não sei... Tem?

— Por que está olhando para mim?

— Milady... — um deles chama.

Eu me viro com um sorriso simpático, olho para os seis homens que me observam.

— Sim?

O guarda que me chamou tem cabelo castanho-claro curto, e costeletas grossas dos dois lados do rosto.

— Perdão, milady, mas precisa ficar em seus aposentos.

Eu o encaro.

— É mesmo?

Os seis guardas trocam olhares, e noto a incerteza neles com a mesma nitidez com que enxergo meu reflexo em suas armaduras brilhantes.

— Ahm, sim? — ele responde, inseguro. — Passou quase três dias dormindo. Talvez deva... descansar?

Fico surpresa com a informação. *Três dias?* Inclino a cabeça.

— Bem, se dormi durante três dias, creio que estou mais do que descansada. Qual é o seu nome?

O homem cora, como se eu tivesse feito uma pergunta escandalosa. Talvez tenha, considerando que provavelmente foram instruídos a não falar comigo. O guarda pigarreia.

— Scofield, milady.

— Scofield, sou uma prisioneira?

Ele arregala os olhos.

— Não, é óbvio que não.

— Ótimo. Que bom que esclarecemos esse ponto — respondo, com um sorriso radiante. — Agora, se me dão licença...

Eu me viro e caminho com passos firmes, enquanto os guardas atônitos ficam em silêncio. Um deles prageja, e depois começam a discutir em voz baixa, tão baixa que não consigo ouvir. Segundos depois, dois deles correm atrás de mim. Olho para trás quando chego à escada.

— Vocês foram os sorteados, é?

Não me surpreende constatar que Scofield é um deles.

— Não sei nada sobre nenhum sorteio, milady, mas sou o único aqui que já participou dos turnos em Sinoalto para cuidar de sua segurança. Então, os outros, ahm, sugeriram que eu a acompanhasse. E Lowe aqui serviu ao Rei Fulke; ele conhece o castelo.

Olho para Lowe, baixinho e loiro, e vejo que não parece muito eufórico com a missão.

— Ótimo. Você pode me ajudar me levando para uma visita de reconhecimento, então.

— Uma visita? — Lowe retruca, como se a palavra deixasse um gosto ruim em sua boca.

— É a primeira vez que venho a Ranhold, e gostaria de conhecer o lugar. Vamos à cozinha primeiro.

— Milady, se é só comida que deseja, sem dúvida podemos mandar um criado servir alguma coisa no quarto — Lowe sugere, esperançoso.

Scofield aproveita a sugestão.

— Sim, podemos pedir qualquer coisa. Não precisa ir até a cozinha.

— Ah, não vou procurar comida. Só quero andar por aí um pouco — respondo, distraída, antes de parar no patamar intermediário e fitá-los. — Tem uma regra que quero deixar bem explícita para vocês dois. E é uma questão de vida ou morte. — A seriedade no meu tom os faz prestar atenção. — Nenhum de vocês deve tocar em mim. *Nunca.*

Eles arregalam os olhos de um jeito cômico. É provável que minha expressão intensa seja um pouco exagerada, mas preciso ter certeza de que eles entendem, porque a vida deles depende disso.

Tive sorte até agora por ninguém ter tocado em minha pele durante o dia, e preciso garantir que continue assim. Midas já estabeleceu o precedente de ninguém me tocar, agora só preciso reforçar a regra.

— Não importa se uma carruagem esteja prestes a me atropelar, se tem uma víbora na minha tigela de sopa ou se só querem me oferecer um braço para me ajudar a descer uma escada quebrada — continuo. — Nunca, em nenhuma circunstância, vocês podem tocar qualquer parte de mim. O Rei Midas mata vocês em um instante, mesmo que suas intenções sejam nobres. Entendem?

Lowe engole em seco, como se estivesse ainda menos contente do que antes por me escoltar. Scofield assente, desconfiado.

— Conheço as regras, milady. O rei foi *muito* direto. — E desvia os olhos ao resmungar: — Talvez não com a sua eloquência, mas...

Engulo o riso.

— Muito bem. Só não deixem de segui-las. — Respiro fundo e olho em volta. — Agora, para que lado fica a cozinha?

— Para a esquerda, milady — Lowe responde.

Viro imediatamente e sigo nessa direção, olhando em volta e notando as insígnias de pingentes de gelo bordadas nos tapetes. Meus dedos dentro das luvas coçam para tocar as paredes de pedra revestidas de vidro, mas as mantenho junto do corpo. A semelhança com gelo me causa um arrepio, que é alimentado pelo frio que paira no ar e parece aderir ao teto baixo e às fendas em todos os cantos.

— O Rei Ravinger está hospedado neste andar? — pergunto, curiosa.

Assim que formulo a pergunta, eu me arrependo. Se ele está neste andar ou mil andares abaixo do inferno, não devia fazer diferença, e eu não deveria me importar. *Não* me importo.

— Creio que ele está em outra ala, milady — Scofield responde.

Faço um ruído qualquer que não me comprometa e assinto de imediato. *Esqueça essa criatura*, praticamente sibilo dentro de mim.

No andar de baixo, passamos por uma criada de olhos arregalados que fica inerte ao me ver. Ela cola à parede como se tivesse medo de que eu tropeçasse e caísse em cima dela, e Midas a punisse por isso. Não é um cenário improvável.

Aceno para ela com simpatia, mas paro ao ver a pilha de panos velhos em seus braços.

— Posso pegar um desses?

Ela me encara, aturdida.

— O quê?

— Os panos. Posso pegar um?

A expressão atordoada permanece por mais um instante antes de ela responder:

— Pode, sim, milady. Pegue quantos quiser.

— Obrigada. — Pego um pano da pilha, fingindo não notar como ela se encolhe.

Assim que me vê com o pano nas mãos, ela se curva e se afasta, apressada. Tento conter um suspiro, mas não consigo. Estou realmente em mais um castelo controlado por Midas. Sei que é melhor que as pessoas tenham medo de mim, porque não quero ferir ninguém por acidente, mas também foi muito bom não ter de testemunhar essa reação por algum tempo. No exército do Quarto, ninguém se esquivava de mim, ninguém desviava o olhar. Aquilo me fez sentir quase... normal.

Quando olho novamente para Scofield e Lowe, noto que eles observam, intrigados, o pano em minhas mãos. Guardo-o no bolso.

— É para o caso de meu nariz escorrer — improviso. — É... frio aqui.

Eles assentem, e eu me viro e continuo a andar. Sigo as instruções de Lowe rumo à cozinha do palácio, porém, quando nos aproximamos, sinto que posso chegar ao destino apenas seguindo o cheiro.

O aroma de pão recém-assado me recebe quando passo pela porta. O espaço é amplo, com tanto vapor e fumaça que é como adentrar em uma nuvem. Paro e analiso ao redor, notando os empregados ocupados com suas tarefas. Não era mentira quando eu disse aos guardas que queria fazer uma visita. Quero sentir Ranhold em todos os níveis, e imaginei que a cozinha seria um lugar inocente para começar.

Uma cozinheira de rosto suado e avental cheio de manchas enfim parece notar minha presença, apesar do vapor e da fumaça, e arregala os olhos.

— Milady?

— Olá — eu a saúdo, com um sorriso.

A mulher se aproxima, conforme o restante da equipe fica em silêncio e imóvel, encarando-me como se não tivesse certeza de que sou de verdade.

— Precisa... precisa de alguma coisa, milady? — ela pergunta, nervosa, espiando de relance para os guardas.

Olho para todas aquelas pessoas chocadas, pensando que talvez não tenha sido um começo tão inocente, afinal.

— Ah, eu só estava pensando se poderia comer uma fruta.

Quase posso sentir o olhar furioso de Lowe atrás de mim.

— Com certeza, milady.

Ela corre para trás do fogão e pega um cesto cheio de maçãs, que traz para perto de mim. Escolho a maior de todas.

— Precisa de mais alguma coisa? Pão? Queijos? Quer que eu mande alguém ir buscar vinho...?

A oferta de vinho me tenta, mas balanço a cabeça negativamente.

— Isto é perfeito, obrigada. — Aceno com a cabeça e saio, aguçando os ouvidos quando o burburinho irrompe assim que passo pela porta.

— Não disse que não estava com fome, milady? — Lowe pergunta.

Ponho a maçã no mesmo bolso em que guardei o pano, e o encaro por cima de um dos ombros.

— Uma dama tem o direito de mudar de ideia. E agora, aonde vamos?

Os guardas se entreolham, e o medo evidente dos dois torna tudo muito mais divertido.

— Devíamos ir falar com o rei, na verdade...

Interrompo Scofield:

— O Rei Midas é muito ocupado, e a última coisa que ele quer é que o interrompam quando está trabalhando. Isto é só um passeio pelo castelo — aviso, antes de me virar e continuar a caminhada. — Ah, que tal a biblioteca?

— A... biblioteca, milady? — Lowe repete.

— Sim, o lugar que guarda livros históricos e um ou outro romance. — Ele ainda hesita, e eu enrugo a testa. — Ranhold reprova o hábito da leitura, ou alguma coisa assim?

— É que... bem, a biblioteca real não é aberta ao público. A menos que seja um membro da realeza, é necessário agendar a visita com os escribas.

Uau, este palácio é realmente cuidadoso com seus livros.

— Muito bem, vamos agendar a visita, então.

Lowe me fita com ar chocado.

— Agora?

— Não deixe para amanhã... Você sabe. Não me espremi dentro deste vestido por nada, cavalheiros. — E aponto o espartilho destruído. — Ah, e o castelo tem um jardim?

Mais um momento de estranheza. O pobre Lowe não parece gostar de visitas, livros *ou* plantas.

— Bem, existe uma estufa, milady.

— Perfeito, podemos ir lá depois.

Juro que ouço Lowe suspirar, o que só me faz sentir vontade de rir. Não devia me sentir tão animada com isso, provavelmente, mas é como me sinto.

São coisas pequenas: andar por ali, conversar com os empregados, fazer o que quero fazer e quando quero fazer. Durante quase todo o tempo em que vivi em Orea, não consegui tomar minhas decisões.

Tudo foi determinado para mim desde que eu era criança, então este pequeno momento de liberdade é muito gratificante. Minha rebeldia recém-descoberta me faz praticamente saltitar pelos corredores. Já me sinto mais livre, e isso é só o começo. A empolgação me faz lembrar por que preciso lutar.

Fique quieta. Sente-se bonitinha. Toque sua música boba. Comporte-se.

Essas ordens antigas ecoam em minha cabeça como uma canção repetitiva que não quero mais ouvir. Uso cada ordem do passado, cada manipulação para alimentar meu temperamento inflamado e me manter focada.

Se Midas vai insistir em sua encenação de arrependimento e complacência para me manter obediente, preciso estar atenta a tudo o que ele pode usar contra mim.

Não posso me deixar enganar ou persuadir.

Por isso, começo a recitar cada regra controladora a que ele me submeteu ao longo dos anos. Por isso, me lembro de todas as vezes que ele me manipulou, explorou e usou meus sentimentos em benefício de suas maquinações.

Ele me fez sofrer durante anos. Tirou o controle de mim.

Agora, é hora de eu pegá-lo de volta.

6
AUREN

—Milady, podemos levá-la de volta aos seus aposentos? Olho para trás, para Lowe, quando passamos pela muralha externa do castelo. *Quem haveria de imaginar que soldados tão bem treinados podiam ser tão chorões?*

— Daqui a pouco — respondo.

Ele não parece satisfeito.

— Desculpe, mas foi isso que disse depois da estufa.

— E da biblioteca — Scofield acrescenta.

Reviro os olhos. Nenhum dos escribas nem sequer abriu a porta quando bati.

— E do salão de música também. — Lowe lembra.

— Hum, é verdade.

Circulo sem pressa, varrendo com a bainha do vestido a fina camada de neve acumulada no chão. Lowe e Scofield me levaram por todo o castelo Ranhold hoje, a todos os lugares em que consegui pensar.

Mesmo andando há horas, ainda não me sinto preparada para voltar aos meus aposentos. Parece que desenvolvi gosto pela liberdade. A cada vez que experimento mais um pedaço, quero mais. Meu espírito está faminto por autonomia. Por explorar. Quero ir a todos os lugares, ver tudo. Pela primeira vez, Midas não está aqui para me dar ordens.

É libertador não ter alguém me mandando o que fazer. Não ser *guardada*. É uma indulgência de que nunca imaginei que teria oportunidade de desfrutar. É um bálsamo fresco sobre uma parte de mim que tem estado morna e estagnada por tempo demais.

— Milady, não trouxe nenhum casaco. Pode pegar um resfriado — Lowe sugere, cujo cabelo claro dança ao vento quando ele corre para me acompanhar.

— Morei no Sexto por uma década e atravessei as Estéreis para chegar aqui — conto-lhe. — Vou ficar bem. Este lugar não é nada se comparado aos outros dois. — É verdade. O ar frio do Quinto Reino é como um sopro delicado em meu rosto. É o toque gentil de um vento de inverno, e me sinto revigorada por ele.

Passo por carroças carregadas, deparo-me com pássaros brancos ciscando a neve em busca de migalhas invisíveis de comida. Os guardas e empregados do castelo interrompem as tarefas quando percebem minha presença, e logo a muralha externa fica silenciosa. Olhares me seguem e sussurros começam a vibrar como línguas curvas de serpentes curiosas.

Ignoro os olhares, embora os sinta na nuca. No entanto, os cochichos são mais difíceis de ignorar.

— *É ela, a favorita do Rei Midas.*

— *Aquela é a montaria dourada.*

— *Olhe a cara dela... Foi bom ser tocada de ouro, não foi?*

— *Acha que ela é dourada entre as pernas também?*

Não consigo evitar um suspiro. Reino diferente, as mesmas palavras. E aí está o problema. Porque, onde quer que eu esteja, palavras, atenção e reconhecimento me seguirão. Antes de Midas, eu era só uma peculiaridade. Mas ele me fez famosa, garantiu que eu fosse reconhecida em toda a Orea.

Vou ter de pensar no que fazer a respeito, já que é fundamental para minha fuga. Todavia, por ora, só quero desfrutar do ar fresco.

Atravesso a área quadrada, cercada de todos os lados pelas muralhas do castelo, cinza e gasta pelo frio. Aqui não tem vidro revestindo as pedras nem filigrana elegante ou flocos de neve. Esta parte do terreno do castelo não foi feita para ser bonita, e sim funcional.

Atrás de mim, há um celeiro de grãos cujas paredes sangram tinta branca em benefício da madeira crua embaixo da pintura. Mais aves ciscam o chão em frente ao galpão, onde sementes e grãos foram derrubados, mas são afugentadas por um funcionário. À minha esquerda, há duas torres altas em cada canto da muralha, mas estou interessada no parapeito descoberto.

Sigo rumo à escada de pedra rústica na muralha frontal, e levanto a frente da saia a fim de não tropeçar.

— Milady, não pode subir aí — Lowe avisa atrás de mim.

— Só quero ver.

Não existem grades nesta escada, por isso tomo o cuidado de me manter bem perto da parede enquanto subo os degraus íngremes. É mais alto do que parece, e fico ofegante antes mesmo de chegar à metade.

Minhas fitas se soltam e se arrastam no chão atrás de mim tal qual a cauda longa de um vestido. São como faixas de ouro na pedra cinza, e é como se elas também apreciassem a liberdade. Isso me faz sorrir. Quando eu era mais nova, nunca imaginei que me trariam felicidade.

Quando as fitas brotaram nas minhas costas, eu as odiei por me destacarem ainda mais, por me causarem mais dor. Eram só mais uma característica que eu precisava esconder.

Você se envergonha delas. Pensa nelas como uma fraqueza, mas são uma força, Auren. Use-as.

As palavras de Degola voltam à minha mente. Ele pode ter guardado segredo sobre sua identidade, mas com certeza tinha um talento para me fazer enxergar quem *eu* sou. Para me fazer admitir os limites e as mentiras que aceitei.

Senti ódio, ressentimento e vergonha de mim mesma por tempo demais. Não quero mais nutrir pensamentos do tipo. Ao romper mentalmente com Midas, mais alguma coisa também mudou. É hora de começar a aceitar quem sou e do que sou capaz.

Quando chego ao topo da escada, minhas pernas ardem em razão do esforço, mas só pela altura já vale a pena. O parapeito aberto se estende por uns trinta metros e oferece uma vista do reino sem qualquer obstrução.

Paro em frente a uma abertura no muro que deve servir aos arqueiros, mas que me oferece um ponto de vista perfeito. A cidade lá embaixo é um arco de construções que cercam o castelo como um arco-íris contra a lua.

Da posição em que estou, consigo vislumbrar toda a cidade de Ranhold com suas estradas e seus telhados, os prédios próximos uns dos outros. A paisagem é coberta de neve e faz o chão brilhar; atrás de mim, as montanhas de picos brancos se destacam como cones apontando para o céu de véu de noiva.

É *lindo*.

Viro a cabeça devagar em busca de ver tudo, apreciando o ar fresco e frio que brinca com meu cabelo. Contudo, não é o bastante. Nem perto disso. Então, apoio as mãos dos dois lados da abertura e puxo o corpo para cima.

Lowe deixa escapar um grito estrangulado de surpresa, enquanto Scofield perde toda a cor do rosto.

— Milady! Desça daí!

— Ela vai cair! — Lowe consegue gemer.

— Não vou cair — garanto, e fico em pé sobre o muro do parapeito, verificando, antes de erguer o corpo, se piso em área firme.

Lowe e Scofield estão paralisados, encarando-me com expressões de horror muito parecidas. Scofield estende a mão como se fosse me segurar, mas um olhar meu é suficiente para ele abaixá-la.

— Milady... — Scofield começa.

Eu o interrompo, contemplando novamente a cidade:

— Estou bem. Deixem-me admirar por um momento, e depois, prometo que volto aos meus aposentos e fico lá pelo restante do dia.

Ele e Lowe ficam quietos, mas sinto a tensão que irradia deles.

Talvez seja tolice correr o risco de ficar em pé aqui em cima, no entanto, às vezes é preciso tomar decisões tolas em virtude do simples gosto de fazê-las. Um dia, posso olhar para trás e lembrar que fiquei em pé aqui, no centro de um reino de pingentes de gelo, com uma cidade congelada aos meus pés e um céu trêmulo tocando meu rosto.

Isso é muito melhor que uma gaiola.

Um sorriso dança em meus lábios quando inspiro a brisa. Penso que é assim que uma ave deve se sentir antes de abrir as asas e voar. Sinto a tentação de levantar os braços, todavia é provável que isso acabasse provocando um colapso nos meus guardas aflitos, por isso mantenho as mãos apoiadas nos tijolos mais altos dos dois lados.

Varro a cidade com os olhos mais uma vez, mas minha atenção é atraída como um ímã para um ponto distante. Lá, onde veios escuros riscam a neve, Ravinger caminhou e espalhou sua magia.

Linhas serrilhadas riscam o chão como papel rasgado, as extremidades queimadas e de uma cor marrom em contraste com a neve. Mesmo daqui, juro que sinto o pulsar doentio das linhas, como se fossem raízes podres esperando seu senhor enterrá-las.

Mais alto, em uma colina de onde se vê a cidade, fileiras e fileiras de barracas do exército do Quarto formam linhas perfeitas. Por alguma estranha razão, a imagem me deixa com o coração apertado.

Deslizo a ponta dos dedos pela pedra áspera sob minhas mãos e a aperto. Olho para aquelas barracas, para os pontos que consigo ver em movimento, para a fumaça que se ergue das fogueiras do acampamento como em um sombrio aperto de mão com o ar.

Olho para aquela paisagem por mais um minuto antes de poder admitir para mim mesma que o sentimento em meu peito é saudade.

Sinto falta daquilo.

Uma risada sufocada escapa de minha garganta, porque qual tipo de pessoa sente falta do acampamento do exército inimigo que a capturou?

No entanto... não havia inimigo. Não para mim. Não posso afirmar nem que fui prisioneira deles, porque, na verdade, eles me resgataram dos Invasores Rubros. De fato, se as contingências tivessem sido diferentes, se eu tivesse decidido ficar, talvez alguns daqueles soldados lá embaixo fossem meus amigos. Lu, Osrik, Judd, Tonel, Hojat.

Degola.

Não eram o que eu esperava. Porém, de algum jeito, acabaram sendo com exatidão aquilo de que eu precisava.

— Milady, devo realmente insistir para que desça daí agora — Scofield suplica.

Afasto da paisagem os olhos ardentes e os desvio em sua direção. O soldado está tão nervoso que parece prestes a urinar no uniforme. Considerando o corte da calça, isso acabaria provocando assaduras no pobre coitado, então fico com pena dele.

Respiro fundo para encher os pulmões com aquele ar pela última vez, depois salto para o chão firme. Meus dois guardas suspiram, aliviados.

— Ei! Que diabos vocês estão fazendo aqui em cima? — alguém grita.

Fico muito feliz por não estar mais em cima da muralha, porque dou um pulinho instintivo ao ouvir o som repentino. Nós três olhamos para o soldado que caminha em nossa direção. Ele usa a armadura de Ranhold e um manto roxo, mas o que mais chama atenção é a cara fechada.

Lowe abaixa a cabeça até quase encostar o queixo no peito.

— A Dama Dourada só queria apreciar a vista, capitão.

Sinto o desprazer na pele como gotas de suor, e olho para Lowe. Agora, de repente, sou a *Dama Dourada*?

O olhar de pedra recai sobre mim quando o homem para à nossa frente.

— Bem, ela pode apreciar a vista de uma janela. O parapeito não é lugar para mulheres.

— Certo, capitão — Lowe responde, com agilidade e respeito. — Vamos sair daqui agora mesmo.

Talvez minha reação seja exagerada, entretanto uma onda de irritação me invade. Por que é tão fácil para todo mundo me dar ordens e ditar minhas atitudes? Todo mundo sempre espera que eu me curve, que me *comporte* e, por alguma razão, neste exato momento, isso bate em mim de um jeito muito errado. Cutuca alguma emoção oculta dentro de mim até eu sentir uma animosidade crescente tentando abrir as asas, projetando as garras com uma ira caótica.

Percebi que há muitos tipos diferentes de gaiola e, se quero permanecer fora de todas elas, vou ter de lutar. Porque o mundo vai continuar tentando me pôr na coleira, os homens vão continuar tentando me dirigir e me controlar. Não posso simplesmente me esquivar todas as vezes. Não posso deixar essa indignação reprimida dentro de mim.

As deusas fizeram de mim uma fêmea. A guerra fez de mim uma órfã. Midas fez de mim uma montaria. Até agora, essas cordas me amarraram. Eu me deixei ser contida por arreios, guiada para lá e para cá. Mas estou cansada, farta de morder aquele canto da boca a cada puxão das rédeas.

E é por isso que olho diretamente nos olhos do capitão e digo:

— Ainda *não* vamos embora. Vou quando eu quiser ir.

O aço em minha voz faz os homens me fitarem com incredulidade. Não esperavam que eu fizesse qualquer coisa além do que me mandassem fazer. Não precisam verbalizar isso, está lá nos olhos deles.

O capitão é o primeiro a se recuperar, e o olhar que crava em mim é tão seco que me surpreende o fato de ele não estar com a cara descascando.

— Vai sair daqui *agora*, senhora. A muralha é só para soldados, não para mulheres, e, se quer saber, não é bem-vinda aqui.

Não sou bem-vinda *aqui*, na muralha, ou aqui, no Quinto Reino?

Olho em volta.

— A altitude aqui é tão elevada que fez suas maneiras evaporarem, capitão?

Sua expressão é dura o bastante para concorrer com as pedras em que pisamos.

— Você pode ser a menina dourada do Sexto Reino, mas aqui é só uma mulher que está na minha muralha sem permissão. Precisa sair daqui — ele declara, e o tom é tão duro quanto o olhar. — Não quer acabar se machucando aqui, quer?

Meu temperamento se inflama, se expande como as penas de uma ave em alerta.

— Está me *ameaçando*?

— Não seria a primeira invasora a cair da muralha.

Em choque, encaro o homem. Suas palavras podem parecer inofensivas, porém os olhos insinuam algo muito mais sombrio.

Meu temperamento inflamado explode em fúria, me inunda como uma onda e grita o desafio de uma canção sinistra. *Pois que ameace.*

— Cair? Ou ser empurrada por um capitão possessivo com sua muralha? — disparo.

Percebo os guardas tensos ao meu lado, sinto a tensão aumentar entre nós quatro. Mas só tenho olhos para o capitão arrogante, cuja boca se contrai, os lábios rachados pelo frio pressionados, compondo uma linha ofendida.

— É óbvio que não, e esse tipo de histeria é a prova de que não devia estar aqui em cima, onde é preciso manter o controle.

Histeria? Vou mostrar para ele a histeria.

— *Saia daqui*, senhora.

Endireito as costas.

— Não.

O confronto repentino entre mim e esse desconhecido se calcifica, cola meus pés no chão. Eu devia ir embora, já que estava mesmo de saída, mas como ele está me dando uma ordem, como está me encarando com toda aquela *petulância*, simplesmente não consigo ir.

O capitão solta uma risadinha abafada, contudo o barulho é atrofiado, a arrogância é reduzida pelo tempo que ele deixou passar.

— Chega dessa bobagem — ele decide, com tom desdenhoso. — Está interrompendo meu trabalho ao desperdiçar meu tempo valioso.

Não pontuo o fato de que foi ele quem me interrompeu.

— Certo. Vá cumprir seu importante dever de cuidar da muralha, capitão. Está me impedindo de apreciar a paisagem — respondo, com um sorriso forçado.

Ele me enfrenta com a mesma teimosia. Não sei se estou mais irritada ou mais contente, embora de um jeito sombrio.

Sua voz fica mais grave.

— Saia daqui agora ou eu mesmo a removerei.

Uma risada amarga brota do meu peito, e me inclino na direção dele antes de conseguir me conter.

— Vai em frente. Eu *desafio* você. — Meus olhos ardem com o brilho do desafio, as pupilas absorvem o calor da raiva instantânea, e quero que ele tente cumprir a ameaça. Quero que tente me agarrar, que tente me tirar daqui. Porque, neste momento, uma violência inenarrável grita em minhas veias e enrijece as fitas em minhas costas.

Vamos, repito silenciosamente.

Pela primeira vez desde que chegou aqui com toda sua arrogância, o capitão hesita. Seus olhos estudam meu rosto como se ele avaliasse um oponente e, de repente, não soubesse se a arma em sua mão era a certa.

Então, o homem move a mão, e meus olhos acompanham o movimento, ao passo que meus dedos formigam. Todavia, antes que consiga levantar a mão um único centímetro, ele para, muda de ideia e segura o cabo da espada.

Encaro de novo o rosto do capitão.

— Foi o que pensei — comento, com uma satisfação vaidosa.

Manchas vermelhas de raiva surgem no rosto dele.

— Se fosse minha montaria, eu a surraria na rua.

— Pois bem, não sou. E tenho pena das pobres montarias que *de fato* o servem. Espero que ganhem bem — retruco, e deslizo os olhos por seu físico nada atraente.

Por um segundo, ele parece refletir se poderia escapar das consequências de uma surra como a que mencionou. Imagino a cena: ele tentando me punir, sua cara ao perceber que cometeu um erro quando belisco sua pele com as mãos nuas.

Ninguém seria capaz de me deter. Nem meus guardas, nem o capitão, nem mesmo Midas.

Eu poderia abandonar o plano de esperar e colher informações, de escapar em segredo. Em vez de tentar escorregar por entre os dedos do punho fechado de Midas, eu poderia me deixar voar para essa tangente que desabrocha no meu peito. Poderia deixar o ouro pingar dos meus dedos e solidificar cada obstáculo que surgisse em meu caminho.

A percepção repentina de minha real capacidade me atinge como o bico afiado de um pássaro. Nunca me senti tão poderosa, ou nunca *compreendi* do que sou capaz, talvez porque fui contida por medos e dúvidas, conduzida por manipulações.

Castigue-o, uma voz tenebrosa murmura em meu ouvido.

Quase nem sinto quando minha mão se move e puxa a luva esquerda. Não sinto quando as fitas deslizam pela parte de trás das minhas pernas como serpentes preparando o bote.

Um sorrisinho estranho levanta os cantos de minha boca. E isso é tudo que *posso* sentir. Isso, e o eco do chamado da escuridão gritando em minha cabeça.

Levanto a mão, os dedos nus apontados com um propósito, e meu sangue canta no mesmo instante em que a visão se afunila. Não tenho tempo para parar e pensar, considerar que diabos estou fazendo, porque essa escuridão amaldiçoada pelo Divino decolou dentro de mim, e isso é tudo que sei.

— O que está fazendo? — o capitão pergunta, com a voz incerta, os olhos desconfiados.

Mal o escuto em meio às batidas do meu coração, com a pulsação urrando nas têmporas. O pulso repete um desafio: *Faça isso. Faça isso. Faça isso.*

Só um toque. É tudo que basta. Meu dedo se aproxima, as fitas se contraem e...

— Vejo que está acordada, Pintassilgo...

A voz profunda e sensual quebra ao meio minha raiva voraz, arrancando-me do estado de transe.

A consciência retorna aos poucos, como as primeiras gotas de um temporal. Pisco e encaro minha mão a poucos centímetros do rosto intrigado do capitão.

— Está brincando com o vigia da muralha?

Viro a cabeça e me deparo com o Rei Ravinger, que, de algum jeito, agora está ao meu lado, embora eu nem tenha sentido sua aproximação. A voz dele desliza por minhas costas, e minha pele quente explode em arrepios.

— Quê? — Minha voz soa atordoada, e abaixo a mão depressa, tomada por emoções conflitantes que se movem em mim como uma torrente.

Ravinger ignora o capitão e os guardas curvados em reverência; seus olhos verdes estão cravados em mim. O poder o cerca como a névoa sobre um campo ao amanhecer, e passo a língua pelos lábios repentinamente secos.

— Posso ajudar com alguma coisa? — ele pergunta, com tom debochado.

Sinto o rosto esquentar por mais motivos que consigo enumerar. Eu quase... e ele...

Que diabos eu ia fazer?

O capitão parece suspirar aliviado com a interrupção de Ravinger, e a usa como desculpa para se afastar, visivelmente perturbado.

— Com licença, Majestade. Preciso voltar às minhas obrigações. — Ele se curva mais uma vez de um jeito tenso, antes de olhar para mim. Depois se afasta tão depressa que me surpreende que não saia correndo.

Ravinger acompanha a retirada do capitão com um sorriso, depois fixa a atenção em mim. Grande Divino, aquele *sorrisinho*. A barba por fazer que cobre seu rosto se move em sincronia com as linhas finas de poder que se estendem pelo queixo, e o cabelo preto esvoaça ao vento. Ele se veste de preto da cabeça aos pés, e a túnica e a calça de corte impecável não escondem os músculos que cobrem.

Sua aparência é boa. Boa demais.

Ravinger fita o chão e, quando acompanho seu olhar, fico vermelha de vergonha ao avistar uma das minhas fitas se enroscando em sua perna.

Séria, faço a fita soltá-lo e a empurro para trás. O sorriso de Ravinger se alarga.

— Fazendo amigos? — ele ronrona.

Abaixo-me para pegar a luva que joguei no chão e a calço de volta na mão trêmula.

— Aprendi que os *amigos* que esperava ter feito são muito na verdade são muito decepcionantes.

O sorriso desaparece.

— E de onde tirou essa conclusão tão pessimista?

Apesar do caos dentro de mim, eu o encaro.

— Todo mundo que já foi amigável comigo não fez mais que me desapontar.

A expressão de Ravinger sugere que ele está mais alerta.

— Que pena.

Dou de ombros.

— Estou acostumada com isso.

Quando o músculo da mandíbula dele se contrai, sei que o irritei. O que é bom, porque agora posso me concentrar nisso, em deixá-lo furioso, em vez de fazer o que quase fiz.

Uno as mãos tensas diante do corpo, e esse movimento me trai, porque convida o olhar dele para meu espartilho deformado.

— Problemas com o espartilho? — O deboche já está de volta.

— Sim, o *problema* é que espartilhos são peças de roupa estúpidas.

Ravinger ri, e o som me ajuda a deixar sair o ar que estava preso em minha garganta. Ele me analisa com um olhar lento, e odeio como isso esquenta minha pele e faz meu coração bater mais depressa.

— É bom ver que está recuperada, Lady Auren, e em franco movimento. Tive receio de que o retorno ao seu Rei de Ouro fosse bem... restritivo.

Estranho a escolha de palavras.

— Tudo sob controle, Rei Ravinger. Agradeço por sua benevolência em me salvar — respondo, com um sorriso melado.

Ravinger inclina a cabeça, e os olhos verdes continuam fixos em meu rosto.

— Será que alguém precisa salvar um pintassilgo? Ou será que ele mesmo se salva?

Abro a boca, mas nenhuma palavra sai dela.

Ele arqueia uma das sobrancelhas, e no mesmo instante vislumbro Degola nesse gesto, o que faz meu estômago ferver. Em seguida, Ravinger inclina a cabeça ligeiramente em sinal de respeito.

— Aproveite seu dia, Lady Auren.

Ele se afasta com passos confiantes, e continuo ali parada, seguindo-o com os olhos e tentando entender tudo que acabou de acontecer.

— Milady.

Pulo, assustada, e me viro ao ouvir a voz de Scofield.

— Merda. Eu me esqueci de vocês dois atrás de mim.

Ele fica sem jeito ao me ouvir xingar, olha para Lowe.

— Precisamos voltar lá para dentro agora.

Sua voz e o nervosismo nos olhos castanhos me fazem ceder. Assinto e me ponho a caminhar para a escada, enquanto os dois guardas cochicham entre si.

O efeito do que acabou de acontecer me deixa atordoada, um pouco tonta. Porque a intensidade da emoção, aquele desejo sombrio de punir... Nunca senti nada parecido antes.

Percebo que a raiva tem sabor de fogo adoçado. Depois de uma vida inteira de amargura fria, parte de mim quis sentir esse sabor, desabrochar em seu abraço ardente.

Não sei com precisão quando aconteceu, contudo parece que uma escuridão brotou dentro de mim, nutrida pelo solo cruel em que fui abandonada para murchar.

Eu me senti poderosa. Implacável.

E... *gostei*.

E justamente a pessoa que acusei de ser um assassino inconsequente me impediu de matar.

Vejo que está acordada, Pintassilgo.

Deusas, aquela voz fria e tranquila. Também tenho a sensação de que ele não se referia apenas a eu ter saído da cama. Com uma frase, ele me trouxe de volta ao chão, me centrou, foi como a gravidade para a Terra. A voz dele calou a outra, sinistra, dentro de minha cabeça e me trouxe para fora.

Mas, durante todo o trajeto de volta aos meus aposentos, uma questão me segue, como um fantasma assombrando meus passos, jogando água fria em meu espírito entorpecido.

O que eu teria feito se ele não tivesse me interrompido?

Acho que não estou preparada para encarar a resposta.

7
AUREN

Assisto à neve cair pelas vidraças da porta da minha varanda, enquanto cantarolo uma canção de bar que grudou na minha cabeça.

É uma velha canção do meu tempo no Terceiro Reino, e não me lembro da letra inteira, mas o refrão sempre me fez rir.

Querido John era um tédio
Mas sua calça era apertada,
Então, todas as moças sorriam
E o convidavam para uma noitada,
Mas, pobres moças, como eram enganadas...
Pois, se tirassem o cachimbo daquele bolso, não sobrava nada.

Sorrio quando apalpo meu bolso para sentir o cachimbo que furtei. Vi o cano saindo da cartucheira de um guarda que passava no caminho de volta para meu quarto. Foi quase fácil *demais* pegá-lo. Parece que algumas daquelas velhas habilidades de batedora de carteira que aprendi com Zakir ainda podem ser úteis.

Solto o cachimbo e sorrio, mas aquele sorriso desaparece quando penso em minha interação com o capitão na muralha. Nunca tinha sentido uma escuridão tão incontrolável se espalhar dentro de mim. É isso que acontece quando um animal enjaulado enfim escapa?

A violência cantava em meu peito tal qual uma ave de rapina crocita voando em círculos, pronta para mergulhar e matar a presa. Era uma música assustadora para uma necessidade sombria. Como era tentadora essa canção perversa.

Se Ravinger não tivesse aparecido, eu teria permitido que a fúria se manifestasse? Teria o sangue de outra pessoa em minhas mãos revestidas de ouro?

Apesar de a besta ter silenciado de novo, ainda a sinto ali, à espreita. Uma criatura desconhecida pronta para se levantar. O pensamento me paralisa, e uma antiga lembrança se apresenta, sorrateira.

Engula a fraqueza, e a força vai aparecer.

Esse conselho do passado tem surgido em minha cabeça nos últimos tempos, mas agora volta com força total, como se esperasse desde sempre minha chegada aqui, neste momento, para me lembrar.

Meu cabelo cheira a peixe e perfume. O cheiro não sai, não adianta tentar. Amanhã vou estar aqui de novo, presa entre um colchão de palha e o corpo de um homem.

Com a cabeça virada para o lado direito, vejo o porto através da janela suja do The Solitude. A cama cede, e a palha estala em uma ameaça seca de furar o lençol de lã. Um braço peludo bloqueia a vista por um momento, mas continuo a olhar, continuo tentando ver aqueles navios flutuarem, mesmo quando um estalido metálico avisa que o homem deixou uma moeda sobre a mesa de cabeceira.

— Para você, bonitinha. Vou dizer a Zakir Oeste que você foi uma boa menina.

Um ponto nas minhas costas coça, a pele se contrai entre as omoplatas. Mas não tento coçar o local. Também não respondo ao homem. Mas comprimo os lábios em uma linha fina até ele ter a decência de sair do meu campo de visão.

Ouço os movimentos do homem vestindo a calça e a camisa, sinto meu cabelo provocando o olfato, preso entre minha bochecha e o travesseiro. Peixe e perfume me invadem a cada vez que inspiro, um cheiro tão forte que dá para sentir seu sabor.

Ele fala alguma coisa quando se despede, mas não escuto o que é. Não me interessa. Quando enfim fico sozinha, a coceira nas costas passa, e me arrasto para fora da cama a fim de pôr o vestido.

É verde-escuro, assim como o musgo que cobria as pedras da lagoa em Annwyn para onde às vezes eu ia escondida. A cor me faz lembrar da grama verde nas encostas onde pastavam os cavalos de minha mãe. Das árvores que pareciam chegar ao céu nas ruas em Bryol.

Me faz lembrar de casa.

Uma lágrima escorre por meu rosto quando calço as meias e as botas cobertas de lama. Vou até a janela e apoio as mãos na madeira áspera do parapeito, e nesse momento a porta é aberta atrás de mim.

— Hora de ir. Tem outro cliente esperando.

Olho para trás e vejo a senhoria de seios fartos se aproximar da cama para retirar os lençóis.

— Quer ajuda?

Natia olha para mim com o rosto emoldurado por uma nuvem de cabelo preto salpicado de mechas brancas. Ela é uma mulher dura, fala o que pensa sem rodeios e sem remorso, mas tem linhas deixadas por sorrisos no rosto ocre.

— Não, garota, esta é minha hospedaria, e eu cuido dela. Além do mais, você não tem cara de quem sabe arrumar uma cama direito.

Meu sorriso é trêmulo.

— Tem razão. — *Mas não explico que não aprendi porque não tenho uma cama.*

Quando puxa os lençóis do outro lado, Natia acena com a cabeça em direção à mesa.

— Tem um presentinho ali para você. Pega.

A pele em minhas costas repuxa, fica tensa. Não quero nem olhar para o dinheiro.

— Fique com ele. Lamento que as camas fiquem sempre tão sujas. — *Meu rosto arde quando digo isso, e sou forçada a desviar o olhar.*

Seis semanas. Faz seis semanas que venho ao The Solitude todos os dias para encontrar as pessoas que Zakir determina. Nunca pensei que sentiria falta de mendigar nas ruas. Nunca pensei que sentiria saudade de ser obrigada a passar a noite furtando dos bolsos de bêbados e ladrões, mesmo que, às vezes, eles me pegassem e me castigassem.

É possível destruir uma pessoa em seis semanas?

Sinto que foi o que aconteceu comigo. É como se eu estivesse esgarçando nas costuras, como uma boneca de pano manuseada demais.

Talvez por isso minhas costas estejam sempre vibrando, como se a pele fosse esticada, beliscada e cutucada. Talvez seja nesse lugar que os rasgos vão começar a aparecer.

Seria apropriado, não? Eu começar a desintegrar pelas costas. Irônico, considerando quanto me curvei em submissão aos pés de Zakir.

Levo um susto quando Natia aparece de repente do meu lado e segura minha mão, põe a moeda nela e a fecha.

— Escute aqui, menina — ela fala, com tom firme. — Vi essa cara mais de mil vezes.

— Que cara?

— A cara de quem está desistindo. — Seus dedos apertam minha mão, e a moeda fica entre nós como um segredo. — Estou aqui há tempo suficiente para ter visto tudo isso. Você não é a primeira das garotas do Zakir a usar um quarto aqui.

Se eu achava que meu rosto queimava antes, não era nada comparado à sensação que tenho agora.

Ela aponta para a janela.

— Está sempre olhando lá para fora, para aqueles navios, mas sei que não acha que um dia vai embarcar em um deles.

Fico surpresa, piscando, por ela ter notado algo assim. Só a vejo por uns dois minutos todas as vezes... depois.

— Bem, não vou mesmo, não é? — respondo, e minha voz é colorida de amargura.

— Por que não?

A pergunta renova minha irritação, e puxo a mão que ela segurava para deixar a moeda em cima do parapeito.

— Como assim, "por que não"? Zakir nunca me deixaria ir embora, e você sabe o que acontece com clandestinos.

A mulher se aproxima e seu avental toca meu vestido, enquanto os olhos castanhos lançam um desafio.

— Quem falou alguma coisa sobre clandestinos?

Por um momento, só a encaro sem entender nada. Depois, ela olha para a moeda.

— Já falei. Leve seu presente, garota.

Meus dedos tremem um pouco quando a pego. Não é a primeira vez que ganho uma gorjeta, mas sempre deixei as moedas para trás. Sentia vergonha demais, muita repulsa para conseguir tocar nelas. Todavia, quando Natia põe a mão no bolso do avental e tira dele uma bolsinha de patchwork, já sei o que tem nela.

— Isso não é para Zakir Oeste, ouviu bem? Estas aqui são suas. Você decide como usá-las. — E inclina a cabeça para o porto outra vez. — Ouvi dizer que os navios com velas azuis e sóis amarelos são do Segundo Reino, onde não chove por semanas seguidas e a areia quente do deserto é fina como pó.

A ideia de estar seca e quente em um deserto, em vez de viver constantemente encharcada com a chuva fria do porto, me faz arrepiar.

— Mas uma garota que está pensando em desistir não pensa nessas coisas, não é? — Natia conclui e dá de ombros. — É isso que você é? Uma desistente?

Engulo em seco, meus olhos vão e voltam entre ela e os três navios de velas amarelas flutuando ao longe.

O que ela está sugerindo, a esperança de escapar, é tudo que eu mais quero. Mas se for pega, se não der certo...

Lágrimas brotam em meus olhos, e meu corpo treme. Zakir não se contentaria em me punir, ele poderia me matar se eu tentasse ir embora. Ou me daria para Barden Leste de uma vez por todas, e então eu ia querer ter morrido.

— Não posso.

— Poderia — responde a velha, fitando-me com as mãos na cintura e uma ruga na testa. — Isso é seu medo falando, e é uma fraqueza que tem de engolir, antes que ela fique maior do que você.

Ela tem razão: sou fraca. O apelido de desistente não está tão errado.

Sou fraca e sozinha, e, em apenas seis semanas, já tenho a aparência de alguém que implodiu. Só tem espaços vazios, paredes quebradas e dores horríveis, destroços demais para serem removidos.

Odeio sentir meu lábio inferior tremer, odeio como me sinto pequena.

— Não sei se consigo. Não sei se tenho força suficiente para tentar.

Natia não amolece, não me dá um tapinha no ombro nem diz que vai ficar tudo bem. Em vez disso, ela empurra a bolsa de moedas no meu peito com tanta força que me faz recuar um passo quando a pego depressa.

— Ou vai ou não vai. Para mim, tanto faz — *ela diz, indiferente.* — Mas acho que tentar e falhar é melhor do que desistir. — *Seus olhos penetram os meus como um sermão silencioso.* — Engula a fraqueza, e a força vai aparecer. Não se pode ser forte sem antes dominar essa fraqueza. É o que penso.

Sinto um arrepio nas costas quando agarro a bolsinha, sentindo o dinheiro sujo entre os dedos.

— Agora vá, saia daqui. Tenho clientes esperando lá embaixo, e ainda preciso arejar este quarto e pôr lençóis limpos na cama. Não posso ficar jogando conversa fora, com todo esse trabalho à minha espera. — *Depois de olhar para mim mais uma vez daquele jeito reprovador, Natia atravessa o quarto e pega a pilha de lençóis sujos. Ela sai sem dizer mais nada, ao mesmo tempo que meus ouvidos latejam com tudo que ela já disse.*

Contemplo a bolsa de moedas em minha mão, ponderando se tenho essa coragem, quanto me custaria o suborno de um capitão para conseguir uma passagem. Afrouxo o cordão e enfio os dedos na bolsinha, pego uma única moeda de ouro e examino suas laterais gastas e sujas. Viro a moeda, em busca de decidir se tenho a ousadia necessária para tentar. Talvez Natia esteja certa. Talvez seja melhor tentar e fracassar do que ser uma desistente.

Ao ouvir um barulho no corredor, devolvo rapidamente a moeda à bolsinha e fecho o cordão bem apertado, antes de guardá-la no bolso. Mas... será que é o suficiente? Preciso de mais?

Quando saio correndo do quarto, minha pele formiga e pulsa outra vez, mas agora não é nas costas. É na ponta dos dedos.

Sou arrancada da recordação quando alguém bate a porta do meu quarto.

Olho para Midas e fico tensa no mesmo instante. A raiva em seu rosto bronzeado faz a beleza desaparecer, substituída por algo feio, algo que faz meu estômago doer. Por um momento, minha cabeça para de funcionar sob aquele olhar. É memória muscular, ou memória mental, talvez — alguma coisa que quase me faz recuar para antigos comportamentos. É forte a urgência de aplacar, agradar. Ele me treinou bem.

Em vez de ceder, invoco a raiva, reacendo as brasas quase mortas em cinzas compreensíveis e me controlo.

— Midas, como vai? — pergunto, com cortesia ensaiada, conforme me levanto e vou até a cama para aumentar a distância entre nós.

— *Como eu vou?* — ele repete, e aponta para a porta. — Acabei de ser informado de que passou o dia todo passeando pelo castelo.

Avalio sua raiva e decido me fazer de boba. Fingindo que não entendo, afofo os travesseiros na cama.

— É verdade — confirmo, animada. — Foi ótimo. Não entrei na biblioteca, porém conheci muitos outros cômodos, e Ranhold parece agradável. No entanto, tive a impressão de que há um pequeno problema na calefação, não acha? Meu palpite é que usaram madeira porosa para as molduras das janelas. Planejamento ruim.

Midas me fita com a expressão mais incrédula, ao passo que continuo a ajeitar os travesseiros. Sacudo vigorosamente um dos maiores, e depois peço:

— Afofe este aqui para mim, sim? — Jogo-lhe o travesseiro com toda a força, antes mesmo de concluir a frase.

O cetim dourado encontra o rosto de Midas, e as penas se amoldam à cabeça dele com um barulho satisfatório.

É óbvio que isso foi infantil. Mas faz maravilhas pelo meu ânimo.

Quando ele remove o travesseiro do rosto e o segura junto de um lado do corpo, já estou endireitando as cobertas. Eu o espio de soslaio e sei que está apertando o travesseiro.

— Auren.

Viro-me em sua direção.

— Sim?

— A gaiola...

Endireito as costas de imediato, abandonando a encenação de leveza e alegria quando uma chama furiosa se acende dentro de mim.

— *Não.*

Não suporto ouvir essa palavra saindo da boca de Midas. Vou desempenhar um papel aqui porque preciso de tempo e de um plano, mas, se ele tentar alguma coisa com uma maldita gaiola de novo, vou perder a cabeça.

Midas hesita, os olhos castanhos avaliam a mudança imediata na minha atitude. Depois de um momento, parece decidir seguir em outra direção.

— É muito perigoso ficar andando pelo castelo sem mim.

— Dois guardas me acompanharam.

Ele balança a cabeça.

— Não importa. Todo mundo representa um perigo para você. Sabe disso. Não pode confiar nas pessoas. Em especial quando sei que Ravinger se aproximou de você outra vez — ele declara por entre os dentes.

Sinto as costas tensas.

— Por acaso, ele estava na muralha quando fui até lá — explico.

A frustração o faz enrijecer os ombros.

— Não gosto disso. Ele e aquele comandante dele são apaixonados por você, ou estão me provocando.

Quase digo que ele sempre fez tudo para que as pessoas se apaixonassem por mim, na verdade. Ele adora me balançar na frente dos outros como se eu fosse uma cenoura de ouro. O Rei Fulke foi um excelente exemplo. Midas só quer ter o controle disso.

— Além de as pessoas serem perigosas, você precisa se lembrar de que também é um perigo para *elas* — continua, deixando as palavras penetrarem minha mente. Midas faz uma pausa à procura de observar quais mudanças ocorrem em minha expressão, embora eu me esforce para mantê-la indecifrável. — Um movimento errado, um acidente, e você pode matar alguém. Preciso lembrá-la de como acabou de matar sua substituta?

Desta vez, não consigo evitar a reação. Não consigo impedir que a memória me faça rever como empurrei a mulher, e meu toque foi imediatamente letal. Ela vai ficar eternamente sepultada em uma gaiola destinada a mim, morta por minha mão. Culpa e pesar se acumulam como nuvens, uma pressão úmida se forma em meu peito.

— Pense em Carnith, Auren. Pense no que acontece quando você é inconsequente.

Uma gota cai como água fria chiando na fervura da minha fúria. Percebo a manipulação. Mesmo assim, hesito por um momento. Um fio da velha Auren escorre do alto, ameaçando apagar meu fogo.

O problema é que ele não está errado. Um deslize é tudo que basta. Se alguém tocar minha pele, *vai* virar ouro sólido, e não há nada que eu possa fazer para impedir isso.

Não sei por quê, mas não consigo apenas mudar a cor de pessoas e animais. Se os toco, o ouro se espalha. Um simples roçar do meu braço no deles, e estão mortos. Como a mulher em minha gaiola. Como o Capitão Fane dos Invasores Rubros, cuja estátua está em algum lugar nas Estéreis geladas. Como as pessoas em Carnith, quando o ouro pingou de meus dedos pela primeira vez e fiquei com sangue nas mãos.

— Você precisa ficar em local fechado durante o dia — Midas me avisa, e seu olhar é ríspido como a casca de uma árvore. Um toque, e serei fatiada por suas farpas.

Existe um nó do tamanho de um caroço de pêssego entalado na minha garganta e tento engolir esse nó enquanto me esforço para controlar minhas emoções sombrias. A ideia de ficar trancada em algum lugar de novo me faz sentir náusea.

— Você prometeu — digo, com veemência.

— Estou tentando protegê-la de si mesma.

Dou risada e balanço a cabeça. Odeio quanto ele é especialista nisso. Está tentando me fazer aceitar, obedecer, porque sempre foi assim entre nós. Ele sabe como dedilhar as cordas da minha culpa e me fazer tocar sua melodia, então tenho de tocar a minha, em vez disso.

Engula a fraqueza.

Midas mostra o quarto.

— Não seja ingrata pelo que já permiti.

Eu o encaro.

— Não seja ingrato pelo que *eu* já permiti, Midas.

Ficamos nos encarando. Um choque de vontades opostas. A maré e a praia, uma batalha eterna entre terra e água, entre dar e tomar.

Ele pode usar a coroa, mas fui *eu* quem a tornei feita de ouro.

Percebo que ele está se esforçando para manter a calma, mas nunca foi bom em fazer concessões, e ele *odeia* quando retruco. Depois de um momento, ele deixa escapar um pouco do que sente de verdade quando suspira e joga o travesseiro na cama com mais força que o necessário, fazendo-o quicar e cair no chão.

Midas respira fundo mais uma vez e apoia as mãos nos quadris.

— Aceito que não volte para a gai... que não seja confinada atrás da proteção de suas grades — declara. — Porém, durante o dia, é perigoso demais você ficar lá fora sozinha. Para você e para os outros. Você não consegue controlar seu poder, Auren.

— Eu sei — reconheço, irritada. Midas está tentando dar a última palavra, e não gosto disso. — Da mesma forma que todo mundo sabe as regras. Ninguém vai me tocar, e vou tomar cuidado, assim como tomei quando estava com o exército do Quarto.

Ele olha para mim com uma mistura de pena e decepção. Antes, esse olhar teria sido como um soco no estômago. Eu teria me arrastado para consertar tudo, para ser *boa*.

— Está sendo irresponsável, Auren. Vale a pena de fato? Quer mesmo ter isso na sua consciência? Só estou pensando em você.

Filho da mãe. Que filho da mãe manipulador.

No entanto... será que *estou* sendo egoísta? E se eu cometer um engano, e mais alguém morrer por causa disso?

Mordo o lábio com a força da minha preocupação. Uma batalha de pensamentos e de vontades conflitantes se desenvolve dentro de mim.

Midas se aproxima como um tubarão que sente cheiro de sangue na água.

— Pense, Auren. Consegue mesmo aceitar o risco de assassinar alguém? *De novo*? Porque é o que vai acontecer. Só estou tentando protegê-la. Você sempre confiou em mim. Precisa confiar de novo.

Meus olhos começam a arder, e quero cuspir na cara dele. Quero cuspir na porcaria da minha cara também.

Sinto que ele me enrola em seus fios, e as palavras habilidosas tentam completar os nós. Ele sabe me manipular e é bom nisso. Como pude pensar que seria capaz de vencê-lo em seu próprio jogo, se ele é um mestre nisso?

Sinto que estou inteiramente despreparada.

Ele precisa de mim, lembro. Tenho uma vantagem aqui, porque ele me quer complacente, e eu quero que ele pense que está tudo bem, para eu poder sair daqui. Sem dúvida, a última coisa que desejo é matar alguém por acidente, ou dourar a coisa errada na hora errada e revelar meu segredo para todo mundo, mas não posso ficar trancada neste quarto dia após dia.

— Nada de trancas, Midas, ou este quarto não vai ser nada além de uma gaiola — aviso. — Seus guardas estarão comigo o tempo todo, vou manter as mãos e os braços cobertos e guardar distância, mas não posso ficar aqui trancada. — Levanto o queixo.

Ele me observa, e meu coração dispara à medida que tento não ficar agitada. Estamos ambos parados, mas sinto a força do cabo de guerra entre nós. Sinto as fibras da corda cortando minhas palmas, enquanto ele puxa e puxa. Se eu deixar, ele vai me arrastar para o fundo.

Então não recuo. Não cedo. E, por fim, depois de mais um momento tenso, ele solta um suspiro.

— Não quero brigar, Preciosa. Tive um dia longo. Um *mês* longo demais. — De repente, ele parece cansado, como se essa interação o tivesse esgotado tanto quanto me esgotou.

Midas se aproxima e beija meu cabelo, o que é seguro, agora que a noite caiu.

— Descanse um pouco, está bem? Vou mandar servirem seu jantar, e amanhã conversamos. — Seus olhos descem até o espartilho do meu vestido. — Também vou mandar a costureira consertar seu vestido.

Sem esperar resposta, ele se vira e sai do quarto, e fico observando a porta fechada. Não tenho dúvida de que ele vai continuar a minar minha decisão, na tentativa de me esfolar, de me deixar em carne viva. Se eu não pensar logo em um plano, ele vai cravar as garras em mim de novo, e não posso deixar isso acontecer.

Tenho de escapar por entre seus dedos antes que ele me segure com mais força.

8
RAINHA MALINA

Grilos. É nisso que meus conselheiros me fazem pensar. Wilcox, Barthal e Uwen, todos nobres do que antes eram as prósperas casas de Sinoalto. São pragas que saltitam nos meus pés, só se atrevem a fazer barulho quando nada se ergue para desafiá-los.

— Não podemos tirar os direitos agrícolas da Casa Bansgot — Barthal argumenta, e a expressão carrancuda combina perfeitamente com o rosto envelhecido, já que é uma das mais usadas quando ele está em minha presença.

— Ele está certo, Majestade — Uwen concorda à minha esquerda. — Eles têm esses direitos há gerações.

Elevo os dedos um a um, depois as unhas batem em sequência na mesa à minha frente. Ela ainda tem o cheiro da tinta nova. O empreiteiro do palácio olhou para mim como se eu fosse maluca quando ordenei que cobrisse todas as superfícies douradas dos móveis na sala de reuniões, mas me obedeceu. Foram necessárias cinco demãos de tinta para cobrir completamente o metal dourado, e cinco dias para secar.

É evidente que foi nesse dia que meus espiões me informaram que o Quarto Reino *não* declarou guerra contra o Quinto, como eu esperava que fizesse. Em vez disso, parece que o Rei da Podridão e Tyndall decretaram uma espécie de trégua experimental. Só isso já me deixou de mau humor, mas depois tive notícias *dela*. A boceta de ouro ainda está viva e voltou a ser propriedade de Tyndall.

Meus lábios se retraem, expondo os dentes.

Entreguei a garota e as outras montarias aos Invasores Rubros em uma bandeja de prata, e os piratas estragaram tudo, cederam as montarias e fugiram como os covardes que são. Pensar no assunto faz meu temperamento congelar, o gelo correr em minhas entranhas.

Os homens estragam todos os melhores planos que as mulheres criam.

Voltando à conversa, balanço a cabeça de um jeito contrariado.

— Não quero saber há quanto tempo eles os têm. A Casa Bansgot declarou que só vai pagar seus impostos diretamente a Tyndall, o que é traição — respondo.

— O rei...

Interrompo Uwen:

— *Tyndall* não está mais reinando sobre o Sexto. *Eu* estou. — Eles se calam, como sempre. — Os impostos venceram, e quem não pagou vai arcar com as consequências. Os Bansgot estão três semanas atrasados em suas obrigações e, até agora, ignoraram todas as tentativas de cobrança. Portanto, vão perder os direitos agrícolas, que serão transferidos para uma Casa que seja leal à sua rainha Colier.

Os três homens me fitam boquiabertos, e sufoco um suspiro irritado.

Meu poder sobre Sinoalto é instável, para dizer o mínimo. Tento avançar todos os dias, solidificar meu reinado e maldizer Tyndall, mas a resistência parece cada vez pior. Os nobres estão divididos. Casas que um dia foram leais ao meu pai e ao meu avô antes dele, hoje me rejeitam. Tudo porque Tyndall os ofuscou com riqueza.

Foi por isso que sequei suas torneiras, cortando os presentes mensais de ouro.

Contudo, a cada contramovimento que faço, pareço perder mais terreno, e isso me enfurece. Primeiro os camponeses, agora os nobres.

Mas *vou* subjugá-los. Preciso disso.

— Dê os direitos agrícolas à Casa Shurin. Eles podem cumprir o contrato de abastecer Sinoalto com suas plantações, e também lhes enviaremos uma carroça de ouro em sinal de gratidão por sua lealdade — determino, tocando de leve a gola de pele do vestido.

Uwen comprime os lábios, mas anota, obediente, tudo que digo.

— Agora... — Sou interrompida por batidas à porta. — Entre.

Meu guarda enfia a cabeça pela fresta.

— Perdão, minha rainha, mas um mensageiro está à sua procura.

— Um mensageiro de onde?

— Do Quinto Reino.

Sinto meus conselheiros tensos, prendendo a respiração.

— Ah, Tyndall enfim chegou à conclusão de que o estou ignorando — comento. — Traga o mensageiro. Vou recebê-lo aqui.

Minutos tensos se passam, e minhas unhas continuam batucando na mesa. Meu querido marido enfim se dignou a reconhecer que seu poder em Sinoalto foi desafiado. Sinto uma mistura de empolgação e ansiedade para saber qual será sua reação.

Isso é o que eu estava esperando. O jogo de xadrez dos reis e rainhas nunca é monótono, e há muito tempo espero para me levantar contra Tyndall. Quando ouço passos no corredor, minhas unhas batem na mesa com força excessiva. Olho para baixo, para a tinta branca removida, agora embaixo da minha unha. A frustração cresce em meu peito diante da nesga dourada que surge embaixo da pintura danificada. Um deslize, e cinco camadas de tinta são arruinadas, simples assim. A porcaria do metal debocha de mim, um crescente que é como um sorriso desafiador.

— Majestade?

Olho para a porta aberta e vislumbro dois dos meus guardas escoltando o mensageiro. Ele veste armadura dourada e usa um manto pesado no qual ainda resistem alguns flocos de neve, como tufos de espinhos em molduras brancas.

Assim que olho para o rosto cortado pelo frio, reconheço o homem.

— Ah, Gifford. Vejo que ainda entrega as mensagens de Tyndall. Nada de promoção?

O homem de pele cor de oliva se curva para mim, ignorando a provocação.

— Não é necessário promover quem serve aos deuses.

Levanto uma de minhas sobrancelhas brancas.

— *Deuses*? Misericórdia, primeiro Tyndall se eleva a um patamar acima do seu próprio e se torna rei, e agora é um deus? Quanto ouro isso custou a ele? — pergunto, com um sorriso frio. Wilcox lança um olhar desaprovador em minha direção, mas isso só torna tudo mais divertido.

Gifford balança a cabeça, sem revelar nada nos olhos castanhos.

— Não se trata desse tipo de blasfêmia, Majestade. Quis dizer que os deuses ordenam e abençoam os monarcas. Quando sirvo a um rei, também estou servindo aos deuses.

— E quanto às rainhas e deusas? Não sou ordenada, Gifford?

Ele hesita, olha para meus conselheiros antes de responder:

— É óbvio, Majestade, não tive a intenção de ofender.

— E não ofendeu. Não responsabilizo a seiva por escorrer pelo tronco. É a árvore que a produz, afinal. — A ruga em sua testa me faz ver que ele não faz ideia do que estou falando. Aceno para ele. — Presumo que tenha uma mensagem do meu querido e ausente marido?

Gifford está inquieto.

— Tenho, Majestade. Ele me mandou por uma floresta para que eu chegasse mais depressa. Está preocupado com Vossa Majestade.

Um canto de minha boca se eleva.

— Tenho certeza de que sim.

— Quando nenhum dos falcões voltou com respostas... — Ele para de falar.

— Estou ficando aflita — aviso, com tom brando, e estendo a mão.

Ele faz menção de se aproximar, mas meu guarda levanta um braço a fim de detê-lo.

— *Eu* entrego a mensagem a Sua Majestade.

Gifford abaixa a cabeça.

— Certo. — Ele leva a mão à bolsa presa sobre o quadril e dali tira um cilindro de ouro, que entrega ao guarda.

Meu guarda abre o cilindro, tira a carta de dentro dele e a olha desconfiado, antes de entregá-la a mim.

— Obrigada — digo, e ele recua um passo.

O selo metálico na cera é um sino — *meu* sino.

O pergaminho é grosso, porém mais curto do que eu esperava. Quando o desenrolo para ler, minhas costas endurecem um pouco mais a cada palavra rabiscada, meus lábios tão comprimidos que devem ter perdido a cor.

Amasso a carta com uma das mãos antes mesmo de perceber o que fazia.

— Majestade?

Não sei qual dos meus grilos está falando, nem me interessa. Fico em pé, empurrando a cadeira para trás com força excessiva. Os pés arranham o chão pintado, mais tinta branca removida e mais traços de ouro visíveis.

Aperto a carta ainda mais.

— Minha rainha?

Ainda ignorando todos eles, saio da sala deixando para trás uma plateia perplexa. Os guardas se apressam em busca de me seguir. Durante todo o caminho ao andar de cima, mantenho a mão fechada, deixando as extremidades grossas e afiadas do papel quase rasgarem minha palma.

Só depois de entrar nos meus aposentos e bater a porta, finalmente abro a mão e jogo a maldita carta no fogo. Ao mesmo tempo, solto um grito de frustração por entre os dentes, com o pescoço rígido.

Com as mãos apoiadas na cornija, contemplo as chamas, observo as palavras queimarem e desejo poder queimar a mão de quem as escreveu.

— O que houve?

Não me viro, não pisco. O calor das chamas reveste meus olhos, mas continuo as assistindo até tudo aquilo virar cinzas.

Jeo para ao meu lado e toca minhas costas.

— O que aconteceu, meu amor?

— *Amor* — repito, com desdém, e me afasto do contato ao me virar. — Você não me ama, Jeo. É meu garanhão real. Um prostituto que pago para me cobrir. Não me adule com mentiras bonitas.

Ele abaixa os braços, e uma expressão magoada passa por seu rosto. Queria que ela permanecesse. Queria poder espalhar essa dor, fazer todo mundo sofrer tanto quanto *eu* sofro nesta vida.

— Muito bem — ele diz, com os cabelos cor de cobre brilhando à luz do fogo, o rosto sardento vermelho de raiva e de constrangimento. — O que aconteceu, Rainha Malina? — pergunta novamente.

— Quer saber o que aconteceu? Cada pau que já violou uma donzela e roubou sua virtude. Cada bastardo que já nasceu para macular linhagens de sangue. Cada homem que se levantou pisando no ventre das mulheres.

Jeo franze a testa.

— Não entendi.

— Ele engravidou uma de suas *putas*! — grito, e o gelo que envolvia meu temperamento estilhaça.

Jeo reage, surpreso.

— Tyndall?

— É lógico que sim, Tyndall — confirmo, fervendo e com os olhos em chamas. — Quem mais?

Meu garanhão abre a boca, mas a fecha antes de falar alguma coisa. Ao nosso lado, o fogo continua a crepitar, roendo a carta com que o alimentei.

— Desembuche, Jeo.

— Ah, é que... — Ele desliza as mãos pela frente da túnica branca, como se quisesse alisar o que está prestes a dizer. — Pensei que fosse ele o impotente.

Ranjo os dentes, e meus olhos ficam tão frios que poderiam competir com as tempestades do Sexto. Ele tem sorte. Se *tivesse* alguma magia nas veias, eu o atingiria com um raio ali mesmo por se atrever a me dizer isso.

— Então é *minha* culpa por não ter um filho, é isso? — Meu tom é tão mortalmente baixo que com certeza busca as profundezas abaixo do solo e abre caminho até o inferno.

A contrição de Jeo não representa nada para mim.

— Minha rainha, não foi isso que eu quis dizer.

— Saia.

Ele recua, arregala os olhos.

— Malina...

— Não vou precisar dos seus serviços hoje à noite, Jeo. Saia.

Viro-me e encaro o fogo novamente, miro a força demoníaca que lambe e transforma tudo em cinzas. Ouço o som dos passos de Jeo quando ele sai e fecha a porta, e só então deixo escapar um suspiro.

Esperava raiva e um movimento político por parte de Tyndall, quando ele percebesse que estou tentando tirar-lhe o Sexto. Esperava uma resposta para todo o trabalho que tive para destroná-lo.

Mas não.

Ele ignorou tudo isso, como se eu não tivesse feito nada. Como se a traição silenciosa que cometi não tivesse a menor importância, e nenhum dos meus movimentos fosse digno de sua atenção. Ele não se deu ao trabalho nem de me ameaçar.

Em vez disso, ele me instrui formalmente a declarar uma gravidez e me trancar em meus aposentos pelos seis meses seguintes. Quando sair, terei um bebê nos braços. Uma criança que não é minha. O filho de sua prostituta, que vai ocupar o lugar de príncipe ou princesa.

Nas palavras dele:

Vai fazer isso a fim de poder finalmente cumprir com seu dever de esposa para comigo, e vou poder declarar um herdeiro legítimo.

Meus olhos ardem, mas não pisco. Deixo as íris serem consumidas pelo reflexo das chamas.

Reconheço a verdadeira ameaça em tudo isso. Não há dúvida de que ele sabe o que estou fazendo aqui, mas pretende me encurralar com seu filho bastardo.

Vai fazer isso ou não terá mais utilidade para mim como esposa.

Utilidade. Isso é tudo que sempre importou para ele: se eu tinha ou não alguma *utilidade*.

Nem percebo que levo a mão ao ventre, que cravo as unhas na pele. A retidão que trai um útero estéril.

Se ele acredita mesmo que *algum dia* eu aceitaria o filho de sua meretriz e fingiria ser meu, é porque de fato não me conhece. Não, se não posso ter filhos, ele também não pode.

Vou arrancar Sinoalto de suas mãos e esmagar suas esperanças de declarar um herdeiro.

Afinal, ele fez isso comigo primeiro.

9
AUREN

Gritos e uivos me acordam. Abro um olho e espio as portas de vidro da sacada. Eu me esqueci de fechar as cortinas ontem à noite, antes de dormir, e agora a luz suave do amanhecer entra no quarto, pintando uma cor que lembra uma gota de creme sobre um horizonte de caneca de lata.

Os latidos continuam, e me levanto da cama, calço os chinelos e visto o robe que deixei sobre a poltrona. Vou até a varanda, e minha mão reveste a maçaneta de ouro quando abro a porta.

Assim que saio, a brisa fria da manhã me recebe, balança as mechas soltas do meu cabelo. Há uma camada fina de neve no chão, meus passos deixam um rastro quando me aproximo da grade e observo ali embaixo.

A comoção vem de uma matilha de cães agitados, correndo e se mordendo em um canil de madeira construído contra uma pequena estrutura de pedra. Sorrio quando os vejo rolando na neve, latindo e saltando com a língua para fora.

Tem dois homens com eles, cobertos com tantas peles que me surpreende não estarem cambaleando. Um deles desaparece no prédio que imagino integrar o canil e sai segundos depois puxando um trenó.

Ele assobia, e os cachorros peludos e desgrenhados atendem, balançando o rabo enquanto ele os prende ao trenó. Percebo que é uma matilha de caça quando vejo o outro homem carregando flechas e facas na parte de trás.

Assim que os cães são todos presos ao trenó, outro assobio estridente corta o ar, e os dois condutores sobem nos estribos quando os animais iniciam a corrida. O trenó segue em direção às montanhas que são como sentinelas atrás do castelo, e fico os assistindo até o veículo desaparecer.

Uma onda de inveja me invade quando os vejo desaparecer. Deve ser muito libertador viajar daquela maneira. Com o vento nos cabelos, a neve cintilante a seus pés. Aposto que é ainda melhor do que subir na muralha para sentir a brisa.

Volto para dentro e cumpro com agilidade as etapas da minha rotina matinal, quebrando uma a uma todas as barbatanas do espartilho de mais um vestido. Se fosse para as mulheres passarem o dia todo com a cintura estrangulada e os seios empurrados para cima, teríamos nascido com costelas de espartilho.

Visto um casaco para me proteger do frio e caminho até a metade do quarto, antes de ser detida pela consciência.

Consegue mesmo aceitar o risco de assassinar alguém? De novo?

Meus dedos formigam dentro das luvas e a preocupação me faz morder o lábio. Mas essa dúvida, isso é o que ele *quer*. Ele está entrando na minha cabeça, e não posso permitir.

Sigo em direção à porta e, com vigor renovado, penso em todos os lugares que vou visitar hoje. Só que, quando tento girar a maçaneta, ela não se move.

Encaro o metal dourado, notando que não existe fechadura do lado interno. *O filho da mãe me trancou.* Mesmo depois de eu ter aceitado a companhia constante dos guardas, ele me trancou.

Minhas costas vibram. Sinto o suor brotar na nuca.

De repente não estou aqui, em meu quarto no Quinto Reino. Estou novamente em Sinoalto, dentro da minha gaiola, segurando as grades como uma prisioneira na cela.

Engaiolada. Trancada. *Detida.*

Congelada, sinto o ar preso na garganta quando aquela sensação de estar presa oprime meu peito como a força da gravidade.

Mas então minhas fitas se mexem, envolvem meu tronco e apertam até eu me lembrar de respirar.

Eu tenho todo o poder. Eu.

Solto o ar lentamente, mergulho dentro de mim em busca de sufocar o sentimento de ser um animal enjaulado e, em seu lugar, alimento a raiva que uso como escudo. A raiva me faz sentir melhor, me devolve o controle. Ela me faz lembrar que não sou a favorita impotente que ele quer me fazer pensar que sou.

É óbvio que Midas me trancou. Eu não devia ter esperado menos do que isso. Devia ter me preparado emocionalmente. Não havia grades à minha volta, mas esse era outro jeito de me engaiolar. Meu carcereiro tem uma nova tranca, mas isso não significa que estou presa.

Ranjo os dentes, levanto um punho e bato à porta.

— Com licença?

Ninguém responde, o que me irrita, porque não tenho dúvidas de que há guardas lá fora.

Comprimo os lábios, esmurro a porta e grito:

— Com licença!

Ouço movimentos do outro lado, depois sussurros.

— Sei que tem gente aí! É você, Scofield?

Outro momento de silêncio, depois:

— Sim, milady. — Não preciso ver seu rosto para ouvir a careta de desgosto.

— Scofield, parece que minha porta emperrou por *acidente*. Pode abrir, por favor?

— Não posso, milady. — Sim, definitivamente, é uma careta de desgosto que escuto.

Encaro a porta como se pudesse lançar facas com os olhos.

— Por que não?

— Ordens do Rei Midas. Hoje vai ter de ficar em seus aposentos. É uma medida de segurança.

— É mesmo? — pergunto por entre os dentes.

— Sim, milady.

— Scofield, abra a porta para não termos que conversar através dela.

— Lamento, milady, não tenho a chave.

A raiva arde em meu peito.

— Aquele cretino traiçoeiro — murmuro.

Scofield parece fazer um ruído engasgado.

— O quê?

— Não é você — explico, com um suspiro, frustrada, passando a mão na testa. — Escute, Scofield, você precisa ir buscar Midas para mim.

— Receio não ser possível.

Deusas, ele caprichou no treinamento.

— Por que não? — pergunto.

— Porque ele disse que essa deveria ser minha resposta quando milady fizesse esse pedido. — Meu olho tem um espasmo de nervosismo. — Sua Majestade também pediu para que eu explicasse que isso é necessário.

Reviro os olhos e bufo.

— É lógico.

Viro-me e ando pelo quarto, torcendo as mãos diante do corpo enquanto penso no que fazer. Poderia ficar quieta até Midas me soltar, mas essa opção me deixa com um gosto amargo na boca e uma sensação crescente de claustrofobia.

Também posso tentar descobrir que tipo de estrago minhas fitas podem causar na porta, mas os guardas alertariam Midas se eu tentasse arrombá-la.

Deparo-me com a varanda. Talvez possa escapar por lá, em vez disso?

Atravesso o quarto antes de duvidar da decisão, e bato a porta ao sair. Eu me aproximo da grade e avalio as chances, observando em volta. Estou no terceiro andar. Nada muito terrível. Nem é tão alto.

Percebo algumas pedras salientes na parede, as quais posso usar como degraus, se conseguir descer da varanda bem devagar. Isto é, se não escorregar no gelo e despencar para a morte. Esse não seria o desfecho ideal.

Apesar do risco de me machucar, a ideia de ficar presa neste quarto o dia todo faz meu coração bater acelerado. Não posso. Simplesmente *não posso* ficar confinada.

Inclino-me sobre a grade na tentativa de determinar qual é o melhor caminho, mas acabo me debruçando demais sem querer. Minhas mãos escorregam, e o centro de gravidade em meu corpo se desloca. O medo me domina quando sinto que estou caindo para o outro lado, depressa demais para me segurar.

Merda!

Um grito rasga meu peito quando viro uma cambalhota no ar, e amaldiçoo minha falta de cuidado. Fecho os olhos com força na queda, mas, então, mais rápidas do que a luz, minhas fitas entram em ação. No mesmo instante, projetam-se e envolvem a grade de ferro, derrubando meu casaco dourado.

Abro os olhos quando meu corpo para com um solavanco repentino, e outro grito é arrancando de minha garganta. A pele das costas se estica com a sobrecarga dolorosa, e fico balançando no ar, suspensa pelas fitas. Arfando, olho para o chão lá embaixo, e ele parece mais distante do que eu gostaria.

O sangue pulsa em meus ouvidos depois do mergulho curto, e fico balançando de modo suave para frente e para trás, como uma marionete presa pelos fios.

É impossível não pensar na ironia.

Com esforço, tento dobrar o corpo e agarrar as fitas como se fossem cordas para me puxar para cima, mas a primeira tentativa me faz lembrar que tenho zero músculos nos braços, porque me tornei uma tola preguiçosa e complacente.

— Idiota — resmungo. Meus braços tremem, e começo a perder a força.

— Engraçado, eu chamei você da mesma coisa.

A voz me surpreende, e a surpresa me faz soltar as fitas. Caio novamente na posição de marionete.

Não é meu melhor momento.

Deparo-me com a pessoa no chão, bem embaixo de mim. Minha Cólera favorita está rindo de mim. Ela tem pele marrom-escura e corpo esguio, e indícios de sua força física escondidos sob um casaco grosso de inverno e os trajes de couro do exército. As botas cobrem até o meio das panturrilhas e uma espada pende do quadril, e ela olha para mim com os braços cruzados e os pés plantados no chão, afastados na largura dos ombros, a perfeita guerreira.

— Hum. Oi, Lu — respondo, com um aceno ridículo. — O que está fazendo?

Ela arqueia uma das sobrancelhas para mim, enquanto continuo balançando no ar.

— Acho que a pergunta mais interessante é: o que *você* está fazendo?

Cruzo os braços, mas percebo que isso me faz parecer ainda mais boba, e os deixo cair outra vez.

— Nada.

Ela sorri.

— Aham. Precisa de ajuda, Mechas Douradas?

— Não. Eu, há... tenho tudo sob controle. Não toque em mim, ok?

Ela ri.

— Não ia tocar. Quero me divertir vendo você cair de bunda.

— Obrigada — respondo, com tom seco.

Com enorme dificuldade, viro a cabeça a fim de olhar para a parede. Procuro uma solução com desespero, e avisto a grade da sacada abaixo de mim, a um metro e meio de distância, mais ou menos. Sopro o ar com força, tentando afastar o cabelo do rosto.

— Droga.

Às minhas custas, Lu cai na gargalhada.

Minha testa está coberta de suor, as costas doem em razão do esforço. Se não me apressar, sinto que as fitas vão se soltar da pele. Ranjo os dentes e tento me concentrar, soltando fitas a fim de agarrar a grade da varanda de baixo.

O problema é que controlar só algumas de cada vez é *muito* difícil, porque tenho vinte e quatro delas e as mantive escondidas durante a maior parte da vida, sendo que só as usei para pentear a porcaria do cabelo.

— Idiota — resmungo, de novo para mim mesma.

— Sim. Que bom que isso ficou estabelecido — Lu declara lá embaixo.

Eu disse que ela era minha Cólera favorita? Não é. Prefiro Osrik.

Devagar, começo a soltar três fitas ao mesmo tempo, mas outras três ameaçam segui-las sem minha permissão. E outras três, e mais três e...

Um grito escapa da minha garganta quando caio de novo. Desta vez, as fitas estão emaranhadas demais para se agarrarem a qualquer coisa. Algumas tentam se enrijecer e amortecer a queda, mas ainda assim caio de cara na neve.

Ótimo.

Atordoada, tudo o que posso fazer é me manter quieta por um segundo, até sentir o gosto metálico na boca. Estou fora do meu quarto há trinta segundos e já cometi um erro terrível. Quero me estrangular com as fitas, mas, a esta altura, não sei nem se seria capaz *disso*.

Uso os braços como apoio e tento me sentar, cuspindo neve. Arregalo os olhos ao ver a impressão dourada do meu rosto na neve.

— Tudo bem, Douradinha? — Lu pergunta, e ouço o som de seus passos se aproximando.

— Sim! — respondo, apressada, apagando o ouro e o enterrando embaixo de uma pilha desajeitada de neve intacta. Ao fazê-lo, minhas luvas ficam encharcadas.

Quando os passos chegam mais perto, fico em pé e giro para encará-la. Tento dar um passo para trás, mas as fitas enroscam nas minhas pernas e quase caio. De novo.

Felizmente, consigo tirar as fitas de baixo dos pés antes de desmoronar.

Lu para à minha frente, e identifico o humor em seus olhos.

— Jeito interessante de sair do quarto.

— Só estava treinando as fitas — respondo, e começo a limpar a neve das roupas. — Sabe? Aprender a confiar nos meus instintos.

— Sei... — ela responde, mas o tom anuncia que não acredita nem um pouco em mim.

As nuvens despejam flocos de neve finos como papel à nossa volta. Os flocos se acumulam em sua cabeça raspada e derretem sobre as formas de adagas desenhadas à lâmina no cabelo preto, mas Lu não parece se incomodar com o frio.

Pego meu casaco e o visto depressa, puxando o capuz sobre a cabeça para a neve não virar ouro em meu rosto.

De soslaio, percebo um trecho de ouro no chão, uma área que deixei de cobrir. Dou um passo para o lado e puxo a saia do vestido para esconder o brilho. Os olhos castanhos de Lu se movem naquela direção, antes de me encararem de novo.

Meu rosto esquenta, mas tento manter a expressão impassível.

— O que está fazendo aqui? — pergunto. — É surpreendente que tenham permitido a presença de um soldado do exército do Quarto no interior das muralhas do castelo.

— Não permitiram. — Lu dá de ombros e descansa preguiçosamente a mão no cabo retorcido da espada. Espero que continue a explicação, mas é só isso. Lu não costuma ser muito falante, mas costuma ser menos misteriosa.

Um silêncio incômodo se instala entre nós como um visitante indesejado. Agora que o momento ridículo passou e ela não está mais rindo da minha cara, enquanto eu balançava no ar pendurada na grade da varanda, percebo que a energia entre nós está diferente. Tem algo em sua expressão, alguma coisa não verbalizada, conforme os olhos me avaliam. E então, com um sobressalto, percebo o que é.

Decepção.

Pigarreio.

— Se sua entrada não foi autorizada, como chegou aqui? — Espio ao redor, mas somos as únicas ali. O canil é o que temos de mais próximo, e está vazio e silencioso.

— Andando.

Meu suspiro sai como uma nuvem de fumaça.

— Lu...

Ela inclina a cabeça e me mede de cima a baixo.

— Não pensei que faria isso, Douradinha.

— Faria o quê? — pergunto, confusa.

— Voltar para isso — ela explica, franzindo o nariz ao olhar para o castelo. — Não acho que tenha sido uma troca muito boa.

No mesmo instante percebo que *esta* é a razão para o olhar de desdém, para a decepção em seus olhos. Quanto mais ela me observa desse jeito, menos consigo suportar. Ela não interrompe o silêncio, não recua. A expressão em seu rosto sugere que quer algo de mim. Um pedido de desculpas? Não sei.

— Olha, sei que está brava comigo.

— Não estou brava — ela responde, com descaso. — Só não esperava que voltasse correndo para baixo do polegar de Midas. Pensei que fosse melhor do que isso.

Tento não me encolher ante o tom reprovador. Faço um esforço para sufocar a dor que inspiro por entre os dentes e que desce pela garganta.

Gosto muito de Lu. Perdi muito mais do que minha liberdade quando escolhi voltar para Midas. Só não tinha percebido até agora que uma das coisas que perderia seria o respeito dela. Nem quanto isso me incomodaria.

O silêncio tenso se prolonga, e fico inquieta sob o julgamento que encontro nos olhos dela. Não sei o que dizer. Não sei se ela sabe que Degola é seu rei, ou se isso faria diferença.

Quero perguntar sobre ele, descobrir se ela sabe que conversamos na sala da gaiola, mas engulo o impulso no mesmo instante. É óbvio que eliminei qualquer possibilidade de amizade com ela quando voltei para Midas.

Quase explico que não estou me colocando sob o comando de Midas outra vez, que vou encontrar um jeito de ir embora, mas me seguro. Não sei nem se a confissão ajudaria, e só serviria para pôr o meu plano em risco.

A verdade é que Lu e eu não somos amigas. Ela é leal a Degola, não a mim.

Transfiro o peso de um pé para outro, incapaz de suportar o olhar penetrante por mais tempo.

— Preciso ir. Principalmente porque você não foi autorizada a entrar aqui. Não quero que tenha problemas se for vista comigo.

Lu ri baixinho.

— A segurança de Ranhold é ridícula. Eu poderia invadir as muralhas com os olhos fechados e roubar a coroa da cabeça do Rei Midas, se quisesse.

Arregalo os olhos.

— Por favor, não faça isso.

— Não preocupe sua cabeça dourada com isso. Tenho coisas a fazer aqui, mas não é *isso*. A menos que eu fique entediada, é óbvio.

— Lu.

Ela revira os olhos e começa a se afastar.

— Não se preocupe comigo. Vá fazer o que planejava fazer quando saiu escondida.

Meus ombros ficam tensos.

— Eu não disse que saí escondida — falo para as costas dela.

Lu se vira e continua andando de costas, enquanto bate com o dedo em um dos lados do nariz e aponta para mim.

— Uma sorrateira sempre sente o cheiro de outra sorrateira, Douradinha.

Antes que eu pense em uma resposta, ela desaparece por um dos lados do castelo e me deixa sozinha.

Suspiro e observo lá em cima, na minha varanda, com um balançar de cabeça. Tive sorte por não quebrar o pescoço. Que bom que havia uma pilha de neve fofa para amortecer a queda. Mesmo assim, sinto dor nas costas e no rosto, depois da aterrissagem elegante. Tudo porque Midas é um cretino manipulador e controlador. E agora Lu me odeia.

Até aqui, a manhã não foi das melhores.

Mas, assim como Lu, afasto-me dali, porque tenho mesmo de dar uma espiada sorrateira por aí, começando pela disposição da propriedade.

10
AUREN

Descubro que me esgueirar pelo castelo é uma tarefa complicada. Mas Lu tem razão sobre a segurança, porque, se consigo bisbilhotar sem ser vista, então as patrulhas não são das melhores. Não sou do tipo que desaparece na paisagem. Não que não tenha de me esforçar para não ser vista; eu tenho, sim. Mas o fato de conseguir circular sem ser vista é um pouco preocupante. Não sou nenhuma especialista em disfarces.

Percorro sem pressa o terreno em volta do castelo, registrando tudo que vejo. Depois de um tempo, porém, começo a passear, apenas apreciando a sensação de estar ao ar livre sozinha. Aqui é tranquilo como Sinoalto nunca foi, sem nevascas furiosas ou ventos uivantes. A neve mansa vai e vem, e nuvens brancas e macias encobrem o céu.

Para minha sorte, a área do Castelo Ranhold é vasta, então tenho muitos lugares para visitar. Contemplo os canis, as esculturas em gelo, um pátio e fileiras de estufas. Consigo delinear um mapa na cabeça, tomando nota de todas as portas que levam ao interior do castelo.

A ideia de ter um mapa das saídas, só por precaução, me faz sentir melhor.

Circulo por entre as estufas olhando para meus pés e pensando em Lu. Meus sapatos esmagam a neve do caminho, as vidraças perto de mim são cobertas de gelo, teias cristalizadas que prendem meus pensamentos. Queria saber o que ela está fazendo aqui e por que invadiu Ranhold.

Também me pergunto se ela, Judd ou Osrik estão fazendo alguma coisa... sinistra.

A verdade é que não sei muito sobre eles. Degola os chama de sua *Cólera*. É um apelido que não provoca afeto ou sensação de acolhimento.

No entanto, fui bem tratada quando estava com eles. Com exceção do meu primeiro encontro com Osrik, nenhum deles foi desagradável comigo. Pelo contrário, superaram todas as expectativas preconcebidas.

Mas eles têm muitos segredos. Para começar, sabem que Degola é um feérico, e agora sabem que também sou. Não consigo nem começar a destrinchar as implicações dessa informação e suas possibilidades. Será que vão usar isso contra mim? E será que sabem também que Degola está levando uma vida dupla?

Isso faz minha cabeça girar e mantém a preocupação presa dentro de mim. O fato de não saber me torna vulnerável, exposta a qualquer um que queira tirar proveito de mim.

Talvez por isso eu tenha reagido com tamanha intensidade quando Degola se revelou. Pela primeira vez na vida, pensei ter encontrado alguém que me conhecia de verdade e não se sentia repelido. Alguém que não estava me manipulando.

Vislumbro meu reflexo em uma vidraça da estufa e, mesmo com o vidro ondulado, consigo enxergar a dor em meus olhos dourados. Uma dor que estou tentando negar.

Meu orgulho foi ferido, é evidente, mas o coração foi ainda mais machucado. Porque *Degola* parecia algo mais. Quase.

Ele foi meu *quase algo mais*.

Uma ideia, uma esperança, uma busca no escuro. Só quando fechei a mão e segurei o vazio, percebi que era ele quem eu tentava agarrar.

E é isso que faz meus olhos arderem de tristeza. Ele me incentivou a acender, a *arder*, só para me apagar com mentiras cinzentas.

Tomei tudo isso como uma ofensa pessoal, e provavelmente não deveria tê-lo feito, mas não se pode argumentar com sentimentos. Eles fazem o que querem, forçam a pessoa a suportar. Tudo o que se pode fazer é ranger os dentes e aguentar, torcer para que o tempo amenize a dor.

Por favor, que o tempo faça isso passar.

Não sei se Lu vai contar a Degola que me encontrou hoje. Não sei se *quero* que ela conte.

A mera menção do nome dele é suficiente para causar dor intensa em meu peito. Por mais que eu tenha tentado não pensar nele, tanto em sua forma espinhosa quanto na forma de rei, isso é quase impossível. Porque, a cada vez que minha mente vaga, ela retorna para Degola.

Arranco um pedaço de gelo saliente da parede de vidro ao meu lado, como se puxasse a pétala de uma flor. O desejo de colher parte de um fragmento.

Miro o gelo em minha mão enluvada quando ouço vozes distantes. Jogo o gelo no chão e espio pela lateral da estufa. Tem um estábulo a algumas dezenas de metros. A estrutura de pedra inclui um grande curral, e ali dentro um treinador trabalha em círculos com um cavalo de pelo grosso.

Identifico no mesmo instante a origem das vozes quando vejo dois guardas saindo do estábulo, caminhando em minha direção. Antes de me virar para impedir que me vejam, percebo a silhueta ao lado do curral, com os braços apoiados na cerca.

Mesmo de costas para mim, eu o reconheceria em qualquer lugar.

Ravinger está vestido de marrom-escuro, e seu cabelo preto é ondulado pelo vento. De longe, e embora eu não consiga distinguir seu rosto, ele parece relaxado, frio como a neve sob seus pés. Ele nunca parece perturbado, nem mesmo aqui, em outro reino, cercado por inimigos em potencial. Mesmo quando é o único contra mil oponentes, *ele* é a ameaça de fato.

Sem pressa, analiso sua silhueta. Ele é um rei assustador, aterrorizante. Mas o lado positivo? Com certeza sabe vestir uma calça.

Droga.

Ainda estou fitando aquele traseiro quando seu corpo fica tenso. Os ombros se alinham, ele vira para trás e olha *diretamente para mim.*

Recuo depressa e me escondo atrás da estufa, onde permaneço imóvel por um segundo, em choque. Talvez ele não tenha me visto. Pode ter virado por outro motivo, certo? Certo.

Sei que não deveria, porém, contrariando o bom senso, espio de novo pela lateral da estufa, porque pareço não conseguir me controlar.

Meu coração vai parar na garganta. Ele agora está de costas para a cerca, de braços cruzados, e não há dúvida de que toda sua atenção está voltada para mim.

Quando me vê espiando de novo, sua boca desenha um sorriso torto.

Merda.

Preciso parar de fitá-lo, mas não consigo. Nossos olhares estão entrelaçados, uma linha estendida, puxada dos dois lados. Nem pisco, até que um movimento à esquerda dele interrompe a conexão.

Minha atenção é desviada, e, por fim, percebo a silhueta que esteve parada ao lado dele esse tempo todo. Vestido com a armadura preta completa e de capacete, com as fileiras de espinhos brotando dos protetores de metal em seus braços, e outros acompanhando a linha da coluna.

Degola?

Minha mente patina, confusa, antes de frear.

Olho para Ravinger e para Degola, de um para o outro, e sinto que minha testa enruga.

Atordoada e confusa, dou um passo à frente como se pretendesse marchar até lá e descobrir esse mistério, mas Ravinger faz que não com a cabeça, com firmeza. Paro instintivamente, o que é bom, porque os dois guardas de quem tinha me esquecido por completo estão agora a poucos metros da quina do castelo, onde vão passar bem na minha frente.

Xingando-me mentalmente por minha falta de atenção, tenho cerca de dois segundos para decidir onde me esconder, porque uma estrutura transparente, feita de vidro, não vai resolver meu problema.

Não posso correr para o fundo da estufa a tempo, porque ela é ridiculamente comprida, mas me concentro na imagem da escada decrépita encostada no castelo. Tem uma porta no alto que já estive observando. É a alternativa mais próxima, e espero, sinceramente, que ela abra ou que eu consiga subir a escada, pelo menos, e os guardas não pensem em olhar para cima.

Tomo a decisão sem pensar muito, seguro as saias e corro para a escada antes que os guardas cheguem à estufa. Atravesso a alameda e derrapo até o começo dos degraus, então começo a subi-los de dois em dois.

Na pressa de escalar a pedra em ruínas, escorrego em um trecho de gelo quando chego ao último degrau. Quase caio de lá de cima pela lateral aberta da escada — *de quem foi a ideia idiota de não colocar um corrimão?* —, mas consigo me segurar na maçaneta da porta no último segundo. Sem esperar para me equilibrar, giro a maçaneta e fico eufórica quando a porta se abre de verdade. Corro para dentro e fecho-a o mais depressa possível, da maneira mais silenciosa, com o coração disparado no peito.

Ufa, essa foi por pouco.

Ofegante, paro por um momento a fim de ouvir se não há gritos ou passos apressados subindo a escada, mas não escuto nada.

Depois de vários segundos, finalmente suspiro aliviada e olho em volta. Estou em uma espécie de antecâmara vazia, com uma luminosidade fraca que entra por uma janela de ripas sobre a porta. Diferente do restante do castelo, o aposento é simples e pobre, sem nenhum enfeite. Parece não ser utilizado, e também parece servir de sala de ligação para várias passagens. E é muito frio.

Tremendo sob o casaco, observo de novo a porta por onde entrei. Mesmo do lado interno, com paredes de pedra entre nós, juro que ainda consigo sentir Ravinger lá fora. Como ele soube que eu estava ali?

A melhor pergunta é: quem estava com ele? Aquela armadura é de Degola, e o capacete, as botas, a postura, a altura, até os malditos espinhos, mas é óbvio que não era ele. Esse falso Degola é grande demais para ser Judd, pequeno demais para ser Osrik. Quem era, então?

Seria mais um truque, outra mentira? Comprimo os lábios e o expulso da cabeça.

O lado positivo? Volto ao interior do castelo sem nenhum guarda me ver. É melhor tirar proveito disso e dar uma espiada do lado de dentro também.

Ando pela antecâmara horrível, passando por bancos de pedra encostados nas paredes. Não consigo imaginar por que alguém ia querer sentar ali. Tento abrir algumas portas, mas todas estão trancadas. Nenhuma surpresa.

Quando chego à última — também trancada —, desenrolo uma das fitas e a encaixo na fresta entre o chão e a porta. É parecido com tentar amarrar as fitas nas costas de um vestido, então fecho os olhos e me baseio apenas no tato, guiando a fita até a fechadura do outro lado. Ela envolve a velha tranca de ferro e, com um rangido enferrujado, o trinco abre.

Assim que a fita volta e me envolve, puxo a porta, e segue-se outro rangido causado pela falta de uso. Entro no espaço escuro, e um cheiro familiar me faz arregalar os olhos e olhar em volta, confirmando minha localização.

A biblioteca real.

O cheiro de livros, pergaminhos antigos e tinta encadernada em couro me faz sorrir.

Demora um momento para meus olhos se ajustarem à luz fraca, porque parece que não há janelas aqui. A única iluminação vem das arandelas presas às paredes, mas não é suficiente para afugentar as sombras. Em especial com as prateleiras que sobem pelas paredes até onde nem consigo enxergar, algumas isoladas por correntes que impedem a remoção dos livros. O ambiente é tão convidativo quanto uma tumba.

Apesar de não ser exatamente pitoresco, um pensamento me ocorre, e analiso ao redor, sob um novo ponto de vista. Este lugar é quieto, escuro e *secreto*. O lugar perfeito para esconder alguma coisa.

Com um novo propósito em mente, sigo andando por um corredor de prateleiras, tomando cuidado para não fazer barulho. Seguro as saias para que não produzam som, aliviada por usar sapatos de solas macias o bastante para meus passos não ecoarem. É tão silencioso que até minha respiração parece barulhenta.

Na tentativa de me mover com o mínimo de ruído possível, examino os títulos nas lombadas dos livros à medida que passo por eles. Deparo-me com a indispensável história do Quinto Reino, a geografia de Orea, os relatos sobre guerras anteriores, a genealogia de reis... chato, chato, chato. Quanto mais lombadas leio, menos me animo com a possibilidade de encontrar romances neste lugar.

Minha viagem, contudo, não é um desperdício completo. Meus olhos se voltam para uma prateleira mais adiante, engolida pela escuridão. Ela é mais baixa do que as outras, está coberta de poeira e parece não ter sido tocada nem observada há anos.

Perfeita.

Olho em volta, mas o único objeto próximo é uma arandela a vários metros de distância. Eu me viro e, com rapidez, tiro a luva e ponho a mão no bolso do vestido. Tiro dele três coisas em seguida: a maçã que peguei na cozinha, o cachimbo que roubei do guarda e o pano da criada. Três itens inofensivos e aleatórios, tirados de lugares diferentes e de pessoas distintas. Coisas de que Midas nem vai sentir falta.

Assim que minha pele nua toca os objetos, o líquido metálico brota da palma da mão. Cada objeto é revestido em segundos, fica mais pesado ao se tornar de ouro maciço. Olho para cima em busca de um lugar fora do alcance geral, e encontro dois grandes volumes apoiados um no outro, criando um nicho escondido perfeito. Na ponta dos pés, uso a mão enluvada para empurrar o pano e o cachimbo entre os livros, escondendo-os.

Guardo a maçã de ouro no bolso, sentindo seu peso sobre o quadril. Calço a luva novamente e me viro para sair dali, mas um brilho atrai meu olhar para uma prateleira mais baixa. Eu me ajoelho, limpo uma faixa de poeira e paro de respirar ao ver que uma palavra é descoberta.

Feéricos.

Preta e com um relevo arredondado, impressa no couro sob filigrana dourada, a palavra quase sussurra para mim, e sinto um arrepio nas costas.

Há uma corrente presa na frente da prateleira, mas está meio caída e frouxa. Avalio o entorno, para ver se as sombras me observam, mas tudo é silêncio, exceto meu coração. Tomo cuidado para não sacudir a corrente nem deixar rastros na poeira, e pego o livrinho. No momento em que o seguro nas mãos, meus dedos vibram.

Pouco maior do que minha palma, a capa é feita de sabugueiro, com um delicado revestimento de couro vermelho costurado em volta das extremidades das ripas de madeira, e uma linha grossa costurada através das páginas gastas pelo tempo mantém a encadernação.

Por um momento, tudo que consigo fazer é contemplá-lo. Nunca vi um livro sobre feéricos em todo o tempo que vivi em Orea. Que eu saiba, cada obra de literatura feita por ou sobre feéricos foi destruída desde a guerra. Os feéricos só são mencionados nos livros de História, retratados como grandes traidores e assassinos sedentos de sangue.

Este livro é proibido. Devia ter sido queimado séculos atrás, todavia está aqui, escondido entre livros decrépitos de História e pergaminhos enrolados, em uma prateleira empoeirada e protegida por uma corrente.

Olho novamente para os dois lados para me assegurar de que não tenho testemunhas, enquanto o escondo embaixo do casaco e dentro do bolso interno, junto do peito. Então me levanto, e sinto o coração bater como passos me seguindo.

Espera. Não. São passos *de verdade*.

Merda.

Corro para a direita e faço uma curva fechada, colo as costas à lateral da estante. Um segundo depois, ouço alguém no corredor ao lado, andando com passos lentos e arrastados.

Hora de ir.

Segurando as saias com as duas mãos, levanto a bainha completamente, à medida que as fitas se encolhem embaixo do casaco. Estou nervosa demais até para respirar, mas passo pelas estantes na ponta dos pés, me encolhendo a cada vez que os sapatos fazem algum ruído ao tocarem o chão de pedra.

Não posso voltar por onde vim, não com aquela pessoa tão perto. Então coloco entre nós toda a distância possível conforme me desloco pela sala misteriosa.

Quando avisto mais luz adiante, caminho na direção dela, torcendo para que me leve a outra saída. Atravesso um corredor de prateleiras e, quando saio do outro lado, encontro mesas com livros e pergaminhos abertos e lamparinas acesas. Mas meus olhos buscam a porta além deles.

Graças ao Divino.

Corro para lá, mas, na pressa, não noto a silhueta corcunda e encurvada sobre uma das mesas, com uma pena na mão. Ele ergue a cabeça quando passo, e o movimento me causa um sobressalto de surpresa.

— Ai, merda! — reajo, alarmada. — Desculpe.

O homem idoso vestido com uma túnica se eleva em um instante, e a cadeira arranha o chão com um barulho estridente.

— Quem a deixou entrar aqui? Não tem permissão para estar aqui! — ele sibila.

— Desculpe — repito, recuando com as duas mãos estendidas diante de mim. — Eu, hum, queria marcar uma visita à biblioteca — improviso.

Os olhos profundos do homem me estudam com desdém.

— Sei quem você é.

— É claro — digo, nem um pouco interessada em ouvir um velho de oitenta anos me chamar de puta de ouro. — Então... a visita?

— Não.

Olho para ele sem esconder a surpresa. Não era isso que eu esperava.

— Não? — pergunto.

— Os *nobres* podem marcar visitas — ele me informa, com um tom tão duro quanto seu cabelo cor de palha. — Todos os outros não são bem-vindos na biblioteca real. Como não é nobre nem da realeza, evidentemente não tem autorização para entrar.

— Mas...

— Temos pergaminhos aqui que remontam aos anos sombrios. Temos livros escritos pelos primeiros reis. Eu mesmo estou transcrevendo *pessoalmente* um relato de São Bosef durante a Praga da Papoula — ele me informa com o peito inflado, todo importante. — Isso pode ser chocante para você, mas, apesar do seu apelido, esta biblioteca é mais *preciosa* do que você — anuncia, com tom reprovador. — Portanto, retire-se e não pense em voltar, porque não é bem-vinda aqui. Volte para a ala das montarias, que é o seu lugar.

Eu o encaro, perplexa e imóvel. Nunca imaginei que um escriba pudesse me fazer sentir inferior e indigna como uma fagulha de poeira.

O homem olha para o meu casaco e, de imediato, meu rosto perde a cor. O livro roubado em meu bolso parece ficar mais pesado, tocando meu coração.

Será que dá para ver algum volume ali? Não me atrevo a olhar, porém, quando ele ergue a mão e aponta para mim com o dedo manchado de tinta, tenho a sensação de que meu estômago despenca. Não posso nem *estar* na biblioteca. O que vai acontecer comigo por tentar roubar um livro proibido?

— Vou ter de chamar os guardas para tirarem você daqui?

Levo um momento para perceber que ele não está gritando *ladra* ou exigindo que eu esvazie os bolsos.

— Eu... O quê?

Ele aponta para a porta atrás de mim.

— Você é surda? Perguntei se vou ter de chamar os guardas ou se é capaz de sair sozinha.

— Não, não. Eu saio — respondo, apressada.

Viro para sair dali o mais depressa possível, e puxo a porta pesada. Saio assim que abro uma fresta de tamanho suficiente para eu passar. A porta se fecha com um baque atrás de mim, e me apoio nela, levando a mão ao peito para acalmar o coração disparado.

Conheci muita gente desagradável na vida, mas aquele escriba é um cretino.

Balanço a cabeça e solto o ar. Sob os dedos, sinto os cantos duros do livro como uma insígnia de sigilo pressionando a pele. Não faço ideia do que há nele, mas parece *furtivo*. Como se as páginas fossem sussurros e eu me inclinasse para ouvir seus segredos.

Assim que minha respiração volta ao normal, abaixo a mão e me afasto da porta. Agora que não estou mais preocupada com a possibilidade de ser pega em flagrante, fico irritada com o desprezo demonstrado pelo escriba. Ele me fitou como se eu não fosse digna nem de respirar o ar úmido da biblioteca, muito menos de ler alguma coisa.

Não pense em voltar, porque não é bem-vinda aqui.

Ele se comporta como se minha presença fosse uma nódoa na biblioteca, como se eu pudesse marcar o canto de uma página ou quebrar um dorso.

Quer dizer, *sim*, acabei de roubar um livro, mas isso é irrelevante. E, *sim*, no passado transformei algumas páginas em ouro maciço acidentalmente, por descuido. E isso também não é relevante.

Entretanto, o escriba disse uma coisa correta, embora tenha falado com a intenção de me ofender.

Volte para a ala das montarias, que é o seu lugar.

Engraçado, era exatamente para lá que eu queria ir agora.

11
AUREN

Encontrar a ala das montarias não é fácil. Não só porque não sei onde fica, mas porque tenho de continuar me esgueirando. Isso significa entrar em vários cômodos, ou recuar sempre que um criado ou guarda se aproxima, e toma muito tempo.

Mas procurar e vagar também significa que consigo mapear os andares, ter ideia de onde fica cada local, o que vai ser útil para meu plano de fuga. Um plano que se solidifica em minha mente a cada passo.

Duas horas mais tarde, tenho sorte quando espio por trás de uma parede e encontro dois guardas sentados em frente a uma porta.

— Este posto é muito melhor do que a muralha norte. Pela primeira vez, não temos que ficar congelando o rabo — um deles comenta.

O outro guarda está reclinado em sua banqueta, com a orelha colada à porta.

— Merda, acho que estou ouvindo uma delas gemer.

— Sério? — O outro se anima, e reviro os olhos quando ele também cola a orelha à porta. — Acha que elas só... trepam umas com as outras o dia inteiro?

Ouço o gemido masculino.

— Merda, espero que sim.

— Midas tem putas muito melhores do que as de Fulke. Viu as tetas daquela ruiva?

Bem, encontrei as montarias.

Hesito por um momento, tento pensar em um plano, mas sei que não tenho o dia todo para ficar espiando por trás da parede. Cedo ou tarde, alguém vai passar por aqui.

Não reconheço os guardas, e é óbvio que são novos nessa posição, o que pode me favorecer. Com uma ideia meio desenvolvida, respiro fundo e saio do esconderijo. Ando confiante pelo corredor azul-claro, passando pelos pilares decorativos paralelos à parede.

Como ainda estão tentando espionar as montarias, os guardas vestidos de dourado não notam minha presença até eu estar a pouco mais de meio metro deles. Então se levantam de imediato, e parecem constrangidos. Um é mais velho, tem têmporas grisalhas, e o outro deve ser mais novo do que eu, com pelos loiros crescendo em tufos tristes sobre o queixo.

— Quem é você? — Barba Rala pergunta.

O mais velho o encara.

— *Quem é ela?* Olhe bem. Ela é a dourada, idiota. Quem você *acha* que pode ser?

— Ah. É verdade. — Manchas vermelhas idênticas aparecem em suas faces.

Sorrio, radiante.

— Oi, não queria incomodar. Vou entrar na ala das montarias, só isso.

Cabelos Grisalhos reage, confuso.

— Hum, isso não é permitido, senhorita.

Adoto uma atitude altiva.

— É óbvio que é permitido. — A melhor maneira de convencer as pessoas de que se tem autorização para fazer alguma coisa é reagir ofendida quando presumem o contrário. — Você sabe quem sou.

Não é bem uma pergunta, mas eles assentem mesmo assim.

— Então sabem que sou a favorita dourada do Rei Midas. Sua *montaria* favorita — falo, devagar, pontuando as palavras com um arquear de sobrancelha para que se sintam idiotas por não terem percebido isso sozinhos. — E esta é a *ala das montarias*, não é?

Há uma hesitação.

— Bem. Sim... — Barba Rala responde, ainda com as bochechas vermelhas.

— Certo, então podem se afastar para eu entrar, por favor? Odiaria ter de contar ao rei que vocês impediram a montaria favorita dele de entrar na própria ala. Tenho certeza de que ele não ficaria muito satisfeito com isso.

O jovem guarda empalidece e olha para Cabelos Grisalhos.

— Você está insultando a favorita do Rei Midas — ele diz por entre os dentes.

— Não estou. Pensei que ela...

Barba Rala o interrompe e olha para mim.

— Pode entrar, senhorita — anuncia, e abre a porta.

Faço questão de brindá-lo com um sorriso largo quando passo por ele.

— Obrigada.

Quando a porta é fechada atrás de mim, ouço os dois começarem a discutir no mesmo instante, e tenho de me esforçar para não rir. Não esperava que desse certo, na verdade, mas é óbvio que vou tirar proveito do resultado.

Miro o pequeno vestíbulo e ouço um barulho do outro lado da porta à minha direita. Eu me aproximo, espio pela fresta da porta e avisto um aposento grande. Tem dois pilares brancos junto da parede dos fundos, como se fossem apoios para livros sustentando as janelas. O espaço é banhado pela luz carrancuda que adentra por meio das vidraças cobertas de gelo, e a pintura azul-clara e os tapetes da mesma cor fazem tudo ali parecer frio, apesar do fogo que arde na lareira.

Cadeiras em formato de ninho feitas em palha trançada pendem do teto, profundas o bastante para acomodar mais de uma montaria ao mesmo tempo. Algumas estão justamente ali, reclinadas sobre almofadas fofas, como se os balanços estranhos fossem casulos compartilhados.

Observo as pilhas de mais almofadas em um canto no chão, todas brancas, azuis e roxas. Há uma mesa fina coberta de pratos de comida e jarras de bebida junto da parede do outro lado, e várias poltronas espalhadas em torno do centro da sala. No geral, o ambiente parece decadente, até mesmo um pouco bagunçado.

Deparo-me com a maioria das montarias com quem viajei até aqui, além de algumas caras novas, mas nenhuma delas me notou até agora. As que estão nas cadeiras de balanço parecem cochilar, as pernas pendendo preguiçosas, a bainha dos vestidos de seda arrastando no chão carpetado.

Estão todas tão... confortáveis juntas, que preciso sufocar uma onda de ciúme. Como seria se eu tivesse sido incluída no grupo quando morávamos em Sinoalto? Se pudesse conviver com as montarias, se elas não me odiassem e não se ressentissem da minha presença, minha vida teria sido bem menos solitária. Sei que discutem e brigam, testemunhei tudo isso quando estávamos com o exército do Quarto, mas também desenvolveram amizades. Mesmo que algumas se odeiem, pelo menos elas *têm* umas às outras. Eu não tinha ninguém. *Não tenho* ninguém.

Uma risadinha à minha direita interrompe o momento de autopiedade, e viro-me para uma das poltronas, na qual avisto uma pessoa com quem *não* quero ter amizade.

Polly parece me ver no mesmo momento em que eu a noto, porque seus olhos azuis brilham e o sorriso desaparece. Ao seu lado, Rosh, o montaria macho, fica tenso. Mais três montarias sentadas em outra poltrona se viram e olham para mim quando me aproximo.

— Belo vestido — Polly comenta, mostrando os dentes e exibindo um sorriso maldoso ao ver meu espartilho torto e todo estranho.

A expressão desdenhosa faz meu rosto esquentar, mas ignoro a provocação.

— Minhas costelas não gostam das roupas do Quinto.

Ela ri com desdém, o corpo reclinado sobre as almofadas roxas e o cabelo loiro em desalinho.

— Dor é sinônimo de beleza. Mas acho que você não saberia disso.

As outras montarias riem. Meu rosto esquenta um pouco mais.

— Dor não deveria ser requisito de beleza.

— Você fala como uma verdadeira puta mimada — ela retruca, com os olhos vidrados, sem foco. — O que está fazendo aqui, aliás? Não é bem-vinda em nossa ala.

Olho desconfiada para as outras três mulheres, que me observam com uma espécie de interesse entediado.

— Queria ver como estão se adaptando.

Polly revira os olhos.

— Mentirosa.

— Tudo bem — reconheço, fazendo um movimento dos ombros. Minha vontade de falar com ela não é maior do que a dela de falar comigo. — Vim procurar Rissa. Sabem onde ela está? — pergunto, e procuro em volta.

Seus olhos astutos, embora um pouco vermelhos, ficam um pouco menores quando me encaram.

— Por que está sempre querendo falar com ela, ultimamente? Vocês não são amigas.

O comentário é como um soco no estômago, como se ela visse em que eu estava pensando antes de entrar aqui e quisesse me machucar, cravar a faca até o cabo.

— Como sabe que não somos amigas? — pergunto, na defensiva.

— Sei porque Rissa é *minha* amiga — Polly responde, e seu rosto se tinge de um vermelho raivoso que me surpreende.

Uma das outras montarias ri. Isis, a curvilínea de cabelo preto.

— Está com ciúme da boceta de ouro?

As palavras me incomodam, mas Polly também fica incomodada.

— Cale essa sua boca grande — ela dispara.

Isis ri ainda mais, ri tanto que cai em cima da montaria sentada ao seu lado, o que faz essa mulher explodir em gargalhadas também. As duas caem no chão juntas, rindo sem parar, e então...

Certo, agora elas estão se beijando.

A montaria pequenina e com aspecto de fada, que se chama Gia, revira os olhos e fica em pé. Ela passa por cima das duas no chão antes de cair no colo de Rosh e começar a beijá-lo.

De repente, tem muito beijo por todos os lados.

Polly olha para Gia e empurra seu rosto.

— Vá trepar com outra pessoa.

A garota faz biquinho e começa a beijar o pescoço de Rosh, em vez de devorar sua boca.

— Ah, fala sério, Polly. Vamos dividir. Estou me sentindo bem demais agora.

Arregalo os olhos quando ela começa a esfregar a região entre as pernas de Rosh, que inclina a cabeça para trás e geme.

Polly comprime os lábios em uma linha fina, o que faz sua boca, normalmente farta e rosada, perder a cor e o volume. Um suspiro irritado escapa por entre os lábios selados.

— Eu sabia que vocês não iam aguentar esse tanto de orvalho.

Enrugo a testa.

— Orvalho?

Polly reage com a mesma indiferença de sempre.

— É, *orvalho* — repete, com uma careta exagerada de enfado. — Não pode ser tão burra assim. — Quando continuo olhando para ela com ar confuso, ela suspira. — Você sabe, a pétala-pintada, as gotas de orvalho--da-donzela-corada, o orvalho-cereja...

Isis ri, ainda sentada sobre a outra montaria no chão.

— Orvalho-cereja, porque basta uma lambida, e até a donzela mais pudica quer estourar suas cerejas.

Ela começa a rir de novo até a garota embaixo dela girar, e então a risada se transforma em gemido.

— Orvalho é... uma droga? — pergunto, incrédula. Agora observo os olhos vidrados e rostos corados de um ponto de vista diferente, e o comportamento lânguido, erótico, me deixa desconfortável. — Não vão se meter em encrenca por isso?

— Com quem? — Polly pergunta, as sobrancelhas erguidas.

— Com o rei.

— Bem, duvido, considerando que foi ele quem me deu a droga.

— *O quê*? Midas lhe deu isso? — reajo, chocada.

— Bem, o reparador trouxe para nós primeiro. Para ajudar a gente a se recuperar, depois de tudo que aguentamos com os Invasores Rubros e o exército do Quarto. Mas Midas me deu uma caixa porque o satisfiz — Polly responde com orgulho, sorrindo para mim de um jeito vingativo, embora continue caída sobre as almofadas. — Ele ficou *imensamente* satisfeito.

Engulo em seco.

— Há pouco tempo?

É óbvio que ela está gostando disso, porque seus olhos cintilam e um sorriso estende seus lábios.

— Na noite passada.

Devia haver uma faca rasgando meu coração depois de ouvir isso, mas não estou ferida... não desse jeito. Ou, se estou, é só um eco das reações instintivas às explorações sexuais de Midas. *Sempre* tive de suprimir meu ciúme. Ele me fazia pensar que meu comportamento era irrazoável, injusto. Mas ouvir que ele deixou minha cama para ir visitar a dela não me faz sentir ciúme agora. O que sinto é repulsa.

Devo ter sido muito boa em mentir para mim mesma, porque, de outra forma, não poderia ter me convencido de que ele me amava.

Contamos a nós mesmos mentiras distorcidas para envolver nossas verdades perversas, tudo para ficarmos presos nessa teia e não termos de encarar nossos pesares óbvios.

Muitas vezes Midas esteve comigo, mas me deixou para ir visitar uma delas. Ou me fez assistir a um desses encontros, como se sentisse um prazer pervertido com o alcance de seu controle sobre mim. Eu devia ter explodido as bolas dele há anos, essa cobra devoradora de montarias.

E agora ele dá às montarias esse orvalho, seja lá o que for, para lhes alterar o comportamento. Essa história toda me deixa com um gosto amargo na boca.

— Talvez não devessem tomar esse... — começo a falar, cautelosa.

Polly fica tensa.

— Lá vem você com seu complexo de superioridade. Não consegue deixar de pensar que é melhor do que nós, não é? — ela me desafia.

— Não é isso...

— As montarias do Rei Fulke usam isso todos os dias há anos. E adoram essa coisa. Tudo fica muito mais... gostoso — ela diz, e desliza um dedo pelo bíceps de Rosh, que está beijando o pescoço de Gia.

— Montarias de Fulke? — pergunto, intrigada.

Rosh levanta a cabeça para responder:

— É. — Ele me olha de cima a baixo com uma expressão carregada de luxúria, os olhos mais intensos pelos traços de lápis. — Aquelas ali — diz, apontando para trás de mim.

Olho para trás e vejo um grupo de mulheres que não notei ao entrar na pequena alcova. Seus corpos estão apoiados na parede e, sentadas sobre almofadas, as mãos estão entre as coxas. Olhos desfocados encaram as paredes como se não tivessem muita consciência de onde estão, enquanto dedos se movem e lábios gemem.

Uma sensação de inquietude penetra em meu peito, uma peneira despejando areia áspera que lixa minha preocupação.

— Qual é o problema com elas?

— Fulke era mercador de tráfico humano — Rosh explica, indiferente, com a voz um pouco mais rouca, agora que Gia afaga seu cabelo. — Suas montarias reais não eram permanentes; ele as trocava com frequência, pelo que ouvimos. Ficam sozinhas na maior parte do tempo, mas adoram usar orvalho. O Rei Midas tem mantido o fornecimento para elas.

Desvio o olhar dos rostos relaxados, dos olhos vazios.

— Acho que não deviam tomar isso.

— Mas é *tão gostoso* — Isis protesta do chão, enquanto levanta o vestido da outra mulher. — Deveria experimentar.

— Até parece que vou gastar meu presente com *ela*. — Polly se irrita.

Ignoro o comentário.

— Não vão querer acabar como... como elas — sussurro, olhando por um instante para as montarias de Fulke. Eu poderia ter gritado e acho que elas não teriam a atenção necessária para se incomodar.

— Elas são mais felizes assim — Rosh comenta, de um jeito distraído, mirando o peito de Gia.

— Hum, também quero ser mais feliz — Gia murmura. — Vai, Polly, deixe a gente usar um pouco mais.

— Não consigo mais nem ver sua íris, e você não para de se esfregar em Rosh. Já chega de orvalho para você — Polly responde, impaciente.

Depois leva a mão à almofada em suas costas e tira de baixo dela uma caixinha de vidro. Assim que abre a tampa, as quatro montarias viram a cabeça em sua direção, como cães farejando um osso. Isis tenta se esticar e tocar a caixa, mas Polly a puxa e bate na mão dela.

— Não, você também já usou o suficiente.

Isis faz uma cara feia e massageia a mão.

— Você não manda em nós.

— O Rei Midas deu o orvalho para *mim*. Isso significa que é meu. Se vocês três não tomarem cuidado, não dou mais nada. Vão ver se conseguem um pouco com os fantasmas do Fulke ali — Polly sugere, apontando para elas. A descrição que faz das mulheres me incomoda. Não está errada. Elas *de fato* parecem fantasmas; fantasmas apáticos e de olhos vazios. — Falei que já usaram o suficiente por enquanto, e é sério. Agora saiam daqui. Estão me irritando.

Isis a encara, contrariada, mas entende que a ameaça é séria, porque se levanta e estende a mão para a garota que estava embaixo dela. As duas cambaleiam até o primeiro balanço em formato de casulo que encontram e se sentam ali. Logo depois, começam a gemer.

Uma risada rouca atrai minha atenção.

— Isso foi maldade, Polly — Rosh ronrona. Gia agora se mexe no colo dele, e é possível ver seu membro crescendo embaixo das calças aveludadas, enquanto o quadril estreito da jovem sobe e desce.

— Você gosta de quando sou cruel — Polly responde, o olhar sedutor.

Rosh ri de novo e vira a cabeça para lamber os seios de Gia. Ela arqueia as costas e faz um ruído incrivelmente carnal, que parece ressoar dentro de si.

— Alguém pode me dizer onde está Rissa? — pergunto, impaciente. Não quero mais ficar aqui. Sinto na pele a inquietação, a sensação de que tudo isto é muito *errado*.

— Não — Polly retruca, e abre a caixa de novo. Ali dentro tem uma pilha de pétalas brancas e grossas com gotas vermelhas como sangue.

— Polly...

Ela me ignora e leva uma pétala à boca, coloca-a sobre a língua. Fecha a boca com decadência sensual, revirando os olhos quando a euforia transforma seus traços.

Polly mastiga devagar, como se saboreasse cada contato dos dentes, cada lambida da língua. Rosh segura seu rosto antes que ela consiga engolir a pétala, devora sua boca, enfia a língua entre seus lábios como se quisesse lamber cada resquício do que ela acabou de ingerir.

Ainda estou fitando-os quando uma voz atrás de mim diz:

— Deveria sair daí. Eles vão passar horas nisso.

Olho para trás e vejo Rissa, linda como sempre.

— Aí está você — comento, aliviada. Um gemido alto atrás de mim me faz enrugar a testa.

— Não gosta de orvalho? — ela me pergunta. Balanço a cabeça em um sinal negativo. — É um produto popular aqui no Quinto Reino, apesar de caro. Ao que parece, o Rei Fulke mantinha um bom estoque disso. Suas antigas montarias não parecem se importar com outra coisa. Bem... isso e trepar, já que a droga aumenta o desejo sexual. É bem útil para as montarias, não acha?

Suas palavras são amargas, ferinas. É a mordida de dentes delicados ocultos por belos lábios. Observo o cabelo loiro e arrumado de Rissa, seus olhos atentos, a pele sem rubores. Diferente das outras montarias na sala, que agora estão envolvidas em alguma atividade sexual ou cochilando em estupor, ela está completamente lúcida.

— Você não usa? — pergunto, curiosa.

— Não. Não quero que meus problemas sejam deixados de lado ou transformados em luxúria. Não vou ficar aqui e sucumbir. — Não falo nada, e ela enfim desvia o olhar das montarias de Fulke e alisa o vestido justo com as duas mãos. — Veio falar comigo?

— Sim. — Outro gemido atrás de mim. — Podemos ir conversar em outro lugar, onde tenhamos mais privacidade e menos... gemidos?

Rissa ri, mas se vira e me leva para uma porta no fundo da sala. Do outro lado, o espaço é cheio de camas desarrumadas. Não tem ninguém ali. Ela fecha a porta e vai se encostar à parede do outro lado, de frente para mim.

— Já estava me perguntando quanto tempo me faria esperar, antes de vir.

— Não estava *fazendo* você esperar. Eu disse que ia precisar de um tempo para pôr as coisas em ordem.

— E? Está pondo as coisas em ordem? — ela pergunta, e é então que noto o desespero subjacente. Ela disfarça bem, mas percebo-o no modo como estica os dedos tensos, em como fixa o olhar.

— Estou.

— É mesmo? — Ouço a dúvida em seu tom de voz. — Ou será que está mentindo para mim agora, contou ao rei e planeja me trair?

Não aponto que é ela quem está *me* chantageando.

— Dou minha palavra, Rissa. Eu disse que vou conseguir o ouro para você, e vou. Mas... precisamos fazer um novo acordo.

Rissa me encara, desconfiada.

— Que *novo* acordo é esse?

Espio em volta, um pouco nervosa, antes de sussurrar:

— Você disse que precisava de ouro suficiente para comprar o fim do seu contrato e começar uma vida em outro lugar. Mas conheço o Rei Midas. Ele não vai deixar você sair até que *ele* decida que pode ir. Acredite em mim.

Ela franze a testa.

— É mesmo?

— Sim — respondo, sem rodeios. — E precisamos de um novo plano. Se quer sair daqui, vai ter de ser em segredo.

— *Fugir?* — ela pergunta, incrédula. — Você é idiota? O Rei Midas me caçaria, me traria de volta e me jogaria na masmorra.

— Não se não conseguir encontrá-la.

Rissa ri, como se a ideia fosse ridícula.

— Está renegando nosso acordo.

— Não — declaro, com firmeza. — Mas *conheço* o rei, Rissa. Não interessa se você é a melhor montaria real. Ele não vai acreditar que ganhou gorjetas suficientes de outras pessoas para comprar o rompimento do seu contrato.

Ela fica tensa e com os lábios contraídos de raiva, embora haja neles uma leve curva descendente que não me passa despercebida. Agora que plantei a dúvida em sua cabeça, ou ela sabe que estou certa ou não quer correr o risco.

Como não está ameaçando espalhar meu segredo nem me deu as costas, considero isso um bom sinal.

— Você ainda pode se libertar, e vou fazer tudo em meu alcance para isso acontecer, desde que aceite que nada disso passe por Midas, porque seremos pegas em um instante.

Rissa pensa no que eu disse, mas ainda está desconfiada, o que é evidente pela linha tensa dos ombros.

— Estou ouvindo.

— Vou ajudá-la a planejar uma fuga. Também vou garantir que tenha muito ouro, tanto que, quando for embora, vai ser uma mulher muito rica.

— Sair de Ranhold sem ninguém saber é impossível.

— Não é impossível — argumento. — Não se planejarmos tudo meticulosamente.

— E o ouro?

Hesito.

— Não posso lhe dar moedas. O poder de Midas...

Rissa passa a mão na cabeça, um gesto de frustração.

— Tanto faz, transforme umas cortinas. Já falei, seu segredo tem um preço, Auren, e você vai ter de *pagar*. Conseguiu absorver o poder de Midas de tal maneira que transformou um homem em *ouro maciço*. — Ela me faz lembrar. — Quero minha parte.

— Posso lhe dar ouro, mas o que vai fazer com ele?

— Encontrar um ferreiro que o derreta em troca de dinheiro. Para pagar por seu silêncio — ela responde, sem dificuldade, com as mãos na cintura.

Balanço a cabeça antes de ela terminar a frase.

— Qualquer ferreiro em Ranhold saberia imediatamente que está roubando do rei, e venderia a informação mais depressa do que você seria capaz de piscar. Sabe que é verdade.

Ela reflete, mantendo as mãos na cintura. Depois abaixa as mãos, se afasta de mim e circula pelo quarto vazio como se o som dos passos fosse ajudar sua cabeça a entender o caminho que acabei de propor.

— Posso lhe dar ouro — repito, e meus olhos a seguem. — Mas você tem de prometer que não vai fazer nada com ele até estar bem longe de Ranhold.

— Certo — ela cede, relutante, quando para. — Vejo que essa proposta é sensata. Seria um risco pagar um ferreiro e tentar trocar ouro por dinheiro, e não tenho conexões aqui, como tinha em Sinoalto. Não quero correr o risco de ser denunciada. Sou bonita demais para ficar definhando em uma masmorra.

Esboço um sorriso.

— Definitivamente.

— Mas você sabe que as montarias são vigiadas o tempo todo, não sabe? Se está dizendo que não posso pagar para encerrar meu contrato, como espera que eu saia sem ser pega? — Seu tom é desconfiado e cético, mas estou um passo à frente de Rissa.

— Encontrei um jeito de entrar na biblioteca real — revelo. — E toda biblioteca real sempre guarda as plantas da cidade. Inclusive as do castelo.

A compreensão inunda seus olhos de oceano azul.

— Posso levar um tempo para pesquisar, mas vou encontrar as plantas e traçar um caminho para fora de Ranhold. Todo castelo tem rotas de fuga seguras e vias secretas de escape. É só questão de procurar. Enquanto eu cuido disso, você vai ter que pensar em um meio de transporte. Alguma coisa clandestina e imperceptível.

Ela pensa por um momento.

— As montarias podem fazer visitas à cidade. Acho que consigo dar um jeito de organizar uma viagem.

— Ótimo.

Os olhos azuis de Rissa me queimam.

— O fato de estar concordando com essa mudança de planos não significa que confio em você completamente. Ainda quero ouro. Pelo menos duas peças por semana. — Abro a boca para argumentar, mas ela levanta a mão. — Isso não é negociável. Considere como um pagamento por meu silêncio.

— Tudo bem — aceito, relutante. — Mas você precisa de um bom lugar para esconder as peças. Não podemos ser pegas, Rissa, e se encontrarem algum ouro, vou ser incriminada tanto quanto você.

— Tenho um lugar — ela garante, com tom confiante.

— Tem certeza?

Percebo a irritação em seu rosto bonito.

— Não me trate com condescendência. Passei quase toda a minha vida com um bando de montarias, sempre dividindo espaços. Sei como manter coisas escondidas para que as outras não as roubem.

Verdade.

— Nosso novo acordo tem mais um detalhe — aviso.

Ela range os dentes.

— *O que é agora?*

Esta é a parte que realmente me preocupa.

— Quando você for embora, eu vou junto.

O silêncio cai sobre nós como um desmoronamento de pedras. Rissa recua, chocada.

— Ficou maluca? Você é a favorita, a dourada. O Rei Midas *nunca* vai desistir de você. Não teríamos a menor chance de escapar.

— *Temos* — argumento, e torço para estar dizendo a verdade. A convicção em minha voz é maior do que sinto, na verdade. — Vamos juntas. Esse é o acordo — afirmo, sem deixar espaço para discussão. — Saímos daqui juntas, e vou garantir que você nunca mais sinta falta de nada. Não vai fazer diferença se o ouro acabar, porque vou estar com você. Posso conseguir mais.

Ela não parece convencida, mas vejo a ganância brilhar em seus olhos.

— Pode roubar o poder dele desse jeito, mesmo estando longe? — Rissa pergunta, cética. — Porque não vou ficar nem perto do Quinto ou do Sexto Reino. Quando sair daqui, vou embarcar em um navio e viajar para o mais longe possível, onde nunca mais precise ver um único floco de neve.

— A magia do toque de ouro é problema meu. Você só precisa ficar quieta e garantir transporte para sairmos da cidade.

Ela me olha de cima a baixo.

— Você não é fácil de disfarçar. Vai acabar nos delatando.

— Vou me manter coberta e pensar em alguma coisa — prometo.

Ela me encara por um longo instante, e tento não morder a boca nem torcer as mãos. Se Rissa recusar a proposta, se vender meu segredo pela segunda melhor oferta...

— Ok.

Olho para a cara dela.

— Ok? — repito, sem conseguir disfarçar a surpresa. — Tem certeza? Porque esse jogo é perigoso, e podemos ser punidas severamente.

— Acha que não sei? Não sou nenhuma boba.

Meu coração se enche de esperança.

— Então, estamos nessa juntas.

Ela suspira.

— Suponho que sim.

Não consigo evitar um sorriso hesitante, antes de estender a mão enluvada.

— Estamos do mesmo lado. Cuide da sua parte, eu vou cuidar da minha, e *vamos* sair daqui. Vamos ser livres, Rissa.

A garota hesita por um segundo antes de apertar minha mão. É um aperto firme, no qual seus dedos espremem os meus.

— Se me trair, você vai se arrepender — ela me avisa, com tom rígido.

Bem, com certeza não é uma promessa de *amizade eterna*, mas é o suficiente. Levo a outra mão ao bolso, pego a maçã de ouro e noto seus olhos se abrirem mais.

— Não haverá traição. Ninguém vai puxar o tapete da outra.

Ela solta minha mão para pegar a fruta, testando seu peso antes de guardá-la no bolso do vestido.

— Tudo bem, Auren. Estamos do mesmo lado.

Ela não precisa concluir a frase, deduzo as palavras implícitas. *Ou vai se arrepender.*

Mas talvez nós duas possamos aprender a confiar o suficiente uma na outra para sairmos daqui e não precisarmos fazer isso sozinhas.

Começo a torcer.

12
AUREN

Quando saio da ala das montarias, tento pensar um jeito de voltar ao meu quarto sem ser flagrada, mas a decisão é arrancada de mim quando Scofield, aparentemente preocupado, vem correndo em minha direção. Paro e olho para os dois lados, o que é idiotice, porque não tem nenhum esconderijo disponível e, além disso, ele já me viu.

— Milady, como chegou aqui? Estive lhe procurando em toda parte — ele exclama, agitado.

— Como soube que eu não estava em meu quarto?

Ele para à minha frente, e noto o cabelo castanho despenteado.

— Tive um palpite de que havia saído, contrariando as ordens do rei — ele explica, mexendo nervoso nas fivelas douradas do uniforme. — Além do mais, bati várias vezes à porta e não houve resposta.

— Podia estar dormindo. Francamente, Scofield, é bem rude tirar conclusões precipitadas dessa maneira.

Ele franze a testa.

— Mas a milady *não* estava dormindo.

— Bem, *agora* você sabe disso. — Olho em volta. — Mais alguém sabe que estou aqui?

Scofield balança a cabeça em negativa e coça uma costeleta.

— Não que eu tenha conhecimento. Deixei alguém em meu posto enquanto vim procurar por você, por precaução. Os outros pensam que está me ignorando, só isso.

— Está vendo? Essa é uma conclusão mais razoável. Na próxima vez, ouça seus colegas.

Ele me encara.

— Eles estavam *errados*.

Dou de ombros, como se isso não tivesse importância.

— Bem, agora que me encontrou pode me acompanhar de volta aos meus aposentos, se isso fizer com que se sinta melhor. Vamos. — Aponto para o corredor. — Quanto antes me levar de volta, menor vai ser a chance de o Rei Midas descobrir que saí escondida durante seu turno. É provável que ele não fique nada satisfeito com você.

Sinto um pouco de culpa quando vejo o rosto de Scofield empalidecer, mas estou disposta a jogar sujo.

É uma pena que Midas já esteja me esperando no meu quarto quando chegamos.

Sinto o peito apertar assim que abro a porta e me deparo com ele lá dentro. Scofield quase sufoca ao meu lado, enquanto Lowe evita fazer contato visual no corredor.

Quando paro à soleira, o olhar indecifrável de Midas me encontra.

— Feche a porta — ele ordena.

Engulo em seco, entro e fecho a porta antes de encará-lo. Vestido de maneira impecável, ele mantém os braços cruzados. Está de calça social, com uma camisa longa que abotoou do colarinho até a bainha e tem filigranas complexas bordadas no sentido do comprimento. Por um momento, pondero sobre quem ele quer impressionar hoje com suas roupas, porém me distraio com o olhar penetrante e o queixo firme.

Junto as mãos na frente do corpo a fim de impedi-las de tremer.

Eu tenho o poder. *Eu.*

Esses pensamentos silenciosos me fortalecem para enfrentar a explosão temperamental que sei estar próxima.

Os olhos castanhos me mantêm parada, tais quais duas agulhas me costurando ao chão.

— Onde você estava?

Levanto o queixo.

— Avisei que não ia ficar trancada dentro deste quarto.

Ele explode, abandonando o silêncio e a imobilidade.

— Fiz isso para protegê-la! — Midas dá um passo em minha direção, movendo a mão como se pretendesse eliminar fisicamente minha rebeldia. — Deixei você ficar fora da gaiola — Midas continua, como se eu devesse estar grata, como se ele de fato tivesse feito isso.

— Não. Eu saí dela.

Midas para ao notar minha expressão e, por um momento, sei que ele está lembrando como as fitas entraram em ação, arrancaram a porta das dobradiças e a arremessaram nele. Como ele foi jogado no chão, surpreendido pelo peso.

— Falei que não queria que você saísse deste quarto.

Midas puxa um botão da túnica e sopra o ar lentamente, como se sua decisão tivesse encerrado o assunto. Não encerrou.

— E *eu* disse a *você* que não vou ficar trancada. Prometi manter os guardas comigo e ser cuidadosa. Não sou mais seu bichinho de estimação para ser mantida onde você quer.

Os olhos de Midas escurecem.

— Você não tem permissão para andar por aí durante o dia, e isso é definitivo.

As brasas da minha fúria começam a brilhar, ganhar calor e força.

— *Não* é definitivo.

Ele nota meus punhos cerrados e os braços tensos.

— Você está diferente desde que voltou.

Minha expressão é dura.

— E você ficou diferente depois que passou a usar a coroa.

Ele não gosta da resposta, nem um pouco. Balanço a cabeça.

— O que aconteceu com você, Midas? — Não pretendia fazer a pergunta, mas é o que tenho perguntado a mim mesma. Será que ele sempre foi assim? Ou, como um sapo posto em água morna, simplesmente não notei o aumento da temperatura de sua ganância até ser fervida nela?

Uma tempestade se forma em sua expressão.

— Eu cresci, Auren. Decidi o que queria e *conquistei* isso.

— Você se tornou ganancioso.

Ele se aproxima até eu sentir essa tempestade pairar no ar que respiro e ameaçar desabar sobre tudo que é leve e quente.

— Ganância é relativa. Enxerguei uma oportunidade de melhorar minha vida. *E a sua.*

— Você foi oportunista.

Ele ri.

— Pare com o drama, Auren. Desista dessa rebeldia. Ela não favorece você.

— Não, o problema é que ela não favorece *você*.

Essa é a verdade. Sou um bichinho a ser mantido e uma ferramenta a ser usada, e se faço ou digo alguma coisa remotamente individualista, qualquer coisa de que ele não goste ou que não controle, Midas tenta esmagar essa manifestação sob o salto do sapato como se fosse um inseto.

— Chega — Midas fala por entre os dentes. — Está se comportando como uma menina mimada.

Recuo, ofendida.

— *Mimada*? Que porra de brincadeira é essa?

— Cuidado com a boca — ele rosna, e aponta um dedo para meu rosto. Endireito as costas.

— Eu falo o que quiser, e vou sair desta merda de quarto quando eu quiser, e você não pode me impedir.

Você não pode me impedir

Não pode me impedir

Não pode

As palavras palpitam entre nós, obstruindo sua audição e pulsando em minha língua, porque é isso. A verdade feia que ele nunca quis que eu soubesse: poder não deriva só de magia. Vem da vontade. E eu tenho as duas coisas.

O olhar dele me faz querer virar o rosto, mas consigo me manter firme.

— Cuidado, Auren. Tenha muito, muito cuidado.

Cada palavra é uma chicotada de alerta.

Minha respiração fica pesada, e aquela raiva em meu peito se contorce e cutuca com penas e bico, como um animal indomado. Estou tentando planejar com astúcia, fazer um jogo longo e desaparecer debaixo do nariz dele, mas ele *não* vai me manter cativa. Minha alma não pode suportar isso de novo.

Eu tenho o poder.

Eu.

Não me interessa quanto tempo ele passou tentando me convencer do contrário.

— *Ou o quê?* — desafio, e minha voz vibra como um chicote.

Midas quer me ameaçar, e a criatura que desabrochou dentro de mim quer se levantar e atacá-lo por isso.

Não sei bem o que revelei no olhar, mas Midas me observa mais atento e desconfiado.

— Hum. Vejo que o tempo que passou longe a prejudicou mais do que percebi a princípio.

Solto uma gargalhada sem humor.

— Acha que fui prejudicada porque me recuso a ser trancafiada que nem uma insana em um hospício?

— Escute, tenho planos em movimento, e o Terceiro Reino deve chegar em breve, não posso lidar com você se comportando desse jeito. Muita coisa depende disso, e você precisa fazer sua parte. Isso significa dourar o que eu mandar e ficar onde eu mandar. Você passou por eventos traumáticos, e sinto muito por isso, mas não sou seu inimigo. Sou seu protetor e seu rei.

Meu carcereiro e traidor.

— Vou dourar o que você quiser, *a menos* que me tranque de novo.

O ultimato cai como um meteoro despencando do céu e explodindo no chão. O fogo na lareira arde fraco, uma luminosidade laranja e pálida que compete com as sombras entre nós.

Ele me observa por um bom tempo. Somos só nós dois nos encarando como estranhos. Nunca antes deixei de ceder a tudo que ele quisesse ou de me curvar à sua vontade. O filho da mãe não pode dizer a mesma coisa em relação a mim.

Por fim, ele suspira e balança a cabeça.

— Ah, Auren. — As mãos bronzeadas se apoiam nos quadris como se ele tentasse se equilibrar. Mas há condescendência em seu rosto, e me pergunto se ele olharia para mim desse jeito se ainda fosse dia. — Não queria ter de fazer isso, mas você não me dá escolha.

Ele põe a mão no bolso e tira de lá um pedaço de metal dourado e sujo, que exibe na mão aberta e estendida.

Olho para o broche da guarda, notando o emblema de sino.

— Por que está me mostrando isso?

— Não o reconhece?

A desconfiança se estampa em meu rosto.

— É o broche da guarda de Sinoalto.

Midas o segura entre o polegar e o indicador, como um deus segurando o mundo de um jeito ameaçador.

— Você me disse que achava que seu guarda tinha morrido com os Invasores Rubros.

Meus pensamentos aceleram.

Tropeçam.

Caem de um penhasco, se partem, se espalham e continuam caindo.

Por um momento, tudo que vejo é um lampejo vermelho na neve e olhos azuis. Tudo que escuto é *está tudo bem, está tudo bem, está tudo bem.*

Seu nome é arrancado de mim como a adaga puxada de um peito.

— Sail...

Mas Midas faz que não com a cabeça, e desvio o olhar do broche para fitá-lo.

— Não. Digby.

Meus pensamentos em queda livre param bruscamente. Pontos pretos invadem meu campo de visão, assemelhando-se a um céu sem estrelas pronto para me engolir inteira. Cambaleio fisicamente e me apoio sobre a mesa de cabeceira no último instante, quando meus joelhos ameaçam ceder.

— *Digby*? — É um sussurro, uma súplica, um murmúrio perplexo. — O que... Eu não... não entendo.

Alguma coisa cintila no fundo dos olhos cor de lama.

— Eu o tenho comigo, Auren.

A exclamação que rasga meu peito deixa o coração exposto, aberto. Meus lábios tremem, as costelas se comprimem, os dedos apertam a mesa para me manter em pé.

— Do que está falando?

Ele recuperou a calma e a frieza. Calculista. Seu olhar me enche de medo.

— Era para ser um presente, sabe?

Fecho os olhos por um momento e chacoalho a cabeça para tentar superar o choque.

— Espera, espera. Está... está dizendo que Digby não morreu? E que ele está *aqui*?

— Como eu disse, ele seria um presente por seu retorno. Eu sabia que você tinha um carinho especial pelo velho. Mas ele precisou ser castigado, é lógico.

Digby. Vivo. Ele está realmente *vivo*? Não consigo...

— Espere — apresso-me em dizer, balançando a cabeça em uma negativa. — Como assim? Que porra quer dizer com *castigado*?

Midas olha para mim, irritado com o palavrão.

— Ele permitiu que os Invasores Rubros capturassem você, e depois o exército do Quarto. Eu não podia deixar isso impune.

O horror me invade como uma torrente repentina, e me arrasta.

— Ele está vivo, e você escondeu isso de mim durante esse tempo todo? E o castigou?

Seus olhos brilham, transmitindo uma mensagem.

— Ele não fez o que mandei.

Ranjo os dentes ao captar o duplo sentido. A ameaça. O aviso de que também serei castigada se não cumprir suas ordens.

Cruzo os braços.

— Quero vê-lo.

Midas suspira.

— Aí é que está o problema. Eu pretendia promover essa visita, mas em seu estado mental atual e nessa sua histeria incontrolável, simplesmente não posso permitir.

Não pode *permitir*?

O fogo arde em meu peito e queima através dos meus olhos.

— Quero vê-lo. Agora. Mesmo.

O alerta sombrio no rosto de Midas ganha uma nota de satisfação.

— Você o verá quando melhorar seu comportamento e sua atitude.

Mostro os dentes em um ímpeto de fúria.

— Seu filho da puta.

De novo ele solta um suspiro, faz um gesto de desaprovação como se eu fosse uma criança a ser disciplinada.

— Não é assim que vai melhorar a situação, Auren.

Lágrimas quentes fazem meus olhos arderem, mas as contenho.

— Está mentindo. Você não está com Digby.

Midas me contempla com piedade.

— Estou, sim. Mas, mesmo pensando que estou mentindo, está disposta a arriscar a vida dele nisso?

Paro no mesmo lugar, como uma violenta rajada de vento que morre de repente. Sugada até cada partícula de ar ser sufocada pela estagnação.

— Não se atreva a machucá-lo.

Midas dá de ombros.

— Isso só depende de você. — Ele segura minha mão e põe o broche nela.

Miro o objeto e o vejo como o que realmente é. Sua última ficha para tentar me obrigar a ceder. Como uma coisa tão pequena pode ter tanto peso? Quando uma lágrima cai em minha mão aberta, os olhos de Midas se suavizam. O gesto poderia ter me enganado antes, provavelmente teria me feito duvidar de mim mesma, causado confusão e sofrimento.

Todavia, os olhos de um mentiroso enganam. Podem mostrar o que você deseja ver, sem refletir verdade alguma. É melhor não olhar nos olhos de um mentiroso. Eles são tão bons nas próprias compulsões, que têm um olhar firme, e então é você quem perde a realidade de vista.

Midas beija o topo de minha cabeça, mas estou atordoada e chocada demais para me esquivar.

— Não estou tentando puni-la, Auren — ele garante, com um tom suave, enquanto afaga meu cabelo, mais uma vez o mestre benevolente. — Precisa de foco, alguma coisa em que possa se concentrar para voltar a ser você mesma. É isso que estou lhe dando.

Ele já me traiu antes, mas isso...

— Assim que estiver melhor e se comportando como antes, devolvo Digby ao posto dele, e tudo vai ficar bem. — Ele sorri para mim como se quisesse me incentivar. — Prometo. Tudo que faço é por você. Entende isso agora, não é?

Encaro o rosto dele de novo.

— Sim, Midas. Entendo.

Entendo.

— Vou mandar a comida. Amanhã, depois que descansar um pouco, vai estar mais lúcida, e então vamos trabalhar para transformar alguns itens em ouro, está bem?

Ele já está puxando a coleira, testando para ver se vou resistir.

— Está bem, Midas.

Uma expressão satisfeita surge em seu rosto.

— Essa é minha menina preciosa. Eu sabia que era disso que precisava. Vai se sentir melhor em breve. — Ele bate com o dedo em meu queixo. — Não se preocupe com nada. Sempre garanto que tenha tudo de que precisa, não é? Vou mantê-la em segurança — diz, com franqueza, e afaga meu cabelo mais uma vez. — Vou até atender a uma parte de suas reivindicações. Vou permitir que ande pelo castelo à noite, *acompanhada de um guarda*. No entanto, durante o dia, quando não é seguro, você fica no quarto. Sempre haverá mais guardas do lado de fora, na frente da sua porta. Ninguém vai conseguir ter acesso a você.

— Só você. — As palavras escapam.

O toque em minha cabeça para e, em seguida, desaparece.

— Isso mesmo. Só eu — ele murmura.

É uma promessa.

É uma ameaça.

É uma linha na areia que continua caindo na ampulheta.

— Boa noite, Preciosa.

No momento em que ele sai, quando a porta é fechada, meus joelhos cedem e as saias se espalham no chão à minha volta como um lago ondulante. Lágrimas molham meu rosto, e uso a mão livre para tentar abafar os soluços que brotam de dentro de mim.

Como ele teve coragem?

Como ele *teve coragem*?

Ele sabe que sempre tive muito carinho por Digby. Eu me sentia confortável com o velho rabugento que sempre me vigiou. E, durante todo esse tempo, chorei por sua morte como chorei pela de Sail.

Pensar que Digby esteve em Ranhold durante todo esse tempo, possivelmente ferido...

Não tenho ideia de como, ou quando, ele poderia ter chegado. Nem a respeito de onde pode estar preso, ou mesmo se está bem. Mas Midas também pode estar mentindo, e é isso que me aflige. Não sei qual é a verdade.

Meu coração dói quando penso nele sendo castigado, mas preciso sufocar esse pensamento, ou nunca vou parar de chorar. Devia ter esperado uma reação de Midas, mas não sabia que ele poderia ser tão baixo. Isso só deixa tudo mais nítido para mim. O golpe é mais um espinho na coleira que ele quer me obrigar a usar.

Porque Midas tem razão. Mesmo que ele esteja mentindo, não vou correr o risco. Enquanto houver alguma possibilidade de ele manter meu guarda em cárcere, vou ter de fingir ceder. Vou ter de jogar com inteligência.

Digby é *meu* guarda. A única outra constância que sempre tive, e eu o quero de volta.

Depois de mais um soluço estridente, me obrigo a respirar fundo a fim de banir o pânico e o ódio, porque preciso *pensar*. A raiva emplumada em meu interior ajuda a endireitar minhas costas, e as fitas me apertam de leve, oferecendo conforto.

O Rei de Ouro quer dedilhar minhas cordas e me fazer cantar. Então eu canto. Vou fazer o suficiente para garantir que ele não machuque Digby.

Limpo o rosto e começo a me levantar, mas paro ao sentir o livrinho dentro do bolso. Deixo o broche da guarda sobre a mesa de cabeceira e pego o livro feérico proibido. Meus olhos estudam o sabugueiro, os dedos deslizam sobre o couro vermelho que cobre a madeira, acompanhando a filigrana e um idioma antigo.

O ruído que o objeto faz quando abro a capa é o estalo de uma mandíbula bocejando ao despertar. É o suspiro de uma respiração presa por muito tempo, fechada entre costelas de pergaminho.

Não há palavras neste livro, nenhuma longa explicação sobre minha origem e minha gente. Até o momento, nunca me dei conta de quanto estava desesperada por isso. Talvez pensasse que ia abrir este livro e encontrar todas as respostas para as questões que nem sabia que tinha.

Em vez disso, há apenas ilustrações minuciosas pintadas em cada página grossa, algumas rachadas ou semiapagadas, testemunhos da derrota da tinta na batalha contra o tempo. Sem palavras, sem um feérico antigo voltando por meio das páginas para me dar respostas sobre quem sou ou sobre o lar cujos detalhes esqueci.

De algum jeito, o silêncio é compensado pelo pedido de desculpas das pinturas. Como se a pessoa que trabalhou neste livro não pudesse me dar palavras, mas me desse outra coisa.

Annwyn.

Meu mundo olha para mim das páginas proibidas de uma terra esquecida. Rios cintilantes, salpicados com a luz do amanhecer, flores sorridentes e árvores com galhos que buscam abraçar. Colinas que ondulam quando se pisa nelas, e areia feita de vidro.

Lágrimas queimam meus olhos a cada imagem, os dedos formigam como se pudessem sentir os ecos de algo familiar. Paro na última página, na qual vejo uma mulher oreana com cabelos loiros e olhos de outono apoiada em um feérico que usa uma coroa de ônix. Ele tem orelhas pontudas, pele negra e asas finas que pendem como sombras em suas costas. Os dois estão posicionados contra um céu de pôr do sol, salpicado de nuvens cor de laranja e rosadas.

Eles se olham como se nada mais existisse. Tem uma névoa sútil envolvendo esse abraço, e o amor ilumina seus olhos. Ao pé da página, uma única palavra no antigo idioma feérico foi pintada com uma caligrafia elaborada.

Päyur

Contemplo as ilustrações por muito tempo.

Viro as páginas do fim para o começo e de volta ao fim. Uso a luz do fogo quase apagado para alimentar minha carência nostálgica. Encaro o livro até sentir os olhos ardendo de cansaço, ao passo que pensamentos sobre Digby batucam em minhas veias.

Não posso ir embora se Digby está aqui, portanto preciso encontrá-lo. Mesmo que, para isso, eu tenha de procurar neste castelo desde o alicerce até o telhado, *vou* encontrar meu guarda. E então, quando eu for embora, porque eu vou embora, Digby vai comigo.

Fique bem, por favor, Digby.

Fique vivo, por favor.

Adormeço com o livro secreto no bolso do vestido, sonhando com aquele casal feérico ao entardecer, envoltos em uma aura compartilhada e sussurrando para mim, me chamando de volta para casa.

Se pelo menos eu soubesse onde é minha casa...

13
Rei Midas

Três andares abaixo do piso térreo do Castelo Ranhold, a sensação é de entrar em uma caixa de gelo. Mesmo vestindo manto e luvas grossas, ainda sinto o frio penetrar em mim. É surpreendente não enxergar as nuvens no ar a cada vez que expiro.

Quando passo cela após cela, sombras atrás das grades se encolhem e se afastam de mim. Suponho que os prisioneiros tenham passado muito tempo na masmorra de Fulke para tentarem falar. Mesmo que percebam que há um novo rei, sabem que é inútil se incomodar com súplicas ou gritos por misericórdia.

Com base no cheiro que escapa de algumas dessas celas, eu diria que há boa chance de alguns já estarem mortos, ou quase lá. Misericórdia não faria nada por eles, nem eu vou fazer.

Meus passos ecoam pelo corredor de piso de pedra quando passo sob as arcadas construídas há séculos, baixas demais para o meu gosto, calculadas para intensificarem nos residentes a sensação de detenção.

O teto tem pingentes congelados de condensação, presente das dezenas de metros repletos de neve lá em cima. O chão eternamente branco e molhado permeia as camadas até aqui, pingando com desdém apático pelos habitantes e desenhando estalactites que apontam para baixo como dedos congelados e acusadores.

Os guardas na patrulha da masmorra se curvam para mim quando passo, e meus movimentos me levam à escada estreita para o andar de cima. Este andar é mais iluminado, porque tem o dobro de arandelas com tochas nas paredes, porém o teto ainda é coberto de gelo.

Meus pés me levam diretamente à sala da esquerda, onde um guarda abre a porta para mim sem que eu tenha de alterar o ritmo dos passos.

O calor me envolve assim que entro na antecâmara, onde fico frente a frente com um toldo grosso de couro, que desce do teto e separa a sala da porta externa. Passo por essa divisória e me abaixo em busca de entrar no espaço amplo e cheio de vapor.

Várias pessoas trabalham no local, algumas esfregando as paredes. Nesta sala, em vez de gelo ou pingentes congelados, as pedras são lisas com a umidade quente que brota de cada fresta. Os trabalhadores cuidam de cada centímetro, na tentativa de impedir a formação de limo. Outros estão entre as longas e retas fileiras de plantas, cuidando de cada folha e flor.

Olho em volta, passando de um a outro uniforme roxo até encontrar o reparador do castelo no extremo oposto, fazendo alguma coisa em torno de uma bancada embutida na parede.

O homem magro não nota minha presença até eu parar bem atrás dele. E, quando me vê, quase derruba a garrafa que está enchendo com um funil.

— Majestade, me perdoe — ele diz, com uma reverência rápida. — Não sabia que viria aqui embaixo.

— Tinha outro problema para resolver — respondo, olhando para a fileira de garrafas vermelho-sangue equipadas com conta-gotas, prontas para serem despachadas.

Uma serviçal se aproxima e se curva em uma reverência, amarrotando o avental. Ela pega um dos frascos cheios e remove a rolha enquanto se afasta. Eu a vejo despejar todo o conteúdo do frasco na planta do vaso mais próximo.

Há centenas dessas plantas aqui. São delicadas, pelo jeito, pois murcham ao sol, mas precisam de calor úmido para se desenvolverem.

Os galhos apontam diretamente para cima, tais quais fileiras de estacas de cercas. Em cada galho crescem flores desbotadas, com pétalas brancas e descoloridas.

Os botões são inúteis e demoram muito para florescer, mas as maduras, as que estão quase caindo do caule, essas são as que os jardineiros colhem com todo o cuidado.

Se tratadas da maneira correta, essas pétalas caídas vertem gotas vermelho-sangue de orvalho. Uma essência poderosa que, quando ingerida, causa relaxamento e intensifica o prazer. Orvalho é algo que rende muito dinheiro neste reino.

— Em que posso ajudá-lo, Majestade?

Olho para o reparador, que está limpando os dedos manchados em um trapo que, em seguida, joga sobre a mesa de trabalho. Ele tem a testa coberta por uma fina camada de suor, e as bochechas estão coradas com a umidade morna que domina a sala.

— Queria verificar se todas as montarias receberam o tônico contraceptivo.

— Com certeza, meu rei. Eu mesmo tenho cuidado da distribuição.

Assinto e passo a mão na nuca, tentando enxugar o suor.

— E a montaria grávida? — pergunto. — Foi isolada?

— Sim, e a examinei hoje de manhã. Estou cuidando de tudo.

— Quero relatórios de cada consulta.

O homem inclina a cabeça em sinal de obediência e limpa a área sobre a boca com um lenço.

— Será providenciado, Majestade.

— Ótimo.

A caminho da saída, miro outra vez a sala cheia de vapor. Todos estão fazendo o que devem fazer, tudo ali é preciso e organizado. Toda essa operação é conduzida como a confecção de um terno sob medida.

Fulke podia ser um idiota, mas teve o bom senso de escolher as pessoas certas para cuidar do plantio e da distribuição de orvalho.

Quando saio dos andares inferiores do castelo, minha pele suada se esfria em segundos, e o desconforto é acentuado pelo suor acumulado. A sujeira das masmorras e a umidade da sala de cultivo grudam em minhas roupas, e sinto a pele coçar. Preciso trocar de roupa. Talvez tomar um banho.

Assim que volto aos andares superiores e à área pública do castelo, meus guardas se afastam das paredes para me seguir. Porém, mal dou três passos quando o chefe da guarda se apresenta com uma carta.

— Um falcão acabou de trazer, Majestade.

Pego a carta e continuo a andar, já planejando qual roupa vou vestir, mas paro na escada quando noto o selo branco em forma de sino.

Rasgo o lacre e leio a mensagem.

Aquela vadia fria e inútil.

Releio a carta, e depois uma terceira vez, enquanto ranjo os dentes para mastigar minha fúria. Quando leio a mensagem pela quarta vez, já tenho um plano em mente.

Malina não quer mais ser útil? Quer negar seu marido e rei?

Que seja.

Viro-me de repente, abandonando o caminho para meus aposentos.

Os guardas me acompanham quando deixo o castelo. Passo pelo pátio, pelas esculturas de gelo, pelos estábulos, sigo amassando com as botas a neve fina sobre as calçadas até chegar a uma área externa de treinamento.

Alguns soldados estão ali reunidos, se exercitando. De soslaio, percebo que param e se curvam, mas os ignoro e sigo em frente, vou em direção ao prédio anexo.

— Esperem aqui e fechem a porta — ordeno aos guardas.

O interior do prédio é quase vazio. Não passa de um armário para fins de treinamento. Espadas de madeira empilhadas, pilhas de protetores de peito para a prática da esgrima, e também uma fileira de flechas e arcos. É sujo, cheira a suor, o chão é de terra e palha, e as paredes de pedra são ásperas.

Vários soldados se viram, surpresos, quando ouvem o barulho da porta sendo fechada, mas se curvam ao me verem.

— Todos para fora — ordeno, com tom firme, e espero os soldados desaparecerem antes de olhar para o homem idoso. Ele não é mais um soldado, não em sua idade, mas foi encarregado de manter este lugar equipado e organizado, embora tenha falhado na segunda parte da missão — Vá buscar Hood.

O homem levanta as sobrancelhas em uma reação surpresa, mas vai cumprir a ordem rapidamente. Circulo pela construção à medida que espero, notando, com repulsa, o estado dos meus sapatos depois do contato com o chão imundo.

Devia mandar chicotear esse homem por negligência no cumprimento do dever.

Vários minutos mais tarde, a porta é reaberta e Hood aparece. Não preciso ver seu rosto para saber que é ele — o manto grosso e o capuz de sempre são toda a confirmação de que preciso. Ele nunca sai sem eles, sempre mantém o rosto escondido sob o agasalho.

Mesmo assim, consigo ver a pele de duas cores, marrom e branca, no queixo e no pescoço. "Vitiligo" é como chamam, uma doença de pele que desbota a cor em algumas áreas do corpo.

Alguns dos soldados debocham dele, o chamam de Couro de Vaca, mas o homem nunca fala, nunca perde a paciência. Foi desperdiçado por Fulke como soldado. Por sorte, li alguns relatórios sobre os soldados e percebi seu potencial.

Vou testar esse potencial.

— Hood — eu o cumprimento quando ele para a alguns passos de distância, segurando um dos punhos na característica pose militar.

A anomalia dérmica pode ter feito dele um excluído de quem os outros debocham, mas foi o silêncio que garantiu essa condição. Fulke demorou anos para perceber que o homem tinha magia.

Observo a silhueta coberta pelo manto, analiso as manchas em suas mãos como se, de alguma forma, pudesse descobrir por que o poder escolheu correr naquelas veias.

Magia, magia *forte*, não é mais tão comum quanto antes em Orea. Sem feéricos com quem se misturar, ela aos poucos vai deixando nosso mundo. É preservada principalmente nas linhagens reais, mas só em resultado de uniões arranjadas com todo o cuidado.

Mas o homem na minha frente é um dos que escapou pelas frestas, passou despercebido por muito tempo. Só um soldado de infantaria comum, embora habilidoso. Seu segredo só foi descoberto depois de uma briga séria, sete contra um, e ele desapareceu à vista de todos.

Para minha sorte, Fulke mantinha bons registros.

— Tenho uma tarefa para você.

Hood espera em silêncio, como eu sabia que faria. Passei semanas observando o soldado, e ele não falou nenhuma vez. Considero seu silêncio mais uma vantagem.

— A rainha fria se tornou um problema. Quero que cuide dela por mim.

Parte de mim está decepcionada com Malina. Esperava que fosse mais esperta, apesar de ter antecipado a possibilidade de uma reação como essa. Sua recusa atrevida continua amassada em minha mão, a carta que sela seu destino.

Essa era a única chance que estava disposto a lhe dar, e a rainha a jogou fora por superestimar a própria importância. Com seu plano patético para tentar usurpar o Sexto, com sua recusa de declarar um herdeiro, ela agora se tornou ineficaz.

Descartável.

— Com que rapidez sua magia funciona? — pergunto, curioso, ao me aproximar.

Em resposta, ele acomoda os braços ao lado do corpo e ergue um pouco a cabeça, revelando a mancha em volta da boca e do nariz enquanto fecha os olhos, concentrado.

A mudança acontece devagar, como uma nuvem em movimento no céu. Seu corpo cresce e incha, antes de se tornar uma coluna fina, escura e translúcida no interior do disfarce de fumaça.

O homem é silêncio absoluto e sombras revoltas.

Murmuro minha aprovação diante de sua forma espectral, da magia de um fantasma escondido que pode desaparecer no próprio cone de sombra e modificar a luz à sua volta para se fazer desaparecer. Estendo a mão para testar essas sombras estranhas, mas meus dedos passam direto por elas, sem sentir nada além de fumaça.

Fascinante. Eficiente. Magia perfeita para ser posta em uso em forma de assassino.

Abaixo a mão e assisto enquanto Hood reaparece, sombra e luz em reconstrução ao redor dele até o corpo se solidificar e voltar a ser visível.

— Quero que parta hoje à noite — aviso. — Não me desaponte.

Hood abaixa a cabeça em sinal de submissão, depois se vira, afasta-se e desaparece tão silenciosamente quanto entrou.

Malina vai se arrepender de ter negado minha solicitação. Vou destruir seus esforços frágeis de assumir meu reino, e, depois, minha sombra vai acabar com ela.

14
AUREN

— Aquele pedaço do chão lhe passou despercebido, Auren.

Viro a cabeça para procurar o que Midas está apontando. Meus olhos cansados encontram um ponto no mármore, veios dourados agora correndo por todas as lajotas polidas.

Com passos pesados, atravesso a sala em direção ao ponto ofensivo que deixei passar. Tento projetar um pouco do meu ouro pelos calcanhares e dedos dos pés descalços, mas o líquido é grosso, seco, e o dorso de meus pés dói como se alguém cravasse as unhas nos músculos exaustos.

Assim que consigo dourar aquele pedaço, caio contra a parede e sinto os membros tremerem de cansaço. Uma camada de suor cobre minha testa e preciso recorrer a toda a força de vontade para não me deitar ali mesmo, no meio da sala do trono, e apagar.

— Está quase escurecendo — Midas comenta, como se eu precisasse do lembrete.

Sentado no trono com um livro contábil no colo, ele esteve examinando os registros durante todas as horas que passamos aqui. Enquanto ele lia e fazia anotações sobre sabe-se lá o quê, eu dourava sistematicamente tudo o que havia na sala. Assim como estive fazendo em outros aposentos nos últimos quatro dias. Transformar um castelo em ouro é mais esgotante do que eu me lembrava.

Quando fiz isso em Sinoalto, meus poderes ainda eram jovens. Meu toque de ouro acontecia em jorros e esvaziava com rapidez. Entretanto, com o passar dos anos, minha magia se fortaleceu. Eu me tornei capaz de fazer mais de cada vez e por mais tempo, porém quatro dias esgotando meu poder seguidamente me deixou acabada. Tanto que o anoitecer iminente me faz querer suspirar de alívio.

O fato de meu poder só funcionar durante o dia significa que sou limitada, mas também pode ser uma bênção. Assim que o sol se põe, posso relaxar. Não preciso prestar atenção em cada movimento, estar atenta à minha pele e ao meu toque. Mais importante: posso descansar dos pedidos incessantes de Midas.

Tudo que tenho feito é me esgotar completamente, usando meu poder muitas e muitas vezes para agradá-lo. Ele usa Digby para me manipular. Cada vez que sinto vontade de mandá-lo enfiar um objeto naquele lugar, em vez de transformar outro pedaço de tecido, prato, planta ou mesa em ouro, tenho de morder a língua. Tenho de cerrar os punhos e fazer a vontade do rei, porque a ameaça de machucar Digby paira sobre mim como uma nuvem prestes a despejar a tempestade.

A única coisa boa no trabalho constante nesses últimos dias é que tem sido de grande ajuda. Tenho conseguido conhecer mais das principais partes do castelo sem ter de me esgueirar, e, aos poucos, esboço um mapa de tudo à minha volta. Agora não estou só à procura de possíveis saídas, mas também tento entender onde Digby pode estar preso.

— Hoje não consigo fazer mais nada — aviso a Midas com honestidade. Balanço a cabeça e contemplo minhas mãos pegajosas. O ouro líquido é grosso e coagulado, meio seco nas palmas como tinta grossa. — Estou exausta.

Ele franze a testa, fecha o livro e o guarda sob o colete, antes de se levantar do trono. Um trono que, graças a mim, agora é de ouro maciço, como a plataforma elevada embaixo dele. O toque de ouro acontece de imediato com qualquer coisa que entre em contato com minha pele nua, mas, quanto mais o uso, mais difícil e exaustivo isso se torna. Não sei quantos dias ainda vou aguentar essa demanda interminável de magia. Já tenho a sensação de que envelheci vinte anos.

Midas se aproxima de mim, examinando a sala do trono. Ele observa o chão, agora brilhante. E também os batentes das janelas e as vidraças, agora da cor do ouro. Consegui dourar cada centímetro das paredes, o que levou horas naquele espaço enorme, porque tive de aplicar o ouro em jorros para não me esgotar muito depressa.

Mas agora estou cansada, mal-humorada e cheguei no meu limite diário de tolerância com as *sugestões* delicadas de Midas sobre o que mais precisa ser dourado.

Midas olha para cima, para o teto, e franze a testa. Não consegui projetar meu poder tão longe, por isso o teto e os lustres de cristal azul não foram tocados. Pessoalmente, gosto mais do branco e do azul.

A única outra coisa que falta é a área de plateia à esquerda, cujos corrimãos e bancos de madeira permanecem intactos. Considerando o tamanho da sala, fiz muito mais hoje do que imaginava ser capaz de fazer.

— Que pena para os lustres — Midas resmunga ao parar na minha frente, ainda olhando para cima.

Preciso me segurar para não o xingar. Trabalhei incansavelmente durante a porcaria do dia todo, e *é isso* que ele tem para me dizer?

Sinto aquela raiva inicial, aquela do parapeito da muralha, voltando a se levantar dentro de mim, abrindo um olho. Amarrei as fitas em laços simples às costas, mas elas se contraem por instinto, acompanhando a centelha de fúria.

Enquanto ele examina a sala, eu olho para ele.

— Peço desculpas se o desapontei — disparo.

— Vamos resolver isso amanhã — ele responde, distraído, sem registrar meu tom.

Por que ele fala no *plural*, se não faz nada além de ficar sentado, é algo que não entendo.

— E foi bem na hora. Recebi notícias do Terceiro Reino. Eles foram retidos por seus timberwings, mas retomaram a viagem e devem chegar em breve. — Midas admira com orgulho o trono de ouro, como se já se imaginasse lá, sentado diante de seus apreciadores.

A monstruosidade que se instalou em meu peito grita um alerta, mas eu a silencio.

Desde que passei a dourar todos os dias, Midas tem trabalhado em silêncio, falando poucas palavras aqui e ali, o que significa que tenho muito tempo para pensar. Estou descobrindo quem sou longe de seu controle, mas... quero *gostar* de quem me tornei. Estou preocupada com o que pode acontecer se essa besta sombria que criou raízes dentro de mim puser sua cabeça feia para fora.

Com um suspiro estrangulado, contenho a fúria mais uma vez, conforme pressiono a têmpora dolorida.

— Gostaria de ir me deitar.

Midas me encara pela primeira vez, e uma ruga surge em sua testa quando os olhos atrevidos passeiam por meu corpo.

— Está cansada?

— É lógico que estou cansada — respondo, irritada.

Em vez do olhar direto ou do lampejo de raiva que me previnem para pensar em Digby, ele aprofunda ainda mais o vinco na testa.

— Tem razão. Você trabalhou muito nos últimos dias, e eu não devia ter permitido que se cansasse tanto. Venha, vamos sair pela porta dos fundos, e eu a levo até seu quarto, onde vai poder descansar.

Descansar. Parece o paraíso.

Ele se vira e se põe a andar, mas tenho vontade de chorar quando percebo que, antes de chegar ao sonhado descanso, vou ter de andar. Muito.

Suborno meu corpo pensando na cama macia e nos travesseiros de pena à espera lá em cima. A verdadeira tragédia desta sala do trono não é não ter conseguido dourar os lustres, é que não tem uma única almofada aqui.

Dado que agora a coisa mais macia no ambiente é um trono de ouro maciço, tento me incentivar em pensamento.

Eu consigo.

Consigo percorrer todo o caminho até meus aposentos depois de horas esgotando minha magia a ponto de me aproximar da exaustão. Consigo, porque não quero demonstrar fraqueza diante de Midas. Sou uma mulher forte que está aprendendo a ser independente, droga.

Quase. Sou uma mulher *quase* forte. Esse *quase* vai ter de bastar, por enquanto.

Com um suspiro determinado, que mais parece um choramingo, consigo me afastar da parede e me equilibrar sobre os pés.

Lado positivo? Não caio de cara no chão.

Mas então me lembro de todas as escadas que tenho de subir, e meu *quase* fraqueja um pouco. Castelos estúpidos com seus vários andares estúpidos.

Pego os sapatos e as luvas onde os deixei, sobre a plataforma do trono, e os calço, à medida que um arrepio revelador na pele anuncia que o dia chegou ao fim.

Suspiro enquanto meu poder de toque de ouro evapora como névoa, adormece com o pôr do sol, e minhas palmas doloridas formigam quando o que resta de ouro penetra de volta na pele.

Midas me espera ao lado da porta, sem dúvida notando quanto tempo levo para chegar lá. Os chinelos de seda se arrastam no chão, cada passo parece ser mais pesado do que o anterior.

Sua expressão é tensa quando, finalmente, chego à soleira.

— Exigi demais de você. Desculpe-me.

— Tudo bem.

— Não está nada bem. — Ele me conduz pela sala de reunião vazia para a porta do outro lado. — Fiquei impaciente para começar logo, e tem muita coisa para fazer por aqui... mas isso não é desculpa. Não devia ter exigido tanto de você hoje. — Midas para antes da segunda porta e olha para mim como se estivesse preocupado de verdade. E talvez esteja, mas não é *comigo*, não de verdade. Se sua fonte secar, ele não vai ter mais ouro. — Perdão. Não quero ser autoritário, sabe disso.

Sei que é um mentiroso de merda, e que essa merda certamente não é de ouro.

— Só preciso dormir, Midas — respondo, com voz pastosa, sentindo que vou cair a qualquer momento. Parar agora não é uma boa ideia, porque talvez não consiga retomar os passos, e a última coisa que quero é que ele me toque para me ajudar a seguir em frente.

— Entendo. — Midas assente. — E também posso deixá-la descansar amanhã. Você já fez muito. Se ainda estiver muito fraca de manhã, esperamos até o dia seguinte para continuar transformando o castelo.

Sinto uma vertigem quando penso em quanto mais ele ainda quer que eu faça.

Midas pigarreia.

— E, se continuar se comportando bem assim até o baile de comemoração, vou deixá-la visitar Digby.

Meu estômago se comprime, o peito arfa.

— Mesmo?

— Até lá, terá feito por merecer. — Ele sorri para mim.

Terei feito por *merecer*... ou encontrado o homem por conta própria.

Ofereço a Midas um sorriso trêmulo e desesperado, porque é isso que ele quer.

— Obrigada.

Ele assente e abre a porta, e saímos para o corredor vazio. Todos os dias desta semana, enquanto eu trabalhava, ele manteve a área trancada, não permitiu que ninguém se aproximasse, nem mesmo os guardas. Não queria que ninguém aparecesse e visse quem de fato transformava as coisas em ouro, não é?

Conforme andamos juntos pelo corredor, olho para os meus pés se arrastando no chão, enquanto Midas fala sem parar em um monólogo. Ele me conta quais cômodos vamos transformar, que coisas deixei de tocar na primeira rodada, de quanto ouro os nobres precisam... Às vezes, parece que está falando diretamente com minha magia, não comigo. Pelo menos, não preciso responder.

Quando chegamos ao grande hall, de onde partem duas escadarias amplas, uma para a direita e outra para a esquerda, o suor escorre por minhas costas, e minhas pernas tremem.

Paro no patamar da escada. Agarro o corrimão para não cair e tento recuperar o fôlego, enquanto Midas continua a tagarelar sobre alguma coisa.

— Rei Midas.

Ele para alguns degraus acima de mim e olha para trás, enquanto viro a cabeça para olhar na direção dessa nova voz. Na outra escada, à nossa esquerda, um menino desce os degraus com três guardas de Ranhold atrás de si, cobertos pelos pesados mantos roxos.

— Príncipe Niven — Midas responde, tranquilo, com uma leve inclinação de cabeça. Percebo a centelha de desgosto na voz educada, mas só porque o conheço bem. — Ouvi dizer que ainda se sentia indisposto.

O garoto está de luto, vestido de preto com pingentes prateados bordados nos punhos. Está chorando a morte do pai, o homem que quase me matou.

Deslizo os dedos pela cicatriz em meu pescoço. Não é mais muito visível, agora é só uma pequena linha irregular, todavia, quando a toco, é quase como se pudesse sentir o fio da lâmina de Fulke rasgando minha pele.

— Hoje meu dia foi melhor — o príncipe conta, e termina de descer a escada com passos rápidos.

Niven é jovem. Se eu tivesse de adivinhar, diria que não tem mais que doze anos. No entanto, tem toda a atitude de um filho da realeza. Queixo erguido, cabelo castanho perfeitamente penteado e roupas bem cortadas. Quando ele olha para mim, fico feliz por constatar que seus olhos são azuis, não castanhos como os de Fulke.

Ele me encara com surpresa, como se, por um segundo, pensasse ver uma estátua, não uma pessoa.

— Então é verdade — comenta, e caminha diretamente para mim. — Ela é completamente dourada.

Fico tensa, mas Midas se aproxima de mim em um segundo para impedir o contato.

— Príncipe Niven, esta é Auren, minha favorita tocada de ouro.

Os olhos do menino me analisam.

— Estranho — ele murmura antes de olhar para Midas. — Por que não transforma em ouro todas as suas montarias?

— Porque ela é especial.

Rio por dentro.

Considerando sua expressão, o Príncipe Niven também não parece muito impressionado com a resposta.

— Meu pai era capaz de duplicar qualquer coisa uma única vez, mas seu poder não funcionava com pessoas ou animais. Quando *minha* magia despertar, vai ser ainda mais poderosa do que a dele. Talvez até mais poderosa do que a sua — ele diz, adotando um tom pomposo que só um menino príncipe é capaz de usar.

— Tenho certeza de que vai ser muito impressionante quando sua magia se manifestar — Midas responde, tranquilo.

— Sim — Niven concorda, e me observa uma última vez antes de me ignorar por completo. — Fico feliz por tê-lo encontrado, Rei Midas. Gostaria de discutir algumas questões. Podemos ir à sala de reuniões?

Noto o gesto irritado de Midas, os dedos batucando no quadril, seis batidas consistentes contra o tecido dourado da calça.

Ah, ele odeia isso, não é?

Tenho de me esforçar para não sorrir. Ainda estou exausta, mas essa conversa me animou. Midas deve odiar lidar com o principezinho pomposo enquanto está ocupado, brincando de governante do Quinto Reino.

Isso quase faz a exaustão valer a pena, só para ver a cara de Midas. É um prazer imenso ver como ele tem de se forçar a engolir todos os pensamentos mordazes e assentir para o príncipe.

— Com certeza, Alteza. Estou aqui à sua disposição para ajudar em todas as questões.

— Excelente — Niven diz, com voz aguda e anasalada. — Vamos.

— Eu o encontro em breve, logo depois de acompanhar minha favorita aos aposentos dela. — Midas acena para que eu o siga.

O Príncipe Niven franze a testa.

— Certamente um rei não precisa fazer algo tão trivial. — O menino olha em volta, vê dois guardas com o uniforme dourado de Midas no patamar acima de nós. — Vocês aí! Desçam aqui e conduzam a favorita do Rei Midas de volta aos aposentos dela. Seu Rei tem assuntos importantes a resolver e não pode se incomodar com essas coisas.

O rosto de Midas fica vermelho, e uma gargalhada borbulha em minha garganta. Eu a engulo antes que consiga sair, mas faço um ruído alto que tenho de disfarçar com uma tosse.

Os dois membros da realeza olham para mim de cara feia.

— Desculpem — peço. — Poeira na garganta.

Os guardas descem a escada com agilidade, enquanto Midas recua e se coloca ao meu lado.

— Vá direto para o seu quarto.

Abaixo a cabeça, desempenhando o papel da montaria subserviente.

— Sim, Rei Midas.

Ele para, estreita um pouco os olhos, e demoro um segundo para entender que é porque o chamei de Rei Midas, em vez de *meu rei*. Isso deve ser revelador o suficiente para nós dois. Não o considero mais meu.

A chegada dos guardas obriga Midas a desviar a atenção de mim para fitá-los.

— Escoltem-na diretamente aos aposentos dela — ele ordena, antes de pôr a mão no bolso e pegar uma chave, que deposita na mão de um dos guardas.

— Sim, Majestade.

— Venha comigo, Rei Midas. Tenho muito que discutir — Niven chama, revelando impaciência no tom pretensioso e já se dirigindo à sala de reuniões.

Midas tem os ombros tensos e a testa franzida, sinais evidentes de irritação. Gostaria de saber o que ele teria dito ao príncipe se não estivesse ocupado tecendo uma teia de falsas gentilezas.

Midas olha para mim uma última vez, depois vai atrás de Niven. A voz aguda do príncipe chega aos meus ouvidos quando ele começa a conversar. Midas o acompanha, mas está tão tenso que os braços nem balançam ao lado do corpo enquanto ele anda. Os dois deixam o corredor e desaparecem de vista, e uma tensão que eu nem tinha percebido se desfaz de imediato.

— Vamos, milady.

Olho para os guardas.

— Sim. Vamos — respondo, com um suspiro. — Só preciso... de um segundo.

Ainda apoiada no corrimão, espio meus pés como se fitá-los fosse me dar algum incentivo. Consigo dar um passo, dois, mas no terceiro minhas pernas voltam a tremer. Quando levanto o pé e o apoio no degrau, percebo que existe uma boa possibilidade de eu acabar no chão.

Paro de novo e me apoio no corrimão, e as palmas pulsam em contato com o material. Grande Divino, quatro dias usando meu poder sem interrupção é demais.

— Milady?

— É só... um minuto — e desta vez peço um *minuto*, em vez de um *segundo*, mas a verdade é que vou precisar de algumas horas.

Tento respirar prestando atenção no ar entrando e saindo, e me esforço para evitar o colapso. Abusei das minhas forças *muito* mais do que havia percebido.

— Temos de levar você aos seus aposentos agora mesmo — o guarda insiste.

Não me sentia tão fraca havia muito tempo, e isso me deixa furiosa. A fraqueza é justamente o que tenho de eliminar. Preciso fortalecer a mente, o corpo e o poder.

Os guardas conversam em voz baixa, mas minha cabeça está girando, então eles vão ter de esperar. Apoio a cabeça no corrimão, tentando convencer meu corpo a não adormecer ali mesmo, em pé. Não sei se está dando certo.

— Pintassilgo? O que está acontecendo?

Abro os olhos.

Atordoada, viro a cabeça para a esquerda sem levantá-la por inteiro. *Desde quando minha cabeça pesa tanto?*

— Degola?

Minha visão afunila quando o vejo andando em minha direção, subindo os degraus de dois em dois, com o uniforme de couro praticamente colado ao corpo musculoso. Percebo que é ele mesmo, não seu dublê, porque ele não está de capacete, e a aura sombria envolve sua silhueta. Os espinhos se projetam, ameaçadores, e sua expressão faz os guardas recuarem.

Quando Degola os vê recuar, uma tempestade se forma em seu rosto, e a aura obscura rasga o ar como uma nota desafinada, me fazendo encolher ao perceber o tremor agudo.

— Vocês veem o comandante do exército de outro reino se aproximando da favorita de seu rei, *e seu impulso é recuar, porra?* — indaga, furioso.

Opa.

Sinto um arrepio nas costas quando identifico a fúria que transborda de sua voz, e o ar fica preso em meu peito.

Ele se coloca na frente dos dois homens, e é pelo menos uns quinze centímetros mais alto do que eles. O preto incandescente dos olhos me faz sentir alívio por não ser o alvo daquele olhar.

— Nós... íamos acompanhá-la aos aposentos dela.

— Estavam aí parados como dois inúteis, enquanto ela está praticamente caindo. — Sua mandíbula se contrai, a expressão é tomada por um desdém cortante, e minha pulsação acelera diante da proteção feroz que escapa de suas palavras, como o rosnado de alerta de um lobo alfa.

No momento, ele parece justamente o monstro ameaçador que os boatos retratam. Até *eu* sinto um pouco de medo, e sei que ele não vai me machucar. Não fisicamente, pelo menos.

— Estou bem — assevero, mas minha voz é rouca e baixa.

Fico surpresa pela sensação de sua aura se projetando em direção a mim, e deixo escapar um gemido assustado quando a sinto acariciar minha pele.

— Ah, é? — Degola pergunta ao arquear uma das sobrancelhas, o que ergue toda uma fileira de espinhos acima dela. — Mantenha-se ereta, então.

— Ah, óbvio, vou aproveitar e levantar um cavalo também, para não desperdiçar o esforço. Talvez eu corra até as Estéreis — resmungo.

— Aham — Degola responde, envaidecido por ter provado seu ponto de vista. Ele encara novamente os guardas, que parecem ter entrado em sua lista de desafetos. — Vocês têm sorte por eu não ser um inimigo. Têm sorte por meu rei ter assinado uma aliança com o de vocês. Porque são dois idiotas incompetentes que não deviam estar guardando essa mulher — Degola grunhe, com uma voz que é o som da raiva fermentando em fervura baixa, e essa raiva parece tocar minha pele febril e comprimir meu peito. — Saiam daqui, antes que eu conte ao seu rei como se comportaram.

Os guardas ficam chocados.

— Mas a favorita...

— *Eu* a conduzo até seus aposentos, e ela vai estar bem mais protegida comigo. Diferentemente de vocês dois, eu nunca recuaria se uma ameaça se aproximasse.

Meu estômago dá uma cambalhota, e uma onda de emoções me invade. Eu deveria estar irritada por ele interferir no que não é de sua conta, mas estou... aliviada. Sinto alívio por ele estar aqui, por me defender à sua maneira. Alívio por ele ser *Degola*.

— Comandante...

— Se o Rei Midas visse como foram inúteis há pouco, já teria ordenado que fossem algemados a vigas douradas. Mas vou contar um segredo. — Ele aproxima o rosto dos guardas, os espinhos em seus braços são como garras prontas para atacar, enquanto as escamas no rosto brilham sob a luz que se despede. — Eu os puniria de um jeito muito, *muito* pior.

Ouço um dos guardas engolir em seco.

— Agora desapareçam daqui, cacete. — Ele levanta o queixo, e isso basta. O guarda com a chave a entrega a Degola, antes de se virar e, acompanhado pelo colega, fugir como se os pés estivessem pegando fogo. Logo seus passos se afastam e silenciam completamente.

Fico sozinha com Degola, e, à medida que nos encaramos, o tempo parece parar como um lago congelado entre nós.

Engulo a saliva, e seus olhos acompanham o movimento do meu pescoço, a pele corando como se o olhar fosse um dedo me tocando. Por que, de repente, parece que meu coração é um cervo levantando a cabeça atrás de um arbusto sem folhas? Como se eu fosse a presa já capturada, não por dentes ou garras, mas por espinhos. Pelos espinhos escondidos nos galhos curvos dos arbustos para os quais caminhei voluntariamente, com o sangue do meu coração cobrindo cada ponta afiada.

Não há como negar. Agora, no meu momento mais fraco e vulnerável, a verdade se apresenta nua como uma donzela.

Por mais que eu tente mentir para mim mesma, por mais que eu o expulse da minha cabeça muitas vezes, a verdade está no rubor em minha pele e na dor em meu peito.

Essa criatura de olhos sem fundo já me capturou.

15
AUREN

O passar do tempo entre nós é marcado apenas pelas batidas em meu peito, que parecem acompanhar a cadência do pulso em meu pescoço.

Apesar de estarmos parados em um vestíbulo amplo, cujas vigas brancas cruzadas no teto parecem as tiras de couro sobre o peito dele, tenho a sensação de estarmos juntos em um espaço fechado e pequeno, ocupando cada centímetro disponível.

Degola olha para mim, debruçada sobre o corrimão, e se não me sentisse tão horrível, eu poderia me importar com como pareço fraca. Mas minha mente está exausta, então qualquer tipo de preocupação saiu pela janela congelada.

— Você está bem? — ele pergunta em voz baixa. Seu tom é diferente. Muito diferente daquele que ele usou com os guardas. O som da voz mansa parece recobrir meu corpo, de alguma forma, tal qual a névoa sobre um lago iluminado pelas estrelas.

— Eu? Ótima. Perfeita. Nunca estive melhor — respondo, sarcástica, apesar da voz pastosa e das palavras enroladas.

Degola estreita um pouco os olhos.

— Você está *bêbada*?

— Bêbada de poder. — Morro de vergonha do ronco muito alto que escapa junto à gargalhada provocada por minha piada ruim. Degola franze a testa, e rio ainda mais, rio muito, até todo o meu corpo tremer, e fica ainda mais difícil me manter ereta. Sim. Finalmente desabei. A lucidez me abandonou junto à minha magia.

Quando percebo que Degola está ameaçando abrir um sorriso, meu estômago dá uma cambalhota. As gargalhadas são levadas pela força dessa onda, as risadas histéricas se esvaziam como uma praia abandonada.

Desejos conflitantes me deixam insegura, sem saber se quero me afastar dele... ou chegar mais perto.

A ideia é ruim. A ideia é ruim, horrível, péssima.

Mas o cansaço me deixou esgotada, porque só quero *respirar*. Parar de planejar, parar de fingir, parar de me preocupar, e apenas *existir* por um momento. Mas essas águas são perigosas, e nunca fui uma boa nadadora.

Nervosa de repente, observo ao redor à procura de uma distração, precisando fazer... alguma *coisa*, qualquer coisa que me impeça de dar um passo em sua direção, porque nesse momento não confio em mim.

— Preciso ir para o meu quarto — digo, e a voz trai meu nervosismo, a necessidade de fugir.

Endireito as costas e tento dar um passo, mas sinto uma tontura muito forte e minhas pernas cedem. Os pés se movem como se o carpete fosse escorregadio, e uma bolha de pânico escapa de minha boca quando as pernas se dobram.

Antes que eu caia, os braços fortes de Degola me envolvem. Um deles passa por trás dos meus joelhos, o outro está em minhas costas, e sou tirada do chão antes mesmo de perder o centro de gravidade.

Eu o encaro com os olhos arregalados.

— Escorreguei. — Uma risada mansa escapa de seu peito, fria e refrescante como água corrente sobre pedras alisadas pelo tempo.

— Percebi — ele responde, repetindo a mesma conversa que tivemos antes. Quando éramos só nós dois sob uma lua azul à beira de um oceano ártico.

As coisas pareciam mais simples naqueles dias.

Os espinhos desapareceram de seus braços, se retraíram sob a pele mais depressa do que um piscar de olhos, por isso não me machucam. Tenho consciência dos braços me envolvendo, de como ele não hesita em me carregar, como se pudesse me segurar por uma eternidade sem nunca me soltar.

Por que isso me dá vontade de chorar?

— Você me segurou — pontuo, mas minha voz é só um sussurro, uma nuvem que carrega dentro de si uma pergunta não feita.

Ele abaixa o queixo, e os olhos me cobrem como sombra em um dia de sol escaldante.

— E vou segurar sempre que você precisar, Pintassilgo.

Agora estou tonta por um motivo inteiramente diferente. Desvio o olhar do dele, sentindo o peito palpitar como um bando de pássaros voando no céu.

— Merda — resmungo, recuperando o bom senso a tempo de perceber quanto isso é ruim. — Não devia me tocar.

Os músculos de seus braços se contraem, porém o rosto continua indecifrável, e ele começa a subir a escada.

— Porque seu rei dourado não vai gostar?

Balanço a cabeça em negativa.

— Não, não é isso, é que... Olha só, será que pode me pôr no chão?

— Para você cair? Não.

Agora estou agitada de verdade. Até as fitas se contorcem, tentando soltar os laços frouxos. Sentir seu peito em meu braço e seus braços em meu corpo desperta um sexto sentido em forma de consciência. Como posso me distanciar emocionalmente com ele me segurando desse jeito?

— Eu podia ter dourado você... transformado em ouro, quer dizer. Podia tê-lo *transformado* em *ouro* — gaguejo, sentindo o rosto quente.

— Tem certeza de que não está bêbada? — ele insiste, com um sorriso debochado.

Grande Divino, quando ele olha para mim desse jeito, quando exibe o sorriso sutil, discreto, transforma todo o seu rosto. Ele é um guerreiro atraente com uma beleza transcendental, e gosto de estar em seus braços, gosto mais do que deveria.

Passo a língua nos lábios, e seus olhos acompanham o movimento. Sinto um frio na barriga.

— Não estou, mas adoraria estar, neste momento.

Seu sorriso se alarga, e sinto que meus lábios se curvam, os cantos se levantam como se quisessem se juntar a ele nessa dança.

— Mas podia ter transformado você em ouro — repito. — Você agora seria uma estátua na escada, e acho que dourado não é sua cor, comandante.

— Discordo. Dourado se tornou minha cor favorita rapidamente.

A surpresa é tão intensa que me deixa boquiaberta, fitando-o sem piscar, e o choque provoca outra vertigem em meio à exaustão. Solto o peso em seus braços.

— Ai.

Degola me ajeita, e preciso me esforçar muito para não deixar a cabeça cair.

— Você está ficando mole.

Apoio a cabeça no peito firme e musculoso.

— E você é bem durinho — respondo.

Ele ri.

— Você nem imagina.

Meu rosto pega fogo quando ele sorri e o movimento ergue as escamas brilhantes, deixando-o tão bonito que só consigo encará-lo.

Ele está... *flertando* comigo. E a julgar pela palpitação em meu peito, não posso nem afirmar que não gosto. Gosto *muito*.

Sentir essa *vontade* proibida é um tipo diferente de liberdade, como atravessar a fronteira de uma nova terra.

Eu me pego desejando no mesmo instante que as coisas fossem diferentes, que tivéssemos nos conhecido em outras circunstâncias. Que não houvesse o Rei Ravinger, Midas e omissões como obstáculos entre nós em um terreno intransponível... porque acho que teria gostado da trilha.

Quanto as coisas teriam sido diferentes se ele tivesse me contado a verdade sobre quem era? Se eu não sentisse que ele seguia os passos de Midas com truques e manipulações?

Minha raiva desperta de novo, nem é só contra ele, mas contra a rede intrincada em que estamos presos, porque me sinto *roubada*. Privada de alguma coisa que poderia ter sido minha.

Um nó se forma em minha garganta, e, por mais que o tente engolir, desmanchá-lo, não consigo.

— Não devia me tocar — confesso, apesar de segurar seus ombros com as mãos enluvadas. — Sou perigosa.

Seus olhos brilham com uma centelha de humor, e ele parece mais jovem, menos carrancudo.

— Parece, mesmo.

Olho para ele com cara feia, mas isso só serve para diverti-lo mais.

— Eu *sou* perigosa — insisto, mas talvez a declaração não seja muito convincente no momento. — Bem, não agora, acho, já que estou esgotada. E não à noite, porque meu poder não funciona, e não...

— Seu poder *só* funciona durante o dia, então? Eu já desconfiava.

Fecho a boca, me chutando em pensamento, mas é tarde demais. Eu tinha razão para não confiar em mim mesma nesse momento. Não só em relação às emoções, mas com meus segredos também. Embora ele já conheça os principais e não tenha me delatado. Ainda.

A preocupação é como uma bola rolando em meu estômago.

— Vai usar essa informação contra mim?

Degola olha para meu rosto e continua em movimento, cercado pela aura que pulsa em seu entorno como um xarope escuro.

A barba é densa novamente, como quando o conheci. Os pelos escuros na pele pálida despertam em mim uma vontade de tocá-los, de experimentar essa sensação. Ele é firme também nessa região? Ou é mais macio, como parece ser seu cabelo ondulado?

Embora ande com passos rápidos, ele não me sacode. Seus movimentos são fluidos e elegantes, muito diferentes do que se espera ao fitá-lo. Mas Degola sempre foi inesperado. Assim como é quando responde:

— Minha intenção nunca é usar você, Pintassilgo.

Por um momento, não consigo dizer nada. Minhas mãos apertam um pouco seus ombros, transmitindo o nervosismo do meu corpo para o dele.

— Acho que acredito em você, sabe? Mesmo sabendo que não devia.

Sinto uma parte da tensão deixar seus músculos contraídos.

— Sim, deveria.

Uma das minhas fitas escapa do laço, envolvendo o braço dele, e a expressão que surge em seu rosto é de extrema satisfação.

— Suas fitas parecem gostar de mim.

— Bem, elas não têm cérebro, então...

A risada mais profunda e abundante que já ouvi sai dele e me envolve. Quase me inclino em direção ao som, como se quisesse me enterrar embaixo dele.

Perigoso. Sei que é perigoso estar tão perto dele, especialmente em meu atual estado. Não estou preparada, minhas muralhas não estão em pé, e *preciso* delas para me impedir de cair em cima dele.

Então, com muita força de vontade, me obrigo a desviar o olhar, rompendo a forte conexão com um puxão na fita.

Assim que me desligo dele e do momento compartilhado, ouço seu suspiro, sinto o peito subir e descer embaixo do meu ombro, e percebo que é uma reação de desapontamento.

— Qual quarto é o seu?

É óbvio que ele precisa saber, mas me sinto constrangida de dizer. Sentindo minha hesitação, ele revela:

— O meu fica aqui perto, do outro lado, é o da porta de floco de neve.

Finjo não devorar a informação.

— Só seguir por este corredor e subir mais um lance de escada. É o quarto na frente do de Midas.

Quase lá, e então vou poder me trancar e me esconder de como Degola me afeta.

— Hum.

Olho para ele.

— O que significa esse *hum*?

Ele ignora a pergunta e continua caminhando.

— Por que seu poder está esgotado? — pergunta.

Sempre caímos nesse vaivém, nesse tiroteio de perguntas sem respostas.

Seu peito é firme sob minha orelha, mas a camisa de couro é macia, muito mais do que eu teria imaginado.

— Porque usei demais — revelo.

— Midas exigiu isso de você?

— Ele tem de manter a reputação de *Rei de Ouro* — explico, sentindo a amargura deslizar na língua.

Degola parece sentir o gosto, e tensiona a mandíbula com tanta força que ouço o ruído dos dentes.

— Não devia deixá-lo continuar usando seu poder.

O julgamento em seu tom me deixa tensa.

— Você não entende — retruco, pensando em Digby. — Não tenho escolha.

— Você não é *obrigada* a nada. — Sua aura volta a pulsar, mas desta vez é errática e irritadiça. Bem, somos dois, porque sei o que estou fazendo, e essa encenação de obediência é necessária.

Quando ele sobe o último lance de escada, me dou conta da impressão que isso pode causar e do que está em jogo.

— Estamos quase chegando. É melhor me pôr no chão antes que os guardas nos vejam.

Os olhos brutais se voltam para mim, e são como chamas.

— Estou pouco me fodendo para os guardas de Midas.

A explosão brusca me pega de surpresa.

— *Degola...*

— Já falamos sobre isso. Você mal consegue ficar em pé, Auren. Não vou pôr você no chão. Não me interessa se Midas vai saber que toquei na sua *favorita*. Na verdade, espero que ele saiba.

O filho da mãe é teimoso.

— Não tem a ver só com Midas. Cometi um erro quando fiz você pensar que pode me tocar. — Não consigo encará-lo. E se não tivesse escurecido? Um toque. Basta um toque, e as implicações disso me aterrorizam. — Fui egoísta. Mas isso tem de parar, para o seu próprio bem.

Ele para de repente no alto da escada e vira, me põe sentada sobre o corrimão plano, de frente para ele. Seguro o corrimão embaixo de mim, me concentro para não cair de costas, mas não existe esse risco, porque os braços dele me seguram.

Atrevido, ele segura minha nuca, e a pressão provoca um arrepio que desce por minhas costas. O ar fica preso em meu peito quando ele puxa minha cabeça, baixando o rosto até alinhá-lo com o meu. Ele é tudo que vejo, tudo que existe neste momento.

— *Meu próprio bem*? — A pergunta é como um rosnado, um grunhido preso na teia de escamas em seu rosto. A voz está *bem ali*, posso senti-la nos lábios como uma lambida, passando pelas orelhas e se acomodando em meu peito, fazendo o corpo todo entrar em alerta.

As fitas estão paralisadas, assim como o restante de mim, serpentes capturadas pelo olhar de um encantador.

— S... sim.

A intensidade daquela expressão acende um fogo em meu ventre.

— *Meu próprio bem* estava presa em um navio pirata, com uma aura que era como um farol iluminando até o outro lado das Estéreis — ele resmunga, e sua voz é como um cordão tecido para me envolver em nós. — *Meu próprio bem* se acovardava diante de homens que não eram nada, *porra nenhuma*, se comparados a ela. — Perco toda a capacidade de respirar enquanto o encaro, chocada. — *Meu próprio bem* me odiou, lutou comigo, resistiu a mim, mas não me importei, porque a vi sair da concha lentamente, remover uma camada de cada vez, e foi deslumbrante. — Degola eleva um dedo diante do meu rosto. — Foi um toque. Senti o sabor uma vez, e se foi um ato egoísta, então você deve saber, Auren, que certamente não foi unilateral.

Não consigo piscar.

Não consigo *pensar*.

— O que... o que está dizendo? — Meu peito arfa quando a pergunta sai ofegante, como ondas em um mar de incerteza.

Posso me afogar nas profundezas de seus olhos sem fundo.

Ele range os dentes, como se a insegurança o tirasse do sério.

— Estou dizendo que *você* é *meu próprio bem*. Deixei você escolher, e o escolhido foi *ele*.

Uma tempestade sacode minha cabeça. Uma coleção de nuvens carregadas se move dentro de mim, trovejando em meu coração e ameaçando derrubar a chuva em meu rosto.

E o escolhido foi ele.

— Degola...

— Você sempre vai escolhê-lo. Foi o que me disse. — Ouvir minhas próprias palavras desse jeito, jogadas por ele em minha cara, me faz encolher, e um dilúvio turbulento ultrapassa as comportas das minhas muralhas rachadas. — Isso ainda é verdade? — ele pergunta, com um tom desesperado.

A água se acumula atrás das pálpebras, um olhar dourado voltado para a escuridão. A primeira gota desce por meu rosto e passa espremida por minha determinação em ruínas. Todavia, quando abro a boca para responder, as palavras não saem.

Degola se move, e meu movimento acompanha o dele, vento e chuva formando uma dupla harmoniosa. Meu corpo se ajeita, e ele se coloca entre minhas pernas, uma das mãos apoiada no corrimão à minha direita, o braço circundando meu corpo para me impedir de cair. O polegar na minha nuca é firme, os dedos mergulham em meu cabelo solto.

Quando sua boca se aproxima, quando toca minha face para beber a lágrima, eu me esqueço de como respirar. Os lábios firmes absorvem minha confusão, como se ele quisesse beber minha alma.

E eu quero permitir.

Cada vez mais próximos, agimos como se não estivéssemos no Castelo Ranhold, onde muita gente pode estar nos observando, mas em um vácuo privado criado por nós, um lugar onde nada mais existe.

Em um dos lados do meu rosto, logo abaixo da orelha, sua boca para, e o hálito quente acaricia a pele sensível. Minhas mãos apertam o corrimão com mais força, e não ouso me mexer, não quando minhas coxas já apertam os quadris dele, não quando tudo que mais quero é virar a cabeça e colar os lábios aos dele.

— Vamos trocar uma verdade por outra verdade — ele murmura, e eu me arrepio.

— Prefiro que guarde um segredo por outro segredo — concluo.

A língua quente se projeta, temperada com o sal da minha lágrima, e tenho de engolir um gemido. A mordida de leve no pescoço me faz inclinar a cabeça em um convite precário.

Sua mão segura meu queixo, como se ele estivesse pronto para beber da minha boca.

— Fale, Auren.

O medo abre meus olhos, afastando parte da névoa de luxúria. Meu coração dispara e a boca fica seca. As palavras dele parecem simples, mas ele está pedindo *tudo*. Se eu ceder, se falar, não vai ter volta.

Ele é um homem. Um rei. Alguém com segredos e planos. Não quero repetir meus erros, e tenho muito medo de me machucar de novo.

Um sussurro torturado acompanha o movimento da minha cabeça.

— *Não posso.*

A decepção invade os dois ao mesmo tempo.

Por um longo momento, ficamos nos encarando em silêncio, dominados pelo terrível pesar.

Em seguida, Degola se afasta, e eu balanço, oscilo sem raízes.

— Vou levar você para o seu quarto — ele declara.

Só consigo assentir, incapaz de olhar em seus olhos por medo do que vou ver ali.

No período de um segundo, o calor, o toque íntimo, tudo desaparece. A abertura e a suavidade são substituídas por uma distância fria, tão remota que é como se estivéssemos em mundos diferentes.

A distância é aflitiva.

16
AUREN

Degola me tira de cima do corrimão. Seu toque agora é diferente, como se mentalmente ele já tivesse me soltado. Um toque retraído. Odeio isso. Odeio odiar isso. Odeio que ele seja tão *difícil*. Que me confunda tanto. E que seja tão aterrorizante.

Meu lábio treme, mas o seguro entre os dentes. A tristeza desabrocha dentro de mim, infecciosa e pesada. Mas estou apavorada demais com esta atração constante entre nós, com muito medo de fazer a escolha errada. Suas palavras e seu toque deixaram em mim um clamor, um ruído ensurdecedor demais para me permitir pensar.

Degola não é Midas. Sei disso. Até agora nunca me usou, nem quando isso poderia tê-lo beneficiado. Então, talvez no fundo, eu esteja lutando contra essa ideia, contra o medo de que ele me machuque, tal como Midas me machucou. E é por isso que me escuto admitir:

— Não escolho ele. Não mais. Escolho a *mim*.

Degola hesita, mas é só um passo. Só o espaço de uma bota no carpete sob seus pés, mas sinto quando as palavras grudam em suas solas. Em seguida, ele volta a andar, seguro e firme, sem responder, e me pergunto se imaginei tudo.

Cedo demais, ou talvez depois de muito tempo, chegamos à minha porta. Scofield está lá com outro guarda que não reconheço.

— Milady? — ele chama, e arregala os olhos. — O que é...

— Lady Auren caiu na escada — Degola explica. — Vou levá-la para dentro.

Scofield tenta falar comigo de novo, mas Degola encaixa a chave na fechadura e me carrega para dentro sem perder um instante ou dar aos guardas a chance de tomar alguma atitude. Com um chute na porta, ele a fecha depois que entramos e estuda o quarto escuro, no qual o fogo quase se apagou.

— Onde quer que eu a deixe?

Minha garganta fica apertada com a indiferença em seu tom.

— Na varanda. Por favor. — Preciso sentir o ar fresco. Preciso respirar a noite e encher os pulmões com alguma coisa que não seja o calor do peito de Degola. Talvez isso ajude a dissipar essa onda de emoções crescentes dentro de mim.

Ele assente, atravessa o quarto, pega um travesseiro e um cobertor na cama quando passamos por ela. Abre a porta de vidro da varanda e joga o travesseiro na cadeira antes de me colocar nela. O cobertor é posto sobre mim, mas nem isso afasta meu frio quando ele deixa de me tocar.

Abro a boca para dizer alguma coisa, *qualquer coisa*, para tentar diminuir essa distância entre nós. Mas ele já se virou, passou pela porta e voltou ao quarto sem nem sequer se despedir. Acho que não mereço nenhuma despedida, de qualquer maneira.

Com um suspiro trêmulo, eu me acomodo na cadeira, ajeito melhor o cobertor sobre mim e tento dizer a mim mesma que é melhor assim.

Sinto meu corpo febril esfriar, sinto o suor secar sobre a pele. Contudo, mesmo em meio ao silêncio do ar frio, meus pensamentos não sossegam e minhas emoções não cessam a vibração.

Continuo revendo cada segundo único que compartilhamos à medida que ele me abraçava contra o corrimão. Continuo sentindo o contato dos lábios na pele e o jeito como os braços fortes me seguraram contra o peito. Como é possível que eu me sinta tão segura em seus braços e, ao mesmo tempo, correndo um perigo tão grande?

Meu corpo pode estar cansado, mas a interação com Degola deixou minha mente vibrante.

Aquelas coisas que ele disse...

Meu próprio bem. Como posso ser o bem de alguém quando me sinto tão mal?

Outra lágrima desce por meu rosto, e não me dou ao trabalho de enxugá-la. Só me reclino, apoio a cabeça no encosto alto da cadeira e fecho os olhos.

Não sei quanto tempo fico ali sentada enquanto a noite se torna mais escura, mas um cobertor preto envolve o céu quando o som de passos me tira da contemplação aflita.

Olho para trás e vejo a silhueta de Degola recortada contra o fogo que ele deve ter reanimado no quarto. Nem ouvi seus movimentos lá dentro. Pensei que tivesse ido embora. Tem uma bandeja com comida em sua mão, que ele deposita sobre a mesinha de ferro ao meu lado, e o cheiro de pãezinhos doces invade imediatamente meu olfato.

— Trouxe comida para mim?

— Um criado bateu à porta para entregar a bandeja — ele responde, com tom reservado. — Você deveria comer. Pode ajudar a recuperar o poder.

Eu me sento direito, e minha boca fica cheia d'água quando me deparo com a comida. Ajeito o cobertor para poder liberar os braços.

— Estou morrendo de fome. — Olho de relance para ele. — Obrigada.

Ele acena com a cabeça uma vez e se vira para ir embora, mas estendo a mão e seguro seu braço antes mesmo de perceber minha ação. Ambos fitamos minha mão enluvada segurando seu punho, e não sei qual de nós está mais chocado com o gesto.

Eu o solto rapidamente, e um rubor quente domina meu rosto frio.

— Desculpe, eu não... — Pigarreio. — Quer dizer... Quer ficar e comer comigo?

Vulnerável. A pergunta é vulnerável demais.

Talvez todo o meu bom senso tenha escorrido pelas mãos junto ao ouro, mas não quero que ele vá embora. Tenho uma caverna aberta dentro de mim, uma solidão que se alargou no momento em que me neguei a lhe conceder a verdade.

Degola me encara, mas não se pronuncia, e a vergonha se espalha em mim como formigas. O que estou fazendo não é justo com nenhum de nós.

Eu devia ter endurecido com ele como fiz com Midas. Eu quero. Tentei. Então por que não consigo odiá-lo como odeio Midas? Isso facilitaria tudo, e muito.

Percebo, no conflito em seu rosto, que ele vai recusar, me afastar assim como fiz com ele no corrimão. Então, eu me antecipo.

— Esqueça. Obrigada por me trazer para cima. — Ele continua me olhando em silêncio, com uma expressão indecifrável no escuro. — Sério — continuo, com tom nervoso. — Não se sinta obrigado a ficar comigo só porque o convidei. Provavelmente, é uma ideia ruim, de qualquer maneira. Estou com uma enxaqueca horrível, e depois daquele momento no corrimão... — Não concluo a frase, como se o rubor em meu rosto tivesse me roubado a voz. — De qualquer maneira, ainda estou furiosa com você por ter mentido para mim, e é óbvio que agora você também está zangado comigo, então talvez seja melhor não ficar.

Degola balança a cabeça e contempla o céu por um momento, como se tentasse ver se consegue encontrar paciência escondida entre as estrelas. Talvez encontre um pouco, porque suspira e diz:

— Bem, com um convite como esse, como eu poderia resistir?

Para minha surpresa, ele se senta na cadeira ao meu lado, e não sei se estou mais apavorada ou aliviada.

Espio de lado seus movimentos quando começamos a comer juntos, sempre tomando cuidado para que nossas mãos não se toquem, para que nem se aproximem. Meus nervos têm uma tremenda consciência dele, juro que sinto seu olhar encontrando meu pescoço, seguindo pelo caminho que a boca desbravou.

Definitivamente, foi uma péssima ideia.

Por alguns minutos, o silêncio entre nós é um fardo. Está sobre nossos ombros tensos, carregado por mãos contraídas. Mas aos poucos esse peso diminui, se transforma em algo mais fácil e mais familiar. Por um momento, quase posso fingir que estamos novamente com seu exército, compartilhando o silêncio da barraca.

Devoro os dois pães doces, um pouco de presunto com mel e frutas embebidas em uma calda vermelha. Descobri que a comida aqui é sempre doce e pegajosa, embora agora isso não me incomode muito, já que toda vez que lambo os dedos, sinto Degola me observando.

Depois que comemos tudo o que havia na bandeja, eu me sinto melhor, não mais como se pudesse cair a qualquer segundo. Segurando uma caneca de caldo fumegante, me recosto na cadeira com um suspiro justamente quando começa a nevar. Os flocos caem das nuvens como confetes no chão seco.

Suaves, lentos, reconfortantes.

Levanto o rosto, deixo a neve cair em meus olhos e, quando me viro para Degola, descubro que ele já está olhando para mim.

— Continua brava comigo? — ele pergunta, com uma nota tensa. Agarro a oportunidade, aliviada por poder pôr fim ao silêncio e superar a rejeição no corrimão.

— Furiosa.

Degola abaixa a cabeça, como se não esperasse menos.

— E você? — pergunto.

— Raivoso.

Sorrimos ao mesmo tempo; é um sorriso compartilhado.

Ele se encosta na cadeira, e os espinhos em suas costas desaparecem sob a roupa de couro.

— Que bela dupla nós somos.

As palavras dele provocam um arrepio que se espalha por meus braços, apesar de estar enrolada no cobertor.

— Como assim?

Sua expressão é enigmática, impossível de decifrar, e ele abre a boca para responder, mas parece reconsiderar e fica em silêncio de novo. Flocos de neve pousam em seu cabelo preto, molhando as mechas enquanto ele me estuda com aquela intensidade com que já me acostumei.

— É impressionante.

— O quê? — pergunto.

— Podemos ser os últimos dois feéricos no mundo inteiro e, de algum jeito, nossos caminhos se cruzaram naquela noite.

O que ele disse antes, sobre como minha aura era um farol cuja luz ele seguiu, forma um nó em minha garganta.

— O destino faz coisas engraçadas.

— É verdade — ele murmura, deslizando o polegar pela boca enquanto olha para mim.

— Posso fazer uma pergunta?

Ele arqueia uma das sobrancelhas.

— Você conhece as regras.

— E você conhece muitos segredos meus — respondo, irritada. — Quero saber por que está enganando todo mundo. Eu o vi do lado de fora do estábulo com o falso Degola.

Os olhos dele brilham.

— Ah, quando foi lá ficar me secando.

Meu rosto fica quente e meu queixo cai.

— Eu *não* estava secando você!

Seus dentes brancos brilham na noite.

— Mentirosinha.

Cruzo os braços.

— Então? — Faço um esforço para não parecer agitada.

— Então o quê? — ele devolve, sorrindo.

— Faz sentido — resmungo. — Tudo bem. Então me fale: por que o chamam de Degola? — Essa é uma dúvida que me persegue.

Ele cruza os tornozelos quando se estica, e meus olhos encontram as coxas fortes antes de voltarem ao seu rosto.

— Ah, *essa* é uma resposta interessante.

Não consigo impedir, me inclino um pouco mais para ele, como um cachorro instigado por um osso.

— E?

— E... um dia eu conto.

Que cretino.

Reviro os olhos e me encosto na cadeira.

— Quando?

Ele sorri, charmoso demais para o próprio bem.

— Quando não estiver furiosa comigo.

Tomo um gole da minha bebida e aprecio o calor que desabrocha em meu peito quando engulo.

— Tudo bem, pode ficar com seus segredos.

— Fico. Da mesma forma que guardo os seus.

A resposta faz meu estômago dar um nó. Sei que estou aqui sentada à noite, fingindo. Fingindo que ele não é o Rei Ravinger, que não tem os próprios planos e suas tramas.

— E *por que* está guardando meus segredos? — pergunto, cautelosa.

Já afundamos tanto nessa vala que não vejo problema em ir mais longe. Essa pode ser minha única chance de encontrar tamanha honestidade, enquanto nossos muros se racham sob uma noite de papel rasgado.

— Porque me convém. — Sou imobilizada pela força daquele olhar, como alfinetes prendem as asas de uma borboleta, e a dor é a mesma.

Como pedrinhas no fundo do oceano, a decepção se instala dentro de mim. É um aviso, então. O fato de ser conveniente para ele *agora* não significa que será sempre. Se fosse Midas, ele esperaria para usar a informação no momento adequado. É o que a maioria dos reis faria.

Imagino que frios na barriga e palpitações no peito não são coisas em que se deva confiar. Tudo o que aconteceu hoje à noite — ele me carregando, suas palavras, o calor dos quadris entre minhas pernas e dos lábios no meu pescoço —, todos esses momentos foram roubados. São momentos que não podemos ter. Não com nossos objetivos tão desalinhados. Talvez como Degola e Pintassilgo, mas Ravinger e Auren? Nunca.

Por mais que eu quisesse que as coisas fossem mais simples, diferentes... não são, e não posso fingir o contrário.

Degola endireita as costas.

— E aí está.

— Aí está *o quê*?

Ele aponta para o meu rosto, como se tivesse lido nele algum segredo.

— Você acabou de lembrar que sou o Rei Slade Ravinger, não só... isto.

Não nego. Não posso negar. Sinto um pouco de culpa por isso, mas é a verdade.

Se ele fosse só Degola, isso não seria tão difícil.

— Não posso confiar em reis. — É impossível banir a nota de tristeza da voz. Impedir que o desejo silencioso pese sobre as palavras.

Ele se inclina para frente e apoia os cotovelos nos joelhos.

— Pode confiar em mim.

O desespero é visível. Sei que é, porque não consigo evitar o brilho nos olhos, o jeito como meu corpo se move na direção dele.

— Prove. — Não é uma dispensa. Não é uma dúvida. Minhas palavras são uma súplica, uma *exigência*.

Por favor, prove.

Como se pudesse me ouvir implorando, Degola se põe em pé. Seu corpo poderoso se alonga, os espinhos aos poucos se projetam dos braços e das costas como garras se projetando das patas de um predador.

Lentamente, o predador que existe nele o traz para mais perto de mim, um passo de cada vez. As mãos se apoiam nos braços da minha cadeira, e eu colo a cabeça no encosto quando ele se inclina e rouba todo o ar.

— Vou provar — Degola murmura, e deixo escapar um gemido abafado.

Diante dos meus olhos, Degola se transforma, cercado pela magia que gira em torno de si como nuvens de vapor. Sou imobilizada pelas ondas de poder que pulsam com suavidade. Olhos de ônix se tornam verde-musgo, escamas desaparecem com os espinhos, orelhas e ossos se suavizam, e pequenas fissuras se espalham pelo pescoço e se enraízam sob a barba.

Meu coração bate descontrolado quando contemplo o rosto do Rei Ravinger, minhas mãos suam agarrando o cobertor. Pele pálida, olhos verdes, uma beleza tão máscula que é quase doloroso fitá-lo.

— Fico feliz por estar escolhendo a si mesma — ele comenta, em voz baixa, e meus lábios se afastam como se eu quisesse engolir o retumbar de sua voz.

— Fica?

Continuo completamente imóvel quando ele segura meu queixo, como se quisesse garantir toda a minha atenção.

Ele a tem.

— Sim, Pintassilgo. Porque também estou escolhendo você.

Como uma fita que se enrosca em um galho dobrado, ele se abaixa, e eu me levanto.

Meus lábios encontram os dele, sua língua acaricia a minha, e de repente estamos nos beijando como se *morrêssemos de fome*.

O beijo é como o encontro entre duas estrelas, o calor que explode ameaça queimar tudo, e o mundo frio à nossa volta desaparece na luz que projetamos. Nós nos beijamos como se precisássemos sentir o sabor um do outro, ou como se nunca fôssemos conseguir sair da escuridão.

Meu corpo inteiro busca o dele, cada fita se estende, se estica, o procura como asas procuram uma brisa.

As mãos dele seguram meu rosto, inclinam minha cabeça na posição que ele quer, e é o suficiente — o domínio, a força que é um cuidado —, tudo me faz sentir que posso arder para sempre.

O fogo que queima dentro de mim não tem a ver com raiva ou vingança. O que sinto pulsar nas veias é *desejo* puro, faminto, doloroso, que se recusa a ser ignorado.

Quando mordo sua língua de leve, ele morde meu lábio, um gesto erótico que arranca de mim um gemido. Ele bebe o som, as mãos calejadas tocando meu rosto com firmeza, como se nunca quisesse me deixar fugir.

Minhas fitas são como trepadeiras subindo por seu corpo, envolvendo os braços para puxá-lo para mais perto. Um gemido gutural retumba em seu peito, e ele aprofunda o beijo ainda mais, até o calor não estar mais apenas em minha pele, mas se tornar um fogo aceso entre minhas pernas. Ele inflama essa necessidade ainda mais quando afaga minhas fitas com uma das mãos, provocando um arrepio delicioso em minhas costas.

Só um beijo. Um beijo, e estou destruída, porque não quero que isso pare.

Nunca imaginei que um beijo pudesse ser desse jeito.

Minhas mãos agarram os ombros dele de novo, como se eu precisasse me lembrar de que ele vai me amparar, e enterro os dedos nos músculos fortes sob o couro macio. As luvas são um obstáculo. Quero removê-las, sentir pele com pele, mas não posso parar para isso.

Flocos caem do céu e nos pulverizam com gelo, mas o frio não consegue nos tocar. Estou pegando fogo, ardendo com uma paixão incendiada pela dolorosa tentação de ir além, de ter mais. Se ele não estivesse debruçado sobre mim, acho que teria me levantado e mordido a isca representada por aquele corpo.

Todavia, quando estou pronta para puxá-lo para baixo, seus lábios se afastam dos meus.

Respiramos, ofegantes, e percebo que o cobertor ficou esquecido em torno da minha cintura. Olho para Degola com o peito arfante, os lábios formigando com o eco do contato.

Seus olhos acariciam meu rosto, e os meus, o dele, enquanto traço com um dedo as linhas das raízes que são seu poder, notando que cedem ligeiramente sob o toque.

Ele se afasta, ou... *tenta* fazê-lo. Nós dois olhamos para baixo, para a confusão de fitas em torno de seu corpo, como se elas houvessem decidido fazer dele um presente.

— Desculpe... — peço, constrangida, puxando-as rapidamente, apesar da relutância com que atendem ao meu comando.

Ravinger sorri e ajeita meu cabelo atrás da orelha, e seu toque é tão gentil que faz minha garganta se contrair.

— Espero que isso esclareça as coisas.

Ele se levanta, e, apesar de eu ainda sentir o coração disparar ao vê-lo assim imponente, não é de medo. Não mais. O momento dessa transformação foi deliberado. Porque ele pode mudar de forma, pode mudar os olhos, a atitude, o nome, mas os lábios, as mãos, as palavras, o *calor*... isso não muda.

Degola e Ravinger são um só, e foi preciso um beijo para me fazer entender isso.

Quando ele se vira, já está mudando de novo, trazendo de volta espinhos e escamas, o andar implacável de guerreiro, mas ainda é ele.

Ao chegar à porta da varanda, ele para e olha para mim, e vejo o restante do verde desaparecer de seus olhos.

— Boa noite, Auren.

Ainda é ele.

E é por isso que murmuro:

— Boa noite... Slade.

Seus olhos se abrem um pouco mais por um momento muito breve, traindo a surpresa provocada pelo uso de seu primeiro nome. Depois, ele sorri e minhas fitas se agitam, como se compartilhássemos alguma coisa privada, íntima. Algo pungente entre nós.

E talvez seja isso.

Quando ele vai embora, eu me sento novamente na cadeira e esqueço o cobertor, porque ele não é mais necessário depois do calor que geramos. Enquanto a neve cai, silenciosa, sussurro o nome dele de novo, só mais algumas vezes, uma súplica às estrelas escondidas lá no alto.

17

Rainha Malina

O que antes eram pedras antigas e gastas pelo gelo, agora são tijolos dourados sob minhas mãos quando me inclino para a entrada do arco da torre. Um raro vislumbre de sol atravessa a camada de nuvens, e a luz do amanhecer toca o sino atrás de mim. O reflexo dourado que se projeta de sua superfície envolve minhas costas como se me julgasse com sua luz.

A torre do sino de Sinoalto é tão elevada que me contaram que mais de cem operários morreram durante sua construção, mas nem assim meus ancestrais desistiram de concluir a obra.

Nós, os Colier, não desistimos.

E é por isso que a imagem que vejo lá embaixo, no centro da cidade, afeta meus nervos como uma pá arranhando a superfície e revolvendo o que existe embaixo dela.

Motins. *Por todos os lados.*

Dos subúrbios imundos às butiques exclusivas, a cidade se levantou contra mim.

Os saques se espalham, e a violação à propriedade real é incontrolável na praça. A polícia é atacada a cada vez que tenta interferir e fazer detenções. Eu assisto a tudo da torre, com o sino atrás de mim, brilhando de desgosto enquanto seu povo se revolta lá embaixo.

Eu os tive nas mãos.

Por um momento, eu os *tive*. Ocupei o trono e governei, como deveria ter sido desde sempre. Estava conquistando os nobres, devolvendo a Sinoalto sua antiga glória, me recolocando em meu lugar — uma verdadeira Colier — como a governante de direito.

Tudo se encaixava.

Até que tudo começou a desabar.

As turbas são pontos na cidade, aglomerações que se movem em conjunto. Estão queimando, saqueando e desafiando todas as leis, até que a polícia da cidade consiga deter essa gente. O problema é que, quando um tumulto é controlado, outros dois parecem eclodir.

Meus dedos se curvam como garras, as unhas raspam o gelo acumulado no parapeito dourado, o ar frio penetra minha pele. Isso se mantém há três dias, e cada minuto que passa sem que o povo esteja sob controle é mais um ponto marcado contra eles. Tentei ser a rainha bondosa. Benevolente com as oferendas, lembrando que foi *Midas* quem os deixou passar fome, quem os deixou sem esperança e mergulhados na pobreza.

Mas foi contra *mim* que eles se voltaram.

O músculo em minha mandíbula se contrai, uma dor surda se espalha a partir do ponto de contato entre os dentes.

Quando outra fogueira começa a arder na cidade, eu me viro em sinal de repugnância. Os quatro guardas da rainha se mantêm em silêncio quando desço a escada em espiral, pisando nos degraus dourados escurecidos devido ao desgaste pelos muitos sapatos que por ali passaram.

É uma descida vertiginosa, e minha mão pálida agarra o corrimão, ao passo que as paredes curvas zombam de mim com o infinito saca-rolha da escada.

Quando finalmente chego ao fim dela, sou recebida por um vento cortante ao atravessar o corredor aberto para mais uma escada e, enfim, entro no castelo.

Lá dentro, o ar tem cheiro de tinta.

As paredes agora são mais grossas por causa dela.

Duas dúzias de operários. Trabalhadores contratados para pintar cada superfície dourada ou construir em volta delas, qualquer coisa para escondê-las.

Mas há manchas em todos os lugares para onde olho. Surgiram pontos descascados nas paredes pintadas de branco. Os tapetes escorregaram no chão coberto. A madeira pregada sobre superfícies de mesas e batentes de janelas rachou, e as fendas são como sorrisos debochando de mim.

Sinoalto se tornou um castelo vivo que me desafia com cada superfície dourada. Se eu não cobrir tudo isso, se não apagar cada centímetro poluído, vou enlouquecer.

A culpa é toda dele.

Ele tomou meu lar de mim e o transformou em um arremedo do que foi. E *me* transformou em um arremedo de mim mesma.

Quando passo pelo salão principal, a mensagem de Tyndall ecoa em minha cabeça. Ele acha que pode me obrigar a ceder só por acenar com um bastardo na minha frente? Prefiro beijar os pés dele, e *isso* nunca vai acontecer.

Jamais vou acolher esse bastardo e, sem mim, essa criança nunca será posta no lugar de herdeiro, nunca poderá ter Sinoalto.

Ninguém pode, porque ele é *meu.*

Olho através das portas pelas quais passo.

— Onde estão meus conselheiros? — pergunto, sem me dirigir a ninguém em especial.

— Não sei, minha rainha. — A resposta hesitante é dada pelo chefe da guarda.

— Mande alguém procurá-los — ordeno, impaciente.

Ele acena com a cabeça para um dos guardas, e o homem se afasta para localizar os conselheiros.

Franzo a testa quando olho para o salão vazio outra vez e não ouço nenhum barulho, não vejo ninguém trabalhando.

— Onde estão os operários? Por que não ouço marteladas e não vejo escadas apoiadas nas paredes?

Ele se inquieta, e o escudo prateado da armadura em seu peito mostra meu reflexo manchado. Deparo-me com meu rosto pálido e contraído pela irritação, o cabelo branco preso no topo da cabeça.

— Os operários não voltaram mais depois do início dos protestos, Majestade.

Idiotas preguiçosos e insuportáveis. Devem estar na cidade, se embebedando e usando as rebeliões como desculpa para não trabalhar.

— Muito bem. Encerre os contratos a partir de agora, e *nada* de pagamento. Amanhã de manhã quero encontrar aqui pessoas dispostas a trabalhar.

Os guardas se olham, mas não me importo. Não vou tolerar tamanha falta de respeito. Durante o reinado de meu pai, ninguém se *atrevia* a faltar ao trabalho neste palácio. Era uma honra servir aos Colier.

— Entendido?

— Sim, Majestade.

Dou as costas aos guardas e decido ir para meus aposentos. Sinto o começo de uma dor nas têmporas, e preciso comer alguma coisa.

Mas, antes que eu chegue à escada, um criado se aproxima correndo.

— Majestade, há um visitante à sua espera na sala íntima.

Quase rosno para o homem.

— *Quem é?*

— Sir Loth Pruinn.

Um suspiro impaciente arranha minha garganta. O charlatão. O mercador de olhos prateados que se considera vidente. Desde aquele dia em que sua carroça impediu a passagem de minha carruagem na cidade, ele tem aparecido sem se fazer anunciar.

Quase o coloquei para fora na primeira visita, mas ele chegou com uma coisa à qual não pude resistir, e não era um mapa falsificado que alegava conter o caminho rumo ao meu maior desejo.

Ele chegou com mercadorias para vender, é verdade, mas o que oferecia *de fato* era informação. Sir Pruinn percebeu rapidamente como se tornar digno do meu tempo, e desde então tem me informado sobre a cidade e seu povo.

Por isso eu soube que as manifestações estavam se espalhando. Por isso não me surpreendi quando os tumultos explodiram há alguns dias. Infelizmente, quando uma rebelião começa, pode ganhar força com rapidez, assim como fogo em mato seco.

— Está bem — respondo, e mudo de direção.

Entro na sala íntima e encontro Pruinn reclinado na poltrona estofada, com uma bolsa de lado muito cheia sobre o colo, tal qual um animal de estimação.

Eu o cumprimento com frieza.

— Pruinn.

O homem loiro se levanta com altivez, e a bolsa tilinta quando ele se curva em reverência.

Como sempre, suas roupas são impecáveis, uma túnica azul-gelo com acabamento em pele, o rosto perfeitamente barbeado, os cabelos bem curtos.

— Rainha Malina, está indefectível, como sempre.

Olho para ele com indiferença e aceno para trás com uma das mãos.

— Deixem-nos.

Os guardas saem e fecham a porta, e eu me sento em frente a Pruinn. A sala é fria, as janelas da parede externa estão entreabertas, uma tentativa de arejar o ambiente e diminuir o cheiro de tinta. Faz dias que as paredes foram pintadas, mas o frio retarda a secagem.

— Hoje não estou interessada em suas bugigangas, Pruinn, portanto espero que não tenha vindo para isso.

Ele se senta, acomoda a bolsa no colo e levanta uma das sobrancelhas.

— Tem certeza? É um perfume exótico de um mercador que só se pode encontrar nas dunas de areia do Segundo Reino.

Nem me dou ao trabalho de responder.

A expressão de Pruinn é divertida.

— Está bem, então. Bem, a cidade está mergulhada no caos.

— Eu vi — respondo, irritada. — Tem alguma informação de verdade ou está tentando acabar com minha paciência? Porque hoje não estou para brincadeira, garanto-lhe.

Em vez de se retrair, ele inclina o corpo para frente e apoia os cotovelos nos joelhos.

— Conhece um homem chamado Gifford?

Pisco duas vezes, e esse é o único sinal da surpresa provocada pelo nome.

— Sim, é o mensageiro de Tyndall. Ele veio do Quinto para me entregar uma carta — falo, com tom seco.

— Pois bem, ele não é *só* um mensageiro.

Uma de minhas mãos aperta o braço da poltrona.

— Como assim?

Seus olhos cinzentos praticamente cintilam com a ansiedade para divulgar a notícia. Nunca imaginei que vendedores ambulantes pudessem ser fofoqueiros tão insuportáveis, mas vou colher os benefícios da descoberta.

— Ao que parece, quando deu sua resposta, o Rei Midas ordenou ao homem que agisse de acordo com ela. Ele despachou o falcão e ficou na cidade.

Um arrepio incômodo se espalha por minhas costas.

— Para quê?

— Ele tem circulado pela cidade. Vai de bar em bar, de uma hospedaria a outra, de loja em loja. E, em todos os lugares, ele fomenta a revolta. Agita os descontentes. Espalha a insatisfação. Ele foi a gota que causou a onda de tumultos.

Meus dedos apertam a madeira pintada da cadeira, e a tinta branca se solta e fica presa embaixo das unhas.

— Está me dizendo que Midas ordenou ao mensageiro que insuflasse a rebelião?

Pruinn assente, decidido.

— Sim.

Um silvo escapa por entre meus dentes, e me levanto bruscamente, vou até a janela e olho para fora. Não vejo mais que a encosta da montanha e uma parte das muralhas que cercam o castelo, mas continuo a olhar. Olho como se fosse possível atravessar a muralha e enxergar a cidade, encontrar o canalha Gifford espalhando suas mensagens, conduzindo as pessoas como um rebanho frenético que sente cheiro de sangue.

— Quero esse homem morto.

— Sem dúvida — ele concorda, nem um pouco abalado com minha declaração. — Infelizmente, ele já foi embora. Partiu ontem sobre seu timberwing.

O vento gelado entra pelas frestas da janela e me toca, mas não resfria a fúria que me consome.

Culpa de Tyndall.

Tudo isto.

Depois de um momento de raiva gelada cristalizando no peito, eu me viro.

— Presumo que seja capaz de encontrar a saída sozinho, Sir Pruinn — declaro, com frieza, antes de me retirar.

— Sim, Majestade — ele responde, tranquilo, e se levanta para mais uma reverência. — Pensou mais sobre o mapa?

Paro na porta e olho para trás.

— Não há nada de vantajoso no Sétimo Reino, Sir Pruinn, muito menos meu maior desejo. Tenha um bom dia. — Abro a porta e saio e, se ele fala mais alguma coisa, não escuto. Não com a ira que ferve em minha cabeça.

Os guardas me acompanham quando atravesso o salão, passos determinados que me seguem escada acima. A dor de cabeça alcança um novo patamar.

Quando estou chegando à porta dos meus aposentos, o quarto guarda se aproxima correndo, ofegante.

— Então? — pergunto. — Encontrou meus conselheiros?

— Não, Majestade, mas, quando fui perguntar à patrulha lá fora, fui informado de que os manifestantes ocuparam a estrada, e a polícia não conseguiu os deter. O povo se aproxima das muralhas.

Até minhas veias fervem.

— O que eles querem?

O homem está nervoso.

— Bem... parece que portam armas improvisadas. Acho que pretendem invadir o castelo.

— Quero que sejam contidos — anuncio, e olho para cada um deles. — Ouviram?

O chefe da guarda assente de imediato.

— Agora mesmo, minha rainha. Vamos levantar barricadas. Ninguém vai...

— Não. — Balanço a cabeça. — Temos de fazer dessas pessoas um exemplo. O povo precisa ser lembrado de que um ataque como esse não é tolerável. — Dou mais um passo na direção do guarda, sem me importar por ser quase vinte centímetros mais baixa do que ele, porque *eu* uso a coroa. — Quero todos *mortos*. Quem estiver a menos de cinquenta metros das muralhas deve ser abatido como o animal ingrato que é.

Depois entro no quarto, bato a porta e deixo lá fora quatro guardas de expressão sombria.

O povo quer se levantar e ameaçar sua rainha? Quer destruir a cidade e desafiar minhas leis? Pois cada rebelde será morto, e vou tocar o sino da torre quando o gelo cobrir seus cadáveres ingratos.

Vou fazer essa gente se lembrar de que existe um motivo para eu ser a Rainha Fria.

18
AUREN

A exaustão do meu poder deve ter sido grave, porque dormi direto ao longo do dia seguinte inteiro. Quando enfim acordo, o anoitecer não está longe, as últimas horas do dia brilham através das janelas.

Eu me espreguiço, bocejo e saio da cama esfregando os olhos. Tiro o vestido amarrotado e visto um robe de seda e um par de luvas, embora seja só por força do hábito. Minha mente é ocupada pelo homem que assombrou meus sonhos, e as palavras dele são uma melodia desoladora que não cessa de se repetir.

Estou dizendo que você é meu próprio bem.
Deixei você escolher, e o escolhido foi ele.

Minha língua desliza pelos lábios, como se ainda pudesse haver ali algum resquício de seu sabor. Não sei se algum dia vou esquecer a sensação do contato ou perder de vista a euforia que senti quando ele olhou nos meus olhos e disse que me escolhia. Meu coração se enche de esperança e de medo ao mesmo tempo.

Com um suspiro ansioso, passo as mãos no cabelo embaraçado e, antes de ir me sentar na cadeira dourada diante da lareira, pego o livro sobre feéricos que escondi embaixo do colchão. Acordei há pouco, quando a criada entrou para reanimar o fogo e trazer mais lenha, e protestei com um gemido contra a presença dos dois guardas que a monitoravam. Felizmente, eles saíram antes de eu despertar por completo, e ninguém disse nada.

Digby teria grunhido para mim, dizendo, com aquele jeito silencioso, sem palavras, para eu parar de me lamentar, mas esse pensamento só aumenta aquela dor que não consigo aplacar.

Sentada com as pernas dobradas e os pés sob o corpo, contemplo distraída o fogo e o livro, quando ouço as batidas à porta. Por um segundo, meu coração dispara, como se pudesse ser Slade do outro lado, embora eu saiba que se trata de um pensamento idiota. Deixo o livro de lado e vou abrir a porta. É Scofield.

Tomo o cuidado de me manter escondida atrás da porta, porque o robe só me cobre até os joelhos.

— Sim?

— Milady, o Rei Midas solicita sua presença. — Scofield usa um tom formal e não me encara diretamente, e é provável que seja por eu não estar vestida por completo. — Ele a espera na sala formal de refeições em uma hora.

— Certo. Ele disse por quê? — Até agora, ele sempre preferiu que eu ficasse em meus aposentos durante o dia, a menos que estivesse dourando a porcaria do castelo. Essa convocação me faz lembrar ocasiões em que fui convocada para refeições formais em Sinoalto... e não é uma boa lembrança.

— Sua Majestade, a Rainha do Terceiro Reino, chegou ontem à noite. O Rei Midas e o Príncipe Niven vão oferecer um jantar em homenagem à Rainha.

— Ah, sim. — Penso depressa. Ainda vai demorar um pouco para escurecer, então vou ter de ser cuidadosa. — Obrigada pelo aviso, Scofield.

Começo a fechar a porta, mas ele levanta a mão para impedir o movimento.

— Algum problema? — pergunto, intrigada.

Scofield olha para dentro, por cima do meu ombro.

— Não, mas... temos ordens para examinar seus aposentos.

Olho para ele e para o outro guarda desconhecido, e reajo, irritada:

— *Agora?*

— Sim, milady.

Por um segundo, penso em bater com a porta na cara dele, mas essa resposta só seria satisfatória se fosse Midas do outro lado.

Em vez disso, eu me viro e me afasto da porta, que deixo entreaberta para permitir a entrada de Scofield e de mais *três* guardas.

Nenhum deles olha para mim.

Sistematicamente, começam a revirar todo o espaço. Tinha esquecido quanto odiava as revistas aleatórias de Midas. Em Sinoalto, elas eram frequentes. Contudo, por mais que tenham acontecido muitas vezes, eu nunca deixava de odiá-las. Eram sempre uma invasão de privacidade, me fazendo entender que, embora fossem meus aposentos, não eram *meus* de verdade.

Midas podia ter feito isso enquanto eu estivesse fora, no entanto me mantém presente de propósito durante a revista. Como um aviso, talvez, para me lembrar de que tudo lhe pertence.

Miro o livro que deixei na cadeira. Observo os guardas, porém, até agora, estão todos perto da cama. Contenho o impulso de correr e, em vez disso, dou passos comedidos. Assim que me sento, escondo o livro sob as coxas e ajeito o robe para garantir que permaneça escondido.

Tensa, assisto enquanto os guardas realizam uma varredura meticulosa no quarto. Um deles tem até um pergaminho na mão, que consulta a todo instante, e, considerando o jeito como conta os travesseiros, sei que está fazendo um inventário de tudo o que eu deveria ter.

Os lençóis e cobertores da minha cama são analisados. Os tapetes e as cortinas são verificados, cadeiras e poltronas são examinadas. Conjecturo se sabem por que estão fazendo isso ou se consideram a ordem só mais uma entre as tendências controladoras de Midas.

Meus olhos os seguem enquanto reviram tudo no quarto, antes de partirem para o quarto de vestir e para o banheiro.

O som de tecido manuseado e de caixas de sapatos sendo abertas e fechadas vem de uma das portas, ao passo que, da outra, chegam ruídos mais discretos. Quando todos retornam, estou fervendo de irritação e nervosismo, embora tente não demonstrar. Tranço o cabelo e não movo as pernas, sentindo o livro proibido pressionando a pele como o beliscão de uma mentira.

Os homens estão se preparando para sair quando Scofield se aproxima de mim.

— Desculpe, milady. A cadeira. Poderia...?

Meu coração bate com tanta força que tenho medo de que ele atravesse o peito. Seguro as rédeas do pânico e engulo em seco, lembrando que nenhum deles tem permissão para me tocar e tirar dali.

— Scofield, espera mesmo que eu me levante neste estado? Não é apropriado. Não estou devidamente *vestida* — retruco, com toda a indignação que consigo reunir. — Midas não vai gostar disso.

Ele fica vermelho e recua no mesmo instante.

— Eu... peço desculpas, milady. É claro que deve ficar aí.

Com os olhos em chamas, assinto e o vejo se virar para a porta. Os homens dão mais uma olhada ao redor em busca de qualquer porcaria não autorizada, consultando a lista a cada dois segundos como um cozinheiro seguindo uma receita, garantindo que nada seja ignorado.

Por fim, todos saem. Scofield não consegue nem me fitar quando fecha a porta. Suspiro aliviada e pego o livro de baixo das pernas.

Fui muito descuidada, e isso é algo que não posso ser. Preciso devolver o livro ao lugar dele na primeira oportunidade que tiver. Não sei se Midas se importaria por eu estar com ele, mas sem dúvida o questionaria. Ele pode saber muitas coisas sobre mim, mas nunca revelei que sou uma feérica, graças ao Divino. Para ele, sou só uma oreana poderosa, alguém cuja magia feérica de seus ancestrais não se diluiu.

A inspeção no quarto também é o motivo pelo qual não posso transformar nada em ouro para levar para Rissa. Tudo que tenho, tudo que uso, é controlado. Avaliado. Verificado.

Midas está sempre se certificando de que não falta nada, nem mesmo uma peça, seja por obra minha ou de outra pessoa. Ele costumava afirmar que as inspeções serviam para ter certeza de que nada foi roubado ou quebrado. Mas a verdade é que quer se certificar de que não estou fazendo nada sigiloso com as coisas que dourei. Como se tudo isso pertencesse a ele. Como se fosse *seu* o poder que criou qualquer coisa de valor.

Vou ter de fazer outra visita à biblioteca em breve, mas, por ora, tenho de comparecer a um jantar. Determinada, vou me arrumar no quarto de vestir. Ali as evidências da inspeção são bem aparentes, com vestidos espremidos nos cabides, caixas de chapéus e de sapatos abertas e empurradas contra a parede. Todas as gavetas da cômoda também foram abertas, luvas e peças íntimas foram empilhadas e contadas, e frascos de perfume ficaram caídos.

Com um suspiro irritado, escondo o livro dentro de um dos vestidos pendurados e aperto os fitilhos do espartilho para mantê-lo no lugar. Quando tenho certeza de que ele não vai cair, tiro o robe e olho para os vestidos, tentando escolher o que usar.

Não sei o que vou encontrar naquela sala de jantar, todavia sei que, sempre que a realeza está envolvida, há planos e tramas. Midas tem seus esquemas, e certamente a rainha terá os dela.

Tento lembrar o que sei sobre a rainha do Terceiro. Sei que é uma jovem viúva. Ela se casou com alguém muito mais velho, e ele morreu pouco tempo depois. Como ela tem um poder e o legado, manteve o trono, mas não consigo de jeito nenhum lembrar que poder é esse, e a falta dessa informação me deixa incomodada.

A verdade é que tentei bloquear tudo sobre o Terceiro Reino. Aquela terra me traz lembranças que não quero guardar. Fiquei presa em Derfort Harbor por *dez anos*, prisioneira de um comerciante de tráfico humano, e a única aposta na vida dele era enriquecer à custa de crianças.

Essa rainha não ocupava o trono naquele tempo, mas, mesmo assim, estou desconfiada. Sempre que penso no Terceiro Reino, minha cabeça me leva de volta àquele lugar como a menina pintada e mendiga. A menina que quase não conseguiu escapar.

Empurrando tais pensamentos para longe, examino os vestidos e escolho um que já tenha sido dourado por meu toque. Neste o espartilho é visível, com um tecido duro costurado pelo lado de fora.

Eu me visto, endureço a extremidade de uma fita e corto uma linha curta nas costas. Assim, as fitas não ficarão espremidas contra minhas costas, causando desconforto, e o espartilho vai ficar no lugar, sem expulsar a vida de dentro de mim.

Só vitórias.

Assim que termino de resolver o problema em questão, posiciono as fitas em torno da saia de gaze, formando arcos largos e soltos, e as prendo na parte de trás com um laço despojado. Pego um par de chinelinhos de seda e luvas apropriadas para o jantar, e então me dedico à tarefa de prender os cabelos em uma longa trança, que enrolo na cabeça, compondo minha versão de coroa.

Quando termino, saio do quarto e paro no corredor. Scofield indica o caminho, enquanto mais dois guardas me seguem. Eu deveria estar nervosa com a iminência de um jantar real de boas-vindas, mas não estou.

Passei muitos anos ficando nervosa. Sendo tímida e preocupada. Sempre tentando dar a primeira impressão que Midas esperava que eu desse, fosse a de acanhada ou a de sedutora, adoradora ou orgulhosa. Ele tinha sempre um papel para mim.

Com o Rei Fulke, foi a isca de me tornar visível, mas não acessível. Provocar o homem com minha presença ao fundo, mas sempre em minha gaiola. Disponível para ser cobiçada, mas inalcançável.

Não sei o que Midas pretende com a rainha, porém, seja o que for, não tenho mais papel algum nisso. Não estou do lado de Midas. Não é mais meu objetivo agradá-lo, só me comporto a fim de garantir a segurança de Digby.

Lá embaixo, depois que cruzamos o salão principal, passo pela porta da sala de jantar. O ponto focal do espaço é a longa mesa de vidro no centro do ambiente. Ela tem uns quinze centímetros de espessura, pelo menos, e veios azuis correndo em sua superfície para parecer glacial. O vidro do tampo foi soprado para ter saliências de cristais irregulares, que se projetam do centro como se fossem estalagmites.

Em torno da mesa encontram-se cadeiras de encosto alto e assento de veludo roxo, o suficiente para acomodar treze pessoas. Infelizmente, quase todas estão ocupadas.

Reconheço algumas pessoas ali: os conselheiros de Midas, os conselheiros de Fulke que costumavam visitá-lo em Sinoalto, mas também há rostos novos, presumo que do território da rainha.

A realeza se reúne no centro, frente a frente, e eles se entreolham por falsas colunas de gelo iluminadas por velas acesas entre si. Midas tem o príncipe à sua esquerda, com seus conselheiros espalhados mais para o lado. De costas para mim está a mulher que deve ser a rainha. Não há dúvida, não com a coroa brilhando sobre sua cabeça, os grossos cabelos escuros a mantendo no lugar com grampos de pérolas e estrelas-do-mar.

Quando chego à metade da sala, Midas interrompe a conversa e levanta a mão para me chamar. Com passos comedidos e firmes, contemplo todos os rostos que se voltam em minha direção.

No alto, lustres projetam sua iluminação cristalina, e tem uma harpa na frente das janelas, atrás da mesa. O fogo arde na lareira à esquerda, uma lareira tão grande que eu poderia entrar nela e dormir sobre a lenha.

Contorno a mesa à medida que ouço vozes baixas das pessoas que bebem de taças de vinho, à espera do jantar. Pelo menos vou poder comer muito, porque, de repente, percebo que estou faminta.

Quando chego à minha cadeira, Midas me avalia com atenção, não para me apreciar, mas como se verificasse se estou vestida de maneira adequada para seu jantar requintado. Ele percebe a faixa cortada nas costas do vestido, e um músculo se contrai em seu rosto.

— Auren.

— Rei Midas. — Retribuo o olhar de avaliação, só para irritá-lo.

Do outro lado da mesa, a rainha do Terceiro Reino arqueia uma das sobrancelhas ao ouvir nossa breve conversa. No mínimo, eu deveria ter feito uma reverência completa, mas não vou mais me curvar para ele. Só curvo meu joelho diante dele de novo se for para acertá-lo no meio das pernas.

— Então, essa é sua menina dourada... — A rainha me observa com seus olhos cor de ferrugem, e uso o momento para retribuir o olhar. A compleição marrom-clara combina lindamente com o vestido branco que modela suas curvas, com grandes botões brilhantes como diamantes na frente do espartilho.

— Sim, é ela. — Midas estende o braço e desliza um dedo por meu antebraço.

As fitas se contraem em torno do meu quadril, tiras de seda que enrijecem como se quisessem empurrar a mão dele. Midas continua a me afagar, e é como se alguma coisa rastejasse sobre minha pele. Preciso fazer um esforço enorme para não esboçar uma careta e puxar o braço.

— Auren, esta é a Rainha Kaila Ioana, do Terceiro Reino.

Eu me curvo em reverência.

— Majestade — murmuro. — Espero que a viagem ao Quinto Reino não tenha sido muito cansativa.

Ela sorri.

— Não tanto quanto ouvi dizer que foram as *suas* viagens — responde. — Capturada por piratas da neve, depois levada pelo exército do Quarto, tudo enquanto atravessava as Estéreis em direção ao Quinto. — Ela faz um ruído com a língua que sugere admiração. — É espantoso que tenha chegado inteira.

— Foi sorte o Quarto ter estado lá para interferir.

Midas fica tenso e abaixa a mão, mas não me desmente. Ele e eu sabemos que é verdade. Se eu tivesse seguido com os Invasores Rubros, provavelmente estaria morta. Muita coisa aconteceu desde então. Se o exército do Quarto não estivesse lá, eu ainda seria aquela menina chorando pelo homem que a mantinha cativa.

— Ora, ela não é uma boneca dourada?

Fito o homem sentado à direita da rainha e percebo de imediato a semelhança.

— Meu conselheiro mais confiável e irmão, Manu — a soberana o apresenta.

Ele tem cabelo preto e grosso, o qual mantém preso na altura da nuca, e usa um colete amarelo por baixo do paletó, com um babado de tecido de seda cobrindo a frente do pescoço. Com uma das mãos segurando a taça e a outra descansando sobre o encosto da cadeira do homem ao seu lado, ele me contempla com uma expressão que só posso descrever como deslumbrada.

— Keon, não acha que ela é uma boneca? — ele pergunta, e se inclina para o vizinho.

Keon me analisa com seus olhos castanhos, e a luz dos lustres refletida em sua cabeça calva realça os colares que enfeitam seu peitoral.

— Ela é mais alta do que eu esperava que fosse — o homem magro responde.

Manu concorda, balançando a cabeça.

— E olhe esse *cabelo*. — Ele se inclina, e o colarinho de babados se abre um pouco e revela o peitoral bronzeado. — Boneca, você poderia vender esse cabelo por barris de moedas.

— Hum... obrigada?

A Rainha Kaila encara o irmão.

— Não constranja a favorita do Rei Midas, irmão. Não é educado.

Um sorriso luminoso modifica o rosto bonito de Manu.

— Mas não ser bonzinho é muito mais *divertido*, irmã.

Ela o encara, séria, mas é impossível não notar o afeto em seus olhos.

— Ah, o jantar está servido.

O anúncio de Midas chama a atenção de todos para as dezenas de criados que entram no salão por uma porta nos fundos e carregam bandejas de comida.

— Auren.

Olho para Midas, que aponta a cadeira vazia à sua direita. Levanto as sobrancelhas em uma reação surpresa. Ele *nunca* me pôs sentada ao lado dele em um jantar formal, em especial não com a mesa cheia de membros da realeza. Sento-me, hesitante, acometida por um arrepio incômodo e um pressentimento ruim. Porque isso não é uma cortesia. Não é nenhum favorecimento. Só não sei ainda qual é o jogo dele.

Os criados começam a servir a comida nos pratos à mesa, e o cheiro de caldas e açúcares inunda o ar imediatamente, ao mesmo tempo que, em silêncio, torço para o sol se pôr bem depressa para eu poder comer e, mais importante, beber. Pego minha taça e vejo que está vazia.

— Por favor, pode me servir o vinho? — peço à criada que está mais perto de mim.

A moça inclina a cabeça e se afasta depois de servir mais um prato. Dos dois lados da mesa, vozes discutem tudo que é tedioso e político. Como ainda não anoiteceu, não posso comer. Bem, *poderia*... mas, no instante em que o alimento tocasse meus lábios, eu estaria mastigando um mingau metálico.

Então, finjo e me faço parecer ocupada. Abafo a conversa me servindo da bandeja mais próxima. Infelizmente, nada parece muito apetitoso, mas vai ter de servir. Segurando a colher na mão enluvada, mexo a aveia doce e coagulada.

Vou precisar de muito vinho para engolir essa gororoba.

— Então, Boneca, ouvi dizer que foi capturada pelo gostosão do Comandante do Quarto.

Assustada, ergo a cabeça e fito Manu por entre dois pingentes azuis do centro da mesa de vidro, e vejo que seu rosto é iluminado por um sorriso malicioso.

Olho para Midas de soslaio, mas ele e Niven estão conversando sobre alguma coisa.

— Sim, eu fui.

— *Essa* é uma boa história para a mesa do jantar. — Olhos ávidos se voltam para mim, e uma sobrancelha se levanta. — Não me incomodaria de ser capturado por ele. Todos aqueles espinhos *duros* e aqueles músculos... *grossos*.

Quase me engasgo com a língua, e meu rosto pega fogo.

Ao lado dele, Keon estende a mão e espeta o garfo em um pedaço de carne no prato de Manu. Ele leva a carne à boca enquanto o encara, descontente. Manu ri e beija seu rosto.

— Não finja que não me abandonaria sem pensar duas vezes para ficar com aquele homem monstruoso.

Keon aponta o garfo para ele.

— Experimente me abandonar, e juro pelos Divinos que vai se arrepender.

— *Awnnn* — Manu ronrona. — Que coisinha mais fofa.

Keon dá risada.

Eu sorrio, pensando que a conversa animada entre eles vai tornar esse jantar menos horrível, afinal.

— Há quanto tempo são casados?

— Três meses — Manu gorjeia.

— Três *anos* — Keon o corrige, revirando os olhos, depois rouba mais comida do prato do marido.

— Ah, é verdade. — Manu joga uma uva na boca. — O tempo voa quando se está montando um belo ca...

— *Cavalo* — Keon interfere, apressado, e dá uma cotovelada no braço do marido, ao passo que olha preocupado para os conselheiros carrancudos. Manu sorri para ele, massageando o local da cotovelada, e decido que esses dois são minhas novas pessoas favoritas.

— Gostam de jogos com bebida? — pergunto, me sentindo mais animada.

Manu estala os dedos e aponta para mim.

— Olhe aí! Eu sabia que tinha ido com a sua cara. Sempre consigo identificar as pessoas mais divertidas.

Sorrindo, tento localizar a bendita da criada, mas ela e meu vinho não estão em parte alguma. Minha boca se enche de água com o cheiro da comida. No segundo em que o sol desaparecer, vou comer até não poder mais e virar um copo cheio.

— Avisei os criados que hoje você não vai beber vinho.

As palavras de Midas me assustam, e olho para ele.

— Por que não?

Ele me encara com frieza, e tem alguma coisa ali, uma centelha que não tinha notado até agora.

— Porque eu não quero.

A criatura dentro de mim boceja, a raiva se espreguiça, tentando decidir se quer acordar. Midas está tenso, não sei se pela presença do Terceiro ou se por algum outro motivo. E então entendo.

Ele *sabe*. É óbvio, Scofield e os outros relataram que Degola me carregou para o quarto. Meu estômago se contrai em nós, e a preocupação me invade. Será que ele fez alguma coisa com Digby por causa disso?

Ou... prefere *me* punir?

Sinto os olhares em mim, as pessoas nos observando, e o constrangimento alimenta minha raiva. Mas continuo atenta a Midas, ao brilho crítico em seus olhos.

— Não quero que se torne desagradável por causa do vinho, Preciosa — ele declara, com cortesia fria, me deixando vermelha de vergonha por insinuar diante de todo mundo que sou algum tipo de bêbada que não sabe se comportar em sociedade.

— Posso beber água, Majestade? — Meu tom é açucarado, meloso demais para ser sincero, e sei que fui longe demais.

Sob a mesa, a mão dele aperta minha coxa, e fico tensa quando ele me belisca com força. Apesar da barreira das saias, dói.

Midas aperta com força cada vez maior, mas minha expressão não se altera. Eu me recuso a reagir. Nem *pisco*. Ele pode arrancar a pele, se quiser, e vou continuar aqui plantada como uma maldita margarida, porque não lhe darei a satisfação de me ver murchar.

A mesa silencia durante o confronto silencioso entre mim e Midas, quando ele me encara por um segundo além do aconselhável e com uma expressão dura demais para quem está lidando com sua *favorita*.

— Meu pai não mantinha relações comerciais com o Terceiro, e não sei por que haveríamos de começar agora, considerando o valor elevado de seus impostos para o comércio — o Príncipe Niven anuncia, e sua voz juvenil e anasalada distrai Midas. — Os recursos do Terceiro de fato justificam o valor dessa taxa?

Todos olham para a rainha, não mais para mim, e ela para com o garfo a meio caminho da boca.

Niven é um poço de arrogância principesca, sem dúvida, mas em matéria de tato, não tem nem o básico.

Midas solta minha perna, felizmente, e a área que ele beliscou lateja de dor. Minha pele formiga quando o sangue circula pela região, mas ignoro o que sinto e me concentro no drama político.

Antes que Midas possa contornar a situação, a rainha encara o príncipe com uma expressão provocativa.

— Nós, do *Terceiro*, não precisamos manter relações comerciais com seu povo gelado, Príncipe Niven — ela diz, com frieza, adotando um tom tão cortante quanto as saliências de sua coroa cintilante. — O Terceiro Reino progride, tem dez vezes mais recursos do que seu território de neve. O Rei Midas nos convidou para vir e fortalecer nossa aliança, e estamos aqui porque isso pode beneficiar nosso povo. Mas não se engane: você precisa mais de nós do que nós, de você.

O Príncipe Niven fica vermelho, coberto de manchas que se espalham pelo rosto e pelo pescoço, mas Midas interfere antes que o menino possa meter os pés pelas mãos outra vez:

— O Sexto *e* o Quinto Reinos são gratos por sua presença, Rainha Kaila. Quaisquer novos acordos comerciais que possamos estabelecer certamente serão benéficos a todos os envolvidos.

Ela assente conforme Manu, seu irmão, não mais tão jovial, se inclina e sussurra alguma coisa no ouvido dela.

Quando o rapaz retorna ao centro da cadeira, a rainha bebe um gole de vinho e se controla, dissipando a tensão de seu rosto.

— Esqueci que ainda é muito jovem, Príncipe Niven, e que ainda está de luto por seu pai. Tem sorte por poder contar com a ajuda do Rei Midas nesse momento de transição de governo.

Traduzindo: *Garoto, você é um idiota.*

Niven se empertiga em sua cadeira, como se quisesse parecer mais alto e mais velho, apesar do rosto infantil e do tufo de cabelo em pé.

— Faço treze anos em dois meses.

Kaila sorri.

— Ah, treze anos — ela diz, pensativa. — Foi nessa idade que meu poder se manifestou. Você lembra, Manu? — E olha para o irmão.

— Como não lembraria? — Ele também sorri, e usa esse sorriso para alinhar a conversa. — Você me deixava mudo para eu não poder contar para o pai e a mãe.

Ela ri.

— Você merecia.

— Provavelmente — ele reconhece.

O príncipe franze a testa.

— Pensei que tivesse o poder de puxar vozes? Ouvir qualquer sussurro na sala?

Ai, que merda. Preciso me lembrar de nunca contar segredos perto dela.

Midas o encara, mas o príncipe é tão sem-noção que só enfia uma colher de caldo na boca.

— Minha magia pode fazer muitas coisas — Kaila responde, enigmática. — Algumas pessoas que me irritam o suficiente com o abuso da voz perdem o privilégio de tê-la.

Olho para Niven, que está vermelho de novo. Ao meu lado, Midas bate com o pé no chão seis vezes, tenso e irritado.

Niven assente.

— Meu poder logo vai se desenvolver, e vai beneficiar o Quinto Reino. Meus conselheiros estimam que terei magia ainda mais forte do que a de meu pai. Talvez mais que a de qualquer um nesta sala.

Quase dou uma gargalhada. Se o príncipe percebe a fumaça saindo das orelhas de Midas e Kaila, finge não notar e continua falando, lutando descaradamente pelo prêmio de Principezinho Mais Babaca e Pretensioso de toda a Orea. Já ganhou, com toda a certeza.

— Agora, o Rei Ravinger... aquilo é *poder* — Niven continua, espiando para os dois lados da mesa para ver quem concorda com ele. Ninguém o encara. — Poder demais, se querem saber minha opinião. Sua magia de apodrecimento permeou as terras do Quinto quando ele chegou aqui. Devem ter visto quando chegaram. O poder dele, e seu exército saqueador — ele acrescenta, antes de tomar mais uma colherada de caldo. — Fomos forçados a ceder mais um pedaço do território ou enfrentar o ataque de seu exército.

Como se atraído pelo relato, Slade entra na sala, e sua voz sombria retumba:

— Acho que foi um bom negócio para você, não foi?

19
AUREN

Todas as pessoas à mesa ficam tensas com a chegada repentina de Slade. Mas eu... meu corpo parece relaxar pela primeira vez desde que cheguei aqui. As fitas relaxam, escapam do arranjo, escorregam para baixo da mesa como se quisessem rastejar na direção dele.

Minha visão afunila quando o encaro, os lábios esquentam, lembrando mais uma vez a pressão da boca e o roçar dos dentes.

Grande Divino, aquele beijo.

Seus olhos verdes varrem a sala, o cabelo preto perfeitamente despenteado e o corpo vestido inteiramente com roupas pretas feitas sob medida, com uma tira simples de couro marrom em volta da cintura. Seu olhar não pousa exatamente em mim, mas juro que vislumbro o mais sutil movimento dos lábios, um esboço de sorriso.

Slade entra na sala com passos cadenciados que combinam com sua confiança intransigente. Atrás dele vem sua Cólera, cada um deles de armadura completa, inclusive com os capacetes. Só consigo saber que são eles porque a silhueta enorme de Osrik não passa despercebida, nem os passos leves de Lu. Judd anda atrás dela com movimentos relaxados dos braços, e o quarto membro do grupo...

Olho para Slade e para o sósia de Degola. Slade anda de um jeito malemolente, mas o Falso Degola é *duro*. Passos pesados e firmes, espinhos curvos se projetando dos braços e do dorso da armadura, a imagem do comandante do exército que conheci.

Com uma exceção. Não tem aura pulsando em seu entorno. A presença obscura de sua essência não paira no ar. Essa pessoa é um impostor, definitivamente. A pergunta é... quem é ele?

— Rei Ravinger — Midas cumprimenta, observando os quatro Cóleras se posicionarem contra a parede da sala de jantar, se encaixando nos espaços cedidos pelos guardas de Ranhold, que se afastam um pouco para acomodá-los. — Quando não chegou no horário estabelecido para o jantar, presumi que tivesse outras obrigações.

Um ataque verbal, o anúncio de que Midas não aprecia o atraso de Slade.

— Peço desculpas. — Slade se senta em frente ao príncipe e começa a se servir. — Não tive a intenção de *ignorar* a etiqueta do jantar do Quinto Reino, mas não vi o tempo passar.

Niven fica tão pálido quanto sua sopa, contudo, pela primeira vez, tem o bom senso de ficar com a boca fechada.

Os minutos seguintes são tão carregados de tensão que seria necessária uma faca mais afiada do que aquela ao lado do meu prato para cortá-la. Todos comem e conversam, enquanto eu empurro a comida no prato e balanço a cabeça a cada vez que alguém se dirige a mim, contando os minutos mentalmente.

Os monarcas observam uns aos outros com discrição, trocam palavras que não passam de enigmas carregados de desdém ou falsos elogios. O único tão silencioso quanto eu é Slade.

Contra minha vontade, meus olhos buscam seu perfil. Contemplo o desenho do queixo, o poder abrangente mas quase invisível sob o colarinho da camisa.

Como se sentisse minha atenção, ele crava em mim os olhos verdes, e eu desvio o olhar, na tentativa de manter a calma enquanto remexo na comida.

Eu não devia olhar para ele. Não com o coração batendo desse jeito, não com tantos olhos observadores em torno da mesa.

No entanto, no momento em que desvio o olhar, juro que sinto o dele novamente em meu rosto, como se ele também sentisse a atração, o impulso para fazer contato. Em vez de cair nessa armadilha, olho para sua Cólera.

Osrik é quase um gigante encostado à parede, mais pilar do que homem, como se pudesse sustentar o teto se este desabasse. Para ser honesta, ele poderia, provavelmente.

Judd está ao seu lado, olhando para a esquerda e para a direita, enquanto Lu se mantém perfeitamente imóvel, com a mão no cabo da espada em seu quadril, talvez para avisar as pessoas que pode ser a menor dos quatro, mas é igualmente mortal.

Se algum deles nota minha presença ali, ninguém demonstra.

Quanto ao sósia de Degola... Ele é quem estudo com mais atenção.

Não consigo evitar. Continuo tentando esquadrinhar sua aparência, como se pudesse determinar todas as diferenças. Com exceção do espaço vazio onde sua aura deveria pulsar, não consigo ver nada que sirva de indicação de quem ele realmente é.

— Rei Midas, creio que ainda não o cumprimentei pela sala do trono. Ficou impressionante — a Rainha Kaila comenta.

— Foi um presente para o Príncipe Niven — Midas responde, tranquilo, como se fizesse alguma coisa para alguém que não fosse ele mesmo.

— Foi muito generoso — o menino murmura, com tom monótono.

A Rainha Kaila sorri.

— Sabe, sempre me senti cativada por seu poder, Rei Midas.

— Bobagem — ele responde, com um sorriso simpático.

Minhas fitas se enrijecem como presas à mostra.

Bobagem. *Bobagem.*

Meus dedos seguram a colher com mais força. Quantas vezes me esgotei por esse homem, para ele fingir que *seu* poder é uma *bobagem.*

A criatura furiosa me cutuca por dentro, tentando sair. Voltas de fitas escorregam por minhas pernas como serpentes tentando perfurar uma veia e rasgar músculo, mas as contenho.

— Ah, é bom saber que acessa seu poder com tanta facilidade — Kaila responde. — A magia pode ser uma coisa inconstante.

— É verdade — ele concorda, de pronto. — Mas eu a dominei há muito tempo.

Dominou.

Meu estômago queima, consumido pelo fogo que explode da garganta de minha fúria sufocante.

Ele quer dizer que *me* dominou, esse merda...

— Magnífico — a Rainha Kaila continua. — Poderia mostrar para nós?

A mão dele se contrai na taça, os olhos se voltam para ela.

— Mostrar?

A rainha assente, empolgada, com os olhos brilhando.

— Não se incomodaria, não é? Ouvi muitas histórias sobre como isso é fascinante, *adoraria* ver uma demonstração. Já que dominou sua magia tão completamente, suponho que não seja nenhum grande problema, não é? Meu irmão e eu adoraríamos ver isso.

Midas continua a fitá-la com aquele sorriso altivo, mas percebo a tensão em sua mandíbula. Sinto as seis batidas do pé no chão.

Com algumas frases curtas, Kaila o encurralou. Se negar o pedido, ele vai parecer fraco ou desagradável. E essas duas impressões não são o que Midas está tentando provar.

Depois de um silêncio que se prolonga por tempo demais, ele inclina a cabeça.

— É claro, Rainha Kaila. Seria um prazer.

Ela sorri, uma mulher jovem e bonita, mas vejo em seus olhos uma astúcia que sugere a possibilidade de isso ser um teste.

— Auren, pode me dar sua taça, por favor? — Midas olha para mim, e vejo o verdadeiro pedido em seus olhos. Fizemos esse jogo muitas vezes. Muita gente foi feita de boba.

Mas, no momento, a raiva incandescente está no comando, e a única pessoa que quero fazer de bobo é *ele*.

Com um sorriso meloso, pego a taça e ofereço a ele. No passado, teria feito um movimento rápido com a mão para promover o contato da pele com o objeto no momento exato em que ele o pegasse, de forma que, quando meu ouro começasse a se espalhar, ele o estivesse segurando.

Mas não faço nada.

Os olhos de Midas ficam mais escuros, mais incisivos, e descem uma fração de centímetro para tocar minha mão enluvada. Quando reergue o olhar, ficamos presos em um limbo, nós dois segurando a taça, nos encarando igualmente desafiadores.

O olhar dele é uma ordem. O meu é uma ameaça.

Nesses segundos carregados, pesados, um silêncio tenso se espalha pela mesa, e todos observam o olhar firme trocado entre o Rei de Ouro e seu bichinho dourado.

Um músculo se contrai de um lado do rosto de Midas e, embora o sorriso bonito persista, existe atrás dele uma fúria que ameaça esmagar minha ousadia. Consigo sustentar meu sorriso com leveza inocente, mas meus olhos dourados cintilam com a luz de uma chama.

Ele sempre se impôs para me encobrir com sua sombra, e uma sombra não suporta ser iluminada. Meu peito abraça o poder que manipulo ao *não* usar meu poder. Ao atrair o olhar de todos que esperam que ele se exiba.

E ele não pode se exibir.

— Não vai soltar? — ele pergunta, com tom manso, como se fizesse uma piada, apesar da rigidez de sua expressão.

Não vai fazer o que estou mandando?, essa é a pergunta verdadeira.

O que você faria se eu não cumprisse a ordem?, é o que meus olhos devolvem a ele.

Essa disputa pública de poder se prolonga por alguns segundos.

Várias cadeiras adiante, juro que posso ouvir uma risada rouca, mesmo contida dentro de um peito vestido de preto. O meu parece inflar um pouco mais.

Midas arranca a taça da minha mão e olha para os convidados com uma expressão bem-humorada.

— Peço desculpas, sempre me distraio com minha favorita — alega, tentando justificar a interação entre nós, e algumas pessoas riem, como pede a etiqueta.

Em seguida, ele olha para a janela atrás de nós, e vejo o pânico furioso na linha firme de sua boca quando ele percebe que a noite se aproxima. Midas tem minutos, talvez apenas segundos. Meu poder está prestes a adormecer, e seu temperamento ameaça explodir.

— É compreensível. Ela é uma beleza — Keon responde, piscando para mim, mas todos continuam intrigados. Céticos. Confusos. Pela primeira vez, o bichinho de estimação se voltou contra seu dono, e o dono não gosta de se deparar com as presas que acreditava ter arrancado.

Midas se inclina para mim, mas não o suficiente para tocar minha pele, é claro. É meticuloso demais para isso.

— Cuidado, Preciosa — sussurra.

Minha rebeldia hesita diante do sorriso carregado de ameaça. Midas olha para mim, reforçando o alerta, mas se afasta como um rei que acaba de cochichar segredos íntimos para sua montaria preferida.

Digby. Preciso pensar em Digby.

Esmagando o orgulho como papel entre os dedos, tiro uma das luvas embaixo da mesa. Depois, levanto a mão e finjo pegar uma colher de serviço, tirando proveito do arranjo de mesa em forma de estalagmite de gelo bem na minha frente. Com atenção dirigida, calculo o tempo com precisão de modo que, quando Midas deixa a taça sobre a mesa, deslizo a palma da mão pelo tampo de vidro bem ao lado dela, despejando meu poder.

O ouro irrompe, se espalha sobre a mesa como sangue jorrando de uma ferida aberta.

Várias exclamações ecoam quando o líquido se espalha a partir da base da taça de Midas em todas as direções, cobrindo todo o comprimento da mesa como a água de uma inundação. Envolve o vidro com seu brilho, escorre pelas laterais e envolve o contorno, se espalhando pela parte inferior.

Momentos depois, a mesa inteira foi coberta de ouro, e as estalagmites do centro se projetam nas adjacências, tais quais dedos crispados de ganância dourada.

Os ombros de Midas relaxam de modo visível, e a Rainha Kaila aplaude diante dele.

— Que feito peculiar, Rei Midas — ela comenta, com um sorriso, deslizando os dedos bronzeados pelo metal brilhante.

Keon ri de um jeito jovial.

— De fato. Por que se contentar com a taça, quando pode dourar a mesa toda?

Midas sorri, mostrando os dentes.

— Exatamente o que pensei. — Sua atenção maligna se volta para meu rosto, como se o esfolasse. — Gostou disso, Preciosa?

— Sim.

Gostei, gostei muito.

Ele volta a se concentrar na comida, e eu visto a luva, que cola na palma pegajosa de ouro. Tomando cuidado para não perder o controle, mantenho a expressão reservada, apesar do tumulto dentro de mim.

Burrice. Esse foi um risco bobo e estúpido que eu não devia ter assumido. Meu orgulho não vale a vida de Digby.

Mas, droga, foi bom demais ver o homem suar frio.

Minutos depois, o sol desaparece e o dia se despede. Com a chegada da noite, sinto o esvaziamento do meu poder dentro de mim. Os restos pegajosos de ouro em minha mão são reabsorvidos pela pele, e deixo escapar um suspiro trêmulo e cansado. Muito poder em pouco tempo me deixou zonza, e é evidente que ainda estou me recuperando do esgotamento.

Todo mundo está falando à minha volta. A Rainha Kaila não poupa elogios à mesa de ouro, conforme os outros continuam a comer e a discutir diversos assuntos. De algum jeito, consigo comer o mingau frio e granulado e lavar a boca com um gole d'água.

Tudo que quero é voltar correndo para o quarto e fugir para a varanda, respirar o ar fresco bem longe dos olhares curiosos e da conversa da corte. A presença de Midas ao meu lado é a proa de um navio, cada vez mais próximo, independentemente da velocidade com que tento nadar.

Quando mordo algumas frutas em calda, sinto uma vontade repentina de chorar. Mas fazê-lo não vai resolver nada. É estranho o suficiente estar aqui sentada como um espetáculo em um jantar da realeza. Se começar a despejar lágrimas no prato, serei o assunto da corte. Mas odeio isso. Eu *o* odeio. Rangendo os dentes, digo a mim mesma para me controlar, não deixar que ele me afete.

Por que um homem é capaz de fazer você se sentir um nada, depois de você ter dado *tudo* a ele?

De repente, como um sussurro no ouvido, sinto o mais leve toque de magia em meu rosto. Muito sutil, como mergulhar um dedo em água parada. No lugar do poder nauseante que ele costuma projetar, isso é o bálsamo de uma carícia fresca, o toque com que me acostumei quando ele está em sua forma com espinhos.

Ao sentir o afago de sua essência, consigo respirar normalmente. Engulo a tristeza e a preocupação, e recupero a compostura necessária. Simples assim, Slade me acalmou, me trouxe de volta ao chão e à estabilidade.

Como não posso fitá-lo, espio de novo o Falso Degola, cujo capacete aponta diretamente para a frente. Ele mantém as mãos unidas diante do corpo. Quem eu veria se removesse o metal escuro que esconde seu rosto? Quais outros segredos o Rei Slade Ravinger mantém?

— Você me ouviu?

Viro a cabeça para a esquerda, atraída pela voz de Midas.

— O quê?

Olhos castanhos escurecem e se voltam para o comandante, para quem eu estava olhando um segundo antes. Sinto um frio na barriga, e reconheço que cometi outro grande erro esta noite. Toda a calma e a segurança que recebi de Slade desaparecem no mesmo instante, esmagadas pela ameaça do olhar de Midas.

Midas levanta o queixo, indicando a harpa perto das janelas.

— Toque alguma coisa.

Não era um pedido.

Não era nem apropriado, considerando o ambiente e o fato de eu não ter terminado de comer. Ele me pegou encarando Degola, e não gostou do que viu. Não gostou nem um pouco.

— Majestade, não se sinta obrigado a oferecer entretenimento por nossa conta — Manu declara do outro lado da mesa. — Além do mais, aquela harpa parece terrivelmente complicada, não é, Keon?

O homem desvia o olhar do pedaço de carne diante de sua boca. Não responde imediatamente, e Manu o incentiva com uma cotovelada.

— Ah, é verdade. Sim, terrivelmente complicada.

— Minha Auren é autodidata — Midas se gaba, com outro sorriso falso. — Então? — ele insiste.

— Agora? — Tento ganhar tempo.

Vejo o descontentamento em seu rosto.

— Sim, *agora*.

Estou andando sobre gelo fino, sei disso. Honestamente, não sei o que deu em mim hoje. Ou talvez saiba.

Bobagem.

Eu a dominei.

Ele já me ofendeu, constrangeu, me pôs aqui sentada como seu troféu e favoreceu a própria imagem fingindo que transformou a mesa em ouro. A última coisa que quero é ir até a harpa e me apresentar como um fantoche.

Mesmo assim, fico surpresa quando me ouço dizer:

— Não, obrigada.

Alguém raspa o garfo no prato como um músico assustado arrancando um guincho do violino. A conversa em volta da mesa perde força. Pelo canto do olho, tenho a impressão de ver Slade sorrir.

Há muito tempo aprendi a ler as sutilezas de Midas, e neste momento ele sente uma raiva tão afiada que corro o risco de ser cortada por ela. Sua voz é baixa, como a ameaça de chuva sobre um mar silenciado.

— *Não?*

Tento aplacá-lo com um sorriso pacificador.

— Faz tempo que não toco para ninguém. Estou sem prática.

Ele sorri, mas o sorriso não alcança os olhos. Não, há neles uma espécie de anomalia furiosa, mas contente, que me deixa em estado de alerta.

— Ah, Preciosa, você toca muito bem. Vai pegar o jeito e ter o mesmo desempenho de antes.

O duplo sentido é evidente.

— Não sabia que sua dourada era tão talentosa — a Rainha Kaila comenta, atraindo a atenção de Midas.

— Sim, ela aprendeu diversas habilidades ao longo dos anos para me *entreter* — Midas responde, e me encara outra vez. — Não é verdade, Preciosa?

A insinuação faz meu rosto queimar.

Ele está fazendo de propósito. Para me humilhar. Para me pôr no meu lugar. Para lembrar a mim e a todos ali que sou sua propriedade.

— Ela sempre se sentiu satisfeita ao entreter também outras pessoas — Midas continua, e nessa fração de segundo em que desvia a atenção de mim, olho para Slade.

Ele está apoiado no encosto, com um cotovelo sobre o braço da cadeira e a outra mão segurando a taça. Parece relaxado. Entediado, até.

Exceto pelos dedos pálidos, segurando a taça com força suficiente para quebrá-la.

E talvez *me* quebrar também.

Ouço uma tosse no fundo da sala e olho para o Falso Degola, que está abaixando as mãos diante do corpo.

Desta vez, Midas belisca a área sensível *bem ali* do lado interno do meu braço. Apesar da manga do vestido, dói. Fico tensa, respiro fundo e sinto as lágrimas inundarem meus olhos em resposta à dor que ele provoca.

Ele segura meu braço de um jeito que, para o restante da mesa, parece que o toque é só uma demonstração de afeto, não um gesto dominador e punitivo.

Algumas pessoas continuam a conversa, mas a verdade é que estão atentas a nós. Afinal, não é todo dia que se pode observar o Rei de Ouro com sua favorita dourada, raramente presente.

Como se a atenção não fosse ruim o bastante, sinto os olhos de Slade queimando um lado do meu rosto. Não entendo como sei que ele está olhando, ou como consigo determinar que o foco de sua atenção é a mão de Midas em meu braço, mas eu sei.

— Não se acanhe agora, Preciosa.

Uma das minhas fitas se levanta, uma extremidade arredondada se empertigando como uma cobra que fareja o ar. Cada segundo que passa faz aumentar a dor no local que ele belisca, como se um alfinete penetrasse minha pele.

Midas sorri ao notar minha expressão; em seguida, me solta, e é uma bênção. Mas a dor persiste, e isso não é superadequado? Cada parte tocada por ele se tornou um ponto de dor em mim. Cada toque deixou uma marca de abuso.

— Minha perna e meu braço estão um pouco doloridos — respondo, em voz baixa, mirando a parte da coxa onde, sem dúvida, já deve haver o início de um hematoma.

— Esqueci quanto você é delicada — Midas retruca, mas a voz agradável é desmentida pelo olhar duro. — Já que está com dor na perna, talvez o comandante possa carregar você até a harpa. Ele parece ter prática nisso.

Merda. Meu coração dispara, um pulsar desajeitado e barulhento em meu peito. *Quanto ele sabe?*

Malditos guardas que reportam todos os meus movimentos. Pensando bem, Midas provavelmente só não invadiu meus aposentos graças à chegada da Rainha Kaila na noite anterior.

Ele estava ocupado.

Agora não está mais.

E agora tenho de pagar por ter deixado outra pessoa me tocar. Não interessa se não consegui subir a escada sozinha por culpa dele.

Ele adota um tom altivo, a imponência de um rei.

— Comandante, venha ajudar Auren a se dirigir à harpa.

Tenho de admitir. O cretino é muito atrevido, dando ordens a Degola desse jeito, considerando a reputação do comandante e o fato de Midas nem ser seu rei.

Toda a atenção de Midas está voltada para o Falso Degola, que continua encostado à parede, com as pernas poderosas afastadas na largura dos ombros. Ele inclina a cabeça, não na direção de Midas, mas na de Slade, e meu constrangimento chega ao nível máximo.

— Não é necessário — reajo, com rapidez.

— Ah, é sim. Eu *insisto*. — O tom de Midas é cortante.

Ranjo os dentes. Desesperada, olho para todos os presentes, mas as pessoas fingem não prestar atenção a essa interação. Até Manu e Keon conversam com sua rainha.

— Não preciso incomodar o comandante. — Empurro a cadeira para trás com força excessiva, e o atrito dos pés na pedra do piso causa um ruído estridente.

Antes que eu consiga terminar de me levantar, Midas segura meu braço.

— Se não foi um incômodo ontem à noite, com certeza não será agora. — O desafio gelado é uma evidente demonstração de controle, e ele olha para Slade em seguida. — Não se incomoda, não é, Ravinger? Seu comandante cuidou tão bem de minha Auren ontem à noite, que sei que ele pode fazer isso de novo.

Minha Auren.

Estou parcialmente surpresa com o modo como ele demonstra nitidamente controle e posse esta noite. Mas faz sentido, porque sei que ele ficou sabendo sobre a noite passada. Se tem alguma coisa que ele odeia, essa coisa é que alguém me toque.

Slade o encara com a cabeça um pouco inclinada para o lado, a expressão apática. Ele não demonstra reação nem quando olha para o local onde Midas me segura. Nada, nem uma centelha de emoção.

Acho que isso é o que mais me incomoda.

Pelo menos, até Slade responder:

— Sem problemas, Midas. Faça como for necessário.

Algo em mim murcha depois disso, a fita se abaixa para lamber feridas invisíveis. Será que imaginei a raiva que vi antes, quando sua mão apertava a taça?

Todas as atitudes de Slade são sempre inesperadas. Mas só percebo que contava com sua interferência quando sinto a decepção me machucando.

Todavia, ele não me defende.

O Falso Degola já caminha em minha direção, e o brilho dos espinhos pretos é mais assustador nele do que em Slade. Ele para na minha frente e encaixa meu braço no dele, flexionando o cotovelo rígido.

Começo a humilhante caminhada em direção à harpa, desejando jamais ter aberto minha grande boca. Eu devia saber que Midas sentiria a necessidade imediata de me pôr em meu lugar.

Demos apenas alguns passos, quando Midas fala em voz alta:

— Minha favorita não consegue andar, comandante.

Esse estranho e eu ficamos paralisados por um momento. Depois, tão baixo que quase não consigo ouvir, um suspiro ecoa no interior dos espaços vazios de seu capacete.

Meus ombros ficam tensos.

— Não se at...

O Falso Degola me pega no colo antes que eu termine a frase.

Não no estilo recém-casados. Nem sobre um ombro, como um bruto.

Não, ele me carrega como um saco de batatas, envolvendo minha cintura com um braço e me equilibrando contra um lado do corpo.

Estou chocada demais para protestar enquanto ele marcha até a harpa, me sacudindo a cada passo como se eu fosse um bebê sobre o quadril da mãe.

Sou deixada sem qualquer cerimônia sobre a banqueta diante do instrumento, e suspiro em sinal de protesto à medida que encaro o homem. Minhas fitas são como línguas de seda se projetando em um gesto malcriado. Não tenho certeza, mas acho que vislumbro uma piscadela pelas frestas do capacete, antes de ele se virar e retornar ao seu posto.

Que porra é essa?

A sala de jantar é invadida por um silêncio incômodo que dura um segundo, até Manu perguntar:

— Por que não me carrega desse jeito?

— Porque você pesa uns cinquenta quilos a mais que eu — Keon responde.

— Que desculpa horrível.

Grata por Manu e o marido terem preenchido o silêncio incômodo, endireito as costas e elevo o queixo antes de posicionar os dedos para puxar as cordas.

Não toco nenhuma canção específica. Não é necessário. Na verdade, Midas não quer que eu entretenha ninguém com uma música, nunca teve a ver com isso em todos os meus anos de harpa. É uma apresentação, mas não tem a ver com música.

Durante a hora seguinte, enquanto os outros comem, bebem e conversam, meus dedos dourados dedilham as cordas. É uma melodia indolente, sem foco.

Midas não volta a falar comigo. Nem Slade ou os membros de sua Cólera olham para mim. Manu me observa de vez em quando, mas não o conheço o suficiente para julgar a expressão em seu rosto.

Comporte-se hoje à noite
Sente-se bonitinha
Toque sua música boba
Deixe a conversa para os homens

Essas antigas palavras são como uma letra sem som. A mesma merda em um castelo diferente.

20
AUREN

As pontas dos meus dedos parecem estar em carne viva.

Faz meses que não toco harpa e é evidente. Depois de horas sentada na banqueta, puxando cordas dissonantes com as mãos nuas, enquanto as luvas descansavam em meu colo, sinto os dedos doloridos, inchados de indignação.

Acontece que *gosto* de música. Gosto de poder controlar a vibração de cada nota, conduzir todas as melodias. Talvez goste disso como um pássaro gosta de cantar. Mas ser *obrigada* a tocar, como um animal de estimação fornecendo ruído de fundo, me faz odiar todo o ato. Quero me sentar à harpa porque *eu* tenho vontade. Não porque fui *dominada*.

De certo modo, o que aconteceu esta noite é bom. As tendências de Midas para ser um babaca mostrando a cara, o constrangimento em público, até a reação de Slade. É bom, porque me lembra que tenho de seguir um só caminho. Tudo isso me faz lembrar de que tenho de encontrar Digby e sair daqui, e não confiar em homens.

Prove. Foi o que eu disse a ele. E ele não provou.

Midas me acompanha de volta ao quarto assim que o jantar termina. Seu temperamento é como uma vela de duas pontas, arde com raiva de um lado e com arrogância do outro. Neste momento, eu estaria tremendo dentro do vestido, se ainda fosse a mesma menina de Sinoalto, e é isso que ele quer.

O gigante sempre espera que aqueles a seus pés se arrastem ante seu comando, nem que seja só para não serem pisoteados.

Assim que chegamos ao corredor, os guardas concedem acesso à porta do quarto para que entremos sem parar. Vou direto abrir a porta da varanda, sem me importar com a neve acumulada lá fora, soprada para dentro do quarto, se espalhando como sal sobre um prato de comida.

Preciso do ar fresco. Preciso da *abertura* que essas portas representam. Porque, depois desta noite, depois daquela exibição de domínio, meu espírito precisa do lembrete.

Não estou presa.

Não sou fraca.

Não pertenço a *ele*.

A porta é fechada com um estalo, e o som dança com o crepitar da lareira, onde o fogo morde e rumina a lenha incandescente.

Eu me viro com as mãos unidas diante do corpo, e Midas me encara como se quisesse me sacudir até me virar do avesso.

— Seu comportamento esta noite foi abominável.

Quero rir de sua hipocrisia, mas mantenho os lábios selados como uma carta com lacre de cera.

O lado direito de seu rosto brilha com o tom alaranjado das chamas.

— Tem alguma ideia do que a Rainha Kaila deve pensar a seu respeito?

Como se eu me importasse. Mas *ele* se importa, por certo. Midas é obcecado por aparências e em como usá-las em proveito próprio.

— Permiti que tivesse muitas liberdades, Auren. Mas *não* vou admitir desrespeito e, depois de nossa conversa, devia saber disso.

Levanto o queixo, empurrada por aquela acompanhante emplumada que parece ter feito ninho em minha raiva.

— Digby foi um guarda leal durante anos. Não tem o direito de ameaçá-lo.

Ele ri.

É uma risada cruel e fria, em oposição ao fogo que o ilumina. Midas percorre a distância entre nós até parar na minha frente como uma labareda, enquanto a lembrança de uma via de escape congela minhas costas.

— Ser rei me dá todos os direitos do mundo. Eu sou o *dono* dos direitos, das regras, das leis. Você me deixou muito satisfeito com seu trabalho na semana passada, mas a gracinha de hoje não será tolerada.

Minha raiva alada se senta, e um trinado sombrio no fundo de sua garganta soa como uma promessa.

— Pode me explicar onde estava com a cabeça quando deixou aquele homem repulsivo tocá-la ontem à noite? — Suas palavras são como facas. — Se fosse um soldado qualquer, a cabeça dele já estaria secando na sua banheira para ser dourada.

A bile morna sobe até o fundo da minha garganta, meu estômago ferve com a imagem criada por essa descrição. A cabeça de Degola — *de Slade* — separada de seu pescoço, a pele pálida brilhando com a tinta do sangue vermelho. Não seria a primeira vez que Midas levaria algo mórbido assim para ser dourado, para servir de exemplo.

Midas se inclina, e pisco algumas vezes em busca de afastar a imagem, respirando com dificuldade o pouco oxigênio que a fúria dele deixa no quarto.

— Se deixar mais alguém tocá-la, não vai gostar das consequências. Para você, para a outra pessoa *ou* para Digby.

— Quase desmaiei na escada, e seus guardas se recusaram a me ajudar.

— E não deveriam mesmo! — ele explode. — Ninguém tem permissão para tocar você, só eu. Essa é a segunda vez que esse comandante me desrespeita.

Franzo a testa.

— Segunda?

— Ele tirou você de cima do cavalo quando a trouxe de volta. Eu devia ter ordenado que uma flecha o derrubasse ali mesmo.

E atrair o contra-ataque do poderoso exército do Quarto? Improvável.

— Trepou com ele?

A pergunta cai como um raio na terra.

Reajo surpresa.

— *O quê?*

— Você ouviu. — Seu tom é a vibração surda do solo atingido, a fúria possessiva encolhida em cada palavra. — Você. Trepou. Com. Ele?

Um ódio amargo reveste meus olhos, põe neles um verniz dourado, e a besta raivosa ruge em meus ouvidos.

— Não.

Ele olha dentro dos meus olhos, transmitindo em sua expressão um ciúme fatal que o faz ranger os dentes.

— Você deseja esse homem, Auren? — ele pergunta, com desdém. — Quer aquela monstruosidade grotesca, repugnante, cheia de espinhos e profanada pela magia deitada em cima de você, fodendo-a como a uma puta?

O ar descomprime, desaba sobre mim como se fosse fragmentado em estilhaços que rasgam meus pulmões. Não consigo pensar em meio ao clamor na minha cabeça, não com o ultraje berrando tão alto dentro de mim.

Como ele se atreve?

Como ele se *atreve*, porra?

— Estava olhando para ele. Eu vi.

— Ah, é? — reajo. — Bem, vi você trepando com suas montarias reais o tempo todo, na minha frente, então acho que você consegue lidar com uma olhadinha.

— *Cuidado* — ele avisa.

Meu tom transborda desdém e sarcasmo quando respondo:

— *Eu tomei.*

Acontece depressa.

Em um segundo estou ali, retrucando sem medo; no outro, a mão de Midas encontra meu rosto com força suficiente para sacudir meu cérebro.

Cambaleio para trás. Minha cabeça é jogada para o lado direito, o rosto queima com o impacto. Lágrimas descem pela pele ardida, como se meus olhos quisessem afagar a área que ele acabou de ferir.

O tempo parece cessar.

Uma linha se forma entre nós, uma fissura de terra rachada pela força de um único golpe.

Ele nunca me bateu antes disso. *Nunca.*

O beliscão horas antes foi por si só chocante, mas, mesmo assim, foi uma punição controlada. Um lembrete explícito para eu não sair da linha, como puxar uma coleira, uma atitude muito alinhada com seu temperamento habitual.

Mas isso é diferente. Esse é Midas perdendo o controle, dominado pela raiva, e ele se orgulha do próprio controle.

O silêncio embasbacado leva ao quarto um vácuo de sombras escuras, enquanto penso no que acabou de acontecer. A criatura que ruge dentro de mim também analisa a situação, abre o bico para mostrar uma fileira de dentes afiados como lâminas.

É como se um turbulento mar de fúria se levantasse, e minha raiva se prepara para mergulhar em suas profundezas. Todo o meu corpo treme com o esforço para contê-la. Consigo sentir aquelas águas me envolvendo, um turbilhão pronto para me puxar para o fundo.

A menina manchada pelo amor morreu dentro de mim. Aquela cujo coração foi partido e usado, aos pedaços, para prendê-la como um inseto a um quadro. Foi incinerada pela força desse tapa. Suas cinzas agora não passam de um solo, do qual vão brotar os caules da maldade que, de repente, parece desabrochar, radiante.

Respiro fundo e olho para Midas. Para o homem cuja ganância o arruinou de tal maneira que ele nem percebe. Ele foi carregado pelas ondas de um mar dourado, e não vê que está se afogando.

Odeio esse homem. Odeio tanto que sei que a verdade ilumina meus olhos.

Uma pausa se prolonga entre nós como uma nuvem que vai ficando maior.

Midas está pálido, de olhos arregalados, me encarando em choque. De repente, sua respiração corta o ar.

— *Merda...*

As mãos buscam meu rosto, a palma segura meu queixo, os polegares afagam a face latejante.

— Preciosa... Eu... Eu... Foi sem querer. Fiquei com raiva. Eu não... *Merda!*

A angústia altera seu tom de voz, e meu estômago se contrai, registrando o ruído retumbante. Tento me soltar, mas ele me segura com mais força, como se tivesse medo de me deixar sair de perto. Como se temesse me ver desaparecer no ar.

E é *exatamente* isso que pretendo fazer.

Ele levanta minha cabeça, me forçando a fitá-lo.

— Você me deixa maluco, Auren. — Quase emito um som de desdém. Essas são suas palavras para me culpar pelo que aconteceu. — Não estou acostumado com você se comportando desse jeito, mas errei. Perdi a cabeça. Mas você sabe quanto a amo. Quanto preciso de você.

O toque é delicado em meu rosto, os dedos tentam apagar os rastros das lágrimas, como se ele quisesse eliminar todas as minhas emoções, controlar tudo que faço, tudo que sinto. Ele quer me apagar como se faz com uma lousa.

Quase sinto pena dele. Sinto pena de mim também, de termos terminado desse jeito. No entanto, quando eu for embora, vou poder recomeçar. Posso ter uma vida. Já ele...

Ao me perder, ele perde *tudo*.

— Isso está saindo de controle — ele diz, em voz baixa, depois de gastar o restante da fúria em meu rosto. — Vamos para a cama. Deixa eu cuidar de você. Deixa eu mostrar quanto te amo.

Horror e incredulidade aceleram meus batimentos quando percebo o que ele está sugerindo. Midas realmente acredita que vou fazer *sexo* com ele agora?

Ou Midas não vê a expressão em meu rosto ou tem certeza de que pode reverter a situação ao me distrair fisicamente, porque, quando dou por mim, sua boca se aproxima da minha para um beijo.

A raiva contida retorna como uma onda represada.

Com a rapidez de um piscar de olhos, as fitas se levantam, me envolvem como um casulo de costelas. Com uma força surpreendente, elas o empurram para trás, e Midas recua cambaleando, quase caindo sentado.

Ele me encara com os olhos cheios de espanto, estuda com desconfiança as fitas posicionadas dos dois lados do meu corpo, levantadas, com as pontas flexionadas. Só faltam as presas pingando veneno e um chocalho na cauda.

— *Não toque em mim.* — Minha voz queima, entra em seus ouvidos e o faz se contorcer com o ardor da queimadura.

Midas se recupera e se levanta com cautela.

— Você está estressada — diz, na tentativa de me acalmar. Embora faça esforço para parecer tranquilo e seguro, suas mãos tremem quando ajeitam a túnica dourada, quando os dedos deslizam sobre os botões. — É compreensível.

Não falo nada. Estou ocupada demais exalando pelo nariz em uma respiração acelerada, enquanto as fitas se estendem e puxam minhas costas, sobrecarregando os músculos como se quisessem se soltar da pele e atacar o filho da mãe.

— Sabe que eu te amo, Auren — ele continua, em voz baixa, com os ombros caídos em uma rara demonstração de remorso. — Você é a coisa mais preciosa para mim neste mundo, mas me deixei dominar pela raiva. Você me envergonhou à mesa, diante da rainha, e *precisamos* dessa aliança com ela. — Como se eu me importasse. — E não gosto de como o comandante pensa que tem o direito de tocá-la sem minha permissão. Não permita que isso aconteça de novo e... *comporte-se*, está bem? Não quero essa tensão constante entre nós.

É quase uma súplica, como se eu fosse a culpada pelo conflito.

Meu olhar continua duro como pedra.

— Quero ver Digby.

— Em breve — ele promete, mirando a área latejante em meu rosto. — Durma um pouco, e conversamos mais tarde, ok?

No momento em que ele sai, no segundo em que a porta é fechada com um estalo e o giro da chave, vou para a varanda e fecho a porta de comunicação com o quarto. Pego o travesseiro esquecido na cadeira, agora molhado de neve, e abafo com ele um grito de fúria contida.

É como se não saísse da minha boca, mas da garganta da fera.

Grito, grito e grito, e o céu troveja de volta com um urro que faz as montanhas estremecerem.

Mas a criatura nascida de um coração seco e de fúria suprimida não está satisfeita. As fitas se contorcem à minha volta com uma selvageria incontrolável, então jogo o travesseiro de lado e as enrolo na grade.

Pulo da sacada com três movimentos simples, executados simplesmente com a raiva guardada em mim. Depois marcho pela neve, corro para a escada decrépita que vai me levar àquela antessala esquecida com suas portas fechadas e o ar gelado.

Porque não consigo ficar parada. Não consigo ficar naquele quarto onde Midas meteu a mão em mim.

Tenho de me mover, ou essa *coisa* dentro de mim, seja o que for, vai me rasgar de dentro para fora e destruir o que encontrar em seu caminho.

Preciso encontrar Digby.

Tenho de fugir antes de perder a cabeça e me tornar o monstro que tenho tentado não ser. E o único jeito de sufocar essa demanda por violência e sangue é me concentrando no plano.

É a única coisa que me impede de mergulhar nas chamas que queimam ouro puro.

21
Rainha Malina

Dedos tensos apertando meu braço me fazem abrir os olhos e sentar na cama.

Por um momento, fico desorientada, dividida entre o sono e a vigília, presa naquela zona intermediária de atordoamento e coração disparado.

Solto o ar devagar, e minha visão se ajusta à escuridão da noite o suficiente para eu reconhecer Jeo.

— *O que* acha que está fazendo? — grito, furiosa com o jeito como ele me acordou.

Assim que percebe que estou lúcida, Jeo se afasta.

— Precisamos ir. Onde estão seus sapatos? — Ele vai até meu quarto de vestir sem esperar por uma resposta.

O que significa isso?

— Jeo? — chamo. Não há resposta alguma. Passo a mão no rosto, tentando afastar o sono enquanto localizo minhas coisas no quarto escuro.

Jeo sai do quarto de vestir um segundo depois, e tento identificar o fardo em seus braços, embora tenhamos apenas o fogo quase apagado na lareira como fonte de luminosidade.

— O que está fazendo com minhas roupas?

Abro caminho em meio às cobertas e me levanto da cama ainda vestida, mas o tecido branco agora está horrivelmente amarrotado.

Ele para ao lado da cama, joga em cima dela peças aleatórias de roupa e começa a enfiá-las em uma bolsa — o mesmo tipo de sacola que Pruinn carrega com suas bugigangas.

— Jeo. — Eu me irrito ao vê-lo jogar tudo lá dentro de um jeito frenético, suas roupas em desalinho, o cabelo vermelho todo despenteado, como se tivesse acabado de sair da cama. — Quero saber o que está acontecendo, fale imediatamente.

Ele olha para mim, e os olhos azuis parecem desbotados à luz do fogo.

— Eles passaram pelas muralhas do castelo.

— Quem? — A pergunta é estúpida. Sei de quem ele está falando, é óbvio. Só não sei *como*. Dei ordens aos guardas para que matassem todos que se atrevessem a subir a montanha.

— Os rebeldes. Eles estarão no interior do palácio em questão de momentos. Você precisa ir para a casa segura.

Sinto minha cabeça tremer, o sangue deixar o rosto.

— Não é possível. Os guardas...

Dedos agarram meus braços de novo, me sacodem, como ele fez para me acordar.

— Os guardas abandonaram seus postos. Eles *abriram* a porcaria dos portões.

— O quê?

Um pesadelo. É isso. Ainda estou dormindo e isso é um pesadelo. Minhas têmporas começam a latejar de novo.

Levanto os dedos para pressioná-las, tentando amenizar a dor.

— Mande alguém ir buscar comida. Não consigo pensar com essa dor de cabeça incessante.

— *Comida?* É nisso que está pensando agora? — ele pergunta, incrédulo. — Ninguém vai mandar sua comida em bandejas de prata. Os criados foram embora, já fugiram.

Os restos de sono boiam na água, minha dor de cabeça puxa a âncora.

— Idiotas! — reajo. — Então os criados me traíram, assim como os guardas.

— Malina, você ordenou que seus soldados abatessem as pessoas. O próprio povo *deles* — Jeo sibila, apertando meus braços e me obrigando a permanecer presente, me ancorando ao aqui e agora. — São as famílias deles lá embaixo, na cidade. Os amigos. Vizinhos. E você ordenou que fossem todos mortos.

A acusação na voz dele me faz enrijecer os ombros e comprimir os lábios.

— As pessoas estão se *rebelando*, Jeo! O povo precisava ser punido, e eu tinha de colocá-los no lugar deles. É meu dever como rainha, e o dever dos guardas é me obedecer. A guarda da muralha os deixou entrar? Pois bem, vou ordenar que sejam todos punidos também.

Com uma meia risada enojada, ele usa as mãos em meus braços para me empurrar para baixo, me fazer sentar na cama. Depois ajoelha e calça as botas em meus pés.

— Ainda não entendeu, não é? — Dedos ágeis começam a amarrar minhas botas, e apertam tanto o cadarço que meus tornozelos formigam. — Você acabou de perder o resto de poder que pensava ter aqui. Eles se voltaram contra você. *Todo mundo.* Precisa fugir antes que eles entrem.

Minha cabeça treme de novo, um mantra de incredulidade controla meu pescoço.

— Chame meus conselheiros. Chame a guarda do palácio. Ninguém vai entrar em Sinoalto sem ter um fim sangrento.

Ele termina de amarrar minhas botas, se levanta, pendurando a sacola de roupas no ombro, e me põe em pé. Então me puxa para a porta, enquanto tento soltar a mão que ele aperta, mas é inútil, ele não larga.

Quando soco suas costas, ele se vira e me encara com os olhos em brasa.

— Seus conselheiros foram embora. A maioria dos guardas também foi, e provavelmente se juntou à turba. Acabou, Malina!

Minha garganta se fecha, medo e negação são como torrões de terra me esfolando.

— Não.

— Sim — ele insiste, e é então que olho além de sua raiva, de sua pressa, e vejo outra coisa.

Medo.

É medo inconfundível, frenético, cru, um terror gelado que empalidece seu rosto sardento.

Engulo em seco, e aqueles torrões de terra descem rasgando a garganta e abrem caminho para a minha realidade.

— O que eu faço? — Nem parece minha voz. Não tem confiança altiva nem decoro elegante. O tom é inseguro. Vulnerável.

Os olhos de Jeo se suavizam por um instante, e meu peito fica apertado quando olho para essa montaria, esse homem que chamei de meu durante as últimas semanas.

— Você não me abandonou.

Ele balança a cabeça em negativa, devagar.

— Não, minha rainha.

— Por que não? — Não sou uma mulher bondosa. Não tenho uma personalidade fácil. Sem dúvida, não sou afetuosa. E não consigo nem me gabar de ser boa na cama, porque ele é o único, além de Tyndall. Não consigo entender de onde vem tanta lealdade.

Se os papéis fossem invertidos, eu teria ido embora. Sem culpa. Sem hesitação.

Ainda assim, aqui está ele, me acordando e preparando uma sacola com roupas para mim, pronto para me ajudar a fugir para um lugar seguro.

— Temos de correr — ele diz, e vejo em sua mão uma adaga que nunca tinha visto antes. — Fique comigo e, se ouvir sinais de violência, abaixe a cabeça. Entendeu?

Meu coração bate forte, ameaçando explodir, mas consigo confirmar com um movimento de cabeça.

— Assim que eu abrir esta porta, sua guarda real vai nos cercar e nos levar para sua casa segura. Você precisa continuar andando, aconteça o que acontecer. Não pare. Ok?

Ele me encara à espera da confirmação. No momento em que assinto, Jeo abre a porta e me puxa para fora. Eu me preparo para o pior, sinto a cabeça rodar como se tentasse argumentar que isso não pode ser real, que vou acordar a qualquer momento.

Mas não é nenhum pesadelo. Não do tipo que se tem dormindo, pelo menos.

Tal como Jeo avisou, meus guardas me cercam no momento em que chego ao corredor. Mantenho a cabeça baixa, os ombros inclinados, e sou levada pelos corredores. Meus guardas sabem como chegar à casa segura, e esse não é um conhecimento difundido. Mas se algum deles traiu o segredo, se estiverem me conduzindo para uma armadilha...

— E se a casa segura não for mais um segredo? — cochicho para Jeo à medida que corremos lado a lado, com o braço dele envolvendo minhas costas de maneira protetora.

Seu rosto sério demonstra que ele também já pensou na possibilidade.

— É a melhor opção que nos resta.

Meus pensamentos giram, tentando encontrar um jeito de escapar disso.

— Os timberwings...

— Foram levados por Midas.

Resmungo um palavrão, e quase tropeço quando a bota apertada demais enrosca em um dos tapetes novos no chão, uma tentativa patética de cobrir mais ouro com pele branca.

Quando chegamos ao piso térreo, eu escuto.

Uma cacofonia de fúria.

Centenas de vozes berram no exterior das muralhas do castelo. Gritam coisas diferentes, palavras, uivos ou berros sem sentido, unidos em um clamor de protesto absoluto.

Quando corremos pelo salão principal, ouço o estrondo. A destruição.

— O que eles estão fazendo? — pergunto, em voz alta. Marteladas e barulho de serras são tão intensos que os *sinto* vibrando através das paredes do castelo.

— Pegando a parte deles — Jeo responde, com tom sombrio, me segurando com mais força. — Estão demolindo Sinoalto tijolo a tijolo, roubando o ouro que foram forçados a ver todos os dias, ao passo que morriam de fome e de frio.

O ácido fermentado borbulha em minha garganta e sobe até a língua.

Odeio o ouro com que Midas maculou Sinoalto, mas isso... essa profanação do meu castelo, do meu *lar*, faz minhas mãos tremerem. Eu não queria isso. Não queria nada disso.

Como aconteceu?

Como perdi o controle tão *depressa*?

Um estrondo horrível sacode as paredes, fazendo os lustres balançarem como se dezenas de pessoas estivessem lá fora usando uma viga para tentar abrir caminho.

— As portas vão resistir? — pergunto. São de ouro. Não é ouro maciço, mas, mesmo assim, devem ser mais difíceis de arrombar.

— Os últimos guardas que não abandonaram seus postos estão lá fora — avisa o homem que me protege à esquerda. — Eles vão resistir enquanto for possível.

Jeo me faz andar mais depressa, até que estamos correndo. Seguimos para a porta da torre do sino, no entanto, em vez de passar por ela, viramos à direita e continuamos por um corredor que parece não ter saída. Meus guardas empurram uma tapeçaria para o lado e revelam a porta oculta, embutida na parede e escondida por lambris.

Assim que empurram a porta secreta, contemplo a escuridão de uma passagem esquecida. Uma passagem que não precisou ser usada por ninguém da realeza por gerações. Agora, sou obrigada a fugir por ela.

O caminho é tão escuro que tudo que vejo são os primeiros degraus de uma escada estreita, antes de a escuridão a engolir. Não existe ouro lá embaixo. Não existe nada além de pedra rústica, cinza, manchada pelo ar estagnado.

— Tochas. Precisamos de tochas! — um dos guardas ordena, e outro sai correndo da sala para ir buscar alguma coisa que ilumine nosso caminho.

Espio a porta por onde ele acabou de sair, sinto a cabeça ferver com a horrível dúvida sobre se ele vai voltar ou não. Quase caio de susto quando uma criada passa chorando, descabelada, com o pânico em seus olhos aflitos.

— Vá! — Jeo grita para a mulher, que se encolhe. — Você tem de correr. Precisa se esconder. Não pode ser pega servindo aqui quando eles invadirem.

A jovem não espera uma segunda ordem. Ela se vira e corre. Os passos abafados pelo barulho do ataque lá fora, das vozes iradas que ecoam na montanha.

— Isso não pode estar acontecendo...

Ninguém ouve meu sussurro, contudo, para mim, ele é alto como um berro.

Os segundos parecem horas enquanto esperamos, todo o castelo estremece com as marteladas e os estalos, à medida que o povo saqueia todo o ouro que consegue tirar dali.

A culpa é toda dele. Isso tudo é culpa de Tyndall.

Passos velozes ecoam no chão, e meu coração sobe à garganta antes de explodir de alívio quando vislumbro o guarda voltando. Ele carrega três arandelas que deve ter arrancado das paredes, e uma tocha rústica feita de cortinas rasgadas e enroladas no que parece ser um cabo de vassoura.

Ele entrega as arandelas aos outros, mas sua tocha improvisada não acende. A cortina dourada é resistente a chamas, por mais que mantenham as tochas acesas próximas dela.

— Essa porra não acende! — ele se irrita, sacudindo a tocha inútil.

— Deixa para lá. Três bastam — responde outro.

— Sabe até onde elas vão aguentar? Está completamente escuro lá embaixo! Precisamos de toda luz possível, ou isso não vai adiantar nada, porque vamos acabar quebrando o pescoço.

— Querem mais alguém iluminando o caminho?

Todos se viram na direção da voz, porém, em vez de um criado, é Pruinn quem se aproxima carregando um candelabro, já com três velas acesas.

— O que *você* está fazendo aqui? — Jeo se impacienta, e me abraça com mais força.

Pruinn se aproxima de nós e dá de ombros.

— Quando cheguei ao portão, os guardas já haviam abandonado seus postos. Não queria ser morto pela turba enfurecida, então entrei pelos fundos.

— Ah, é? Pois trate de desaparecer. Não pode ir conosco — Jeo dispara.

Pruinn sorri, mas o sorriso bonito não alcança seus olhos. Não, aquelas piscinas de prata são duras e austeras, uma lâmina serrilhada pronta para cortar.

Jeo não gosta dele, nunca gostou, desde meu primeiro encontro e todas as visitas imprevistas posteriores, mas agora não é hora para joguinhos masculinos de dominação.

— Não temos tempo para isso. Quer ir também? Pode ir na frente, Sir Pruinn — decido.

Jeo fica tenso e me solta, mas minhas palavras são um desafio, e Pruinn sabe disso. O homem olha para baixo, para as profundezas escuras, com uma expressão desanimada. Disfarça a reação um segundo depois, quando acena com a cabeça em minha direção de um jeito reverente.

— É uma honra guiá-la, Majestade.

Jeo solta um ruído rude atrás de mim, que o comerciante ignora por completo.

Meus guardas saem do caminho, entretanto, quando Pruinn desce o primeiro degrau, um estrondo ensurdecedor vem da cozinha.

— Eles invadiram! — grita um dos guardas, incitando os quatro homens de armadura a sacarem a espada da bainha com um ruído metálico.

— Vá, Majestade! Vá!

Não tenho tempo para hesitar ou temer o caminho, porque o horrível frenesi e a gritaria se multiplicaram, e são trazidos pelo ar. Os gritos e cânticos lá fora são como uivos de uma matilha de lobos selvagens farejando sangue.

Uivos que parecem latidos acompanham o estrondo de vidros quebrados, e passos pesados reverberam no ritmo do meu coração galopante. Toda a hesitação de Pruinn desaparece em um momento, e ele desce a escada às pressas. Mal tenho tempo para registrar o grande estrondo que sacode o chão antes de ser empurrada atrás de Pruinn. Meu corpo mergulha na passagem.

— Vocês dois, acompanhem a rainha! — grita um dos guardas. — Vamos fechar a porta!

Minhas botas derrapam nos degraus, escorregam até Jeo segurar meu braço.

— Estou aqui — ele diz atrás de mim. — Continue andando.

Vamos descendo os degraus estreitos, e sinto os dedos dos pés ultrapassarem a beirada de cada um. Deslizo a mão pela pedra imunda da parede à minha direita, e sigo colada nos calcanhares de Pruinn, enquanto Jeo cola nos meus.

Os gritos agora estão mais próximos, e ouço mais estrondos, mais quebradeira.

Quando penso que não tem como ficar pior do que isso, os dois guardas que ficaram para trás batem a porta secreta.

A escuridão me engole.

22
Rei Midas

Ao assistir aos escultores esculpindo o gelo, noto uma tristeza na luz matinal.

Dois deles trabalham em um bloco mais alto do que eu, equilibrados nos degraus da escada portátil enquanto modelam a pedra congelada no pátio. Alguém me disse que estão criando uma estátua de Niven. Um presente de aniversário para o príncipe. Ao que parece, vão criar treze esculturas com os traços dele.

Tenho de engolir um grunhido.

O garoto é só um pirralho mimado que pensa que pode brincar de ser governante. Fulke prestou um desserviço ao filho ao lhe conceder o direito à coroa, embora não tenha qualquer aptidão para ser eficiente. Sua juventude não é desculpa para nada. Quando eu tinha a idade dele, já comandava minha casa, produzia e roubava rendimentos para garantir comida na mesa. Não ganhei nem herdei nada, tive de me *apossar* de tudo.

A única coisa que Niven toma é liberdade com a minha paciência. Ele tem sido uma pedra no meu sapato desde que cheguei, uma irritação que não consigo remover.

Ainda não.

O momento certo é tudo. Preciso fazer este reino comer na minha mão. Já começou a acontecer, em especial agora que Ranhold vai enriquecendo aposento por aposento, toque por toque. Ouro sempre conquista simpatias.

Perscruto o entorno, ouço o martelar suave dos formões no gelo e decido que este gazebo vai ser o próximo espaço dourado. Vou conseguir vê-lo dos meus aposentos e, com sorte, ele vai ofuscar todas as esculturas do príncipe. As malditas treze.

Uma presença interrompe meus pensamentos, e ergo a cabeça quando a Rainha Kaila entra no gazebo vestida com uma saia azul e justa que se abre na altura dos joelhos.

— Rainha Kaila. — Eu me levanto quando a mulher sorridente inclina a cabeça.

— Bom dia, Rei Midas — ela diz, e os olhos cor de canela brilham bem-humorados. — Esta é a segunda vez que o encontro aqui fora. Este deve ser um dos seus lugares favoritos.

— É, sim. Gostaria de sentar-se? — convido-a ao apontar o espaço ao meu lado.

Ela balança a cabeça em negativa, e o capuz do manto forrado de pele brilha com resquícios de gelo.

— Obrigada, estou dando uma caminhada.

Meu sorriso fica mais tenso. Imagino que durante essas supostas caminhadas ela usa sua magia para tentar ouvir segredos. Era o que eu faria, se fosse ela. Vou precisar ter outra conversa com os guardas para garantir que falem o mínimo necessário. Homens uniformizados parecem fofocar mais do que garotas.

— A manhã está agradável para isso.

— Muito silenciosa e calma — ela responde, embora eu tenha a sensação de que não se refere ao clima, e preciso conter um sorriso.

O poder da rainha me intriga, embora me enerve. Ser capaz de recolher as palavras de outras pessoas é uma magia impressionante. Teria suas utilidades, com certeza. Por isso a convidei para esta visita.

A Rainha Kaila quer solidificar uma aliança porque seu reino precisa de renda. Eu quero expandir meu alcance. Que melhor maneira de alcançar esse objetivo, se não me alinhando a alguém que é fácil de comprar com ouro e pode roubar os sussurros alheios? É melhor mantê-la por perto para que possa compartilhar esses segredos, em vez de roubar os meus.

— Espero que a adaptação ao Quinto Reino não tenha sido um grande choque.

Kaila olha em volta, e seu cabelo preto dança sobre os ombros.

— Devo admitir: a neve tem seus encantos — responde, e o timbre rouco de sua voz se torna sedutor.

Inclino a cabeça e sorrio.

— É verdade. Mas dizem que as ilhas particulares do Terceiro Reino são as mais belas de Orea.

— Sou forçada a concordar com essa avaliação — ela replica, sorridente e brincando com a pulseira de conchas em seu braço delicado. — Mas é claro que minha opinião é tendenciosa.

Solto uma risadinha agradável.

— Todo monarca deveria pensar que seu território é o melhor, não é?

— É verdade. Mas, nesse caso, talvez eu possa convidá-lo a visitar uma de nossas ilhas em breve, assim poderá testemunhar com seus próprios olhos e decidir se concorda com o veredito.

Meu sorriso se alarga.

Deixo o olhar passear pelo corpo bonito. Talvez a insolência de Malina me favoreça, afinal. Por que me contentar com uma megera fria e o bastardo de uma montaria, se posso ter outras... opções para avaliar?

— Gostaria de jantar comigo esta noite em meus aposentos? — convido. — Tenho certeza de que posso pedir à cozinha um prato popular do seu reino.

Ela reage com uma expressão satisfeita. É realmente uma beleza. Gostaria de saber se os boatos sobre seu primeiro marido, *muito* mais velho e agora morto, são verdadeiros. Dizem que ela ouviu um segredo de que não gostou, e ele morreu pouco depois disso.

— Seria adorável. Sua favorita dourada estará presente?

Se eu não fosse experiente nesse tipo de conversa, a pergunta poderia ter me surpreendido.

— Hoje, não — respondo, tranquilo. — Mas tenho certeza de que vai se afeiçoar muito a ela.

Kaila sorri.

— Sem dúvida.

A manhã sombria ao nosso redor começa a espalhar uma camada de neve molhada, flocos grossos que derretem no chão como cobertura de açúcar.

A rainha estremece.

— Bem, acho melhor entrar. Por mais que a neve tenha seus encantos, não gosto muito de quanto é fria. — E sorri para mim. — Vou esperar ansiosa pelo nosso jantar, Rei Midas.

— Tyndall, por favor. Eu também.

Com uma graciosa inclinação de cabeça, ela se vira e sai do gazebo, andando com um suave balanço dos quadris para ir encontrar seus guardas e o irmão, Manu, que a esperam junto das muralhas do castelo.

Manu me observa, um olhar calculado para expressar apenas simpatia, apesar dos ombros um pouco tensos. Mesmo com toda sua aparente afabilidade, tenho a sensação de que o rapaz é um juiz de caráter muito astuto. Como tem toda a confiança da irmã, preciso ter o cuidado de conquistar uma boa posição aos olhos dele.

Quando Kaila entra no castelo, espio novamente os escultores, agora salpicados de neve fina, cobertos com capuzes e luvas. Observo seus movimentos, mas penso na conversa com a rainha, nas possibilidades que se apresentam como fios que posso tecer.

Ela se interessa por Auren, mas eu já esperava por isso. *Todo mundo se interessa por minha Auren.*

Inclusive aquele filho da mãe com espinhos nas costas, o Comandante Degola.

Um músculo pulsa em minha mandíbula, e a raiva ferve em meu peito como um caldo temperamental. Ainda estou furioso por ele a ter tocado. O homem teve a audácia de carregá-la bem na frente dos guardas. O que ainda não sei é se ele fez isso porque ela estava fraca ou porque queria me desafiar.

De qualquer maneira, a situação me tira do sério. Não fosse por ele estar sob a proteção de Ravinger, eu já o teria trancafiado e arrancado os espinhos de suas costas. Cerro os punhos, e a urgência repentina de fazer justamente isso — *punir* — faz meus braços se contraírem.

Vou ter de cuidar desse sujeito.

Vou ter de dar um jeito em Auren também.

Não gosto de como ela tem olhado para mim, ou de como agora exibe uma expressão guardada, fechada. O tempo longe de mim a transformou. Depois de anos de preparo criterioso, ensinando-lhe como se comportar de maneira apropriada, esperava ter sobre ela uma influência firme. Todavia, só algumas semanas longe de mim e seu comportamento resvala como passos no gelo. Ela precisa se lembrar de quem cuidou dela, de quem é seu dono.

Nunca tinha batido nela, mas Auren me levou ao limite com seus joguinhos à mesa de jantar. Fito minha mão, e é como se ainda sentisse o contato violento com o rosto dela. Como se me deparasse com sua expressão depois do tapa.

Alguma coisa feia se contorce dentro de mim. Eu não devia ter me deixado dominar pela raiva. Tem muita coisa em jogo a cada minuto que passo aqui. Preciso dela em seu devido lugar, preciso interromper esse afastamento.

Vou dar a Auren um tempo para superar a contrariedade. Para lamber as feridas em paz, longe de olhares curiosos. Vou me afastar para que ela processe os eventos no seu ritmo. E ela vai voltar... Sempre volta.

Nesse ínterim, prefiro não avistar o lembrete do meu descontrole estampado no rosto dela, em forma de hematoma. Vou me manter afastado, por ora. Esperar que ela se acalme. A parte de Ranhold transformada em ouro é suficiente para conter falatórios, e tenho muitas outras pendências para resolver antes do baile.

Primeiro e acima de tudo, preciso resolver o problema do Comandante Degola. A irritação ferve em mim a cada vez que *penso* que ele a tocou, no que pode ter acontecido entre os dois enquanto viajavam juntos, fora do meu alcance.

Meus guardas e serviçais sabem que não devem tocá-la, então vou ter de tomar providências para que o comandante do exército e Ravinger também saibam disso.

Batuco na coxa com a ponta dos dedos em sinal de impaciência.

Preciso exercer mais controle sobre esses fios que ameaçam se soltar. Auren, comandante, Malina, Niven. Dois reinos inteiros exigindo atenção constante.

Eu sabia que avançar para impor minha influência ao Quinto seria um desafio. Mas é um desafio que sinto prazer em superar, e *vou* superar. Não aceito menos do que isso. Mas a pressão constante cresce. A cada vez que outro fio cai em meu colo, é preciso recorrer a um incrível planejamento para impedir que ele embarace todo o restante. Se ao menos esses fios fossem menos difíceis de tecer...

Abro a mão e a relaxo. Movimento os dedos várias vezes.

Um rangido da madeira da escada do escultor chama minha atenção, e olho o homem que desce os degraus para pegar o martelo que derrubou. Seu rosto está virado para mim, e tenho uma visão perfeita dele.

Sinto um ódio profundo quando o vejo. É sempre assim, mas ainda insisto em vir aqui.

Inclino a cabeça e cerro os punhos. Passei semanas observando esse homem que tem o rosto de meu falecido pai. Um pai que rejeito até hoje, embora ele agora seja apenas cinzas, um corpo queimado em um deserto escaldante.

No início, observo o escultor por apreciar a sensação, como se meu pai estivesse aqui, sorrindo à minha volta, trabalhando sob meu olhar. Mas talvez tenha perdido de vista o propósito verdadeiro. Talvez os deuses o tenham deixado aqui para amenizar minha falta de controle quando sinto que estou me perdendo. Para me lembrar de que *o* superei, e de que posso superar qualquer coisa e qualquer um.

Talvez os deuses tenham lhe dado o rosto de meu pai para que eu possa me valer disso.

Relaxo novamente quando ele levanta um braço a fim de remover a poeira da pedra de gelo. Seu capuz cai para trás, revelando a cabeça careca e enrugada, linhas profundas que parecem formar uma expressão descontente. A barba branca fica amarelada em contraste com o fundo nevado, os olhos são um pouco mais inclinados. Os dele são castanhos e límpidos, ao passo que os de meu pai estavam sempre vermelhos, com as linhas do álcool marcadas sob as pálpebras baixas.

O escultor parece sentir minha atenção, porque vira a cabeça, me contempla por um momento e se curva em deferência, baixando o olhar. Meu pai só se curvava quando estava debruçado sobre mim, me batendo com o cinto ou com um jarro de cerveja que tinha esvaziado.

Às vezes, me arrependo de o ter deixado para queimar junto à nossa choupana. Foi uma morte rápida demais. Mas talvez possa reparar isso agora. Parece que me foi dada a oportunidade de impor autoridade sobre outra criatura sem que isso interfira em meus planos. Encontrei a pessoa perfeita para saciar a sede de punição.

Um prazer sombrio ocupa o vazio em meu peito quando levanto a mão, assinalando para o chefe da minha guarda. Sempre atento, ele vê no mesmo instante o gesto, aproxima-se apressado e para do lado de fora do gazebo.

— Sim, meu rei?

— Aquele homem ali — digo, indicando com a cabeça. — Leve-o à masmorra.

Noto que surpreendi o guarda, mas ele é bem treinado e se recupera depressa.

— Sim, Majestade. Vou providenciar.

Ele se vira, gesticula para um dos outros guardas e, juntos, os dois se dirigem ao escultor idoso.

De início, o velho estranha a abordagem e encara os dois com ar confuso. Sem dizer nada, cada um dos meus guardas segura um de seus braços, e ele tenta recuar, surpreso, antes de derrubar martelo e formão. Os outros escultores ficam paralisados pelo choque, observando de olhos arregalados os guardas que começam a arrastá-lo dali.

Seus gritos roucos ecoam no ar com desespero, a cabeça careca vira para a direita e para a esquerda.

— O que estão fazendo? Para onde estão me levando? Não fiz nada! — ele grita, esperneando e deixando marcas na neve ao arrastar os pés e sacudir as pernas finas como gravetos.

O pátio é tomado pelo desconforto, mas ninguém me questiona. Ninguém tenta impedir o que acontece.

O homem olha para trás, para mim.

— Por favor, Majestade! Houve um engano! Por favor, me ajude!

Meu peito se enche de gratificação quando penso que é meu pai sendo arrastado, que é a voz dele implorando.

Um grito estrangulado corta o ar.

— Eu não fiz nada!

Você é parecido com ele, respondo, em silêncio. *A culpa está bem aí, estampada na sua cara.*

As mãos crispadas pela artrite agarram os uniformes dos guardas, mas ele é frágil demais para resistir de fato. Depois de um último grito, levam-no para um lado do castelo, por onde vão levá-lo à masmorra por meio de uma entrada discreta.

Quando a voz do escultor é silenciada, o pátio fica quieto.

Fico ali de braços cruzados, fitando com firmeza todos os que permaneceram. Guardas de Ranhold, escultores, um serviçal do estábulo, todos paralisados. Quero ver se alguém vai se atrever a falar, mas ninguém se pronuncia.

Quando percebem minha atenção voltada para eles, retornam de pronto ao trabalho, desviando o olhar. As pessoas ignoram o infortúnio do outro com rapidez impressionante. É a voz obscura sussurrando no ouvido: *Deixe para lá. Não se meta nisso ou vai acontecer com você também.*

Abaixo os braços e saio do gazebo, sentindo os flocos de neve na testa à medida que caminho rumo à entrada principal de Ranhold.

A empolgação vibra em minhas mãos quando me dirijo à porta interna que dá para a masmorra. Cada fio difícil, cada momento de fúria que não posso despejar sobre o responsável, tudo será descontado *nele*.

Porque os deuses deixaram um presente para mim, e pretendo *pegá-lo*.

23
AUREN

Ainda tem um hematoma em meu rosto.

O lado positivo? Midas não me incomoda há três abençoados dias, desde que me agrediu. Não me chamou para dourar nada e não me obrigou a comparecer a mais nenhum banquete real.

Mas seu afastamento é uma demonstração de culpa. Midas não gosta de ver a prova de seu descontrole na mancha escura em meu rosto. Se está longe dos olhos, está longe da acusação.

Mesmo assim, aproveito o intervalo, porque tenho tempo para mim. Durante os três dias, desde o momento em que acordo até a hora em que o sol se põe, permaneço em meus aposentos e treino. Exercícios simples, como saltos e flexões, e também transformei um par de sapatos em ouro maciço, para poder usá-los como pesos e fortalecer os músculos do braço. Aproveitei para também recordar as poucas coisas que aprendi com a Cólera quando estive com eles. Quando meu corpo começa a tremer com o esforço, o que não demora muito, passo a exercitar as fitas.

Eu me concentro em aprender a movê-las, primeiro uma de cada vez, depois juntas. É mais ou menos como massagear a barriga e bater na cabeça ao mesmo tempo, ou tentar escrever duas palavras diferentes, uma com cada mão. Exige concentração e muito tempo de prática. Quando me canso disso, treino para levantar objetos com elas e mudá-los de lugar. Vou alternando do treino com as fitas aos exercícios físicos.

Sou tão fraca que chega a ser patético, mas decidi mudar essa condição ao fazer tudo que posso sozinha.

Assim que o sol se põe, criadas entram em busca de acender a lareira, preparar o banho e trazer comida para mim. A essa altura, estou suando, tremendo e mal-humorada. Até as fitas ficam impacientes com tanto esforço. Mas... também me sinto *bem*. Como se estivesse fazendo algo produtivo. Isso satisfaz a criatura que bica meu peito por dentro.

Por enquanto.

Midas cumpre sua promessa e me permite andar pelo castelo à noite, com um guarda. Então, depois de deixar os músculos cansados de molho em um banho quente, saio dos meus aposentos como fiz nas últimas noites. Tenho visitado Rissa, levado um objeto de ouro a cada visita.

Também faço os guardas me levarem até a entrada esquecida da biblioteca, aquela que ninguém usa e de que ninguém se lembra. Minto e digo que os escribas me deram uma autorização especial para entrar por ali, porque é mais privado. Eles não questionam nada. Scofield e Lowe esperam na antessala fria, enquanto finjo ler a história do Quinto Reino para matar o tempo.

Já arrombei as outras portas trancadas da antessala na noite seguinte àquela em que Midas me bateu. Esperava que uma delas me levasse às masmorras ou a uma passagem secreta, mas não foi o que aconteceu. As portas se abriam para a despensa, para a cozinha e para uma saída perto dos estábulos, dois corredores aleatórios e os aposentos que deviam ter sido do Rei Fulke. Tudo inútil.

Então esta noite, depois de visitar Rissa, volto à biblioteca e tento procurar de novo as plantas do castelo. Espero poder descobrir onde Digby é mantido, ou encontrar passagens secretas que nos ajudem a sair de Ranhold sem que nos vejam.

Vai ser outra noite longa, sem dúvida.

Fico mais preocupada a cada noite que termina sem eu ter encontrado alguma coisa. Rissa está ficando inquieta. A cada visita, os olhos dela parecem escurecer como a sombra de um relógio de sol contando a passagem do tempo.

Então, é quase engraçado que meus pensamentos conflituosos sobre sua impaciência me ocupem de tal maneira, a ponto de eu tropeçar nela no corredor a caminho da ala das montarias.

— Merda. — Cambaleio para trás e bato um ombro na quina da parede que acabei de ultrapassar, enquanto Rissa quase não consegue se apoiar na parede.

— Milady? — Scofield chama, assustado, embora não se aproxime para tentar me ajudar. Ele sabe que não deve fazê-lo.

— Olhe para onde anda! — Rissa reage, irritada, ajeitando o cabelo loiro.

Eu me endireito e resmungo:

— Desculpe.

Graças ao Divino já é noite.

Ela bufa, e o tom de voz e a expressão perdem a dureza quando os olhos me reconhecem.

— Tudo bem. Não sabia que era você.

As mãos dela ajeitam o espartilho do vestido, e noto o guarda atrás dela. O homem não parece preocupado por quase termos batido cabeça com cabeça ao virarmos uma esquina no corredor. Na verdade, não faz muito mais do que olhar para o decote de Rissa. Pelo menos, Scofield e Lowe não olham para mim desse jeito. Sim, quebro as barbatanas dos espartilhos a cada vez que os visto, então meus seios não ficam tão evidentes e cheios quanto os dela, mas mesmo assim...

Rissa estuda meu rosto com um olhar frio.

— Sua aparência melhorou.

Passo a mão sobre a área que ainda está um pouco inchada e escura.

— É — respondo, com simplicidade. Ela nunca perguntou o que aconteceu, e não forneci nenhuma informação. Mas ela sabe. As mulheres sempre sabem.

— Veio me visitar de novo? — ela indaga, e continua a andar em direção oposta à ala das montarias.

A presença dos guardas me faz escolher as palavras com cuidado.

— Sim. Queria conversar um pouco.

— Bem, não estou na ala das montarias, como pode ver, mas pode vir comigo.

Olho para o guarda antes de me virar na mesma direção. Os saltos de Rissa fazem barulho no piso de mármore.

— Ah, você... hum... não está a caminho de um *compromisso*, está?

Ela ri e me encara com desdém.

— Não, não fui convocada para trepar com ninguém, Auren — responde, com tom seco.

— Bem, achei mais prudente confirmar...

Posso praticamente ouvir os olhos azuis de Rissa revirando nas órbitas.

— Acha mesmo que eu a convidaria para assistir enquanto alguém me come?

— Não seria a primeira oferta desse tipo.

Uma risada relutante escapa de sua boca.

— É verdade. Eu odiava quando ele obrigava você a olhar.

A afirmação me surpreende.

— Sério?

— É óbvio — Rissa confirma quando viramos outra esquina, seguindo para uma parte do castelo onde ainda não estive. — Acha que alguma de nós gostava daquilo?

— Polly gostava — afirmo, sem hesitação. — Ela gostava de me ver presa atrás das grades enquanto o rei... bem. Pode acreditar, sei que ela se divertia.

— Talvez, mas eu, não. Quando a favorita dourada do rei olhava, julgava, via tudo... — Ela balança a cabeça. — Eu odiava. Odiava você.

Ela fala sem maldade, só estabelecendo os fatos.

— E agora?

Rissa olha para mim.

— Agora o quê?

— Não me odeia agora.

Seus olhos ficam mais estreitos.

— Eu suporto você.

— Você é muito afetuosa e fofa.

Vejo o sorriso discreto. Só um lampejo que desaparece em seguida, mas faz minha alma distraída e cansada se sentir mais leve.

— Chegamos. — Ela para diante de uma porta onde tem um segundo guarda sentado em uma banqueta, com um palito entre os dentes.

— Onde? — pergunto, mirando a porta desconhecida. — O que está fazendo?

Rissa arqueia uma das sobrancelhas loiras e sorri para mim.

— Vim visitar Mist.

Mist.

A montaria que tentou arrancar meus olhos mais de uma vez. A mulher que me ataca publicamente com discurso de ódio. A mulher que está grávida do filho ilegítimo de Midas.

Recuo um passo e arregalo os olhos.

— O *quê*? Sabe que não posso entrar aí!

— Que pena. Se não entrar comigo, não vamos poder *conversar*, e tenho uma fofoca muito interessante para te contar.

Espio ao redor como se esperasse encontrar um alçapão no corredor, mas a fofoca é um código para me avisar que ela tem novidades. Também preciso me livrar da folha de ouro que parece abrir um buraco em meu bolso.

Um suspiro escapa do meu peito.

— Tem certeza de que não me odeia mais? Porque parece que sim.

O sorriso de Rissa fica mais largo, como se minha reação a divertisse.

— Vai querer ouvir essa fofoca, Auren.

Droga, ela me pegou. Rissa me pegou e sabe disso.

— Sabe, de repente sinto uma vontade enorme de arremessar um livro.

A gargalhada melódica precede a mudança sutil de atitude, um brilho rápido nos olhos e uma leveza inesperada nos ombros.

— Não seja dramática. Vai ser uma visita rápida. Todos os dias uma das montarias vem dar uma olhada nela, e hoje é minha vez.

Reflito por mais um segundo, mas acabo por ceder.

— Tudo bem. Mas sinto que preciso de uma senha.

Com um sorriso ardiloso, ela bate à porta. Ao ouvirmos a autorização, nós duas entramos e deixamos os guardas no corredor. Fechamos a porta. Olho em volta examinando o aposento azul-claro, as roupas de cama delicadas, a área de estar combinando com o dormitório, com uma lareira acesa e uma mesinha já posta para a hora do chá.

É ali que Mist está agora. Posso ver o perfil de seu rosto redondo sob o coque perfeito de cabelos pretos. Rissa contorna a poltrona e se acomoda na outra cadeira, afundando na almofada roxa e fofa.

— Ah, é você — Mist constata ao fitá-la.

Ai, merda, se *Rissa* é recebida desse jeito, comigo vai ser um inferno.

— Bom vê-la também, Mist — Rissa responde, com um sorriso, enquanto pega uma xícara de chá da mesa e se serve.

Pensei que as duas fossem amigas, por isso me surpreendo com a interação. Por outro lado, normalmente via as montarias apenas quando elas estavam... interagindo com Midas. Sempre pareceram muito simpáticas com ele, mas aquilo era encenação, era o trabalho delas.

— Belo quarto — elogio, meio sem jeito.

Mist vira a cabeça tão depressa que me surpreendo por ela não ter quebrado o pescoço.

— O que *você* está fazendo aqui?

— Para ser bem sincera, não faço ideia — resmungo e, então, me apoio na porta. Não quero me aproximar mais. Mist tem garras, e não confio na criatura emplumada que se instalou embaixo das minhas costelas.

Seus olhos escuros relanceiam para Rissa.

— Você a trouxe aqui?

Rissa bebe um golinho de chá, como se não sentisse a tensão.

— Foi você quem pediu para ter companhia todos os dias. Agora tem duas pessoas ao mesmo tempo.

Mist aponta um dedo para mim.

— Ela não conta, não é uma pessoa.

O insulto alimenta minha ira, mas Rissa interfere antes que eu possa responder:

— Os hormônios da gravidez certamente não melhoraram suas maneiras, Mist.

— Por que tenho que ter boas maneiras com ela? O que ela recebe já é demais.

Rissa alinha seus olhos azuis com os de Mist.

— Sim, e agora aqui está você, recebendo demais também. Uma suíte só para você, criados à sua disposição, férias de nove meses do trabalho em cima da cama. Por causa disso, as outras montarias devem tratar *você* mal?

Mist fica vermelha e, por um segundo, penso que ela vai nos mandar sair, mas, em vez disso, ela me encara e diz:

— Bem, não fique aí parada como uma vareta. Sente-se.

Que agradável.

Passo longe dela e vou me sentar na poltrona ao lado de Rissa. Mas não me sirvo de chá ou biscoitos, porque sei que a tolerância de Mist acaba na almofada embaixo de mim.

Nós nos olhamos por cima da mesa, com o fogo vívido crepitando de um lado, como se tentasse queimar nossa falta de civilidade. Ficamos as três ali, naquele silêncio tenso, como se os anos em que ficamos nos encarando de lados opostos das grades da gaiola tivessem nos trazido a este momento.

Mist toca o ventre um pouco saliente, e meus olhos acompanham sua mão. Quando descobri sobre a gravidez, fiquei arrasada. Mas agora...

O que sinto agora?

Esperava ecos do silêncio reverberando nos espaços vazios dentro de mim. Mas nada acontece.

A gravidez já é visível. É só uma pequena saliência, mas é o suficiente por trás do vestido justo. Engraçado, a prova de Midas está em sua barriga crescendo, da mesma forma que é visível no hematoma em meu rosto.

E, sem mais nem menos, meu humor muda.

Mist tem inveja do status que pensa que tenho na vida de Midas. Agora sei disso, e sabia antes, mas me deparar com sua barriga coloca as coisas em seus devidos lugares. Porque... como eu me sentiria se estivesse no lugar dela?

Essa não é uma gravidez normal. Mist vai dar à luz ao filho de um rei. Um rei que, embora a mantenha como montaria real, não tem nenhum interesse verdadeiro nela.

É provável que ela esteja com medo. Da gravidez de maneira geral, do parto, do que vai acontecer com ela depois. Mist não vai ter controle sobre nada, e eu, mais do que qualquer pessoa no mundo, entendo isso.

Mist vai ter o filho de Midas. O homem que bateu em mim, me feriu, deixou marcas em meu corpo. A compaixão cai sobre mim como chuva descendo de uma nuvem pesada, me encharcando de tristeza pela mulher sentada à minha frente.

Podia ter sido eu. Eu podia estar esperando o filho dele, e então, o que teria feito?

Nunca conseguiria escapar.

A vida de Mist foi transformada irrevogavelmente, para sempre. Ela agora está presa ao senhor manipulador e narcisista reinante, um homem que acaba de me mostrar que não é incapaz de ferir alguém fisicamente.

Ela acha que a atenção de Midas é uma coisa boa. *Não é.* É algo mais tóxico do que o ciúme em que ela fermenta.

Não tenho intenção de ficar encarando a barriga dela durante todo esse tempo, conforme esses pensamentos me invadem, contudo estou tão distraída com eles que não percebo meu olhar, até Mist deixar a xícara sobre a mesa com força desnecessária. Abaixo a cabeça.

— Quando Polly vem me visitar? — Mist pergunta, evidentemente insatisfeita com a companhia atual.

— Teve sorte por ela ter vindo há alguns dias. Normalmente, Polly nem sai da cama.

O silêncio prolongado me faz levantar a cabeça, e percebo alguma coisa entre elas, como se a irritação de antes diminuísse um pouco.

— Ela precisa parar de usar orvalho.

— Por que não tenta dizer isso a ela? — Rissa retruca.

Mist range os dentes e pega um novelo de lã que eu não tinha notado. Ela o põe no colo e começa a mexer no fio, enquanto balança a cabeça.

— Sei que orvalho é uma iguaria aqui no Quinto, mas não gosto disso. Ela fica...

Rissa continua a frase:

— Relaxada. Descuidada. Viciada em trepar e mais nada, sem nenhum pensamento na cabeça.

Mist enfia o dedo no novelo.

— Isso.

Não sou a maior fã de Polly, mas não gosto de pensar nela, ou em qualquer outra no grupo das montarias, viciada nessa coisa.

— É repulsivo como tratam as montarias aqui — Rissa comenta, e um rubor em seu rosto trai a raiva que a invade. — E aquela droga só está deixando todo mundo pior.

Um silêncio pesado cai sobre elas, interrompido apenas pelo som das agulhas quando Mist começa a tricotar. O *clique clique clique* do contato é o único ruído no quarto durante minutos, até Rissa depositar a xícara em cima da mesa e dizer:

— Polly comentou que você ainda sente enjoos matinais.

Mist dá de ombros.

— As criadas trazem chá de gengibre. Estou controlando. — Ela resmunga um palavrão, desmancha um ponto, e vejo uma linha de frustração surgir em sua testa.

Depois de observar seu esforço por um minuto, falo:

— Posso ajudá-la com o tricô.

Ela olha para mim, as mãos param.

— Como é que é?

Aceno com a cabeça na direção do fio de lã, que ela está embaraçando.

— O tricô. Posso ajudar, se quiser.

Sua expressão transborda desdém.

— Não quero que você toque nas coisas do meu bebê.

Engulo o desconforto.

— Tudo bem.

Ela continua tentando, praticamente lutando contra as agulhas, mais frustrada a cada ponto errado.

— Como aprendeu a tricotar? — exige saber.

— Quando se é obrigada a passar todos os dias da vida em cativeiro, sobra tempo para aprender muitas coisas — falo, com mais tristeza do que pretendia, mas é inevitável.

Tricotar, costurar, bordar, tocar harpa, ler, cochilar, beber. Atividades inúteis com as quais me distrai para ocupar o tempo. Muitos dias vividos sem propósito, sem alegria ou ânimo, sem *vida*. Eu podia ter sido uma estátua, devia ter me transformado em ouro maciço e poupado Midas desse trabalho.

— O que aconteceu com seu rosto?

Arrancada dos meus pensamentos, levanto a cabeça e percebo que Mist está examinando o hematoma em seus estágios finais. Hoje ele está atraindo todo tipo de atenção indesejada. Por um momento, penso em mentir ou não responder, mas... parte de mim quer preveni-la. Ganhar sua confiança.

Porque não sou sua inimiga, apesar de a dor lhe sugerir o contrário. Não sou concorrência. Sou só a mulher que estava do outro lado das grades.

Toco o rosto com delicadeza.

— É o que acontece quando Midas perde a cabeça.

Alguma coisa passa pelos olhos amendoados dela, mas desaparece depressa, e em seguida ela funga e levanta o queixo.

— Não devia aborrecê-lo. Ele lhe dá muitas coisas.

Uma gargalhada brota do fundo do meu cinismo.

— Qual é a graça? — ela se irrita.

A mistura de humor e amargura desaparece do meu rosto, e balanço a cabeça como se quisesse afastar a tristeza que tenta se instalar ali.

— Deixa para lá — desconverso. — Ele me deu muita coisa, é verdade. *Mas tirou muito mais de mim.*

— É óbvio que sim. — Ela baixa os ombros e força um sorriso. — Quanto a mim, sou grata por tudo que ele fez. No momento em que descobriu que eu estava esperando um filho dele, Midas me tirou da ala das montarias e me pôs aqui. — E observa em volta como se nunca tivesse visto nada melhor, como se não pudesse enxergar as grades invisíveis.

Hesito.

— Ele conversou com você sobre o que vai acontecer depois que o bebê nascer?

É a pior pergunta a se fazer, porque o rosto de Mist passa de açucarado a furioso.

— Não é da sua conta.

Queria poder recolher as palavras e guardá-las de volta na boca.

— Estes aposentos são muito agradáveis — Rissa comenta depois de beber mais um gole de chá. — Deve estar muito confortável aqui.

Mist me encara por mais um momento, antes de olhar para a loira. Ela alisa o braço da cadeira como se acalmasse sua agitação interna.

— Sim. É bonito, não é? O rei é muito atencioso. É bom ser tão bem-cuidada.

Olhar para ela é como olhar para uma antiga versão de mim mesma. Fascinada por ele, por todas as coisas bonitas, por toda a segurança que acompanha suas promessas. Como não estaria? Quando aquele homem despeja seus sorrisos e suas palavras bonitas sobre você, é difícil não cair em seu encanto. Mist e eu somos muito mais parecidas do que ela jamais vai querer acreditar.

— Estou dando a ele algo que ninguém mais deu. — O orgulho sincero ilumina sua expressão quando ela toca o ventre mais uma vez. — Ele garante que eu tenha tudo de que preciso. Comida, roupas, visitas do reparador... É absolutamente devotado a mim, me cerca de todo o conforto.

Em vez do belo quarto roxo de Mist, o que vejo é meu quarto no último andar de Sinoalto e todas as coisas bonitas que ele me deu. Vejo as paredes se fechando lentamente em torno das barras da grade, uma corrente invisível envolvendo meus tornozelos.

Pigarreio em busca de sufocar a pena que cresce dentro de mim, mas o nó na garganta não desata.

— Isso a incomoda, não é? — Mist pergunta ao notar minha expressão.

— Sim — respondo, com honestidade. — Mas não pelos motivos que imagina.

Ela segura as agulhas com mais força, e o clima na sala fica mais tenso.
— O que isso significa?
— Não sou uma ameaça para você — declaro, mas é evidente que ela não acredita em mim e, honestamente, por que acreditaria?
— É óbvio que não é — ela responde, com desprezo. — Estou esperando o *filho* dele, Auren. Um dia, meu filho vai usar a coroa.

Não consigo esconder a surpresa.
— Eu... pensei que... bem, considerando que não é a esposa dele...
— O próprio rei me disse — ela me interrompe, raivosa. — Meu filho será declarado legítimo e terá tudo, e eu terei os cuidados necessários até o fim da vida.

Estou tão chocada com isso que não consigo fazer nada além de fitá-la.

Um dedo é apontado para meu rosto.
— Está vendo? Está com ciúme. *Você* queria ser a gestante do filho dele, mas sou *eu*, e você odeia isso. — O veneno em suas palavras prejudica a respiração. — Nada nunca foi bom o bastante para você, eu via. Todas nós víamos, inclusive Rissa.

A montaria em questão arqueia uma das sobrancelhas, mas não desmente a declaração.

Mist pegou fôlego, não consegue parar, quer me esmagar, quer me soterrar com uma pedra grande o bastante para me isolar de tudo.

As fitas se contraem como punhos em torno dos quadris quando ela fica em pé, deixando cair o que pretendia que fosse uma touca para o seu bebê.

— É a mim que o rei adora agora, é o meu bebê que um dia vai se sentar no trono, e você odeia isso. *Admita.* — Ponho-me em pé com movimentos tensos, porque minhas costas repuxam, como se todas as fitas douradas antecipassem o ataque dela contra nós. — Vou dar a ele um herdeiro — ela grita, e a raiva em suas palavras são como pregos tentando perfurar meu rosto. — O que foi que *você* deu a ele, além da boceta dourada?

As fitas se contraem tanto à minha volta que quase me deixam sem ar.

O que dei a ele?

Uma rainha. Um reino. Uma coroa.

Riqueza incomensurável.

Eu mesma.

Mas essa mulher furiosa em pé na minha frente não ouviria nada disso, nem que eu confessasse cada detalhe sórdido da história. Vislumbro essa realidade no brilho de seus olhos contraídos, nas emoções que ameaçam transbordar. Seu ódio por mim é todo feito de cantos afiados e de peso desconcertante, mas por trás dele há um medo sombrio que conheço muito bem.

— Estou saindo.

O rosto de Mist se contrai.

— É, saia! — ela rosna, e olha para Rissa, que se levanta. — Não a quero aqui nunca mais!

Rissa murmura alguma coisa para acalmá-la, mas já estou na metade do cômodo. Não sei o que ela disse, mas não caiu bem, porque o tom de Mist agora é estridente.

— Não interessa. Estou esperando um filho do rei, e ela está com inveja. Tem inveja por eu ser a nova favorita dele!

Abro a porta e saio, passo pelos guardas sem dizer nada. Continuo andando. Ando, ando e ando, como se a distância que coloco entre mim e Mist dispersasse a hostilidade que ela pôs para fora.

Antes que eu chegue ao fim do corredor, Rissa me alcança, arrastando o vestido no chão. Ela não se pronuncia por um momento, mas me pego acompanhando o ritmo de seus passos rumo à ala das montarias, com os guardas caminhando atrás de nós.

— Mist está... ela não está em seu melhor momento — Rissa fala.

— Não precisa se desculpar por ela. Não estou brava.

Rissa olha para mim de soslaio, como se não soubesse se acredita em mim ou não. Mas é verdade.

Mist não *me* odeia. Não de verdade. Ela odeia a ameaça que represento. Está se comportando como um animal encurralado porque pensa que posso tirar seu conforto, sua segurança, sua relevância na vida de Midas. Como posso ficar zangada, se ela pensa que vou arruinar sua vida?

Suspiro e tento me livrar de tudo que senti naquele quarto, depois observo Rissa, que praticamente desliza pelo corredor.

— Como suporta usar esses espartilhos do Quinto Reino? — pergunto, mudando de assunto.

Ela ri.

— Respiro em pequenas porções.

Dou risada, grata por ela me ajudar a deixar para trás tudo que aconteceu com Mist.

— Isso faz seus seios ficarem incríveis — comento.

Um dos guardas tosse atrás de nós.

Rissa concorda com um movimento de cabeça e acrescenta:

— Grandes, literalmente.

Quando chegamos à ala das montarias, entramos e deixamos os guardas no corredor. Minha antecipação cresce, e sinto aumentar a curiosidade para saber o que ela tem a me dizer.

Vamos nos sentar em um canto da sala de estar vazia, mas antes verificamos se não tem ninguém por perto.

— Não encontrei plantas nem mapas ontem à noite, de novo — conto imediatamente.

— E seu guarda? — ela pergunta, porque já contei a ela sobre isso, sobre a necessidade de levá-lo na fuga.

Balanço a cabeça.

— Tentei procurá-lo, mas os andares inferiores, onde desconfio que Midas o mantém, estão sempre bem vigiados.

Ela contrai a boca em sinal de desapontamento.

— Basicamente, são as mesmas notícias de ontem, então. E de anteontem.

Deixo escapar um suspiro frustrado.

— Estou tentando.

Ela estende a mão.

— Trouxe ouro para mim, pelo menos?

Tiro do bolso a folha de ouro e entrego a ela. Rissa a inspeciona antes de guardar no decote, depois diz, sem rodeios:

— Bem, acho que vai gostar de saber que o fato de não ter encontrado os mapas ou passagens secretas não é mais um problema. Tenho um plano diferente.

— Como assim?

— Não precisamos de um caminho que os guardas não vejam. Vamos sair pelas portas da frente.

— E como espera que isso seja possível?

A determinação se expressa no ângulo de seus ombros.

— Vamos sair na noite do baile de celebração.

— O *baile*? — Minha cabeça já está tremendo. — Quer tentar sair na noite em que este lugar vai estar cheio de centenas de olhos, em vez de dezenas? Não vamos conseguir, Rissa. Temos de comparecer ao baile. O rei logo vai notar nossa ausência.

— Ele vai estar distraído. É a única oportunidade. Vai haver centenas de carruagens, criados, entregas. Movimento suficiente para criar distrações. Ninguém vai prestar atenção às pessoas que entram e saem em suas melhores roupas.

Mordo o lábio e sinto a cabeça rodar.

— Você não encontrou um caminho por onde possamos sair escondidas, Auren. É a única opção. E lamento, sei que quer levar esse guarda, mas talvez não consiga encontrá-lo até lá, e...

Ela para de falar, mas sei o que quer dizer. Ele pode nem estar aqui. Pode estar morto.

Pode estar ferido demais para viajar.

Meu estômago se contrai em nós.

— O baile é arriscado demais. Ele vai notar nossa ausência muito mais depressa.

— *Tudo* é um risco. E não vou mais esperar por você. Não posso perder minha chance.

O aviso é nítido em seus olhos azuis: ela já decidiu, não adianta tentar argumentar.

— Providenciei transporte para essa noite. Vai ficar apertado para nós quatro, nada confortável, mas estaremos escondidas, e vamos sair daqui sem que ninguém perceba. Só precisamos passar pelo portão nas muralhas.

— Eu... Espera. Você disse *nós quatro*?

Rissa hesita, mas levanta o queixo.

— Você quer levar esse guarda. Também quero levar uma pessoa.

— *Quem*?

— Polly.

— Rissa! — Balanço a cabeça. — Polly não é confiável. Sei que é sua amiga, mas ela me *odeia*, e...

— Não é negociável — Rissa me interrompe, com um tom mais duro. — Se pode levar seu guarda, eu posso levá-la.

Entro em pânico.

— Não contou a ela sobre esse plano, contou?

— É claro que não — ela se irrita.

Passo a mão no rosto, enquanto minha mente relaciona todos os motivos para esta ser uma péssima ideia.

— Rissa...

Ela morde o lábio inferior antes de baixar a voz e dizer:

— Olha só, sei o que sentem uma pela outra. Mas Polly e eu passamos por muita coisa juntas, e ela merece coisa melhor do que ficar aqui com as pernas abertas e a mente entorpecida. Ela está viciada em orvalho, e isso está *matando* Polly. Não posso deixá-la aqui.

Fito-a por um momento, antes de suspirar.

— Argh... ok.

Seu corpo relaxa um pouco, os olhos não parecem mais tão apertados.

Não posso condená-la por tentar salvar Polly, em particular quando pretendo fazer a mesma coisa por Digby. E ela está certa sobre a noite do baile. As coisas vão ficar frenéticas no castelo, vai haver tanta gente que talvez até uma mulher de rosto dourado consiga desaparecer na multidão.

Mas... faltam só quatro dias.

Quatro dias.

E de repente esse número parece muito, muito pequeno.

— No baile, então? Vai encontrar seu guarda até lá e ficar pronta para ir embora? — ela insiste, batendo com o salto do sapato no piso encerado. — Preciso de uma resposta, Auren.

Engulo o nó que se formou em minha garganta e enxugo as mãos suadas no vestido, sentindo o nervosismo me dominar.

— Sim.

De algum jeito, tenho de encontrar Digby, e depois vamos fugir bem embaixo dos olhos castanhos e atentos de Midas. É para isso que tenho me esforçado. Isso foi o que decidi ser melhor para mim.

Todavia, quando deixo Rissa para ir à biblioteca, meus olhos não estão cheios de determinação empolgada. Não, eles estão cheios de lágrimas.

Porque para escapar de um rei... preciso abandonar dois.

24
AUREN

Depois de conversar com Rissa, volto à antessala e deixo Scofield e Lowe empoleirados nos bancos enquanto vou à biblioteca. Ando de modo sorrateiro, à procura de não ser pega pelos escribas, com suas vestes longas e sempre tão protetores com seus livros embolorados e pergaminhos ilegíveis.

Se eu não tivesse a preocupação constante de ser pega, poderia procurar as plantas do castelo sem ser interrompida e atrapalhada, mas não tenho esse luxo. Então procuro em pilhas esquecidas, vasculho prateleiras negligenciadas e tento enxergar alguma coisa naquela iluminação horrível. Engatinhando ou esticada e na ponta dos pés, perscruto tudo, mas tenho de me esconder sempre que alguém passa.

E o que encontrei em todo esse tempo de busca?

Nada.

E isso me diz que não estou procurando nos lugares certos. Tenho um mau pressentimento de que o material pode estar na frente da sala, mas esse é o lugar aonde não posso ir, porque aquele escriba que já me flagrou uma vez está sempre lá, debruçado sobre a mesa, escrevendo com sua pena.

É provável que eu saia daqui de mãos vazias novamente esta noite, e isso me aterroriza. Porque, com o novo plano de Rissa, o tempo agora é mais urgente do que nunca. Posso ter de abandonar a ideia de procurar um mapa e começar a explorar o castelo. Só não sei como vou evitar todos os guardas do palácio.

Não quero falhar, nem comigo mesma *nem* com Digby. E também não quero que falhem *comigo*.

Naquele jantar horrível, quando Midas me tratou daquele jeito, houve um momento quando quis que Slade interferisse, me mostrasse que o que tinha dito era verdade.

Eu me permiti ter *esperança*.

Desde que nos beijamos na varanda, essa coisa entre nós cresceu. Expandiu-se. Da mesma forma que foi acusado de invadir o território de Fulke, Slade *me* invadiu. Invadiu minhas emoções.

Tentei ignorar. Tentei negar, esconder a realidade nos mais escuros recantos dos meus pensamentos. Mas, assim como um dedo folheando uma carta, não resisti à tentação de abri-la e espiar o que havia ali dentro.

Agora, tudo que tenho são palavras vazias e dor no peito, porque ele não provou que dizia a verdade, como disse que faria.

Ao que parece, meu coração idiota não aprendeu sua lição. Preciso sair daqui antes que ele me arruíne por completo.

Seguro um espirro provocado pela poeira no ar e me coloco em pé, ouvindo meus joelhos doloridos estalarem depois de tanto tempo ajoelhada no chão duro, vasculhando pergaminhos. Nessa pilha, não encontrei nada além de antigos registros de nascimento de monarcas do Quinto.

Que empolgante.

Bufando, saio dali e me aprofundo ainda mais na sala cavernosa, desejando pela centésima vez que houvesse mais luz neste lugar.

Vou investigar uma estante embutida na parede. Há uma arandela à esquerda dela, a uns trinta centímetros da prateleira mais próxima, projetando uma luminosidade patética. Para ser honesta, existe poeira suficiente nesses livros para sufocar qualquer chama que se atreva a tentar queimar.

Tentando enxergar alguma coisa, deslizo os dedos pela lombada dos livros a fim de ler os títulos. Não encontro nada de útil, e me levanto na ponta dos pés para espiar os pergaminhos nas prateleiras mais altas. Quando seguro um deles, passos chamam minha atenção.

Engulo um resmungo, abandono a estante e corro na direção contrária à dos passos, amaldiçoando o escriba que me interrompeu. Desse jeito, nunca vou conseguir encontrar esses mapas idiotas.

Quando me aproximo da primeira estante com a intenção de me esconder atrás delas, *outros* passos ecoam vindo de lá. Os dois escribas começam a conversar em voz baixa quando se aproximam um do outro, e as vozes ecoando nas paredes me dão a impressão de que estão mais perto de mim do que eu pensava.

Volto pelo mesmo caminho e me escondo entre duas estantes, sem nem prestar atenção ao lugar a que vou, desde que me afaste deles.

As vozes convergem para um ponto à minha esquerda, e os passos ecoam em uníssono quando os dois começam a andar juntos. Em minha direção. *De novo.* Miro o teto como se pudesse enxergar o céu noturno através dele, e amaldiçoo as deusas escondidas nas estrelas.

Adentro no corredor ao lado, depois no outro e no outro. A biblioteca me engole em seu ventre escuro, mas vale a pena, porque logo consigo colocar distância suficiente entre nós para não ouvir mais a voz dos escribas. Paro para recuperar o fôlego e, ouvindo com toda a atenção, relaxo por alguns segundos quando não percebo ruído algum.

Infelizmente, respirar fundo para recuperar o fôlego me fez inalar muita poeira, e meu nariz coça. Só tenho tempo para cobrir a boca com a mão antes do espirro.

O espirro ecoa.

Alto.

O horror me paralisa, o coração dispara em um galope frenético, e não me atrevo nem a *respirar* enquanto tento ouvir os escribas correndo para cá.

— Saúde.

Consigo sufocar o grito. Com a mão no peito, viro e vejo ninguém mais, ninguém menos que Slade encostado à estante de pedra. De roupas escuras, com aqueles olhos verdes e penetrantes, e o poder envolvendo o queixo forte, ele praticamente se delicia com as sombras.

— Não faça isso! — disparo, mas minha voz não é mais alta do que um suspiro. Já fiz barulho demais.

De braços cruzados e com um sorriso debochado no rosto pálido, o filho da mãe parece estar inteiramente à vontade.

— Isso o quê? — ele pergunta, inclinando a cabeça. — Desejar saúde?

Olho para trás, como se esperasse ver os escribas no final do corredor, estendendo as mãos frágeis e manchadas pelo tempo para me agarrar.

— Fique quieto! — Me irrito.

Desta vez ele nem tenta esconder sua diversão, porque os dentes brancos brilham no escuro quando um sorriso dança em seu rosto.

— Só você tem a ousadia de mandar o *Rei da Podridão* ficar quieto.

— Mais gente deveria tentar — resmungo.

A risada rouca reverbera em seu peito como pedras soltas antes de um deslizamento.

Ele não tem a oportunidade de responder à minha grosseria, porque, neste instante, um escriba aparece de repente no final do corredor, e sou acometida por um frio na barriga.

Com o rosto iluminado pela lamparina em suas mãos ossudas, ele parece assustador envolto naquela luz alaranjada, com os longos cabelos brancos emoldurando a cabeça como uma cortina de fogo. Ele veste um manto roxo que desce pesado até o chão, e olha para mim com uma expressão indignada.

— O que está fazendo aqui?

Minha boca seca, a cabeça roda na tentativa de encontrar uma desculpa.

— Hum...

O escriba se aproxima, e eu recuo um passo, sentindo todas as minhas esperanças caírem por terra. Tudo isso por causa de uma porcaria de espirro.

— Você não tem permissão para estar aqui.

Não sei se a luz da lamparina o está ofuscando ou se as sombras que envolvem Slade são muito densas, mas o escriba não nota a presença do rei atrás de mim até que ele se move.

Tal como o vento, ele sai de onde está e para ao meu lado como uma brisa fresca.

— *Eu* dei permissão para ela estar aqui.

O escriba arregala os olhos, boquiaberto por um momento.

— Rei Ravinger. Não o tinha visto — diz, e curva a coluna meio corcunda em uma reverência.

Slade não fala nada, mas não há mais nenhum sinal do bom humor de antes. Não restou nem uma gota da energia simpática, mas me sinto grata. É mais fácil manter a distância emocional quando ele põe a máscara de *rei*.

— Peço desculpas, Majestade, mas esta é a biblioteca *real*. Não é permitida a entrada de ninguém que não seja da linhagem do rei — explica o escriba, nervoso.

Uma onda de poder pulsa no ar. Não é a magia de Slade com força total, de jeito nenhum. É só uma *projeção*. Uma insinuação que emana dele em ondas e se espalha, causando um arrepio que toca minha pele e faz minhas fitas vibrarem.

Apesar da iluminação, vejo o rosto do escriba empalidecer quando ele é levado a lembrar com quem está falando.

— Eu... É claro. Se ela está em sua companhia, essa regra não se aplica.

Slade o encara com uma expressão dura.

— Ótimo. Pode ir.

O escriba assente e não ousa se voltar na minha direção antes de se afastar sem mais se pronunciar. Assim que ele desaparece, suspiro, aliviada.

— Obrigada — agradeço, e também começo a me afastar, porque estar sozinha com Slade é ruim para meus planos.

Ele me segue. Irritada, olho para ele com ar de reprovação.

— Pode me dar licença?

O filho da mãe põe as mãos nos bolsos e continua andando, *sem pressa*. Passeando. Como se não tivesse nada melhor para fazer.

— De jeito nenhum. Gosto de longas caminhadas em uma biblioteca sinistra.

— Biblioteca *real* — debocho. — E ótimo. Vá fazer sua caminhada em outro lugar.

Ele franze a testa.

— Está... zangada comigo?

E ele ainda precisa perguntar...

Uma risada amarga escapa de minha boca.

— Zangada? Não, é óbvio que não. Por que estaria zangada? — respondo, com leveza. — Só quero que pare de me seguir e vá... fazer o que estava fazendo antes de eu espirrar e me deixe em paz.

— Auren.

Eu o ignoro, mas isso nunca o deteve antes.

— Auren — ele repete, mais insistente e com uma nota de impaciência.

Paro, mas não olho para trás.

— O que é?

Slade se aproxima tanto que cada palavra reveste meus lábios com sua respiração.

— Diga-me qual é o problema.

Respiro com dificuldade, porque meu coração não suporta a decepção constante, esse ciclo de esperança e desconfiança.

Olho para a esquerda, para a estante, e encaro os livros como se precisasse ancorar o olhar em algo sólido. Alguma coisa que não fosse ele.

— Midas sempre foi diferente quando estávamos sozinhos — me ouço dizer, e sinto os lábios frios neste lugar proibido. — Em público, ele era o rei e agia de acordo com o papel. Alegava ser necessário. E foi necessário ele se casar com Malina. Necessário começar a me chamar de sua montaria dourada favorita. Para manter as aparências, foi necessário me usar como um troféu brilhante para atrair todos os olhares. Não interessa que eu estava apaixonada, quando ele me arrastou através dos reinos e me levou para aquele lugar gelado e horrível.

Sinto um arrepio e cruzo os braços, e as fitas me envolvem, como se tentassem me manter aquecida. Pena que o frio esteja *dentro* de mim.

Slade continua em silêncio. Ouvindo. Como se ouvisse cada palavra, mas as observasse de cem direções diferentes.

— Aguentei tudo isso porque, quando estávamos sozinhos, ele era diferente — confesso. — Dizia *exatamente* as coisas certas. Quando éramos só nós dois, quando não havia outros olhos por perto, ele sussurrava palavras bonitas e fazia promessas grandiosas.

Uma das fitas desliza até minha mão e envolve os dedos, como se oferecesse apoio e conforto.

— Não entendo. — Ele parece quase... confuso. E isso é impossível. Slade Ravinger é sempre muito seguro de si.

— Pedi para você provar, mas você ficou lá, sentado à mesa, e foi um *rei*.

Ele respira fundo. Como se tentasse absorver minha verdade. Sentir seu sabor, entendê-la.

Eu o encaro com as fitas baixas, o queixo erguido e a expressão determinada.

— Lindas promessas quando estamos a sós, e um rei indiferente em público. — Balanço a cabeça, deixando que veja a decepção em meu rosto. — Já vivi isso antes, Slade. Não vou viver de novo. Pedi para você provar, e você não provou.

Ele respira fundo e se vira de costas para mim, passando a mão no cabelo preto.

— *Porra.*

Eu me viro para sair, mas ele se move mais rápido do que posso acompanhar, para na minha frente e bloqueia o caminho antes que eu consiga dar o segundo passo. Tento desviar, sair pelo outro lado, mas isso é um erro, porque ele estende um braço e fecha a passagem.

Agora estou presa, com a estante atrás de mim e um braço dele de cada lado do corpo. Ele desfere mais um passo em minha direção, embora nem haja espaço para isso. Seu corpo pressiona o meu, e reajo, chocada.

— Saia — exijo.

— Não. — Ele nega com a cabeça. — Deixe-me explicar.

Dou risada e reviro os olhos, porque ouvi *isso* muitas vezes. Não quero mais ser aquela pessoa, aquele tapete em que todo mundo pisa.

— A situação entre mim e Midas é precária, na melhor das hipóteses — Slade relata, e seus olhos verdes são como esmeraldas brilhando de maneira não natural no escuro.

— Você odeia Midas, já deixou isso bem evidente. Por que não o mata de uma vez? — pergunto, com curiosidade honesta. Não acredito que todo esse ódio seja uma encenação.

Os olhos de Slade se tornam mais reservados.

— Talvez você não acredite, mas não saio por aí matando a torto e a direito. Ele é um rei. Se fosse para acabar com ele, especialmente usando minha magia, eu teria de enfrentar as consequências, implicações que desencadeariam uma série de acontecimentos. Ele governa pessoas, e no momento está fazendo movimentos para governar ainda mais. E, algumas vezes, quando você corta a cabeça de um monstro, outras duas nascem no lugar dela.

Entendo o que ele diz.

— Sua preocupação é que, se Midas não fosse rei, alguém ainda pior poderia ocupar o lugar dele?

Ele assente de modo contido.

— É melhor entrar no jogo e estar dez movimentos à frente dele, descobrir suas fraquezas e atacar onde ele sente dor. Se eu o matasse, precisaria me preocupar com mais coisas além de seu reino: teria também os outros reis se unindo contra mim. Minha magia e meu reino já os incomodam o suficiente, sem mais esse fator complicador. Tenho de pensar no bem-estar do meu próprio povo. Ninguém gosta de um rei podre, mas se algum desses monarcas me atacasse e forçasse uma guerra, seria meu povo e os inocentes nos outros reinos que sofreriam as consequências.

Vejo as marcas mutantes de seu poder se movendo sob a pele, cada uma delas fina como um fio de cabelo. Elas sobem pelo pescoço e desaparecem sob a barba como linhas de pescar sumindo na água.

Eu o ofendi, isso é nítido. E, por uma fração de segundo, vejo o homem sob a coroa. Enxergo como o mundo o persegue e o prejuízo que isso pode causar a uma pessoa. Se alguém sabe como é ser exposto, ser transformado em uma *coisa*, esse alguém sou eu.

De repente meu peito dói, minha determinação é atravessada por agulhas finas de dor.

Ele baixa a voz, os olhos voltam a brilhar com intensidade, abrindo mais buracos em mim.

— Acha que eu *quis* ficar sentado sem fazer nada, enquanto aquele babaca falava com você daquele jeito? Acha que gostei daquele joguinho infantil de poder, quando ele ordenou que você fosse carregada até a harpa? Minha vontade era passar por cima da mesa e quebrar o pescoço dele com minhas próprias mãos.

Como se quisesse comprovar o que dizia, ele levanta um braço e sua mão envolve meu pescoço. Mas não o aperta, não provoca dor. Suas palavras sombrias envolvem meu coração acelerado, ao passo que o toque aquece meu pescoço. O polegar toca a veia pulsante, não como uma ameaça, mas como uma carícia.

Tenho de exercer toda a minha força de vontade para não fechar os olhos e me entregar ao toque íntimo, me apoiar em seu peito, embora sinta seu calor como um cobertor envolvendo meu corpo. Com exceção de Midas, ele é a única pessoa que toca em mim.

Cada afago parece preencher um poço vazio dentro de mim. Apesar de saber o que pode acontecer com quem toca minha pele nua, ele nunca hesita. É como se não pudesse se conter, como se *precisasse* me sentir.

Midas nunca toca em mim *desse* jeito. Seus toques são sempre para me aplacar — um tapinha na cabeça, um dedo no queixo. Ou são possessivos. Mas os de Slade não são nada disso. Ele me toca como se não conseguisse resistir, como se não pudesse viver nem mais um segundo sem me sentir.

Resistir a ele é difícil. Entretanto, de algum jeito, não me permito ceder ao calor que ele espalha, não me entrego àquele sentimento doloroso que pulsa entre minhas pernas. Em vez disso, afasto sua mão com um tapa.

Ele não insiste, deixa a mão cair junto do corpo, e contenho minhas fitas mentalmente, impeço-as de trazê-lo para mais perto. Perto dele como estou, é difícil sufocar o que sinto. Por isso viro o rosto, porque não quero cair na armadilha de seus olhos ou sentir o poder de atração de suas palavras.

Mas, assim que viro a cabeça, ele fica completamente imóvel.

É uma imobilidade estranha, que *não é natural*. Paro de respirar, invadida por confusão e medo.

A fúria pulsa no ar entre nós, e então, com uma voz cujo eco me faz pensar no fundo do inferno, Slade diz algo que me faz arregalar os olhos.

— Que *porra* de hematoma é esse no seu rosto?

25
AUREN

Tenho de reconhecer: conseguir enxergar o hematoma apagado em meio a esta iluminação horrível é uma proeza da sua visão de feérico.

Toco de imediato o local para onde ele olha, pressionando os dedos contra meu rosto, porém, como fiz com ele, Slade afasta minha mão para poder ver melhor a marca.

Virando meu rosto, ele toca de leve a região de ouro escurecido, como se não quisesse fazer pressão e correr o risco de provocar dor.

Mas não me machucaria, não agora. Já melhorou muito. Horas depois de Midas me agredir, meu rosto ficou muito inchado. Naquela noite, fui dormir com uma compressa fria sobre o local, feita com neve que recolhi na varanda e envolvi com um pedaço de pano. Aquilo me fez lembrar de Hojat.

Agora, o hematoma quase desapareceu. As manchas sempre parecem mais escuras em minha pele dourada, os hematomas ganham tons de bronze e ferrugem antes de desaparecerem e devolverem meu brilho natural. Pelo menos, quase todo o inchaço sumiu. Um observador menos atento poderia confundir a marca escura com uma sombra.

Evidentemente, Slade é atento.

Seu toque faz minhas terminações nervosas ganharem vida, e é como se meu peito inchasse mais do que meu rosto inchou.

— Não é nada — respondo, e engulo em seco antes de mover a cabeça para interromper o exame.

— Isso *não* é "nada". Alguém tocou em você?

Olho para ele, hesitante, e acho que essa é uma resposta suficiente.

— Quem foi?

— Slade...

— *Quem* foi, Auren? — insiste, e a voz sedutora contradiz a violência contida em seu tom. Porque ele sabe a resposta. Posso ver em seu rosto.

— *Midas* — ele rosna, como um predador cujo olhar treinado identifica um caçador em seu território. Ele espera, olha para mim em busca de confirmação, mas eu não respondo, nem movo a cabeça.

Mas também não nego. A confirmação silenciosa faz Slade *surtar*.

De repente, seus olhos se acendem, passam de um verde intenso a um preto absoluto. Espinhos brotam de seus braços e atravessam as mangas da camisa, arrancando de mim uma exclamação surpresa.

Vejo seu esforço, como ele vai e volta entre as formas com a fúria contraindo seus músculos. As linhas de poder ocultas sob sua barba se contorcem, se expandem, *crescem*.

Começo a suar frio quando sinto seu poder no ar. Ele ganha densidade como uma calda doce, e uma onda repugnante de *morte* vaza de seu corpo.

— Slade... — A súplica nervosa escapa de minha boca quando tento recuar, mas não consigo. Ainda estou presa, encurralada contra a estante, com a presença dele à minha frente.

É chocante vê-lo desse jeito, ver como seu corpo parece se debater entre uma forma e outra. E, com a forma, sua essência também oscila — parte magia corrompida, parte aura reconfortante. As duas pulsam como tambores em uma reação única.

Raiva.

E, com a mesma rapidez com que me inundou, o medo se dissipa como uma névoa. Porque a raiva dele é *familiar*.

A criatura emplumada dentro de mim, a que se agita em busca de reconhecimento, levanta a cabeça. Presta atenção.

A explosão de manifestações de Slade deriva de algo sombrio, que se contorce. Algo que separou suas duas metades, que o obriga a travar uma batalha dentro de si mesmo. Mas essa coisa... ela emite um chamado silencioso, cria um ritmo palpável no ar. Uma canção pungente de dissonância que minha raiva aflorada pode ouvir.

Prendo a respiração e o observo, não com medo, mas em reconhecimento, enquanto a fera em mim se levanta e responde à fera dentro *dele*.

As vinte e quatro fitas entram em estado de alerta. Ficam carregadas de energia, como se sentissem o pico errático da magia de Slade e respondessem na mesma frequência.

Contudo, em vez de o atacarem, como fizeram com Midas, elas formam um casulo, como se criassem mais uma camada em volta da aura que já nos cerca. Essas partes de nós dois são vivas. *Autoindulgentes* demais.

— Olhe para mim. — Minha voz é firme, destemida, apesar da luta travada por seu corpo para manter uma das formas.

Os olhos dele, alternando entre verde e preto, buscam os meus, hipnóticos naquela oscilação frenética. Não sei o que aconteceria se ele explodisse, mas sinto o poder que emana de Slade e pulsa no ar. Desta vez, não sinto ânsia de vômito. Em vez disso, seu poder é como um canto de sereia, e só quero ser atraída por ele.

— Consegue sentir isso? — sussurro, tocando seu peito com a mão aberta, sentindo seus músculos esculpidos e o coração disparado.

No momento em que o toco, os olhos de Slade voltam a ser verdes, como as extremidades de um pinheiro surgindo na escuridão. Minha respiração falha, o coração dele bate sob minha mão em um ritmo que parece se ajustar ao pulsar em minhas veias.

Seus toques, que antes saboreei, agora se resumem à mão que mantenho em seu peito. E, por mais que seja inocente, é íntimo.

— Seu coração...

— O que tem ele? — Seu tom é rouco, arfante.

— Está batendo junto ao meu.

Pulsos gêmeos, como duas lágrimas correndo por meu rosto em uma aflição intensa. Porque posso *ouvir* isso, essa harmonia perfeita, como uma vibração de sol e solo, de profundidade e elevação. Mas o momento é maculado, aviltado, porque tive a cabeça pressionada contra outro peito, ouvindo uma canção que não era cantada para mim. Então, como posso confiar no que escuto?

— Auren.

Levanto a cabeça, e vejo por um breve instante os espinhos submergindo na pele, as escamas desaparecendo de seu rosto. Começo a remover a mão, porque, de repente, não me sinto merecedora desse toque. Todavia, antes que eu consiga interrompê-lo, sua mão segura a minha, a mantém onde estava, enquanto ele me observa com uma intensidade que não sei interpretar.

— Você emana calor — ele murmura.

Assinto, sentindo o quentinho da palma penetrar o tecido macio de sua camisa, no peito embaixo dela. O contato do polegar calejado com o dorso de minha mão não devia ser sensual, mas é.

O calor verte do meu umbigo e se acumula entre as pernas, contraindo os músculos. Ele desliza as unhas por meus dedos, insinuando a necessidade de transformar a proximidade em algo mais profundo. Neste momento, é isso que eu quero. Remover minhas camadas para que ele alcance o que vive embaixo delas.

— Ele bateu em você. — Slade mastiga as palavras, pronuncia cada uma delas por entre os dentes afiados.

Midas fez muito mais do que isso, mas agressão emocional não deixa marcas na pele.

Linhas de poder vibram na mandíbula de Slade como víboras em miniatura, e meu olhar acompanha os movimentos insípidos.

— Há quanto tempo ele faz isso?

— Foi a primeira vez.

Ele não parece convencido.

— E durante o jantar, na mesa?

— O que tem?

— Houve um momento em que sua expressão mudou. Ele a machucou?

— Foi só um beliscão. — Não me atrevo a dizer que foi mais de *um beliscão*, ou que deixaram marcas escuras em minha pele que ainda doem quando as toco. A única coisa boa na agressão de Midas foi que, depois dela, ele se manteve afastado. — Ele nunca mais vai tocar em mim — declaro, porque já fiz essa promessa a mim mesma.

Alguma coisa ferve dentro de Slade, queima tão intensamente que sinto minha mão esquentar.

— Você perguntou por que não mato Midas de uma vez — ele diz, e seus olhos não se desviam do meu rosto. — E *você*? Por que não acaba com ele?

Reajo surpresa quando ele me devolve a pergunta, e minhas fitas murcham, caem no chão como pétalas arrancadas.

Ele toca meu rosto com um dedo e, embora não perca o controle novamente, não está menos furioso.

— Desde o momento em que cheguei ao Quinto Reino, há poucas coisas em que eu pense mais do que degolar o desgraçado com minhas mãos. Sabe o que me impede? — ele pergunta, ainda me acariciando com o polegar, ainda no ritmo. — É mais do que política e guerras mundiais.

Não quero perguntar, mas pergunto mesmo assim:

— O que é?

— *Você*.

Minha mente recua quando ele cospe a palavra, esquiva-se da amargura que tempera seu hálito, e afasto a mão de seu peitoral como se tivesse sido queimada.

— Eu?

— Sim. Você me odiaria por isso, porque ainda se importa com ele, por alguma razão.

— *Não* — respondo, e repito a negativa quando ele ri.

— Não mesmo? — ele me desafia. — Então peça.

Minha mente dá cambalhotas, como se eu descesse uma encosta depressa demais a galope e a velocidade me atordoasse.

— Pedir...?

— Peça, e eu o mato para você.

Fico pálida, sinto o sangue abandonar meu rosto. Era a última coisa que eu esperava que ele dissesse.

Tudo em Slade agora é feroz, irrestrito e completamente feérico, apesar das partes escondidas.

— É só falar, e pode considerar feito. Ouviu? — Ele ergue as mãos e estala os dedos, e o barulho é tão alto que me encolho. — Simples assim, Auren. Acabo com ele em um instante, em uma sala cheia de gente que vai sair correndo e gritando, com monarcas que vão se juntar contra mim. Mas, se quiser, eu faço. *Então fale.*

— Não tem a ver só comigo — tento explicar, mas ele nem parece me ouvir.

Slade me encara com aquele horrível desafio nos olhos.

— Fale! — ele grita, e me encolho de novo.

— N... não posso.

Uma centelha de decepção domina seu rosto. E esse gesto cristalino como vidro me corta até os ossos. É um ferimento muito pior do que aquele que sofri no rosto.

— *Exatamente.* — Ele se vira e dá alguns passos, e sinto o espaço entre nós como um abismo que não tenho esperança de atravessar. — Por isso me recuso a arruinar minhas chances com aquele *bosta imprestável*. — Ele profere o insulto por entre os dentes. — Se o matasse... e não se engane, Auren, eu o mataria *com muito prazer* por você, sem me importar com as consequências. Mas a verdade está aí, no seu rosto. Se eu o matasse, você se ressentiria contra mim por isso. Mesmo que não queira admitir. E isso não seria uma reviravolta cruel para tudo?

Lágrimas inundam meus olhos a cada palavra que ele profere, mas desta vez não as deixo transbordar. Nem quando sinto os olhos arderem.

Ele inclina a cabeça em minha direção. Partículas de poeira pairam no ar entre nós, como se esperassem nossa decisão a fim de pousarem. Mas não decidimos nada, esse é o problema. Nunca decidimos. A cada vez que penso que estamos prontos para parar, um de nós dá mais um passo.

— Eu... — Fecho a boca. Eu o quê? *Lamento muito?* Vou me desculpar por não ser capaz de pedir para o homem à minha frente matar aquele que acabei de deixar *para trás?* — É isso que acha que devo fazer? É o que você quer? — pergunto, e é uma dúvida sincera.

Ele olha para o teto e abre um sorriso amargurado.

— O que eu quero... — Sua risada é encharcada de aspereza, os olhos buscam sabedoria em um céu que não pode nos ver. Depois de forçar o ar a entrar no peito tenso, ele me encara de novo. — Descobri que só tem uma coisa que quero agora.

Meu estômago ferve, e a declaração mexe tanto comigo que não sei se algum dia vou conseguir me desembaralhar. E, considerando o brilho intenso em seus olhos, ele sente a mesma coisa.

— Vou voltar ao Quarto Reino um dia depois do baile — ele anuncia, de repente, e algo doloroso rasga meu peito. — Estou fora há muito tempo. Minha presença lá é necessária.

Você é necessário aqui também.

Ele me encara, e sinto uma espera nesse olhar, uma oportunidade para eu pedir a ele que fique, e isso me apavora.

Como uma confissão de sobras roubadas, ouço minha voz revelar:

— Estou tentando deixá-lo.

Slade fica mais atento, e abaixo a cabeça, incapaz de sustentar o olhar penetrante.

— Estou tentando... ir *embora*. — As palavras saem de mim como o som de papel rasgado no meio de uma carta de desculpas. — Desaparecer.

A imobilidade retorna, e ele é como a montanha que permanece sólida contra rajadas de vento.

Não sei por que lhe contei e, ao mesmo tempo, tenho a sensação de que ele é o único a quem eu *deveria* contar.

Porque, apesar da minha determinação de ir embora, Slade está certo. Seria muito fácil acabar com Midas, transformá-lo no ouro que ele tanto cobiça. Pôr fim à sua tirania. Seria ainda mais fácil para Slade apodrecê-lo de dentro para fora.

Mas... não posso.

E, grande Divino, *isso* me deixa em conflito. Eu me odeio, sinto orgulho de mim, estou certa, estou errada, isso é o melhor, isso é o pior.

Dou voltas, voltas e voltas.

— Pode me julgar por isso... por não ser capaz de acabar com ele — falo, em voz baixa, quase como se *quisesse* ser julgada por ele. E talvez eu queira. Seria um bom castigo, uma punição apropriada para a menina que se apaixonou por seu captor e se deixou dominar. — Sei que deve me achar patética.

O que ele vê em meu rosto suaviza seu olhar, apaga da testa a ruga de frustração raivosa. Ele se reaproxima de mim, sem chegar tão perto quanto antes, mas pelo menos fechou a lacuna, e o ar não é mais tão frio e cortante quando inspiro.

Lentamente, Slade levanta a mão e toca o hematoma. Derreto ao sentir seu toque como uma vela no castiçal, e só consigo pensar em como seria arder e queimar em seu calor.

Mas um afago leve é tudo que recebo, e ele abaixa a mão, deixando o rastro vibrante em mim. Põe as duas mãos nos bolsos, como se precisasse mantê-las ali para não me tocar outra vez. Continuo tentando me convencer de que me separar dele é uma necessidade, contudo, a cada vez que tento fazê-lo, é como se alguma coisa apertasse meu coração e o esmagasse. A dor reverbera em mim quando ele fica ali parado, de súbito intocável.

Não faz diferença que a camisa esteja rasgada nos locais em que os espinhos passaram. Não importa se ele está aqui, em uma biblioteca empoeirada cheia de livros em decomposição. Não importa nem que eu o tenha visto perder parte de seu controle. De algum jeito, ele ainda consegue se portar como um rei. Intimidador. *Lindo*.

— Você não é patética — ele murmura, e a voz lembra uma canção triste. — Só não descobriu ainda.

O comentário me deixa confusa.

— Não descobri o quê?

— Todos temos um limite, Auren. Um dia, você vai descobrir qual é o seu. — A escuridão em sua essência toca minha pele como a carícia de um sussurro. — Vai descobrir até onde pode ser abusada, até ultrapassar essa fronteira e chegar à beira do abismo. E, quando isso acontecer, quando descobrir qual é o seu limite, só me prometa uma coisa.

Minha voz é um gemido, e uma lágrima solitária escapa.

— O quê?

— Não caia. — O tempo para quando ele se inclina e beija minha testa, depois sussurra em meu ouvido: — *Voe.*

Nem percebo que fechei os olhos até abri-los novamente e sentir as lágrimas. Mas então Slade já desapareceu, foi engolido pelas sombras sem produzir qualquer som.

26
SLADE

A porta da biblioteca não bate quando saio. Uma batida teria sido mais satisfatória. Não pelos escribas, que certamente me amaldiçoariam em pensamento, mas teria sido muito mais apropriado à minha disposição atual.

Em vez disso, escuto apenas o estalo baixo da madeira. Mas Osrik ouve o ruído e aparece na ponta do corredor, um contorno envolto em couro preto se destacando das sombras e à minha espera.

Para um desgraçado daquele tamanho, ele é bem silencioso quando quer ser. Todos da minha Cólera são assim. Tiveram de aprender habilidades como essa ao longo dos anos. Algumas são inofensivas, como andar sem fazer barulho, outras... nem tanto.

Osrik olha para mim e arqueia uma das sobrancelhas. Passa a mão na barba marrom e me estuda à medida que caminho em sua direção. Ele se coloca ao meu lado e me acompanha, e, embora eu não seja baixo — longe disso —, a estatura de Osrik me faz sentir menor do que sou, e o corpo enorme balança a cada passo.

— Teve uma boa conversa com Auren? — ele pergunta, irônico, com um sorriso sutil.

Eu o encaro.

— Por que não pega esse piercing no lábio inferior e o prende no de cima também?

Osrik ri, e a língua toca o pequeno piercing do brasão do Quarto, um galho de árvore retorcido. É uma das poucas características reveladoras nele. Osrik mexe no piercing quando está pensando, quando está furioso ou quando acha alguma coisa engraçada. Então, na verdade, acho que revela demais.

— Ela mexeu mesmo com você, não é?

A irritação pulsa junto à veia em minha têmpora. Sinto o poder se contorcendo embaixo da pele como veias inflamadas, procurando uma força a que se apegar. Minha fúria causa a mesma sensação, mas sei *exatamente* em quem quero despejá-la.

— O desgraçado bateu nela.

Osrik para onde está. Olho para ele e noto os olhos castanhos cheios de espanto, a pele ficando vermelha embaixo da barba.

— Que porra é essa que você acabou de dizer?

Ele sabe que só pode falar comigo desse jeito porque estamos em um corredor deserto. Quando há outras pessoas por perto, temos de fingir formalidade.

Mas não considero minha Cólera como súditos ou serviçais. Essas pessoas são as únicas em quem confio no mundo todo. Então, quando não somos fomos forçados a fazer o teatro da corte, podemos conversar com liberdade.

Fico feliz por ver essa raiva em seu rosto. A tristeza pode adorar companhia, mas a raiva *floresce* com ela.

— Midas bateu nela. Depois do jantar de boas-vindas. Ela está com um hematoma no rosto.

Osrik resmunga um palavrão, mas o fato de contar essa história em voz alta me faz cerrar os punhos. No início não tinha visto a marca, pensei que a iluminação ruim e as sombras fossem o motivo para aquela área mais escura em seu rosto.

Só de pensar que aquele merdinha pôs as mãos nela, meu sangue ferve.

— O que quer fazer? — Osrik pergunta depois de um tempo. — Matar o filho da puta?

Tenho de sorrir diante da tranquilidade com que ele propõe o assassinato de um rei.

Acontece que, se eu pedisse, qualquer membro da minha Cólera faria isso em um piscar de olhos. Sem hesitar, sem fazer perguntas. Cortariam o pescoço de Midas e se alegrariam com o sangue na espada.

Mas como eu disse a Auren, existe um motivo para eu ter me contido. Não me preocupo só com os problemas políticos que surgiriam — e eles *surgiriam*. Especialmente se todos soubessem que o matei ou que tive alguma participação no ato. Não quero nem pensar nas repercussões que meu reino enfrentaria, e meu povo não merece isso.

Os outros reinos formariam uma aliança para se livrarem de mim, sem dúvida. E meu povo teria de suportar mais uma guerra, e, se os outros vencessem, meu reino teria de viver sob um novo rei ou uma nova rainha.

Nem fodendo.

No entanto, apesar de todas essas razões, eu ainda o mataria se Auren pedisse. Mas ela não vai pedir. Assim como não pediu que eu permaneça em Ranhold.

Meu suspiro expressa frustração.

— Por mais que eu queira... não.

Agora Auren está de olhos abertos, ela vê as grades como aquilo que são, mas matar o homem que a capturou e que ela amou é outra história. Por enquanto, não posso fazer nada, e isso me deixa furioso, faz meu poder irascível se tornar temperamental e exigente. Ou talvez seja por causa da ideia de Auren indo embora, desaparecendo. Como se ela precisasse fugir não só de Midas, mas de mim também.

Osrik faz uma careta desapontada ao ouvir minha resposta.

— E se eu só aleijar o sujeito um pouquinho?

Dou risada, e isso ajuda a dispersar a nuvem obscura que paira sobre meus pensamentos.

Voltamos a caminhar pelo corredor enquanto pensamos. Ranhold é um labirinto de passagens e escadas, e pode ser fácil se perder entre as paredes de pedra e vidro, embora eu tenha feito questão de me familiarizar com a maior parte deste lugar.

— Vou pensar na proposta de aleijar um pouquinho e aviso você — respondo. — Acho que seria bom castrar o homem.

Osrik grunhe uma resposta qualquer.

— Nenhum movimento relacionado ao príncipe? — pergunto, mudando de assunto.

Ele balança a cabeça em negativa, sacudindo o cabelo preso na altura da nuca.

— Não. Lu acabou de deixar seu turno. Se Midas tem planos de matar o pirralho, ainda não está fazendo nada.

— Hum. Onde estão os outros?

— Já voltaram para o acampamento. Recebemos os falcões com atualizações do Quarto.

— Tudo bem?

— Sim.

Reviro os olhos.

— Sempre tão loquaz, Os.

— Lo o quê?

Sorrio.

— Nada.

Quando chegamos ao térreo, estou me sentindo mais controlado, embora meu poder temperamental ainda esteja agitado e volátil. Pensei que ia ter de extravasar um pouco da magia lá na biblioteca. Deixei a raiva crescer tanto que fiquei oscilando entre uma forma e outra, o que não acontecia havia anos. Precisei fazer um esforço enorme para controlar a situação, e, mesmo assim, tive receio de perder a cabeça. Até Auren me tocar.

Um toque, e ela dominou minha magia. Quase pude sentir o gosto de sua aura ensolarada envolvendo a minha. Que bom que ninguém além de mim pode vê-la, ou as pessoas já a teriam descoberto há muito tempo. Mas a distância e a porcaria da minha raiva fazem meu poder se esticar e alongar, como se quisesse sair de dentro de mim e apodrecer todo este maldito castelo.

Respiro de maneira consciente para tentar lidar com essa força, e nesse momento Osrik diz:

— Você precisa pôr isso para fora, pelo menos um pouco.

Ele e os outros sabem melhor do que ninguém o que pode acontecer quando não uso meu poder e permito que ele se acumule demais.

— Mais tarde.

Atravessamos o grande salão, ignorando os guardas posicionados como postes junto das paredes. Vou me sentir melhor assim que sair do castelo e me afastar dos guardas de Midas, que nos observam com atenção demais.

Todavia, quando viramos uma esquina, encontramos a última pessoa do mundo que quero ver neste momento.

Midas.

Osrik grunhe baixinho ao meu lado, tão baixo que só eu escuto. Tive muito tempo para aprender a decifrar seus ruídos, e esse é basicamente o equivalente a um xingamento, como se ele chamasse Midas de idiota.

Concordo inteiramente com sua avaliação.

Quando nos vê, o *Rei de Ouro* para a caminho do salão de baile, e quase não consigo engolir um rosnado. O babaca é pomposo como sempre, com fios de ouro puro na túnica, pequenos adornos na bainha e nos punhos que ele provavelmente aprecia diante do espelho, enquanto penteiam seu cabelo.

Mas o que realmente me incomoda nele são os sapatos.

É possível saber muito sobre um homem com base nos sapatos que ele usa. Midas está sempre de sapatos novos. Alguma coisa brilhante e espalhafatosa, com solas que fazem um barulho metálico no piso, como se ele gostasse de anunciar que literalmente pisa em ouro.

— Ah, Ravinger. Fico feliz por nos encontrarmos — ele diz quando Osrik e eu nos aproximamos. A guarda real dele é composta de seis homens fortes, mas todos parecem nervosos diante dos olhares diretos de Osrik.

Midas é severo em relação à presença de minha Cólera. Se estão em Ranhold, têm de me acompanhar, e é por isso que Lu precisa se esgueirar para ficar de olho no príncipe.

— É mesmo? — Meu tom é suave, e eu paro diante dele. Minha magia se contrai como um punho, querendo abrir minha pele a socos e apodrecê-lo ali mesmo.

Midas assente.

— Quero muito conversar com você.

Eu prefiro mastigar pregos de ferro e cagá-los depois, no entanto a vida de um rei não é fácil.

— Muito bem.

Juntos, Osrik e eu seguimos Midas para o interior do salão de baile, e meus olhos registram imediatamente o espaço em parte dourado. Tapeçarias de ouro emolduram janelas de mais de doze metros de altura. Pilares imensos ao longo da parede do fundo têm veios escuros que um dia foram de mármore, e agora exibem um brilho metálico. As mesas de banquete são cobertas com toalhas de ouro, e os candelabros em cima delas devem pesar mais do que eu, provavelmente. Um palco foi construído em um dos cantos para os músicos, e cada instrumento e banqueta foram dourados por toques de magia.

O restante do salão continua como antes, com assoalhos brancos polidos e paredes de pedra revestidas de vidro, e um mezanino simples no alto. Mas a quantidade de poder que Auren precisou usar para dourar tudo deve ter sido exaustiva. Só os pilares já são uma façanha incrível, e isso me enfurece. Saber que Midas a obriga a usar seu poder desse jeito, à beira do esgotamento, só para favorecer a imagem dele. Porque esse ouro não serve para nada. Não é para o povo usar, não é contado nos cofres reais. É só uma exibição inútil e silenciosa.

Há criados por todos os lados, limpando janelas, polindo o chão, fazendo reparos ou carregando incontáveis arranjos de flores. Há muitas escadas, e operários do palácio instalam velas e tiram o pó dos grandes lustres que parecem pingentes de gelo afiados e prontos para desabar.

Midas analisa em volta com ar crítico, e os empregados parecem ficar tensos com sua presença, todos tentando parecer ocupados. Ele para de andar em busca de avaliar melhor a sala, ou só para se sentir importante.

— Estão preparando o espaço para o baile comemorativo — explica. Osrik está à minha direita quando me encosto na parede.

— Percebi.

Uma fila de mulheres entra pela porta por onde passamos, e imediatamente reconheço algumas como montarias reais de Midas. Nós as tiramos dos Invasores Rubros e as trouxemos para cá.

Cobertas com vestidos justos e nada discretos que realçam cada curva, todas elas se curvam para Midas, algumas desajeitadas, com movimentos muito preguiçosos, depois seguem um velho que fala sem parar, certamente dando-lhes ordens.

— Minhas montarias reais — Midas comenta, sorridente. — Bonitas, não? — Não respondo, e ele olha para mim. — Se quiser alguma, é só pedir. Vai ser um prazer enviar algumas para tornar sua noite mais divertida.

Tenho de me esforçar para não deixar a repulsa transparecer no rosto. Repulsa à facilidade com que Midas usa as pessoas, como se fossem só propriedades, brinquedos a serem trocados.

— Não, obrigado.

Midas dá de ombros.

— Elas vão trabalhar no salão durante o baile — ele explica, olhando novamente para as mulheres. — Odo está explicando suas obrigações para que se preparem de acordo com elas. Algumas vão se apresentar, outras vão servir as bebidas, ou o que eu determinar.

Ele as exibe da mesma forma que exibe sua suposta riqueza.

— Você me trouxe aqui para falar sobre os preparativos para o baile? — pergunto, impaciente. Quanto antes sair de perto dele, melhor.

Uma expressão aborrecida perpassa seu rosto, mas ele a encobre rapidamente sob a fachada falsa.

— Sempre pronto para ir direto ao ponto, Ravinger.

— Isso sempre torna a conversa mais honesta, não acha?

Midas abre um sorriso ardiloso que me faz sentir vontade de apagá-lo com um soco.

— De fato, mas não se pode permanecer rei com *conversas honestas*, como você bem sabe.

Ele tem razão. Quando se é rei, é preciso fazer o jogo das conversas, e você tem de dominá-las melhor do que todo mundo. Normalmente, eu seria capaz de esgrimir palavras contra os melhores, mas não tenho paciência para isso agora. Não com a imagem do hematoma no rosto de Auren tão nítida em minha cabeça. Não com meu poder vibrando sob a pele, implorando para sair. Não com *ele*.

— O que você quer, Midas?

Ele deixa de sorrir e me encara, mas não gosto de seu olhar.

— Só queria agradecer por sua aliança continuada com o Quinto e o Sexto Reinos. Agora que não há preocupação com uma guerra na fronteira, nosso povo pode descansar com um pouco mais de tranquilidade. E, no fim das contas, este baile tem a ver com isso, com a celebração de alianças e uma Orea forte.

Tento ler nas entrelinhas e interpretar as palavras não pronunciadas. Midas sempre tem uma segunda intenção. Durante anos, eu o deixei fazer o que quisesse, desde que não se metesse com meu reino.

— Como a aliança mais forte que está formando com o Terceiro — comento.

— Exatamente. — Midas finge analisar a sala outra vez, antes de dizer: — Fiquei muito satisfeito por termos conseguido chegar a um acordo para evitar a batalha. Aquele território que você negociou foi um sacrifício bem pequeno em nome da paz.

Meus ombros ficam tensos.

Ele olha para mim em silêncio, e percebo que o filho da mãe está tentando ler minha expressão, embora não consiga. Faz muito tempo que aprendi a manter todos os sentimentos e pensamentos longe do meu rosto.

— Poçomorto — ele diz, e passa a mão no queixo barbeado. — Um nome adequado para a região que você invadiu com seu poder mortal de apodrecimento. Um território curioso, não é? Pensei que só houvesse um terreno baldio congelado na fronteira do Quinto, mas não é bem assim, é?

Ranjo os dentes. Tantas oportunidades para ele me abordar, e *precisava* ser justamente agora, quando estou furioso e meu poder implora para sair.

Não respondo, e Midas se vira de frente para mim, me encarando com um misto de arrogância e vaidade.

— Já ouviu falar de Drollard Village?

Congelo por dentro. O pedaço de gelo se instala bem no meio do meu peito, pronto para me rasgar.

Por causa do meu encontro com Auren, por causa da frustração que não cede, deixei a máscara cair por uma fração de segundo. Só uma fração de segundo. Mas Midas vê.

— É, eu imaginava que sim — ele continua, e não gosto nada do brilho em seus olhos. Nem um pouco. — Drollard Village, uma cidade autônoma e não reconhecida bem ali, no limite de Poçomorto.

Ao meu lado, Osrik está tão imóvel quanto eu.

— O nome não é agradável, não é? — Midas reflete, brincando comigo. — Mas o lugar também não é.

Caralho.

— É estranho como, tecnicamente, essa área fez parte do Quinto Reino durante todo esse tempo, mas não há nenhum registro dela. Não faz parte de dados históricos nem de informações sobre a população. O povo de lá nunca pagou impostos. Na verdade, Drollard Village nem aparece nos mapas do Quinto Reino. E agora é parte do *seu* território — ele diz, e o olhar astuto tenta remover camadas da minha expressão, extrair alguma coisa da minha reação.

Forço uma atitude entediada.

— Sim, agora é meu. Como você disse, meu poder invadiu aquele território, então fiz dele parte oficial dos *meus* domínios. Portanto, ele não é mais do interesse do Quinto Reino, já que você abriu mão dos direitos sobre a região. Ou vai voltar atrás no acordo? — Minha pergunta é uma ameaça, e nós dois sabemos disso.

— De jeito nenhum — o filho da mãe esquivo responde. — Sou um homem de palavra.

Quase reviro os olhos.

— É óbvio. Mandei alguns dos meus conselheiros em uma comitiva oficial para demarcar as novas linhas da fronteira. Um rei precisa manter seus registros precisos, mas tenho certeza de que concorda com isso, não é, Ravinger?

Olho para onde sei que ele mantém o diário de anotações, dentro de um bolso interno.

— Sim, os registros de um rei são *muito* interessantes.

Midas finalmente perde parte da compostura ao entender a insinuação. Ótimo. Ele que se preocupe com a possibilidade de eu ter lido alguma coisa naquele caderninho.

Demora alguns segundos, mas ele se recupera.

— Sabe o que também é interessante naquele povoado? O povo é muito franco. Ao que parece, você visita o local com frequência.

Ouço um rugido dentro dos meus ouvidos, e o poder se contrai e se projeta contra minha pele. Mas eu o controlo. Aprendi a controlar essa força há muito tempo... Foi necessário.

— O que quer que eu faça? Eles preparam um charque muito bom por lá. Sou um cliente fiel — comento.

Midas comprime os lábios, irritado por eu não morder a isca. Fica evidente que ele tem hipóteses e palpites, mas está à procura de mais informações.

— Como Poçomorto não é mais do interesse do Quinto Reino, não sei por que está tão interessado na região. Como você mesmo disse, não é um lugar muito agradável — acrescento.

— Não, certamente não — ele concorda, e inclina a cabeça. — E minha gente vai sair de Drollard Village assim que acabar de traçar as novas fronteiras, é claro. O lugar agora pertence a você, e acho importante respeitar o que pertence aos outros.

Ah, é isso. Aí está o fio que ele tenta tecer. Sempre muitas etapas para preparar a volta perfeita antes de apertar o nó que deseja.

Se eu já não estivesse controlando minhas reações com mão de ferro, poderia ter vacilado de novo e revelado demais. Preciso manter o foco. Sei que não posso baixar a guarda na presença de Midas.

A tentação fermenta em minha língua. O conhecimento proibido de seu grande segredo me atrai como uma isca no anzol. O rei que há em mim quer levar isso adiante, enfrentar Midas em seu tabuleiro e revelar que também conheço *seu* segredo, e que ele é muito mais prejudicial do que o meu. Adoraria dar uma rasteira nesse idiota arrogante e ver o pânico em seus olhos. Mas me seguro, porque, por mais gratificante que isso pudesse ser, prejudicaria Auren, e isso é algo que não vou permitir.

— O que você quer, Midas? — pergunto, com um suspiro. — Tenho coisas para resolver.

— Então vou ser direto. — Ele desiste de manter a falsa simpatia. — Poçomorto é seu? Pois bem, Auren é *minha*. Quero que o comandante do seu exército fique longe dela.

Eu sabia que alguma coisa sairia daquele joguinho de poder que ele fez durante o jantar.

Permaneço impassível.

— Foi *você* quem ordenou que ele a carregasse até a harpa. Ele não tem o menor interesse nela.

Mas eu tenho, porra.

Os lábios de Midas formam uma linha fina.

— Meu povo vai sair de Drollard Village quando seu comandante sair de Ranhold.

Última volta, nó feito.

— Poçomorto não é mais seu. Você pode até fingir que mandou seus *conselheiros* até lá em missão oficial, mas quero que eles saiam do *meu* povoado — respondo.

— Tenho o direito de remarcar fronteiras depois de uma troca de territórios.

Eu me aproximo, me inclino para a frente, deixo o desgraçado ver as linhas mágicas subindo por meu pescoço. Ele nunca consegue olhar para elas sem se encolher.

Preciso dele fora de Drollard. Cada segundo que passa com olhos dele por lá é mais tempo para descobrir as merdas que não quero que saiba. Ninguém nunca descobriu o segredo que guardei enterrado naquele lugar, e não vou permitir que ele, justamente ele, tente acessar uma de minhas únicas vulnerabilidades.

Como ele é menor do que eu, abaixo a cabeça, embora de um jeito um pouco exagerado, para que ele se sinta ainda mais diminuto quando encaro seus olhos.

— Não gosto quando as pessoas tentam me coagir, Midas. É bom lembrar que meu exército ainda está na frente da sua porta. Quer mesmo conquistar minha antipatia?

— De jeito nenhum. — A afabilidade irritante volta ao seu tom de voz. — É só uma questão de respeito, não é? Como aliados, respeitamos o que pertence ao outro.

O fato de ele pensar que é *dono* de Auren me faz ver tudo vermelho.

Neste momento, o velho que anda pela sala com o grupo de montarias nos interrompe com uma reverência.

— Majestade, tenho algumas questões que precisam de respostas. São relacionadas ao baile.

— Certo, Odo — Midas responde ao homem de vestes longas antes de olhar para mim. — Preciso resolver algumas pendências — anuncia, imitando minha desculpa. — Vou informar aos meus homens que eles podem sair de Poçomorto assim que você julgar conveniente. Mesmo tendo a impressão de que eles estão gostando de conhecer o povo por lá. — Ele sorri para mim, e sinto vontade de arrancar seus dentes com um murro. — Tenha uma boa noite.

Midas se retira com seu serviçal e as montarias vão atrás deles, criando uma onda de perfume e quadris ondulantes.

Sinto o olhar de Osrik, mas balanço a cabeça imperceptivelmente em negativa e saímos do salão em silêncio, conscientes de que não devemos falar nada até estarmos lá fora.

E mesmo quando passamos pelas portas principais do castelo e somos recebidos pelo ar frio da noite, onde só há neblina e gelo, nós esperamos.

Fervendo em silêncio, passamos pelos portões da muralha, onde os soldados de Ranhold entram em alerta e permitem nossa passagem assim que nos veem.

Não sei de quem eles têm mais medo: de Osrik ou de mim.

Quando estamos bem longe das muralhas do castelo e a caminho do acampamento do meu exército, logo além do cume da colina nevada, Osrik por fim solta um palavrão.

— Aquele merda — ele rosna. — Como ele encontrou Drollard?

— Mandou batedores, certeza. Quando negociei Poçomorto, eu devia ter imaginado que ele mandaria sua gente. — Estou furioso comigo mesmo por não ter me preparado para isso. Estava distraído e preocupado. Foquei em Auren e deixei de lado minhas responsabilidades.

— Quem poderia imaginar que ele faria esse esforço? E por uma terra conhecida por ser vazia!

— Mesmo assim, eu devia ter me planejado, por precaução — respondo, e a frustração em minha voz forma uma nuvem no ar frio.

Nós dois andamos em silêncio por um momento, ouvindo o ranger de nossas botas na neve. O brilho das fogueiras ilumina o topo da colina, onde se reúne a maioria dos meus soldados. O restante deve estar na cidade de Ranhold, procurando as diversões que têm dinheiro para comprar.

— O que vai fazer? — Osrik pergunta.

— Preciso tirar Midas de lá — respondo, frustrado. — Talvez deva mandar todos vocês. Para garantir que a situação seja resolvida.

Osrik olha para mim quando chegamos ao topo da colina, justamente quando incontáveis tendas de couro aparecem.

— Nem fodendo. Não vamos deixar você aqui com aquele cretino dourado.

Olho para ele.

— Preocupado comigo, Os?

Ele para, se vira e bloqueia meu caminho com seu corpo largo.

— Se é isso mesmo que quer, sabe que vamos obedecer. Somos sua Cólera, e vamos cumprir toda ordem que der, é só falar. Mas Lu vai ficar furiosa se não tiver ninguém para te proteger.

— Vocês são umas mãezinhas superprotetoras — resmungo, e balanço a cabeça.

Osrik sorri.

— Isso mesmo.

Suspiro e passo a mão no rosto. Essa era a última coisa de que eu precisava agora. Minhas responsabilidades se acumulam, e agora tenho de lidar com Midas metendo o nariz onde não posso permitir — nem ele nem outra pessoa qualquer. Não tive todo esse trabalho para finalmente me apossar de Poçomorto, só para Midas descobrir por que quero o território.

— Obrigue Midas a recuar, é só fazer o que ele quer. Mande seu *comandante do exército* para Poçomorto — Osrik sugere, com um sorriso. — Já estou cansado daquele idiota, de qualquer maneira.

Dou risada, olhando para alguns dos meus soldados andando ao longe, sombras escuras se movendo de barraca em barraca.

— Precisamos voltar ao Quarto. Talvez seja melhor sairmos todos daqui.

Osrik levanta as sobrancelhas.

— Sairmos daqui? Sem...?

Ranjo os dentes ao pensar a respeito.

É algo que contraria todos os meus instintos, mas, se eu não respeitar as vontades dela, não sou melhor que Midas.

Olho para o castelo como se pudesse enxergar o interior através das paredes.

— Partimos em dois dias. Fodam-se o baile e o príncipe pretensioso. Eu devia deixar todos eles tramando e planejando até o túmulo. Devia ficar no Quarto e esquecer esses monarcas de merda.

Osrik hesita. Provavelmente ao detectar a frustração no meu tom de voz.

— Tem certeza?

Minha cabeça pesa quando assinto, as raízes do meu poder beliscam a pele. Estou inundado por uma energia inquieta.

— Eu mesmo vou tirar os espiões de Midas de Poçomorto. Eles não vão ter o que relatar se forem cadáveres decompostos.

— Se é isso que quer, vamos fazer acontecer. — Simples assim. No entanto, partir pode ser tudo, *menos* simples. — Mas tem *certeza* de que quer ir embora tão depressa? — ele insiste.

Minha magia estala quando penso no assunto, e sou forçado a cerrar os punhos. Em vez de responder, afasto-me do acampamento, ando determinado para o bosque distante.

— Aonde vai? — Osrik pergunta atrás de mim.

— Preciso apodrecer alguma coisa — respondo por cima do ombro. Ouço-o resmungar uma resposta qualquer, mas sigo em frente sem ser incomodado.

É hora de encarar os fatos. Como disse a Auren, estou longe do meu reino há muito tempo. Ela fez sua escolha, e tenho de aceitá-la, por mais que meus instintos tentem me convencer do contrário. Por mais que minha magia se rebele.

Abomino a política praticada por Midas, então talvez seja hora de cortar laços e deixar as coisas acontecerem. Vou voltar ao Quarto, proteger minhas fronteiras e retomar a prática de não me incomodar com os outros reinos, desde que eles não tentem se meter no meu. Como Midas se importa muito com as aparências, vai ficar furioso por eu ir embora antes de sua celebração, o que me agrada muito.

Só fiquei aqui todo esse tempo por um motivo, de qualquer maneira, e certamente não foi por causa de uma porra de baile.

27
AUREN

Eu me reviro na cama, enrolada nos cobertores e nos pensamentos. Só mergulho em um sono exausto depois que o sol nasce e, mesmo assim, não descanso. Ouço o eco de cada palavra de Slade.

Não só as que ele falou mais cedo na biblioteca, ou quando me carregou para cima e sentou-se em minha varanda, mas ainda antes disso. Quando estávamos juntos em uma barraca iluminada por carvão em brasa, lutando em um círculo coberto de neve ou caminhando em torno do acampamento de seu exército. Momentos breves e roubados.

Momentos perigosos e proibidos.

Fale.

Não posso.

Sou um lago que antes era límpido e ficou turvo, como se Slade mergulhasse e revirasse minhas profundezas. Sem que eu percebesse, ele entrou em minhas veias e agora nada em cada um dos meus pensamentos, mergulhado em cada gota.

Quando abro os olhos novamente, já é tarde, embora eu sinta como se não tivesse descansado nada. Como poderia se, mesmo quando durmo, Slade parece estar impregnado em cada centímetro de mim?

Escolheu recuar e murchar.
Às vezes, as coisas precisam ser destruídas antes de serem refeitas.
Escute os seus instintos e pare de se conter.

O silêncio do quarto só faz sua voz ficar mais alta em minha cabeça. Jogo os cobertores para longe e me levanto com uma inquietação que faz minha pele se arrepiar. Ouro líquido escorre da sola dos meus pés quando começo a andar, cobrindo as partes do chão de pedra que meu poder ainda não havia alcançado. Mas nem a ação da magia ajuda a me ancorar. Estou à deriva em um mar de pensamentos emaranhados, levada pela maré.

Encosto o corpo à parede, descanso a testa no papel de parede dourado e fecho os olhos com força. Respirando fundo, fico ali inclinada por um momento, com as mãos abertas sobre o batente da porta e uma guerra ocupando meu peito.

Faltam mais três dias até o baile. Três dias até eu partir. De alguma forma, o número equivale aos pedaços que faltam dentro de mim.

Certo ou errado, confiança ou dúvida, mente ou coração.

Estou em uma bifurcação na estrada e não posso mais ficar parada. Tenho de escolher um caminho.

Com a nitidez repentina de um céu sem nuvens, abro os olhos e endireito o corpo. Entro no quarto de vestir e ponho um vestido de mangas compridas, e a seda se reveste de ouro no minuto em que toca meu corpo. Pela primeira vez, deixo o espartilho intacto, não corto nem quebro as barbatanas, mas também não me preocupo com os fitilhos nas costas.

As fitas trançam meu cabelo ao passo que visto as roupas íntimas, meias, luvas, botas e um casaco, e então saio do quarto rapidamente pelas portas da varanda. Os cães já retornaram da caçada diária, a maioria deles está na parte aberta do canil, farejando a neve.

O céu está tão sombrio quanto eu, com nuvens cinzentas que despejam flocos de neve preguiçosos que flutuam no ar. Antes de subir na grade, faço uma verificação rápida para ter certeza de que não tem ninguém por perto. Enrolo as fitas nela antes de deixá-las cair como cordas, e as uso para descer. Os músculos dos braços e das pernas estão doloridos por causa das sessões de exercícios, mas me seguro firme conforme desço.

Mantenho um controle firme e consigo enrolar as pontas das fitas como um gancho para endurecê-las o suficiente para sustentar meu peso. Olhando para baixo, calculo a distância até a varanda inferior, à minha esquerda. Sei que tenho de cronometrar os movimentos com precisão e saltar a distância necessária, para não quebrar um tornozelo. Mas já fiz isso antes e posso fazer de novo.

Sem me dar tempo para pensar demais, balanço o corpo para frente, uma, duas, três vezes, então solto as fitas e *pulo*.

Caio no chão da varanda, e o impacto provoca uma onda de choque que sobe pelas pernas, mas sorrio vitoriosa por ter conseguido. Lá embaixo, os cães ficam enlouquecidos e começam a latir e uivar para mim. A última coisa que quero é que alguém venha investigar por que estão fazendo tanto barulho e me encontre aqui. Aceno com as mãos para os cachorros lá embaixo, mas eles começam a latir mais alto.

— Tudo bem, cachorrinhos, *shh*! — Eles não ficam quietos.

Olho em volta, nervosa, mas ninguém veio verificar o barulho — por enquanto, porque virão. Corro até a porta, agradecendo aos Divinos quando a maçaneta cede e consigo entrar às pressas. Puxo as fitas para dentro e fecho a porta, bloqueando os uivos e torcendo para que se acalmem, agora que não podem mais me ver.

As fitas envolvem minha cintura como cintos frouxos e caídos, e respiro fundo enquanto observo a sala. O aposento está abandonado e gelado, fechado por evidente desuso. Lençóis brancos cobrem a mobília do quarto como fantasmas incômodos, e a lareira está vazia e suja de fuligem.

— Tudo bem. Cheguei até aqui — sussurro para mim mesma, determinada e impressionada na mesma medida. Verifico se minhas luvas estão no lugar e ergo o capuz antes de caminhar até a porta. Inclino a cabeça para ouvir, confirmando que tudo está em silêncio antes de abrir a porta só o suficiente para espiar.

O corredor está vazio.

Não quero desperdiçar a chance, então saio depressa e fecho a porta sem fazer barulho, e ando o mais rápido possível com essas botas, tentando ser silenciosa.

— Lado oposto, porta de floco de neve. Lado oposto, porta de floco de neve... — O sussurro me leva em frente pelo corredor azul-gelo. As paredes de pedra e vidro refletem meu corpo em movimento, e passo por pilares brancos cortados como estalactites de gelo que pingam do teto.

Estou me aproximando de uma esquina quando ouço um barulho vindo da escada logo atrás de mim, e meu coração acelera. Não posso ser vista pelos guardas. Não é uma opção.

Ando mais depressa, viro a esquina e quase suspiro de alívio. Bem ali, no final daquele pequeno corredor, avisto a porta de floco de neve.

Caminho rumo à porta com passos apressados e, quando a alcanço, paro, hesitante. Espio atrás de mim e constato que estou sozinha, com exceção de um pilar solitário montando guarda.

Mordo o lábio e encaro a porta.

É só... bater?

O nervosismo revira meu estômago de repente, mas agora não há como voltar atrás. Vim correndo até aqui sem me permitir pensar demais, mas agora que minha mente teve a chance de analisar os fatos, hesito.

— Vá, Auren. Faça logo o que tem de fazer — murmuro para mim mesma, em busca de me incentivar.

Respiro fundo e, determinada, elevo o punho para bater, mas a porta se abre de repente. Surpresa, quase não evito que meus dedos batam na placa de metal sobre o peito que está agora à minha frente.

— Degola?

O capacete preto se inclina para baixo.

— Ah. A menininha dourada.

Um suspiro escapa do meu peito quando percebo que a voz não é a que espero ouvir.

— Você não é Degola. — Eu deveria ter percebido no momento em que ele abriu a porta, mas estou muito nervosa.

Ele olha para os espinhos em seus antebraços.

— Não? Quem sou eu então, milady?

O tom debochado me intriga. A voz é profunda, mas não é a de Slade, e não há nenhuma aura pairando em seu entorno. No entanto, sua constituição e altura são as mesmas e, analisando de perto, até o brilho dos espinhos parece idêntico ao real.

— Nem imagino. Por que não me conta? — respondo.

Ele me observa por um momento, depois diz:

— Não, acho que não.

É óbvio que ele não vai me contar.

Deixo um pouco da decepção transparecer em meus olhos.

— Sei. Pode chamar Slade para mim?

— *Ah*, primeiro nome, é? Isso é muito informal — ele responde, e percebo o humor no tom grave da voz.

Faço uma reverência exagerada e esboço um sorriso.

— Peço perdão. Posso falar com o Rei Ravinger, Governante do Quarto Reino e Deteriorador de... Coisas?

Ele ri, mas continua parado no mesmo lugar.

— Tem certeza de que não prefere mandar seu recado por mim, em vez de falar com o Deteriorador de Coisas?

Supero a irritação, mas por um segundo receio que Slade não queira me ver. Depois da nossa conversa na biblioteca, talvez ele tenha decidido lavar as mãos, desistido de mim e ordenado ao Falso Degola e aos outros que me mandassem embora.

— Escute aqui, impostor espinhoso, posso falar com ele ou não?

— Quanta impaciência, hein?

Ranjo os dentes. Ainda me lembro bem dos passos que ouvi na escada, e não quero ser pega bem na porta de Slade.

— Esqueça — resmungo, desanimada.

Começo a me virar, mas o Falso Degola me faz parar quando diz:

— Estou brincando, menina de ouro. — Ele dá um passo para o lado e mantém a porta aberta. — Entre. Ele vai voltar logo.

Paro na soleira.

— Espere, ele não está aqui?

— Não.

— E… você quer que eu espere aí dentro? Nos aposentos particulares dele? Sem sua presença?

O Falso Degola dá de ombros.

Espantada, balanço a cabeça.

— Você é um péssimo guarda.

— Não sou guarda — ele rebate. — E, mesmo que fosse, o Rei Ravinger, Governante do Quarto Reino e Deteriorador de Coisas, não precisaria de um.

Não tenho como desmentir a afirmação.

Ele eleva o queixo.

— Entre logo. A menos que queira ser vista pelos guardas que estão prestes a virar a esquina.

Arregalo os olhos e praticamente pulo para dentro do quarto antes de o Falso Degola trancar a porta atrás de mim com uma risadinha.

Sozinha, contemplo o espaço decorado em tons profundos de roxo e azul. O teto foi pintado para parecer um céu nevado, com nuvens fofas e flocos de neve.

Estou em uma saleta de estar com uma mesa pintada de azul no canto. Não tem um único pedaço de pergaminho, livro ou pena em cima dela, e a cadeira parece ter sido mudada de lugar. Várias cadeiras descoordenadas ocupam o espaço diante do fogo baixo na lareira, como se Slade e seus convidados as arrastassem para lá para conversar.

Todos os membros de sua Cólera estavam aqui? Lu, Osrik e Judd? Suponho que o Falso Degola também seria considerado um membro do grupo. Mas quem é ele? Só pode ser alguém em quem Slade confia muito para se passar por ele. Fingir ser duas pessoas diferentes é um grande segredo, e queria saber por que ele faz isso. Há muitas coisas sobre Slade que não sei.

Tiro o casaco e o deixo pendurado nas costas de uma cadeira antes de me sentar perto do fogo. Deixo a mente girar, mas estou muito nervosa para ficar parada por muito tempo, então me coloco em pé de novo quase com a mesma rapidez. Renovo o fogo com o atiçador de ferro, assistindo às faíscas ganharem vida preguiçosamente, e meu olhar registra a porta entreaberta à minha direita.

Não faça isso.

Devolvo o atiçador ao seu lugar, mas dou outra espiada por cima dos ombros. Certamente, não vai ter problema algum se eu der só uma olhada rápida?

Vou fazer isso.

Só uma olhada rápida. Não é estranho, é? Afinal, é só um quarto de hóspedes. Não é como se fosse o quarto dele *de verdade*.

Antes que eu consiga me convencer a ter bom senso, me aproximo da porta e olho para trás de novo, só para garantir que continuo sozinha. No momento em que adentro no quarto, sou imediatamente envolta em sombras. As janelas estão cobertas por cortinas grossas que vão do teto ao chão, embora eu tenha a impressão de vislumbrar a porta de uma varanda entre os dois painéis.

Meus sapatos deslizam pelo carpete macio, e o olhar registra a camisa preta deixada ao acaso na poltrona perto da lareira. A cama é coberta de um tom azul-royal, e a maioria dos travesseiros foi jogada no chão, como se fossem fofos demais para o gosto de Slade. Para alguém que tem espinhos na pele e dorme em uma barraca do exército na maior parte do tempo, acho que ele está mais acostumado com firmeza do que com suavidade.

Atravesso o quarto e passo por outra porta aberta, porque, bem, por que não? Já cheguei até aqui.

Do outro lado há um quarto de vestir, porém, em vez de cada prateleira ser coberta de roupas e os sapatos ocuparem todo o espaço no chão, como no meu quarto de vestir, ali não tem quase nada. São só algumas camisas e calças penduradas, todas pretas ou marrons. Há armaduras empilhadas no canto e um par de botas. Mas o que me impressiona é a quantidade alarmante de armas encostadas na parede.

— Isso parece agressivo — murmuro.

O que pensar sobre um homem que tem mais adagas do que camisas? É provável que não seja uma boa ideia entrar furtivamente nos aposentos privados desse homem, mas aqui estou.

Assim que me viro, alguma coisa atrai meu olhar para um canto na frente, que eu não tinha examinado. Meu olhar registra a partícula marrom, e eu me aproximo e empurro para o lado uma das camisas de Slade a fim de ver melhor.

O ar deixa o meu peito em um jato repentino, como se um punho o tivesse espremido. Olho para o casaco familiar, toco as penas manchadas e o forro dourado. Lampejos de memória, Slade se transformando diante dos meus olhos pela primeira vez, eu jogando este casaco na cara dele quando me chamou de Pintassilgo.

Ele o guardou.

Não sei quando, mas ele voltou àqueles aposentos, pegou o casaco e o guardou. Meus olhos ardem e meu peito aperta e, por um momento, tudo que consigo fazer é olhar para ele. Olhar e tentar entender.

Trêmula, volto ao quarto na tentativa de recuperar a compostura. Preciso voltar para a sala de estar, mas o fato de me deparar com aquele casaco me deixou atordoada.

Meu olhar encontra a cama, e me lembro dele dormindo na barraca do exército, quando tínhamos brasas fumegantes e uma montanha de desconfiança entre nós. Caminho até ela e deslizo os dedos pelo travesseiro, notando a evidente depressão na seda e nas penas em que ele deve ter apoiado a cabeça. Sem pensar, me inclino para cheirá-lo.

De olhos fechados, inspiro o aroma de Slade. Nunca considerei de fato o tipo de cheiro que ele tem, mas é algo muito terreno e singular. Faz pensar em lascas de madeira úmida e solo revolvido, mas também em algo mais pesado e soturno, como o amargor do chocolate.

Algo em mim se aquieta, me faz lembrar da sensação de seus quadris quando os tive entre os joelhos, sentada sobre o corrimão. Inspiro de novo e minha pulsação se acalma, como se a agitação da noite passada me revirando na cama fosse ficando para trás.

Como se entendessem a sugestão do meu relaxamento, as fitas se soltam e deslizam para a cama. Começam a se torcer como cachorros rolando em um cheiro de que gostam. Não posso nem as condenar, porque Slade tem um aroma *delicioso*.

Respiro fundo mais uma vez, mas me aproximo um pouco demais, e um fio escorre da ponta do meu nariz. Abro os olhos.

Ai, merda.

Recuo, observando com horror a gota dourada se espalhando a partir de onde esbarrei acidentalmente no travesseiro. Minhas mãos enluvadas tocam o local com movimentos frenéticos, como se eu pudesse remover aquela coisa, o que, é óbvio, não posso fazer.

— Não, não, não...

Como não estou tocando a região com a pele nua, também não consigo nem ter controle suficiente para impedir a solidificação. Então, em vez de só introduzir fios dourados no tecido, minha magia se espalha até o travesseiro ficar completamente rígido, e a superfície metálica reflete meu rosto em pânico.

Em segundos, seda e pena se tornam ouro maciço, solidificando para sempre a marca da cabeça de Slade, envolta em meu descuido idiota.

Fico olhando para aquilo por um momento, e faço uma careta ao perceber que o objeto pesado achata o colchão embaixo de si. A estrutura da cama range alto, como se ameaçasse rachar.

— Talvez ele não perceba — penso alto, limpando o nariz antes de fechar o punho e bater levemente no travesseiro.

A cama range outra vez.

Bem, é isso. Ele vai notar, provavelmente.

Sinto um puxão nas costas e desvio a atenção do travesseiro solidificado, observando as fitas mergulharem embaixo das cobertas de Slade como gatinhos gigantes.

— Ai, grande Divino — murmuro enquanto tento puxá-las. Elas nunca agiram assim antes. É como se tivessem adquirido vida própria desde que atacaram Slade no círculo de luta. — Saiam da cama dele! — ordeno, mas as danadas são fortes.

Tento puxá-las, mas elas escapam de mim novamente e continuam fazendo movimentos giratórios. Com um suspiro irritado, me inclino, enfio as mãos embaixo das cobertas e agarro as fitas como uma corda de vinte e quatro fios.

Começo a puxá-las, mas uma voz profunda e sensual me paralisa:

— Se eu soubesse que tinha interesse em se enroscar na minha cama, pelo menos teria tomado a precaução de já estar nela.

Slade.

O lado positivo? Nenhum. Absolutamente nenhum. Porque acabei de transformar seu travesseiro em ouro maciço por *cheirá-lo* como uma lunática, e ele está vendo minhas fitas mergulharem em seus lençóis como peixes no rio Slade.

Fantástico.

28

AUREN

Slade está encostado na parede do quarto com um pé para trás, totalmente casual. De braços cruzados e com as mangas arregaçadas exibindo os antebraços fortes, ele parece ridiculamente atraente com aquele cabelo preto despenteado e as roupas perfeitamente ajustadas.

Mesmo com pouca luz, consigo enxergar o humor em sua expressão, e seria capaz de apreciar quanto ele é lindo se não sentisse o rosto queimando de vergonha.

Eu *precisava* cheirar a porcaria do travesseiro.

— Bem, duvido que *aquilo* seja algo muito confortável para eu dormir em cima — Slade reflete.

Depois do choque de ser pega, eu me levanto e tento agir normalmente, como se não tivesse estado agarrando seus lençóis, mas a mortificação transborda da minha voz.

— Foi um acidente.

— E essa outra parte de você estava rolando na minha cama porque...?

— Eu estava tentando tirar as fitas das suas cobertas — explico, como se isso melhorasse a situação de alguma maneira.

Ele observa minhas mãos, os punhos onde mantenho as fitas enroladas, mas elas ficam moles no mesmo instante, como se eu tivesse inventado tudo e elas não tivessem feito nada.

Traidoras. Eu as empurro para trás e cruzo os braços na tentativa de recuperar alguma aparência de calma, apesar de meu coração bater forte o suficiente para fazer as costelas vibrarem.

Feixes de luz passam pela abertura entre as cortinas, projetando fragmentos de linhas brilhantes entre nós. Ficamos nos encarando em silêncio por um momento, enquanto meu constrangimento e o nervosismo aumentam.

— Desculpa — falo, resignada. — O Falso Degola me deixou entrar, mas eu devia ter ficado na sala de estar. Foi uma grosseria sem tamanho ter entrado aqui.

Ele inclina a cabeça.

— Por que entrou, então?

Abro e fecho a boca, mas nenhuma palavra sai dela, porque o que vou dizer? *Só queria xeretar?* Não acho que seja uma boa resposta.

Quando não respondo, ele diz:

— Você decidiu vir aqui e amassar minhas cobertas porque estava entediada? — Seu tom não é impaciente ou zangado, apesar de eu ter ultrapassado os limites. Na verdade, ele está se divertindo, embora também resida ali uma desconfiança subjacente. Seus olhos verdes parecem mais escuros do que o normal, os ombros rígidos traem uma tensão que não vai embora.

O rubor em meu rosto se intensifica com seu tom provocador.

— Você está bravo?

— Muito — ele responde, com firmeza, e meu coração fica apertado, até ele acrescentar: — Mas não é com você. — Engulo em seco, sem saber como responder. — O que está fazendo aqui, Auren?

— Aqui em Ranhold ou...?

Estou tentando ganhar tempo. Eu sei, ele sabe, mas não consigo evitar. Não agora, com ele na minha frente.

— Aqui no meu quarto.

Nossa conversa na biblioteca se repete na minha cabeça.

— Eu... bem, vim procurá-lo.

Ele pode parecer tranquilo para um observador comum, todavia prestei atenção suficiente em Slade para saber que não está. Ele me observa daquele jeito intenso, como se estudasse cada centímetro e observasse cada gesto.

— Por quê?

Seguro as saias e aperto o tecido em um gesto nervoso, porque isso é muito mais difícil do que eu pensava. Ou simplesmente não me permiti pensar direito, porque não queria me acovardar.

— Auren?

Ele está sempre fazendo isso, não é? Me provocando, me pressionando, e é exatamente disso que preciso. Mas não o escuto só agora, escuto também o que ele disse *antes*. Quando ele me deu um discurso, uma luta e uma escolha.

Escute os seus instintos e pare de se conter.
Mal posso esperar para ver o resto de você.
É muito mais do que se permite ser.
Quer ficar?

Minha garganta se fecha como se eu tivesse engolido lama, mas consigo fitá-lo nos olhos.

— Vim porque queria dizer uma coisa.

A única indicação de que o surpreendi é o modo como ele desliza o pé no chão, como se estivesse se preparando para o que tenho a dizer.

— Tudo bem.

Respiro fundo antes que eu perca a coragem.

— Quando eu tinha cinco anos, a guerra chegou a Bryol, onde eu morava, em Annwyn. Chegou com fogo, fumaça e morte. Meus pais tentaram me salvar com o restante das crianças da nossa rua, mas a escolta não durou nem uma hora. Fomos roubados muito antes de chegarmos a um lugar seguro.

Slade fica mais atento, como se isso fosse a última coisa que ele esperava ouvir. Até eu estou surpresa por ter escolhido me abrir desse jeito. Por outro lado, talvez fosse exatamente isso que eu precisava dizer.

— Mesmo que ainda não tivesse minha magia, nem as fitas tivessem brotado em minhas costas, eu era fácil de reconhecer e seria comprada por qualquer feérico. Então, fui contrabandeada para Orea, até hoje não sei como. Tudo que sei é que uma noite eu estava em Annwyn e, na noite seguinte, estava aqui, neste mundo ao qual não pertencia, onde o céu não cantava e o sol era estranho. Fui comprada por um homem em Derfort Harbor, alguém que cheirava a álcool e a fumaça de cachimbo. Um homem que me ensinou a roubar e a mendigar. O mesmo homem que, mais tarde, me transformou em montaria de rua, que me obrigava a abrir as pernas para qualquer cliente que pagasse por uma noite com a *menina pintada*.

Slade fica totalmente imóvel. Seus olhos estão cravados em mim, ferozes como os de um falcão, e aquele poder intrusivo dele parece fazer tremer o ar enquanto avança para pressionar minha pele. Como a língua áspera de um felino lambendo feridas invisíveis.

— Só consegui fugir quando tinha quinze anos, e então... — Olho para minhas mãos enluvadas. — Bem. Isso não importa. As coisas não correram bem para mim. — A primeira lágrima cai do meu olho, a água salgada de velhas feridas fica dourada no momento em que desliza pelo rosto, embora eu a afaste rapidamente. — Estou contando tudo isso para você entender. Quando Midas apareceu, eu estava destruída. Nunca conheci o toque gentil de um homem. Nunca soube o que era amor ou amizade verdadeira. Eu nem *me* conhecia ainda. Podia não ser inocente, mas era ingênua, insegura sobre quem eu era, sobre quem poderia ser.

A vulnerabilidade atravessa meu peito, mas sei que não posso parar agora. Mesmo que esteja sem fôlego, tenho de continuar expirando, continuar expurgando, ou vou sufocar com meu próprio veneno.

Levanto um ombro.

— Pensei que o amava. Achei que ele *me* amava. Por muito tempo, me convenci de que amor e amizade eram isso, porque não conhecia nada melhor.

Do outro lado do quarto, vejo a garganta pálida de Slade engolir em seco, as raízes de seu poder girando em torno do pescoço.

— E agora? — ele grunhe.

— Agora sei que fui uma menina agarrada à própria imobilidade, porque tinha medo de ser jogada de volta no mundo que abusou de mim. Não conseguia encarar a realidade, admitir que Midas também estava abusando de mim, só que de maneira diferente. — A admissão é um fardo pesado que tiro de cima da língua, e cada palavra pesa. — Se Midas alguma vez me amou, ele enterrou esse sentimento sob o amor pelo ouro e por si mesmo. Enterrou tão fundo que nem se lembra do que soterrou.

As mãos de Slade pendem ao lado do corpo, e alguma coisa se move em seus olhos. Algo que não consigo ler.

— O que está dizendo, Auren?

Tudo.

Estou dizendo tudo.

Porque não há tempo. Porque preciso ir embora. Porque ele também está de partida.

Respiro fundo.

— Durante toda a minha vida, fui cobiçada, comprada ou possuída por causa do ouro que escorre dos meus dedos e brilha em minha pele. Fui usada e encarcerada, e aprendi a aceitar esta vida. Aprendi a aceitar que o melhor que eu merecia era Midas, e não deveria esperar mais do que isso nunca, porque sabia quanto tudo poderia ser pior.

A raiva corta as sombras do rosto de Slade, a boca é comprimida acima do queixo coberto pela barba curta.

Meus cílios molhados tocam as bochechas a cada vez que pisco.

— Mas então você apareceu. E nunca, nem uma vez, alguém olhou para mim como você olha.

Ele fica tenso, prende a respiração para ouvir o que tenho a dizer. O silêncio entre nós se prolonga, uma pausa de mãos segurando água, desesperadas para não deixar cair uma única gota.

— E qual jeito é esse?

— Como se eu fosse uma pessoa, e não um troféu. Como se não visse apenas ouro quando olha para mim — respondo, com honestidade.

— Isso nunca aconteceu antes — admito, com um sorriso triste. — Você me desafiou a ser mais do que isso em que fui transformada. Você me mostrou como ver o mundo sem a venda.

Ele se mexe, e um raio de luz que atravessa as portas da varanda atinge seu peitoral vestido de preto.

— Que bom.

— Mas, quando fez isso, você não abriu apenas meus olhos. Você mudou totalmente a minha visão, e agora tudo que vejo é *você*.

Minha voz falha ao dizer a verdade, mas deixo que ela se espalhe, que se quebre, assim como fui partida ao meio por semanas. É muito difícil ficar aqui com essa honestidade crua, sangrando palavras.

Mas, para o bem ou para o mal, escolhi um lado dessa estrada bifurcada.

— Eu ia fugir, só isso. Ia continuar negando e duvidando dessa... *coisa* entre nós. Insisti em dizer a mim mesma que você mentiu para mim e que vai me enganar, assim como Midas fez, que não é confiável. Mas você está em mim, preso na minha cabeça, e estou furiosa com você por isso.

Slade recua, e seus olhos brilham.

— *Por quê?*

Um suspiro trêmulo sai de minha boca.

— Estou furiosa porque a cada hora que passo acordada, a cada noite sem dormir, tento me convencer de que fugir é a melhor opção, mas *não consigo*. Tenho essas coisas dentro de mim agora, essa raiva, esse medo e esse *desejo*, e deveria ir embora... deveria *mesmo*. Mas não basta mais só fugir de Midas, correr e me esconder. Porque você me vasculhou e me decifrou, e agora quero *mais*.

Lágrimas brilham em meu rosto à medida que caem. Acho que Slade não está respirando. O que avisto em seu rosto é, de alguma forma, uma mistura perfeita de determinação e devastação. Seu poder vibra e, embora eu me prepare para uma onda de náusea, ela não vem.

— Auren — ele diz, só uma palavra, meu nome, que de alguma forma soa como uma promessa arrancada de sua alma.

— Continuo culpando você por todas as coisas para poder afastá-lo. Mas você não fez nada errado. Você me desafiou, me irritou e mentiu, mas não foi nada que eu não tenha feito de volta. Você não é o vilão da minha história.

— Sou — ele diz, sem remorso, com a mandíbula contraída pela tensão. — Mas serei o vilão *por* você. Não para você.

— Eu acredito — respondo imediatamente, porque é verdade. *Acredito* nele, não apenas em relação a isso, mas sobre tudo. Só me resta torcer para que isso não me torne uma idiota.

Assim que digo isso, Slade dá um passo à frente. Só um, mas sinto o ar entre nós condensar e engrossar. Como se todas essas palavras que estou derramando preenchessem os buracos que criamos quando cravamos os pés no chão.

Eu o observo e ele me observa, e, na minha cabeça, eu o escuto dizer *você é meu próprio bem*. No formigar dos lábios, sinto o calor de sua boca quando ele me beijou.

— Durante toda a minha vida, os homens tiveram a mim, mas eu nunca tive um homem.

Ele inspira por entre os dentes. Uma quietude passa entre nós como uma vidraça frágil.

— Eu não sou qualquer homem.

— Não. Você é mais — concordo. — Porque, não importa o que eu faça, você gruda em minha pele e se enterra em minha consciência e, por mais que eu esteja com raiva de você por isso, não quero mais mentir para mim mesma. Estou *farta* de repressão. De negação. De me conter. Depois de vinte malditos anos, não quero dizer não para mim mesma.

— Então *não* diga — ele responde, pronunciando as palavras como se praguejasse. — O que você quer, Auren? Confesse para mim o que realmente quer.

Tenho uma bússola interna que ficou parada por muito tempo, presa atrás de seu arco de vidro, apática e sem esperança. Mas ela está girando desde o momento em que deixei Sinoalto, implorando para eu seguir meus instintos. Entrar em movimento e buscar algo melhor.

É hora de seguir essa bússola. Eu só não esperava que a agulha apontasse para ele.

Meu pulso acelera e minhas mãos tremem, porque, quando a negação se esgota dentro de alguém, o que sobra é insegurança e medo. O que somos sem nossas mentiras inocentes e paredes de proteção? Estou exposta, com o coração em carne viva e as vulnerabilidades escancaradas, completamente arruinada e, de alguma forma, me sentindo inexplicavelmente *certa*.

É por isso que deixo a última parede cair quando encaro os olhos de Slade e declaro:

— Você, Slade. Eu quero você.

29
AUREN

O tempo rasteja. Com os joelhos dobrados e as mãos abertas, passa com uma lentidão dolorosa e lamentável, me irritando. Slade me encara, e um silêncio insuportável preenche os espaços onde os segundos deveriam passar. É injusto quanto ele é lindo sem fazer nada, só de ficar ali parado. Midas o chamou de feio porque não consegue compreender a perfeição das anomalias de Slade. As estranhas marcas de poder que são como raízes sob sua pele impressionam. Assim como os espinhos que brotam das costas e as escamas que cobrem a face quando ele está em sua outra forma. Cada plano marcado do rosto, cada fio de cabelo despenteado, cada músculo esculpido: tudo é perfeito.

Por que ele tinha de ser tão *devastador*?

Minha vida seria mais fácil se ele não fosse assim. Mas cheguei muito perto dele e fiquei presa em sua areia movediça. Não importa a direção em que eu vá, acabo me afundando ainda mais.

Meu coração bate tão forte que as têmporas latejam, as palmas das mãos suam de nervosismo enquanto ele continua ali parado, me observando.

Acabei de dizer que o quero, contei partes da minha vida que não compartilho com as pessoas e, ainda assim... ele não diz nada.

Por fim, não aguento mais. O silêncio, o escrutínio, as confissões caídas aos meus pés são como frutas colhidas e deixadas para apodrecer.

— Você não vai falar nada? Acabei de admitir que o quero, e você continua aí, parado.

Slade parece sair de um transe.

— Eu estava processando.

— Você processa muito devagar.

Ele sorri.

— O que quer dizer exatamente quando diz que me quer?

Achei que não poderia ficar mais envergonhada, mas me enganei. Não esperava essa reação, e isso me faz sentir... rejeitada. Esnobada. Dói mais do que consigo traduzir com palavras.

— Quer saber de uma coisa? Esqueça.

No segundo em que me movo em direção à porta, Slade dá um passo para o lado e bloqueia meu caminho.

— Acha que pode dizer tudo isso e depois simplesmente ir embora?

Olho para ele, incrédula.

— Sim, porque *você não se manifesta*. Se as coisas mudaram, se não me quer de volta, então...

Ele fica sério, e uma ruga surge em sua testa.

— Está pensando que *não quero você*? É isso? Acha que fiquei no Quinto Reino porque estou animado para ir a um baile?

— Não sei o que pensar! — grito, e levanto as mãos, irritada. — Acabei de dizer todas essas coisas e...

— Eu quero você desde o momento em que a vi pela primeira vez, Pintassilgo. Só estava esperando você cair em si.

Minha respiração fica presa no ritmo firme da voz dele, meu olhar foca em seus olhos penetrantes. Isso é tudo que eu não sabia, mas precisava ouvir. As palavras acalmam instantaneamente as águas turbulentas que se espalhavam dentro do meu peito e, de repente, o medo da rejeição desaparece.

Quando ele dá um passo à frente, meu pulso acelera, como se de repente me visse no lugar da presa em uma caçada.

— Você se lembra de como é entre os feéricos?

— Hum, não. — Balanço lentamente a cabeça, sem saber ao certo aonde ele quer chegar.

— Os feéricos não são como os oreanos — Slade explica enquanto caminha até a lareira e se abaixa na frente dela.

Contemplo as coxas poderosas e o observo enquanto ele meticulosamente cobre a grelha com toras da pilha de lenha, antes de acender a madeira com um pedaço de pedra. Faíscas ganham vida, e ele se inclina, soprando suavemente até que as chamas lambam a madeira. Não sei por que acho isso atraente, mas acho.

— Os feéricos são mais selvagens em seus instintos. Podemos ser exigentes e ardentes, dominadores e ciumentos. — Ele se levanta e me encara de novo e, mesmo não estando mais perto do que antes, parece que algo entre nós se comprimiu. Como se o mundo estivesse encolhendo neste momento. — Em especial com... alguém que queremos.

Esquento por dentro, as fitas não conseguem mais ficar paradas e se contorcem em minhas costas.

— Não respondi imediatamente porque preciso que você entenda uma coisa primeiro — ele diz, e a voz sombria e taciturna acaricia meus ouvidos.

Faço um esforço para soltar as saias e alisar as partes amarrotadas que torci.

— Ok...

Centelhas do fogo aceso pouco antes brilham atrás de Slade, mas seus olhos brilham ainda mais.

— Eu ia me obrigar a ir embora. Ia partir mais cedo. Amanhã, na verdade. Estava decidido a respeitar sua decisão. Se ia ficar com *ele* ou fugir, eu tinha decidido aceitar e deixar você em paz.

Não gosto de ouvi-lo falar em ir embora. Só de pensar nisso, eu me contorço por dentro.

— Mas não se engane. Eu não teria deixado de querer você.

Meus olhos ardem com a declaração.

Neste momento, com a intensidade de sua atenção em mim, posso *sentir* aquele lado selvagem que ele acabou de mencionar.

— É tudo ou nada, Auren.

— Como assim?

— Eu a quero *por inteiro* — ele me diz, e vejo no fundo de seus olhos uma fome recém-descoberta que me aquece por dentro. — Cada pedaço, cada lembrança, cada minuto, cada centímetro. Isso não vai ser um encontro casual. Não vai ser temporário. Quero você de corpo, mente e alma. Quero sua confiança e seus pensamentos. Quero seu passado, seu presente, seu futuro. Portanto, esteja certa de que quer a mim pelos motivos certos. Esteja *bem* certa de que está escolhendo isso, porque, depois de feita a escolha, não há como voltar atrás.

Uma onda avassaladora de emoções me inunda. Fui pega pela tempestade de Slade, e não há uma parte em mim que tenha escapado da enxurrada. Mas, surpreendentemente, as dúvidas não vêm à tona. As preocupações não me inundam. Em vez disso, sinto uma determinação dentro de mim, como gelo boiando que, finalmente, se assenta e fica imóvel.

— Eu quero — declaro, decidida.

Um sorriso lento e perverso estende seus lábios, e eu me arrepio. Quando ele me olha desse jeito, minha pele parece brilhar, embora não tenha nada a ver com ser dourada.

— Mas eu também quero você por inteiro. Nunca mais vou me entregar a alguém que não se entregue a mim. Portanto, esteja certo de que *você* está fazendo essa escolha, Rei Ravinger — repito suas palavras. — Porque, depois de feita a escolha, não há como voltar atrás.

Ele ri, um som de barítono rouco que é música para meus ouvidos e me faz sorrir.

— Ah, eu tenho certeza — ele responde. — Escolhi você no momento em que me xingou e suas fitas tentaram me derrubar.

Minha gargalhada é de surpresa.

— Foi *nesse* momento que você decidiu?

— Sim. E não precisa admitir quando você me escolheu. Sei que foi quando estava admirando a minha bunda lá fora.

Abro a boca, sinto o rosto esquentar.

— Pela última vez: eu *não* estava admirando a sua bunda!

— Aham — ele responde, e vai abrir a cortina a fim de deixar entrar a luz prateada do sol, derramada de trás de um véu de nuvens carregadas de neve.

Quando ele abre a porta da varanda e olha para o céu, franzo a testa.

— O que está fazendo? — pergunto quando ele volta e fecha a porta.

— Calculando o tempo. Acho que temos cerca de meia hora.

— Tem algum compromisso?

Seu olhar para mim é sarcástico.

— Acha que vou embora depois de você me dizer que está apaixonada por mim?

Recuo chocada, espantada.

— Eu não... não estou apaixonada por você — respondo, depressa. — *Não* foi isso que eu disse.

Ele coça a barba preta em seu queixo, fitando-me.

— Não com essas palavras, é verdade. Mas com você, tenho que ouvir o que não diz para poder ler todas as palavras, a página inteira. — Sua voz fica mais grave, e sinto um frio na barriga. — Garanto que ouvi tudo, ouvi você em alto e bom som.

Balanço a cabeça, gesticulando para negar sua declaração.

— Isso não é... não. Não seja ridículo. Eu disse que queria você. Não que te amo.

Slade inclina a cabeça e reage com uma calma irritante ao se encostar na parede e cruzar os braços novamente.

— Tem certeza disso?

Minha expressão é de incredulidade.

— Sim, tenho certeza! — exclamo, sentindo o rosto arder. — Admito que sinto alguma coisa por você, mas não é *isso*, seu idiota arrogante. O amor não acontece desse jeito.

Ele arqueia as sobrancelhas.

— O amor acontece de todas as maneiras. Depressa. Devagar. Aos poucos ou imediatamente. Cheio de luxúria, com um desejo unilateral, uma percepção instantânea nunca notada antes. Profundamente.

Completamente. O amor é um sussurro que não ouvimos ou um som que reverbera nos ouvidos e abafa todo o restante. — Slade se aproxima de mim, embora eu mal perceba, porque estou tão atenta às suas palavras que me esqueço de piscar. — Você é incrivelmente reservada. Fechada. Condicionada a sufocar os verdadeiros sentimentos e negar a si mesma o que deseja. Portanto, você não teria dito todas essas coisas a menos que estivesse apaixonada por mim, Auren.

Eu o amo?

Não. Ele está delirando, é muito autoconfiante. Existe uma atração entre nós, é nítido, uma faísca inegável de *alguma coisa*, mas não é amor...

Certo?

Meus dentes rangem quando dou um passo para trás.

— Você está errado e é um idiota presunçoso, e não quero mais você, estou indo embora agora.

Seu sorriso se alarga.

— E você é uma mentirosa linda, mas tudo bem — Slade diz e dá de ombros. — Fiz você enfrentar suas outras verdades e não tenho dúvidas de que posso fazê-la encarar essa também.

Meu estômago dá uma cambalhota, reagindo a uma emoção que não quero admitir.

Ele me acha linda.

Tudo bem, ele também acha que sou mentirosa, mas o principal aqui é a parte do "linda".

Cruzo os braços e levanto o queixo, como se ele não tivesse simplesmente tirado meu mundo do eixo. Como se eu não me sentisse exposta e apavorada.

— Não fale de amor.

— Por que não?

— Porque... — eu bufo, me sentindo oprimida. — É que... não tenho a melhor dos históricos com essa palavra específica, portanto agradeceria se não a pronunciasse.

O filho da mãe sorri.

— Vamos trabalhar nisso.

Estreito os olhos, embora meu coração esteja batendo forte como pés marchando.

— Ok, tchau.

Seus lábios se estendem e ele balança a cabeça.

— Como eu disse antes, você não vai embora, já devia saber isso.

— Sei que minhas fitas vão tirar você do caminho se não parar de me provocar.

Ele baixa os olhos, e acompanho a direção desse olhar e vejo que as fitas mais uma vez começaram a rastejar para cima da cama e se contorcer.

— Grande Divino — murmuro.

Slade tenta e não consegue evitar um sorriso.

— Vou correr o risco com elas. Então... já que vai ficar, pode se despir para mim?

Meu coração para, arregalo os olhos.

— Como é que é?

— *Corpo*, mente e alma, lembra? — ele repete, com uma luz diabólica nos olhos. — Quero você por inteiro e a terei.

Um calor invade meu corpo e pulsa na parte inferior do meu ventre.

— *Agora*? — pergunto, esganiçada.

Ele dá de ombros.

— Podemos jogar esse jogo de empurra e puxa mais um pouco, se você preferir. Gosto da nossa batalha verbal. O desafio torna a recompensa muito mais doce. Mas nós dois sabemos que é só questão de tempo até eu ter você embaixo de mim, entregue e gloriosamente nua com sua pele ensolarada colada à minha, enquanto a possuo devagar e com força.

— Pela deusa — suspiro, levando a mão ao rosto quente. — Você não tem o menor refinamento, não é?

Noto o prazer em seu rosto.

— Ah, Pintassilgo, se acha que faltou refinamento nisso, nem queira saber as coisas em que estou pensando, porque são verdadeiramente *imundas*.

A intensidade sempre presente entre nós explode do meu ventre e pulsa entre as pernas. Essa tentação quente vem crescendo a cada interação, e sinto que todos os momentos entre nós nos levaram a isso. Era só uma questão de tempo antes de colidirmos.

— Agora, vai se despir ou vai mentir para si mesma e fingir que não era isso que queria quando veio aqui me procurar?

Que idiota arrogante.

Arqueio uma das sobrancelhas.

— Você ainda não pode me ter.

Seus olhos brilham com o desafio.

— É mesmo?

Aponto para a varanda.

— Ainda é dia. E isso significa que você não pode me tocar. — Sorrio, presunçosa.

Mas Slade não parece desanimado. Na verdade, ele começa a se aproximar de mim, e sua expressão maliciosa faz meu sorriso tremer.

— Por que acha que pedi para você se despir? — ele ronrona conforme se aproxima. — Se pudesse tocar você agora, já estaria tocando. Como eu disse, temos cerca de meia hora, mas, só porque sou obrigado a esperar para deslizar as mãos pelo seu corpo delicioso, não significa que não podemos nos divertir bastante nesse meio-tempo.

— Não sei se é uma boa ideia... — Meu coração bate forte, e eu recuo enquanto ele continua a avançar até que minhas costas encontram a parede.

— Discordo totalmente.

Ele não para até estar posicionado bem à minha frente, e então levanta as mãos e apoia uma de cada lado da minha cabeça. Seu poder pressiona minha pele e provoca arrepios que se espalham por meu pescoço. Respiro fundo e inalo seu perfume como se fosse uma substância afrodisíaca só minha.

Essa proximidade perigosa está intensificando *tudo*. O desejo flutua entre nós, tão intenso que sou capaz de saboreá-lo. Ele é uma tentação que está a apenas um suspiro de distância e, ainda assim, não podemos nos tocar.

Ainda não.

Evitar o contato físico com ele é uma doce agonia de desejo doloroso.

Quando Slade aproxima o rosto da minha orelha, não ouso me mover, piscar ou até respirar.

Sua voz é uma carícia sedutora de fome palpável que faz minhas fitas se retorcerem no chão e meu desejo aumentar. Meus olhos se fecham à medida que as palavras acariciam minha orelha, deslizam para dentro de mim e se acomodam sob as costelas como se tivessem pulso próprio.

— É a porra de uma *tortura* ouvir você dizer que me quer e não poder fazer nada. Mas sou um homem paciente e, assim que puder, vou tocar e provar cada centímetro do seu corpo. Vou fazer você se contorcer e implorar, e vou lhe dar todo o prazer que puder provocar em seu corpo delicioso — ele promete, murmurando. — No momento em que o sol se puser, Pintassilgo, você será *minha*.

30

AUREN

Nunca quis tanto alguém quanto quero esse homem. Nunca me senti tão desejada quanto Slade me faz sentir.

Meu peito arfa e meu coração bate em um ritmo que, de alguma forma, combina com a cadência da promessa carnal de Slade.

— Fale, Auren.

Nem percebi que havia fechado os olhos até os reabrir. Minha cabeça está apoiada na parede atrás de mim, Slade me prende contra ela com uma proximidade proibida.

— Falar o quê?

— Fale outra vez que é isso que você quer. Que eu posso tê-la por inteiro. Eu quero ouvir.

O calor seco me obriga a lamber os lábios, e os olhos de Slade brilham, acompanhando o movimento da língua antes que eu possa responder.

— Nunca mais serei um objeto para alguém possuir, mas não acho que seja exatamente isso que você quer dizer.

— Não é — ele responde, emoldurado pelas chamas luminosas às suas costas. — Não quero ser seu dono, Auren. Não estou pedindo para ter você como uma propriedade. Estou pedindo para se dar inteira e não se conter, porque estou envolvido demais para me contentar com menos. É o que nossa natureza feérica exige. É o que *eu* vou exigir. Depois que a tiver, não vou desistir de você.

— Não quero que desista — sussurro, e a vulnerabilidade que demonstro suaviza seus olhos. O tom profundo de verde lembra a grama mais escura no auge do verão. O musgo queimado pelo sol manchando as rochas costeiras. É o verde das florestas secretas, tão densas que ninguém tenta atravessá-las. Mas eu... eu me deixaria perder nelas para me lembrar desse momento.

— Tire a roupa para mim, Pintassilgo — ele murmura. — Quero ver você.

Mordo o lábio, hesitante, embora meu corpo pulse.

— Prometa que não vai me tocar, por enquanto.

— Até o sol se pôr. — Ele fala como se isso fosse um aviso sensual, e tremo quando ele se afasta. Sinto falta de sua presença imediatamente, mesmo que a proximidade fosse muito perigosa. O fato de ele estar tão perto de mim quando *ainda* é dia é um grande problema. Ele confia em mim o suficiente para estar a apenas um suspiro de distância. Ele me deseja o suficiente para se arriscar.

Slade vai para a varanda e arrasta uma cadeira para dentro, arranhando o chão com os pés de ferro até deixá-la diante do fogo. Ele fecha a porta com um clique, deixa o ar invernal lá fora e volta, senta-se na cadeira com uma das sobrancelhas arqueadas.

— Vou ficar bem aqui.

Minha respiração é instável, mas não por medo. Em vez disso, estou cheia de expectativa.

Pela primeira vez na vida, *eu* estou escolhendo a pessoa que levo para a cama. Vou poder ver em que vai resultar toda essa tensão sexual e a química crescente entre nós. Só precisei de uma noite agitada e de uma ampulheta indicando cada vez menos tempo para encarar minha realidade.

Eu o quero.

Me cansei de afastá-lo, de tentar me confinar a negações e dúvidas. Entendo a importância de ele cumprir seus deveres reais, de não entrar no jogo de Midas. Mas também quero saber qual é a sensação de ter Slade verdadeiramente, e foi isso que tive de enfrentar quando acordei. Porque, se eu fosse embora sem contar para ele, sem me permitir isso, teria me arrependido para sempre. Teria levado a dúvida comigo.

Estou farta de não saber.

Chega um momento na vida em que é preciso escolher entre haver arrependimentos e a possibilidade de cometer erros. Prefiro cometer esses erros a viver sem arriscar, porque já perdi muita coisa. Correr riscos pode ser como caminhar por um deslizamento de terra, em que cada centímetro seu fica sujo, mas os arrependimentos são piscinas estagnadas de privação, e tenho andado nelas há muito tempo.

É hora de me sujar um pouco.

A atenção de Slade é só minha quando me afasto da parede. O fogo arde atrás dele como a boca de um demônio, mas a coisa mais quente neste quarto é *ele*. A maneira como me observa não deixa dúvidas de que seus pensamentos são tão imundos e depravados quanto ele prometeu.

— Sabe, não acho justo eu tirar a roupa e você continuar vestido — comento.

Slade sorri.

— Se queria que eu tirasse a roupa, Auren, tudo que precisava fazer era pedir. — Quando o encaro sem dizer nada, ele estala a língua. — Tímida?

Óbvio que estou um pouco tímida. Estou prestes a tirar a roupa para ele, exibir cada centímetro de mim, e isso é exasperador.

Como se percebesse o tremor de hesitação que percorre meu corpo, Slade comenta:

— Lembra quando, acidentalmente, entrei na barraca e você estava se trocando? — Balanço a cabeça para responder que sim, e ele continua: — Queria tanto tocar em você que precisei de todo o meu autocontrole para sair de lá. Admito que pensei naquele momento muitas e *muitas* vezes.

— Isso não é muito digno de um cavalheiro — provoco.

Ele sorri.

— Não sou um cavalheiro.

Por que algo tão simples provoca esse arrepio de excitação que sobe por minhas costas?

Antes de perder a coragem, olho para as fitas que ainda estão meio enroladas em mim para segurar o vestido. Uma a uma, eu as deixo afrouxar e cair lentamente, até que a parte de trás do espartilho, aberta, se solta como papel se desdobrando.

Quando todas as fitas estão no chão atrás de mim, elas tremem e se esticam. Toco a parte de cima do vestido, mais para mantê-lo no lugar do que para tirá-lo.

Olho para Slade e sinto o rosto esquentar, mas não vou deixar o nervosismo me vencer. Quero ser confiante, atraente, quero estar no controle. Quero me sentir *empoderada*.

Mantendo esse estado de espírito, viro-me até ficar de costas para ele, e o calor do fogo crepitante afaga minhas costas. Com os dedos sob a gola, deslizo o vestido por cima do ombro esquerdo, sentindo que exponho muito mais do que só pele. Duas fitas se elevam para ajudar a puxar a manga para baixo e, com a pulsação ricocheteando nas veias, faço o mesmo do outro lado, até o espartilho descer até a cintura.

— Não é fã dos espartilhos daqui, amor?

Essa maldita palavra.

— Não — respondo, balançando a cabeça. — E você também não seria, se *você* tivesse de usá-los.

Ouço uma risada baixa.

— Acho que não mesmo.

Começo a puxar o vestido para baixo, mas Slade intervém:

— Mais devagar.

Só duas palavras, e o desejo explode em meu ventre.

— Mandão.

— Rei — ele lembra.

Sorrio e, em seguida, com um movimento estudado, começo a tirar o vestido. Mexo os quadris de um jeito um pouco exagerado e, atrás de mim, ouço Slade gemer. Uma euforia me invade, e a confiança cresce o suficiente para que eu empurre o vestido para baixo e o deixe cair sobre os pés.

Olho por cima do ombro, tomando cuidado para manter o corpo imóvel enquanto viro a cabeça.

Ele está inclinado para frente, com os cotovelos apoiados sobre as coxas, as mãos unidas diante do queixo. Não há nada de entediado ou pontiagudo nele agora. Não, ele é puro calor e vontade contida, e eu *amo* ser a pessoa que pôs essa expressão em seu rosto.

— Solte esse seu cabelo lindo.

As fitas se levantam no mesmo instante, duas delas desfazem as tranças que criaram. Depois de uma ajeitada leve, o couro cabeludo relaxa, enquanto as mechas douradas caem em ondas suaves sobre minhas costas.

— Mal posso esperar para deslizar os dedos por cada mecha — ele anuncia para mim. — Enrolar seu cabelo no meu punho e inclinar sua cabeça para trás a fim de olhar nos seus olhos, enquanto pego você por trás.

O ar escapa de minha boca em um sopro trêmulo quando ouço as palavras pervertidas, e vejo seus olhos descerem. Descerem *mais*.

Slade vibra.

— Estou inclinado a concordar com você sobre os espartilhos, mas tenho que admitir que as roupas íntimas do Quinto são outra história.

Deixo escapar uma risadinha nervosa quando ele olha para minha bunda, que no momento está coberta com renda dourada. Meias brilhantes envolvem minhas pernas, sobem até a metade das coxas. As mãos dele pousam nos braços da poltrona, os dedos se curvam e apertam a madeira até perderem a cor, como se ele precisasse se conter para não me atacar.

— Vire-se para mim, Auren. — Sua voz ferve e acaricia.

Não sei como ele pode me afetar tanto, mas cada instrução firme acrescenta peso à luxúria que já tenho acumulada dentro de mim. Deixo o vestido no chão e giro lentamente até ficar de frente para ele, coberta só com luvas, meias, calcinha e botas.

Ele sorri quando vê meu cabelo comprido caindo perfeitamente na frente dos seios para cobri-los.

— Provocação pura.

— Estou apenas seguindo as instruções — respondo, com um sorriso malicioso.

Um movimento no chão nos faz olhar para baixo ao mesmo tempo, e vemos as fitas tentando se aproximar de Slade.

— Essas daqui, por outro lado, parecem bem descaradas — ele constata, muito satisfeito.

Dou um puxão nas fitas.

— Estão tentando se aproximar do fogo, só isso.

— Mentirosa. — Slade sorri e inclina a cabeça. — Venha cá.

— *Slade*.

— Não vou tocar sua pele, prometo. Ponha o pé aqui. — Ele abre as pernas e mostra o espaço entre elas.

Engulo em seco quando baixo o olhar e vislumbro a saliência muito visível em sua calça. Caminho para frente, levanto o pé com todo o cuidado e piso na beirada da cadeira, bem entre suas coxas musculosas.

Os olhos dele percorrem lentamente toda a extensão da minha perna. A voz de Slade vibra na garganta, e o barulho parece reverberar dentro de mim, me fazer pulsar.

— Você é a mulher mais deslumbrante que já vi.

O elogio faz o frio na barriga se espalhar e passar pelas frestas do meu peito. Não desvio o olhar de seu rosto enquanto ele registra preguiçosamente cada curva, como se quisesse prolongar a experiência de analisar cada parte de mim. Sinto uma vontade repentina de me inclinar e passar as mãos em seus cabelos, mas as ponho para trás e prendo os dedos na base das fitas.

Com meu pé apoiado na cadeira, Slade tem uma visão perfeita de... bem, de *tudo*. Respiro fundo com a intimidade de tudo isso, e ele me contempla com um brilho nos olhos.

Estamos incrivelmente próximos e, mesmo que a calcinha de renda me cubra e o cabelo caia sobre meus seios, ainda me sinto muito *exposta*. À luz do fogo, minha pele brilha, a trama apertada das meias cintila.

— Não se mexa — ele diz, e as mãos descem até os cadarços das minhas botas.

Paralisada, assisto enquanto seus dedos hábeis desatam o nó e começam a afrouxar meticulosamente as voltas. Quando afrouxa todas elas, ele dá um tapinha na bota e eu mudo de posição com cuidado, apoio o pé direito na cadeira. Ele repete a operação com o cadarço, depois olha para mim de novo.

— Pronto — declara, tranquilo.

Ponho o pé no chão, recuo e tiro as botas, depois dou mais alguns passos para trás, abrindo uma distância segura entre nós antes que um ataque o outro.

— Vá se sentar na minha cama.

Balanço a cabeça em negativa.

— Vou transformá-la em ouro.

— Não me importo — ele retruca, impaciente.

— Eu me importo. Os criados vão ver.

— Eles não têm permissão para entrar aqui.

Olho em volta de toda aquela bagunça e sorrio.

— Talvez devessem ter.

Slade comprime os lábios.

— A cama, Auren.

Grande Divino, o jeito como ele diz isso. A ordem é dada com um tom voraz, impaciente, *dominador*. Como se ele esperasse por mim durante todo esse tempo e estivesse pronto para o confronto. A necessidade lasciva em mim está doida por isso, quero ver quanto posso deixá-lo faminto.

— Hum, acho que vou ficar aqui — provoco. Meu tom é irreverente, embora tenha de me esforçar para não deixar escapar um sorriso.

Tomo o cuidado de ficar perto da parede, deixando apenas a parte de trás da minha cabeça encostar nela, cobrindo a pele com o cabelo para não dourar nada. Então, com uma ousadia que não sabia que existia em mim, dedilho toda a região abaixo da garganta com um dedo e o deslizo para baixo, entre os seios. Ele deixa escapar um grunhido baixo e rouco.

Slade levanta uma das mãos para deslizar o polegar pelo lábio inferior, e meu olhar segue o movimento, imaginando como seria se fosse a minha boca que ele estivesse tocando daquele jeito.

— Mais para baixo.

O comando ríspido me faz pressionar as pernas, tentando atender à súbita necessidade de fricção.

Com os olhos cravados nos dele, deixo os dedos descerem lentamente entre os seios em um desenho vagaroso. Desço além das curvas deles, movendo o cabelo em uma ondulação suave de provocação e tentação, sem revelar nada do que ele cobre.

— Mais para baixo — ele repete, e meus mamilos endurecem.

Deixo o toque deslizar até a barriga, contornar o umbigo e fazer uma pausa bem em cima da linha da calcinha. Slade se inclina para trás e levanta levemente os quadris para se ajeitar no assento, e não sei o que tem nesse movimento, mas ele espalha uma onda de calor entre minhas pernas.

— Você não tem ideia do que está fazendo comigo.

Dou uma olhada no volume que parece ter aumentado entre suas pernas.

— Acho que tenho uma *vaga* ideia.

Outra passada do polegar sobre o lábio inferior.

— Você fica bonita apoiada nessa parede, mas vai ficar ainda melhor encostada nela enquanto eu meto em você.

— Grande deusa — murmuro, inundada por uma necessidade recém-descoberta.

— Está quase anoitecendo.

Observo a porta da varanda, cujo vidro está coberto de pequenos veios congelados que descem de cada canto. Lá fora, a luz ficou turva, o cinza dando lugar à escuridão.

— É verdade.

Como se não conseguisse mais se conter, Slade se levanta da cadeira e alonga o corpo. Seu poder o envolve com um movimento circular, estende-se em dedos invisíveis para acariciar minha pele. Prendo a respiração e, mais uma vez, não sinto náusea ou aquele sentimento de inadequação. Em vez disso, sua magia parece soprar à minha volta como uma brisa imóvel.

Como um predador enjaulado, Slade vai até a porta vítrea da varanda e sorri.

— Você agora é quase minha.

Meus dentes capturam o lábio inferior em sinal de antecipação, tudo em mim treme com a espera. Quando ele toca o botão de cima da camisa preta, arregalo os olhos, e até as fitas continuam paradas.

Ao perceber minha expressão, ele faz uma pausa.

— Posso ficar com ela, se preferir.

Por um momento, franzo a testa, dominada pela confusão, mas depois entendo. Meu olhar acompanha as linhas móveis sob sua pele, cujas extremidades são visíveis acima do colarinho.

— Não se atreva — respondo. Se ele pensa que não quero vê-lo, está enganado. Não me incomodo com aquelas raízes estranhas sob a pele pálida. Na verdade, elas me fazem querer traçar o desenho de cada uma com os dedos.

Minha resposta provoca um sorriso safado, mas também vislumbro o lampejo de alívio em sua expressão. Ele se despe lentamente e, a cada botão que abre, meu coração bate mais forte.

Eu o vi sem camisa no círculo de luta, mas foi quando estava na forma de Degola e, grande Divino, quantos *músculos* ele tinha. Contudo, quando Slade tira a camisa e a joga no chão, prendo a respiração, porque...

— Você é lindo.

Uma risada surpresa escapa de seu peito, mas não estou brincando. Cada centímetro dele é esculpido com perfeição. Minha atenção é capturada por aquele corpo, e não consigo desviar o olhar.

Aqueles fios de poder parecem brotar do tórax, bem na linha esculpida abaixo dos peitorais. São grossos na porção inferior e idênticos, perfeitamente espelhados dos dois lados do peito e do pescoço, como raízes emergindo em busca do sol. São mais finos exatamente onde terminam, no limite da mandíbula, pouco mais grossos do que uma agulha, mas da largura do meu dedo na base.

Se não fosse pelo fato de se moverem com leveza, como um campo de trigo ao vento, eu pensaria que eram tatuados na pele pálida. Sinto vontade de deslizar a boca por cima deles, saborear os fios em sua curvatura.

Slade fica parado, deixando que eu sorva sua beleza, enquanto o poder gira em seu entorno. Meu olhar desce até o abdômen perfeitamente entalhado, até o V que desaparece sob a pélvis. Seus braços estão soltos ao lado do corpo, os músculos salientes, as veias fortes nos antebraços o suficiente para me deixar com água na boca.

Quando finalmente consigo olhar para o rosto dele, percebo que me aproximei dois passos, como se fosse atraída por ele, como se precisasse diminuir o espaço entre nós.

— Eu tocaria você se isso não fosse solidificá-lo — admito.

— Parte de mim já está bem sólida — ele responde, com um sorriso diabólico.

Meu rosto esquenta, e Slade se põe a andar na minha frente como um animal selvagem, esperando que as barras do tempo desapareçam. Ele tira os sapatos, e a energia impaciente que agora emite se mistura à violência de seu poder frenético, fazendo meus nervos vibrarem de aflição.

As mãos tocam o botão da calça, e meus olhos acompanham o movimento. Todavia, em vez de abri-la e me mostrar o restante do corpo, ele faz uma pausa, e eu *choramingo* de verdade. Alto.

Slade ri, me provocando agora como eu o provoquei antes.

— Está impaciente, Pintassilgo? — ele pergunta, se divertindo demais.

Abro a boca para responder, mas as palavras morrem ali, porque naquele momento eu *sinto*.

O formigamento de alerta que percorre minha pele exposta, fazendo os calafrios se espalharem como dados jogados. Encaro o vidro da porta e assisto à luz cinzenta se extinguindo com o último suspiro do dia.

Por fim, tiro as luvas e as deixo cair como um peso no chão, um sinal mais evidente do que o toque de qualquer sino. No momento em que minhas mãos se desnudam, estico o braço e toco a parede, e Slade paralisa quando vê minha pele nua entrar em contato com ela... sem produzir qualquer ouro.

— Finalmente, *caralho*. — Com cinco passos longos, ele elimina o espaço entre nós. De repente está ali, me segurando pela cintura, com os lábios firmes colados aos meus e, *por fim*, entramos em combustão.

31
SLADE

Auren se agarra a mim tão desesperadamente quanto eu a ela. Não há como recuar. Não mais. O restante da minha força de vontade se foi com o sol poente quando o nó da luz do dia se rompeu, e já não era sem tempo.

Eu a empurro para trás até suas costas encontrarem a parede, e então devoro sua boca, saboreio-a como queria fazer desde que a encontrei em meu quarto. Inclino sua cabeça para trás, faço com que abra a boca para mim e lambo seu sabor inebriante.

Isto não é um beijo. É uma *exigência*, e ela atende perfeitamente aos meus termos.

Estava esperando por este momento. Esperando por *ela*, então torço para que ela tenha certeza do compromisso que assumiu, porque sou egoísta o suficiente para obrigá-la a cumprir essa promessa.

Foi um sacrifício ficar sentado naquela cadeira e não a puxar para o meu colo. Precisei de toda a força de vontade para não tocar Auren enquanto ela se apoiava na parede, me atormentando com vislumbres de sua nudez, uma tentação testando minha determinação.

Maldito toque de ouro.

Auren se afasta dos meus lábios para respirar, mas eu insisto, me recusando a interromper o beijo. Não estou nem perto de me dar por satisfeito. E pensar que eu iria embora amanhã.

— Preciso recuperar o fôlego — avisa ela, afastando-se novamente e arfando no meu pescoço.

— *Eu* sou seu fôlego agora.

Minha língua lambe a superfície brilhante de seu pescoço, e ela estremece.

Acaricio seu rosto e deixo os dedos mergulharem nos cabelos longos que descem por suas costas. Eu a coloco exatamente na posição em que a quero e mordo seus lábios até que ela abra a boca ainda mais. Quando levanto sua coxa e a apoio de um lado do meu quadril para me aproximar, ela se derrete contra mim. Ela é ansiedade flexível envolta em graça sedutora.

Pressiono o quadril contra Auren, e a ninfa se esfrega em mim, arrancando um gemido da minha garganta quando seu calor procura meu membro duro. Estendo a mão, agarro sua cintura e a empurro contra a parede com firmeza.

— Coisinha indecente. Estou no controle agora.

Seus olhos brilham, impacientes, mas a expressão sedutora diminui a raiva que ela pode estar tentando demonstrar. As fitas envolvem meu tronco, como se ela fosse usá-las para me puxar para mais perto.

— Já esperei o suficiente — ela declara, com voz rouca, enquanto aquela aura dourada brilha à sua volta como se fosse meu sol particular.

— Esperei mais — respondo.

Não só esperei, como também *ia desistir dela*. Quase não consigo acreditar que ela está aqui, quente e disponível, *me* escolhendo.

Sem avisar, eu a levanto, porque não posso mais esperar. Auren tomou sua decisão, e essa era a afirmação de que eu precisava.

Ela grita de surpresa quando a carrego, mas as duas pernas envolvem minha cintura automaticamente. É tão perfeito que considero tomá-la ali mesmo, com Auren amparada por meus braços.

Fica para a próxima vez.

Por ora, quero adorar seu corpo no colchão macio, como ela merece. Quero provocar cada gota de prazer que puder. Eu a ponho na cama para...

Crec!

Com mais um gritinho, Auren rola para a esquerda, em direção à cabeceira da cama, e provavelmente teria acabado no estrado rachado se eu não a tivesse mantido rapidamente no lugar com meu corpo.

Nós dois olhamos para a cabeceira da cama, que caiu e arruinou o móvel todo. Também tem um buraco onde meu travesseiro costumava ficar. Ele atravessou o colchão e a estrutura, e caiu com um estrondo metálico, enquanto as penas do colchão flutuam ao nosso redor.

— Acha que o travesseiro de ouro também vai atravessar o chão de pedra? — pergunto, curioso.

Ela franze a testa, compondo uma carranca adorável.

— Tenho certeza de que vai ficar tudo bem — responde, depressa, embora não pareça nem um pouco convencida disso.

Com um sorriso, seguro seu rosto e o puxo de volta para mim, querendo toda a sua atenção.

— Não foi assim que imaginei a gente quebrando minha cama.

Um rubor lindo escurece suas bochechas, e ela dá uma risadinha, mas minha atenção está em outro lugar. Com ela embaixo de mim desse jeito, meu pau está tão duro que me surpreende que ainda não tenha rasgado a costura da calça.

Ela lambe os lábios quando me ajoelho, posicionando uma perna de cada lado dela. Afasto o cabelo de cima de seus seios, e finalmente vejo o que só tinha vislumbrado antes. A visão faz algo despertar em mim, um impulso quase animalesco de tomá-la.

Cabelo espalhado em volta da cabeça, olhos cheios de luxúria, lábios exuberantes entreabertos e seios subindo e descendo no ritmo da respiração rápida. Olho para essa linda criatura e tudo o que posso fazer é admirar. Contemplo e peço aos deuses para poder memorizar cada centímetro dela. Quero esta imagem gravada em minha mente por toda a eternidade.

Levanto sua perna, deslizando as mãos desde a panturrilha até a coxa. Puxo a meia lentamente, querendo apreciar cada parte exposta de sua pele macia. Faço o mesmo com a outra perna, saboreando o modo como ela estremece quando termino de remover a meia.

Para minha surpresa, ela usa duas fitas para começar a tirar a calcinha.

— Impaciente de novo? — provoco.

— Sim — ela responde, séria, antes que as fitas joguem a calcinha de lado, e as palavras fogem da minha mente quando olho para ela.

Completamente nua, Auren se revela por inteiro com o corpo brilhando à luz do fogo baixo.

— Você é a *perfeição* — rosno, incapaz de banir da voz uma nota ríspida. Não quando seus seios parecem implorar para serem tocados e avisto os mamilos escuros, duros e suplicantes. Não com ela ali na minha frente como um banquete, melhor do que todas as fantasias que já tive dela.

Eu me abaixo para pegar uma pena solta do colchão danificado e a deslizo entre seus seios, provocando outro arrepio de pele.

— Se eu fosse um artista, pintaria você assim.

Ela ri, o som é como música para meus ouvidos, e eu me abaixo para absorvê-lo com a boca. Ela geme quando minha língua a invade, ao mesmo tempo que deslizo a outra mão entre suas coxas para descobrir o que me espera.

Calor.

Um calor delicioso, pecaminoso e *molhado*. Deixo escapar outro gemido e, incrível, fico ainda mais duro dentro da calça. Auren vai me pôr de joelhos. Mas quem reclamaria, com uma vista dessa?

— Você já está molhada para mim — anuncio, com os lábios nos dela, antes de enfiar a língua em sua boca. Eu quero ter essa mulher. Com força, devagar, depressa, deitada, encostada em uma parede, não me importo. Só quero que ela seja minha.

Ela resmunga baixinho.

— Slade, por favor.

— Por favor, o quê?

Seus olhos ameaçam se fechar.

— Vai me obrigar a pedir?

Um sorriso toma conta de meu rosto.

— Sim.

— Não seja idiota.

Dou de ombros.

— Quero você se contorcendo. Quero seus gemidos de felicidade em meu ouvido. Mas também quero que essa boca linda sussurre as palavras safadas que quero ouvir.

— Você é *muito* exigente.

— Eu avisei.

Ela pensa um pouco, depois me surpreende levando uma das fitas até minha calça. Mas não se contenta em abrir o botão. Não, ela deixa aquela coisa afiada como uma navalha e corta o botão. Em seguida, minha calça é abaixada sem hesitação, e meu pau duro salta para fora.

Acho que não sou o único exigente.

A respiração de Auren parece ficar presa na garganta enquanto ela me observa. Ela se senta para me observar melhor e, com uma mordidinha no lábio, se aproxima. Olhando para mim com uma apreensão adorável, fecha os dedos em volta do meu membro.

— Cacete. — Deixo cair a cabeça para trás e solto um gemido. Seu toque é como a mais doce das armadilhas.

No início, a pressão é leve e experimental, mas depois ela parece reunir coragem e começa a me alisar por inteiro, apertando um pouco mais.

— Você é tão grosso que meus dedos quase não conseguem segurá-lo completamente — constata, ofegante, com os olhos fixos no meu pau. Em qualquer outro momento, eu a deixaria me tocar quanto quisesse, mas não agora. Estou muito impaciente, faminto por ela.

Sem aviso, seguro seu punho e a empurro de volta sobre a cama inclinada. Um suspiro escapa de seu peito quando posiciono suas mãos acima da cabeça. Olhos dourados me encaram, surpresos.

— Ei! Eu não tinha terminado...

Sorrio ante seu atrevimento.

— Tinha, sim. — Eu me inclino e deslizo a boca por seu pescoço, desejando estar em minha outra forma para poder arranhar a pele sensível com as presas. — Vamos, Auren. Quero ouvir você dizer que quer meu pau dentro de você.

Sua aura se inflama com o calor. É um desafio e ambos sabemos disso. A última chance de desistir.

— Grande Divino, essa sua *boca* — ela me repreende.

Meus lábios se estendem em um sorriso de lobo.

— Vai gostar muito dela quando eu lamber seu clitóris até você gritar.

Auren arregala os olhos, e a respiração acelera ainda mais.

— Quero sentir você.

— Quer me sentir fazendo *o quê?* — provoco-a, pressionando o pau entre suas pernas, provocando outro arrepio e sentindo sua umidade envolver meu membro. Ela tenta soltar as mãos, mas a mantenho imóvel e me esfrego nela mais uma vez, vendo em seu rosto a imagem perfeita de frustração sexual. — Vou lhe dar o que quer, assim que me pedir. Seja específica.

— Tudo bem — ela bufa, aparentemente aborrecida, mas não consegue me enganar. Sua aura a delata, assim como o rubor nas bochechas e a veia pulsando rápido no pescoço. Ela *gosta* de ser provocada. E gosta ainda mais quando falo sacanagem. — Quero sentir você dentro de mim. Quero que meta muito em mim, quero que enterre seu pau na minha... — Antes que ela consiga terminar a frase, levanto os quadris e a penetro com um impulso firme. — Ai, deusa... — ela grita, arqueia a coluna e joga a cabeça para trás, enquanto minha visão se afunila, porque estar dentro dela é *sublime*.

Um som rouco sobe por minha garganta, e faço tudo que posso para não explodir dentro dela aqui e agora. Sua boceta aperta meu pau como se tivesse sido feita para mim, tão apertada que tenho de cerrar os dentes para não a foder como um louco. Deveria ter ido mais devagar, provavelmente, mas não poderia esperar nem mais um segundo para sentir seu calor me envolvendo.

Eu me forço a ficar parado, esperando seu corpo se acostumar comigo para não a machucar. Mas ela tem outras ideias, porque começa a rebolar os quadris.

— Para com isso, estou deixando você se ajustar — repreendo-a, com tom de brincadeira, me inclinando para passar a boca sobre seus seios, lambendo um dos mamilos duros.

— Estou ajustada — ela ofega, me fazendo rir. — Quero mais. Preciso de você se movendo.

Também preciso me mover. Tê-la embaixo de mim desse jeito, com seu corpo abraçando meu pau, é o suficiente para me fazer perder a cabeça. Mas quero que ela perca a cabeça também.

— Olhe só para você, sentindo meu pau por dois segundos e já implorando por mais.

Sua cara contrariada é incrivelmente linda.

Seguro sua coxa e a ponho em volta da minha cintura, bem onde gosto.

— *Mexa-se* — ela insiste, reerguendo os quadris.

— Estou apreciando a paisagem.

Sorrindo da impaciência estampada em seu rosto, acaricio sem pressa a parte de trás de sua perna e subo pela curva de sua bunda, amando senti-la na palma da mão quando a aperto. Uso o aperto para levantar um pouco seus quadris, e então deslizo o pau para fora dela, antes de voltar a penetrá-la lentamente. Seu rosto vai da frustração ao prazer.

— *Isso...* — ela choraminga.

Repito o movimento, mas desta vez a penetro com tanta força que empurro seu corpo para cima na cama. As fitas se levantam e se enrolam nas colunas da cama para mantê-la parada.

Posso sentir meus olhos iluminados.

— Ah, as coisas que vou fazer com essas fitas... — Ela lambe os lábios como se a ideia a excitasse, e me inclino para morder sua boca, empurrando os quadris para frente com outro impulso profundo que a faz arfar. — Gosta de ouvir essas coisas? — Amo como suas bochechas ficam vermelhas, como os olhos se abrem. Vou assumir como missão pessoal pintar em seu rosto aquele rubor quente quantas vezes eu puder.

— S... sim.

— Que bom.

Outra penetração firme, mas desta vez seu corpo não desliza, as fitas a mantêm no lugar. Seguro seus quadris com as duas mãos e a coloco no ângulo perfeito.

No segundo em que ela está onde a quero, deslizo o pau para fora e começo a penetrá-la com mais força, saboreando a visão dos seios saltando a cada movimento dos meus quadris, a expressão em seu rosto a cada vez que entro nela. Auren começa a se contorcer embaixo de mim, arqueando as costas em uma súplica, à qual tenho grande alegria em atender.

Abaixo a cabeça para lamber uma linha sobre a curva de seus seios, e um gemidinho escapa de seus lábios macios.

— Vou foder esses peitos também. Derramar minha porra em cima de você, marcá-la em todos os lugares como minha.

— Ai, deuses, eu *preciso...*

— De que você precisa, Auren? — pergunto, com a boca em seu seio, antes de dar a mesma atenção ao outro. Seus mamilos são mais escuros, quase cor de bronze, as pontas rígidas praticamente imploram por meu toque. Passo a língua sobre um deles, prometendo a mim mesmo que vou provar cada centímetro dela. Vou tê-la quantas vezes eu puder antes do nascer do sol.

— Mais rápido — ela implora. — Mais forte. Me faça sentir tudo.

— Você quer gozar, meu amor?

Seus olhos brilham com o tratamento carinhoso.

— Quero.

— Quer que eu foda você forte e rápido, enquanto meus dedos brincam com seu clitóris?

— Sim! — ela grita, com um desejo inquieto.

Eu me abaixo e a levanto, as fitas afrouxam instantaneamente para me dar o espaço necessário para nos reposicionar na cama quebrada. Ela está no meu colo antes que possa piscar, e, segurando sua cintura, eu a levanto, coloco-a em cima do meu pau e, em seguida, a abaixo.

— *Caralho!* — O palavrão escapa da boca dela e as mãos agarram meus ombros, as unhas curtas apertando minha pele. Espero que ela deixe marcas, que desenhe pequenas luas crescentes em minhas costas.

Agarro seu cabelo e puxo seu rosto para trás a fim de fazê-la olhar para mim, e ela abre os olhos pesados com esforço.

— Na primeira vez que você me chamou pelo nome, só consegui pensar que queria ouvir você pronunciá-lo quando eu estivesse inteiro dentro de você.

A respiração dela é entrecortada, o corpo treme.

— Isso mesmo. — Assinto, levantando e abaixando seu corpo em cima de mim várias vezes, até nós dois estarmos ofegantes, arrastados pela torrente de prazer que vai levar ao ápice. — Quero ouvir você gritar meu nome enquanto essa boceta perfeita estiver apertando meu pau, me sugando até a última gota.

Ela fecha os olhos.

— Ai, deusa... Por favor, por favor, *por favor*!

Minha determinação chega ao fim.

O controle que me restava é destruído por sua súplica. Com a rapidez de um piscar de olhos, eu a empurro sobre a cama novamente e começo a penetrá-la como um homem possuído, *fodendo* de verdade.

Deslizo a mão entre nós para brincar com seu clitóris, e ela estremece com tanta intensidade que quase cai da cama.

— Ah, minhas... — Ela começa a gemer coisas incompreensíveis, virando a cabeça para a esquerda e para a direita, as fitas emaranhadas nos lençóis.

— Aceite o prazer que lhe ofereço, Auren.

Os sons que nossos corpos fazem juntos é a música mais pervertida que já ouvi. Gemidos, pele contra pele, uma cama rangendo em protesto. Tudo isso enquanto seu corpo delicioso me dá tudo que eu sempre quis e muito mais.

Meus dedos beliscam, contornam e acariciam enquanto eu a observo, noto cada movimento que faz sua boceta vibrar. Quero aprender, conhecer cada truque, cada ponto, cada movimento que vai fazer o corpo dela cantar para mim.

E ele canta.

— Isso, isso. *Não pare* — ela implora, e me inclino para devorar sua boca enquanto a penetro, porque a quero *por inteiro*, cada pedacinho seu.

Quando Auren choraminga com os lábios nos meus, deslizo a boca por seu pescoço até a região sensível embaixo da orelha.

— Você sente como está me apertando? Sente como eu como você com força? — murmuro, roçando os lábios em sua pele corada. — Vou ter você de novo e de novo e *de novo*. Vou decorar cada centímetro do seu corpo, levar você ao auge do prazer e depois fazer tudo de novo.

— *Ai...*

Minha mão não descansa, belisco e brinco com sua saliência e sinto sua umidade me cobrindo. Enfio o pau nela mais depressa e com mais força, e as carícias circulares sobre o clitóris são uma exigência implacável para vê-la explodir.

Sinto sua boceta apertar, sinto todo o seu corpo ficar tenso, e sei que ela está *quase lá*. Uso a outra mão para inclinar seus quadris ainda mais, e ouço um gemido.

— Isso, meu amor. Goze para mim. Quero que você se solte.

Ela resmunga um palavrão, olhos fechados, seios saltando, uma expressão linda de devassidão, e, de repente, sua aura se ilumina. Esse é o único aviso que recebo antes de ela gritar meu nome, me apertar com a força de um torno.

— *Slade!*

Meu nome em seus lábios no meio do orgasmo é o que basta para me levar ao limite com ela. Meu pau pulsa, e então explodo dentro dela. Gozo com tanta força que quase perco os sentidos.

— *Porra!*

A união do orgasmo compartilhado envolve toda a atração reprimida, todas as aproximações e os afastamentos que vivemos desde que nos conhecemos. Ela é tão perfeita que, mesmo estando enterrado dentro de Auren, ainda quero mais. Quero *tudo*, exatamente como falei para ela.

O prazer se prolonga, as penetrações se tornam irregulares, cada movimento mais lento que o anterior, porque não quero que isso acabe. Eu a quero bem aqui, comigo, quero sentir sua boceta perfeita apertando meu pau enquanto ela envolve meu pescoço com os braços.

O corpo dela estremece, os lábios deixam escapar um ruidinho de felicidade, e meu peito aperta. Por um segundo, apenas olhamos um para o outro, respirando ofegantes e com a pele suada.

Uma onda de inquietação melancólica me invade quando penso em como quase perdemos tudo isso. Se ela tivesse fugido, ou se eu tivesse partido mais cedo, como planejava, eu nunca teria vivido a experiência de Auren se entregando a mim — e não apenas seu corpo, mas *ela*.

Sei quanto foi difícil para ela revelar suas emoções, em particular depois de ter sido tão pisoteada e manipulada por tanta gente no passado. Sei o que foi necessário para ela confiar em mim e também sei que vou preferir me destruir a decepcioná-la.

Auren olha para mim com os lábios inchados. Há uma expressão linda e satisfeita em seu rosto corado, e é tão sexy que já a quero de novo. Ela acalma minha magia, aplaca minha raiva, invoca minha natureza feérica. É uma explosão de luz na minha escuridão, faz a vida explodir nas profundezas apodrecidas da minha alma.

Ela é tudo o que eu não mereço.

Mas vou mantê-la comigo mesmo assim.

Puxo-a para perto e me viro para poder me deitar de costas, com Auren em cima de mim, seu corpo se ajustando perfeitamente contra o meu. Arfamos juntos enquanto voltamos ao chão, nossos corações batem forte e unidos à medida que recuperamos o fôlego. Ela se acomoda em meu corpo, feliz e saciada, e as fitas ficam imóveis e flácidas sobre a cama, como se estivessem tão satisfeitas quanto ela.

Beijo sua cabeça e aperto o abraço para mantê-la junto de mim. Depois de um momento, ela olha para cima e apoia o queixo em meu peito, desenhando com os dedos linhas que se estendem e se curvam em direção ao meu pescoço. O toque é familiar. Íntimo. E isso me deixa muito satisfeito.

Quando afago seu rosto com um dedo, ela inclina a cabeça levemente na direção do toque. Não sei se ela percebe o que faz, mas até mesmo *isso* é gratificante. Quero que cada reação dela se incline para mim como galhos ao vento, dirigidas pela força de nossa sincronicidade.

— Em que está pensando? — ela pergunta, com a voz ainda rouca.

Passo a mão em suas costas, adorando o jeito como ela estremece quando meus dedos afagam a base das fitas.

— Em você — respondo, com simplicidade, contemplando-a como se quisesse absorvê-la. Seus olhos brilhantes, a boca macia e o arco das sobrancelhas: cada característica é perfeita porque é *ela*.

Ela me mostra seu sorriso lindo, e o encanto tímido em seus olhos me faz querer beijá-la de novo para poder saboreá-la assim, feliz.

Quando ela tenta se afastar de mim, eu a seguro e vejo o humor surgir em seu rosto.

— Vai me deixar levantar?

— Não é muito provável.

Ela ri.

— Você ainda está dentro de mim.

— Sim.

Seu sorriso ganha um toque de malícia, e sei que vou ter trabalho de novo, quando minha sedutora diz:

— Bem, se vai ficar aí, será que podemos fazer isso de novo?

Seguro seu queixo, não consigo banir do rosto a expressão de satisfação masculina, e meu pau já endurece outra vez.

— Ah, Pintassilgo, estamos só começando.

32
AUREN

Minha orelha está apoiada no peito de Slade quando olho para as portas de vidro da varanda. A noite se despede como se um artista pintasse o céu, desbotando o preto com tons suaves de cinza.

Slade dorme embaixo do meu corpo, e o ritmo de sua respiração é regular como o sopro de uma brisa. No entanto, não preguei os olhos.

Absorvi cada momento, saboreei cada toque, senti prazer com tudo que é dele. Neste momento, no silêncio do amanhecer que se aproxima, meu espírito está contente de um jeito como nunca me senti antes.

Isso lembra a sensação que eu tinha quando lia aqueles lindos livros de poesia em Sinoalto. É como se, de repente, eu ouvisse a vida como uma canção, uma entidade com mais profundidade do que eu jamais poderia imaginar. Tudo que vivi ou pensei de repente se une, faz sentido, tem um significado maior.

É assim que me sinto quando estou deitada aqui, sobre o corpo de Slade, com minha pele e a dele coladas, unidas por um calor compartilhado. Como se o véu da vida tivesse sido retirado, me mostrando a maior profundidade, a vibração de um momento e o meu lugar em tudo isso.

Quero ficar aqui para sempre.

Mas sei que não posso.

Com a ponta dos dedos, traço suas linhas de poder, observando os fios tênues que dançam sob sua pele pálida. Os fios agora são mais lentos, preguiçosos, como se também estivessem saciados e cochilando, sonolentos.

Eu me permito mais um momento de pura indulgência, desfrutando de como nossas pernas estão entrelaçadas e nossos corpos, enroscados, a sensação do braço dele em volta das minhas costas. É tão dolorosamente perfeito que fiquei melancólica, com medo de saber que a vida não vai continuar assim.

Mas eu queria que continuasse.

Quando o céu fica realmente fosco com aquela escuridão que precede o amanhecer iminente, enfim me obrigo a levantar. Preciso me mover devagar para não o acordar. Usando as fitas, levanto seu braço o suficiente para sair de baixo dele. Congelo quando ele resmunga, mas, em vez de acordar, ele mexe as pernas. Aproveito a oportunidade para me libertar de vez.

Com movimentos cuidadosos, levanto-me da cama quebrada e fico em pé, fazendo as fitas deslizarem com a mesma delicadeza. A lareira agora é só uma coleção de brasas fumegantes, e o frio do quarto arrepia a pele dos meus braços.

Começo a recolher minhas roupas jogadas pelo quarto como pássaros pegando migalhas de pão. Meu corpo está dolorido — deliciosamente dolorido — e eu gostaria mesmo de voltar para o meu quarto e tomar um banho antes do nascer do sol.

Rapidamente, visto as luvas, o vestido e as meias, depois pego as botas e as prendo embaixo do braço. Na ponta dos pés, me aproximo da porta, seguro a maçaneta e a giro, torcendo para as dobradiças não rangerem.

Quando abro a porta um centímetro sem ouvir nenhum barulho, solto um pequeno suspiro de alívio, que vira um grito quando alguém fecha a porta novamente.

Viro-me para trás e encontro Slade nu e acordado, parado quase em cima de mim.

— Vai a algum lugar?

— Você me assustou! — protesto, levando a mão ao coração acelerado.

Ele cruza os braços e se apoia na porta, me impedindo de sair.

— Por que está fugindo?

— Não estou *fugindo*. Só não queria acordá-lo. Você dormiu há menos de uma hora.

Um sorriso diabólico surge em seus lábios.

— De quem é a culpa?

Minhas bochechas esquentam no mesmo instante, apesar do ar frio.

— Sua! — retruco.

Ele inclina a cabeça e finge pensar.

— Hum, vou ter de discordar. Você é bem insaciável. Pediu para *fazermos de novo* várias vezes, se me lembro bem.

Gemo de vergonha, o que só o faz sorrir.

— Volte para a cama.

— Não posso. — Balanço a cabeça. — O sol vai nascer em breve.

Ele olha para as portas de vidro, para o horizonte que podemos ver por cima das muralhas do castelo.

— Podemos encaixar mais uma.

— Já me ajustei o suficiente para uma noite — brinco.

Slade ri, e o som delicioso faz com que eu me arrepie.

— Tudo bem. Espere eu me vestir, e a acompanho de volta aos seus aposentos.

Meus olhos quase saltam das órbitas.

— Do que está falando? Você sabe que não pode fazer isso.

Ele atravessa o quarto, e me distraio por um momento com suas costas fortes e a bunda firme, até que as duas desaparecem de vista quando ele entra no quarto de vestir.

Balançando a cabeça, aproveito a oportunidade para abrir a porta e sair. Espero que a sala de estar esteja vazia, por isso me assusto quando vejo o Falso Degola sentado em uma das cadeiras, com um mapa aberto no colo e uma bandeja de café da manhã sobre a mesa, na frente dele.

— Você *sempre* usa capacete e armadura? São quatro da manhã.

Ele nem vira a cabeça na minha direção.

— Acredite em mim, não é meu look favorito — murmura. — É um saco para comer... e mijar.

Torço o nariz.

— Eu não precisava saber disso.

Vejo meu casaco pendurado nas costas da cadeira em que ele está sentado, vou até lá e tento pegá-lo, mas ele não se mexe.

— Dá para sair de cima?

— Suponho que teve de fazer essa pergunta várias vezes nas últimas horas — ele brinca.

Abro a boca, mortificada, mas, antes que eu possa formar uma resposta, Slade entra na sala meio vestido, com a calça baixa sobre o quadril e a camisa preta desabotoada. Ele se aproxima do Falso Degola e dá um tapa em sua nuca, sem se importar com o capacete.

— Não me faça apodrecer sua língua a esta hora da madrugada.

O Falso Degola dá uma risadinha e encolhe os ombros, mal levantando os olhos do mapa.

— Só queria ver de que cor fica a pele dela quando ruboriza.

— Não seja idiota — Slade repreende enquanto abotoa a camisa, escondendo todos aqueles músculos sensuais que adoro apreciar. — Peça desculpas a ela.

Falso Degola se afasta do encosto e pega o casaco para me devolver.

— Desculpe, menininha dourada.

Pego o casaco e o visto antes de me sentar, enfiar os pés nas botas e amarrar os cadarços. De soslaio, vejo o Falso Degola fitando Slade.

— Pelo jeito, presumo que não vamos embora agora.

Olho para Slade e percebo que sua expressão endureceu.

— Foi o que pensei — Falso Degola diz, com um tom ligeiramente amargo. — Vai me enviar, então?

— Ainda não sei.

Um palavrão brota do capacete preto do Falso Degola.

— Droga, você sabe que não dá para brincar com isso. Precisamos ir ver...

— *Eu sei* — Slade responde. — Vamos falar sobre isso mais tarde.

O Falso Degola balança a cabeça, resmungando alguma coisa que não consigo ouvir. Termino de amarrar as botas, sentindo-me ao mesmo tempo estranha e curiosa depois de ouvir essa conversa.

— Está pronta? — Slade pergunta, parando ao meu lado quando termino de me ajeitar.

— Você não pode ir comigo.

Slade franze a testa.

— Não gosto da ideia de deixar você sair daqui sozinha como um segredo sacana. Vou ser discreto.

— É óbvio. Porque ninguém vai notar o Rei da Podridão andando pelos corredores com a favorita dourada às quatro da manhã — comento, bufando. — Nós dois sabemos que tenho de ir sozinha, para ninguém ver.

Ele estreita os olhos e, por um momento, ficamos presos em uma espécie de impasse. Depois, sem desviar o olhar, ele pede:

— Dê um minuto para nós.

O Falso Degola resmunga, irritado, mas se levanta e sai da sala, indo rumo à varanda. Quando estamos relativamente sozinhos, Slade passa a mão no cabelo preto e despenteado. Posso alegar, por experiência própria, que é tão macio quanto parece. No entanto, em vez de dizer qualquer coisa, ele hesita e parece dividido.

— Agradeço por querer me acompanhar, mas nós dois sabemos que não é uma boa ideia. Preciso mesmo ir. — Alguma coisa cintila nos olhos dele, e fico intrigada. — O que foi?

— Nada. Tudo — ele responde, frustrado. — Não gosto de deixar você sair daqui sozinha. E se Midas estiver lá?

— Não vai estar. Ele quase nunca me visita durante o dia, a menos que precise do meu poder. E ele está me evitando desde que...

Paro, mordo o lábio, mas Slade ouve o que não digo, e seus olhos verdes e profundos estudam um lado do meu rosto.

— É melhor ele não a tocar de novo.

— Não vai tocar.

Ainda assim, Slade não parece satisfeito.

— Diga-me que não está recuando.

Franzo a testa.

— Recuando?

— Não está se arrependendo, está? — ele me pergunta, encarando atentamente o meu rosto.

Então é *isso*. Meus olhos se suavizam e a voz é gentil:

— A noite passada me fez sentir um monte de coisas, mas arrependimento não é uma delas.

O alívio parece remover a tensão de seus ombros ao mesmo tempo que ele solta um suspiro.

— Que bom. Manter você amarrada na cama o dia todo me tomaria muito tempo.

O comentário me surpreende.

— Você não ousaria.

Ele se inclina à procura de alinhar seu rosto com o meu, e vejo de novo aquela malícia em seus olhos.

— Você inteira, todas as partes. Não vou desistir, lembra? *Definitivamente*, eu a amarraria na cama se você tentasse desistir. Suas fitas até me ajudariam, provavelmente.

Meu estômago se contrai com as implicações provocantes. Não posso nem negar a parte das fitas, porque elas estão tentando subir pelas pernas dele.

— Bem... em breve não vai poder nem me tocar — lembro.

Seu hálito quente acaricia minha bochecha.

— Não duvide de mim. Eu poderia fazer você implorar de novo, mesmo sem tocar sua pele.

Grande Divino.

Engulo em seco, na tentativa de me livrar do desejo que ele provoca.

— Preciso ir agora, ou não vou ter tempo para tomar banho antes do nascer do sol.

Aparentemente satisfeito com meu rubor, ele se endireita.

— Tome o café da manhã primeiro.

Olho para a mesa, e meu estômago escolhe esse momento para roncar, o que faz Slade sorrir vitorioso.

— Um *croissant* — aceito.

— E ovos — ele acrescenta. — Frutas também. Talvez um pouco de presunto.

Revirando os olhos, eu me viro e me sento na poltrona, e Slade se senta imediatamente ao meu lado. Ele pega um prato e começa a enchê-lo, enquanto eu examino a variedade de *croissants*.

Antes que eu possa escolher um, ele coloca o prato em minhas mãos, e reajo, surpresa:

— Não consigo comer tudo isso.

— Consegue, sim. Além disso, precisa reabastecer seu corpo. Gastamos muita energia ontem à noite — ele responde, com um sorriso.

Quantas vezes posso corar antes do amanhecer?

Opto por encher a boca, em vez de responder, enquanto Slade come do próprio prato, embora muito mais devagar.

Pigarreio e olho em direção à varanda.

— Não vai deixar ele voltar para dentro? Parece frio lá fora.

— Ele está bem — Slade diz, com descaso.

— Não estou, não! — Falso Degola declara através do vidro, mas não se vira de onde está apoiado nas grades da varanda. — Está nevando de novo, porra!

Slade ri e continua a comer. Ficamos sentados em um silêncio confortável por certo tempo, mas me distraio várias vezes quando ele morde o pão e fica com os lábios polvilhados de açúcar, o qual quero muito lamber.

— Se continuar me olhando assim, não vou deixar você sair.

Meus olhos encontram os dele, cheios de uma fome que não tem nada a ver com a comida. Termino de engolir, deixo o prato sobre a mesa e me levanto.

— Ok, vou voltar para o meu quarto. Obrigada pelo café da manhã.

Os olhos de Slade percorrem meu corpo, que reage: sinto um frio na barriga e os mamilos enrijecem.

— Deveria comer mais — ele insiste depois de fitar rapidamente as janelas, mais claras a cada segundo. — Não acho que comeu o suficiente.

— Não, sério, estou... — Paro e olho para ele, desconfiada. — Espera um minuto. Você está... está tentando me atrasar de propósito?

Ele pisca uma vez antes de se virar, servir o líquido de uma jarra e beber um gole.

— Não sei do está falando. Gosto da sua companhia e acho que deveria ficar até bem depois do amanhecer, só isso.

— É *isso*. Você está me atrasando. Por quê?

Slade está se esforçando *demais* para parecer inocente.

— Não tem motivo para isso. Aliás... se você tenta tomar banho durante o dia, transforma a água do banho em ouro líquido ou sólido?

— Poderia ser sólido, mas isso exigiria muito poder. A água se transformaria em ouro líquido assim que eu a tocasse, e isso não é jeito de tomar banho. É por isso que preciso ir. Lavar o corpo com água dourada não deixa a gente muito limpa.

— Isso é lamentável — ele diz, embora não pareça achar lamentável.

Arregalo os olhos quando compreendo tudo.

— Ai, minha deusa, Slade! Você está tentando me atrasar para eu não poder me lavar?

Em vez de negar, o filho da mãe pervertido tem a coragem de sorrir.

— Eu disse que os feéricos são um pouco selvagens. Gosto de sentir meu cheiro em você. E quero mantê-lo aí.

Eu deveria sentir nojo, mas o fato de ele querer que eu guarde seu *cheiro* em mim faz meu estômago dar uma cambalhota.

— Você é grosseiro.

— Já falamos sobre isso.

Com um pequeno suspiro, me viro e caminho para a porta.

— É isso, vou tomar banho como uma pessoa normal. Você deveria fazer a mesma coisa.

Ele suspira e me segue até a porta.

— Tudo bem, mas vai me ver hoje à noite no acampamento. Vou pedir para Lu tirar você daqui.

Olho para ele, hesitante.

— Não sei se é uma boa ideia.

— Ninguém vai ver. Confie em mim. Ela vai te esperar do lado de fora da sua varanda. — Um brilho divertido ilumina seus olhos. — Ouvi dizer que ela sabe onde fica.

— Ela lhe contou sobre isso?

Slade sorri.

— Sim. Ela disse que foi uma das coisas mais engraçadas que já viu... o jeito como você ficou pendurada na varanda. — Bato em seu braço, mas isso só o faz rir.

Slade abre a porta para mim, bota a cabeça para fora por um momento antes de me encarar outra vez.

— Tudo limpo — confirma.

— Obrigada.

Passo por ele e sinto seus olhos em meu corpo quando começo a andar pelo corredor escuro.

— Hoje à noite, Auren — ele repete, com tom calmo, e as pontas das minhas fitas se torcem com a promessa sedutora em sua voz.

Paro no fim do corredor, olho para ele por cima do ombro, e um sorriso secreto curva meus lábios, enquanto uma excitação proibida me inunda.

— Hoje à noite.

33

Rainha Malina

Os dedos de Jeo estão vermelhos como seu cabelo despenteado pelo vento, como se o frio envolvesse suas mãos com força implacável e os apertasse.

Eu o observo do meu lugar em frente à janela, enquanto ele puxa a vara de pescar rústica, com a linha mergulhada nas profundezas do buraco no lago congelado. A cada poucos minutos, ele tem de cortar o gelo que tenta se reformar, como se a própria natureza trabalhasse contra ele.

Com outro puxão, ele tira da água um peixe cinza do tamanho de sua mão e o joga se debatendo atrás de si na pequena pilha que já pegou, todos imóveis há algum tempo.

Ele então deixa a vara de lado e se abaixa, reunindo todos os peixes em um balde de lata que servia para retirar as cinzas da chaminé, antes de ser redirecionado para a tarefa de guardar nossa comida.

Segundos depois, as botas dele batem na soleira da porta, e um vento gelado toma conta de tudo no momento em que ele entra. Ele fecha a porta depressa a fim de impedir a entrada de mais ar invernal, mas não me afasto da janela. Nem mesmo quando escuto o barulho do balde na pequena cozinha, ou quando ele tira as botas pesadas e as deixa para secar em frente ao fogo.

Fico olhando pela janela suja, coberta de poeira congelada. Continuo a observar além da montanha nevada que bloqueia minha visão do Castelo Sinoalto, do outro lado dela.

Estamos nesta casa segura há quatro dias. Quatro dias desde que fugi do meu castelo ao descer uma escadaria de pedra que parecia não ter fim. Caminhei até sentir que minhas pernas iam ceder, engolida por aquele túnel de escuridão e fitando a luz das velas que Sir Loth Pruinn carregava, andando na frente da fila.

Nós cinco chegamos aqui naquela noite sem que ninguém viesse atrás de nós ou descobrisse a passagem secreta. A localização da casa segura não foi descoberta pelos rebeldes. No entanto, o preço desse sigilo foi pago pelos meus outros dois guardas, que ficaram para trás em busca de garantir que não seríamos seguidos. Eles nunca vieram nos encontrar e, provavelmente, já estão mortos em algum lugar daquela sala dourada.

— Dormiu um pouco? — Jeo pergunta atrás de mim.

Olho para ele e o vejo tirar alguns peixes do balde e jogá-los sobre a pequena bancada. O cheiro invade meu olfato imediatamente, e torço o nariz com repulsa.

— Você precisa fazer isso?

— A menos que queira morrer de fome, sim.

Minhas costas se enrijecem com seu tom, com a falta de respeito, porém, se ele percebe minha irritação, não faz nada para amenizá-la. Pega uma faca da gaveta e começa a cortar o peixe com movimentos irregulares, arrancando metade da carne junto às escamas.

— Dormiu? — ele pergunta novamente.

— Não consigo descansar naquele quarto horrível. — Encaro a escada de madeira escondida no canto da casa, como se pudesse ver todo o caminho até o cômodo em questão. Detesto isso. O colchão irregular, a lareira que espalha mais fumaça do que calor, os lençóis que cheiram a mofo e a poeira. — Está muito frio.

Ele franze a testa e comprime os lábios.

— Esta casa é velha, mas temos sorte de tê-la.

A risada entrecortada expressa amargura.

— Sorte? Acha que foi *sorte* eu ter perdido meu castelo, ter perdido o controle de Sinoalto no decorrer de uma semana?

— Não foi isso que eu...

— Eu sou a governante legítima do Sexto Reino — eu o interrompo, e meus olhos se tornam tão gelados quanto sua cor. — Isso é resultado do veneno de Tyndall que se espalhou pela cidade e me forçou a sair de *casa*. Fui obrigada a me esconder neste canto miserável.

— Certo. — A faca faz barulho quando ele começa a cortar com mais força, a destrinchar o peixe como se imaginasse estar cortando algo muito diferente. — Bem, lamento que este lugar não seja luxuoso o suficiente para você, Majestade. — Sinto um ardor gelado queimar meus olhos.

— *Como é que é?* — Como ele ousa falar comigo dessa maneira?

— Olhe em volta — ele diz, movendo a faca como se fosse uma extensão da mão. — Os rebeldes tomaram conta do palácio. A maioria dos seus soldados se voltou contra você. Você governa sozinha há várias semanas, e veja o que aconteceu.

Meu maxilar é gelo sólido. Se ranger os dentes mais um pouco, vai quebrar.

— A culpa disso é de *Tyndall*...

— Sim, é tudo culpa *dele* — Jeo interrompe, e me encara de frente. Pela primeira vez, percebo como seus lábios estão rachados, como a pele lisa do rosto ficou áspera e marcada por linhas rosadas, como se tivesse levado tapas dos ventos de inverno durante as muitas horas ao ar livre, pescando.

E nessas linhas, naquela pele descascada, naquelas olheiras, eu percebo. A maneira como me tornei *menor* a seus olhos. Se eu estivesse em Sinoalto, usando meus lindos vestidos e a coroa de opala na cabeça, ele não ousaria falar comigo dessa maneira.

Mas estou aqui. Fugi do meu próprio castelo, visto roupas de décadas atrás, encontradas em um baú e semidestruídas por traças. Não tenho criados, nem cozinheiros, nem conselheiros, nem coroa, nem *castelo*.

— A montaria de uma rainha não fala com ela desse jeito — respondo, com tom frio, um aviso para que cale a boca.

O rubor vermelho sobe pelo pescoço dele, brota da gola engomada da túnica e do casaco que usa há muitos dias. Mas não é vergonha que dá cor à sua pele sardenta, é raiva.

— Esta *montaria* tem trabalhado dia e noite para manter você alimentada, aquecida e confortável, enquanto tudo que você fez foi ficar sentada reclamando e olhando para aquela janela suja, em vez de *fazer* alguma coisa!

O choque forma nuvens brancas diante da minha boca, enquanto olho fixamente para ele.

Depois de um momento, sua raiva cede, os olhos azuis se suavizam um pouco. Eu o odeio ainda mais por isso.

— Não pode ficar esperando que tudo seja entregue em suas mãos, e depois ficar furiosa quando isso não acontece — ele diz, tranquilo.

— Se eu tiver alguma dúvida sobre como abrir as pernas e ganhar a vida trepando, eu peço sua consultoria, Jeo — respondo friamente. — Entretanto, quando se trata de ser monarca, você não tem qualificações para me dar conselhos.

Ele ri sem curvar os lábios, um som sem qualquer alegria.

— É óbvio. Que bobagem a minha.

Jeo joga a faca com força sobre a bancada e se dirige à porta, pronto para sair.

— Aonde vai? — pergunto.

Ele para, veste o casaco e calça as botas cobertas de neve.

— Prefiro ficar lá fora tentando pegar a porcaria dos peixes. Eles são uma companhia melhor.

Ignoro o ataque de birra e vou para a cozinha, onde os peixes que ele já começou a limpar ainda estão sobre a bancada, de boca aberta e sem espinhas.

— E o jantar?

Jeo dá de ombros enquanto abotoa o casaco.

— Não sou cozinheiro. Sou só uma montaria, certo? — Ele olha para Sir Pruinn, que está sentado ao lado do fogo, acompanhando nossa conversa descaradamente. — Talvez o comerciante pudesse tirar a bunda da cadeira, para variar?

Sem dizer mais nada, ele sai e bate a porta como uma criança. Um grunhido sobe por minha garganta quando o vejo se afastar, caminhar até a beira do lago e sumir de vista.

Meu estômago se contrai.

Passos se aproximam, mãos repousam sobre meus ombros e me viram. Olho para as mãos pálidas.

— Solte-me, Sir Pruinn.

O comerciante de olhos prateados sorri, despreocupado, apesar do meu aviso. Em vez de me soltar, ele segura meu braço e me puxa para fora da cozinha diminuta, rumo à área de estar em frente ao fogo.

— Sua montaria real vai voltar. Ele só precisa extravasar. Você devia vir descansar os pés.

— Não gosto de ser tocada — declaro, mas me sento na almofada dura da cadeira mais próxima das chamas. Não importa com quanta lenha alimentemos a lareira dia e noite. Nenhuma quantidade de combustível é capaz de me fazer sentir o efeito daquelas faíscas alaranjadas. Não supero o frio que tomou conta de mim desde o momento em que saí de Sinoalto.

Sir Pruinn se acomoda na cadeira à minha frente, onde está lendo um livro da coleção sem graça da estante empoeirada. Por um momento, ele simplesmente me observa, com um tornozelo apoiado no joelho, o cotovelo sobre o braço da cadeira para a mão poder apoiar a cabeça. Sua atenção ociosa me irrita.

— O que é?

Seus olhos de níquel brilham.

— Você não merece nada disso. De jeito nenhum.

Os nós defensivos que dei em minhas entranhas se afrouxam levemente.

Ele balança a mão, mostrando a sala.

— Você deveria estar em um castelo, reinando sobre súditos que a adoram e a respeitam.

— É óbvio que deveria — respondo, endireitando-me. — E estaria, não fosse por meu marido.

— Ele queria que você anunciasse a chegada de um herdeiro que não é seu.

Minhas narinas se dilatam, o choque percorre meu corpo.

— Onde ouviu isso. — Não é uma pergunta, é a exigência de uma resposta.

Ele não se retrai sob meu comando. Em vez disso, o comerciante de cabelos claros sorri.

— Ouço muitas coisas. É por isso que continua me encontrando, lembra?

Recosto-me na cadeira, odiando a sensação da almofada embaixo de mim, como se fosse recheada com palha. Não me importa há quanto tempo esta casa segura foi construída, os monarcas anteriores deveriam tê-la mantido equipada com coisas dignas da realeza que talvez precisasse fugir para cá. No momento em que sair deste lugar horrível, vou renová-lo por completo.

— Não ouvi o suficiente — acuso. — Deveria ter sido capaz de me contar com antecedência o que estava acontecendo, como Tyndall usou seu mensageiro para espalhar uma rebelião tão violenta.

— Dias antes não teriam feito diferença. O resultado teria sido o mesmo.

— Você não tem como saber — respondo. — Eu poderia ter mudado a maré. Sinoalto é meu. É tudo que eu quero e vou conseguir.

Ele se inclina para frente.

— Sabe, há outra maneira de conseguir o que você mais deseja.

Nossos olhares se encontram novamente, gelo perfurando ímãs.

— Não vou falar da suposta leitura de meu destino. Já disse isso antes e vou repetir: não sobrou nada do Sétimo Reino.

Pruinn levanta um ombro, e noto que suas roupas ainda parecem impecáveis.

— A magia não mente.

— A magia mente muito, Sir Pruinn, assim como as pessoas que a utilizam. Se ainda não aprendeu isso, você é um tolo.

Ele fica olhando para mim em silêncio, mas não desvio o olhar. Enfrento o escrutínio de frente, deixo que veja o aço congelado em minhas costas.

— Uma rainha faz o que precisa fazer para garantir seu reino — ele diz, por fim, e acena para a porta. — Sua montaria pode não entender isso, mas eu entendo.

— Você é um caixeiro-viajante que se interessa por adivinhação. Não sabe de nada.

Um sorriso surge em seu belo rosto, um sorriso duro que compõe uma expressão indecifrável.

— Como quiser, Majestade.

A postura em seu tom me irrita, como se cedesse não por respeito, mas por decepção. Sir Pruinn pega o livro e recomeça a ler, como se não se importasse com o mundo. Como se o cheiro pútrido do peixe ainda naquele balde não o incomodasse, ou o fato de estarmos escondidos aqui não fosse inconveniente algum.

Ranjo os dentes por causa da irritação, que se tornou uma coisa tangível, um objeto entre meus molares. Não importa quantas vezes eu mastigue e triture, ele ainda está lá, fazendo meu queixo doer.

Vários minutos de silêncio se passam, e não tenho nada a fazer, exceto permanecer sentada em uma almofada dura e ranger os dentes.

Ruídos invadem a monotonia que domina minha cabeça, e eu levanto o olhar no momento em que meus dois guardas entram na casa. A neve respinga deles como gotas de lama, fragmentos molhados que se infiltram no chão.

Observo os rostos rachados de frio, com gelo grudado nas sobrancelhas, as bochechas vermelhas por trás dos lenços que cobrem boca e nariz. Jeo entra atrás deles e fecha a porta, e eu me levanto, cheia de expectativa.

— Bem? — pergunto quando eles começam a tirar as capas geladas para pendurá-las perto do fogo.

O loiro, chamado Tobyn, se curva primeiro, enquanto Nile, o mais velho com mechas grisalhas, se inclina para tirar as botas.

— Não fomos vistos, minha rainha — Tobyn avisa, ainda um pouco ofegante.

— Mas o que descobriram na cidade? — insisto. — O povo continua rebelado? Que tipo de força tomou conta do castelo?

— Não há mais rebelião — Nile responde, soltando os sapatos pesados com um baque.

Eu os encaro, confusa, notando como Tobyn e ele se entreolham. Não me importa que tenham caminhado quilômetros na neve, ida e volta entre a cidade e o nosso pequeno esconderijo atrás da montanha. Estou esperando há mais de doze horas para saber o que encontraram.

— Explique.

— Aqui. — Jeo aparece e coloca canecas de chá fumegante nas mãos dos homens. Os dois guardas agradecem. — Sentem-se, devem estar quase caindo de cansaço. — Reprimo um suspiro de impaciência enquanto eles bebem tranquilamente metade do chá nas canecas e se sentam ao lado do fogo.

Meu olhar de desagrado repousa no rosto de Jeo, mas ele não olha para mim para percebê-lo, embora eu saiba que pode senti-lo grudado em seu perfil como uma geada.

— Quero saber o que encontraram. — Meu tom reflete a irritação como uma engrenagem desgastada. — Preciso enviar uma mensagem aos meus aliados e ordenar que as casas nobres tragam seus soldados até mim. Vou precisar de todas as espadas e, assim que todas estiverem reunidas, vou poder recuperar Sinoalto.

A tensão entre os guardas é como uma corda esticada.

— Majestade — Tobyn começa, como se tivesse engolido um inseto. — O Rei Midas enviou forças...

Meu corpo fica paralisado.

— Como assim, "ele enviou forças"? — reajo. — O restante do exército do rei está no Quinto Reino com ele. Não poderiam ter chegado aqui tão rapidamente.

— Se me permite? — Sir Pruinn interrompe. Sob meu olhar penetrante, ele continua: — Avisei que o Rei Midas enviou seu mensageiro para entregar o... acordo com Vossa Majestade, ciente de que muito provavelmente não concordaria com isso, e ele estava pronto para sua reação. Fez o mensageiro e, possivelmente, outros ajudarem a acelerar a revolta em toda a cidade. Não seria demais acreditar que, já que ele teve a visão de espalhar a rebelião, também teria um jeito de contê-la.

Minhas unhas afiadas se enterram na madeira do braço do assento. Meu tom é tão regular, tão baixo, que todos os homens na sala ficam tensos, contaminados por ele.

— Estão me dizendo que essa rebelião que Tyndall *planejou* foi facilmente esmagada pela própria pessoa que arquitetou tudo?

— Não sei nada sobre isso... — Tobyn responde, coçando a nuca de um jeito nervoso. — Mas podemos confirmar que os focos foram controlados. Parece que a força do Rei Midas retomou o castelo, prendeu a maioria dos amotinados, e os rebeldes recuaram. O rei então ofereceu pagamento a qualquer um que interrompesse sua participação na destruição da cidade e permitiu que alguns se mudassem para o Quinto Reino.

Eu me levanto e caminho até a janela, cerrando os punhos com tanta força junto do corpo que parece que meus ossos vão quebrar.

— Majestade?

Olho pelas vidraças sujas, através da água congelada, para a montanha ao fundo. Meu olhar penetra o gelo, a neve e as rochas a fim de ir buscar meu castelo atrás de tudo.

Ele o tirou de mim. *De novo.*

Meu trono, minha coroa, meu castelo, minha casa.

Ele nem está *aqui* e, ainda assim, conseguiu tirar tudo de mim.

— Envie uma mensagem aos meus aliados — ordeno ao me virar. — Aqueles que juraram lealdade aos Colier. Tyndall não pode ter enviado muitos batalhões, não se optou por manter alguns com ele no Quinto. Com esses homens, posso recuperar, posso...

Tobyn me interrompe, balançando a cabeça:

— Minha rainha, os nobres já fugiram para o Quinto e...

— E o *quê?* — pergunto por entre os dentes.

Tobyn troca outro olhar com Nile, e minha atenção se volta para o guarda mais velho. Ele se endireita, como se antecipasse um golpe depois de dizer:

— Houve um anúncio ontem. Informaram ao povo que Vossa Majestade foi... bem, assassinada durante os ataques rebeldes. O brasão do Rei Midas marcava a declaração.

Assassinada?

— Ele está alegando que morri? — Minha voz vai ficando estridente.

— Sim, Majestade.

Alguns dizem que a raiva queima.

Não é o meu caso.

A minha vira gelo sólido. Fica cristalina, dedos de gelo que tocam e cobrem cada centímetro do meu interior, gelando os nervos, revestindo minha expressão de frieza intensa.

— Conseguimos trazer uma carroça e alguns cavalos — Tobyn revela. — Não é uma carruagem real, mas isso só chamaria atenção, de qualquer maneira. A cidade está repleta de guardas que não reconhecemos. Não sabemos em quem podemos confiar. Se o rei fez esse anúncio... temos de presumir que está decidido a garantir que *continue* morta, se é que me entende. Poderíamos tirá-la daqui. Levá-la para algum lugar seguro.

— Não. — Minha cabeça balança no ritmo da tempestade de vento que começa a sacudir tudo lá fora. — Não vou me deixar exilar!

— Malina — Jeo chama, em voz baixa. — Acabou.

Meus olhos se voltam para ele e para suas palavras covardes, e a máscara se quebra e revela minha fúria.

— *Não* acabou.

Ele se aproxima de mim, a preocupação e a frustração transbordando do azul de suas íris, e odeio aquela expressão de pena, odeio quando as mãos tocam meus braços.

— Acabou, Malina — ele repete, baixinho. — Ele recuperou a cidade, os soldados, seus aliados. Acabou de declarar que você foi assassinada. Você precisa ir embora antes que ele transforme esse anúncio em realidade.

— Pela última vez, você é uma *montaria* — disparo. — Está abaixo de mim, é pago para ser montado. Um prostituto não vai determinar as ações de uma rainha!

Ele deixa as mãos caírem, e o peso do gesto reverbera em mim, sobe por minhas pernas.

Talvez mais tarde eu consiga me importar com a dor que encontro em seu rosto, no entanto agora não sinto nada enquanto o encaro.

— Você é uma cadela gelada, Malina.

Ranjo os dentes.

— Pra você é *Rainha*.

Ele ri sem nenhum humor.

— É mesmo?

Surpresa, olho para ele. Antes que possa dar uma resposta contundente, uma sombra passa na frente da janela e desvia minha atenção.

— O que foi isso?

O clima na sala muda imediatamente, todos ficam tensos.

Jeo vai olhar lá para fora, usa a manga do casaco para limpar a vidraça e enxergar. Atrás de mim, os guardas já estão de pé, em movimento. Nile vai para a porta, Tobyn vai até a janela dos fundos.

— Estão vendo alguma coisa? — pergunto.

— Não, nada — Tobyn responde. — Vou sair e verificar o perímetro.

Ele abre a porta, e vento e neve invadem o espaço antes que ele consiga fechá-la.

Tento me aproximar da janela a fim de espiar, mas Jeo me impede.

— Espera.

Começo a empurrar seu braço, mas os gritos de Tobyn lá fora me paralisam.

Meu coração para, e o ar passa entre meus lábios comprimidos como uma fina folha de papel. No entanto, o que acontece a seguir é ainda pior do que o grito de gelar o sangue que parece ecoar pelas montanhas.

Silêncio absoluto.

— Grande Divino... — Jeo murmura, e todo o sangue abandona seu rosto.

Um medo horrível me consome, imobiliza meus membros, cola meus pés ao chão como se fossem blocos de gelo. O grito interrompido de Tobyn ecoa em meus ouvidos.

Jeo fecha as venezianas, enquanto Nile corre até a porta e fecha o ferrolho.

— Precisamos levar Sua Majestade para a carroça!

Pruinn aparece ao meu lado em um instante, com a bolsa sempre presente pendurada no ombro.

— Não tem outra porta — Jeo declara, segurando a adaga com dedos duros de aflição. — Não temos ideia de quantos homens podem estar lá fora.

— A que distância está a carroça? — Pruinn pergunta.

Nile balança a cabeça.

— Não muito longe. No máximo uns cinco ou seis metros. Tentamos deixar os cavalos embaixo do trecho de telhado que cobre a lenha.

Jeo lambe os lábios, vai girando em seu lugar, pensativo, até seus olhos pousarem na janela fechada atrás de nós.

— Ok, um de nós sai pela porta, os outros ajudam a rainha a sair pela janela. É mais perto de onde está a carroça, e eles não esperam por isso. Vamos protegê-la por todos os ângulos — ele sugere, balançando a cabeça como se o corpo estivesse convencendo a mente.

Nile concorda.

— Vou pela porta, e vocês dois levam a rainha para a carroça.

Os homens trocam olhares, enquanto algo pesado e horrível se acomoda sobre meus ombros.

— Ele enviou homens para me matar — murmuro. — Não posso acreditar que aquele filho da mãe arrogante, que só se tornou rei porque se casou *comigo*, ousaria tentar me matar!

— Malina! — Jeo se impacienta. — Não temos tempo para sua indignação. Só temos *uma* porra de chance aqui, entendeu? Ou morremos todos, assim como Tobyn.

Ele volta para perto de Pruinn e Nile, enquanto espiam pelas janelas e sussurram seus planos apressados.

— Pronta?

Olho para Jeo, atordoada, porque não, *não* estou pronta.

— Devíamos ficar aqui.

— Se ficarmos, seremos mortos, Majestade. Não temos gente suficiente aqui para defendê-la. Fugir é nossa única chance — Nile explica.

Eles não esperam minha aprovação. Jeo agarra minha mão e a aperta.

— Mantenha a cabeça baixa e continue correndo, assim como fizemos antes. Certo?

Minha cabeça pesa quando assinto, a adrenalina foca minha visão e se acumula, porque o corpo não sabe o que fazer com ela.

Nile se posiciona na porta, enquanto Pruinn e Jeo trabalham juntos para abrir cuidadosamente as venezianas, verificando o lado de fora tanto quanto é possível.

— Nada — Pruinn confirma. — E a carroça está ali.

Jeo olha para o guarda.

— Ao seu sinal.

Tudo isso está acontecendo muito rápido.

Nile remove o ferrolho, fazendo todo barulho que pode enquanto Jeo e Pruinn quebram a janela. Então Nile sai correndo pela porta aberta, com a espada erguida e gritando uma ameaça, enquanto Jeo pula pela janela.

No momento em que Jeo chega ao outro lado, sou empurrada e puxada simultaneamente pelos homens. Caio, as mãos da minha montaria agarram minha cintura e ele me puxa para baixo, para o chão. Mas as saias do meu vestido ficam presas nas bordas serrilhadas da janela quando sou puxada para fora com força, e o vidro me corta através do tecido, arranca sangue dos rasgos em minha pele. Justamente quando uivo de dor e caio em pé lá fora, um grito corta o ar.

Nile.

Exatamente como antes, o grito ecoa e se prolonga, até que é interrompido de repente, de um jeito que anuncia que a vida foi interrompida com ele.

Com horror e terror pulsando nas veias, sinto Jeo segurar minha mão no momento em que Pruinn salta pela janela atrás de mim. Então, todos corremos em direção à carroça, pisando na neve que alcança até os joelhos. Os cavalos batem os cascos, balançam a cabeça e relincham de medo. Pruinn passa correndo por nós e pula para o banco do condutor, agarrando as rédeas antes que os animais fujam.

— Depressa, Malina — Jeo pede, quase me arrastando pela neve até a parte de trás da carroça. Assim que minhas mãos tocam a madeira áspera e as mãos dele tentam me levantar, algo escuro se move na periferia do meu campo de visão. Viro a cabeça bem a tempo de ver uma sombra se mover junto da lateral da casa, e o terror percorre minhas costas.

— Jeo...

Ele gira com a adaga na mão, mas não tem nada lá. Meus olhos se movem, varrendo toda a área, porque sei que vi alguma coisa, mas a sombra desapareceu e...

Lá.

Meus olhos se voltam para a esquerda, enquanto fiapos de uma estranha fumaça preta parecem se desprender das sombras da casa. Observo, paralisada de medo, enquanto ela se condensa com lentidão, formando a imagem de um homem cujo rosto é coberto por um capuz. O homem parece envolto em um véu escuro, como se a sombra estivesse grudada nele. Até a espada em sua mão é escura, com sangue fresco escorrendo da lâmina e pingando, ameaçador.

Jeo se vira e me empurra com força.

— Vá!

Meu corpo cai para frente, o quadril bate na borda da carroça, a cabeça se chocando contra a madeira congelada. Termino de subir no momento em que as rédeas estalam como um chicote nas mãos de Pruinn. A carroça dá um solavanco para frente, e eu me esforço para encontrar um apoio a que me agarrar, ao mesmo tempo que o grito rouco de Pruinn ecoa:

— Iááá!

Jeo corre atrás de nós, está a apenas trinta centímetros da carroça, e consegue se agarrar à parte de trás. No entanto, o homem está logo atrás dele, correndo para frente. Suas sombras se adaptam e se moldam ao corpo, de modo a torná-lo quase invisível no ambiente, perfeitamente camuflado enquanto distorce escuridão e luz.

Jeo quase tropeça na neve densa, e sei que, em segundos, a velocidade dos cavalos o fará perder a chance, e ele também sabe disso. Com um grunhido determinado, ele avança e consegue agarrar o fundo da carroça.

No entanto, assim que começa a subir, uma espada aparece no ar, erguida por esse demônio invisível que a empunha. Abro a boca para gritar seu nome e alertá-lo, mas já é tarde demais.

O som que a lâmina faz ao atingir as costas e o peito de Jeo é como o suspiro antes de um grito.

Os grandes olhos azuis de minha montaria param em mim. Com choque, com medo. Com a *morte*.

As mãos de Jeo escorregam da parte de trás da carroça conforme o sangue se espalha por seu casaco, e ele cambaleia. A carroça continua a correr sem ele, mas seu olhar permanece preso ao meu, com o horror gravado em nossas expressões.

Apenas um segundo depois, o homem encapuzado e envolto em sombras arranca a espada das costas de minha montaria, fazendo um grito sair da boca de Jeo.

O sangue jorra, mancha, vaza do buraco aberto em seu corpo, a cor combinando perfeitamente com seu cabelo. O grito de Jeo cessa quando seus joelhos tocam a neve. Sinto mais um segundo de seu olhar em mim, e depois ele cai de cara na neve e não se levanta mais.

Os cavalos ganharam impulso, correm tanto que quase me jogam para trás e para fora da carroça, mas me seguro, sinto os olhos congelando enquanto olho fixamente para onde Jeo está caído.

Sei que é o choque, mas não tenho fôlego para gritar nem para sussurrar. Minha língua está congelada no céu da boca, incapaz de pronunciar seu nome. Tudo que posso fazer é observar como a sombra e a luz giram juntas ao lado do corpo inerte de Jeo, escondendo o responsável por sua morte. A magia adere e se divide em fiapos mortalmente calmos que nem mesmo o vento inclemente consegue tocar.

Tobyn e Nile estão caídos, imóveis em frente à casa segura, como um jardim macabro plantado pela Morte. Plantados ali onde seu sangue criou raízes, onde a terra absorveu sua vida e fez brotar seu fim.

Pruinn grita outra vez para instigar os cavalos, e o poder do assassino se dissolve no ar. Respiro fundo ao passo que ele fica ali como a ameaça encarnada. Nenhum batalhão de soldados foi enviado para me matar, nenhum bando de assassinos. Apenas um homem mortal envolto por um poder maligno.

O homem empurra o capuz lentamente, e então vejo os olhos escuros me observando em um rosto de remendos de pele de dois tons. Como se o rosto também brincasse com luz e sombra.

Nossos olhos se cruzam, e sou incapaz de desviar o olhar, incapaz de fazer qualquer coisa exceto encará-lo conforme a bile sobe à minha garganta. Ele olha para mim com uma promessa perigosa, mas sustento seu olhar.

Você, ambos parecemos dizer.

Você.

Então, a carroça faz uma curva fechada em torno de uma colina coberta de rocha e neve, e não o vejo mais. O som dos cascos dos cavalos imita de alguma forma o dos joelhos de Jeo batendo no chão.

Ao longe, ouço o toque do sino do castelo ecoar pelas montanhas, um aviso de que a tempestade começa a ganhar força. Gelo e vento vão ficar violentos e, pela manhã, o corpo de Jeo não será mais do que uma saliência na neve, escondido pelo céu e roubado pelo chão. De manhã, Sinoalto estará fora do meu alcance novamente e sob o comando do homem que me usou para roubá-lo, à medida que sou forçada a fugir da sombra que ele enviou para acabar comigo.

Uma fúria como nunca conheci antes se levanta e endurece como ondas irregulares de um mar que se tornou glacial, paralisado pelo gelo que não pode ser derretido. Quando a nevasca chega, nem percebo. Estou fria demais por dentro para senti-la.

34
AUREN

Durmo como se tivesse morrido, um sono tão profundo que recuperar a consciência é como sair de um buraco a sete palmos do chão. Mas acordo, porque meu subconsciente está me alertando para alguma coisa... errada.

Abro os olhos com esforço e me sento de maneira brusca, à procura de afastar os últimos resquícios de sono, os sentidos vibrantes.

Quando percebo um movimento no quarto escuro, sinto um momento de pânico antes de meus olhos pousarem no intruso.

— *Lu?* — Minha voz está rouca e embargada, mas olho para a Cólera com incredulidade. Ela está sentada na frente do fogo com os pés apoiados na banqueta, um livro em uma das mãos e uma taça de vinho na outra.

Ela olha para mim.

— Que demora. O sol se pôs há uma hora. Você estava roncando.

O constrangimento me faz resmungar, indignada:

— Não estava, não.

Provavelmente estava.

Mirando a varanda e as janelas, noto que Lu tem razão; dormi o dia inteiro. Não só tomei banho antes do amanhecer, como apaguei quando o sol estava nascendo e dormi até agora. As atenções de Slade me esgotaram, no melhor sentido da palavra.

Esfrego o rosto, afasto as cobertas e me levanto, alongo os braços acima da cabeça e sinto pequenas pontadas de dor por toda parte. Acho que isso tem mais a ver com minhas atividades noturnas do que com os exercícios, e tenho de lutar contra o rubor ao ser inundada pela torrente de recordações.

— Como entrou aqui? — pergunto ao me aproximar de Lu, notando que ela não só está bebendo meu vinho, como também se serviu da bandeja de comida que os criados enviaram. Ela deve ter alimentado o fogo na lareira, porque está muito quente e brilhante.

Eu me jogo na cadeira em frente a ela e observo os restos de comida na bandeja. Parece que Lu se serviu dos cortes de carne e do que havia na tigela. Tudo que resta é um bolinho de chocolate, algumas frutas secas e metade de um sanduíche com crosta de canela ao qual falta uma mordida.

Levanto uma das sobrancelhas.

— Gostou da minha comida?

Ela dá de ombros.

— Já comi coisa pior. Mas nunca vou entender por que este reino acha que é uma boa ideia colocar açúcar em tudo. Na cidade, pedi um ensopado de carne e ele veio coberto com calda.

Torço o nariz, dou uma mordida no bolinho e bebo um pouco de água.

— Como entrou aqui?

— Foi fácil. Vim pela varanda.

Franzo a testa.

— A porta estava trancada.

— É mesmo? — Lu pensa um pouco. — Bem, então você precisa de guardas melhores. Ninguém patrulha o terreno aqui em volta, e os que estão no corredor nunca ouvem nada.

Quando ela menciona *guardas melhores*, o rosto de Digby surge de repente em minha mente. E, assim, o café da manhã açucarado azeda na minha boca. Consigo engolir o que estou mastigando, mas parece que o que chega ao estômago é culpa.

— Que foi?

— Nada. É só que... eu tinha um bom guarda — respondo, mexendo em uma das fitas no meu colo enquanto penso em Digby e Sail. — *Dois ótimos, na verdade.*

— Tinha?

— Foi minha culpa — respondo, incapaz de entrar em mais detalhes. Sail foi esfaqueado pelo capitão dos Invasores Rubros por minha culpa. Digby é prisioneiro de Midas, que o usa como uma ameaça contra mim, por minha culpa.

De repente, me sinto estranha, porque não esperava que essa tristeza incontida me desse uma rasteira e me fizesse tropeçar na dor. Principalmente na frente de Lu.

Preciso conversar com Slade sobre Digby o mais rápido possível, e sobre Rissa também. Devia ter feito isso ontem à noite, porém... estava ocupada. Eu só queria um momento para mim. Não quis deixar a realidade invadir e manchar nosso tempo juntos.

No entanto, foi egoísmo da minha parte ceder e ignorar todos os meus problemas. A culpa agora toma conta de mim, porque Digby pode estar definhando em uma masmorra em algum lugar, enquanto estou aqui desfrutando da companhia de Slade e reclamando de como a comida é doce.

Que tipo de pessoa horrível faz isso?

Lu interrompe o silêncio denso:

— Sei como é quando uma coisa ruim acontece e a culpa é sua — comenta com naturalidade. Aprecio o tom prático. Sou grata por ela não tentar me convencer de que não foi minha culpa. — Quando Degola me colocou no comando do flanco direito, eu me tornei arrogante demais. Mas tivemos a primeira batalha e perdi muitos homens e mulheres.

Eu a encaro e noto seus olhos voltados para as chamas do fogo, a pele escura iluminada pelo calor.

— Cada vida perdida... foi minha culpa, sabe? Eu era responsável por comandá-los, e todas as ordens fizeram com que alguns vivessem e outros morressem.

Ela levanta a mão em busca de tocar os contornos de adagas cortados em seu cabelo, e de repente me pergunto se há algum significado para aqueles símbolos.

— Quando você se sente responsável pela morte... isso permanece com você. Gruda na sola dos pés toda vez que você dá um passo. — Assinto lentamente em sinal de compreensão, e Lu solta um suspiro, assumindo uma expressão estoica ao se endireitar na cadeira. — Mas essa é a maldição dos sobreviventes. Temos de viver com nossos mortos.

Quando penso em todas as pessoas que morreram por minha causa, meus ombros pesam.

— Viver com os mortos é mais difícil do que viver com os vivos.

Ela me encara, e vejo a malícia voltar à sua expressão.

— A menos que o vivo em questão seja o idiota do Rei de Ouro.

Rio baixinho e balanço a cabeça.

— Você não tem ideia.

Rindo, Lu deixa a taça de vinho sobre a mesa e aponta para ela.

— Nosso barril de vinho é melhor do que isso.

— Concordo. — Abandonando o bolinho no prato, fico de pé. — E aí, vai mesmo conseguir me tirar daqui?

Lu me encara.

— Não me ofenda, Douradinha.

Elevo as mãos em um gesto apaziguador.

— Tudo bem, tudo bem. Espera só eu me vestir.

Demoro uns minutos e, quando saio do quarto de vestir, estou com um vestido novo e meu cabelo não é mais um ninho de rato. É possível que tenha caprichado um pouco mais na aparência para agradar a um certo rei, por isso escolhi o vestido com cuidado e parti só *duas* barbatanas do espartilho. As coisas que fazemos pelos homens com quem dormimos.

— Ok, estou pronta — anuncio ao voltar, enquanto visto o casaco.

Lu salta da cadeira com agilidade.

— Finalmente. — Ela se aproxima, segurando o livro que esteve em sua mão o tempo todo.

Quando abaixo a cabeça e percebo do que se trata, arregalo os olhos.

— Como conseguiu isso?

— Estava por aí.

Eu a encaro.

— Estava dentro de um dos vestidos no quarto de vestir.

Lu dá de ombros e veste seu casaco preto e grosso.

— Você precisa de esconderijos melhores.

Balançando a cabeça, pego o livro feérico e o coloco no bolso interno do casaco. Lu sai na frente e, antes que eu feche a porta da varanda depois de sair, ela pula sobre a grade.

— Lu...

Sem hesitar, ela dobra os joelhos e vai *virando cambalhotas* para baixo.

Corro, apavorada, mas Lu concluiu os movimentos perfeitos e, de algum modo, conseguiu se agarrar à grade da varanda de baixo. Com algumas façanhas acrobáticas malucas, e fazendo parecer muito mais fácil do que realmente é, ela dá impulso com as pernas, gira o corpo e pousa perfeitamente agachada no chão coberto de neve lá embaixo.

Fico encarando-a no escuro, boquiaberta.

— Como fez isso? — murmuro.

Ela sorri.

— Foi fácil.

Bufando, enrolo todas as fitas no corrimão da grade antes de subir ali. Agarrada a metade delas, faço as fitas me descerem lentamente até se esticarem por completo. A outra metade se enrola na grade da varanda de baixo, eu me balanço e repito o processo.

Quando enfim chego ao chão, meus braços tremem e respiro com dificuldade.

— Demorou demais — Lu adverte. — Mas reconheço que foi melhor do que a primeira vez que testemunhei isso.

Fito-a.

— Nem todo mundo é um mestre das cambalhotas que simplesmente desce rolando três andares de varandas.

Ela sorri e se põe a andar, e eu a sigo, notando que os cães estão presos no canil onde passam a noite, e o cercado externo está vazio e silencioso.

— A força do seu braço é ridícula. Precisa voltar e treinar conosco de novo.

As poucas sessões de treinamento que tive com a Cólera foram a coisa mais desafiadora e rigorosa que já fiz, mas também me fizeram sentir bem mentalmente — uma maneira de me livrar de vulnerabilidades e fraquezas.

— Eu gostaria disso — admito.

Lu parece satisfeita, e me encara com um ar enigmático.

— Estou feliz por você ter recuperado o juízo, Douradinha.

Não acho que ela esteja falando sobre o treinamento. Sorrio.

— Eu também.

— Você parece estar controlando as fitas com mais habilidade — ela comenta, e não posso evitar o orgulho provocado pelo elogio.

— Tenho tentado treinar com elas sempre que posso.

— Ótimo. — Lu aprova com um com um aceno de cabeça. — Agora, precisa calar a boca, ok?

Surpresa, murmuro:

— Grossa.

Eu a sigo ao longo da fileira de estufas até a esquina das muralhas do castelo. O céu fica mais escuro a cada minuto, trazendo as sombras que cercam a terra durante a noite. Ela para e olha em volta, ergue a mão para eu esperar e, depois de um momento, acena indicando que podemos continuar.

Analiso em volta, nervosa quando passamos pelos estábulos e, mais uma vez, Lu me faz parar bem na esquina, mas desta vez ficamos lá por alguns minutos, e noto que ela consulta um relógio de bolso preso ao cinto.

— Você calculou os rodízios dos guardas? — sussurro, mantendo as costas pressionadas contra a parede áspera do estábulo.

— Sim. Fique quieta — ela ordena.

Fingindo costurar os lábios, observo a área em torno do castelo, notando as esculturas de gelo à distância. São bonitas durante o dia, mas à noite parecem espectadores apavorantes, com silhuetas ameaçadoras e misteriosas. Continuo a fitá-las, e meu coração quase sai pela boca quando vislumbro um movimento. Ao perceber que são dois guardas vindo em nossa direção, fico tensa, mas Lu olha para mim, ordenando silêncio e imobilidade.

Quase nem respiro quando eles se aproximam cada vez mais da frente do estábulo. No entanto, antes de passarem bem na nossa frente, um deles murmura alguma coisa que não consigo ouvir, e os dois olham para trás, momentaneamente distraídos. Não tenho ideia do que chamou a atenção deles, mas não poderia ter vindo em melhor hora.

Lu faz um movimento brusco com a cabeça, e a sigo apressada, correndo na direção oposta. Olho para trás, mas os guardas nem olham em nossa direção.

A Cólera para novamente quando chegamos ao gazebo do jardim. Então, consulta o relógio de bolso como se tivesse memorizado todas as rondas da guarda e contasse os segundos.

— Essa foi por pouco — sussurro, ainda com o coração disparado pelo resto de adrenalina. — Ainda bem que eles se distraíram. — Esfrego as mãos, sentindo o ar frio penetrar através das luvas. — E aí, qual é o plano? Como vamos fugir?

— Os guardas abrem os portões do castelo daqui a três minutos para a mudança da patrulha do perímetro externo. Vamos escapar nesse momento.

Miro-a, incrédula.

— Do que está falando? Não podemos simplesmente... *nos esgueirar* pelos portões da frente do castelo.

Ela nem desvia o olhar do relógio.

— Sim, podemos.

De repente, me sinto como se estivesse conversando com uma pessoa maluca.

— O portão da frente deve estar repleto de guardas.

— Geralmente tem uns trinta — ela responde enquanto dá de ombros.

Meu queixo cai.

— E, mesmo assim, espera que a gente simplesmente saia daqui? Você ficou louca?

— Mechas Douradas, sua voz está um pouco estridente. Precisa afrouxar as fitas e respirar fundo.

Ok, posso estar em pânico, mas ela não precisa bancar a engraçadinha.

— Vamos ser pegas se tentarmos sair por esse caminho — insisto. — Pensei que tivesse encontrado uma saída secreta, subornado algum guarda ou coisa do tipo.

— Não é necessário — ela responde. — Pronta para ir?

— Não! — sussurro.

Lu revira os olhos e parece muito calma com tudo isso.

— É só não falar, e vamos ficar bem. Agora venha, ou vamos perder nossa chance.

Resmungando um palavrão, eu a sigo para fora do gazebo e pela passarela de pedra. Passamos pela última escultura de gelo, depois pelo pátio e, em pouco tempo, nos aproximamos do portão do castelo.

Tochas presas ao alto da muralha são como dedos de ferro se projetando da pedra com unhas afiadas e em chamas. Avisto soldados de armadura no parapeito superior, com suas capas roxas balançando ao vento frio. Há carroças e carruagens vazias e desengatadas à esquerda, e uma estátua de pedra de um rei qualquer do passado bem no meio da área, de modo que a primeira coisa que se vê ao entrar pelos portões é um monarca morto há muito tempo com um sabre na mão.

Lu para à sombra de uma alcova cheia de sacos de areia, provavelmente para despejar no chão quando precisarem compactar a neve. Mesmo nesse esconderijo, estamos expostas demais para o meu gosto.

— Lu... — sussurro. Não me interessa quanto ela pode ser furtiva. *Não há como sairmos por esses portões quando eles forem abertos.*

Ela olha diretamente para mim, um olhar penetrante que me silencia. Slade confiou nela para me tirar do castelo, não teve absolutamente nenhuma dúvida de que ela seria capaz de me levar ao acampamento, e isso, bem como a confiança que eu mesma tenho nela, me faz permanecer exatamente onde estou.

Quando dois guardas caminham até os portões e começam a erguer a pesada viga atravessada sobre eles, Lu sussurra:

— Prepare-se, Douradinha.

Apesar do frio, estou suando de nervoso. O portão se abre, e uma fila de guardas entra, aparentemente cansados, andando com os ombros caídos e em meio a passos arrastados. Vários deles seguem em frente pelo terreno, à medida que alguns se põem a conversar com os outros soldados, sem pressa para colocar a viga de volta no lugar.

Quando Lu começa a caminhar em direção ao portão, cerro os dentes e corro para frente. Agarro-me a ela como uma sombra ao meio-dia, meus olhos se movendo por todos os lados e notando as dezenas de guardas ao redor, só esperando que um deles nos veja e dê o alerta.

Minha pulsação ecoa forte nos ouvidos, mas Lu continua a avançar, confiante, sem hesitar nem por um segundo. Seus passos de pássaro são silenciosos, como se fosse capaz de voar de um lugar para outro; o corpo é ágil e gracioso em cada movimento, o que faz com que me sinta pesada e barulhenta ao seu lado. Mesmo quando enfim ultrapassamos a última sombra da muralha e temos de seguir em espaço aberto na direção do portão, Lu não diminui a velocidade.

No momento em que ficamos descobertas, dois guardas na muralha relanceiam em nossa direção, e eu me preparo. Mas com tanta agilidade quanto olharam para nós, desviam o olhar novamente.

O que é isso?

Não sei bem como eles não nos viram, mas não tenho tempo para apreciar completamente quanto estivemos perto do desastre, porque chegamos ao portão nesse momento. O grupo de guardas a vários metros de distância também se vira em nossa direção, e eu fico tensa, pronta para correr.

Todavia, mais uma vez, eles se distraem, desviam a atenção um segundo antes de seus olhos pousarem em nós. Todos os homens resmungam e chutam a neve com as botas, apontando para algo que não consigo ver. Uma cutucada de Lu me faz fitá-la de novo, e saímos juntas pelo portão.

Respiro fundo no momento em que estamos fora das muralhas do castelo, franzindo a testa com incredulidade.

Nós saímos.

Não acredito que acabamos de sair pelo portão da frente, bem ao lado de todos aqueles guardas do castelo. Sei que Lu criticou a segurança de Ranhold, e agora posso entender o porquê. E, ainda assim, alguma coisa está errada. Isso não foi sorte, de jeito nenhum.

À medida que nos afastamos às pressas, sinto como se houvesse um alvo gigante nas minhas costas douradas, mas... nada acontece.

Nada mesmo.

Olho para trás, espio através da escuridão as torres de guarda que sei que devem estar ocupadas, mas não ouço nenhum grito. Quando Lu e eu chegamos ao topo de uma colina afastada o suficiente das muralhas do castelo, novos guardas aparecem para patrulhar o perímetro externo, e os portões são fechados outra vez.

Lu assente com satisfação.

— Agora está tudo bem — ela declara, com tom firme. — Bom trabalho, ficou em silêncio. Se falasse, teria dificultado as coisas para mim.

— Como *diabos* conseguimos isso? — arfo, tentando acompanhá-la enquanto corremos pela neve.

— *Nós* não conseguimos. *Eu* consegui — Lu responde, varrendo a paisagem com os olhos castanhos.

Projeto uma fita para segurar seu braço e fazê-la parar.

— O que aconteceu? O que foi aquilo?

Lu olha contrariada para minha fita e a afasta.

— Tenho um pouco de magia.

Levanto as sobrancelhas.

— Você tem magia? De que tipo?

— Nada muito radical, não consigo apodrecer pessoas vivas ou transformar um castelo em ouro, mas posso desviar a atenção.

A surpresa me faz balançar a cabeça.

— Como isso funciona?

Ela dá de ombros.

— Sinto quando as pessoas estão voltando a atenção para mim, e, simplesmente... faço com que prestem atenção em outra coisa.

Bem, trata-se de um truque bem útil.

— E consegue estender o efeito para as pessoas que estão com você?

— Até certo ponto — ela responde. — Uma pessoa é fácil. Mais do que isso, fica um pouco mais complicado.

— Podia ter me dado essa informação *antes* de me tirar de lá.

Lu sorri, e seus dentes brancos brilham na noite.

— Mas assim foi mais divertido. Devia ter visto sua cara lá atrás. Pensei que fosse fazer xixi.

— Muito obrigada — reajo, com tom seco.

— Vamos, está mais frio aqui do que meu nariz nas Estéreis. Vou levar você para encontrar os outros.

Sorrio ao segui-la, vislumbrando ao longe o brilho alaranjado das fogueiras. Quando a euforia invade meu peito, percebo quanto estou animada para rever Slade, e também os outros membros da Cólera. Até o grande e brutal Osrik, que ainda me assusta um pouco.

É engraçado, mas passar pelas tendas do exército do Quarto é muito mais confortável do que os luxos do castelo que ficou para trás. Na verdade, é um pouco como voltar para casa.

35
AUREN

A atmosfera no acampamento é exatamente como me lembro. Os soldados estão reunidos em torno das fogueiras, tendas de couro salpicam a neve e o cheiro de fumaça e de carne assada paira no ar.

Quanto mais entramos no acampamento, mais os soldados me notam quando passamos, e logo fico constrangida com a maneira como seus olhos me seguem. Não é tão hostil quanto antes, quando eu era uma prisioneira aos olhos deles, mas há uma desconfiança evidente na expressão de todos.

Não que eu possa condená-los — só consigo imaginar o que pensam de mim, não tenho ideia do que ouviram ou se há fofocas no acampamento. Um grupo pelo qual passamos fica em silêncio absoluto; as vozes são interrompidas no meio da frase quando me notam. Tento oferecer um sorriso rápido, mas eles desviam o olhar.

— Eles me odeiam? — pergunto, incapaz de me conter.

— De maneira geral, não confiam em você — Lu responde conforme caminhamos lado a lado. — E nunca vão confiar, se a virem como o bichinho de estimação de Midas.

Balançando a cabeça, reprimo a vontade de puxar o capuz e cobrir o rosto. Não quero dar a impressão de que estou escondendo alguma coisa ou que tenho motivo para me envergonhar. Não me ajudaria em nada com essas pessoas.

Em vez disso, mantenho o queixo erguido, os ombros abertos, deixo as fitas se arrastarem na neve atrás de mim, as pontas douradas brincando e saltando sobre o chão brilhante. Se quero me adaptar aqui, ganhar a confiança ou, pelo menos, a tolerância desses soldados, não posso me esconder. Ao meu lado, Lu balança a cabeça em sinal de aprovação, como se eu tivesse feito o movimento certo, o que alimenta minha determinação.

À medida que continuamos passando por tendas lotadas, vejo uma mulher que reconheço. Inga, a soldada que encontrou Judd e eu quando roubamos o barril de vinho do flanco direito de Lu. Ainda não consigo superar o constrangimento que senti quando Judd contou que eu estava com *problemas de mulher*. Que idiota ele é.

Como naquela vez, Inga tem uma série de espirais marrons na cabeça e um cachimbo de madeira preso atrás da orelha. Ela surge do outro lado de Lu e nos acompanha.

— Como foi o treinamento? — Lu pergunta, sem rodeios ou cumprimentos.

— Foi bem. Revi algumas novas rotinas, antes de deixá-los sair para passar a noite na cidade.

— Ótimo — Lu responde. — Por que não vai à cidade também? Você conquistou esse direito.

— Obrigada, mas prefiro ficar aqui. Ranhold não me atrai. Faz muito frio. E você viu os espartilhos que as mulheres usam aqui? — Inga pergunta com uma careta de desgosto.

— Não é? — exclamo, e me inclino para espiá-la do outro lado de Lu. — São terríveis. Não sei como alguém respira neste reino.

— As roupas do Quarto são muito melhores — Inga me conta.

Lu olha para ela com ar divertido.

— Você não usa roupas civis. Na verdade, acho que nunca vi você sem uniforme.

A mulher mira sua calça de couro preta, acariciando com os dedos as tiras marrons que se cruzam na frente.

— É confortável. Amaciei o couro do jeito que eu gosto.

Lu dá risada.

Inga tira o cachimbo de trás da orelha.

— Precisa de mais alguma coisa, Lu?

— Não, vá relaxar. Obrigada, Inga.

Ela assente e olha para mim.

— A gente se vê por aí, Douradinha. — E se afasta com um aceno, juntando-se a um grupo animado de soldados jogando cartas.

— Seu apelido para mim realmente pegou — resmungo.

O sorriso de Lu se alarga.

Logo, ela e eu passamos por todos os grupos de tendas. A privacidade é instantaneamente mais notável, e uma tenda maior, que reconheço de imediato, desfruta de um espaço mais amplo. Tem uma fogueira acesa vários metros ali à frente, com um grupo familiar reunido em torno do fogo. Estão sentados em tocos de madeira e conversam baixinho, e não contenho um sorriso.

No momento em que dou um passo à frente, um par de olhos pretos encontra os meus, e só esse olhar é suficiente para roubar o ar do meu peito. Ele está na versão Degola, e meu estômago dá uma cambalhota com a visão. O rosto pálido brilha alaranjado, iluminado pelas chamas trêmulas na sua frente, mas a troca entre nós é mais quente.

Lu percebe que meus passos hesitam e me encara com a testa franzida.

— Está arrependida?

— O quê? Não.

Ela olha de mim para Slade e de volta para mim, depois revira os olhos e murmura algo que não entendo. Não ouço, porque ainda estou encarando Slade. Não consigo evitar. Não quando ele está olhando para mim daquele jeito.

O deslocamento vagaroso do seu foco de atenção é como o toque da ponta de um dedo em minha pele nua. E esse toque, depois de ontem à noite, é algo que conheço muito, *muito* bem. O olhar dele reflete, de alguma forma, cada coisa erótica que fizemos juntos, tingindo meu rosto com um rubor. Slade sorri com um lado da boca.

Esse sorriso.

Ai, Divino, *esse sorriso*.

— Douradinha! Venha cá!

Relanceio para Judd, que acena para mim. Meio constrangida, percebo que Lu já foi embora sem que eu notasse. Prendo o cabelo atrás da orelha e caminho em direção à fogueira, evitando as poças de neve derretida no chão.

— Achei que teria de arrastá-la — Judd diz, com um sorriso, enquanto se inclina sobre um barril e serve um pouco de vinho. — Pegue.

Aceito a caneca de lata com gratidão e aspiro o aroma da bebida antes de soltar o ar e sorrir.

— Você é bom demais para mim, Mostarda.

Judd faz uma careta e esfrega o cabelo cor de grãos de mostarda.

— Não é *tão* amarelo.

Levanto uma das sobrancelhas.

— Olha só, eu sou da cor do *ouro*, ok? Não venha choramingar logo para mim.

Ele ri, e a pele bronzeada realça os dentes brancos e brilhantes.

— É justo.

Quando Judd começa a encher mais canecas de vinho, eu me viro, muito consciente da atenção de Slade em mim. Em vez de me deixar atrair por aquele olhar novamente, vejo Osrik tirar a carne da brasa da fogueira e começar a desfiar pedaços dela.

O grandalhão está vestido com um colete de couro, com tiras envolvendo seus enormes bíceps, e o cabelo castanho cai solto sobre os ombros. Sua expressão é feroz como sempre, mas pelo menos ele me cumprimenta com um aceno de cabeça, em vez de ameaçar minha vida. É um grande progresso, desde que nos conhecemos.

Judd passa pelo meu campo de visão e distribui vinho aos outros, e olho para Slade novamente. Ele ainda me encara, e a aura de fumaça se projeta em minha direção como dedos finos de um desejo sombrio.

Minhas fitas respondem, iniciando uma aproximação, deslizando no chão, me puxando para a frente até me colocarem diante dele.

— Oi — falo.

Oi? Foi *isso* que eu disse?

Esse homem dominou meu corpo de todas as maneiras ontem à noite, me deu mais prazer do que jamais havia experimentado, e eu paro aqui toda sem-jeito e falo *oi*? Seus lábios se comprimem para conter um sorriso.

— Oi, Pintassilgo.

Ele não fala. Ele praticamente *ronrona*. Então, em vez de ouvir um simples cumprimento, eu o escuto sussurrando safadezas no meu ouvido. Sinto seu hálito quente no pescoço, vejo as linhas de seu abdômen escondidas sob a calça de couro.

Estou encarando de novo. Sei que estou, e, mesmo assim, simplesmente não consigo parar, porque ele emana uma energia cheia de luxúria e carinho, e eu não seria capaz de ignorar tudo isso, mesmo se quisesse.

Ele estava em sua forma real ontem à noite... mas como seria estar com ele enquanto nessa versão Degola? Como seria sentir as pontas dos espinhos em sua testa, ou beijar a faixa escura de escamas cinzentas ao longo de suas bochechas? Será que ele me excitaria deslizando aquela sugestão de presa na minha...

— Coxa ou peito?

Minha cabeça se vira bruscamente na direção da voz de Osrik, e sinto o rosto esquentar.

— O quê?

Os olhos castanhos piscam impacientes sob sobrancelhas espessas.

— Coxa ou peito? — ele grunhe, e aponta para a carne que está rasgando.

— Ah. Hum... coxa?

Ele balança a cabeça antes de arrancar a perna de algum pobre animal que ele provavelmente caçou com as próprias mãos.

Enfio as luvas no bolso e pego o pedaço que ele me oferece. Tenho de segurar a ponta do osso da coxa com as duas mãos para não a derrubar. Não sou esnobe com comida, mas isso é um pouco ridículo.

Com pena de mim, Slade me livra da coxa gigante e arranca uma tira de carne, antes de me entregar a fatia muito mais manejável.

— Obrigada. — Sento-me no toco de madeira vazio ao lado dele e mordo a carne, que praticamente derrete na minha boca.

— Os, pare de rasgar a carne desse jeito. Está massacrando a comida — Lu reclama. Os três estão sentados a poucos metros de nós, com a luz do fogo iluminando seus uniformes.

Osrik fica furioso.

— E daí, qual é o problema?

— Parece algo que uma matilha de lobos raivosos faria — Judd explica, prestativo. Antes que Osrik consiga olhar furioso na direção dele, o Cólera de cabelo cor de mostarda lhe oferece uma caneca de vinho.

Osrik pega a caneca antes de oferecer um pedaço de carne a Judd, pingando gordura no chão com o movimento.

— Sua sorte é que estou com sede.

Judd sorri e se senta ao lado de Lu, que se afasta sobre o toco para abrir espaço.

— Eu disse que podia se sentar aqui? — ela pergunta, com uma das sobrancelhas arqueada.

— Bem, se eu tentar dividir um toco com Os, ele provavelmente vai arrancar minhas pernas e assá-las no espeto.

Lu inclina a cabeça, como se refletisse.

— É verdade.

Osrik grunhe, cravando os dentes em um pedaço de carne defumada que se desprende do osso com a mordida. Mas não discorda.

Assisto à interação divertida conforme termino de comer e beber até me fartar, saboreando também as relações fáceis entre eles. Isso me faz relaxar pouco a pouco, até descobrir que estou apenas... me divertindo. Não estou nervosa. Não preciso prestar atenção ao que faço ou digo. Não tenho de representar um papel. Posso simplesmente ser eu mesma sem olhar por cima do ombro. Podemos estar na porta de Ranhold, mas neste momento sinto que estou a um oceano de distância.

— Suponho que você e Lu não tenham tido problemas para chegar aqui? — Slade me pergunta.

Usando a neve que está a meus pés, limpo as mãos como posso, antes de estendê-las para o fogo para descongelá-las.

— Não. A propósito, ela tem um belo truque.

— É — ele responde, com simplicidade, antes de tomar um gole de sua caneca e esticar as pernas para frente.

— Toda a sua Cólera tem *truques*?

Ele me encara de um jeito desafiador.

— Acho que vai ter de descobrir.

Basta olhar para Osrik, ainda comendo, para descobrir que não sei se quero saber. Abaixo a voz e pergunto:

— Eles... sabem?

O humor dança em seus olhos.

— Sabem o quê, exatamente? Que nós...

— Não — sussurro, e olho para os outros. Felizmente, estão ocupados debochando de Judd por um motivo qualquer.

Slade sorri, e sei que o idiota fez isso de propósito. O fato de o Falso Degola poder ou não ter ouvido algumas coisas já é bastante constrangedor.

— Não *isso*. Eles sabem que você troca de *aparência*? — pergunto, incisiva.

Ele ri.

— Sim, eles sabem que mudo de forma. São os únicos, além de você.

A emoção estufa meu peito como uma esponja absorvendo água, até eu ficar saturada com uma sensação de orgulho, lisonja e consideração por ele ter me deixado entrar no pequeno círculo de pessoas a quem confia seu segredo.

— Pobre homem, não é? — Judd interrompe, provando que eles estão, de fato, escutando a conversa. — Ter de escolher entre espinhos saindo da bunda ou linhas mágicas descendo pelas partes... inomináveis.

Franzo a testa.

— Ele não tem linhas mágicas no... — Paro, mas é tarde demais. Lu se engasga com o vinho.

Judd dá risada.

— Ah! Eu falei! — ele exclama, batendo no joelho com alegria. — Pode pagar, Os.

Mortificada, escondo o rosto nas mãos.

— Ai, deusa.

— Não se sinta tão mal, Douradinha — Judd comenta. — Sempre sabemos tudo sobre tudo. Até sei quantas vezes Os caga todos os dias. — Osrik olha para ele, furioso. — São *quatro*, caso esteja curiosa.

Que nojo.

— Eu não estava — murmuro contra as mãos, ainda com o rosto enterrado nelas. Parece mais seguro, considerando o rumo da conversa.

— Ei, Judd? — Slade chama, e espio por entre os dedos.

Ele está animado e parece satisfeito consigo mesmo.

— Sim, comandante?

— Cale a boca.

Um rápido aceno de cabeça precede a resposta alegre de Judd.

— Sim, vou calar.

Rio contra a palma das mãos, até os dedos firmes de Slade envolverem os meus e os afastarem do rosto.

— Não se preocupe com Judd. Ele não consegue deixar de ser um idiota insuportável.

— É verdade — Lu confirma. — É o que ele faz melhor.

— É, mas mantenho vocês entretidos — Judd se defende.

Balançando a cabeça, olho para Slade e o observo com cautela.

— Então... só para esclarecer os fatos, você *não* tem um espinho saindo da bunda, tem?

Lu, Judd e Osrik riem. Slade apenas suspira.

— Não há espinhos na bunda.

É o lado positivo.

— E aí, ainda está feliz por ter vindo para o acampamento? — Lu pergunta, com um sorriso malicioso no rosto.

— Depois de toda essa conversa-fiada idiota? Definitivamente — respondo, e os outros sorriem para mim, como se essa fosse a coisa certa a dizer.

É visceral a camaradagem descontraída entre todos eles, e me preenche com um sentimento confortável de amizade que nunca experimentei antes na vida.

Não há amargura ou competitividade subjacente na forma como brincam uns com os outros. Não há sentimento de ciúme ou ressentimento. Em vez disso, há uma certeza intensa sobre eles. Como se fossem uma família e conhecessem uns aos outros por dentro e por fora, e, mesmo quando estão debochando ou brincando, posso *sentir* a lealdade que têm uns pelos outros.

— Então, esta noite você é Degola — comento, olhando para os espinhos que se projetam do uniforme de Slade.

— Sou. — Ele olha para baixo quando duas fitas começam a brincar com os cadarços de sua bota, e seus lábios se curvam. — Safadinhas.

Dou de ombros, porque desisto de tentar conter as atrevidas.

— Você muda muito de forma? — pergunto, curiosa.

— Às vezes é necessário. Mas, outras vezes, mudo quando não estou com vontade de ser o rei e lidar com tudo que vem junto.

— É como uma fuga para você.

Ele concorda.

— Nem sempre é fácil ser o Rei da Podridão — ele responde, com sarcasmo, mas percebo que há um fundo amargo de verdade nisso e meu coração dói por ele. Não consigo imaginar o que ele carrega nas costas, não só como monarca, mas um monarca temido. Às vezes até desprezado.

— Entendo. Na verdade, invejo isso — admito, tranquila, observando as fitas girarem brincalhonas em torno de seus sapatos e tornozelos. — Se pudesse deixar de ser a garota dourada, mesmo que só por uma noite, agarraria a oportunidade de não ser eu.

Slade segura meu queixo entre o indicador e o polegar, e me faz encará-lo, me invadindo com aqueles olhos intensos.

— Nunca diga isso — murmura, com tom firme. — O mundo seria um lugar sombrio sem a sua luz.

Meu peito se contrai, algo quente me invade a partir do toque de seu polegar.

— Merda — Judd diz, com um gemido. — Esse Degola todo fofo está me dando vontade de vomitar.

Slade suspira e solta meu queixo.

— Ei, Lu?

— Sim, comandante?

— Bata no Judd por mim.

Mais rápido do que Judd é capaz de se esquivar, ela dá um tapa em sua nuca, arrancando um grunhido dele.

— Ai! Por que é tão violenta?

Lu sorri para ele.

— Porque isso me faz feliz.

Não consigo segurar a risada.

— Vamos, Mostarda — Osrik resmunga ao se levantar, puxando Judd pela manga. — Vamos procurar mais vinho para Lu. Ela é sempre muito mais simpática depois de beber um pouco.

— Isso é verdade — ela concorda.

Os três se afastam, e então somos apenas Slade Espinhoso e eu, sozinhos na companhia de um fogo crepitante que aponta dedos estreitos para o céu gelado.

— Então... Pintassilgo. — Sua voz fica rouca e irresistível, a aura sombria se enrola em torno de mim. Ele olha para mim de um jeito indulgente e sensual ao mesmo tempo, e coloca em meu ventre brasas quentes. — Agora que estamos sozinhos, o que vamos fazer?

As palavras podem ser uma pergunta, mas a voz já transmite a resposta, e concordo com ela.

Um sorriso tímido aparece em meu rosto.

— Tenho algumas ideias.

36
AUREN

Não sei quem beija quem primeiro, mas nossos lábios se encontram em uma explosão de desejo. Faz frio por causa do ar do inverno, e calor por causa da fogueira; as temperaturas guerreiam como nosso desejo de satisfazer a luxúria que corre em nossas veias.

Slade segura a parte de trás da minha cabeça, os dedos penetram entre os fios do meu cabelo como se quisessem entrar em mim, me segurando contra sua boca para poder fazer o que quiser com ela.

E ele faz.

A mão dominadora inclina minha cabeça exatamente na posição desejada para que a língua possa penetrar mais fundo, como se ele me bebesse.

Quando me afasto para respirar, ele grunhe como um predador cuja presa é tirada dele.

— Não saia de perto de mim — rosna.

Rindo, eu digo:

— Você precisa deixar uma garota respirar.

— *Eu* quero respirar você — ele rebate. — Cada expiração que sai de você, sua aura, sua essência. Não quero perder uma única parte sua.

Meu estômago dá uma cambalhota e encontra o peito, suas palavras me elevam como a encosta de uma montanha e me levam direto ao pico. As fitas se levantam e o envolvem tanto quanto ele me envolve com os braços, e, mais uma vez, o resto do mundo simplesmente desaparece até sermos só nós. Só o aqui.

Levanto a mão e toco, com a ponta dos dedos, as escamas acinzentadas ao longo de seu rosto, encantada com a textura macia. Elas refletem a luz do fogo, destacando o feérico nele.

— Seus pais tinham escamas? — pergunto, curiosa.

— Meu pai tinha.

Tento decifrar o tom da resposta, mas me distraio com os flocos de neve que caem sobre seu cabelo preto. Slade olha para cima, para o céu.

— Está sempre nevando neste lugar.

— É o Quinto Reino. O que esperava? — provoco. — Pelo menos aqui não tem nevascas constantes. As tempestades de neve foram bem leves.

— Mal posso esperar para voltar ao meu reino, para poder ver o sol.

A nostalgia me envolve como uma brisa quente de verão.

— Deusa, nem me lembro de quando passei um dia ao sol. Está sempre nublado e frio nesta região de Orea. Em Sinoalto sempre nevava e, mesmo que o sol aparecesse *de fato*, o que era *muito* raro, eu não estava ao ar livre para ver.

Percebo em seus olhos uma agitação que vibra como dedos impacientes.

— Você vai ver o sol novamente, Auren. Vai ver tudo e qualquer coisa que quiser.

Meu coração flutua com a determinação em sua voz, com o jeito como seus dedos apertam minha cintura.

— Eu vou, sim — concordo.

Ele assente, como se tivéssemos acabado de fazer o mesmo voto.

— Vamos entrar, lá dentro está mais quente.

Espero que ele se afaste e segure minha mão, mas, em vez disso, ele me pega em seus braços, e não contenho uma exclamação de surpresa.

Caminhando pela neve, Slade me carrega em direção à barraca e, quando estamos mais perto, projeto algumas fitas para segurar as abas da barraca e facilitar a entrada.

Assim que entramos, sou abraçada pelo calor das brasas que ardem no centro. Slade me coloca sobre as peles, e eu olho em volta, notando que tudo continua exatamente igual, exceto...

— Livrou-se do meu pallet? — Ando até lá e vejo a armadura de metal ocupando o canto onde eu costumava dormir.

— Não exatamente — ele responde, apontando para onde está a cama dele. — Acabei de empurrar o seu para perto do meu, já que agora dormimos de um jeito um pouco diferente.

Eu o contemplo com um sorriso malicioso.

— É muita presunção sua pensar que vou dormir com você, Comandante Degola.

— Pode chamar de presunção, se quiser — ele responde, em voz baixa. — Mas nós dois sabemos que logo vou estar dentro de você.

— É mesmo? — Tiro o casaco, e o livro feérico de que tinha me esquecido cai do bolso.

— O que é isso?

Eu o pego e verifico se as páginas ainda estão intactas.

— Um livro que encontrei na biblioteca — explico, e vejo os olhos de Slade brilharem, interessados. — Mas... vamos falar sobre isso mais tarde. — Coloco o livro e o casaco cuidadosamente sobre a armadura, antes de me sentar em seu (*nosso*) pallet. Cruzo as pernas e ofereço um sorriso sedutor. — Por enquanto, gostaria de fazer outra coisa.

Ele avança e apoia as mãos dos dois lados do meu corpo, se inclina até seu rosto ficar bem na frente do meu.

— Tudo que consegui pensar hoje foi em como você se sentiu ontem à noite — ele murmura antes de se inclinar para deslizar o nariz no meu pescoço, acariciando levemente a área sensível com seu hálito quente. — Tudo que consegui sentir foi o cheiro de sua pele, e tudo que consegui ouvir foram os barulhos que fez enquanto eu estava bem dentro de você.

Tremo, inclino a cabeça para trás e fecho os olhos quando ele acaricia minha pele com a boca. Ele se abaixa na minha frente e desliza a manga do meu vestido para descobrir um ombro.

— Você enfeitiçou meus sentidos, assumiu o controle dos meus pensamentos. A cada vez que pisco, tudo que vejo é você, como se tivesse ficado gravada em meus olhos e eu nunca mais pudesse fechá-los sem vê-la. E sabe de uma coisa?

Minha voz está tão ofegante quanto meus pensamentos.

— O quê?

Ele olha novamente em meus olhos.

— Eu não queria que fosse de outro jeito.

Desta vez, definitivamente, sou eu quem avança para exigir um beijo. Para exigir muito *mais* dele.

Ele é tudo que nunca pensei que poderia ter. Cada gole que nunca pensei que poderia provar.

Como se estivesse com medo de ele ser arrancado de mim, eu o abraço um pouco mais forte e deixo as fitas o envolverem um pouco mais.

Quando me entusiasmo demais com o beijo, mordo seu lábio com força suficiente para tirar sangue. Mas ele não recua. Na verdade, isso parece estimulá-lo ainda mais, e eu engulo um grunhido de prazer que sai de sua boca.

— Está com fome? — ele brinca sem descolar os lábios dos meus.

— Estou morrendo de fome há muito tempo — sussurro. Assim que faço a declaração em voz alta, percebo quanto ela é verdadeira, como minha alma está desnutrida. Achava que era só liberdade que eu queria, mas era isso também.

Minha vida era uma planície plana e árida. Meu horizonte era estagnado e infinito, com as restrições impostas pelo controle de terceiros. Não havia coisa alguma além de uma existência insípida e sem brilho, sem crescimento, sem mudança. Só uma terra árida onde nada crescia.

O mundo me ensinou que as coisas sempre poderiam ser piores. Aprendi a olhar sempre para cima, a pegar o que pudesse e a me acomodar.

Fiquei cega demais com meus lados positivos e deixei de ver a verdade.

Às vezes, olha-se tanto para o lado positivo a ponto de começar a negar as nuvens.

Slade franze a testa e passa um dedo embaixo do meu olho, me fazendo sentir a umidade ali.

— O que é isto? — pergunta, sua voz rouca carregando preocupação assim como se carrega água da chuva em baldes.

Balanço a cabeça e respiro fundo, absorvendo seu cheiro junto ao ar. Sinto na língua a mistura de terra recém-revolvida, lascas de madeira molhadas pela chuva e chocolate meio amargo.

— Estou feliz... só isso.

Seu rosto ganha suavidade, e ele me empurra com gentileza até minhas costas encontrarem as peles, depois se posiciona sobre mim. Ele tem neve no cabelo frio e adoração no toque quente, e, se eu pudesse, me derreteria nele para sempre.

Slade olha para mim como se me adorasse, e o movimento do polegar em meu rosto é como um beijo.

— Também estou feliz, Pintassilgo.

— Temos muitas coisas para conversar — anuncio e deixo as mãos percorrerem o couro macio sobre seus ombros. — Mas, por enquanto, quero que você seja o comandante, e eu, o pintassilgo, e que isso não tenha nada a ver com gaiolas ou coroas.

Seus olhos demonstram compreensão.

— Vou ficar na forma que você quiser. Vou lhe dar tudo de que precisar.

— Você — respondo, com honestidade. — Só preciso de você.

Slade se levanta sem desviar os olhos dos meus e começa a se despir. Casaco, camisa, botas, calça, tudo é removido, até que ele fica nu na minha frente, pele pálida e espinhos escuros à mostra.

Ao longo dos ombros tem outro conjunto de escamas que eu não tinha notado antes, lâminas cinzentas que se estendem até quase as laterais do pescoço.

Meus olhos registram cada parte dele, contam os seis espinhos nas costas, seguindo o arco suave de cada um, como se fossem garras nos pés de um predador. Os quatro espinhos ao longo dos antebraços também se projetam, orgulhosos, mas não tanto quanto o pau grosso.

Impaciente para sentir seu corpo contra o meu, sento-me e levanto os braços, e Slade puxa meu vestido e o tira. Assim como na noite anterior, ele remove minhas botas com cuidado, abaixando as meias em seguida.

— É como desembrulhar um presente — murmura.

Seu olhar me envolve como fio em um fuso, se alongando contra meu corpo. Posso praticamente sentir os pensamentos escandalosos que ele tece sobre minha pele, até me envolver em um desejo atento, e isso faz todo o meu corpo vibrar.

Ele se ajoelha no chão à minha frente, roçando minha coxa com seus dedos ásperos.

— Ontem à noite não consegui ir devagar, mas agora pretendo lamber seu clitóris até você gozar na minha língua.

Meus olhos brilham, mas fecho os joelhos e prendo a mão dele.

— Eu, hum, nunca... quero dizer... não sei se gostaria...

Slade fica imóvel, mas sua aura parece se projetar à minha volta, uma sombra que se aproxima.

— Está tentando me dizer que nunca lhe deram prazer com a boca?

Balanço a cabeça em negativa, e minhas bochechas esquentam, demonstrando uma vulnerabilidade desconfortável.

Slade estende as mãos e segura meu rosto entre elas, fitando-me nos olhos.

— Então eu sou o filho da mãe mais sortudo do reino, porque vou ser o primeiro a sentir seu sabor.

Antes que eu possa tentar dissuadi-lo ou revelar minhas preocupações, ele se inclina e segura a renda da minha calcinha entre os dentes, depois começa a puxá-la com vagarosidade para baixo. A visão é erótica; os movimentos são suaves e confiantes.

Quando a calcinha chega aos joelhos, ele a tira completamente e a joga para o lado.

— Já falei quanto você é linda? — ele pergunta, e os olhos pretos sobem até meu rosto.

Ele se inclina e sopra de leve a parte interna das minhas coxas, me fazendo estremecer com a mais simples das sensações.

— Não lembro — respondo, distraída.

— Hum... Nesse caso, vou ter de garantir que vai se lembrar disso a partir de agora. Confia em mim, não é?

Assim que balanço a cabeça para dizer que sim, ele se aproxima e lambe meu clitóris. A surpresa e a sensação me fazem levantar os quadris, mas Slade me empurra de volta para baixo e me segura com firmeza contra as peles. A aura escura se contorce no ar ao seu redor, se aproximando como se quisesse me provar também.

Estou tensa, com o corpo rígido, e ele olha para mim do meio de minhas pernas.

— Relaxa. Confia em mim, vou dar o que você quer.

O que *não* quero é estragar tudo isso por me sentir muito exposta. Mas engulo em seco, assinto e deixo minhas mãos inquietas agarrarem as peles em que estou deitada.

— Confio em você.

Ele levanta minha perna e vejo os espinhos em seus antebraços brilhando como os caninos afiados de um predador. Quando percebe que os observo com cautela, Slade pisca para mim.

— Eles não vão machucar você, mas por enquanto... — Na piscada seguinte, seus espinhos desaparecem na sua pele, até que braços e costas são só pele lisa novamente. Restam apenas os pequeninos acima das sobrancelhas, tocos pretos que, de alguma forma, fazem-no parecer ainda mais atraente.

Slade coloca minha perna direita sobre seu ombro, me protegendo e, ao mesmo tempo, me abrindo para ele. O queixo raspa levemente na parte interna das minhas coxas enquanto desenha novamente um caminho lento de beijos, até deslizar a língua bem devagar sobre minha entrada.

— Ah! — Minhas mãos agarram as peles, e os joelhos tentam se reunir, no entanto, como um deles está pendurado no ombro de Slade, eles não conseguem. Sua língua desliza de novo, sente o gosto de minha umidade, e me sinto perturbada. Isso é pervertido e íntimo, e não sei se...

— *Relaxe* — ele ordena outra vez, e a voz vibra contra minha pele.

Para ser sincera, não tenho certeza se consigo fazê-lo, mas aí a boca reencontra o meu clitóris e eu cedo. Ele faz isso como se soubesse exatamente aquilo de que preciso para dispersar todos os pensamentos. Com sua língua lambendo, afagando e contornando, me esqueço de pensar, esqueço de não ter certeza e simplesmente começo a *sentir*. E, quando ele toca minha vagina e enfia um dedo em mim, deixo de lado as inseguranças e o desconhecido, e enfim me derreto em sensações.

— Boa menina — ele resmunga com a boca em mim, transbordando orgulho masculino. — Seu gosto é meu novo sabor favorito. Quero você na minha língua todas as noites.

As palavras provocantes são seguidas imediatamente pela boca apertando meu clitóris novamente. E então... ele me *devora*.

Slade lambe e chupa, e meu corpo ganha vida com essa glória. Fecho os olhos e me entrego à sua devoção. É como se ele estivesse adorando meu corpo, ajoelhado em súplica e com uma fé sincera na habilidade de sua língua indulgente e divina. A mão permanece apoiada no meu quadril a fim de me manter no lugar, enquanto a outra empurra o dedo para dentro e para fora, deslizando na minha umidade. Todo o resto desaparece enquanto ele me leva ao ápice, mesmo me prendendo com a outra mão e exigindo meu prazer.

Duas fitas penetram em seu cabelo, torcendo e puxando, segurando-o *onde está*, enquanto minhas mãos agarram as peles com mais força e arqueio as costas.

— Não pare, não pare. — Eu me contorço contra sua boca.

Quando ele enfia o dedo novamente, desta vez o flexiona, tocando um ponto em mim que me faz ver estrelas.

— Slade!

— Goze, meu amor — ele ronrona, com uma indulgência sombria. — Quero que você goze com minha língua lambendo seu clitóris e meu dedo na sua bocetinha gostosa.

— Ai, deusa... — gemo, me sentindo como uma bolha prestes a estourar.

Seu dedo me penetra como um prelúdio do que está por vir e, quando ele lambe meu clitóris mais uma vez, explodo em êxtase.

Grito, sem ter ideia do que digo ou dos barulhos que faço. Estou perdida na rajada que me atinge, me vira e revira, me empurra mais fundo em uma espiral de prazer.

Ainda estou surfando nas ondas dessa tempestade invisível quando sinto Slade se levantar, se apoiar sobre os joelhos, e seu pau me penetrar só com a pontinha.

Abro os olhos e mordo o lábio.

— Mais — ofego, precisando disso, dessa conexão com ele. Sinto necessidade de *fazê-lo* sentir o que sinto.

Seus lábios se contraem, mas os olhos pretos brilham.

— Não seja gulosa, Pintassilgo. Aceite o que eu der para você.

O calor invade meu ventre, mas levanto uma sobrancelha indignada.

— Então *me dê mais* — retruco.

Com um sorriso cada vez mais largo, ele se inclina e morde meus lábios.

— Sempre impaciente.

Enlaço sua bunda com as pernas e tento puxá-lo mais para dentro, mas ele ri e balança a cabeça, depois *sai* de mim antes de penetrar de novo do mesmo jeito, só um pouquinho.

— Eu devia fazer você se contorcer e implorar por *horas*.

Olho para ele, horrorizada.

— Não, de jeito *nenhum*.

O sorriso devastador e pecaminoso atrás da barba escura me faria derreter, se eu não estivesse cada vez mais impaciente. Ele relaxa e me penetra novamente, só um pouco mais fundo.

— *Slade*.

— Sim, Auren? — ele pergunta, provocante.

Já chega.

Projeto as fitas do meu lado esquerdo e as enrolo em seu corpo, e antes que ele fique tenso, uso a força de cada uma para me virar e ficar por cima. No segundo em que estou no controle e montada em seu corpo, desço completamente, arrancando um suspiro dele.

Minha cabeça cai para trás com um gemido.

— Isso...

Ele estende a mão para agarrar minha cintura, e os dedos apertam minha pele.

— Olha só, minha safada sentada no meu pau — diz, com uma arrogância satisfeita. — É muito excitante ver você pegar o que quer.

Mal escuto suas palavras; estou ocupada demais erguendo meu corpo sobre o dele. Uma de suas mãos acaricia meu seio, e o polegar afaga o mamilo, que enrijece sob o toque.

— Mais forte, meu amor. Senta mais forte em mim — ele exige. Slade usa a outra mão para me ajudar a subir e descer em seu pau, levando meu corpo para aquele cume novamente.

Deixo as palmas roçarem seu abdômen musculoso antes de apoiar as mãos em seu peitoral nu, usando-o como base para dar impulso. Faço exatamente o que ele disse, sento nele com força e depressa, enquanto ele continua me ajudando a subir e descer sobre seu membro grosso.

— Abra os olhos, Auren — ele ordena.

Não escuto, e ele apoia as costas sentado, aprofundando a penetração quando me acomoda em seu colo, puxando minhas pernas em torno de sua cintura. Os quadris se projetam para mim, roubando um gemido do meu peito.

— Isso mesmo. Olhe para mim com esses lindos olhos dourados. Quero que estejam cravados em mim quando sua boceta perfeita arrancar cada gota do meu esperma.

Um ruído de urgência brota da minha garganta, e as palavras dele são a substância afrodisíaca que aumenta meu desejo.

Suas mãos percorrem minha coluna, tocam a base de cada fita, exatamente onde elas crescem em minhas costas. Os dedos resvalam por elas levemente, como se fossem cordas de uma harpa, e fazem meu corpo cantar, mas só ele consegue ouvir a música. Calafrios percorrem minha pele; as fitas estremecem em êxtase.

Com os braços apoiados em seus ombros, dobro os cotovelos para poder enterrar as mãos em seu cabelo macio. Estou tão impressionada com o fervor da urgência e a intensidade de nossa conexão, que meus olhos ardem.

As duas mãos seguram minha cintura, e os bíceps ficam mais salientes. Desta vez, quando ele empurra os quadris para cima, vai tão fundo que é como se estivesse enraizado dentro de mim, fazendo meu prazer crescer ainda mais.

E eu quero mais, eu quero *isso*.

Usando as coxas, começo a me mover em cima dele o mais rápido que posso, ondulando a coluna, girando os quadris e sentindo o clitóris inchado roçando nele a cada vez que desço sobre seu corpo.

— Puta que pariu... — Slade grita, e o palavrão que sai de sua boca só me estimula a ir mais rápido, e estou quase lá, muito perto...

— Slade!

— Goze de novo, isso mesmo — ele geme. — Quero sua boceta apertando meu pau, Auren.

Meu gemido é o eco de suas palavras sacanas, e sinto que estou ficando muito mais molhada, que o núcleo de meu corpo se contrai. Meu corpo ronrona para ele, as costas arqueiam, meus quadris estão nas mãos dele, a boceta aperta seu pau. Nossos olhares se encontram, dourado e preto ancorados e juntos como navios no mar.

— Isso, Pintassilgo — ele ronrona. O êxtase toma conta de mim.

Meu orgasmo me domina como ondas quebrando, até que fico totalmente submersa. Eu grito, arranho sua pele enquanto todo o meu corpo parece se contrair em volta do dele.

— *Isso, caralho...* — Ele geme em meu ouvido, me penetrando profundamente, me alargando com a invasão. Ele repete meu nome como uma oração enquanto goza, conforme a última onda de orgasmo me percorre como uma lambida prolongada.

Estou flutuando nas profundezas a que ele me trouxe, aproveitando a leveza de tudo isso, maravilhada com a força de nossa união. Tremendo e arfante, descanso a testa na dele. Afundamos um no outro, a respiração superficial, os sentimentos profundos, vagando em águas completamente desconhecidas.

Então é assim que pode ser com a pessoa certa.

Durante toda a minha vida, pensei que sexo era apenas... sexo. Uma mercadoria a ser vendida, um trabalho a ser executado. Com Midas, sexo era o único momento em que ele me dava o toque que eu tanto desejava, uma maneira de fazê-lo me amar. Mas *nunca* senti nada assim antes. Ninguém nunca me deu tanto prazer ou me fez sentir tão valorizada, tão atraente, tão *desejada*.

Eu observo Slade com uma mistura de fascínio e saciedade, vislumbro a aura lânguida fluindo de seus ombros e pingando nos meus como um riacho fresco. Respiramos juntos, peitos subindo e descendo em um movimento coordenado. As fitas acariciam preguiçosamente suas costas, brincando com os espinhos que mais uma vez se projetam de sua coluna, e eu vibro de pura felicidade.

Mais uma vez, este é um momento que não quero que acabe nunca.

Mas sei que precisa acabar.

Como se pudesse enxergar isso em meu rosto, Slade levanta a cabeça e estuda minha expressão.

— Precisamos conversar — digo, com a voz cheia de pesar, mesmo que ainda carregue uma nota rouca. Essas duas palavras quebram o feitiço em que nos encontramos, e então não é mais simples. Não somos só ele e eu.

Cedo demais, nós nos afastamos, os corpos se separam, as fitas caem como se estivessem de luto pela perda do contato. Não as condeno. Tudo que quero fazer é me aconchegar ao lado dele e adormecer em seus braços, mas não temos esse luxo. Não sei se algum dia o teremos, e esse pensamento machuca meu coração.

Talvez esses momentos roubados de um romance proibido sejam tudo que vamos ter. Momentos em que esquecemos o mundo lá fora, mas o mundo exterior não se esquece de nós. O mundo tem um jeito de furar sua bolha, cutucar e provocar até fazer entrar a realidade de que fugimos.

Então, por mais que eu queira continuar ignorando, continuar colada a ele, resisto. Se o quero, se *me* quero, é hora de enfrentar essas duras realidades, porque não há futuro com Slade se eu não lutar por ele.

É por isso que me limpo e me visto em um silêncio pesado, deixando que cada preocupação, pensamento e aflição volte com a violência das corredeiras agitadas das cataratas.

Slade me observa da cama, de calça e sem camisa, com os espinhos em riste, um comandante do exército esperando um problema que possa atacar.

— Fale.

Não é um comando. Ele pronuncia isso de um jeito que me permite saber, sem sombra de dúvida, que está aqui como meu aliado. Que não é apenas meu amante, mas alguém com quem posso contar, em quem posso confiar, e é *isso* que me dá forças para finalmente desabafar e deixar a língua se libertar dos nós secretos que bloqueavam minha garganta.

— Midas está com ele — conto, e é como se tirasse um peso dos ombros. — Ele está com Digby.

37

AUREN

Conto tudo a Slade.

Sobre Digby, sobre como ele desapareceu antes do ataque dos Invasores Rubros e sobre como pensei que estava morto. Morto, assim como Sail.

Conto-lhe sobre Rissa também, como nossos planos de fuga estão sempre mudando, desde tentar encontrar uma passagem secreta até decidir ir embora durante o baile e levar Digby conosco.

Depois que revelo tudo, ele termina de se vestir e me leva à barraca de reunião, onde a Cólera já está esperando, e me faz repetir tudo para eles.

Quando termino, Judd e Osrik se entreolham, e Judd passa a mão no cabelo loiro, pensativo, antes de dizer:

— É possível que Midas não esteja realmente com Digby.

— É perfeitamente possível que ele esteja mentindo — concordo. — Mas... não posso correr esse risco. Preciso procurar Digby.

— Quanto do castelo já olhou até agora? — Osrik pergunta do outro lado da mesa. Estamos na mesma posição em que estávamos quando pensei que era prisioneira do exército deles, mas desta vez Slade está sentado ao meu lado.

— Não muito — admito. — Nas poucas vezes que consegui procurar por lá, tive de me limitar aos lugares que não eram vigiados. Existe uma antessala que conecta várias passagens, e uma delas leva à biblioteca, porém, quando tentei as outras, nenhuma me levou mais perto de encontrar Digby.

Todos olham para Lu, e ela assente com a cabeça.

— Verifiquei essas passagens. Ela está certa.

Osrik cruza os braços, passa a língua no piercing do lábio e olha para Slade.

— Ele deve estar nas masmorras.

— Foi o que pensei — ele responde.

Judd olha para Lu.

— Você já esteve lá?

— Não — ela responde. — Tenho me limitado às passagens superiores do castelo. Estou tentando me familiarizar com os corredores para poder controlar tudo, caso Midas tente matar o Príncipe Niven. Meu tempo tem sido dedicado a tentar garantir que ele não acabe morto.

Minha reação é de surpresa.

— Você está protegendo o príncipe?

Lu dá de ombros, e a peça de couro que está usando se enruga com o movimento.

— A última coisa que queremos é que o tontinho seja morto e Midas assuma oficialmente o controle sobre o Quinto Reino.

Faz sentido, considerando que Midas seria totalmente capaz disso.

— E quanto à Rainha Kaila? Acham que ela está em perigo?

Os membros da Cólera refletem um pouco, mas é Slade quem responde:

— Não temos certeza. Midas sempre tem planos, mas não creio que ele pretenda assassiná-la. Mesmo que tentasse fazer parecer um acidente, haveria comentários. Ela é muito amada em seu reino. Duvido que isso pudesse acontecer sem causar repercussões.

Gostaria de poder ajudar e afirmar que sei quais são os planos de Midas para a Rainha Kaila, mas não tenho ideia.

Olho para Lu.

— Acha que pode encontrá-lo? Digby, quero dizer?

— Se ele estiver no castelo, sim — ela responde, confiante, antes de olhar para o lado. — Degola?

Slade assente.

— Sim, pode interromper temporariamente a vigilância do Príncipe Niven e se dedicar a procurar as masmorras. Vamos ver se Digby está lá.

— E o príncipe? — ela pergunta.

Ele inclina a cabeça, pensativo.

— Até agora, não houve nenhum movimento contra ele, mas ainda quero que o garoto seja vigiado. Judd, você pode assumir?

Ele concorda com um movimento de cabeça.

— É lógico. Não sou a Lu, mas, assim que entrar, posso ficar de olho nele.

Eu deveria me sentir culpada por estar bagunçando os planos deles e impedindo Lu de cuidar do príncipe, mas não consigo. A pequena chance de ela poder de fato encontrar Digby e tirá-lo de lá faz meu peito se encher de esperança, tanto que quase não consigo respirar.

— Muito bem, vou começar a procurar Digby hoje à noite. É mais fácil usar minha magia com guardas cansados — ela explica.

— Você pode começar depois de levar Auren de volta ao quarto dela — Slade sugere, e ela assente.

Osrik coça a barba castanha e desgrenhada.

— E a tal montaria, Rissa? — ele pergunta. — Ela é confiável?

Hesito antes de responder:

— Ela *não* é traiçoeira — respondo, com cautela. — Mas...

— Mas, se você não cumprisse sua parte do acordo, ela a trairia — Slade conclui por mim.

— Sim, mas ela me avisou que, nesse caso, me trairia.

Osrik bufa.

— Bem, pelo menos ela é honesta.

— Não tenho ressentimento por isso — explico. — A vida de uma montaria não é fácil. Ela tem de fazer o que é melhor para ela.

Judd me encara, surpreso.

— Douradinha. Fala sério. Não pode se dar ao luxo de ser ingênua aqui. Ela pode ficar em silêncio por enquanto, mas e se conseguir sair daqui e ficar sem dinheiro? Ela vai contar seu segredo para quem quiser comprá-lo. Ou talvez ela nem chegue tão longe. Talvez seja pega antes de conseguir sair de Ranhold e conte tudo — ele ressalta. — Ela é um risco.

— Ela é uma *pessoa* — respondo, sentindo que o instinto de proteção aumenta. — E ela me deu sua palavra.

Slade olha para mim com a testa espinhosa franzida.

— Auren, Judd tem razão.

Sinto as costas ficarem tensas.

— Não — protesto, balançando a cabeça. — Nem pense em...

— Devíamos matá-la — Osrik declara, com tom seco, como se não se incomodasse com a ideia de matar uma mulher inocente.

— Não toquem nela — retruco, e fico de pé antes mesmo de perceber que me levantei. — Ela não fez nada de errado.

— Por enquanto — Osrik insiste lentamente.

Fecho a boca, que se comprime em uma linha dura. Olho para Lu esperando contar com seu apoio, mas até ela parece hesitar.

— Olhe, entendo que a situação não é das melhores, mas Rissa não sabe toda a verdade — garanto-lhes. — Deixei que ela tirasse as próprias conclusões quando me viu transformar o capitão dos Invasores Rubros em ouro maciço. Ela acha que absorvi o poder de Midas quando ele me revestiu de ouro.

— Sim, mas isso é muito perigoso — Judd argumenta.

Balanço a cabeça, cada vez mais nervosa com a possibilidade de eles tirarem isso das minhas mãos e cometerem um ato imperdoável.

— Se matarmos Rissa por ela conhecer meu segredo, não seremos melhores do que Midas. É o que ele faria, se descobrisse que Rissa sabia — argumento, deixando a convicção sangrar pela garganta e revestir as palavras. — Ela não fez *nada* de errado. A única coisa de que é culpada é de ter estado no mesmo ambiente quando transformei o Capitão Fane em ouro. Ela não merece morrer por causa disso.

Osrik abre a boca para continuar a discussão, mas Slade balança a cabeça e o silencia. O integrante da Cólera franze a testa, compondo uma expressão furiosa.

Encaro Slade.

— Você não vai fazer mal a Rissa. Prometa.

Sua hesitação me deixa mais tensa, e as fitas se agitam atrás de mim. Todavia, ele inclina a cabeça em concordância.

— Eu lhe dou a minha palavra. Na verdade, vou até fazer uma oferta para ela e para a outra montaria que ela quer levar na fuga.

— Como assim?

— Quando formos embora, as duas podem ir conosco. Vai ser uma viagem cansativa, mas elas estarão seguras. Não é uma oferta completamente altruísta, é óbvio — ele explica. — Isso também significa que vou poder ficar de olho nela e garantir que não revele seu segredo.

A oferta me surpreende e, boquiaberta, me sento novamente no assento.

— Deixaria Rissa e Polly irem embora com você?

— *Conosco* — ele corrige, olhando dentro dos meus olhos. — Se acha que vou embora sem você, só pode estar louca.

Um sorriso suave curva meus lábios, e tenho de me segurar para não tocar sua testa e tentar apagar a ruga de preocupação. Seus ombros estão rígidos, como se ele esperasse me ouvir dizer que não vou embora.

— Estarei pronta para partir assim que encontrarmos Digby. — O alívio toma conta de sua expressão. Debaixo da mesa, sua mão descansa em minha coxa, espalhando um calor reconfortante.

— Ótimo.

— Tem de ser sigiloso — aviso. — Midas não pode saber.

— Quero que Midas se foda — ele responde, enfático.

Esse homem.

— Estou falando sério, Slade. Não quero que vocês dois entrem em guerra. Não por minha causa. Ninguém merece morrer.

— Aquele filho da puta merece — Osrik interfere. — Mal posso esperar para ver a cabeça presunçosa de Midas arrancada de seu pescoço.

— Eu queria que seus membros fossem cortados um por um e que ele sangrasse lentamente — Judd acrescenta, animado.

— Ou Degola poderia simplesmente apodrecê-lo de dentro para fora — Lu sugere, pensativa, tocando de leve o piercing de madeira retorcida sobre seu lábio superior, cuja ponta de rubi brilha como uma fenda em uma pupila.

A Cólera assente, satisfeita, enquanto eu fico de queixo caído, questionando seriamente sua sanidade.

— Vocês três têm problemas.

Eles não discordam.

Slade ri e balança a cabeça antes de olhar para mim.

— Está tarde. Se pretende voltar ao castelo esta noite, precisa ir logo.

Posso ouvir a alternativa pairando no ar: *se* eu voltar.

— Por mais que eu queira, não posso ficar. Não posso arriscar a vida de Digby. Tudo que eu fizer terá uma consequência direta para ele, isso se estiver mesmo em Ranhold.

Por favor, esteja em Ranhold.

Slade assente, mas vejo a decepção que perpassa seus olhos antes de se voltarem para Lu.

— Pode levá-la de volta?

— Deixe comigo, comandante — ela responde, e se levanta de um salto. — Vamos, Douradinha?

Não quero ir embora. Voltar para o castelo é meio parecido com cair em uma armadilha, as pinças de dentes de ferro prontas para imobilizar meus pés com sua pressão cortante. Mas não verbalizo isso, porque sei tão bem quanto Slade que *de fato* preciso voltar. Tenho de manter as aparências até Lu encontrar Digby.

Slade se levanta, segura minha mão e anda ao meu lado para fora da tenda.

— Vou acompanhá-la até o limite do acampamento. Depois vou deixar a Lu levar você, para ela não ter de abusar da magia. Quero garantir que você não terá problemas para entrar — ele me diz quando começamos a caminhar pela neve. Uma névoa paira ao nosso redor, uma condensação leitosa que cobre o acampamento com uma luminosidade sinistra que abraça as fogueiras.

Com Slade de um lado e Lu do outro, me sinto protegida, confiante só pela presença deles.

— Obrigada — digo-lhes, vendo minhas botas afundarem a cada passo difícil.

Slade me encara.

— Por quê?

— Por tudo. — Essa resposta simples abrange uma imensidão que não consigo expressar. Percebo que eles esperam uma explicação, então continuo: — Vocês todos estão muito dispostos a me ajudar. Mesmo que eu não seja nada para vocês.

Slade para de repente, como se tivesse acabado de bater em uma parede, a aura fica escura como breu, como uma noite sem lua. As escamas brilham quando ele se volta para mim com um olhar atento.

Lu assobia baixo e dá alguns passos à frente.

Ele levanta o dedo e declara:

— Vou deixar passar *uma vez*. — Seu tom é o estrondo constante de uma tempestade em formação, e sinto um arrepio na nuca. Não é medo, não tenho medo dele, mas uma resposta ao impacto de cada palavra. É uma força tão avassaladora quanto um tremor de terra, ameaçando me derrubar se eu não firmar os pés no chão. — Mas escute bem, Auren. Se tem uma coisa que você *não* é, essa coisa é nada. — Olhos ferozes me observam, me fazem refém. — Entendeu?

Concordo com um movimento lento de cabeça, sentindo nos ossos o peso de sua declaração, não como um fardo, mas como um estímulo.

— Entendi.

Ele examina meu rosto como se quisesse ter certeza de que estou dizendo a verdade, depois assente com um movimento brusco.

— Que bom.

Suspiro com vergonha de admitir que estou um pouco excitada. Mas, *caramba*, isso foi muito atraente.

Quando retomamos a caminhada e alcançamos Lu, ela sorri para mim.

— Você se meteu em uma tremenda encrenca — ela cantarola.

— Cale a boca — resmungo. — Não quis dizer aquilo, de qualquer maneira.

— Que bom, porque é assim que as coisas são, Douradinha. Você é uma de nós agora. Sempre protegemos uns aos outros. Somos nós contra o mundo.

Nunca tive amigos de verdade antes, pessoas em quem pudesse confiar e com quem pudesse contar.

— Vai demorar um pouco para eu me acostumar — admito.

Slade grunhe ao meu lado, e sorrio ao ver sua expressão obstinada.

— Quem é o impaciente agora? — provoco, e dou uma cotovelada de leve nele.

Um brilho totalmente diferente invade seus olhos.

— Se pretende voltar para Ranhold, seria atilado não me provocar.

— Atilado, hum? — Lu debocha. — Esse vocabulário é sofisticado demais para o nosso comandante sanguinário.

Ele revira os olhos.

— Como começaram a trabalhar juntos?

— Eu os recrutei — Slade responde. — Todos eles se tornaram soldados sob meu comando e se mostraram inteligentes e habilidosos. Mas a lealdade... isso veio com o tempo. Osrik era do Primeiro Reino. Na verdade, nós lutamos um contra o outro. Ele fazia parte de uma equipe de mercenários.

Levanto as sobrancelhas.

— Sério?

Ele e Lu trocam um sorriso malicioso.

— Sim. O filho da mãe quase me derrubou do cavalo, e isso me impressionou. Depois que a luta acabou, Judd e eu convencemos Os a se juntar a nós e a treinar como meu soldado. Ele aceitou a proposta — Slade explica.

— É claro que aceitou. Ele estava com minha espada encostada nas bolas — Lu comenta, e parece feliz com isso.

Eu me encolho um pouco.

— Esse método de recrutamento parece um pouco violento.

Lu dá risada.

— É melhor do que quando o comandante jogou Judd na prisão.

Meus olhos se arregalam.

— Você fez isso?

Slade assente.

— Ele era um andarilho de mão leve, roubava casas nobres. Mas quando finalmente o pegamos, o idiota fez disso um jogo. Ele saía da cela quase todos os dias e ficava esperando do lado *de fora* como o filho da mãe arrogante que é, se divertindo muito. Precisei fazer uma proposta só para ele parar de ridicularizar nossa prisão.

Dou risada e balanço a cabeça, imaginando tudo isso.

— Isso é a cara de Judd. E você? — pergunto à Lu. — Como se juntou ao exército do Quarto?

Toda a espontaneidade descontraída desaparece de seu olhar com um único piscar de olhos, e sua expressão endurece.

— Esta é uma história para outro dia.

Minha curiosidade pega fogo, mas existem coisas suficientes no meu passado nas quais não gosto nem de pensar, muito menos falar, por isso sei que não devo insistir. Em vez disso, digo:

— A maneira como são um com o outro... tem muita confiança aí.

— Estamos juntos há muito tempo — Lu responde, sorrindo para Slade. Não é um sorriso sedutor, mas familiar e afetuoso.

Um grito repentino ecoa no ar.

— Ei, você aí!

Viro a cabeça na direção do chamado e vejo através da neblina uma grande fogueira, em torno da qual há um grupo de soldados reunidos. Bem ali, no centro de tudo aquilo, mexendo o conteúdo de uma panela de ferro e sorrindo de orelha a orelha, avisto um rosto familiar.

— Oi, Tonel. — Aceno, e me aproximo com um sorriso.

Sem tirar os olhos de mim, Tonel serve uma colherada de ensopado na tigela do soldado à sua frente. Boa parte da porção respinga e cai da vasilha, e o soldado resmunga antes de ir embora. O bom e velho Tonel.

— Douradinha, achei mesmo que era você — Tonel diz, empurrando para trás o longo e retorcido cabelo preto, fazendo os pedacinhos de madeira presos nas mechas tilintarem como sinos. — O que está fazendo aqui nas barracas? Você não deveria estar naquele castelo chique?

Sem saber como responder, olho para Slade por cima do ombro, e Tonel acompanha meu olhar.

— Olá, comandante. Não vi que estava aí. Lamento dizer isso, mas Mechas Douradas o ofusca.

Slade balança a cabeça e eleva um dos cantos da boca.

— Não discordo.

— Ei, consegue me servir? — pergunta um soldado na fila, olhando para a colher na mão de Tonel como se estivesse com fome o suficiente para tentar arrancá-la dele.

O cozinheiro do exército encara o homem, passando a mão livre no uniforme cujo couro é tão escuro quanto sua pele negra e lisa.

— *Consigo*. Também consigo meter o pé na sua bunda.

— Senti saudade de você, Tonel — digo, rindo. — Conversamos mais tarde, ok? Agora é melhor eu voltar para o meu castelo chique.

Ele serve o ensopado para o pobre soldado que ainda espera, e depois aponta a colher pingando diretamente para mim.

— Tudo bem, tudo bem. Mas da próxima vez que a encontrar, vou alimentar você. Em dobro.

— Não vou reclamar disso. Se tem alguém capaz de fazer a comida do exército ter um gosto bom, esse alguém é você.

Os olhos castanhos de Tonel brilham de satisfação.

— É isso mesmo, garota. Não se esqueça disso. Os outros cozinheiros deste exército tentam me sabotar com frequência. Mas *alguém* se nega a fazer alguma coisa para resolver isso — ele cutuca, e parece perfeitamente sério quando encara Lu.

A Cólera revira os olhos e se aproxima a fim de segurar meu braço.

— É, é. Chore suas lágrimas na panela, Tonel — ela lhe retruca ao mesmo tempo que começamos a nos afastar.

— Eu choro! — ele grita. — Como acha que deixo tudo tão salgado?

Os soldados na fila gemem.

Rindo, seguimos em direção ao limite do acampamento, mas, pouco antes de chegarmos lá, um falcão mergulha em nossa direção como uma bomba, e nem percebo até que ele abre caminho na neblina, voando para nós.

Grito, surpresa, mas Slade levanta o braço, e o pássaro pousa nele com as garras perfeitamente posicionadas entre os espinhos.

Surpresa, eu assisto enquanto ele acaricia a cabeça do falcão e permite que bique seus dedos antes de estender a mão para o canudo de metal preso à sua perna. O gesto me faz entender tudo.

— Espere, isto é... — Interrompo a pergunta quando reconheço a insígnia do sino dourado. — Este canudo é de Sinoalto. — Arregalo os olhos. — Este é um *falcão mensageiro de Sinoalto*?

Ele abre a tampa para pegar a mensagem contida no canudo, e seus olhos pretos leem as palavras enquanto o grande pássaro levanta uma asa e esconde o bico embaixo dela, como se estivesse se coçando.

— Ele não te contou? — Lu pergunta, aproximando-se de mim. — O comandante treinou seus falcões para interceptar outras aves. Eles são inteligentes e habilidosos o suficiente para arrancar os canudos das pernas dos outros pássaros. Depois trazem os frascos para o comandante, que os prende em um de *seus* falcões, dando a impressão de que a ave pertence ao reino que ele quiser. Neste caso, Sinoalto. Porém, em vez de entregar mensagens, os pássaros espiões sabem que devem levar todas elas primeiro ao comandante.

— Uau, isso é... muito diabólico — opino, apesar de estar impressionada. — Espere, foi assim que descobriu que eu tinha enviado uma mensagem para Midas?

— Sim. — Ele termina de ler e passa a mensagem para Lu, adotando uma expressão sombria.

— Qual é o problema? — pergunto. Lu lê a carta antes de entregá-la a mim, e franzo a testa com o teor das notícias.

"O tempo frio se afastou de Sinoalto. Céu limpo à frente."

— *"Céu limpo"*? — pergunto, confusa. — Sinoalto *nunca* tem céu limpo. E o frio nunca vai embora. O que isso significa?

Slade pega a mensagem da minha mão, sem demonstrar preocupação por ter rompido o lacre de cera.

— Ainda não tenho certeza. Está em código. Vou conversar com os outros sobre isso. — Ele me encara, muito sério, e sei que sua mente está trabalhando. — Tenho de levar este falcão de volta à carroça para poder lacrar novamente a carta e despachá-la. Vai ficar bem com Lu?

— Sim.

— Ótimo. Volto ao castelo como rei amanhã à tarde. Você me encontra na biblioteca ao anoitecer? Eu lhe conto se Lu descobrir alguma coisa.

— Combinado, estarei lá — prometo.

Slade estende a mão e acaricia meu rosto com um dedo.

— Certo. A gente se vê em breve.

Tenho de reprimir a vontade de me inclinar e beijá-lo. Ele provavelmente já demonstrou carinho demais, mesmo que a neblina nos envolva sob o céu escuro da noite.

— Lu, tenha cuidado.

— Sempre, comandante.

Depois de olhar para mim uma última vez, ele se vira e se afasta, e eu sigo Lu, tentando lutar contra a vontade de olhar para trás. Cada passo na direção das muralhas de Ranhold parece errado, e as fitas se enrolam com a mesma tensão que me domina.

Tal como fez antes, Lu consegue usar sua magia para distrair os soldados, calculando o tempo com perfeição para podermos entrar durante outra troca de turno de guarda.

— Acha que consegue voltar aos seus aposentos pela varanda? — ela sussurra, me levando por uma lateral do castelo com passos rápidos. As pedras cinzentas estão cobertas de gelo, e é impossível enxergar os andares mais altos, pois a forte neblina fica mais densa com a queda da temperatura.

— Sim, sem problemas — respondo, baixinho, no silêncio do ar gelado. — Obrigada por me ajudar a entrar e sair sorrateiramente. Foi bom passar um tempo com... Degola.

Ela sorri.

— Tenho certeza disso. Melhor companhia do que o idiota de ouro, não é mesmo?

— Muito melhor — concordo, sorrindo.

No entanto, esse sorriso se apaga do meu rosto quando contornamos o castelo e encontramos quatro pessoas paradas ali atrás, no escuro. Paramos escorregando e, pela forma como o corpo de Lu fica tenso, é possível deduzir que ela nem percebeu que tínhamos companhia.

Por um segundo, meu coração dispara diante das figuras nas sombras, e espero ver Midas sair da neblina.

Em vez disso, é outra pessoa que dá um passo à frente, a última pessoa que eu esperava ver vagando pelo terreno à noite.

A Rainha Kaila.

38
AUREN

Todo barulho é sufocado quando a Rainha Kaila para diante de nós. Lu se curva em uma reverência rígida, e faço uma mesura apressada, sentindo o coração acelerado.

— Rainha Kaila, perdoe-nos. Não sabíamos que estava aqui fora. Espero que não tenhamos interrompido nada.

— Ah, não interromperam — ela responde, olhando para nós alternadamente.

A ansiedade revira meu estômago enquanto ficamos ali paradas, sem-jeito. A cada vez que inspiro, o ar gruda em meus pulmões, a umidade gelada reveste minha boca e cobre minha pele como se eu estivesse presa em uma nuvem.

A névoa densa de repente parece inimiga, em vez de uma bênção que manteve Lu e eu mais escondidas na jornada de volta ao meu quarto. É o ar se fechando ao nosso redor, uma neblina opaca lançada do céu como se os deuses quisessem nos prender.

A tonalidade azul-acinzentada do vestido da Rainha Kaila brilha sob o manto grosso, cujo capuz cobre seus cabelos pretos e lisos. Três guardas a escoltam, e aquele que está à sua direita segura uma tocha.

Sua armadura é de prata com o brasão do Terceiro Reino gravado no escudo do peitoral, uma insígnia orgulhosa que remete ao seu litoral com a barbatana visível de um tubarão predador à espreita sob a superfície do oceano.

Kaila puxa o capuz para trás e, embora hoje não use coroa, não parece menos majestosa do que antes.

— Que sorte nós duas nos encontrarmos assim.

Limito minha resposta a um sorriso educado, mas, apesar da calma aparente, meu coração está disparado. A única *sorte* que isso pode representar é a do tipo ruim, a má sorte. A inquietação me invadiu rapidamente, minha mente é dominada pelas possíveis implicações desse encontro. Não conheço o caráter de Kaila, mal sei o básico sobre ela.

Tentei tirar da cabeça todas as coisas relacionadas ao Terceiro Reino há muito tempo, mas me arrependo disso. Gostaria de ter estudado essa mulher, porque neste momento todos os instintos me alertam sobre Kaila ser perigosa. Eu a ignorei no jantar, dei mais atenção ao irmão divertido, além da presença exigente de Midas e de um certo rei taciturno.

Kaila está aqui a convite de Midas, mas não tenho ideia do motivo para ele a ter convidado especificamente. Mas, talvez, a questão mais importante seja: por que ela concordou em vir?

— É interessante que esteja fora a esta hora — Kaila reflete. — Pensei que o Rei Midas preferisse mantê-la em segurança dentro do castelo.

Penso rápido e digo:

— Não consegui dormir, então decidi dar um passeio aqui fora. O ar de Ranhold está denso esta noite.

— De fato. Eu também queria dar um passeio. Acho isso mentalmente estimulante. Pode-se ouvir muitas coisas interessantes à noite. — Meus ombros ficam tensos, e sinto a atenção de Lu voltada para a rainha. Kaila também deve sentir, porque seu olhar se move por um segundo, antes de ela se concentrar em mim novamente. — Vamos caminhar um pouco?

Pega de surpresa, seguro as saias com força. A última coisa que quero é caminhar com ela, mas não há absolutamente nenhuma maneira de recusar o convite, porque nós duas sabemos que não foi um convite de verdade.

— Sim, Majestade.

Quando nós duas damos um passo para o lado, a fim de deixar Kaila indicar o caminho, ela olha para Lu com uma expressão melosa.

— Está dispensada.

Lu abre a boca como se fosse protestar, mas balanço a cabeça em negativa de modo sutil. Não quero que ela se meta em encrencas ou se machuque. A Rainha Kaila está fazendo meus nervos vibrarem com uma nota constante de alarme, e não quero Lu perto dela. A Cólera pode ser uma guerreira e a espiã perfeita, mas já lidei com minha cota de membros da realeza ao longo dos anos.

Com um olhar tenso em minha direção, Lu assente, contrariada, antes de se virar e se afastar. Seus passos são silenciosos, e a silhueta escura desaparece na neblina como um fantasma esquecido apagando no éter.

Agora que estou sozinha com Kaila e seus guardas, a rainha começa a andar, e eu a acompanho, obediente, com a palma das mãos suando de nervosismo dentro das luvas.

— Que estranho — a Rainha Kaila comenta.

Minha deusa, não quero morder a isca, mas *não* posso evitar. Armadilhas verbais são o passatempo favorito da realeza. Em vez de aprenderem a travar a guerra em um campo de batalha, eles aprendem a guerrear na corte.

— O que é estranho, Majestade? — pergunto, tentando manter o tom leve, apesar do nó na garganta.

— Você estava acompanhada por uma soldada do Quarto Reino, em vez dos guardas de seu rei.

Meus ouvidos zunem com o tom perigoso de suas palavras, e as têmporas pulsam com a ameaça subjacente que sinto em sua inflexão.

Sim, eu deveria ter prestado mais atenção nela.

As fitas se contraem ao longo de minha coluna, fios compridos de cetim que abraçam a pele como um animal encurralado em um canto, com os pelos eriçados e pronto para o ataque.

— Meus outros guardas estão à minha espera — minto. — Na verdade, eu provavelmente deveria dar notícias, antes que eles venham me procurar...

Kaila olha para mim de um jeito que anuncia sua percepção acerca da tentativa patética de escapar.

— Francamente, Auren. Eu sei guardar um segredo. Na verdade, guardo muitos deles.

Bem, isso não me faz sentir nada melhor.

Mordo a boca quando seguimos em frente e passamos pelo castelo, ouvindo as pesadas saias azuis de seu vestido arrastando no chão, acumulando pequenos pedaços de neve como pedrinhas brancas costuradas na bainha.

Seus guardas nos seguem a alguns metros de distância, mas a presença deles é como uma parede opressora em minhas costas, como se a qualquer momento pudessem cair sobre mim e me prender no lugar.

Como Lu não os ouviu e não os distraiu da nossa presença?

Tento sufocar a ansiedade, enquanto o ar faz o possível para nos envolver com seu humor sombrio, mas Kaila parece alheia a ambos. Ou, talvez, ela goste da presença pesada que se apega a nós.

— Segredos são importantes, não concorda?

Tenho de recorrer a toda força de vontade para manter minha expressão indiferente. Não quero que ela veja o lampejo de medo.

— Suponho que sim, Rainha Kaila.

— Você supõe? — ela repete, e sua risada rouca adiciona mais textura à atmosfera pegajosa. — Sussurros são meu maior recurso. Você se lembra do meu poder?

Engulo em seco, e tento esconder o tremor nervoso em minhas mãos.

— Sua magia controla vozes.

— Isso mesmo — ela diz, assentindo e com um sorriso. — Posso projetar sussurros em um ambiente. Posso fazer as pessoas ouvirem vozes que não existem. Posso roubar a capacidade de fala de alguém pelo tempo que quiser, deixando a pessoa muda. Mas uma das coisas que mais gosto de fazer é atrair palavras, murmúrios sobre conhecimento proibido, que não são para ouvidos alheios. Esses são minha maior riqueza.

Meu estômago se revira, e sinto um tremor se espalhando a partir da espinha dorsal.

Ela ouviu. Ela ouviu a conversa entre mim e Lu. Tento lembrar exatamente o que dissemos, mas não há necessidade disso.

Kaila para e se vira para mim com o castelo atrás de si, a pele negra brilhando sob a luz da tocha. Observo quando ela franze os lábios carnudos e sopra um jato de vapor.

A presença formigante da magia se espalha com esse sopro, e então ouço algo que faz minha nuca arrepiar.

— *Obrigada por me ajudar a entrar e sair sorrateiramente. Foi bom passar um tempo com... Degola.*

— *Tenho certeza disso. Melhor companhia do que o idiota de ouro, não é mesmo?*

— *Muito melhor.*

Minha voz e a de Lu ecoam levemente quando reproduzidas. As palavras desencarnadas brincam na neblina, no sopro invisível de uma brisa sobrenatural encharcada do meu medo crescente.

Os sussurros se repetem sem parar, me fazem ranger os dentes, e um tremor tenta se apoderar de minha expressão. Durante todo o tempo, a Rainha Kaila me observa com uma expressão satisfeita estampada no rosto. Tenho de reprimir a vontade de cobrir os ouvidos com as mãos, mas, felizmente, ela levanta uma das mãos e as vozes se dissipam, desaparecem no silêncio.

— Você fugiu do castelo para passar um tempo com o comandante do exército do Quarto.

Sinto todo o sangue abandonar meu rosto.

— Eu...

Ela me interrompe:

— Não tente negar.

O arrependimento brota de minhas entranhas, ameaçando se ramificar e me enforcar.

Feliz com meu silêncio, Kaila se vira e recomeça a andar.

— Por aqui.

Eu a sigo, entorpecida, com passos carregados de consternação.

— Então, Auren, você tem um nome de família? Tem uma família?

A mudança de assunto me faz olhar para ela, desconfiada.

— Não, Majestade. Sou órfã.

Ela faz um ruído qualquer, nos levando em torno da parede do castelo até o pátio cheio de esculturas de gelo. A lua brilha apenas em parte, escondida atrás das nuvens, porém ainda reflete a umidade no ar, circundando tudo com uma névoa misteriosa.

— Que pena. A família é importante.

— É verdade. Você parece muito próxima de seu irmão — respondo, tentando direcionar o tema da conversa para ela.

Os lábios da rainha se curvam em um sorriso melancólico.

— Manu é meu conselheiro e amigo mais próximo. Ele gosta muito de você.

Bem, isso é bom. Certo?

— É claro que Manu gosta da maioria das pessoas — ela continua, atravessando minha esperança e os terrenos do castelo. Seguimos para uma parte onde ainda não estive, além de uma mureta de pedras empilhadas. — Ele é uma alma doce que nem sonharia em usar informações contra outras pessoas. Mas é por isso que as deusas não concederam um poder a ele, não é? Sou mais adequada para governar o Terceiro Reino, porque farei o que for preciso para me manter no trono. — Ela assente em concordância com a própria afirmação, como se já tivesse tido essa conversa mentalmente muitas vezes antes.

A sensação de mal-estar só aumenta quando ela sai da calçada de pedra e começa a caminhar pela neve espessa.

O guarda que carrega a tocha corre na frente para encontrar um caminho mais fácil para sua rainha, e o olho ardente do fogo me encara através da névoa.

Meu pavor aumenta cada vez mais até se transformar em angústia, e o silêncio provoca meus nervos até que, por fim, pergunto:

— Para onde estamos indo, Majestade?

— Só um pouco mais adiante.

Olho para trás a todo instante, mas não há como fugir. Considerando como os guardas dela olham para mim, eu não iria longe, a menos que usasse as fitas, e não quero que a rainha saiba sobre elas, se eu puder evitar. Ela não precisa se apoderar de mais nenhum dos meus segredos.

Finalmente, nos aproximamos de um enorme edifício de pedra que parece ter cinco andares, se não mais, e cuja verdadeira altura é encoberta pelo nevoeiro. Na frente dele há um arco de pedra salpicado de gelo, largo o suficiente para vinte homens passarem por ele ombro a ombro.

Quatro soldados de Ranhold do lado de fora do arco fazem uma reverência à rainha quando passamos, e os três guardas pessoais dela ficam com eles. Assim que entro no prédio, olho em volta, surpresa. O cheiro característico de animais invade meu nariz, misturado a camadas de feno, almíscar empoeirado e alguma coisa quase amadeirada.

— Isto é...

— O poleiro dos timberwings — Kaila termina por mim, parando no meio da enorme sala aberta. Vigas cruzam o teto alto do espaço cilíndrico como palitos presos nos dentes das paredes de pedra.

Há dezenas dos animais lá dentro, penas e garras até onde meus olhos alcançam. Alguns estão encolhidos juntos nos ninhos de galhos de árvores construídos nas vigas, outros revolvem o feno no chão, outros farejam o comedouro onde a carne crua foi despejada.

Kaila caminha até um deles à nossa esquerda, uma criatura emplumada que dorme com a cabeça aninhada sob uma asa dobrada.

— Riawk — ela murmura.

O timberwing responde imediatamente à sua voz, abre os olhos castanhos e turvos e ergue a cabeça. Ele abre a boca, e estremeço ao ver os dentes afiados e brutais, mas a criatura apenas projeta a língua para lamber a mão da rainha em saudação.

Kaila olha para mim por cima do ombro.

— Já esteve perto de um timberwing?

De jeito nenhum. Essas coisas me assustam.

— Não — respondo simplesmente, balançando a cabeça em negativa.

Kaila acaricia suas penas manchadas, e o animal ronrona.

— Riawk não morde.

Riawk parece querer arrancar minha cara a dentadas, mas é claro.

Dou um pulo assustado quando um timberwing atrás de mim de repente bate as asas enormes, levantando feno, terra e outras coisas nas quais provavelmente não quero pensar, antes de correr pelo arco aberto e sair voando noite adentro. Enquanto tento tirar a poeira do vestido e do casaco, Kaila continua os afagos em Riawk.

— Auren, vamos conversar de mulher para mulher, certo?

Respondo, hesitante:

— Tudo bem.

Ela me encara diretamente nos olhos.

— Vim para cá porque o Quinto Reino tem recursos inexplorados, recursos que me interessam. Mas o falecido Rei Fulke era um porco míope, e seu filho é um pedante de nariz sujo.

Não sei por que ela está me contando essas coisas, mas sinto que isso está piorando. A cada palavra, ela me empurra para cima de uma montanha escarpada que ela mesma criou.

— A presença do Rei Midas no Quinto Reino e seu convite foram bastante fortuitos para mim.

— É mesmo? — pergunto, com cautela, sendo arrastada ainda mais para cima.

— Sim. Afinal, alinhar-se com o Rei de Ouro tem vantagens muito peculiares, não é? — ela pergunta, deixando os olhos passearem por meu corpo dourado. — Felizmente, o Rei Midas e eu chegamos a um acordo — a rainha conta, com naturalidade, embora seus olhos penetrem nos meus e o timberwing me encare com a mesma intensidade. — Casamento.

Por um momento, acho que ouvi errado, e franzo a testa compondo uma expressão confusa.

— Hum... mas ele já é casado.

Ela inclina a cabeça.

— Ah, ele não lhe contou? A Rainha Malina foi assassinada.

Sou empurrada do alto da montanha.

A total descrença me faz balançar a cabeça. Minha mente gira em círculos com a notícia, que não consigo nem entender.

Malina... *morta?*

Como isso pode ser possível? A mulher me odiou desde o início, mas é uma rainha com quem aprendi a lidar. Tornou-se um elemento fixo na minha vida estática. Saber que ela morreu de repente...

— Como? Quando? — pergunto, sentindo a perplexidade como cola no céu da minha boca, a língua como uma lixa raspando as palavras.

Um brilho de satisfação surge nos olhos de Kaila. Ela gosta de me pegar desprevenida. Eu me pergunto se isso é algo que ela descobriu usando sua magia ou se Midas realmente contou a ela.

— Houve uma revolta no Sexto Reino, porque ela estava tentando cometer traição contra o Rei Midas. O povo se rebelou contra ela, é claro. Ela não conseguiu subjugá-los, e eles invadiram o castelo e a mataram. O rei enviou suas forças, mas já era tarde demais.

Recuo em estado de choque. Mal consigo imaginar rebeldes em Sinoalto, ou Malina assassinada por eles. Como diabos isso aconteceu?

De repente, me lembro da carta codificada que Slade interceptou.

O tempo frio se afastou de Sinoalto. Céu limpo à frente.

A compreensão cai sobre mim como uma avalanche, me prende sob destroços retorcidos.

A Rainha *Fria*. Era sobre isso que a carta falava. Era uma confirmação de que Malina se foi.

— Percebo que ficou muito chocada — Kaila comenta, mas seu tom piedoso não me engana.

Pensamentos erráticos turvam minha visão, e eu mergulho cada vez mais fundo.

Olho para os timberwings, mas não os vejo de verdade. Em vez disso, vislumbro Malina, sempre olhando para mim com desprezo. Formidável. Fria. Totalmente imperturbável.

E tem Sinoalto. Posso ter sido uma prisioneira ali, vivido em uma prisão autoimposta, mas foi o lugar que chamei de lar por muito, muito tempo. Literalmente me derramei naquele castelo para fazer dele o que era. Dei muito de mim sem nunca considerar o efeito que a mudança causaria nas pessoas que teriam de olhar para aquilo todos os dias.

Kaila continua a falar, e tenho de me forçar a sair daquela espiral interna de pensamentos e me concentrar no que ela diz.

— Ele tem tudo sob controle. A falecida rainha obviamente não sabia como reprimir tais situações, mas o Rei Midas é um monarca competente que sabe comandar um reino. E isso é bom, porque meu primeiro marido era um idiota.

Completamente perdida e instável demais para me importar, pergunto:

— Por que está me contando tudo isso?

Seu dedo traça o colar de conchas embaixo do manto.

— Esta é a parte em que a conversa vai ser de mulher para mulher, Auren. Preciso saber: você vai ser um problema?

Até agora, essa conversa foi equivalente a um chute no estômago, um empurrão de cima do penhasco, e agora estou simplesmente caindo.

— Um problema? — Meus olhos saltam para o timberwing, quando ele começa a acariciar com o focinho o braço da rainha.

As grossas sobrancelhas pretas de Kaila se arqueiam com leveza.

— Não sou idiota e já fui casada antes. Conheço os costumes dos reis e suas montarias, mas você é muito mais do que isso, não é? A favorita tocada de ouro. — Ela me analisa desde a cabeça até os dedos dos pés. — Não sei ao certo se ele te ama ou se só te fode de vez em quando e mantém você como um prêmio.

O choque me faz abrir a boca e olhar para trás, para ver se os guardas estão ouvindo, mas Kaila diz:

— Não se preocupe. Estou controlando nossas vozes desde que entramos neste poleiro. Ninguém pode nos ouvir.

— Nem se eu gritar?

Um sorriso lento — e francamente assustador — estende seus lábios.

— Nem assim. Posso trazer cada sussurro aos meus ouvidos, tirar qualquer voz de sua caixa. Posso pegar conversas e projetá-las para o outro lado da sala. Sou senhora das vozes, Auren, mas é a sua que quero ouvir. Você vai ser um problema?

Como alguém tão jovem é tão assustadora?

— Não.

Ela olha para mim como se tivesse captado minha voz e a estivesse estudando pelas lentes de sua magia.

— É muito bom ouvir isso. E as outras montarias, alguma delas vai ser um problema?

Engulo em seco.

— Não.

— Não é uma boa ideia mentir para mim, Auren — ela repreende, e seus olhos escuros endurecem. — Mas está tudo bem. Já sei sobre a grávida. *Mist*. Não posso permitir que meu noivo tenha bastardos, por isso ela não será um problema por muito mais tempo.

Calafrios percorrem minhas costas, e meu coração fica pesado.

Não será um problema. Que jeito genérico de falar sobre matar alguém. A adrenalina me inunda, como se meu corpo implorasse para eu sair correndo, procurar Mist e avisá-la, mas meus pés estão colados no chão.

— Esse é um acordo de negócios e nada mais — ela continua. — Ainda assim, preciso ser aceita pelo povo. Não cometerei os mesmos erros que Malina cometeu. Não serei deixada de lado em prol da *favorita* nem darei às pessoas uma razão para se rebelarem contra mim na primeira oportunidade que tiverem.

Minhas fitas ficam tensas como dedos cerrados.

— Vou fazer o povo comemorar esta união, Auren. É a única maneira de nos aceitarem em nossos reinos. E quero que você vá embora. É por isso que estou tão feliz por ter ouvido você esta noite. Na verdade, essa é a única razão pela qual estamos conversando, em vez de eu cuidar de *você* também como um problema — ela diz, incisiva.

Matar. Ela ia me matar.

Deusa, *quem* é essa mulher?

Ela me analisa por um momento, e as maçãs do rosto são realçadas pelo cabelo cor de ônix penteado para trás.

— Ah, não fique tão chocada. Não posso permitir que nada ameace meu reino. Decerto, nem uma menina órfã, por mais que ela *tenha* cabelo de fios de ouro puro. Portanto, vou fazer um acordo com você, e não faço isso com frequência, então, se eu fosse você, aceitaria.

Tenho de reprimir um tremor diante da ameaça subjacente em sua voz. Talvez seja a magia, ou é só ela, mas, de qualquer forma, sinto a ameaça que passa por seus lábios encantadores.

— Quero que você desapareça, mas não quero sujar as mãos com você. Então, quero que fuja com seu comandante do exército — ela diz, e a encaro, boquiaberta, em estado de choque. — Se partir por vontade própria, não direi a Midas que a vi esta noite.

Tenho a sensação de que ela quer que eu vá embora para que, se Midas descobrir *mesmo* seus planos, ela não seja a responsável por minha morte.

Os olhos de Kaila são penetrantes e parecem tocar meu rosto.

— Se *não* for embora, conto para ele sobre seu envolvimento com o soldado espinhoso, e acho que ele não aceitaria muito bem essa história, não é?

A queda do penhasco termina em uma colisão violenta contra um solo instável, e estou esparramada no meio da ameaça. Kaila sorri para mim, e a beleza de seu rosto jovem é indiscutível. Preciso admitir: a chantagem a favorece.

O fato de eu já ter planejado fugir com Slade me favorece, especialmente se ela estiver dizendo a verdade sobre não alertar Midas a respeito desta noite. Mas estou apavorada, porque ela agora tem essas informações e pode usá-las quando quiser. E o que ela vai fazer quando perceber que Midas não vai desistir de mim?

Não sei bem o que Kaila vê em meu rosto, no entanto, seja lá o que for, ela sorri.

— Vejo que me entende. Estou feliz por termos tido esta conversinha, e você?

Meu estômago revira com o tom apaziguador.

— Eu também, Majestade.

— Ótimo. — Ela balança a cabeça antes de se virar para acariciar o queixo do timberwing. — O rei e eu faremos o anúncio no baile de celebração. Com as rebeliões no Sexto e as circunstâncias incertas por aqui com um príncipe que ainda não tem idade suficiente para ocupar o trono, é imperativo trazermos estabilidade a Orea.

A única coisa que esta união vai trazer para Orea é mais poder para dois monarcas sedentos de poder.

— Você gostaria de acariciar Riawk? — Kaila pergunta, de repente.

Esta mulher deve gostar muito de me pegar desprevenida.

— Ah, não, obrigada.

— Só um afago — ela insiste. — Ele é muito manso. — Tão manso quanto ela, imagino.

Com um sorriso tenso, encaro o animal e levanto a mão. Imediatamente, ele sacode a cabeça com os olhos semicerrados e me ataca. Puxo a mão para trás com um grito, e quase não consigo escapar da mordida.

A Rainha Kaila inclina a cabeça para trás e ri, antes de bater de leve no focinho do timberwing.

— Que coisa feia, Riawk — ela fala, com tom doce, embora ainda sorria. — Os machos sempre mordem a mão que os acaricia.

Sei disso muito bem.

— Estou feliz por ter conseguido conversar com você, Auren. Nós, mulheres, entendemos as coisas que acontecem entre nós, não é?

— Entendo perfeitamente.

— Que bom — ela responde, com um aceno de cabeça. — Pode ir.

Devidamente dispensada, não perco tempo, dou meia-volta e saio do prédio seguida pelos chilreios que os animais grunhem. Quando passo pelo arco de pedra, meus ouvidos estalam como se eu tivesse acabado de sair de sua bolha mágica sonora.

Corro de volta para o castelo com a cabeça dominada pelo caos, em pânico com a conversa que tive com a Rainha Kaila — e com seu poder aterrorizante. Midas pode ter encontrado nela alguém à sua altura.

Preciso contar a Slade e aos outros o que aconteceu, mas não me atrevo a tentar fugir sem Lu, e não sei onde os falcões mensageiros são guardados. Queria muito que encontrássemos uma maneira de nos comunicarmos em casos como este, mas, por enquanto, terei de esperar até encontrar Slade amanhã à noite, na biblioteca.

Por enquanto, porém, preciso tentar salvar alguém que me detesta. Não sei se *essa* conversa vai ser melhor do que aquela que acabei de ter.

Mist pode me odiar, mas espero que esse ódio diminua depois do aviso que vou lhe dar. Porque se isso não acontecer... sua vida e a vida do bebê que ainda nem nasceu estarão em risco.

39
AUREN

O problema de minha mente estar tão frenética é que esqueço que é tarde. Consigo chegar à ala das montarias, mas sou impedida de entrar. Há ali dois guardas sentados, e os reconheço, porque são sempre eles vigiando a porta das montarias. O mal-humorado de cabelos grisalhos e o loiro, mais novo e de barba irregular, os quais decidi chamar permanentemente de Cabelos Grisalhos e Barba Rala na minha cabeça.

Cabelos Grisalhos balança a cabeça quando me aproximo.

— Não posso deixar você entrar, milady.

— Sei que é tarde, só preciso falar com...

— De qualquer forma, nenhuma das montarias está aqui, milady — Barba Rala interrompe.

Toda a minha agressividade explode em uma onda de decepção.

— Onde elas estão?

Barba Rala coça o queixo, distraído, e sua armadura dourada brilha, apesar da escuridão no corredor.

— Na cidade. Por ordens do rei. Foram enviadas para... entreter alguns dignitários visitantes do Terceiro Reino.

Meus ombros caem com o peso do infortúnio.

— Tudo bem. Desculpe incomodar — murmuro antes de me virar.

Os guardas conversam atrás de mim e, quando ouço passos arrastados, olho para trás e descubro que Cabelos Grisalhos está me seguindo. Quando o encaro, intrigada, ele diz:

— Não deveria andar sozinha a esta hora da noite. É surpreendente que o rei não tenha uma legião inteira com você o tempo todo.

Meu sorriso é tenso.

— Hoje em dia ele fica satisfeito me dando um pouco mais de liberdade — respondo antes de me virar, torcendo muito para ele não contar isso a Midas e descobrir o tamanho dessa minha mentira. No entanto, não estou *realmente* quebrando a regra. Ainda está escuro, o que significa que posso sair dos meus aposentos, desde que tenha um guarda... e agora tenho. Apesar do detalhe de ter fugido.

— Devo levá-la de volta aos seus aposentos?

Faço que não com a cabeça.

— Preciso falar com alguém.

— A esta hora? — ele pergunta.

— O rei me pediu para dizer algo a ela.

Isso o cala, o que é bom, porque meus nervos já estão destruídos. Eu esperava poder conversar com Rissa sobre isso, mas, como ela não está lá, não tenho escolha a não ser procurar Mist.

Andando com passos silenciosos, tento conter o impulso de correr. Não gosto deste castelo à noite. As paredes recobertas de vidro projetam um reflexo escuro da minha silhueta, como um espectro que imita meus movimentos com intenções sinistras. Não importa quanto eu tente ignorar, juro que ainda posso ouvir minha voz e a de Lu ecoando em minha cabeça.

Lembrar o caminho para os aposentos de Mist é um pouco difícil, mas, de algum jeito, consigo chegar lá sem me perder. Que sorte a minha, considerando que estou com medo do confronto. Tem um guarda fazendo ronda no corredor, mas ele não tenta nos interceptar quando nota minha presença. Paro na frente da porta, respiro fundo e tento endireitar a coluna. Não sei bem se funciona.

Tentando não prolongar a situação, levanto a mão e bato à porta de madeira. Uma vez. Duas vezes. Na terceira vez, os guardas me olham como se eu fosse doida, mas não paro. Continuo batendo, persistente e cada vez mais alto, com os pensamentos acelerados.

Quando estou praticamente esmurrando a porta e Mist não aparece, começo a entrar em pânico.

Será que a Rainha Kaila já fez alguma coisa com ela? Será que Mist está deitada lá dentro, com o corpo esfriando?

A porta é aberta de repente.

— Mist — suspiro, tomada de assalto pelo alívio.

— Que diabos está fazendo? — ela rosna, fechando o roupão e amarrando o cinto com um nó na frente, toda desarrumada.

— Preciso falar com você.

Vejo suas olheiras escuras, e, obviamente, a tirei da cama, um fato que não a suaviza em nada em relação a mim.

— Afaste-se da minha porta! Estamos no meio da noite, porra, e, mesmo que não fosse, você é a última pessoa que eu gostaria de ver.

Cabelos Grisalhos pigarreia ao ouvir a conversa estranha, mas não posso deixar que ela me impeça de falar.

— Olha, sei que não gosta de mim, mas preciso falar com você. É importante.

Ela olha por cima do meu ombro, para os guardas.

— Tire-a daqui. Estes são meus aposentos pessoais, que o rei me deu, e não a quero aqui.

Seu guarda dá um passo à frente, sem se aproximar o suficiente para me tocar, e olha para mim, suplicante.

— Milady...

Não. Não cheguei até aqui só para ser expulsa. Rangendo os dentes, agarro o braço de Mist e entro, empurrando-a comigo antes que alguém possa reagir. Bato a porta na cara dos guardas, giro a chave e me encosto na madeira com os braços cruzados.

— Quem você pensa que é? — Mist grita na minha cara com indignação.

Ela tenta passar por mim para destrancar a porta, mas eu mudo de posição para impedir.

— Basta me ouvir por dois minutos, e eu vou embora.

— Vá se foder, piranha! — ela grita, furiosa, cerrando os punhos junto do corpo.

O pânico aumenta e olho em volta, como se a Rainha Kaila estivesse à espreita em algum lugar, pronta para roubar mais palavras.

— Fale baixo!

Mist deve ouvir o desespero em minha voz, porque para de gritar.

— Por que eu deveria?

— Porque essas paredes têm ouvidos e, acredite em mim, você não vai querer que a rainha escute você.

Sua expressão ainda é furiosa no quarto iluminado apenas pelo fogo manso na lareira. Aproveitando a vantagem de a ter surpreendido, decido despejar logo o que tenho para dizer, mas falo baixo. Não quero que os guardas ouçam, e não tenho ideia do alcance dos poderes da rainha.

— Sua vida está em perigo, Mist. A Rainha Kaila vai mandar matar você.

Ela pisca e recua um passo, e a confusão entra em conflito com a raiva que ainda domina seu rosto.

— O quê?

— É verdade — insisto, e me afasto da porta. — Malina está morta e Midas planeja se casar novamente com a rainha do Terceiro Reino, assim ele vai ter controle sobre outro reino. A Rainha Kaila não gosta de competição e, definitivamente, não gosta da ideia de você ter um filho dele.

Mist toca a barriga ligeiramente arredondada, mas seus olhos escuros são desconfiados e atentos.

— Você me acordou para vomitar mentiras?

— Não estou mentindo — insisto, implorando para que ela veja a verdade das minhas palavras ali, em minha expressão franca. — A rainha falou comigo esta noite, me ameaçou e disse, sem rodeios, que vai tomar providências para que você não seja um problema.

Mist ri e depois segura o cinto do roupão.

— É claro.

— É verdade. Você precisa ir embora.

Uma expressão de desprezo puro surge em seu rosto.

— Então essa é a jogada? Vai tentar me amedrontar para me fazer ir embora? — Ela balança a cabeça, a fúria pinta duas manchas vermelhas em suas bochechas. — Bem, não vai funcionar. Você está tão corroída pelo ciúme, odiando que eu tenha tratamento especial, que eu esteja esperando o *herdeiro* do rei, que se dispõe a tentar enganar uma mulher grávida? — Ela ri e olha para mim de cima a baixo, com ódio. — Você é patética.

— Estou tentando salvar sua vida — sibilo.

Ela ri, mas o som não é engraçado nem agradável. Vibra no ar frio da sala de estar, garras escuras de antipatia maldosa que me deixam em pedaços.

— Saia.

— Mist...

— Eu falei para *sair*! — ela grita, e a violência em sua voz me faz saltar para trás. Os guardas começam a bater com força na porta atrás de mim. Grande Divino, espero *muito* que a Rainha Kaila e seu poder não estejam por perto.

— Tudo bem, eu vou — declaro, com as mãos erguidas em sinal de rendição.

Mist está tremendo muito, e o rubor do rosto agora desce para o pescoço e para o colo. Não quero causar angústia, e é óbvio que não estou conseguindo convencê-la.

Todavia, não importa quanto ela me detesta, não quero que ela ou o bebê sejam mortos. Se fosse outra pessoa dizendo isso, talvez ela ouvisse, mas está cega demais pelo ódio que sente por mim.

Com um suspiro derrotado, me viro e toco a chave, porém, antes de girá-la, falo baixinho, me agarrando a mais uma chance de me fazer ouvir:

— Sei que você me odeia, e tudo bem. Mas juro, Mist, estou dizendo a verdade. Não quero que você ou seu bebê se machuquem. Fale com

Rissa. Ela vai lhe dizer que pode confiar em mim. Posso levar você a um lugar seguro, mas preciso da sua resposta no baile.

Olho para ela por cima do ombro e percebo um sinal de dúvida passando por sua expressão.

— Uma nova rainha não vai tolerar um bastardo nascido de outra mulher, Mist — insisto, com delicadeza. — Por favor. Fale com Rissa. Pense nisso, pelo bem do seu bebê.

— Mesmo que fosse verdade, e não acredito que seja, Midas nunca...

— Você não pode confiar em Midas — interrompo, com veemência. — Ele sempre vai escolher a opção mais favorável para progredir e, com uma nova esposa, você não é mais essa opção.

Ela cruza os braços em um gesto defensivo, mas, apesar da postura arrogante, posso ver a ansiedade em seus olhos, em como os dedos dos pés parecem querer cavar o chão.

— Por que me contou isso?

Dou de ombros.

— Nós, montarias, devemos nos unir, certo? — falo com leveza, mas sinto uma melancolia profunda, enraizada. Se ao menos pudéssemos parar de competir, parar com o ciúme mesquinho, parar de deixar os homens nos colocarem umas contra as outras... Imagine o que as mulheres poderiam fazer se começassem a ser leais entre si.

Os lábios de Mist formam uma linha fina, e uma expressão indecifrável passa por seu rosto, antes de ela levantar o queixo.

— Saia.

Concordo com um movimento de cabeça, me viro e abro a porta.

Não sei se ela vai falar com Rissa, porém, se consegui colocar uma pequena semente de dúvida em sua cabeça, valeu a pena.

No mínimo, espero que ela fique mais atenta, que espie por cima do ombro.

Saio e passo pelos guardas, ignorando os olhares de desaprovação.

No caminho de volta para meus aposentos, a exaustão emocional e mental me esmaga de dentro para fora, até que a cabeça atordoada e o coração apertado fazem minhas têmporas latejarem e os olhos arderem.

O impacto chocante desta noite é como um fardo que me prende com sua brutalidade e me esmaga com seu peso.

Quando chegamos ao corredor do meu quarto, Scofield e Lowe estão parados do lado de fora da porta, e eles arregalam os olhos quando me veem.

— Milady! Como... Esteve em seus aposentos dia e noite — declara Scofield, com angústia evidente, puxando o cabelo castanho em um gesto nervoso.

Não posso responder. Não tenho capacidade mental no momento para tentar inventar uma mentira plausível, nem disponibilidade emocional para me importar com isso.

Então, passo por ele sem dizer uma palavra, fecho a porta e me jogo na cama, sentindo que a inquietação ocupa espaço demais em meu peito.

Preciso dormir e, assim que amanhecer, preciso falar com Rissa. Depois posso ir encontrar Slade na biblioteca e lhe contar tudo. Juntos, vamos conseguir controlar a situação com Mist, com a Rainha Kaila e, com sorte, Lu também terá encontrado Digby.

Apesar desses pensamentos racionais, a ansiedade persiste em mim como vespas raivosas picando meu interior, porque não tenho certeza de que fiz o suficiente.

Caio em um sono agitado, rezando para as deusas, mas minha prece é uma voz silenciosa para um céu sem estrelas. E quando foi que elas me ouviram, afinal?

40
AUREN

Acordo com uma determinação impregnada nos ossos. Midas, Digby, Mist, Rissa, Kaila. Esses obstáculos se acumularam sobre mim ontem à noite, mas o sono e os pensamentos inquietos fizeram algo de bom por mim. Alimentaram a raiva e a determinação o suficiente para afastar a ansiedade.

Estou muito perto de conseguir o que quero, não posso estragar tudo agora.

Ao me levantar da cama, vou abrir as cortinas. Sou recebida por uma manhã branca, com quinze centímetros de neve acumulada no chão.

Visto-me às pressas, tendo como trilha sonora os latidos dos cães lá fora. Com um vestido simples de seda, espartilho partido com impaciência, botas, luvas e manto, corro para a varanda, determinada a sair escondida para tentar falar com Rissa novamente. Não dá para esperar até o anoitecer.

No entanto, quando minhas mãos tocam a grade, paro de repente. Tem um guarda bem ali embaixo, com uma armadura banhada a ouro e salpicada com flocos de neve. Ele está andando na frente do cercado dos cachorros com uma postura relaxada, mas sou tomada pelo desânimo.

Recuo devagar, chego à porta da varanda e corro para dentro, com o coração subitamente acelerado de apreensão.

Midas sabe que escapei. Não há outra explicação. Não tenho certeza de quais são as implicações disso, mas a área embaixo da minha varanda nunca foi patrulhada antes, e sei que a presença do guarda é para garantir que eu não saia. Honestamente, fui descuidada. Ontem à noite, eu estava tão aflita para encontrar Rissa e Mist, que não pensei em mim mesma.

Isso não é bom. Não é nada bom.

Com os lábios comprimidos em uma linha fina, olho para a mesa de cabeceira e tenho uma ideia. Se não posso ir até Rissa, vou ter de fazer Rissa vir até mim.

O fogo ainda não foi aceso, mas ignoro o frio quando me aproximo e abro a gaveta da mesa de cabeceira. Há folhas de pergaminho dentro dela, e eu as pego junto a uma pena e tinta, e rabisco rapidamente um bilhete para ela.

Não me atrevo a registrar muita coisa. Tudo o que escrevo será, sem dúvida, transmitido a Midas, por isso me limito a convidá-la a vir tomar chá em meu quarto. Um pedido aparentemente inocente, mas Rissa vai entender que tem algo errado.

Vou lhe contar sobre a oferta de ir embora comigo e o exército do Quarto, e farei com que ela convença Mist a ir também. Tenho a sensação de que vou precisar dar muito ouro a ela.

Enquanto isso, Lu vai encontrar Digby, e depois sairemos daqui.

Enfim estarei livre.

Eu me aproximo da porta do quarto e, quando a abro, assusto Scofield e Lowe, que estão sentados do lado de fora. Não consigo me livrar desses dois.

— Milady, precisa de alguma coisa? — Scofield pergunta.

Com a mensagem dobrada entre os dedos, entrego-lhe o papel.

— Pode fazer esta mensagem chegar à ala das montarias reais? É para Rissa.

Os olhos castanhos estudam minha mão estendida por um segundo, e então eu escuto:

— Eu fico com isso.

Viro a cabeça ao ouvir a voz de Midas, e os guardas praticamente pulam para sair do caminho. Ele pega a carta antes que eu possa reagir e a lê com um passar de olhos.

— Não é necessário — diz, dobrando e guardando a mensagem no bolso da calça dourada. — Você não vai estar aqui hoje para o chá, Preciosa.

Sou tomada pelo pânico, mas ele entra antes que eu possa reagir, e saio do caminho por instinto, porque não quero estar perto dele. Os botões dourados de sua túnica têm o formato de sinos, com filigranas subindo em direção à gola e descendo para os punhos. Ele está impecável, como sempre, com o rosto barbeado e a calça bem passada, os sapatos tão brilhantes que têm o ambiente em seu reflexo.

As bases das fitas se levantam como se fossem pelos e, quando o rei faz um gesto para alguém atrás de si, vejo uma criada entrar e ir direto para a lareira, a qual acende com lenha fresca e gravetos.

Permaneço exatamente onde estou, de costas para a parede ao lado da porta, acompanhando com os olhos cada passo que ele dá pelo quarto, provavelmente notando tudo que transformei em ouro neste cômodo desde a última vez que ele esteve aqui.

A raiva física instalada sob minhas costelas realça sua presença mais uma vez, a criatura que floresceu do solo azedo cultivado no ressentimento de minha alma. Tive um intervalo — fui distraída de minha fúria pela presença de Slade, mas agora ela está de volta com força total.

Não vejo Midas desde que ele me bateu.

Meu rosto pode estar curado, mas a marca que ele deixou em mim não aparece na pele. Está entranhada, impregnada muito abaixo da superfície, entrelaçada às fendas da minha fúria contida.

Olho para ele e penso: *Você sabe? Sabe que a Rainha Kaila pretende matar a mulher que carrega seu filho? Você ao menos se importa? Deu sua bênção a Kaila?*

A triste verdade é que, provavelmente, ele deu. Por que se contentar com o filho bastardo de uma montaria, quando pode ter um herdeiro legítimo de uma jovem rainha?

Quando a criada sai e fico sozinha com ele, Midas finalmente olha para mim, passando a mão nos cabelos cor de mel. Seu olhar estuda minha face, e vejo o alívio por um segundo, antes de ele desaparecer de novo.

Eu estava certa sobre ele me evitar. Midas não queria ver a culpa de suas atitudes estampada em meu rosto.

— Como você está, Preciosa?

Estaria bem para cacete se ele nunca mais me chamasse assim.

— Bem. — Tudo em mim é rígido, incapaz de fingir qualquer tipo de gentileza.

Há uma hesitação em sua atitude, mas não é consequência do esforço para agir com cautela. É outra coisa. Algo que não consigo identificar.

Ele acena bruscamente com a cabeça.

— Peço desculpas por não ter sido mais atencioso. Tenho estado muito ocupado, saio quase todos os dias para me encontrar com a Rainha Kaila ou fazer aparições na cidade, ou para lidar com meus conselheiros e o príncipe. O Quinto e o Sexto Reinos precisaram da minha atenção, da minha mão firme.

Deslizo um dedo sobre a bochecha.

— Bem, acho que podemos dizer que você aperfeiçoou a mão firme.

Midas respira fundo, contrai a mandíbula, mas solta o ar e sopra a raiva com a mesma rapidez, balançando a cabeça antes de enfiar as mãos nos bolsos.

— Desculpe. Você sabe que estou arrependido. Vivo cheio de culpa desde aquela noite.

— A culpa não absolve o culpado.

O estreitamento dos olhos precede a linha que aparece na testa, uma linha que separa o rosto encantador da verdadeira natureza por trás dele. Midas abre a boca como se fosse me repreender, mas volta a fechá-la e parece reconsiderar.

Fico esperando que ele me conte sobre o noivado com a Rainha Kaila, que me informe da morte de Malina.

Contudo, ele não faz nenhuma das duas coisas.

Antes, eu pensava que ele confiava em mim, que nossas conversas murmuradas tarde da noite na privacidade da minha gaiola eram algo especial. No entanto, percebo agora que ele só me contava coisas quando elas serviam a um propósito, a uma manipulação. Um modo de controlar as rédeas que ele manteve em sua *montaria tocada de ouro.*

— O baile é amanhã à noite. — Midas me lembra enquanto se aproxima lentamente da lareira e apoia a mão na cornija. — Queria que me acompanhasse hoje e desse alguns toques finais no castelo.

É claro que é por isso que ele está aqui. Não é para pedir desculpas. Ele só precisa do meu poder. Provavelmente, eu deveria estar grata pelos dias que passei longe dele, consequência de sua agressão, mas gostaria que esse período tivesse sido ainda mais longo.

Inclino a cabeça, pensando, porque... isso pode funcionar a meu favor.

— Com uma condição. Quero ver Digby.

O silêncio cai sobre nós como cascatas silenciosas, água plácida para nos manter submersos.

— Está bem.

Fico surpresa. Até as fitas se agitam em volta da minha cintura.

— Está falando sério?

— Vou levar você para vê-lo hoje à noite. Você fez por merecer.

Chego a pensar em exigir ver Digby primeiro, mas conheço Midas. Se for pressionado, é mais provável que ele desista de tudo. É por isso que assinto e digo:

— Certo.

Mais um dia deixando ele me usar e usar meu poder. Mais um, e então saberei onde está Digby, finalmente terei certeza de que Midas está com ele. Então, vou poder salvar meu guarda e ir embora deste lugar para sempre.

Midas sorri, e suas feições são a imagem do mais puro encantamento. Queria saber se ele também se encanta.

— Excelente. Vamos trabalhar e, quando terminar, você poderá ver seu guarda.

Os "toques finais" de Midas são, na verdade, transformações extensas. Com os pés descalços e as mãos escorregadias, transformo tudo que ele me pede, bloqueando todo o restante, focando a mente em um objetivo: terminar logo com isso para poder ver Digby.

Fico tão concentrada que as horas do dia não são mais compostas de minutos. São feitas de gotas de ouro. O metal precioso substitui os grãos de areia na ampulheta; cada gota que crio é mais um segundo que passa.

E eu crio.

E crio.

E crio.

Roupas e pratos, paredes e moedas. Tapeçarias e corrimãos, esculturas de gelo e arandelas.

Não é a manhã que passa, e sim eu, quando circulo por cada cômodo e toco em cada item. Não é a tarde que se prolonga, e sim o alcance de minha magia em Ranhold, criando mais riqueza em nome de Midas.

Ele me mantém ocupada o tempo todo, uma tarefa após a outra, meu poder permeando cada item até que brilhe. Mas faço tudo isso com prazer, de maneira incansável, sem reclamar nem uma vez, mesmo quando o dia se arrasta e meu toque de ouro cobre tudo.

Porque não farei nada para pôr em risco a visita a Digby hoje à noite. Vou deixar Midas segurar minhas rédeas pela última vez, e depois vou arrancar uma página do livro de Slade e apodrecê-las até que virem pó.

Uma coisa. Ele tem uma última coisa pendurada sobre minha cabeça, e estou prestes a recuperá-la.

Estou no salão de baile quando sinto o conhecido formigamento na pele. Com as pálpebras pesadas, encaro a janela, mesmo que não precise ver o céu para saber que o sol se pôs.

Finalmente.

Deixo de lado o jarro vazio que estou segurando, enquanto o restante de meu poder seca. A magia enfraquecida gira em torno da base de estanho, chega à metade do objeto antes de se solidificar e interromper o processo de transformação. Eu o solto, virando as palmas para cima para avaliar o estrago. Minhas mãos estão cobertas de ouro pegajoso, fragmentos como leite coalhado secando na pele.

— Você se saiu muito bem, Preciosa — Midas elogia.

Ele ficou ao meu lado o dia inteiro, o que é diferente de seu hábito de "vigiar de longe". Talvez tenha sido mais cuidadoso, principalmente no salão de baile, onde um criado tentou entrar em dado momento. Ou só queria estar mais envolvido. Por alguma razão, consegui manter a cabeça baixa e apenas cumprir as tarefas, por isso não deixei que ele me atingisse.

Apesar do longo dia, as roupas de Midas ainda parecem impecáveis. Seu cabelo bem-cuidado é quase tão dourado quanto o chão, o rosto bonito não tem sinais de barba, ainda parece tão fresco quanto era hoje de manhã.

Por outro lado, eu devo estar um desastre, porque é como me sinto. O espartilho frouxo quebrou em mais dois lugares, e o cabelo se soltou da trança, espalhando as pontas espetadas em todas as direções. Minha testa brilha com o acúmulo de suor, pés e mãos latejam com a quantidade de magia derramada através deles, e o vestido tem muitos respingos de ouro viscoso.

— Veja tudo que você transformou — Midas comenta, observando o salão. Em vez de crítica, sua expressão é quase... perplexa.

Olho em volta, notando cada detalhe que dourei, inclusive os pilares, as vigas e o chão, já que preciso ter cuidado para manter a integridade do castelo. Não quero que ele desabe por causa do peso, assim como a cama de Slade com o travesseiro que toquei.

Mas, para mim, é apenas uma cor. Quando olho para tudo isso, não vejo riqueza, afinal quais liberdades esse ouro já comprou para mim? Cada vez que transformo algo em ouro, só continuo pagando um preço que fica cada vez mais alto. Ouro é só uma palavra de quatro letras, um sinônimo de ganância.

— Um único toque e você consegue fazer tudo isso — Midas continua, contemplando o bufê à nossa frente, agora repleto de talheres dourados.

Ele pega um dos pratos, tão brilhante que reflete sua imagem. Desliza o polegar por cima dele como alguém que acaricia um amante. — O ouro é o auge da riqueza e do poder. É a única constante neste mundo, o que sempre vai garantir que eu tenha o que quero. Que as pessoas se prostrem aos meus pés. Com riquezas tão inatingíveis como esta, sempre posso ter vantagem — ele fala com reverência, com adoração piedosa em seu altar, e eu sou o dízimo.

Midas me encara depois de devolver o prato à mesa.

— Sua magia é realmente notável, Auren. Você é excepcional.

Desconfortável com seu elogio, desvio o olhar e limpo as mãos na frente do vestido.

— Gostaria de ver Digby agora.

— É claro — ele diz, sem perder o ritmo. — Dei minha palavra.

Graças ao Divino.

O rangido de uma dobradiça ecoa pelo salão enorme, e me viro para a porta de serviço na parte de trás do salão de baile, por onde uma criada entra apressada.

— Ah, bem na hora.

A mulher se aproxima e deixa uma bandeja na mesa ao nosso lado antes de fazer uma reverência e sair.

— Providenciei um lanche, queria que você comesse alguma coisa ao anoitecer — ele conta. — Sabia que estaria exausta novamente, e achei que teria de se alimentar. — Com um floreio, ele remove a tampa da bandeja, revelando a comida e o vinho. — Sente-se, Preciosa. Coma e beba, depois a levo para ver seu guarda.

Por mais irritada que esteja por ter de esperar ainda mais, *de fato* estou faminta. E ele tem razão: sinto-me exausta de novo, quase tão esgotada quanto na noite em que Slade me encontrou na escada e me carregou para o quarto.

Não posso desabar no chão com essa companhia, em especial agora, quando preciso estar alerta por Digby.

Eu me sento no banco baixo em frente à mesa e começo a comer, enquanto Midas me serve uma taça de vinho. Devoro rapidamente os frios e o queijo, e meu estômago vazio ronca de satisfação enquanto Midas examina os itens na mesa, como se calculasse o valor da refeição.

Entre garfadas, também bebo o vinho, embora seja quase tão espesso e doce quanto xarope. No fundo da minha cabeça, na parte de trás da *língua*, estou desejando uma bebida diferente. Porque este vinho em temperatura ambiente, perfeitamente envelhecido e adoçado é bom, mas não se compara a um certo vinho gelado, tirado de um barril do exército do Quarto. *Aquilo* é muito bom.

Por outro lado, talvez fosse só a companhia.

Mesmo assim, devoro tudo e consumo também uma torta doce, ciente de que meu corpo precisa de toda a energia que eu puder fornecer. Estou dolorida por causa do esgotamento do meu poder, e o chamado do sono se apresenta na forma de um ardor nos olhos, mas afasto a sensação e resisto.

Ansiosa, me levanto e limpo alguns restos de migalhas do vestido.

— Terminei.

— Tem certeza de que comeu o suficiente? — Midas pergunta, olhando para a bandeja e para todas as porções de comida que deixei para trás. Exceto o vinho. Não sobrou nada daquela coisa melada.

— Tenho certeza — respondo, com um aceno de cabeça firme, dominada pelo nervosismo. — Só quero ver Digby.

Ombros rígidos, fitas recolhidas, espero para ver se ele tenta me enrolar de novo, se vai tentar voltar atrás em sua palavra, mas Midas balança a cabeça e diz:

— Então vou levar você até ele agora.

Minha postura defensiva relaxa quando respiro.

Estou indo, Digby.

41
AUREN

Sigo Midas quando ele sai do salão de baile e entra no grande hall. Os guardas estão à sua espera e se afastam da parede quando nos veem chegando, passam a nos seguir com passos coordenados.

Sou uma massa exausta, mas fragmentos de antecipação ansiosa me mantêm alerta. Mesmo com toda a comida que ingeri, posso sentir o corpo enfraquecendo a cada passo, até que preciso olhar para os pés para mantê-los em movimento.

Midas me leva para fora do grande hall, por um corredor e rumo a um lance de escada. Tento memorizar o caminho para poder explicá-lo para Lu mais tarde, caso ela ainda não o tenha encontrado, mas é difícil prestar atenção, porque me sinto esgotada.

Aperto os olhos doloridos e tropeço por causa da falta de concentração. Felizmente, as fitas ajudam a evitar o tombo.

— Cuidado, Preciosa — Midas murmura.

Desço os degraus, agarrando-me ao corrimão com força. Quando chego ao fim da escada, suspiro aliviada. Estou cansada. Muito cansada.

O frio intenso no ar me faz estremecer, e paro um segundo para olhar em volta, embora, com exceção da iluminação sombria, o espaço não tenha nada de notável. Tudo é cinza e comum, como em um corredor usado por serviçais.

Midas continua andando pelo corredor, e passo a mão na testa para limpar o suor acumulado na linha do cabelo.

— Falta muito? — Até minha voz parece cansada.

— Não, estamos quase chegando — Midas responde, e levanto a cabeça quando ele para na frente de uma porta simples de madeira.

Ele acena para um dos guardas, e o homem dá um passo à frente com uma chave, que introduz na fechadura. Meu coração lateja dentro da cabeça, nas têmporas, nas *veias*.

A preocupação me deixa nauseada. Ou talvez seja só náusea mesmo. O uso excessivo de energia me fez sentir como se cada gota de ouro que minha pele criou fosse eu mesma sangrando lentamente.

Tento superar a sensação, mas ela só piora, os membros formigam, a visão perde o foco.

Quando a porta é aberta, Midas olha para mim sorrindo e entra, enquanto respiro fundo e digo a mim mesma para me recompor. Cambaleando, atravesso a soleira, porque não importa se estou me sentindo muito mal, nada vai me impedir de ver Digby. Nem eu mesma.

Assim que entro, os guardas fecham a porta para nos dar privacidade.

Dou dois passos e paro de repente.

Abro a boca e deixo escapar uma exclamação arfante, silenciosa, enquanto os olhos varrem o quarto mal iluminado de pisos e paredes cinza, com uma janela em formato de lua crescente que fica em um lugar alto demais para ser alcançada e uma cama no chão.

Pisco e tento processar o que estou vendo, mas é difícil dispersar a névoa que tomou conta da minha mente.

— Digby?

Dou alguns passos, mas é como andar sobre areia profunda, cada movimento dos pés exige um esforço enorme. Minha visão fica turva, com pontos pretos salpicando as extremidades.

Quando alcanço a cabeceira da cama e olho para baixo, meu estômago se revolta, ameaça pôr para fora tudo que ainda não teve tempo para digerir. Minhas pernas se dobram e o rosto perde o tônus, e só permaneço em pé porque consigo me segurar na parede, espalmando a mão na pedra à medida que olho para baixo, horrorizada.

O homem deitado na cama está irreconhecível.

Não é pele o que vejo, é um mapa de hematomas variados mostrando onde cada ferimento aconteceu, os caminhos que os levaram do preto e azul ao amarelo e verde. Faces inchadas, lábios cortados, unhas pretas e cabelos grisalhos escurecidos pela sujeira e grudados na testa.

Levo a mão à boca como se quisesse sufocar a agonia que me domina, mas jamais seria capaz de encobrir esse sentimento.

Porque Digby está destruído.

Este não é o homem de quem me lembro. Este não é meu guarda forte, sério e estoico. A pessoa deitada nessa cama é um emaranhado de ferimentos e dor, uma pele que tem cores demais para serem contadas. Não fosse pelo chiado nos pulmões, eu pensaria que ele estava morto.

Meus olhos molhados transbordam, lágrimas que queimam meu rosto conforme meu mundo se inclina. Minhas mãos hesitam acima dele e pairam sobre o uniforme esfarrapado e imundo, sobre o tecido dourado manchado e rasgado. Tenho muito medo de tocá-lo, caso isso cause mais dor, então uso uma fita para afagar de leve seu braço.

— Por que ele está desse jeito? — pergunto, com um sussurro rouco, apesar das trovoadas em meu peito. Quando não obtenho uma resposta, eu me viro para Midas, mas o movimento rápido faz a tontura piorar. — *O que você fez?* — desta vez consigo gritar, e o trovão rasga o ar.

Midas se encosta na parede com as mãos nos bolsos da calça, olhando para mim com um olhar indiferente.

— Eu? — pergunta, e começa a balançar a cabeça lentamente. — Ah, não fui eu que fiz isso, Auren. Foi *você*. Sempre que quebrou uma regra. A cada vez que tentou se afastar de mim, você fez isso. Eu lhe avisei.

Abro a boca, mas ele se afasta da parede, caminha em minha direção e para a poucos centímetros de distância. Levanto o queixo e o encaro, mas o contorno de seu rosto é envolto por explosões de luz fraturada, prismas de cores refratadas que oscilam toda vez que pisco.

— Acha que não sei que sai escondida do seu quarto? Acha que não sei que foi visitar Mist ontem à noite? — ele pergunta, e tem algo sinistro e insensível em sua voz. — Que grande idiotice.

A náusea revira meu estômago, gotas de tensão brotam em minha testa.

— Ela me mandou uma mensagem no momento em que você saiu do quarto — ele informa antes de segurar meus braços com força, apertando-os de maneira dolorosa. — Ela é leal. Como você deveria ter sido.

— Eu *fui*!

E veja aonde isso me trouxe. Midas balança a cabeça com desgosto.

— Sua sorte é ser indispensável para mim, Auren — ele diz, com um tom distorcido, um alerta que vibra entre nós.

Eu me solto de suas mãos, cambaleio para trás e bato um ombro na parede. De repente meu corpo está queimando, a visão fica mais turva, invadida por uma névoa que não existe de verdade.

— O que vai fazer com Mist? — pergunto. — Vai deixar sua nova *noiva* matá-la? — Minha voz ecoa, rebate nas paredes. *Ou isso está acontecendo apenas nos meus ouvidos?*

Ele estreita os olhos.

— Tudo em que precisa se concentrar agora é como *suas* atitudes afetaram este homem.

Com o ácido subindo pela garganta, observo Digby, e meu campo de visão oscila. Como se atravessasse um navio que está tombando, tento chegar até ele. Desenrolo as fitas para poder arrastá-lo para fora daqui, mas tropeço nelas, os joelhos encontram o chão duro e grito com o impacto. Explosões de cores dominam minha visão, os membros vibram com pulsos elétricos.

De joelhos, me inclino na direção do meu guarda e ergo as mãos para sacudir seu ombro com delicadeza.

— Digby, você pode me ouvir?

Nada.

Eu o sacudo um pouco mais forte, mas tenho muito medo de machucá-lo mais do que já está ferido.

— Digby, acorda! — O pânico se apresenta em minha voz e no estalo da mandíbula.

Uma onda muito quente toma conta de mim, provoca uma sensação estranha, e piora quando a tontura me atinge novamente.

E é aí que percebo...

— Tem alguma coisa errada.

Palpitações vibram de um jeito errático contra minhas costelas, como um batuque fora do ritmo. Posso sentir o *gosto* da luz brilhante que fragmenta minha visão, e o corpo continua inundado por esse calor desconfortável. Não é só falta de energia. Não é só o choque de ver o estado de Digby.

Alguma coisa está muito, muito *errada*.

Midas aparece à minha frente como uma sombra opressora.

— Tenho certeza de que se sente estranha, mas vai se acostumar.

— Do que está falando? — Palavras arrastadas, pálpebras pesadas. — O que você fez?

— É só o efeito do orvalho. Deve estar reagindo mal, já que é a primeira vez e, principalmente, porque está esgotada. Fiz questão de lhe dar uma dose bem alta.

O horror me domina.

Um grito silencioso sai de minha boca, o medo transborda.

Estou agitada e instável, presa entre as pás de moinho d'água, arrancada das profundezas só para ser virada e jogada no fundo novamente.

Tento ficar em pé, usando a beirada da cama de Digby para me levantar.

— Você... você me *drogou*?

Começo a sufocar, como se a mente tentasse fazer meu corpo expulsar o orvalho que ele me fez ingerir, mas sei que é tarde demais para isso. Sinto o efeito em todos os lugares, desde os dedos dos pés formigando até a visão brilhante.

— Tentei de tudo para convencê-la. A culpa é parcialmente minha, estive ocupado demais para lidar com você mais cedo, mas agora vou ter todas as coisas sob controle.

— Seu desgraçado! — grito, sustentada por pura fúria, sentindo a ponta das fitas ondulando enquanto tentam me ajudar a ficar ereta.

Midas se aproxima e segura meu queixo trêmulo com firmeza.

— Respire, Preciosa. Pare de lutar contra isso. O orvalho vai fazer você se sentir bem, só precisa relaxar.

Vai me fazer sentir bem.

De repente me lembro de momentos da primeira visita que fiz à ala das montarias. Lembro-me dos olhos vermelhos e das risadas. Os corpos lânguidos e o desejo sexual.

Ai, deusa...

Meus olhos se fecham, os cantos ardem com o esforço para conter as lágrimas. Aquele calor horrível percorre minha pele de novo, e eu gemo, não de prazer, mas com uma consternação imensa, porque isso não pode estar acontecendo. Não posso deixar que essa droga horrível me faça sentir desejo por ele.

Prefiro morrer.

— Shh, está tudo bem, Preciosa. Vou cuidar de você. Com o orvalho, você vai ficar muito mais relaxada de agora em diante.

As mãos se movem, apertam meus ombros tensos, massageiam os músculos contraídos com seu toque indesejado.

— Não...

Ele me ignora, acaricia a curva dos meus braços, afaga para cima e para baixo, para baixo e para cima. Meu corpo está caótico, inundado de orvalho em excesso, drenado de magia e exausto, encharcado pela adrenalina do choque. É muito de tudo, meus sentidos são uma confusão de ordens entrecruzadas que me deixam sem rumo.

Midas me puxa para si e me envolve com seu perfume que sempre tem um toque metálico. O orvalho quer que eu me entregue a ele. Posso sentir as garras lascivas me apertando, e ele conta com o fim da minha resistência sob o peso desse delírio inebriado.

— Isso vai fazer você melhorar, Auren — ele sussurra em meu ouvido. Meu estômago se revira com as palavras e quer vomitá-las de volta. — Já faz muito tempo que não a sinto. Você vai adorar.

A bile sobe até minha garganta e queima o fundo da língua.

Aqui.

Desse jeito.

Ele me drogou, me trouxe para a cabeceira da cama de um homem espancado e vai tentar tirar vantagem disso aqui, agora, *assim*.

A raiva enojada ataca a névoa do orvalho e se levanta. Meus membros e as fitas podem estar sem força e lentos, mas por uma fração de segundo, luto contra isso.

Com um barulho que eu nem sabia que poderia fazer, levanto as fitas e o ataco com elas com uma repentina explosão de força.

Midas é jogado contra a parede e cai no chão, mas o movimento *me* faz cair também. As fitas se amontoam quando caio pesada sobre as mãos e os joelhos, mas a dor é como bolhas estourando na minha pele, até isso se distorce.

A dor o faz resmungar um palavrão, e levanto a cabeça.

— Você *nunca* mais vai me tocar! — rosno, sem reconhecer o som da minha voz. — Odeio você. Eu ODEIO VOCÊ, porra! — grito, rasgando a garganta e fragmentando a sala.

Midas se senta, levanta uma das mãos para tocar a nuca, e as pontas dos dedos ficam cobertas de sangue. Quando ele vê o vermelho nos dedos, seus olhos encontram os meus e brilham, furiosos.

— Como ousa agredir seu rei?!

Sou movida a pura adrenalina, pela raiva instalada em minhas costelas, alimentando meu fogo.

— Você não é meu rei! Você não é meu nada! Eu o *desprezo* — cuspo, e minha voz é como veneno expelido para cegá-lo com minha hostilidade. — Pensei que me amasse, mas você só ama a si mesmo. Agora sei como é ser querida e respeitada de verdade, e você *nunca* me deu nada disso — ofego, e cada palavra que pronuncio é tão afiada quanto garras. — Você não passa de um falso rei que usa e manipula todo mundo que faz parte de sua vida, porque no fundo se detesta.

Algo sinistro surge em sua expressão, enruga a testa e se instala nas profundezas dos olhos escurecidos. Fico ali tremendo e em carne viva, olhando para ele através de todos os pedaços que foram quebrados em mim, abertos.

A energia que expeli me deixou fraca, com as fitas caídas no chão como peixes na praia. A visão se inflama quando outra onda de calor percorre meu corpo para forçar um desejo que me recuso a sentir por este homem.

Suspiro e seguro minha cabeça, tentando lutar contra isso, e é aí que Midas ataca.

Em um segundo ele está do outro lado da sala, e no segundo seguinte ele agarra meu cabelo e me joga de bruços no chão. *Com força.*

Eu grito, e minha face estala com o impacto que, tenho certeza, seria pior, não fosse pela droga em meu organismo.

— Você sabe o que é ser *querida e respeitada*? — ele rosna no meu ouvido, me pressionando para baixo com o corpo. — Então trepou com aquele comandante grotesco e com chifres, não foi? Deixou aquela imundície do Quarto tocar o que é *meu*.

— Eu não sou sua! — Saliva e fúria saem de minha boca enquanto ele me segura. — E essa imundície do Quarto é dez vezes mais homem do que você *jamais* poderia ser!

Cerrando os dentes, tento fazer as fitas se levantarem e empurrá-lo outra vez, mas é como tentar mover membros que tiveram a circulação interrompida por muito tempo. Elas fracassam, desajeitadas, muito afetadas pela droga.

Midas as segura com a outra mão e as enrola no punho como uma coleira bem apertada.

— Tentei fazer isso do jeito mais fácil, Auren. Mas você não me deixou escolha.

Ele me põe em pé como uma boneca de pano, e sinto alfinetadas na pele. Levanto os olhos no momento em que Midas grita para os guardas entrarem, mas não olho para a porta.

Não, minha atenção está em Digby.

Digby, cujos olhos inchados de repente se abriram e estão cravados em mim com reconhecimento. Quase grito ao vê-los. O marrom de casca de árvore, riscado pelos raios do sol de verão.

Vejo sua garganta se mexer, o movimento sob a barba grisalha e desgrenhada, e então seus lábios rachados se movem para dizer:

— Srta. Auren. — E, desta vez, eu grito.

Ele está vivo.

Ele está acordado.

— Vou salvá-lo — prometo, as palavras saindo de uma garganta cortada e esfolada, de uma língua que sangra sussurros arrastados.

Mas ele ouve.

Nosso momento é interrompido pela entrada dos guardas, e Midas me ergue pelas fitas e pelos cabelos, me empurra com a cara contra a parede, rápido demais para que eu possa impedir.

— Segurem-na.

Um grupo de mãos firmes ocupa o lugar onde antes estavam as de Midas. Prismas de luz colorida se espalham por meu campo de visão, embora os arco-íris radiantes não combinem com esta penumbra violenta. Meus olhos turvos identificam um perfil com uma costeleta marrom e grossa. Scofield. *Quando ele chegou aqui?*

Sou mantida contra a parede, exatamente como Midas ordenou, e quero lutar, quero *gritar*, mas flutuo em uma corrente de letargia, sem qualquer possibilidade de atravessar a corrente.

— Você mesma provocou isso, Auren — Midas anuncia, me causando estranhamento.

— O qu...

É quando vejo a espada na mão de Midas. Uma lâmina dourada, tão afiada que parece cortar o ar quando ele a eleva sobre Digby.

Começo a me debater. Somente a pura onda de pânico torna isso possível. Empurro Scofield e os outros, mas não consigo me livrar deles.

— Não! Digby!

Com os olhos arregalados e frenéticos, vejo Midas olhar para mim e erguer a espada. Minha garganta se fecha, apertada por um nó que tem o poder de uma forca, e eu grito para ele deixar Digby em paz, deixá-lo em paz, em paz, em paz...

Mas a droga alterou minha percepção de profundidade, porque não é para Digby que a espada está apontada.

É para mim.

Estava tão focada nas mãos que me seguravam contra a parede, tão concentrada somente em tentar resistir aos efeitos da droga e socorrer Digby, que nem percebi que os guardas ainda mantinham minhas fitas bem esticadas. Que elas são agarradas por essa força esmagadora.

Tudo que tenho é o alerta do terror, uma fração de segundo.

Então, Midas desce a espada sobre elas, a lâmina afiada corta os comprimentos dourados, e toda noção de mim se esfacela.

Tudo que sinto é uma completa agonia.

Agonia absoluta, eclipsante e implacável. Eu não apenas grito.

Eu *dissocio*.

Não há dor entorpecida desta vez. Quando aquela espada atravessa minhas fitas, sinto *tudo*.

A mordida da lâmina atinge a base, onde elas crescem entre minhas omoplatas, e minha visão se rompe junto a elas.

Estou em choque completo, sentindo a dor que explode a partir do impacto, do ato de tortura. Minhas fitas vibram e se encolhem, soltam um grito silencioso que penetra minha coluna e sacode cada osso.

Em pontos da visão fragmentada, vejo três delas flutuando até o chão, aos meus pés. As pontas estão desfiadas e irregulares, pequenas gotas de sangue dourado brotam das extremidades mutiladas.

Olho para elas, e a mente não entende por completo o significado disso. Elas respondem se contorcendo, como a cauda de um lagarto cortada do corpo, ainda sofrendo espasmos.

Um grito horrível, pesaroso e gutural sai do meu peito.

— Não, não, não, não! Minhas fitas, não, *minhas fitas, não*!

— Você provocou isso. Não vai atacar seu rei — Midas grita de volta, com uma selvageria maníaca e delirante transbordando da determinação fria de seu tom.

Com um pânico desesperado, tento endurecer o restante das fitas, tento afiar as pontas e torná-las tão fortes quanto metal sólido, mas não consigo. Não com a droga, não com a exaustão, o choque, a dor.

Não posso. Não posso, não posso, não posso...

Meus soluços vibram, rasgam e ameaçam brotar.

— Ah, deusa, *por favor*...

Midas levanta a espada e a abaixa novamente.

E de novo.

E de novo.

As fitas caem aos meus pés, mais gritos explodem de minha garganta e me rasgam ao meio. Em algum momento, o vômito jorra de minha boca e me sufoca com um tormento ácido. Não sou nada além de dor intensa, ao passo que ele separa minha alma do corpo.

Eu choro. Eu grito. Eu imploro.

Cuspo, me agito e luto, e minha visão se fragmenta, o corpo é incapaz de se sustentar sob o peso da dor.

Nada disso importa. Os guardas ainda seguram minhas fitas bem esticadas. Midas ainda usa a espada e corta partes de mim, fita por fita dourada, outro membro perdido.

Não sei quanto tempo leva.

Segundos? Minutos? Horas? Eu desmaio, me torno uma massa convulsiva de estupor uivante que só reconhece o sofrimento.

E então...

Ele corta a última fita, e eu estilhaço.

Ali no chão, pedaços meus deixados como trapos inúteis. Como as cordas de uma harpa que não toca mais. Como os fios que um dia me teceram.

Estou caída, um corpo inerte no chão duro de pedra, mas não sinto nada. Não percebo as formas desfocadas dos guardas quando eles começam a sair. Só vejo minhas fitas sem vida e sem brilho. Exatamente como eu.

— Você fez isso consigo mesma.

Levanto o olhar para a figura imponente de Midas, para a firmeza em seu queixo. Para a crueldade em seus olhos.

Ele entrega a espada a um soldado e endireita a túnica.

— A desobediência tem consequências, Auren. Eu precisava eliminar essa doença desobediente que deixei infeccionar em você. Foi isso que você me obrigou a fazer — ele diz, me deixando em carne viva.

As lágrimas que descem por meu rosto me rasgam, gota a gota, talhos quentes que abrem meu rosto e fazem arder até minha essência. A boca de Midas se contrai, os olhos brilham com alguma emoção desconhecida que, provavelmente, é o máximo de suavidade que ele é capaz de demonstrar.

— Não me desobedeça mais, Preciosa. Odeio ver você assim. — Seu olhar passa pelas fitas inertes, desce por minhas costas latejantes. — Isso dói muito mais em mim do que em você.

A indignação enfurecida explode da boca da minha fera, mas estou entorpecida demais para vomitá-la. Ele não cortou apenas apêndices sem sentido, como se aparasse um pedaço de tecido. As fitas não estavam presas somente às minhas costas, elas estavam presas à minha *alma*, porra.

No momento em que as cortou, ele tirou de mim algo integral. Amputou e arrancou uma parte de mim, e agora...

Estou vazia. Mutilada. Nada além de uma radiação de agonia. As bases mutiladas ao longo de minha coluna são irregulares e cegas, curtas, e estão se contorcendo com espasmos que não consigo controlar. Cada extremidade mutilada em minhas costas é como uma asa quebrada e sem penas.

Balançando a cabeça, Midas se endireita, já convencido de que cada atitude sua era justificada.

— Vou mandar um reparador cuidar de você mais tarde. Aproveite para descansar, Preciosa — ele fala, com suavidade, antes de se virar e sair, e estremeço quando seus sapatos pisam em minhas fitas, como se eu pudesse sentir a dor fantasma dos comprimentos massacrados, esmagados sob seus pés.

Quando a porta é fechada, o som me leva ao limite e a consciência me empurra para uma escuridão fria.

Mergulho voluntariamente no escuro, suplicando por uma fuga, enquanto os vinte e quatro pedaços de mim são deixados para se contorcer e murchar em um luto dourado. Estremeço enquanto minhas costas gotejam e meus olhos choram, ciente de que nunca serei inteira outra vez.

42
AUREN

A dor não me deixa ficar inconsciente por muito tempo. Eu ficaria satisfeita ali deitada no chão frio, onde posso sonhar em vez de acordar, mas não tenho essa sorte.

Esse é o problema com o escapismo. Seja qual for a forma, sempre acaba, e então somos forçados a voltar para uma realidade que não é tão satisfatória.

Um gemido antecede minha visão, lábios se abrem antes que as pálpebras possam se erguer. Quando pisco, atordoada, percebo que o quarto está escuro, e a janela alta me deixa ver uma única estrela.

Isto também?, pergunto à deusa diante de seu olhar cintilante. *Eu tinha de suportar isso também?*

Meus olhos perdem o foco com a dor profunda que deriva dos fios roubados de minhas costas. Com a face pressionada contra o chão áspero de pedra, deixo escapar um suspiro.

Entorpecida.

É assim que me sinto quando olho para meus pedaços caídos no chão, inertes. O dourado é mais opaco, as fitas longas parecem uma poça de tecido, sem sua personalidade e vivacidade.

Minha palma desliza no chão, e estico o braço para tocar a fita que está mais perto de mim. Consigo puxá-la e a seguro em frente ao rosto. Olho para a borda irregular e limpo o sangue coagulado, que secou como grumos de tinta dourada.

A fita cai por entre meus dedos, uma videira exausta arrancada de suas raízes. Tento mover uma delas por instinto, mas... nada. Nada, exceto um pulsar interminável de dor em cada haste cortada.

— Srta. Auren. — Eu me sobressalto com a voz, e isso faz minhas costas se contraírem, o que provoca uma onda de dor aguda que sobe e desce por minha coluna. Um palavrão sai da minha boca antes que eu inspire ar suficiente para superar o momento. — Fique firme.

Olho na direção da voz, e isso só mostra meu estado de espírito, porque me esqueci de que estávamos na mesma sala.

— *Digby*. — Minha voz falha, e a garganta está arruinada pelos meus gritos.

Ele ainda está deitado na cama presa à parede, mas conseguiu rolar para o lado e ficar de frente para mim. Vê-lo me encarando, vivo, me faz desmoronar novamente, e sou dilacerada por uma emoção grande demais para ser contida.

Vejo os lábios tremerem por trás da barba grisalha, os olhos com um brilho de tristeza, e isso me atinge bem no meio do peito. Vê-lo assim, espancado e machucado, abandonado em um quarto frio e escuro por sabe-se lá quanto tempo, me *mata*.

— Não chore.

Ouvir sua voz rouca me faz chorar ainda mais. Lágrimas lavam meu rosto, cada uma delas uma mágoa que pinga no chão.

Faço um esforço para me sentar e vê-lo melhor, e tenho de cerrar os dentes para superar a dor que se espalha por minhas costas, a agonia das raízes das fitas arrancadas.

Digby comprime os lábios quando me vê xingar, ofegar e estremecer, mas consigo me sentar, embora com o estômago embrulhado depois do esforço. Com as costas muito doloridas, me arrasto até o canto e deixo ombro e braço caírem contra a parede para não esfolar os ferimentos.

Enxugando as lágrimas do rosto, olho para Digby, sabendo que, se ele não está tentando se mover, é porque deve estar mesmo machucado.

Analisando o uniforme velho e amassado, me pergunto exatamente que tipo de ferimentos ele sofreu.

— Eu não sabia que você estava aqui — sussurro.

Ele assente.

— Pensei que estivesse morto.

Em silêncio, ele balança a cabeça em um sinal afirmativo.

O menor dos sorrisos aparece em meus lábios.

— Este é meu guarda de poucas palavras — brinco, com delicadeza, mesmo que pareça forçado, mesmo que cada inspiração traga de volta a dor em minhas costas.

Digby grunhe em resposta, mas posso ver que sua boca também se contrai. É uma farsa — esse pouquinho de conforto. Mas é o único pouquinho que teremos.

— O que aconteceu? — pergunto, com a voz rouca e entrecortada. — Como chegou aqui?

Seus olhos piscam.

— Vi você ser levada.

— Pelos Invasores Rubros?

Digby acena com a cabeça e diz:

— Vim direto até aqui a fim de alertar o rei para que ele pudesse enviar ajuda. Estou nesta sala desde então.

A voz dele é ainda mais áspera do que a minha, e me pergunto se é por desuso. Quando calculo há quanto tempo deve estar aqui, ferido e sozinho...

Meu estômago se contrai, se contorce até eu sentir o gosto de bile na língua.

— Ele *nunca* deveria ter feito isso com você — digo, e a raiva em mim luta contra a névoa da droga em meu organismo.

— Falhei com você, milady. Ele estava certo em me prender.

— Para com essa merda de *milady*, e não se *atreva* a pensar que alguma coisa aqui tem justificativa. Não tem. — Nada disso.

Relanceio para o chão novamente, para a fita que ainda estou segurando.

O olhar de Digby segue o meu, mas ele não fala sobre elas. Talvez sinta que mal consigo me manter inteira em torno dos tocos arruinados que pendem flácidos ao longo da minha coluna.

Pela primeira vez, sou grata por sua propensão para falar pouco.

Mas, mesmo que não toque no assunto, vejo sua mão se fechar, embora o dedo mínimo não se mova. Da unha à segunda articulação, está escuro como se ele o tivesse mergulhado em um tinteiro. Deve ter congelado o dedo ao cavalgar para o Quinto em busca de ajuda para me salvar.

Quantas outras partes suas morreram? Que outras partes estão irrevogavelmente feridas por minha culpa e de Midas?

Fecho os olhos e deixo a cabeça cair contra a parede ao meu lado, pressionando a bochecha na pedra fria.

— Sail morreu — sussurro, e ainda sinto meu peito se contrair ao falar essas palavras em voz alta.

— Ele era um bom soldado.

— Ele era um bom homem — respondo. — Morreu me protegendo, e agora você...

— Não se preocupe comigo — ele retruca. — Quero que se preocupe com *você*. Quero que esteja segura mesmo quando não posso ficar de guarda.

Meus olhos são inundados, e meu lábio inferior treme. Meu coração não está apenas batendo — ele também *apanha*.

— Sinto muito, Dig — respondo, em voz baixa, sentindo a garganta se fechar. Quando reabro os olhos, ele ainda me observa, sem culpa em sua expressão, sem ódio. — Farei o que for preciso para tirá-lo daqui. Faço um acordo com Midas para que ele deixe você ir.

Mas Digby faz que não com a cabeça.

— Eu sou seu guarda, srta. Auren. Meu lugar é ao seu lado — ele declara, como se fosse óbvio.

Algo afiado e pequeno atravessa meu coração. Quem diria que lealdade podia doer tanto?

— Agora não é hora de ser teimoso.

— Não é teimosia. — Digby vira um pouco o pescoço para poder mirar o teto. Talvez seja tão difícil para ele olhar os restos esfarrapados no chão quanto é para mim. — No segundo em que fui designado para ser seu guarda, encontrei meu propósito, milady. Todos esses outros merdas não foram bons o suficiente para cuidar de você.

Deixo escapar um sorriso trêmulo.

— Você realmente foi o único em quem pude confiar em Sinoalto — confirmo. — Mesmo quando eu era só uma garota arrogante reclamando de tédio, ou de todas aquelas horas praticando harpa, você sempre estava lá. Você era minha companhia.

Ele engole em seco de novo, como se digerisse minhas palavras vulneráveis. E então comenta:

— Você era *bem* ruim tocando aquela coisa. Eu tinha de enfiar pedaços de lenço nas orelhas.

Uma risada triste faz as lágrimas rolarem por meu rosto.

— Eu lembro.

Ficamos em silêncio por um momento, mas há muita coisa que quero lhe dizer, muitas coisas se desmancham nos fios deste momento em carne viva.

Mas não sei se algum dia terei outra chance como agora, e é por isso que pigarreio e falo:

— Você foi a coisa mais próxima que tive de um pai — admito, com a voz e os olhos baixos, conforme enrolo a fita no dedo. — Eu sabia que às vezes o deixava maluco, mas você sempre me fez sentir segura. E nunca lhe agradeci o suficiente.

Ele emite um ruído, como se o ar tivesse mais dificuldade para passar pela garganta.

— Sempre foi um prazer atendê-la, milady. — E acrescenta, com um tom rouco: — Qualquer pai teria muita sorte de tê-la como filha.

Uma nuvem de melancolia se condensa no ar entre nós. A cada vez que respiro, encharco ainda mais minha alma com sua tristeza torrencial.

Depois de certo tempo, deixo a fita escorregar dos dedos e cair no chão.

— Olhe para nós agora, Dig — comento, tentando sorrir para ele, mas meu rosto se transforma em uma careta. — Aposto que gostaria de ter feito aquele jogo da bebida comigo.

Uma risada curta e rouca escapa de seu peito.

— Sim, milady. — Ele suspira. — Sim.

Meus olhos se fecham, e arrepios percorrem minha pele.

Se eu puder descansar um pouco, talvez não esteja tão esgotada quando o dia raiar, talvez possa resistir e lutar. Só preciso do sol. Assim que ele nascer, vou transformar em ouro todos os guardas que encontrar no caminho, se necessário, e vou tirar Digby daqui.

Slade vai ficar preocupado. Combinamos que eu o encontraria na biblioteca e, como não apareci, ele vai saber que aconteceu alguma coisa. Só preciso descansar, esperar a hora certa e rezar para que o dia chegue.

Depois de minutos de silêncio, o peso do meu corpo me arrasta para um lugar intermediário onde a dor inexiste. Fico à deriva, como um barco sem âncora perdido em um mar raso.

No entanto, sou levada de volta à costa rochosa, sacudida por uma colisão com a consciência quando um barulho ressoa no corredor.

A porta é aberta de repente, e me endireito assustada, o que provoca um novo tormento em minhas costas.

Mal tenho tempo de reagir antes de quatro guardas entrarem correndo e me agarrarem. Dois deles me levantam pelos braços, outro bloqueia meus pés quando tento chutar, e o último é Scofield, que se aproxima e me impede de ver Digby.

Posso ouvir Digby praguejando e algum tipo de confronto, mas arregalo os olhos quando Scofield mostra as conhecidas pétalas brancas salpicadas de gotas de orvalho vermelho-sangue.

— Não! — Em meio ao pânico e ao frenesi, luto para resistir aos guardas, mas no momento em que um deles toca minhas costas eu grito de agonia, e o que me resta de força verte pelas feridas.

— Isso é muito? — pergunta um dos outros guardas.

— Ordens do Rei Midas — Scofield responde, e a culpa passa por seus olhos por um momento, embora isso não diminua em nada o ódio que sinto por ele. — Fique quieta, milady — ele implora, como se me pedisse para facilitar seu trabalho.

— Vá se foder! — murmuro, enxergando muitos pontos pretos que ameaçam tingir minha consciência.

— Não a machuquem! — Digby grita antes de respirar fundo.

Um rosnado escapa de minha boca quando Scofield se move o suficiente para eu ver o ruivo Lowe segurando Digby.

— Abra a boca, milady.

Desvio o olhar de Digby quando Scofield empurra as pétalas entre meus lábios, mas eu o mordo, uma mordida tão feroz quanto a de um timberwing, forte e rápida o suficiente para extrair sangue.

Ele xinga, afasta a mão e me encara com um lampejo de raiva. Com a outra mão, segura minhas bochechas e aperta meu queixo com *força*, forçando meus lábios a se separarem. Antes que eu possa xingá-lo, ele enfia três pétalas dentro da minha boca, a fecha e cobre a boca e o nariz com as duas mãos.

Sinto o líquido açucarado cobrindo minha língua, sinto as pétalas se dissolvendo em minha boca. Tento cuspir, mas Scofield pressiona meus lábios com força contra os dentes e não me deixa afastá-los. Corto a boca por dentro nessa luta, mas não consigo respirar com a mão dele segurando meu rosto.

Meu corpo entra em pânico com a falta de ar e me trai, engolindo a saliva. No segundo em que isso acontece, o horror invade meus olhos.

Muito. Eles me deram uma dose excessiva.

Scofield me solta, e respiro, aflita, soltando o ar que vem do centro do peito.

— Tire a porra da mão de cima dela! — Digby rosna.

— Está tudo bem, Dig. — Engulo em seco, porque não posso deixá-lo levar outra surra. Preciso dele vivo. Preciso que ele me deixe partir sem uma luta que só o deixaria em estado ainda pior.

— *Não* tem nada bem, porra nenhuma!

O efeito da droga bate instantaneamente, como se eu fosse empurrada para dentro de um lago e o impacto com a superfície me sacudisse da cabeça aos pés. Minha mente se dobra, páginas de um livro vincadas bem no meio, embaralhando os pensamentos, distorcendo minhas palavras.

Não consigo nem pensar direito. Sou apenas espasmos que sacodem o corpo inteiro, uma língua rasgada, uma coluna arqueada, um estômago girando. E *calor*. Um calor insuportável conectado ao meu núcleo, que começa a pulsar.

Não...

Meus olhos ardentes se voltam para Digby uma última vez antes de me arrastarem sala afora. Meu queixo cai contra o peito, o corpo sucumbe ao calor anormal. Perco a consciência ao ouvir o último grito de Digby e a porta ser fechada.

Mas na minha cabeça estou sussurrando: *Está tudo bem, está tudo bem, está tudo bem.*

43

AUREN

Dez anos atrás

Comecei a me sentar embaixo do cais do porto. Ele se estende por pelo menos trinta metros, madeira gasta à qual são amarrados os barcos que balançam na água. Foi construído sobre a margem inclinada, e na sua base há uma faixa de areia do tamanho perfeito para alguém se esconder. E eu me escondo.

Dentro de valas profundas na areia da praia, eu me sento com os joelhos dobrados diante do corpo, à medida que as ondas do mar sobem e descem. Encosto-me em uma estaca, observando os navios ao longe. Aquele com o sol amarelo no meio de velas azuis praticamente brilha, como se acenasse para mim. Mas continuo aqui, no meu esconderijo, ancorada em Derfort, encolhida nas sombras e em um tempo roubado. A cada vez que inspiro, sinto o ar salgado da brisa marítima, contaminado pelo cheiro de navios atolados e de peixes capturados em redes. E de homem. Posso sentir o cheiro do homem com quem estive como se ele tivesse impregnado meus poros, maculado todos os lugares que tocou.

Reprimindo um calafrio que não tem nada a ver com o ar frio, desvio o olhar da embarcação. Não me lembro de quantas vezes estive aqui nas últimas semanas, observando o mar com ansiedade.

Venho sempre no final da tarde, quando termino de atender meu cliente no The Solitude. Volto para o covil de Zakir escoltada e saio de novo, pulando uma janela e subindo pela calha até o telhado.

Eu me tornei surpreendentemente ágil no ato de pular as telhas encharcadas antes de descer do telhado três prédios adiante, onde entro no beco e vou à praia.

As tempestades sempre me ajudam a escapar para cá sem chamar muita atenção. Quando a chuva cai, a maioria das pessoas olha para baixo, protege o rosto do ataque, e não percebe a garota dourada sob seu capuz esfarrapado passando às pressas, porque todo mundo está com a mesma avidez.

No momento, porém, só cai uma leve garoa, e o barulho das gotas batendo nas tábuas de madeira em cima de mim é quase reconfortante.

Deixo as mãos mergulharem na areia fofa da praia, vendo como ela cai por entre meus dedos quando a pego de novo. Aqui embaixo do cais, ela é fresca ao toque, com pequenas pitadas férreas salpicadas nos grãos.

Tive sorte com este lugar. Ninguém me incomoda, exceto a velha mendiga que às vezes dorme aqui, encolhida junto da viga e sob camadas de roupas esfarrapadas. Mas, neste momento, tenho a pequena porção só para mim, quase toda escondida pela curva da subida às minhas costas, enquanto os sons do porto ecoam com a mesma constância das ondas quebrando.

A esta hora do dia, o cais está bem menos movimentado. Os pescadores voltaram todos com a maré, os navios atracados baixaram as rampas e os marinheiros já estão no centro de Derfort Harbor para comer, beber e dormir em uma cama que não balança com as ondas, ou então encontrar uma montaria para cavalgar.

Hoje passei muito tempo aqui.

O sol beija o mar, as nuvens na frente do horizonte têm um contorno laranja e rosado em volta das bordas onduladas. É raro haver um pôr do sol tão bonito em Derfort Harbor.

Então, aqui estou eu, absorvendo a paisagem, esperando que possa curar meu espírito cansado.

Não cura.

Aperto novamente a areia fofa na mão, assisto aos grãos caírem e ignoro os gritos das pessoas e os grasnados das gaivotas. Minha atenção não está nelas. Está na pequena bolsa que descansa pesada sobre minha coxa, costurada dentro da saia.

Escondidas ali, amarradas com barbante para garantir não tilintarem, estão as gorjetas de clientes satisfeitos — trinta moedas, para ser exata.

Mesmo ali, em um bolso escondido, parecem sujas.

Mas, a cada vez que adiciono outra moeda, sinto o peso da presença adicional como se fosse um olhar atento. Como se ela estivesse esperando Zakir encontrá-la, alguém nestas ruas violentas roubá-la ou...

Ou.

É esse isso *ou* aquilo que me mantém acordada à noite.

É esse isso *ou* aquilo que me traz para sentar sob este cais e observar os navios balançando, ancorando e zarpando em direção ao pôr do sol.

Em algum lugar atrás de mim há corpos pendurados, bandeiras de carne que servem de alerta para ladrões, assassinos e passageiros clandestinos. Mesmo assim, ainda considero aquele *ou*.

Gritos vindos de cima chamam minha atenção, e avisto as sombras de botas pesadas passando pelas frestas entre as tábuas, ouço o barulho dos passos percorrendo o cais. Invejo essas pessoas. Elas podem pegar um barco e ir embora deste lugar.

— Entendeu tudo? — uma voz rouca pergunta.

— Sim — outra pessoa responde, com um sotaque forte.

— Ótimo, quero dar o fora deste lugar.

— O capitão está a caminho.

Decido que esta é minha deixa para me levantar, já que preciso voltar antes que os outros comecem a se reunir e voltem para a casa de Zakir depois das tarefas diárias. Se eu desaparecer, vão me denunciar em um instante e serão generosamente recompensados por isso.

Com o capuz levantado, saio da vala e caminho pela areia profunda, pisando em pedaços de conchas quebradas e algas secas.

Subo a encosta e sigo em direção ao calçadão coberto de areia que fica ao lado do cais. Ele termina na rua de paralelepípedos logo adiante, o início do mercado que separa praia e prédios.

Os últimos comerciantes e trabalhadores que ficam no cais o dia todo a fim de vender mercadorias, engraxar sapatos ou trançar redes também estão partindo. Caminham com as costas inclinadas e os dedos rachados, alguns puxando seus carrinhos, provocando batidas constantes de rodas irregulares sobre as tábuas frágeis.

Fico na beirada, deixando espaço suficiente para passarem por mim, ao mesmo tempo evitando os olhares dos marinheiros que voltam para os barcos. Andar de cabeça baixa e ter consciência de tudo ao meu redor é uma habilidade que precisei aprender.

Por isso é tão chocante quando alguém de repente me empurra por trás e quase me derruba. Paro no lugar, já gaguejando um pedido de desculpas. Aprendi da maneira mais difícil a sempre pedir desculpas, seja a culpa minha ou não. Pessoas foram esfaqueadas aqui por menos.

— Desculpe...

Uma voz suave me interrompe:

— A garota pintada de Derfort Harbor.

Levanto a cabeça e me deparo com um rosto desconhecido. Pele morena, longos cabelos pretos presos na nuca, rosto liso com bochechas rechonchudas. Eu julgaria o homem como alguém amigável, não fosse pelo alfinete preso à sua túnica azul e larga. Um alfinete de relógio de sol apontando para o leste. Ele sorri, e em sua boca faltam alguns dentes.

— Olá, bichinho. Barden quer que você vá conversar com ele — o homem diz e, apesar da suavidade da voz, suas palavras são como unhas em minhas costas.

Não interessa o que ele diz. Barden Leste não quer *conversar*.

Quer que eu trabalhe para ele. Quer me tirar de Zakir e me fazer trabalhar para ele. Barden não está feliz com os clientes que tenho atraído. Sou concorrência.

Minha língua cola no céu da boca quando o homem se move como se fosse agarrar meu braço, mas para ao olhar por cima do meu ombro.

Sigo a direção de seu olhar e vejo dois capangas de Zakir vindo da rua em minha direção.

Ah, não.

O homem de Barden resmunga um palavrão, depois olha para mim.

— Vá falar com ele, menina. Confie em mim: não vai querer que ele venha procurar você.

Com tais palavras, ele se vira e vai embora.

Fico paralisada onde estou, meus olhos analisando de um lado e do outro, indo da silhueta do homem que se afasta rumo ao território do Leste, até os capangas de Zakir vindo em minha direção.

Sinto um arrepio na nuca, e meu coração dispara. A bolsa de moedas debaixo da minha saia me faz considerar minhas escolhas.

Quanto tempo? Quanto tempo mais vou conseguir viver assim, vendida por uma moeda, dia após dia?

É só uma questão de tempo até Barden me pegar, seja por um acordo fechado com Zakir... ou por um método mais sinistro. Zakir sem dúvida não vai acreditar que não tive culpa da abordagem do homem de Barden. Vou ser castigada, já que ele está cada vez mais paranoico com a ideia de me perder.

Mas será que de fato importa quem é meu dono? Estou mesmo em melhor situação do que aqueles corpos balançando nas cordas?

Tenho a sensação de passar horas presa nessa encruzilhada mental, mas na verdade é um mero segundo.

Estou com medo. Apavorada. Meu coração bate forte no peito, bombeando sangue e me empurrando para fazer *alguma* coisa. *Tentar.*

Engula a fraqueza, e a força vai aparecer.

A voz da dona da hospedaria ecoa dentro de mim, mas desta vez a escuto em minha voz, e a sinto no formigamento nas costas.

Eu poderia deixar os homens de Zakir Oeste me pegarem. Poderia ceder a Barden Leste.

Leste e Oeste.

Duas direções, e as duas me deixarão vagando no desespero.

Ou...

Viro a cabeça e contemplo as pessoas andando pelo cais, os barcos que flutuam na água. Observo a luz do sol na vela azul que brilha contra o céu como minha estrela-guia pessoal.

E ali, naquele momento, agarro tudo isso como se fosse um sinal das deusas.

Então me viro e *corro*.

Corro como nunca corri em toda a minha vida. Meus pés batem no calçadão, a saia balança em volta das pernas, o cabelo voa para trás junto ao capuz.

Ouço gritos, mas isso só faz eu me mover mais depressa, desviando dos mercadores e marinheiros pelos quais passo, contornando-os quando salto para o cais.

As botas muito apertadas castigam os dedos enquanto meus pés batem contra a madeira gasta pelo tempo, os pulmões ardem com o esforço da corrida, mas não paro.

Nem mesmo quando meu pé enrosca em um carrinho de mão e quase derruba nós dois, eu e ele. Nem mesmo quando o comerciante me xinga e vários outros se viram para olhar.

Continuo em movimento, espiando o bote mais próximo no cais e sua corda sendo desenrolada da estaca.

Posso conseguir... eu *tenho* de conseguir.

Por favor, me deixe conseguir.

Tropeçar no carrinho me fez perder segundos preciosos — uma distância preciosa —, por isso não me atrevo a olhar para trás. Não posso me dar ao luxo de olhar. Cada segundo, cada passo, conta.

— Pare! — um dos homens de Zakir grita.

Não vou parar, não agora quando enfim decidi *tentar*.

Dou mais um passo largo no cais, e então pulo.

Pulo direto para dentro do bote que já começa a se afastar, para o pequeno espaço aberto na parte de trás.

Por um momento, o tempo e meu corpo parecem suspensos.

E então caio sobre os dois pés em uma aterrissagem que faz a dor subir por minhas pernas. Quase caio no mar e viro o bote comigo, mas gritos surpresos ecoam, e as pessoas com quem me juntei sem nenhuma cerimônia conseguem estabilizá-lo antes que vire.

Um homem com o rosto envelhecido e manchas de sol nas bochechas agarra meu braço e rosna.

— Que porra você pensa que está fazendo, garota?
— É só jogá-la para fora, Hock! — sugere outro homem no barco.
— Não! Por favor!

Hock me ignora, é claro, e me puxa pelo braço, mas para quando alguém ordena:

— Pare.

O homem e eu congelamos, nós dois olhamos para a mulher sentada na frente do bote, com um par de remos nas mãos. Ela é alta, tem cabelos castanhos e cortados tortos na altura do queixo, e um rosto duro com manchas rosadas e descascadas.

— Por que você é toda dourada? — ela pergunta, com ousadia.
— Ah, hum... — Eu me atrapalho por um momento antes de dizer: — Algumas montarias aqui se pintam. Isso atrai clientes.

Ela ri, mas continua a remar, como se nem se incomodasse com o fato de uma garota pintada ter pulado praticamente em seu colo.

Gritos no cais me fazem olhar para lá, e vejo os homens de Zakir parando na beirada, balançando os braços e gritando para o bote dar meia-volta e me levar até eles. Meu estômago revira quando vislumbro a expressão em seus rostos, e um deles tira a camisa, como se fosse mergulhar para me buscar.

— Está tentando fugir, menina dourada? — a mulher pergunta, chamando minha atenção novamente.

Seus olhos castanhos não têm afeto, mas também não têm crueldade. Ela parece o tipo de pessoa que não faz rodeios.

— Sim, mas posso pagar — respondo rapidamente. — Por favor. É só me levar ao seu navio, e compro a passagem de seu capitão. Não sou uma clandestina. Tenho dinheiro para a viagem.

Ela flexiona os ombros, puxa os remos para trás e continua conduzindo o bote.

Um barulho atrás de mim faz meu coração disparar, e sei que um dos capangas de Zakir está nadando em minha direção.

— Mara... — o outro homem no barco adverte.

— Fique quieto — ela dispara, ainda me encarando com a cabeça inclinada. — Quanto você tem?

Engulo em seco, olho para os três.

— O suficiente.

Sei que não devo revelar quanto tenho e pegar a bolsa de moedas na frente de alguém.

Um sorriso malicioso aparece em seu rosto.

— Não é estúpida, então. Isso é bom.

Ouço os sons cadenciados na água e olho por cima do ombro com nervosismo, vejo o homem se aproximando, embora não seja um bom nadador, evidentemente.

Depois de mais um momento, Mara diz:

— Você paga a passagem, mas também não vai ficar parada. Vai esfregar o chão todos os dias até chegarmos ao Segundo Reino. De qualquer forma, precisamos de alguém para fazer a limpeza.

Arregalo os olhos e abro a boca, surpresa.

Segundo Reino.

Nunca estive na região mais ao sul de Orea, mas sei que a terra desértica tem pouca chuva e fica do outro lado do oceano. Pensar no sol e na distância é suficiente para fazer meu coração disparar.

— Você vai me levar? *Você é a capitã?* — Nunca vi uma capitã antes, e não posso deixar de pensar que isso *realmente* foi organizado pelas deusas. Era para eu fugir agora, quando podia pular em seu barquinho.

No entanto, o pensamento se cristaliza quando ela acena com a cabeça para mostrar um navio ao longe.

— Sim. Ele é meu.

Meu olhar segue o dela e encontra as velas azuis com um sol tremulando.

Lágrimas de esperança inundam meus olhos. Estou indo embora. Estou mesmo *indo embora.*

Hock suspira e solta meu braço.

— Vou cuidar do peixe.

Eu me viro no momento em que o homem de Zakir alcança a parte traseira do barco. Pulo para trás quando ele ergue os braços e tenta subir a bordo, mas Hock se vira, pega um remo extra e acerta a cabeça do homem com ele.

O capanga grita, cai de volta no mar com um barulho de água e um gorgolejo. Observo a água com uma expressão de nervosismo, mas... ele não retorna.

Com um aceno de cabeça satisfeito, Hock simplesmente se senta com o remo, enquanto o terceiro homem tira um cachimbo do bolso e começa a fumar.

— A menos que queira voltar nadando, sugiro que você se sente, menina — Mara comenta.

No mesmo instante, me sento no chão do bote, e o movimento o balança levemente. Ela e Hock remam, enquanto respiro, ofegante, incapaz de manter o ar nos pulmões.

O restante do pôr do sol se desmancha em tons de cinza, levando consigo a luz e deixando em seu lugar uma noite de aquarela. Mas eu olho incrédula para o cais, para o segundo homem de Zakir parado lá com as mãos nos quadris, fico olhando conforme ele diminui de tamanho, fico olhando conforme Derfort se distancia.

Tenho de beliscar meu braço para ter certeza de que isso é real. Demorou dez anos, mas usei o peso de uma bolsa de moedas para me levantar como uma âncora e partir.

Desta vez, quando viro o rosto para a brisa do oceano, ela não contém o mau cheiro de Derfort Harbor. Nela existe o cheiro de uma chance para recomeçar em algum lugar novo. Uma chance em um lugar onde vou estar segura, longe de homens como Zakir Oeste e Barden Leste.

Porque estou indo para o *sul*.

44

AUREN

Montinhos de neve me cercam.

Este lugar parece conhecido, mas não é. Observo ao redor com a testa franzida, os olhos semicerrados.

Até onde posso ver, tudo é só uma extensão de neve branca e brilhante soprada pelo vento, lembrando as dunas de areia do Segundo Reino. As cristas curvas se elevam como arrepios na pele gelada, mas não sinto frio.

O céu sobre mim é quase tão brilhante e pálido quanto o chão. Meus dedos cavam a neve, pegam um punhado dela e a deixam escorrer de novo. Quando olho para minha mão, percebo a pele brilhando, iluminada, embora não haja sol.

Cada vez mais intrigada, tento me levantar dessa neve que não é fria nem molhada. No entanto, antes que possa tentar ficar em pé, ouço um barulho.

Olho para a direita e vejo Digby deitado de costas a três metros de mim. Seu rosto é uma confusão de hematomas, os lábios estão tão inchados que quase não percebo quando eles se movem.

— Proteja-a — ele diz.

Pisco, confusa.

— O quê? — pergunto, e minha voz ecoa, repetindo-se como se eu gritasse em uma caverna infinita.

— Proteja-a. — Sua voz é solidez no meu vazio, fosco no meu brilho.

— Digby, você está bem?

Mas ele só repete:

— Proteja-a. — A mesma ordem áspera, o mesmo olhar feroz.

E é então que lembro.

Essa foi a última coisa que ele disse antes de partir nas Estéreis, antes de os Invasores Rubros atacarem. Foi o último pedido que ele fez a Sail. Proteger-me.

— Dig...

— Proteja-a!

O grito é tão inesperado que recuo na neve, mas, desta vez, no lugar da ausência de temperatura, há um calor escaldante.

Um grito me escapa quando tiro as mãos do chão, mas, quando olho para Digby novamente, não é ele.

— Sail? — pergunto, a voz embargada.

Olhos azuis estão cravados em mim. Tão pálidos quanto os de uma outra vela.

Uma pontada rasga meu peito, me deixa dolorida. Acho que essa sensação de perda sempre vai doer. Não acredito que isso vá sumir um dia.

Essa é a maldição dos sobreviventes. Temos de viver com nossos mortos.

As palavras de Lu se repetem em minha cabeça, e sinto uma lágrima escorrer do canto do olho.

— Desculpe — sussurro.

Tudo bem, ele mexe os lábios, mas não sai nenhum som.

Um segundo depois, franze a testa e olha para baixo, justamente quando uma mancha de sangue se espalha em seu peito.

Tento ficar de pé a fim de me aproximar dele, me mexer, mas a neve parece me prender no lugar. Fecho os olhos com força, movo os membros me debatendo no chão pesado e quente, enquanto lágrimas de frustração escorrem de meus olhos quando Sail começa a se desvanecer.

— Sail! — grito, mas ele só balança a cabeça. E move os lábios em silêncio: *Tudo bem.*

Essas palavras são um réquiem, um lamento eterno em meus ouvidos.

Fecho os olhos com força, odiando tudo isso, ainda odiando não ter conseguido salvá-lo, odiando que não consigo salvar Digby. Mas então um suspiro brota de minha garganta e meus olhos se abrem.

Pisco pesadamente, percebendo que não há neve, nem calor, nem Digby ou Sail. Voltar à consciência é como remover a fumaça, tentar afastá-la com as mãos, mas não dissipa a névoa.

Afasto as camadas de cobertores empilhados em cima de mim e me sento em uma cama que não reconheço, sentindo uma leve dor nas costas. O fogo arde na lareira à minha frente, aquecendo-me ainda mais que os cobertores que me prendem. Os segundos se sucedem, a fumaça ganha densidade em minha cabeça.

Será que estava sonhando? Não consigo me lembrar agora. Meu rosto está molhado de lágrimas, mas não sei por quê. Minha cabeça parece cheia de penas felpudas, e sinto um latejar entre as pernas, uma umidade.

Tento me mover, falar, mas não consigo.

A preocupação invade minha consciência, e sinto uma dor surda ao longo da coluna. Sei que tem algo importante, algo significativo em tudo isso, mas não tenho certeza do que é.

Onde estou?

Antes que as emoções me estrangulem, a névoa acena para mim novamente e me chama com um sussurro. Eu me deito de lado, abraço a calma, vibro com o calor delicioso que envolve meu corpo como uma mortalha.

Vou e volto.

Ruídos, vozes que não consigo decifrar. Imagens difusas. Lá está Scofield de costas para mim. Outro guarda que não conheço. Tem uma criada trazendo uma bandeja. Lá está Polly, sentada na cadeira ao lado da minha cama, segurando uma caixinha familiar com uma pilha de pétalas brancas.

Tão quente...

Pressiono as coxas, sinto uma pulsação entre elas clamando por uma fricção que não consigo fornecer. Meu estômago se contrai levemente e os seios estão pesados, sensíveis.

Cada vez que os lençóis de seda se movem em contato com a pele, sinto-as como uma carícia. Meus nervos estão à flor da pele. Tento tirar as luvas e puxar a camisola, à procura de sentir o ar na pele nua, mas minhas mãos não funcionam direito.

Frustrada, fecho os olhos e apenas *sinto*. Sinto mãos me segurando no corrimão de uma escada. Uma boca subindo pela lateral do meu pescoço e lábios pressionando a pele com uma leve sugestão de dentes. Meu corpo queima, as chamas inundam minha cabeça com ainda mais fumaça.

Preciso de mais.

Algo desliza sobre meu braço, e sinto a umidade ali também, como o rastro de uma língua. Abro os olhos e vejo Midas parado ao lado da minha cama. A coisa que me toca é um xale de pele, a sensação de umidade é o toque de ouro vertendo do meu braço.

Ele afasta o xale, depois encosta em mim uma coroa delicada. Em seguida, conchas em uma corrente de prata formando um colar. Cada coisa que toca em mim provoca uma sensação tão boa que quase gemo alto, com o corpo ávido por contato.

Olhos castanhos me fitam, lábios se curvam em um sorriso.

— Pronta para o baile, Preciosa?

Um baile? Imagino vestidos elegantes, vinho com mel e tortas doces. Imagino uma música sensual e meu corpo sendo abraçado durante uma dança.

Assinto, atordoada. Sim. Um baile.

— Que bom. Sente-se para poder se vestir.

Tenho de me esforçar para obedecer e me levantar, deslizar as pernas para fora da cama. Enquanto isso, ele pega os objetos que encostou em minha pele e os leva até a porta, entregando-os para alguém fora do quarto.

Quando volta para perto da cama, ele carrega um vestido pendurado no braço, um vestido branco que parece macio como manteiga.

— Vista isto.

Quero senti-lo na pele, então seguro a camisola pela cintura e a tiro. Quando pego o vestido novo e o visto pela cabeça, minha pele o torna dourado, e, dessa vez, *deixo escapar* um gemido. O espartilho roça meus seios nus, toca os mamilos sensíveis. A cintura é como as mãos de um amante me enlaçando, e a saia desliza sobre minhas coxas lisas.

Delicioso.

Há uma pausa depois do som que brota de minha garganta.

— Fiz você se sentir bem, não foi, Preciosa? — Midas murmura.

— Sim — respiro, desfrutando da sensação da textura macia abraçando minhas curvas.

Ele ri baixinho.

— Agora isso.

Meias, luvas, sapatos: ponho tudo, um depois do outro. Quando termino, fecho os olhos e a cabeça cai para trás, porque cada roçar de tecido no meu corpo quente é muito... *sensual.*

Tenho uma vaga consciência de minha mão se movendo, de escovar o cabelo, embora não me lembre de quando me deram uma escova.

Também não me lembro de ter levantado, mas agora estou de frente para Midas, e a escova se foi. Não me lembro de Polly entrando no quarto, mas aqui está ela. Usando um vestido dourado e transparente que desce com leveza sobre o corpo, preso ao pescoço por uma fivela, assim como o meu. O vestido exibe cada curva sua, uma silhueta carnal sob as camadas. *Eu me pergunto se é assim que estou...*

Midas fala com ela e, embora possa ouvi-lo, não consigo distinguir as palavras.

— ... o tempo todo. Ninguém tem permissão para tocá-la. Dê-lhe mais uma antes de sair. Você sabe para onde ir. Vou ficar esperando você.

— Sim, meu rei.

— Você vai ganhar uma caixa cheia esta noite — ele diz, acariciando sua cabeça, e ela praticamente ronrona.

Midas se aproxima de mim, enquanto balanço sobre meus pés.

— Vejo você em breve, Preciosa.

Mais tempo deve ter passado, porque a próxima coisa que sei é que estou parada à porta da varanda, vendo a neve suave cair. A luz se dissipa, cinzenta, um tom sombrio que se espalha no céu.

Não tenho certeza de quanto tempo passo observando a neve, mas meus pés doem, como se eu estivesse em pé há muito tempo. Um movimento refletido no vidro me faz virar, e me deparo com Polly caminhando para a porta e abrindo-a. Ela conversa com um guarda, mas não compreendo as palavras.

Em vez disso, minha atenção se concentra em suas tranças loiras presas no topo da cabeça com uma tira de seda dourada. Alguma coisa se agita em minha mente confusa enquanto olho para o laço, para a ponta da fita que cai sobre um lado do pescoço.

Por razões que não entendo, sinto minha mão se erguer e tentar tocar minhas costas.

Os dedos encontram o tecido do vestido de costas fechadas, mas algo parece errado. Em vez de camadas de fitas embaixo dele, sinto apenas dor.

Franzo a testa, desenhando uma linha de confusão. Algo está errado. Está faltando alguma coisa.

Mas é como tentar pegar as sementes de um dente-de-leão ao vento. A cada vez que me aproximo do pompom soprado, ele se espalha e escapa do meu alcance.

Pisco, e Polly de repente está diante de mim. Suas bochechas estão empoadas com ruge que combina com o vermelho dos olhos delineados, enquanto a luz cinzenta do dia projeta uma sombra sobre sua beleza.

— Hora de ir para o baile — ela diz, me chamando com um aceno.

Continuo intrigada, mas dou um passo à frente e, antes que eu perceba, eu a sigo e deslizo pelo corredor.

Piscadas e passos.

Passos e piscadas.

Alguma coisa não está certa.

Falta alguma coisa.

Tropeço na escada, e minha mão enluvada agarra o corrimão para me segurar. Polly se vira, mas não olha para mim.

— Não toquem nela — ela resmunga, imagino que para os guardas, embora esteja atordoada demais para olhar.

— Tem alguma coisa errada — murmuro e, por um segundo, a memória vibra.

Eu já disse isso antes?

Polly me encara e ri com desdém.

— Você não merece orvalho. É um desperdício em você.

Orvalho?

Quando ela se vira para andar novamente, me distraio mais uma vez com aquela fita pendurada, balançando em seu cabelo.

Fita...

Uma mão arranca uma haste. Uma boca sopra as sementes de dente-de-leão.

— Aqui em cima, senhorita.

Polly segura as saias e continuamos subindo, desta vez por um lance de escada diferente. Quando passo pela porta estreita, olho imediatamente para a comoção que me atinge.

Música em meio a um cenário de fundo de centenas de vozes. O calor dos corpos, da luz das velas pingando dos candelabros de estalactites de gelo tocados de ouro. Dou um passo à frente, percebendo que estou no mezanino do salão de baile, na pequena varanda interna com vista para o espaço abaixo.

— Você tem de se sentar nesta cadeira aqui e esperar — Polly me diz, mas sua voz entra por um ouvido e sai por outro. Meus sentidos são dominados pelo balanço dos corpos dançando lá embaixo, pelos instrumentos embalando o ar com sua melodia, pelos perfumes que se misturam.

No entanto, estou procurando, olhando para a multidão antes mesmo de conseguir entender quem procuro.

A busca é infrutífera, e minha atenção se direciona às longas cortinas de tapeçaria dourada penduradas atrás do palco, onde quatro cadeiras semelhantes a tronos foram colocadas.

Olho para as enormes tiras de tecido, lembrando... lembrando...

Cerro o punho, agarrando um punhado daquelas lembranças fugitivas de dentes-de-leão.

Desta vez, quando levo a mão às costas, os dedos tateiam a coluna. Tem alguma coisa errada.

Está faltando alguma coisa.

Meus dedos tocam, a dor explode e, de repente, sou inundada pela visão de uma espada descendo em arco, minha coluna arqueando com ela.

Inspiro um pouco mais fundo.

— Minhas fitas...

— O quê? — Polly pergunta.

Cubro a boca com a mão quando um grito confuso ameaça brotar do meu peito, e me viro, sentindo a tontura como uma onda.

— O que você tem? — Polly pergunta, franzindo o nariz quando me vê dobrar o corpo para frente, tremendo enquanto me lembro.

Eu me lembro.

O golpe cruel de uma espada. Pétalas enfiadas à força em minha boca. Uma fita cortada caindo no chão.

Minhas fitas...

A agonia que preenche meu coração ultrapassa de longe o que sinto fisicamente. A droga deve estar anestesiando um pouco a dor, porque tudo que identifico é uma pulsação constante que segue a curva das minhas costas vazias. É como perder membros e tentar mexer os dedos que você não tem mais. Meus músculos se contraem e ficam tensos, na tentativa de mover o que não está mais lá.

Arrancadas.

arrancadas, arrancadas, arrancadas, arrancadas...

— Agora respiro depressa — rápido demais. Engulo baforadas de ar que não chegam aos pulmões, sufocando com minha respiração. Um calor terrível me envolve, me mantém dobrada enquanto o estômago se contrai e meu sexo lateja.

Ai, deusa... estou muito chapada.

Minha mente se esforça, tenta lembrar minha linha do tempo e quanto tempo deve ter passado desde que transformei as coisas em ouro no salão de baile. Mas não consigo chegar a uma conclusão. Não com a mente flutuando desse jeito. Não quando continuo voltando à sensação do vestido contra a pele, como a de uma pétala aquecida pelo sol deslizando por minhas pernas.

— Relaxe. O rei vai subir aqui em breve para fazer a demonstração dele — Polly responde, chamando minha atenção. — Por que ele quer *você* aqui é algo que nunca vou saber.

— Preciso ir. Preciso ir. — As palavras apavoradas são roucas, mas Polly olha para mim, desconfiada.

— Ainda não pode ir. Ele quer especificamente você aqui. — Polly enfia a mão no decote e pega uma bolsinha. Tira dela duas pétalas e põe uma na boca. Depois me oferece a outra. — Pegue. Vai fazer você se sentir bem.

Sentir bem... Meu corpo ronrona com uma promessa deliciosa, mas balanço a cabeça, tentando afastar a névoa que ameaça me envolver.

— Não.

Os lábios de Polly se contraem.

— Escute aqui, boceta de ouro, o rei quer que você fique parada e calma. Não vou perder minha recompensa porque você está pirando. Então *vai* engolir isso e agradecer! — ela sibila.

Uma pulsação raivosa me agita por dentro, apesar da confusão mental.

— *Não.*

Seus olhos endurecem como vidro.

— Tudo bem, então vou obrigar você.

Ela se move para enfiar a droga na minha boca, mas estendo a mão enluvada e, mesmo desajeitada, consigo pegar a pétala e esmagá-la entre meus dedos e os dela. Os olhos de Polly são invadidos por uma raiva maníaca enquanto destruo a pétala, deixando os pedaços esmagados caírem no chão.

— Sua vaca! — A música estridente abafa o grito furioso de Polly, mas não ouço mais nada, só o ódio impregnado em sua voz.

Meu campo de visão se enche de prismas de luz e gira. O orvalho que corre em mim é *forte*, me confunde, me faz esquecer, dispara em mim outra onda de calor que me faz gemer. Só preciso me deitar. Preciso descansar. Eu *preciso*...

Os lábios pintados de Polly vomitam palavrões, enquanto ela se ajoelha no chão e tenta recolher os pedacinhos da pétala arruinada. Mas quase não a ouço. Meu corpo todo lateja, carente, em guerra com a consciência que tenta lutar contra isso. Deusa, estou com muito *calor*.

Por que estou tão quente? Por que estou tão tonta, por que Polly está gritando, por que minhas costas estão doendo, por que...

Por que, por que, por que...

Polly está tentando juntar pedaços de orvalho, eu estou tentando *me* recompor, e, então, a porta é aberta de repente.

E Midas entra.

45
AUREN

A presença repentina de Midas acaba com minha confusão apavorada.

Ele está vestido impecavelmente da cabeça aos pés, sem nenhum amassado no tecido rígido, com botões em forma de sinos dourados que se enfileiram da pélvis até o pescoço. Ele usa sua coroa favorita de seis pontas sobre o cabelo cor de mel, cujas pontas esticadas lembram as extremidades de uma garra.

Atrás dele, parada na porta, Rissa estuda rapidamente a cena com seus olhos azuis, antes de olhar para mim.

Rissa...

Tem alguma coisa que preciso falar para Rissa.

Meus pensamentos se contorcem e se dobram. Tento lembrar. Eu tento e tento...

Midas olha para Polly, que está paralisada no chão, e tensiona a mandíbula.

— *O que* está fazendo?

Polly fica pálida, com o vestido transparente enrolado nas coxas, paralisada com os pedaços de pétalas esmagados na mão.

— Meu rei...

— Eu lhe dei *uma* tarefa — ele rosna. — Você tinha de trazer a garota para cá e ficar de olho nela. O orvalho deveria ser dado a ela *depois* da demonstração. Não antes.

— Eu... sinto muito, meu rei. A favorita estava ficando nervosa, então pensei...

— Você não está aqui para *pensar* — ele interrompe. — Vou cuidar da sua punição mais tarde. Agora recomponha-se e saia.

Os olhos azuis de Polly brilham com as lágrimas, mas os meus se arregalam.

Saia.

Olho para Rissa. *Sair.* Tínhamos um plano para sair.

Pensamentos e lembranças se atropelam como mato soprado por um vento errante. Pedaços se desprendem, me permitem juntar os ramos separados. Cada galho afiado que agarro fere minha consciência dolorida.

Estou no baile, o orvalho que está nas mãos de Polly corre em *meu* organismo, e eu ia partir com Rissa. É por isso que ela está olhando para mim desse jeito.

A nuvem de confusão tenta me envolver, mas eu a afasto, concentro-me, na busca de juntar galhos quebrados e sementes de dente-de-leão ao vento.

Eu devia partir com Rissa. Nós tínhamos um acordo. Ela queria fugir na noite do baile. Mas algo está *muito* errado, isso eu sei. Ela precisa fugir sem mim. Esta pode ser sua única chance.

Polly agarra a perna da calça de Midas e começa a implorar, chorar e pedir desculpas. É a distração de que preciso.

Fuja, murmuro para Rissa. *Vá.*

Ela arqueia as sobrancelhas em uma reação surpresa e, pela primeira vez, noto a hesitação passar por seu rosto bonito. Como se ela não tivesse certeza. Como se não quisesse me deixar para trás.

Isso faz meu coração ficar apertado, mas sei que não estou em condições de fugir com ela. No entanto, Rissa é uma sobrevivente. Se alguém consegue sair daqui, esse alguém é ela.

Midas derruba Polly com um chute, o que a faz chorar ainda mais. Ele olha para Rissa por cima do ombro.

— Leve-a daqui. Não quero vê-la de novo. E trate de garantir que ela não receba mais orvalho.

Polly chora, quase alto o suficiente para ser ouvida acima da música, mas outra lembrança emerge.

Leve-a daqui, disse Midas, e eu assinto para Rissa em concordância. *Leve-a daqui, vão embora.*

Rissa se apressa para levantar a inconsolável Polly, à medida que Midas se aproxima da mesinha junto da parede e se serve de uma bebida, visivelmente irritado.

Eu me encosto na parede, sentindo como se houvesse milhares de pedaços de papel rasgado, todos misturados na minha cabeça, enquanto as palavras se encaixam lentamente em seus lugares.

Rissa conduz Polly, dá a impressão de que elas tropeçam, o que permite que se aproximem de mim.

— Venha comigo — Rissa murmura e, embora pareça falar com Polly, sei que diz isso para mim.

Lágrimas enchem meus olhos. Éramos, na melhor das hipóteses, aliadas relutantes, mas aqui está ela, tentando me convencer a partir também, e tenho a sensação de que não tem a ver só com o ouro.

Balanço a cabeça e sorrio para ela com tristeza.

— Vá.

Não me atrevo a dizer mais do que isso, e ela também não, nem mesmo com os soluços sufocados de Polly abafando nossas palavras, ou com a desatenção de Midas.

Relutante, Rissa mais uma vez relanceia para mim antes de se virar, amparar Polly com firmeza e se pôr a andar. Deixo escapar um suspiro trêmulo, rezando para as deusas para que ela consiga escapar.

Por favor, que ela consiga sair.

Queria conseguir lembrar o que tinha de dizer a ela, mas, de qualquer maneira, perco a chance quando a porta é fechada depois de elas saírem. Com um suspiro, massageio as têmporas, mas a música do salão de baile é tão alta que quase a sinto na língua como um sabor denso, engolindo a melodia inteira.

Mas nem isso distrai a sensação de pavor que se contorce em minhas entranhas. O que mais esqueci? O que mais aconteceu? Existem buracos negros em minha mente, os quais preciso desesperadamente preencher.

Uma gota de suor escorre por meu pescoço. A trilha de sal desce pelas costas até ser absorvida em algum lugar ao longo do caminho, caindo com uma ferroada em um ferimento que não deveria estar ali.

Meu coração bate forte no peito.

Errada. Tem alguma coisa errada.

Uma sensação de déjà-vu toma conta de mim, porque *já disse isso antes*.

Mais da minha coerência começa a ser filtrada gota a gota, como pingos d'água caindo do teto de uma caverna, cada um formando a estalactite das minhas lembranças. Massageio a têmpora de novo, mastigando outro ritmo animado que ressoa em meus ouvidos, e então percebo que Midas está falando comigo.

— O quê?

Ele olha para mim com cautela. Eu nem tinha percebido que ele estava ali, parado à minha frente.

— É hora do anúncio, e vou precisar fazer uma demonstração. Você tem de ficar atenta. — Ele está falando comigo bem devagar, pronunciando cada palavra. — Precisa tirar a luva e dar o toque de ouro na grade quando eu apontar para você. O sol está se pondo, então não temos muito tempo. Tudo bem?

Fico olhando para ele.

Eu ia embora com Rissa. Estou no baile. Alguém me deu orvalho. Minhas costas doem. Não respondo, e Midas suspira.

— Quando você vai dar o toque de ouro no corrimão, Preciosa? — ele insiste.

— Quando você apontar.

Seu sorriso é tenso.

— Isso mesmo. Não esqueça, está bem?

Esquecer... Quanto eu esqueci?

— Tudo bem.

Depois de mais um olhar prolongado, Midas segue até o meio da galeria curva do mezanino e levanta uma das mãos. Lá embaixo, os músicos param imediatamente de tocar e o barulho da multidão diminui.

Que silêncio abençoado.

— Bem-vindos ao nosso baile de celebração! — ele anuncia, acrescentando à voz aquela nota charmosa. Mas ouço a voz dele arrastada, entrando e saindo enquanto minha mente continua a gotejar. Reunir. Dentes-de-leão e mato e papel e estalactites...

Ainda me mantendo no recesso escuro, olho para os convidados, sentindo o estômago revirar a cada vez que passo os olhos pelo salão, à procura de respostas, à procura de alguma coisa, à procura de *alguém*...

— A prosperidade do Sexto Reino impulsionou o Quinto, e é meu dever garantir que os reinos do norte de Orea sejam fortes e unidos. — A voz de Midas ressoa, ecoa e flutua. Ele leva a mão ao peito em um gesto humilde. — Mesmo assim, falhei. Quando vim para cá a fim de fortalecer o Quinto, o Sexto Reino sofreu com minha ausência sob a influência da Rainha Fria. Embora as revoltas tenham sido trágicas e terríveis, também foram boas, de certa forma.

Fito as janelas e a luz moribunda. Alguma coisa dói em minhas costas.

— Isso trouxe mudanças — Midas continua. — Ouvi a voz do povo clamando. Que seu trabalho merece mais de seus monarcas, e concordo. — Ele deixa a declaração ser absorvida, demonstrando orgulho no modo como levanta o queixo. — A morte recente da Rainha Malina me mostra que, como rei, devo fazer mais. Que o povo merece uma rainha de verdade, que seja amada por ele. Que os reinos podem ser fortalecidos pela união.

Murmúrios se espalham pela multidão.

Murmúrios ecoam dentro de *mim*.

E ali... uma voz sombria e calma.

Lembre-se.

As mãos de Midas repousam firmes sobre a grade da galeria.

— Essa rainha tão amada existe — ele prossegue mirando as centenas de pessoas reunidas lá embaixo. — Na verdade, ela está aqui esta noite.

Ele aponta para o outro lado do salão, e todos se viram para ver a Rainha Kaila se levantar do trono e acenar, orgulhosa, com a mão em formato de concha. Ela está deslumbrante no vestido de um azul profundo, mas com uma coroa dourada e brilhante sobre a cabeça, entrelaçada nas mechas do cabelo preto. Estreito os olhos, desviando a atenção da coroa familiar para o xale de pele sobre seus ombros e o colar de conchas em volta do pescoço. Tudo de ouro.

As coisas que Midas encostou no meu braço.

— Tenho o prazer de anunciar que a Rainha Kaila do Terceiro Reino e eu decidimos nos casar!

Franzo a testa. Midas vai se casar novamente, mas... eu sabia disso. Eu sabia, e não me importava, porque... porque...

A multidão irrompe em aplausos, e o som farfalha em minha cabeça como se corresse sobre folhas secas, a cada passo outro sopro de ar, outro rangido e outro estalo sob os pés descalços.

E esses pés me levam direto para Slade.

Meu coração para quando os olhos encontram sua presença sombria no meio do salão de baile vibrante, como uma pupila preta no meio de uma íris colorida. Ele não me vê, mas eu o vejo, e isso é o suficiente.

É o suficiente.

O barco instável e à deriva da minha mente para, subitamente freado pela âncora. Seguro com firmeza as sementes de dente-de-leão. O mato para de rolar. O papel rasgado se cola. Uma última gota d'água cai da ponta de uma estalactite.

Uma cabeça emplumada se ergue em meu peito, uma besta furiosa piscando com os dois olhos abertos. E é então que ela se vira, abre as asas, me mostra uma cauda cheia de penas longas como fitas douradas.

Fitas.

Perco o ar por um instante. Minhas costas latejam.

Levanto as mãos trêmulas e as aproximo das costas. Minhas costas doloridas e *vazias*.

Lembre-se.

Eu lembro.

De repente, tudo volta em uma correnteza. É uma chuva torrencial que inunda minha mente e ruge em meus ouvidos. Ou talvez seja a raiva que acabou de acordar, jogando para longe a droga entorpecente com um movimento do bico cheio de dentes afiados.

A voz de Midas fica mais alta, competindo com meu ruído interno, e a multidão devora seu anúncio como ovelhas comendo direto de sua mão. Eles não veem que o rei não é o pastor. Não veem os dentes do predador.

— Trarei a prosperidade do meu poder, não apenas para o Sexto e Quinto Reinos, mas também para o Terceiro. Com a união com o Quinto Reino e, agora com meu noivado com a Rainha Kaila, cuidaremos de nosso povo e, como Rei de Ouro, trarei para Orea uma Era Dourada!

Um clamor de aplausos irrompe, e Midas deixa cair a mão ao lado do corpo, apontando o dedo disfarçadamente. É o sinal. A indicação para eu fazer uma demonstração que vai encerrar perfeitamente seu lindo discursinho dourado.

Mas eu não me movo.

Em um segundo, seus olhos se voltam para mim.

— Toque de ouro na grade — ordena pelo canto da boca, mas ainda não faço o que ele diz.

Talvez seja minha linhagem feérica que me permite eliminar o orvalho, ou é outra coisa, mas, seja o que for, supero o que restava da névoa com uma inspiração profunda.

O rosto de Midas escurece por uma fração de segundo, antes de ele olhar para a multidão. Ele diz alguma coisa para concluir o discurso, compensando a falta de uma demonstração exuberante com a transformação do mezanino em ouro. Os convidados riem de tudo que ele diz, não percebem que tem algo errado, mas ele sempre foi bom em encantar a multidão. Em *me* encantar.

Midas usou sua lábia de prata contra um coração de ouro, e o brilho de suas mentiras ofuscou todas as verdades que eu conhecia.

Midas se afasta da grade e dos olhos da multidão. Ele só mostra sua verdadeira cor em particular, e com certeza não é ouro.

A música recomeça, embalando a mistura de vozes e o tilintar das taças. Há centenas de pessoas lá embaixo. *Slade* está lá embaixo. No entanto, aqui em cima, nas sombras do mezanino, somos só Midas e eu.

Quando ele se aproxima de mim, sua expressão é raivosa.

— Que diabos foi isso, Auren? Expliquei o que você precisava fazer. Era *simples* demais, porra. Você arruinou completamente meu discurso de ouro! — exclama, e os olhos castanhos ficam tão escuros quanto terra em meio a uma enchente.

O ódio é uma emoção visceral, uma flor que desabrocha nos bastidores. Eu o enxergo nos olhos dele, e talvez ele também o veja nos meus.

— Você me drogou. — A acusação é feita com um tom monótono, seco como planícies desertas. Ainda posso sentir o gosto da pétala viscosa salpicada de gotas vermelhas de orvalho. Sangrando doçura melosa em minha língua. Inundando minha mente. Entorpecendo os membros. E me fazendo esquecer.

O que enche meus olhos é água, mas parece fogo.

— Você me drogou — repito, com o estômago embrulhado por um redemoinho furioso. Quero que ele seja envolvido por essa espiral, que seja levado para o fundo. — Você machucou Digby. — Minha segunda acusação é agitada e febril, assim como o mar sob uma tempestade, e navego direto para ela com as costas brutalizadas. — *Você cortou minhas fitas!*

Minha voz vibra e choca, as palavras rangem como cascalho esmagado sob botas. Meus membros tremem com a fúria.

Midas me encara, e posso notar sua surpresa por eu estar tão coerente, mas minha coerência é o menor dos seus problemas.

Depois de um segundo, ele cruza os braços e afasta as pernas, plantando os pés com firmeza.

— Sim, fiz tudo isso — ele admite, em tom conciso. — Você me desobedeceu. Foi um castigo merecido.

Merecido.

Alguma coisa cutuca meu peito, bate em minhas costelas. O martelo de um ferreiro contra uma bigorna, metal em brasa pronto para ser forjado.

Midas dá de ombros.

— Pare de lutar contra mim, Auren. Esta é a sua vida. É hora de se acomodar novamente. Você vai receber uma dose diária de orvalho e vai cumprir seu dever para com seu rei.

— Isso apavora você, não é? — pergunto. — Saber que tudo que você é depende de mim.

Algo sombrio cintila em seu rosto.

— Você fala sobre o *meu* castigo, mas e se a gente falar sobre o que *você* merece? — Dou um passo na direção dele, deixando apenas trinta centímetros de distância entre nós. Para mostrar que não tenho medo. Para mostrar que, mesmo que tenha me dividido ao meio e roubado pedaços da minha alma, ele nunca vai vencer.

Meus olhos dourados queimam quando o encaro diretamente.

— Vou embora, Midas — declaro, de maneira implacável, sentindo prazer ao ver todo o seu corpo ficar tenso. — Vou para um lugar onde você nunca mais vai me achar. Você vai me procurar nos confins de Orea. Vai ouvir rumores, sussurros sobre onde estou, mas eu sempre vou escapar por entre seus dedos.

Ele cerra os punhos, como se já estivesse tentando fechar os espaços entre os dedos.

— Vou arrastá-lo para todos os cantos decrépitos do mundo, mas você nunca vai me encontrar. Vai passar meses, anos, décadas procurando com um desespero insano.

Calafrios percorrem meus braços, como se as deusas estivessem ouvindo, um arrepio de presságio beijando minha pele.

— Suas porcarias de ouro vão minguar. Sua fama vai se transformar em escárnio à medida que o povo se voltar contra você. Sua noiva vai abandoná-lo, e as leis deste mundo arrancarão a coroa de sua cabeça e, *ainda assim*, você não vai me encontrar. Não importa quanto se mostre incansável. Não importa quanto essa sua busca seja feroz. E isso vai fazer você enlouquecer.

Midas não consegue nem piscar, tal a selvageria com que me encara, e isso me enche de prazer.

— Você pensou que ouro e poder seriam sua ascensão, mas eles serão sua queda. Pensou que poderia me manter cativa para sempre, mas vou desaparecer bem debaixo do seu nariz. — Aquele martelar contra minhas costelas fica mais forte, espalha faíscas em minha alma. — Você vai ser motivo de chacota. Odiado. *Destituído.*

Midas estremece com essa palavra. Recua fisicamente, o corpo hesita com o choque da minha declaração, e minha fera e eu nos envaidecemos pela ameaça feita, celebrando a descoberta de seu pior medo.

— Não haverá nada nem ninguém para confortá-lo. Vai morrer sozinho e pobre, arruinado pela própria ganância, e isso é exatamente o que você *merece.*

Dou o último golpe e assisto enquanto reverbera em Midas. Sinto os ecos no ar. Sinto os ecos no tremor de *seu* corpo.

Ele abre e fecha as mãos novamente. Balança a cabeça, como se tentasse afastar minhas palavras ou tirá-las da mente.

— *Não* — ele nega, embora soe como uma ordem. — Você acha que vai fugir de mim? Acha que seu comandante monstro vai ajudá-la?

— O único monstro neste castelo é *você.*

Midas ri, um som cruel que envenena o ar.

— Eu já estou com ele, sabe — ele anuncia, presunçoso, esperando para ver como vou reagir. — Então, se acha que o Comandante Degola vai vir aqui e resgatar você, vai ter uma tremenda decepção.

— Não preciso de ninguém para me resgatar.

Meu pé se levanta quando dou mais um passo à frente, e é um imenso prazer ver Midas dar um passo para *trás.* A satisfação ronrona em minhas entranhas.

— Eu vou matá-lo — ele ameaça. — Vou matar aquele desgraçado cheio de espinhos e o seu guarda também.

A fúria se incendeia tocada pelas faíscas, faz meus olhos se acenderem. Ele espera que eu hesite diante da ameaça, mas, em vez disso, ardo ainda mais.

— Se tocar neles, eu toco em *você.*

A ameaça o faz empalidecer, desbota a pele bronzeada.

Todavia, nesse momento, minha pele arrepia. Um arrepio que percorre minha coluna atormentada. O crepúsculo chega, o sol se põe e leva meu poder consigo.

Midas deve perceber, ou porque deixei transparecer no rosto, ou porque seu relógio interno se tornou quase tão bom quanto o meu, já que um sorriso cruel surge em seus lábios.

— Que discurso vibrante, Auren. Pena que você não tem o que é necessário para validar essas palavras de fogo — ele debocha, fazendo meus olhos brilharem. — Tenha cuidado com essa sua língua, viu? Estamos seguros aqui por enquanto, com a música e a multidão, mas a Rainha Kaila tem um jeito especial de roubar segredos. — Ele me analisa. — Mas, devo admitir, estou surpreso com esse seu lado franco. Certamente, você percorreu um longo caminho desde que se tornou a garota pintada de Derfort Harbor.

Eu pisco. Algo afiado arranha minhas entranhas, ajeitando a lâmina no ângulo certo.

— O que foi que disse?

Ele inclina a cabeça, como um gato pensando se quer atacar um rato.

— Nunca lhe contei que morei no Terceiro Reino por um tempo? — A questão é uma provocação direta. Uma corda que envolve meus tornozelos para me derrubar.

E funciona.

Algo parecido com satifação o faz sorrir.

— Você nunca foi me procurar, bichinho.

Um arrepio gelado percorre minhas costas.

— Do que está falando, Midas?

Ele caminha novamente até a mesa onde está a jarra de vinho, serve-se de outra taça, entrega-se ao momento.

— Sabe, progredir neste mundo é mais fácil do que as pessoas pensam. Você só precisa do impulso para isso. — Ele bebe um longo gole antes de se virar para mim novamente, com uma gota de vinho nos lábios. — Até um filho da mãe vagabundo sem duas moedas para fazer barulho pode construir um nome. Um nome sobre o qual você já ouviu falar, na verdade. — Agora é o meu rosto que perde toda a cor, o dourado empalidece em minhas bochechas. — Eu me esforcei muito para progredir. Trabalhei para um ladrão, mas ele não percebia o potencial crescente daquela cidade portuária. Só levei dois anos para me tornar dono daquele território. Roubo, pirataria, mercador de tráfico humano. Fiz de tudo, controlava dezenas de trabalhadores. Era uma operação perfeita — ele se vangloria, com a voz vibrante de orgulho. — As pessoas temiam o nome que inventei. Nem pensavam em pisar no meu lado da cidade sem permissão, porque meu nome anunciava que eu era o dono de tudo ali.

Meu coração se contrai, estilhaça, espalha um milhão de fragmentos de gelo para amenizar o calor da minha raiva.

Algo desconhecido surge por trás de sua máscara real, algo insípido e barato. De repente, sinto cheiro de ferro e peixe grudado em meu nariz, e meu estômago embrulha enquanto ele me encara.

— Você era a garota pintada que diminuiu meus lucros e depois teve a coragem de *fugir*.

A compreensão inunda meu peito e corrompe o ar o suficiente para me fazer sufocar com ele.

— Barden Leste — sussurro, com horror e choque. — Você é Barden Leste.

Seu sorriso é uma coleção de todos os fragmentos afiados espremidos em meu peito.

— E você está dez anos atrasada.

46
AUREN

Não.
A declaração de Midas é como um tremor de terra. Dispara em meus ouvidos um alerta mais alto do que o badalar dos sinos de Sinoalto. Midas não pode ser Barden Leste. Simplesmente *não pode*. Porque isso significa que corri diretamente para os braços do homem de quem tentei escapar. Eu me entreguei voluntariamente a alguém que *capturou* outras. Que as usou, as vendeu e as tratou como mercadoria para garantir seu lucro egoísta.

Minha cabeça treme em negação, mas o instinto alega que é verdade.

— Não pode ser.

— Mas é.

Algo rasga minha garganta, um ruído doloroso que sai de uma boca escancarada — uma *alma* escancarada.

— Como?

Midas gira a taça de vinho e bate seis vezes com o dedo na frente do colarinho.

— Não foi muito difícil conquistar meu lugar como senhor do crime em Derfort. Havia por lá pequenos criminosos que precisavam desesperadamente de um verdadeiro líder, e foi o que me tornei. Enxerguei uma oportunidade e a aproveitei — acrescenta, dando de ombros. — Muitas remessas entravam e saíam por aquele porto e, tão logo assumi o controle do território, tive acesso a recursos de quase todos os reinos. Acumulei muita riqueza e notoriedade, tive pessoas à minha disposição.

Estou ouvindo, mas as palavras ecoam na caverna vazia das minhas emoções. Estou entorpecida, cambaleando, em estado de choque, um choque grande demais para poder reagir.

— Mas, depois de anos daquele jeito, fiquei entediado. Além disso, estava cansado de sentir cheiro de peixe — ele admite, embora o sorriso desminta seu desgosto. — Eu queria mais. Mais poder, mais riqueza, mais oportunidades e um território mais agradável.

Todos esses anos, todo esse tempo... confiei nele. Contei a ele sobre Derfort, sobre o que fui obrigada a fazer. Ele fingiu não saber. Fingiu que se *importava*, mas o tempo todo era ele o concorrente do meu dono. O catalisador para a noite em que finalmente fugi.

Meus pés estão enraizados no chão. Não há como fugir da verdade que ele vomita como se estivesse se vangloriando.

— De certa forma, sua fuga foi a provocação de que eu precisava. Decidi segui-la para poder arrastar você de volta a Derfort, esfregar isso na cara de Zakir e dar o exemplo a outros que pensassem em fugir.

Fico olhando para ele, mas nem reconheço esse homem parado à minha frente. É como se ele tivesse arrancado uma camada e exposto a infecção interna, a contaminação provocada por sua própria corrupção, que de alguma forma ignorei.

— Você desapareceu por um tempo, então foi preciso algum esforço para rastrear seus passos. Mas acabei ouvindo conversas interessantes entre outros vagabundos que encontrei no caminho. Histórias sobre um ataque e a descoberta da fortuna de um rei em uma pequena vila chamada Carnith... e de uma garota que brilhava nas areias do deserto como uma pepita de ouro.

Minha respiração fica presa como se uma corda apertasse meu pescoço.

— Você me seguiu até Carnith?

— Claro que sim. Os deuses também sorriram para mim, porque foi aí que seu poder se manifestou. Foi quando ficou evidente que você não era apenas uma garota pintada, perfeita para o negócio de venda de corpos. Você era *muito mais*.

Lágrimas enchem meus olhos, provocadas por suas punhaladas verbais que me rasgam e me esvaziam. Era tudo mentira. Desde o início.

Ele desempenhou o papel de um senhor do crime, depois de um salvador e depois de um *rei*. Compartilhei meu corpo com ele, enquanto ele usava o corpo de outras pessoas para ter lucro. Só de pensar em todas as vezes que ele me tocou e eu o toquei, minha pele se arrepia.

— Eu sou um planejador, Auren — Midas continua, observando conforme me afogo nas sombras e agarro o cabelo. — Você era exatamente o que eu precisava para ter mais. Progredir. Foi uma predestinação do grande Divino.

Ele deixa a taça de vinho sobre a mesa e eu me viro, meu mundo gira comigo.

— Finalmente a encontrei quando você estava naquela vila isolada, depois de ter fugido de Carnith — ele conta, sem rodeios. — Fiz com que os homens que levava comigo se dividissem, para alguns deles se passarem por invasores. Metade do grupo atacou, a outra metade protegeu os aldeões. Depois disso, fiz todos se matarem entre si, instigando disputas internas pelo produto do saque — explica, dando de ombros. — Não poderia permitir que nenhum deles falasse sobre sua magia ou me conectasse a Derfort como Barden Leste. Não quando eu pretendia abandonar esse nome. Não quando soube que a Princesa Malina tinha um trono, mas não tinha magia para mantê-lo. O Sexto Reino estava endividado e precisava de um rei, e foi o que lhes dei. Era para ser. Sempre gostei do número seis — ele acrescenta, com arrogância distorcida.

Minha cabeça gira como se eu fosse desmaiar, mas consigo cair na cadeira e respiro fundo.

— Você nunca me resgatou — digo isso em voz alta, mas na verdade é só uma afirmação para mim mesma, uma rachadura que destrói os alicerces da minha vida e divide meu passado em algo irreconhecível.

Midas parece satisfeito consigo mesmo, e talvez seja isso que mais me incomoda. O olhar presunçoso. Como se ele tivesse esperado dez anos para jogar isso na minha cara.

Aquele momento em que ele me resgatou foi o que me fez confiar nele. Aquilo criou a base para meus passos trôpegos. Eu o via como uma espécie de salvador. Mas até isso ele orquestrou. Midas me manipulou desde o início, antes mesmo de falarmos cara a cara.

Ele me fez confiar nele, *amá-lo*. Fez com que eu pensasse que era meu herói, quando o tempo todo foi meu vilão.

Midas se aproxima e se debruça sobre mim como se saboreasse este momento, como se quisesse me encharcar com ele e me torcer para pegar tudo de volta.

— Eu era dono de metade de um porto marítimo e de um negócio incrivelmente lucrativo. Mas, quando percebi que você tinha magia para combinar com aquela pele dourada, soube que poderia ter a porra de um reino inteiro. — Os olhos de Midas brilham com a ganância que o consome. — E agora... não sou dono apenas de metade de uma cidade, sou dono de metade de *Orea*.

Um punho aperta e torce meu estômago.

— Ainda não.

Seus olhos brilham.

— Você não vai dizer isso depois desta noite.

Não tenho ideia do que ele quer dizer com isso e não tenho chance de perguntar. Midas se inclina, posiciona o rosto na frente do meu e me encara, fazendo uma avaliação imparcial.

— Sabe, poderíamos ter continuado como estávamos, você poderia ter tido sua falsa liberdade, mas você estragou tudo.

Seu tom é definitivo, cheio da autoridade que ele roubou.

Cheio também de algo cruel.

— Não vai mais ficar trancada em uma gaiola, Auren, vou trancar você em sua própria *mente*. Vou encher você de orvalho e drenar sua magia para sempre até o dia em que morrer e, mesmo depois disso, vou arrancar cada fio de cabelo dourado de sua cabeça e raspar o ouro de sua pele, porque você é minha, e eu uso você como quiser. — Sua respiração se condensa em meu rosto, o hálito tem cheiro de vinho, e me pergunto como pude pensar que esse homem diabólico me amava.

Como se tudo que ele dissesse e fizesse não fosse horrível o suficiente, Midas então se endireita e põe a mão no bolso. Quando mostra a mão novamente, ele segura uma tira grossa de ouro.

Meu corpo inteiro fica paralisado. Uma torrente de lágrimas brota de meus olhos quando vejo minha fita mutilada, as pequenas gotas de sangue dourado presas em uma das pontas, como gotas de cera de uma vela resfriadas em um pavio irregular.

Um soluço corta minha respiração quando olho para o pedaço arruinado de *mim* agora nas mãos de Midas. Meus olhos ardem, o ardor se infiltra diretamente em minha coluna, e pontadas de dor irrompem em minhas costas, como se cada raiz de fita cortada pudesse sentir novamente a dor de nossa separação.

Observo, entorpecida, enquanto ele envolve meus punhos com a fita como se eu fosse uma presa em sua armadilha, e não consigo lutar, porque sou... *eu*. Não é só um cordão sem significado que ele usa para me amarrar. Esse é o jogo mental definitivo, a perversão do controle.

Ele amarra com um nó firme, a faixa de cetim cortando a pele dolorosamente como uma penitência por tê-las perdido. Por não ter sido forte o suficiente para permanecer inteira sob o poder deste homem que me destruiu, me drenou e roubou cada pedaço de mim.

Quanto mais de mim ele vai pegar?

— Tudo, Auren. Vou pegar *tudo*.

Meus olhos úmidos se voltam para ele, porque nem percebi que tinha falado em voz alta. Midas se endireita, ajeita a coroa no topo da cabeça para que fique perfeitamente alinhada enquanto inspeciona, impassível, as lágrimas que caem sobre as amarras em volta dos meus punhos.

— Fique aqui, ou arrasto seu amante da masmorra e o mato na sua frente — ele ronrona, uma ameaça suave feita em voz baixa. — Agora, se me dá licença, tenho um brinde a fazer. Espero que goste do espetáculo, Preciosa.

Continuo a contemplar a fita depois que Midas sai do mezanino. Tem uma balada tocando lá embaixo, mas não presto muita atenção a ela. Fico olhando e olhando para o ouro que Midas usou para me amarrar. A verdade sobre quem ele realmente é — foi e ainda é — toma corpo em minha cabeça como a rajada de uma tempestade violenta.

Quando fugi de Derfort Harbor e atravessei o mar de Weywick no navio com as velas azuis, houve uma única tempestade na viagem.

Só uma.

Não aconteceu à noite. Não houve escuridão engolindo o mar e criando a impressão de que navegávamos na luz das estrelas e em nuvens de tempestade.

Não, foi durante a forte luz do meio-dia, quando o sol brilhava leitoso e alto, dividido ao meio por nuvens gordas que começaram a purgar como uma bolha.

Eu devia ter descido para o interior do navio quando isso aconteceu, mas não fui. Não sei por quê. Talvez eu não suportasse a ideia de ficar isolada no convés inferior, presa em um quarto abafado do tamanho de um armário, com uma rede como cama e um balde para os enjoos.

Mas acho que a verdade é que eu queria sentir o ar enfurecido.

Então permaneci lá em cima, no convés, sob um céu salpicado que não era nem escuro nem claro, mas as duas coisas ao mesmo tempo. Com os pés plantados e os joelhos flexionados, fiquei agarrada à grade do convés como se minha vida dependesse disso, enquanto o cabelo chicoteava meu rosto.

O navio balançava de um lado para o outro como um berço prestes a tombar, e as ondas subiam e batiam no convés com a força enraivecida de um deus marítimo. Eu podia perceber que a pequena tripulação se comunicava aos berros, mas seus gritos eram engolidos pela intempérie. O vento forte arrancava os sons de seus lugares e os arremessava à água.

Mas mesmo com medo de ser jogada ao mar, ou de que o mar partisse o navio ao meio e o engolisse inteiro, estava fascinada com a tempestade.

Encantada com a mudança repentina que pegou o dia claro e as águas calmas e transformou tudo em uma onda violenta.

Não sei o que me atraiu até lá naquele dia, mas eu estava naquele lugar para ver o raio atingir a água. Estava lá para ver o que acontece quando uma força da natureza é desencadeada.

O relâmpago era uma flecha irregular disparada pela proa da nuvem. Atingiu o turbilhão de ondas agitadas, e uma fissura de linhas elétricas irrompeu na superfície da água como se estilhaçasse o mar.

E é assim agora. Como se eu me segurasse para salvar a própria vida, enquanto nuvens gordas se formam dentro de mim, alimentadas pelos vapores das revelações de Midas. Uma pesada tempestade se forma no frenesi de meus pensamentos agitados, um raio pronto para estilhaçar as ondas internas tumultuadas. Pronto para cair com um impacto fatal.

Fui afogada pela força da tempestade.

Observo a fita uma última vez antes de me levantar com as mãos entrelaçadas, como se rezasse. Dirijo-me à grade do mezanino e olho para baixo, vejo Midas no palco dos tronos com a Rainha Kaila e o Príncipe Niven, oreanos salpicando o chão como confetes.

Mas lá, sobressaindo na multidão como uma estaca de ferro, vejo Slade.

No momento em que meus olhos se fixam nele, ele para e olha para cima, seu olhar encontra o meu como se pudesse sentir minha atenção.

Um soluço fica preso em minha garganta. Mesmo *estando ali*, ele parece muito distante.

Mesmo com a distância entre nós, é como se ele pudesse me ver bem de perto, porque algo feroz ilumina sua expressão. Uma fúria que tem a ver comigo. Com a escuridão pairando sobre sua cabeça, ele começa a avançar sem desviar os olhos do meu rosto. *Ele está vindo me encontrar.*

Mas seus passos são subitamente interrompidos quando a voz de Midas interrompe o barulho:

— Hora do brinde real! Rei Ravinger, gostaria de se juntar a nós?

Slade para quando as pessoas se viram para encará-lo, embora se mantenham distantes. Por um momento, ele hesita, e a multidão olha dele para Midas e vice-versa.

— Rei Ravinger? — Midas insiste.

Mesmo daqui de cima, posso ver Slade contraindo a mandíbula. Seus olhos se voltam para mim novamente por uma fração de segundo, e aceno discretamente com a cabeça para incentivá-lo a ir. Só então ele se vira e volta, relutante.

Ele se junta aos outros três monarcas sobre o palco. Midas fica no meio, com a Rainha Kaila à esquerda e Niven à direita, e Slade ocupa seu lugar ao lado do príncipe. Uma montaria corre para levar a cada um deles uma taça de ouro. O movimento se espalha pelo restante do salão, com os convidados tentando pegar as próprias bebidas.

Recuo para o canto escuro do mezanino.

Quando todos estão com suas taças, Midas anuncia:

— Proponho um brinde! — Daqui de cima, posso enxergar todos levantando os braços, segurando as taças erguidas. — Esta noite brindamos à unidade dos nossos reinos! — ele declara, com um sorriso orgulhoso. — Por Orea!

— Por Orea! — todos os outros entoam na hora certa, e as taças são levadas aos lábios e o vinho é bebido, antes que gritos e aplausos explodam na sala.

Se não tivesse me mantido atenta a Slade o tempo todo, poderia ter perdido o que acontece a seguir. Como olhava diretamente para ele, vejo Slade franzir a testa pouco antes de virar a cabeça e olhar para o Príncipe Niven. Acompanho seu olhar, intrigada antes mesmo de registrar que alguma coisa está errada.

Em um momento, todos estão bebendo e comemorando, no outro, a taça escorrega da mão de Niven e cai no chão.

As pessoas mais próximas dele se assustam, mas logo fica evidente que há mais coisas erradas do que apenas uma taça caída.

O Príncipe Niven leva as mãos ao pescoço, arregala os olhos de medo e, no mesmo instante, alguém grita no meio da multidão.

O príncipe cambaleia, e os guardas de Ranhold, vestidos de roxo, avançam correndo. Tomado pelo pânico, Niven agarra o pescoço, que agora é riscado de veias pretas que se espalham em direção às bochechas.

— Ah, não... — meu sussurro é engolido pela erupção dos gritos vindos de baixo, enquanto uma espuma escura começa a borbulhar dos lábios do jovem príncipe.

— Veneno! O príncipe foi envenenado! — alguém grita.

Observo com horror quando o príncipe cai de joelhos antes que os guardas o amparem.

— Reparador! Onde está o reparador real? — Midas explode.

Um homem de cabelos grisalhos e vestes roxas avança e se ajoelha na frente do príncipe. Ele tem uma faixa vermelha amarrada no braço. Daqui de cima, tenho a visão perfeita das mãos do reparador tocando, trêmulas, o peito de Niven, sua cabeça inclinada se aproximando da boca.

Midas passa pela própria guarda para também se ajoelhar ao lado do reparador. A Rainha Kaila fica para trás, com o irmão diante de si como um escudo, enquanto mais homens se posicionam atrás dela.

Um frenesi de confusão silenciosa vibra na sala, a multidão no limite entre querer se afastar e espiar mais de perto. Mas eu vejo o momento em que o corpo do Príncipe Niven fica estranhamente imóvel.

O desânimo enrijece meus ombros, e as entranhas se contorcem quando o rosto do reparador fica sombrio, e ele balança a cabeça para Midas por trás da parede de guardas de Ranhold.

Quando Midas se coloca em pé de novo, obrigando o grupo de guardas a se afastar, a multidão murmura, chocada, ao ver Niven caído, e não os condeno. Agora há uma pele cinzenta onde antes havia juventude vibrante, seu peito está inchado e imóvel, a boca espuma como se vomitasse lama. Mas o pior de tudo são as veias pretas como a noite, inchadas sob a pele do pescoço.

Minhas mãos tremem segurando a grade, o pavor invade o ar como uma névoa espessa, e sei o que o reparador vai dizer antes mesmo de ele se levantar.

— O príncipe está morto!

47
AUREN

O anúncio do reparador faz toda a multidão arfar ao mesmo tempo. Os guardas de Ranhold se apressam para pegar seu príncipe com cuidado, levantando o corpo enrijecido e com uma cor que não é natural, revelando nos olhos bem abertos a dor da perda.

Meu estômago se embrulha e a bile sobe pela garganta.

— Veneno! — outra pessoa grita quando o corpo de Niven é levado.

— Não, olhem para ele! — protesta um homem vestindo um terno roxo e apontando um dedo trêmulo. — Olhem as veias dele! Isto é obra do Rei da Podridão!

Todos parecem olhar para seu semblante sombrio ao mesmo tempo. Os olhos saltam das linhas no pescoço de Niven para as linhas que são sempre visíveis no pescoço de Slade.

Meu peito fica apertado, o ar é roubado em meio ao tumulto que domina o povo, enquanto o choque se transforma rapidamente em acusação.

Não tenho certeza de quando sua Cólera chega, mas, com exceção do Falso Degola, todos cercam Slade, estreitam a formação em volta dele.

O rosto de Slade é sombrio, as mãos pendem junto do corpo, o clima na sala passa de comemorativo para acusador em um piscar de olhos.

— Gente, gente! — Midas grita, levantando as mãos abertas para pedir silêncio. — Essa é uma acusação muito séria!

— O Rei da Podridão matou nosso príncipe! — uma mulher chora, histérica, fazendo todos se agitarem novamente.

Meu coração fica apertado diante da cena que vejo se desenrolar, e me lembro do que ele disse:

Sou dono de metade de Orea.

Ainda não.

Você não vai dizer isso depois desta noite.

Minha mente se rebela e a fúria aumenta, porque isso é coisa *dele*. Esse esquema, esse *assassinato*, isso é obra de Midas. Ele orquestrou a morte de mais um monarca e atribuiu a culpa a outra pessoa.

Midas encara Slade como se sentisse ao mesmo tempo inquietação e repulsa com a simples possibilidade.

— Rei Ravinger, teremos que o deter por essas acusações.

— Você pode tentar, porra — Osrik rosna ao lado dele, projetando a voz de baixo do capacete.

A sala inteira é tomada pela indignação. E posso ver: o sorriso secreto nos olhos de Midas.

Não.

Como se visse um novelo de lã se desenrolando, sei como o fio vai ser estendido. Slade não vai se entregar de bom grado. Mesmo daqui, posso sentir algo crescendo nele, sinto aquele poder nauseante e mortal de seu corpo pairando no ar.

Meus pés se movem antes mesmo de eu piscar. Puxo e forço a fita, empurro-a para baixo até conseguir soltar uma das mãos, deixando apenas o punho esquerdo ainda envolto por ela.

Midas não está aqui apenas para assumir o Quinto e se casar com o Terceiro. Isso não é suficiente para ele. *Nunca* é o bastante. E Slade é o oponente mais poderoso que ele já enfrentou.

Então, Midas descobriu uma maneira de eliminá-lo também.

Não foi o próprio Slade que disse que não faria nenhum movimento contra Midas por causa do povo? Justamente por causa do que acontece agora no salão de baile?

Eles o odiarão e se levantarão contra ele. Os outros monarcas atacarão seu reino. Ele se tornará o bode expiatório para o ódio de todos.

Slade não vai ter escolha esta noite, a não ser retaliar, só para garantir que Midas não o jogue em uma masmorra e o deixe apodrecer como sugere sua alcunha. Já que Slade não vai permitir que isso aconteça, isso significa que ele vai usar seu poder para sair daqui e vai selar o destino de seu reino.

Não posso deixar isso acontecer.

Algo em mim, aquela tempestade iminente sobre um mar iluminado pelo sol, começa a *estalar*. Aquela criatura aninhada nas nuvens da minha raiva elétrica grita, e seu grito é como um trovão. Como se uma rajada de vento me empurrasse, corro em direção à porta do mezanino. Giro a maçaneta e saio, sentindo o coração bater como ondas contra minhas costelas.

Descendo as escadas, passo por um quarteto de guardas. Dois deles são Scofield e Lowe, os outros dois eu reconheço daquela sala fria e escura. Eu os pego desprevenidos com minha aparição repentina, mas não paro, embora minha raiva se lance contra eles com uma língua hostil.

— Minha senhora! — Scofield chama.

— *Não* sou sua senhora. — Meu tom não tem suavidade nem familiaridade. É produzido por minha boca e, ainda assim, é uma voz mais dura, mais fria, que transmite ódio e traição a cada pressão de dentes.

Os passos de Scofield hesitam quando passo correndo, não sei se pelo desprezo em minha voz ou pela culpa que ele carrega. Na verdade, nenhum dos guardas se move para me barrar, e me pergunto se é pela vergonha que sentem por terem tomado parte na minha tortura.

Bom mesmo.

A fita amarrada em meu punho queima a pele, arde com a mesma raiva que ferve em minhas veias.

Espero que estejam pensando no que fizeram comigo. Espero que Scofield esteja se lembrando de seus dedos enfiando as pétalas em minha boca. Ou como todos me seguraram contra a parede enquanto Midas cortava minhas fitas. Espero que nunca parem de ouvir meus gritos naquela sala, porque eu certamente não vou parar.

O arco na entrada do salão de baile é uma boca aberta que me engole. Levei meros segundos para chegar do mezanino até aqui, mas a disposição da multidão piorou, criando sua própria tempestade. As pessoas avançam e se aproximam do palco tanto quanto podem, enquanto criados e montarias são empurrados contra as paredes.

Avanço pela sala dourada e, pela primeira vez, todos estão focados demais em outra coisa para prestarem atenção em mim. Os guardas se perdem na multidão, incapazes de me seguir enquanto atravesso o mar de gente. Meus pés me levam direto para o lado do palco onde os guardas de Ranhold estão agora, cercando Slade e sua Cólera.

Mesmo com a fúria da multidão, todos têm o bom senso de se manterem afastados, e não é por causa das figuras imponentes de Osrik, Lu e Judd. Não, o que os detém é o próprio Slade.

As linhas caprichosas de poder envolvem seu pescoço como cobras irritadas se contorcendo no chão. Elas se movem e se transformam, desaparecem sob a barba preta no queixo, descendo até sumir sob o colarinho.

Meu coração fica apertado quando me deparo com as pessoas gritando e xingando Slade. Sua magia sibila e me atinge com uma onda de mal-estar, e o chão sob seus pés parece ondular e estremecer.

Mas não tenho medo dele. Nem mesmo com o poder ameaçador se espalhando por sua pele. Nem mesmo com o brilho cruel nos olhos, ou com a coroa de madeira retorcida na cabeça que o faz parecer justamente o Rei da Podridão.

Eu sei o que eles veem, mas não é o que *eu* vejo, e isso não é culpa dele. Ele foi usado, derrubado para que Midas possa continuar a subir.

Quanto mais de mim você vai pegar?

Tudo.

Não é só de mim que Midas vai tirar alguma coisa. Ser o rei do Sexto não é suficiente, e conquistar o Quinto foi apenas o começo. Ele vai se casar com o Terceiro, transformar o Quarto no inimigo... e o que vem depois? Ele vai passar para o Segundo e o Primeiro também? Vai parar então?

Mas já sei a resposta para isso.

Midas não vai parar *nunca*.

Ele pode não ter magia, mas sua força está nas manipulações ardilosas, e é assustador perceber quanto ele se tornou realmente poderoso.

Slade olha nos meus olhos, me encontra no meio da multidão, e talvez ele consiga ver o medo em meu rosto, porque o poder que fermentava dentro dele hesita, cessa por um instante. O efeito nauseante de sua magia é interrompido e o chão ondulante para de tremer.

Os soldados aproveitam a brecha e se aproximam dele, e o pavor percorre minhas costas. Ele vai pressionar e pressionar até Slade explodir. Midas quer que ele quebre o tratado, quer dissolver a aliança e encurralar Slade.

— Peguem-no! — Midas grita, no mesmo instante em que Osrik solta um berro violento, segurando uma espada em cada mão.

— Parem! — Abro caminho entre as pessoas, passando direto pela fileira de guardas dourados. Eles reagem à minha aproximação, mas recuam de imediato e evitam me tocar, embora não baixem as espadas.

Em segundos, estou diante de Slade como um escudo, com o peito arfando.

— *Não toquem nele.*

Meu grito é para a multidão, mas as palavras são para Midas.

Nós nos encaramos, cada um de um lado do palco. Pode haver centenas de espectadores, mas tudo que vejo é ele.

— O que está fazendo, Auren? — Midas quase cochicha. — Afaste-se dele agora e venha para cá.

Balanço a cabeça lentamente.

— Nunca.

Nunca mais.

Um músculo salta na mandíbula de Midas.

— Não vou permitir que você o tire de mim também.

Ele me tirou todo o restante, assim como prometeu. Levou até nosso passado. Mas não vou deixar Midas levar Slade.

Estou tão presa no olhar que troco com Midas, que quase me esqueci do homem atrás de mim. Uma voz sombria e ameaçadora sai de sua boca e desliza por minha coluna.

— Auren...

— Não use sua magia — imploro, olhando para Slade por cima do ombro. — É o que ele quer: fazer você ser ainda mais odiado e temido. Não lhe dê isso.

— Ele não merece menos.

— Não, mas você merece mais — murmuro.

A tensão se instala em meus ombros, mas não é medo de assumir uma posição pública contra Midas. Somos pessoas que protegem a própria vida, que fazem tudo o que for necessário para sobreviver. É um instinto interior que sempre segui. Biologicamente, somos feitos para a autopreservação, para a sobrevivência. Mas sobreviver não é minha intenção neste momento. Neste momento, quero *lutar*.

— Abaixem as espadas na presença de minha favorita! — Midas grita, e os guardas recuam, assustados, e baixam as armas.

— Não sou sua favorita — declaro, sem me importar com a presença de uma plateia, sem me importar com a Rainha Kaila, que me encara com raiva, ou com o irmão dela, que agora olha para mim com algo que parece pena. — O Rei Ravinger não matou o Príncipe Niven. Foi *você*. — Minha voz estala como um chicote, arrancando suspiros dos espectadores.

Os olhos de Midas endurecem, duas manchas vermelhas explodem furiosas em suas faces.

— Esvaziem o salão!

Depois de uma pausa chocada, vários soldados começam a empurrar a multidão para trás a fim de evacuar o salão de baile. Mas o povo resiste, furioso por ser expulso. Estão muito envolvidos no espetáculo, querendo assistir a tudo isso, querendo saber quem é o verdadeiro culpado.

— Quem matou nosso príncipe? — alguém pergunta.

— Temos o direito de saber!

Mais gritos se elevam como um coro, e as vozes ficam cada vez mais beligerantes, à medida que os guardas começam a usar mais força para expulsá-los.

Midas avança, mas para novamente quando a Cólera se aproxima de mim. Não como uma ameaça, mas para me proteger. Slade também se aproximou, e o calor do seu peito queima minhas costas.

O simples gesto faz algo feio surgir nos olhos de Midas. A compreensão parece se impor quando ele olha para Slade e para mim, e talvez finalmente absorva minhas palavras anteriores. *Não vou permitir que você o tire de mim também.*

E não vou, porque...

— Ele é *meu*. — Minha voz é forte e inabalável. Um grunhido cruel de fúria protetora.

Uma satisfação perversa ronrona em meu peito quando percebo o choque rancoroso no rosto de Midas.

— Era *ele*? — Midas pergunta, acusador, mordendo as palavras entre os dentes cerrados.

— Como tentei dizer ao seu torturador, com certeza não era eu.

Todos viram a cabeça para o Falso Degola, que caminha em direção ao palco, amparando um Digby cambaleante.

Arregalo os olhos, e o coração ameaça parar. Não só por ver meu guarda em pé e fora daquela sala horrível, mas porque, pela primeira vez, o capacete do Falso Degola não está em sua cabeça.

Embora ainda use o restante da armadura de espinhos, o rosto finalmente é visível. Olho para ele com curiosidade ávida, fascinada com a pele pálida, com a barba sobre o queixo, os ângulos do rosto, e fico instantaneamente impressionada com a semelhança.

Grande Divino, Falso Degola é *irmão* de Slade.

Eles são muito parecidos. Não fosse pelas pequenas diferenças que posso distinguir, como os olhos verdes mais escuros, o rosto mais estreito, a diferença de expressão e a falta de aura, eu pensaria que ele é Slade.

— Pare onde está — Midas ordena.

O Falso Degola e Digby param perto do estrado, dois soldados avançam para detê-los, e mais gritos brotam da multidão. As pessoas ainda resistem à expulsão, mas os guardas empurram e empurram, alinhados como uma parede humana para forçá-las a sair.

— Auren, venha aqui agora — Midas exige, apontando o dedo para o chão ao seu lado.

— Nós vamos embora — declaro, e minha determinação é fortalecida pelo peso do meu tom. Olho para Manu, irmão e conselheiro da rainha. — E você deveria ir também, seria mais sensato. — Uma centelha de dúvida surge em seu rosto quando ele troca um olhar rápido com o marido.

— *Auren* — Midas chama, com tom ameaçador.

— Ah, deixe-a ir, Tyndall — a Rainha Kaila diz, com alegria, aproximando-se para ficar ao lado dele. — É evidente que a lealdade dela pertence ao Quarto Reino. Deixe-a perder seu favorecimento. É o que ela merece.

Embora as palavras de Kaila tenham a intenção de ferir, não deixam marcas em mim. *Sim*, eu quero dizer. *Deixe-me ir.*

O rosto de Midas é uma lousa coberta de cálculos complexos, enquanto ele tenta planejar um jeito de sair dessa.

— Cansei, Midas — digo, baixinho. — Acabou.

O último fio frágil que me prendia era pensar que ele tinha me salvado tantos anos antes. Era sua única qualidade redentora. Mas isso também desapareceu quando a mentira veio à tona.

Midas acha que pode me jogar em uma gaiola novamente e me manter drogada, mas Slade nunca vai deixar isso acontecer, nem eu.

Eu o encurralei agora. Empurrei-o contra a parede, como ele fez comigo tantas vezes. Ele não tem magia para enfrentar Slade, precisa manter as aparências com sua nova noiva, e espero já ter levantado dúvidas o suficiente diante do povo para que o Quarto Reino não sofra as consequências pela morte do Príncipe Niven.

Tudo isso está estampado em meu rosto enquanto encaro Midas. A determinação. A recusa. Ele não se excedeu na jogada, só não percebeu que havia outro jogador à mesa.

Um momento longo e tenso é marcado pelo som de passos arrastados atravessando o arco do salão de baile.

— Quer ir embora? Para se tornar a puta do Rei da Podridão? — Midas cospe.

O rosnado baixo de Slade atrás de mim arrepia minha nuca.

Ranjo os dentes ante a ofensa, mas deixo a reação transparecer no rosto.

— Melhor ser puta do homem que está atrás de mim do que ser *sua* favorita.

Midas avança, talvez para tentar me estrangular ali mesmo, mas Slade passa na minha frente com tamanha agilidade que o movimento é apenas um borrão.

— Se der mais um passo, apodreço você aqui mesmo. — A tensão que se espalha a partir dos ombros de Slade carrega a escuridão destrutiva de sua magia, e sei que ele está falando sério.

É só falar, e pode considerar feito. Acabo com ele em um instante, em uma sala cheia de gente que vai sair correndo e gritando, com monarcas que vão se juntar contra mim. Mas, se quiser, eu faço.

As palavras de Slade ecoam em meus ouvidos, tão alto quanto o canto da minha criatura.

Com toda a suavidade, estendo a mão e toco suas costas, sinto os músculos tensos se contraírem sob meu toque. Slade se vira para mim, e vejo seus olhos retraídos como janelas fechadas.

— Não faça isso — sussurro. — Não vou permitir que ele transforme você no vilão.

Um olhar penetrante como espinhos me invade e me mantém prisioneira.

— Já falei que serei o vilão por você.

A determinação me faz erguer os ombros.

— Sim. Mas eu também serei.

48

AUREN

Talvez Midas seja ousado demais, mas ele dá mais um passo e fica a apenas alguns metros de distância, acompanhando a saída dos últimos retardatários antes de me encarar novamente.

— Você quer ir embora, Auren? — ele pergunta, com um tom calmo, desmentido por algo sinistro que ferve logo abaixo da superfície.

— *Sim.*

Ele range os dentes, eu contraio a mandíbula.

Segundos, minutos, horas parecem passar enquanto nos encaramos. O rei e o animal de estimação, o senhor do crime e a garota pintada, o mentiroso e a tola.

Ele ergue o queixo.

— Então vá.

Demoro um momento para compreender o que ele disse.

Ele se aproxima com ódio nos olhos, encarando-nos de cima a baixo.

— Que a poluição de Ravinger saia deste reino — ele anuncia, com franco desdém.

Slade não perde tempo olhando para mim e para os outros.

— Vamos.

Fico atordoada por um momento, tão surpresa que tudo que faço é ficar ali, olhando para Midas.

Ele concordou. Ele de fato *concordou*.

Vou poder sair pela porta da frente, sem ter de me esconder ou fugir. Impedi Slade de usar seu poder e induzir o restante de Orea a travar uma guerra contra ele. Mas essa vitória dura só uma fração de segundo. Porque, no instante seguinte, os guardas de Midas empurram a Cólera, e a reação é imediata. Infelizmente, demoro um segundo para perceber que isso tudo é só uma distração.

Midas me agarra, puxa minhas costas contra o peito, e uma onda de dor percorre minha coluna. Quando os pontos pretos desaparecem do meu campo de visão, tenho uma lâmina pressionada contra o pescoço.

— Use sua magia, e eu rasgo a garganta dela!

Ouço tudo mais distante, tentando respirar através da agonia em minhas costas, todavia, quando pisco e consigo tornar a visão nítida, vejo Slade a meio metro de distância, com uma expressão que sugere que está pronto para *matar*.

— Solte-a. *Agora*.

Sua voz é uma ameaça violenta, tão fria que sinto um arrepio.

— Contenha sua podridão e seus soldados, Ravinger — Midas ameaça, e sinto a lâmina penetrando minha pele. Gemo de dor quando a lâmina afunda e sinto algo molhado escorrer.

Os olhos verdes de Slade sangram escuridão.

— Você é um homem morto, porra.

Posso praticamente sentir a satisfação vibrando no peito de Midas. Slade mostrou sua jogada, revelou que não vai fazer nada que me ponha em risco.

Eu me debato contra Midas, tento afastá-lo de mim, mas ele me segura com mais força, e um choque contra as costas me faz arquear de dor. A lâmina me fere como uma ordem silenciosa para eu ficar imóvel, penetrando justamente em uma cicatriz antiga, no mesmo lugar.

Instintivamente, olho para Digby apavorada, e sei que ambos estamos nos lembrando de quando Fulke me segurou do mesmo jeito.

Era uma lâmina diferente e um rei diferente, mas a ameaça era a mesma. A promessa da morte apertando meu pescoço.

Mas, desta vez, Digby não pode me salvar.

Midas me segura com mais força, recua um passo enquanto olho em volta, transtornada, para os guardas que o cercam, para a Cólera mantida sob controle, todos tensos, como se estivessem apenas esperando a ordem de Slade. Olho para o rosto chocado de Digby, para seu corpo destruído, ainda amparado pelo Falso Degola.

— Saiam agora ou corto a garganta dela — Midas ameaça. O medo me domina. Ninguém move um único músculo.

— Você não vai matá-la — Slade rosna. Não sei se é uma negação ou uma promessa.

— Se não posso tê-la, ninguém pode.

A voz fria e calculista de Midas faz meu coração disparar. Porque posso ouvir a verdade em suas palavras. Midas prefere me matar a me deixar ir embora. Está apostando nossas vidas no fato de que Slade não vai arriscar, e apostou *certo*.

— Vá agora, Ravinger. Você tem trinta segundos ou eu *vou* matá-la.

A Cólera muda de posição. O Falso Degola olha para mim, vejo a fúria brilhando em seu rosto.

Mas o olhar de Slade está cravado em mim.

— Use as fitas — ele diz, e um soluço sufocado escapa de minha garganta apertada.

— Não posso.

Midas puxa meu corpo para mais perto, aperta minha cintura com tanta força que é difícil respirar, especialmente quando ele ri atrás de mim.

— Ah, ela não contou para você? Ela perdeu esse privilégio.

Slade baixa o olhar quando Midas aponta para minha mão esquerda, onde a fita continua envolvendo meu punho.

Slade me encara de novo, e noto em seu rosto algo que lembra um tormento terrível.

— *Auren...*

Lágrimas que parecem fogo queimam meu rosto, e meu peito se expande com o grito estrondoso de raiva que cresce como uma tempestade.

— Ela está indefesa e completamente à minha mercê, e *vai* morrer em minhas mãos se você me obrigar.

Minha raiva levanta a cabeça das nuvens gordas, onde a palavra *indefesa* ecoa, tilinta com um frenesi elétrico.

— Você tem dez segundos, Ravinger — Midas grita em meu ouvido, mas eu não escuto. Também não ouço a resposta de Slade nem percebo a hesitação aflita em seu rosto quando fecho os olhos.

Porque há trovões em meus ouvidos.

A fera furiosa, emplumada e violenta está fermentando uma tempestade, e estou pronta para vê-la *explodir*. Asas se abrem, dentes brilham, seus olhos tão dourados quanto os meus. E o grito, esse chamado que irrompe como um raio, não estilhaça um mar. Ele *me* estilhaça.

Uma ameaça escaldante se abre em mim como uma fenda na terra, e talvez Midas também possa senti-la, porque cambaleia.

Minha boca se abre como se fosse suspirar de prazer, e essa raiva é como uma lufada de ar fresco que nunca me permiti respirar antes.

Mas a estou inspirando agora, e descubro que gosto do sabor.

Meus olhos se abrem, o corpo se estica, um retumbar de ondas revoltas pela tempestade enche meus ouvidos. Olho para minhas mãos, para o fogo que queima sob a pele, e não sinto nada além de um poder inexplorado, selvagem e bruto.

A noite pode ter roubado o sol, e Midas pode ter roubado minhas fitas, mas *não* estou indefesa.

E imediatamente invoco a magia que não é controlada pelos outros, não é governada pelo sol, mas por *mim*.

Porque cada centímetro dourado, cada pedaço de brilho metálico que criei é *meu*.

Outra lufada de ar entra em meus pulmões, enquanto deixo de resistir à força de Midas, a lâmina é esquecida, o tempo para. Abro a boca e levanto as mãos, invocando todo o ouro que criei.

E ele responde.

Com fogo nos olhos e um bater de asas furiosas no peito, trago à vida minha força dourada.

O chão derrete; as paredes sangram; cada taça, cortina, instrumento, cadeira: tudo se torna viscoso e maleável, tudo é derretido pela fúria pura que queima em minhas veias.

Os guardas de Sinoalto gritam quando suas armaduras se liquefazem de repente, e com um movimento de mão, eu os faço engolir parte do brilho. Mais jatos mergulham em suas bocas, sufocam seus gritos. Os que correm ficam presos no chão dourado, colados na substância que não os deixa fugir.

Até a lâmina dourada colocada em minha garganta derrete em um instante, e Midas recua, abre a mão com um grito de surpresa.

Eu me viro, e outro movimento de mão faz o ouro atrás dele descascar das paredes como tinta grossa. Em um instante, os fios pegajosos escorrem e o agarram, arrancam-no de cima de mim. Seu corpo gruda na parede ondulante e as cortinas caem como melaço dourado, envolvem seu torso e o colam no lugar.

— Auren! — ele grita, mas sua voz não me alcança. Minha criatura está livre, inteira, e não responde a ele.

Viro-me na direção dos soldados de armadura que tentam correr. Com um sorriso torto, eu os atinjo sem piedade, porque piedade é algo que nunca tiveram por mim.

Uso o que está mais perto, direciono o ouro para onde eu quero, soldado por soldado.

O lustre goteja agulhas penetrantes de chuva dourada, perfurando um dos guardas. As arandelas na parede derretem como cera de vela e pingam na cabeça de outro. O chão engole mais três por inteiro, imobilizando seus esforços até que se tornem estátuas, corpos gritando semienterrados no chão.

Vislumbro as saias do vestido da Rainha Kaila quando ela foge, deixando para trás a coroa, o colar e o xale dourados. Minha criatura se irrita, mas me concentro no restante dos soldados de Sinoalto e de Ranhold, dizimando-os com prazer.

O sangue corre mais depressa em minhas veias, um ritmo forte definido pelo coração acelerado.

Porque não é suficiente. Essa vingança, esse transbordamento de poder, isso não é suficiente.

Um grito enfurecido grasna em meu ouvido e retumba, trovejante, cada batida de asas me faz sentir mais longe do chão, mais alto, meu espírito voa no vento da minha tempestade de fúria.

Mato todos os guardas no salão, não paro até que seus gritos e passos aflitos fiquem presos nas garras pegajosas do meu ouro, que os esmaga e os engole.

O salão de baile se transforma em um verdadeiro mar de ondas douradas prontas para inundar o mundo.

— Au... Auren...

Minha fera e eu nos viramos, cravamos os olhos brilhantes em Midas, que está colado à parede, com o corpo meio paralisado nela, e minha boca se curva em um sorriso cruel que não é o meu.

No segundo em que ele pôs aquela faca no meu pescoço, eu soube que não queria só escapar dele. Eu queria *acabar* com ele.

Seus olhos são desesperados, o corpo está suspenso entre os dedos dourados que o mantêm cativo, imobilizado. É ele quem está completa e verdadeiramente *indefeso*.

— Auren, me solte — ele implora, com a voz estridente, tentando se debater. — Você não quer fazer isso.

Sinto minha cabeça inclinar, sinto minha criatura piscar.

— Ah, eu quero, sim.

Minha voz canta, pousando em sua orelha, e o faz se contorcer com a queimadura.

— Auren. Preciosa...

Uma risada cruel e feroz rasga minha garganta.

— Não sou sua Preciosa.

Estou diante do homem que não fez nada além de me usar, mentir para mim, me manipular, me ameaçar e abusar de mim por mais de *dez anos*. Olho para ele, e o ódio olha junto de mim.

Ele se encolhe quando levanto a mão e toco seu rosto, deixando a tira da fita arruinada roçar sua pele. Eu me inclino para deixar a voz aquecer seu rosto, para ele poder olhar nos meus olhos e enxergar a fúria ardendo ali dentro.

— Você não pode cortar os fios do seu fantoche e esperar que ele ainda se mova de acordo com a sua vontade.

Ele hesita e fica ainda mais pálido.

Deslizo a palma da mão para cima e arrasto um dedo pela coroa ainda equilibrada em sua cabeça.

Ele pode usar a coroa, mas fui eu que a tornei feita de ouro.

Com apenas um pensamento, faço a extremidade de cada ponta se dobrar. A coroa de ouro se curva para mim em reverência, sinalizando quem está realmente no poder. Ele se debate quando ela o prende como garras, penetrando apenas o suficiente para arrancar gotículas de sangue de sua testa.

Olho dentro dos olhos dele, absorvo o medo que vejo neles, absorvo esse momento, enquanto meu ouro inunda todo o restante.

Então, me inclino e sussurro:

— Adeus, Midas. — Toco seu rosto com os lábios. Se ele me derrotou com um beijo, por que não deveria fazer o mesmo com ele?

Ele se engasga com um soluço, ou talvez seja um palavrão. Não sei e nunca saberei, porque no segundo em que meus lábios se afastam de sua pele, deixam no local a impressão de um beijo dourado. Fragmentos de ouro finos como pólvora, que tirei do ar e depositei cintilantes em sua bochecha.

Então, bato de leve com o dedo no mesmo lugar.

Tec, tec, tec, tec, tec.

Cinco vezes — não seis.

Sorrindo, recuo à medida que ele se debate, mas minha magia já o domina. Os dedos crispados da parede o agarram, o ponto brilhante que deixei em sua bochecha se move, se espalha, escorre pelo rosto antes de descer pelo pescoço, uma ponta dura cortando o mesmo local onde ele manteve uma faca em mim.

Ele resiste, ah, como resiste.

Eu o faço sentir cada centímetro daquilo que o devora inteiro. Porque, depois de tudo que revelou, tudo que fez, é *isso* que ele merece. Ele se deixou consumir pelo ouro há muito tempo. Estou apenas terminando o serviço.

Ele respira algumas vezes, e então o metal líquido começa a escorrer de sua boca, sangrar pelos olhos, pingar do nariz.

O ouro que ele tanto cobiçava, o ouro que ele amava mais do que qualquer outra coisa é o que o devora vivo.

Quando o ouro se apodera de seu coração, eu o deixo acabar com ele, roubando a última batida. Observo o fim de sua luta, o fim de sua vida, o corpo que escorre como água até não restar mais nada dele.

Ele está morto.

Morto, morto, morto.

O ouro espalhado por todo o castelo estremece.

Então, com um movimento da mão, envolvo seu corpo por completo, e uma satisfação sombria curva meus lábios.

Desvio o olhar de seu rosto chocado e imóvel para o peito que não se move mais, para a boca derretida, para a língua que antes seduzia, e agora foi engolida pelo meu ouro.

Respiro fundo, sentindo que minha fera está contente.

... contente, mas não *satisfeita*.

Porque minha raiva não se extingue. Meu poder borbulha e se contorce, desliza como lava, me impele a continuar, exige *mais*.

O monstro furioso em mim ainda quer punir. Matar. Acabar com todos e qualquer um que ficou indiferente e me deixou sofrer. Quando observo este salão, que agora vai e vem conforme meu chamado, uma tentação destrutiva ondula pelo chão, e percebo algo.

Em vez de sentir medo do mundo, posso fazer o mundo inteiro ter medo de *mim*.

Com um sorriso diabólico, vou caminhando e levando o ouro comigo como a enchente de um mar. Mas agora ele se arrasta, um peso enorme que faz minha respiração ficar ofegante e cobre minha testa de suor. Com grande esforço, *puxo* a magia, superando a repentina onda de exaustão enquanto sigo em direção ao arco.

Não posso parar agora. Quero engolir este castelo inteiro e prender todos nele. Que sufoquem na própria ganância. Quero deixar meu poder varrer a terra, atravessar as Estéreis e voltar para Sinoalto. Vou deixar que ele devore tudo em nosso caminho e vou...

Alguma coisa atravessa meu caminho.

Uma onda dourada para atrás de mim, se eleva em uma crista punitiva, e minhas mãos tremem com o esforço para detê-la.

A criatura em mim pisca, abre o bico ameaçando a interrupção, mas a raiva crepitante vacila, porque nós a reconhecemos. Reconhecemos a aura sombria de poder que o cerca como fumaça.

— Pintassilgo, consegue me ouvir? — ele pergunta, com gentileza.

Minha cabeça se inclina, embora eu não responda. O ouro pesa em meus ossos e inclina meus ombros, e me esforço para respirar fundo.

O homem dá um passo à frente, uma forma preta contra o brilho que criei.

— Auren, pode parar agora.

Franzo a testa. *Parar?*

Não quero parar. Quero continuar a destruição. Quero pegar o ouro que foi roubado de mim e punir todos que encontrar pelo caminho. Quero ser o monstro que foi contido por tempo demais.

O homem dá mais um passo, e minha fera grita, mas ele não parece intimidado. Deveria estar fugindo de nós, deveria estar aterrorizado, assim como todo mundo, mas em vez disso, ele continua se aproximando, chega cada vez mais perto, até ficar a uns trinta centímetros de distância.

— Você precisa parar, meu amor. Está se esgotando.

— Esgotando? — Franzo a testa.

Olhos verdes estão tão escuros que parecem pretos, e continuam fixos em meu rosto, acariciando meu olhar.

— Sim — ele confirma, tranquilo. — Você precisa interromper a magia antes de se machucar.

Minhas costas se arrepiam.

— Meu ouro não vai me machucar.

— Já está machucando. — Ele inclina a cabeça, e eu olho para baixo, embora não veja nada errado.

— Sua aura está desaparecendo — ele explica. — Você não pode ver, mas eu posso. Você precisa respirar e interromper seu poder.

O pânico me invade. Se interromper meu poder, vou ficar fraca novamente. Desamparada.

A fúria brilha em meus olhos, e o ouro se move atrás de mim como dedos que se fecham em punho.

— Não.

— Está tudo bem agora. Você não precisa disso — ele garante e, apesar da ansiedade que sinto, sua voz é profunda e relaxante, e invoca outra parte de mim, uma parte soterrada sob a raiva.

Mas a fera luta contra isso. Ela não quer parar, embora cada segundo controlando o ouro diminua minha força. Meus membros ficam pesados e dormentes.

— Quero que todos sofram como eu — falo por entre os dentes cerrados.

— Você puniu quem merecia.

Algo se debate dentro de mim e trava uma guerra. Um peso me arrasta para baixo, ao passo que a magia exige mais. Deixo um pouco do ouro atrás de mim baixar e escorrer pelo arco. Deixo mais um pouco quebrar as janelas e sacudir os pilares.

Deixo que escale as muralhas de Ranhold, siga os gritos e os passos desesperados, procure o que engolir...

Mais, sussurra. *Mais*.

Mas o homem se aproxima mais um passo com ousadia, interrompendo minha concentração, distraindo o alcance da minha magia. Ele fica bem à minha frente, sua aura me envolve e invade minha visão, minha audição, meu *olfato*. Não consigo impedir, eu o respiro, e a tempestade metálica abandona minhas narinas, dá lugar ao cheiro de madeira, terra e chocolate amargo.

Ele toca meu rosto e deixa a mão áspera deslizar sobre minha pele.

— Volte para mim, Pintassilgo.

Estremeço, e seu toque atrai minha consciência, me afasta da raiva que me impele. Arregalo os olhos, a névoa se dissipa.

— Slade...?

Ele assente.

— Isso, meu amor. Afaste-se da magia.

Engulo em seco, sentindo de repente o peso do poder, como ele está me *esmagando*. Minhas pernas ameaçam ceder, mas Slade me segura antes que eu caia. Suas mãos tocam minhas costas, e eu grito de dor e me afasto.

— Ai, deusa... — Cambaleio, mas não é por causa da dor onde antes havia fitas, é pela pressão do poder que carrego. — Não consigo! — Minha voz falha, os olhos são inundados por lágrimas apavoradas. — Não sei como interromper!

Slade resmunga um palavrão antes de segurar meus braços a fim de me conter.

— Respire, Auren — ele ordena.

Meus olhos frenéticos se movem pelo salão de baile e buscam o ouro que de repente parece se aproximar de mim.

— Não consigo controlar isso, não consigo...

— Consegue, *sim* — ele ruge na minha cara, com as espirais de seu poder se retorcendo como raízes ao longo do queixo. — Tente, Auren. É o seu poder, ele responde a você.

Mas Slade está errado. Este não é meu poder, de jeito nenhum. Isso é algo que nasce dentro de mim, da raiva violenta que segurei por muito tempo.

Todo o meu corpo treme ante o peso esmagador e, ao meu redor, o ouro começa a ferver e chiar, e preciso fazer todo o esforço possível para contê-lo. Mesmo assim, ele avança furtivamente, rastejando, ultrapassando limites. Meu coração quase sai pela boca quando o vejo avançando em torno de Slade, tentando envolver seus pés. Estendo a mão para desviá-lo, e um suspiro aterrorizado escapa do meu peito arfante.

Quase não tenho forças para afastá-lo, mas tem mais disso avançando, uma onda deslizando pelo chão, aproximando-se. Não tenho ideia de onde estão todos os outros, mas o terror toma conta do meu peito. E se eu matar a Cólera, Digby ou inocentes? E é isso que vai acontecer, porque estou perdendo o controle rapidamente.

— Isso vai machucar você! — grito, minhas mãos tentando afastá-lo de mim. — Vá, Slade, não posso... não consigo segurar isso por muito mais tempo e não sei como parar!

Mãos pousam em meu rosto e o envolvem. Meus olhos se abrem, embora eu nem tivesse percebido que estavam fechados.

— Olhe para mim.

Cravo nele o olhar assustado.

— Você tem de ir.

Mas o homem teimoso balança a cabeça em negativa.

— Já falei. Se acha que vou embora sem você, só pode estar louca.

O eco dessas palavras proferidas anteriormente traz um soluço à minha garganta, e lágrimas de exaustão e terror descem por meu rosto.

Com que rapidez esse poder surpreendente se tornou tão desastroso. Com que rapidez isso me oprimiu.

Não posso fazer o que ele diz. Nunca tive um controle adequado sobre minha magia, e agora ela está solta, sua vontade tenta controlar a minha.

— Auren, sua aura está desaparecendo rapidamente, você precisa se separar da magia! — ele implora.

Percebo o medo em seus olhos agora, e sua aura me cerca, gira à minha volta como se tentasse se agarrar à minha para evitar que desapareça. Nunca o vi tão assustado antes, e a imagem me faz tremer.

Sinto que estou me esgotando, porém, se eu me desconectar da magia, como ele quer, não vou mais conseguir conter o ouro. E o ouro vai se espalhar sobre ele e qualquer outra pessoa em seu caminho antes de se acalmar, e não posso deixar isso acontecer.

Fiz o ouro se libertar por meio de um coração de fera e, agora, sua vontade obstinada é destruir.

— Vá. *Por favor* — eu imploro.

Estremeço com o efeito da exaustão, do esforço para tentar me agarrar a esse poder que tomou conta de cada parte de mim.

Minha visão escurece e eu caio, os ouvidos rugindo, mas não sei se isso é a magia sobrecarregando minhas veias ou meu coração disparado. Sinto uma contração dentro de mim, como se toda a força vital fosse sugada, e isso me deixa ainda mais arfante, respirando com dificuldade.

Eu consigo aguentar. *Vou* aguentar até que ele esteja fora de perigo, enquanto puder resistir à exaustão.

Meus olhos estão pesados, a respiração é difícil. O suor escorre pelo pescoço e arde nos cortes irregulares das fitas, e sinto algo murchar dentro de mim.

Estou morrendo.

— Droga, Auren, você não tem tempo. *Solte!* — Slade ruge.

Abro a boca para avisar que não posso, mas tudo o que sai é um gemido lamentável.

Então, de repente, ele segura meu rosto e beija minha boca. O choque me deixa atordoada por um momento, e meu controle sobre a magia, já tão fraco, vacila.

Slade se afasta, e vejo a dor em seus olhos.

— Me perdoe. — Ele respira contra minha boca.

Quero perguntar por que está se desculpando, mas não tenho chance.

No contato seguinte dos lábios contra os meus, seu poder se projeta, a magia nauseante e corruptiva que rouba o ar do meu peito.

Um ruído sufocado fica preso em minha garganta quando sinto algo horrível se mover dentro de mim, como ar envenenado. Arregalo os olhos desesperada e tento me afastar dele, mas Slade me mantém imóvel, os olhos verdes me mantendo como refém.

Meus lábios se abrem em um grito irregular e rouco arrancado das batidas entrecortadas do meu coração. De alguma coisa insípida e fulminante que parece deteriorar até os ossos do meu corpo.

— Me perdoe — ele sussurra outra vez.

Eu não poderia responder, mesmo que quisesse. Minha visão se decompõe e, no instante seguinte, meu controle sobre a magia se rompe, desaparece com o que resta de minhas forças, como o rompimento de uma represa. Tudo o que sinto antes de desmaiar é um choque entre metal e podridão, tons de ouro e preto colidindo em uma onda de calor e poeira.

A última coisa que ouço é a voz de Slade naquele momento na biblioteca.

Todos temos um limite, Auren. Um dia, você vai descobrir qual é o seu.

Eu descobri, quero contar a ele.

Descobri o meu limite.

A questão é: caí ou voei?

EPÍLOGO
SLADE

Não sou um homem propenso ao pânico.

Mas quando Midas agarra Auren e aponta uma lâmina para o pescoço dela, eu me *torno* o pânico. Meu poder aumenta tanto que quase me derruba, cambaleio, arrasto os pés no chão.

— Use sua magia, e eu rasgo a garganta dela! — Midas dispara, e seu grito me prende no lugar.

Reajo instantaneamente, acesso meu poder e o bloqueio, sinalizando para minha Cólera não reagir. Os guardas de Ranhold e de Sinoalto também param, ao passo que os homens da Rainha Kaila a afastam, empurrando-a contra a parede do outro lado, na tentativa de protegê-la do confronto.

Todo o salão de baile fica imóvel. Ou talvez seja só eu, mas o tempo parou, meus batimentos cardíacos pararam com ele.

O corpo de Auren é esmagado, pressionado contra o peito de Midas. Sua garganta se move sob a lâmina brilhante apertada contra ela, os olhos dourados transbordam choque e medo. Esse olhar me faz *surtar*.

Posso sentir meu poder reagindo ao terror dela, posso sentir seus resquícios se projetando, tentando saltar da minha pele e estrangular Midas ali mesmo.

Minha voz passa por entre os dentes cerrados.

— Solte-a. *Agora*.

Midas a segura com mais força e varre o salão com o olhar.

— Contenha sua podridão e seus soldados, Ravinger. — Minha Cólera está a cinco passos de distância, encarando os guardas, mas permanecem cada um em seu lugar, sem se moverem um centímetro. Nenhum deles dará a Midas um motivo para machucá-la. Digby também está paralisado, com o olhar cravado na ameaça.

Midas muda de posição e afunda a lâmina, arrancando uma gota de sangue dourado do pescoço de Auren. E só de ver aquilo, a gota solitária escorrendo por sua pele, sinto que algo selvagem desperta em mim.

Meus dentes doem com a necessidade de se mostrar, os espinhos ameaçam brotar de minhas costas e braços, a visão afunila enquanto o impulso violento vibra em minha cabeça.

O gemido de Auren faz minha alma belicosa se estilhaçar e meu corpo inteiro tremer. Auren tenta empurrar as mãos dele, mas o desgraçado consegue segurá-la com firmeza.

Magia furiosa arde em minha pele e tenta mover meus pés, mas resisto e a contenho.

— Você é um homem morto, porra — juro.

Midas tem o bom senso de se mostrar preocupado. Foi só um piscar de olhos antes de ele resguardar a expressão, mas o feérico selvagem em mim se delicia com isso.

Ótimo. Ele *deveria* mesmo se preocupar.

— Saiam agora ou corto a garganta dela — ele grita, recuando e arrastando Auren com ele.

Se Midas acha que algum dia eu a deixaria, não é tão inteligente quanto pensa ser.

— Você não vai matá-la.

É uma promessa.

Midas também sabe disso. Ele vê em meu rosto.

Ele contrai o maxilar, e vejo nele um tipo diferente de determinação.

— Se não posso tê-la, ninguém pode.

O desconforto corre em minhas veias, diluindo a ira purulenta. Olho dele para ela, meu corpo tenso, os punhos cerrados ao lado do corpo. Tudo que quero fazer é deixar minha magia atacar, ir sangrando por suas pernas e corroê-lo do pênis até a coroa.

Mas não posso.

Eu *não* posso, porra.

Porque vejo na determinação enlouquecida em seus olhos que a ameaça não é um blefe. Se Midas sentir a menor indecisão, se minha magia não agir com rapidez suficiente para matá-lo primeiro, ele vai rasgar a garganta dela, e vou ter de vê-la morrer bem na minha frente.

Midas nunca vai desistir dela, e nunca vou colocá-la em risco. Ele enxerga essa verdade em cada segundo da minha hesitação. A linha brilhando em seu pescoço é o único sangue que vou permitir que ele derrame.

— Vá agora, Ravinger. Você tem trinta segundos ou eu vou matá-la.

Sinto os olhares de minha Cólera esperando a ordem, de uma forma ou de outra, mas estou preso neste dilema.

— Use as fitas — sugiro. Elas são fortes. *Ela* é forte. Só precisa confiar em si mesma e...

Um soluço pesaroso escapa de sua boca, os olhos se enchem de lágrimas, e ela me encara com uma emoção que parece luto.

— Não posso.

Franzo a testa, não entendo a expressão em seu rosto, mas a risada de Midas me incomoda.

— Ah, ela não contou para você? — ele pergunta, presunçoso, sorrindo. — Ela perdeu esse privilégio.

Meu corpo fica imóvel. Até as raízes que se movem em meu pescoço parecem parar.

Midas aponta para a mão dela e, pela primeira vez em toda essa loucura, percebo o que envolve seu punho. Uma única fita dourada. Uma fita que conheço muito bem. Uma fita que espero que se levante e se mova.

Mas... isso não acontece. Ela não tenta se aproximar de mim ou empurrar Midas para longe em um furor de proteção. Simplesmente permanece caída, e sei no mesmo instante que há alguma coisa errada ali. Na cor sem brilho, nas pontas caídas. Mesmo em repouso, as fitas de Auren estão sempre... *vivas*. Tão vibrantes quanto ela.

E é aí que vejo a ponta cortada, as gotas com sangue coagulado. Não. *Não*.

Algo ruge em meus ouvidos, e meus olhos se voltam para o rosto dela, dominado pelo sofrimento, e a compreensão daquilo que ele tirou dela mergulha em mim como uma pedra.

— Auren... — falo, e minha voz está tão dilacerada quanto eu.

Quando as lágrimas escorrem por seu rosto, meu coração parece se partir ao meio.

— Ela está indefesa e completamente à minha mercê, e vai morrer em minhas mãos se você me obrigar — Midas avisa, mas eu mal o escuto. — Você tem dez segundos, Ravinger.

A dor miserável e furiosa rouba o ar dos meus pulmões, impõe a realidade de que falhei por completo com Auren.

Porra, não *tenho como* deixá-la... mas também não posso correr o risco de Midas matá-la.

Mas então... algo muda nos olhos de Auren.

Se eu não estivesse tão sintonizado com ela, talvez não visse o brilho da luz que cintila em suas íris douradas. Mas, definitivamente, *não teria* deixado de ver o brilho de sua aura. Por um momento, ele pulsa com tanta intensidade que meus olhos ardem.

Esse é o único aviso que recebo antes da explosão de energia.

Em todos os lugares ao meu redor, o ouro que Auren criou parece ganhar vida. Tudo que posso fazer é respirar fundo enquanto o chão, as paredes, a porra da *mesa*, cada centímetro de metal derrete como magma. O ouro começa a atacar como se tivesse poder de decisão, como se ouvisse o chamado de uma amante e viesse cumprir suas ordens.

Onde antes havia quietude, agora há uma explosão de movimentos por todo o salão de baile.

A Rainha Kaila grita, sua gente tentando tirá-la pelos fundos, mas para quando um desafortunado guarda de Sinoalto passa correndo pela porta e é imediatamente engolido por uma cachoeira de ouro que escorre da parede e o devora em uma torrente metálica.

Os guardas começam a fugir, mas minha Cólera vem em minha direção, forma um círculo protetor à minha volta. Osrik, Judd e Lu empunham suas espadas, mas o que eles podem fazer contra isso? Olho para meu irmão, Ryatt, que está ao meu lado. Ele ampara Digby, mesmo sabendo que o homem deve estar desconfortável contra os espinhos presos à sua armadura.

— Que *porra* é essa? — Ryatt diz, enquanto todos assistimos ao ataque do ouro. Tanto na forma líquida quanto na sólida, ele mergulha as pessoas em suas profundezas brilhantes, perfura outras, atacando a torto e a direito, e nós ficamos observando o desastre.

— Degola... — Lu adverte, segurando a espada com mais força.

Em meio ao pânico da sala, observo Auren. Vejo sua aura brilhar e queimar meus olhos como se eu olhasse diretamente para o sol.

— Ela surtou — Judd murmura, e recua quando o chão se eleva em uma onda a uns seis metros de onde estamos, se abrindo como a boca de um pássaro, um bico que engole inteiro um guarda de Sinoalto.

Minha atenção está focada em Auren, em como ela se move, em sua expressão. Seu poder está matando todo mundo no salão de baile, e agora ela encurrala Midas contra a parede.

O ouro não nos ataca, mas a histeria de sua aura brilhante me preocupa.

— Vão — ordeno aos outros.

Lu olha para mim, boquiaberta.

— Degola...

— Auren não tem controle total neste momento, não quero que vocês se machuquem.

— E você? — ela pergunta.

Balanço a cabeça.

— Ela não vai me machucar.

Neste momento, o ouro mata um guarda de Sinoalto bem à nossa frente, esmaga a armadura contra seu peito, provocando um estalo audível.

— Tem certeza? — Judd hesita.

Osrik resmunga um palavrão, e olho novamente para Auren. Todos ficamos imóveis quando ela beija o rosto de Midas. Eu poderia ter sentido ciúme, não fosse o medo nos olhos dele.

Quando ela se afasta, seus lábios deixam uma marca gravada, e meu poder aumenta. Observo, fascinado, o ouro de Auren deslizar, se mover e começar a *devorá-lo*. É um demônio em celebração, invadindo sua boca, amarrando seus membros, mantendo-o refém até ele desistir de lutar, colando seu corpo à parede.

Estou chocado com a rapidez com que tudo isso aconteceu. Midas está *morto*, preso no metal que tanto cobiçava.

Minha respiração passa chiando por entre os dentes, ao passo que uma enxurrada de emoções invade minha cabeça e ecoa como um trovão. Surpresa, orgulho, culpa, tudo isso toma conta de mim e me encharca.

Quis a morte daquele filho da puta desde que descobri que ele a mantinha em uma gaiola. Já pensei em apodrecer a coluna dele e deixá-lo paralisado no chão para os pássaros bicarem. No momento em que ele pôs as mãos nela, eu quis pôr as mãos *nele*.

Mas não precisei. Estou muito orgulhoso dela.

Ela o destruiu de um jeito tão espetacular que meu peito incha, apesar da culpa que sinto por ela ter sido colocada nesta posição.

Você conseguiu, Pintassilgo.

Eu sabia que ela poderia brilhar mais que o sol se saísse da sombra dele. Mas, porra. Nem a confiança que sempre tive em sua força foi capaz de me fazer imaginar quanto ela realmente é magnífica.

Essa é minha garota.

— Caralho, ela o matou — Osrik exclama, sem fazer nada para disfarçar a alegria em sua voz. — Ela realmente o *matou*. Que incrível.

— Ótimo — Digby resmunga, e o rosto machucado ganha mais cor com a fúria em sua expressão.

Lu ri.

— Legal, mas vamos fazer alguma coisa para ela não matar *a gente*, antes de começarmos a comemorar?

— Saiam daqui — digo. — Andem devagar.

Desta vez, eles não discutem. Os cinco seguem diretamente para o arco com passos cautelosos, andando pelo chão ondulado, Ry e Osrik amparando Digby entre si.

Quando o ouro não os ataca de imediato, começam a se mover mais depressa. Só respiro aliviado quando eles saem do salão de baile.

Eu me viro para Auren no momento em que ela olha em volta e examina o salão, agora vazio, com uma expressão extasiada... que não é exatamente a dela.

O ouro tomou conta de tudo, move-se como um mar revolto, se agita e se eleva, as paredes escorrem como chuva na vidraça.

A atenção de Auren se concentra no arco, e algo nefasto distorce seu rosto, fazendo os olhos brilharem iluminados.

Meu peito fica apertado quando vejo sua aura minguar, o ouro começando a vibrar. A magia a está dominando com força — com força demais. Isso a está esgotando com mais rapidez do que consigo piscar. E, ao considerar sua expressão volátil, ela nem percebe o preço que está pagando por isso.

O salão dourado vive e respira por sua mão, e ela controla grande parte disso — uma parte *excessiva*.

Ela começa a caminhar em direção à saída, e eu atravesso o salão com as solas dos sapatos grudando no chão, como se andasse sobre calda. O ouro bate em meus tornozelos, ondas sutis de uma maré chegando à costa.

Não paro até passar na frente dela, bloqueando o arco.

Auren para de repente, e uma enorme crista dourada atrás dela projeta uma sombra, um tsunami pronto para avançar.

Ela me observa, mas não é só ela que olha para mim. Algo mais se esconde em seus olhos.

Posso sentir sua fome, a necessidade de vingança, e não são escrúpulos que me fazem reagir contra isso.

Eu adoraria me afastar e deixá-la espalhar seu poder sobre todo este maldito reino.

Não é por causa *deles* que estou bloqueando seu caminho.

É sua força minguante que me mantém ali parado. É o medo que me faz convencê-la com suavidade, porque posso sentir o poder se alimentando dela, drenando sua energia, *matando-a*.

— Pintassilgo, consegue me ouvir? — pergunto, em voz baixa.

Ela inclina a cabeça como se tentasse me identificar, e me mantenho sério, com o peito apertado. *A magia a dominou.*

— Auren — insisto, dando um passo à frente. — Pode parar agora.

Uma ruga marca sua testa, a resistência do ouro atrás dela aumenta. A magia está radiante, fazendo sua pele brilhar como raios de luz, enquanto o suor escorre da testa e sua respiração fica arfante.

Demais. Está custando caro para caralho.

Diminuo a distância entre nós, ignorando o chão que perfura minhas botas, mantendo o foco nela, em manter o pânico longe dos meus olhos a fim de tentar acalmá-la.

— Você precisa parar, meu amor. Está se esgotando.

— Esgotando? — ela pergunta, e a voz é estranhamente vazia.

Assinto.

— Sim. Você precisa interromper a magia antes de se machucar.

A sala parece pulsar.

— Meu ouro não vai me machucar — ela sussurra, e vejo algo quase animalesco em seus olhos.

— Já está machucando. Sua aura está desaparecendo. Você não pode ver, mas eu posso. Você precisa respirar e interromper seu poder. — Há um apelo em minha voz.

— *Não.* — O chão se move em uma onda furiosa.

Ranjo os dentes quando sua aura escurece, e sei que tenho de fazer isso parar.

— Está tudo bem agora. Você não precisa disso — digo, tentando amenizar sua magia.

Mas sua resposta parte meu coração.

— Quero que todos sofram como eu.

Meus lábios se contraem, formando uma linha dura, os dedos querem tocá-la.

— Você puniu quem merecia — garanto.

Você *o* puniu.

Cedo à necessidade que me domina, dou mais um passo à frente e estendo a mão à procura de acariciar seu rosto.

— Volte para mim, Pintassilgo — murmuro, e seus olhos brilhantes fazem os meus queimarem, mas não desvio o olhar.

Algo vibra nela quando a toco, a aura minguante treme, e então ela pisca, e o brilho estranho em seus olhos desaparece.

— Slade...?

A esperança brota em meu peito.

— Isso, meu amor. Afaste-se da magia.

Justamente quando penso que recuperei meu pintassilgo, os olhos de Auren brilham em pânico, e ela amaldiçoa as deusas.

— Não consigo! Não sei como interromper!

Porra.

Seguro seus braços trêmulos, tentando equilibrá-la enquanto o meu próprio poder desperta, reagindo ao seu terror.

— Respire, Auren.

O salão estremece, o ouro salta e se agita de forma errática.

— Não consigo controlar isso, não consigo...

— Consegue, *sim* — digo, porque não aceito outra resposta. Ela não derrotou Midas só para seu poder se voltar contra ela. — Tente, Auren. É o seu poder, ele responde a você.

Ela estremece, sua pele fica quente ao toque à medida que Auren se esforça, mas, quando o chão ondula novamente, sua ansiedade volta com força total.

— Isso vai machucar você! — ela grita e, então, me empurra. — Vá, Slade, não posso... não consigo segurar isso por muito mais tempo e não sei como parar!

Não permito que ela me afaste, seguro seu rosto e digo:

— Olhe para mim.

Seus olhos assustados se enchem de lágrimas.

— Você tem de ir.

E deixá-la se esgotar até a morte? Nunca.

— Já falei. Se acha que vou embora sem você, só pode estar louca — eu rosno.

O teto dourado começa a pingar como chuva, as paredes se deformam, o chão se agita, e Auren treme com tudo isso, sua aura tão fraca que quase se apaga.

— Auren, sua aura está desaparecendo rapidamente, você precisa se separar da magia! — grito, erguendo a voz para que ela me ouça em meio à comoção dourada.

Há um apelo em seus olhos lacrimejantes.

— Vá. *Por favor* — ela diz, e cai em meus braços quando as pernas fraquejam.

Quase não consigo me esquivar quando uma catarata de ouro cai à minha esquerda e explode no chão.

— Droga, Auren, você não tem tempo. *Solte!*

Mas ela não consegue mais, ou não quer fazê-lo. Meu poder está enlouquecendo, a magia escorre dos meus pés e quebra o ouro embaixo deles. Quando sua aura quase desaparece, as raízes em meu peito se enroscam como se tentassem penetrar meu coração.

O terror envolve todo o meu corpo, penetra até minha alma. Ela não pode morrer. *Não pode*, porra. Não vou permitir isso.

Faço a única coisa em que consigo pensar, antes que seja tarde demais e ela deixe a magia esgotar completamente sua energia.

Eu me inclino para frente, inspiro seu perfume, saboreio o calor que emana de sua pele.

— Me perdoe — sussurro, porque me detesto pelo que estou prestes a fazer, por tirar dela o poder de escolha. Contudo, quando sua vida está em risco, não posso simplesmente ficar parado e deixar que Auren se sacrifique. Não por mim.

Meus lábios pressionam os dela, e o calor suave daquela boca ainda é suficiente para me pôr de joelhos. No momento em que ela abre a boca para mim, projeto meu poder podre. Deixo que penetre nela, sinto que escorrega por sua garganta e se enraíza sob sua pele.

Seu poder hesita com a intrusão repentina, mas a expressão de medo em seus olhos quase me mata.

— Me perdoe — repito, porque ela está com medo de *mim*. Mas está fraca, muito fraca, e não tenho tempo.

Com outra onda de poder, forço seu corpo a definhar, apesar de meus instintos gritarem que isso é errado. A magia guerreia contra mim, enquanto a forço a equilibrar vida e decomposição, enquanto faço meu poder apodrecê-la por dentro. Mas estou com medo, com muito medo de machucá-la, de fazer algo errado e, de alguma forma, exagerar.

— Me perdoe — sussurro pela terceira vez, mas sei que ela não consegue mais me ouvir. *Por favor, que isso dê certo*, imploro em silêncio. *Por favor, que ela fique bem.*

Quando sua aura não passa de um fio, ela finalmente desaba, solta um único suspiro poeirento, e eu a pego em meus braços.

Sem a consciência para guiá-la, a onda de ouro cai e explode no chão. Com Auren desfalecida nos braços, corro para fora e passo pelo arco no momento em que ouço um estrondo. Todavia, mesmo do lado de fora, no corredor, mais ouro cai do teto e se solidifica no chão em ondas irregulares, e quase me faz tropeçar.

Eu me esquivo e me curvo, sinto os espinhos se movendo sob a pele em uma onda protetora, querendo irromper, mas ranjo os dentes e os reprimo.

O ouro inunda o chão, escorre pelas escadas, e um criado desavisado grita em algum lugar atrás de mim.

— Por aqui!

Vejo Osrik acenando para mim e viro à direita, tentando não sacudir muito Auren enquanto ele me conduz para fora dali.

O castelo inteiro parece ranger, e percebo que mais ouro se rebela sem que Auren o oriente de maneira consciente.

Não é à toa que ela se esgotou. É como se tivesse dado vida a cada peça de ouro do castelo.

— Aqui fora — Osrik grunhe, pouco antes de fazer uma curva acentuada à direita, onde uma porta é aberta por Ryatt.

No momento em que conseguimos sair, Ry deixa a porta bater e, nem três segundos depois, algo forte se choca contra ela, estilhaçando a madeira. Todos nós recuamos por instinto, vendo o ouro ultrapassar as frestas. Porém, para meu alívio, ele vibra pela última vez antes de solidificar, endurecer até que todo movimento cesse.

Os estrondos e rangidos no restante do Castelo Ranhold também diminuem, até que um silêncio sombrio e anormal domina tudo.

— Porra — Lu diz, e solta um assobio baixo.

Osrik olha para Auren.

— Ela está bem?

Meu estômago embrulha, e um músculo se contrai em minha mandíbula.— Não sei.

Ondas de choque percorrem minha Cólera, e Digby passa por eles mancando em busca de examinar Auren. Quando vê em que estado ela se encontra, ele olha para mim.

— Acho bom dar um jeito nisso. Ouviu, garoto? *Dê um jeito nela!*

Eu me assusto com a ferocidade em seu tom. Acho que ninguém jamais se atreveu a me chamar de *garoto*, nem quando eu de fato era um. No entanto, estou com tanto medo que nem me incomodo. Não sei se fiz mais mal do que bem ao usar meu poder para colocá-la neste estado de pausa, mas preciso tirá-la daqui. Preciso levá-la para longe, onde não tenha ouro para dominá-la.

Eu me viro e começo a me afastar, e os outros correm para me acompanhar. Sigo em direção ao acampamento do meu exército.

— O que quer fazer, Slade? — Ry pergunta ao meu lado.

Meus olhos endurecem com a força da determinação e só se suavizam quando encontram o rosto de Auren.

Vou dar um jeito nela. Ela vai ficar bem. Não vou aceitar outro resultado. Não vou nem *cogitar* uma outra possibilidade.

Gritos na frente do castelo atravessam o ar da noite, e eu ando mais depressa.

— Precisamos ir embora. Agora, porra — respondo, com firmeza. — Temos de levar o exército de volta para o Quarto.

Assim que o pânico diminuir, os sobreviventes e as testemunhas vão conversar. Acusar. Apontar dedos. Vão querer respostas e exigir expiação. Porque os mortos não podem contar o que aconteceu naquele salão de baile.

Mas a Rainha Kaila pode.

Ela e seu grupo estavam lá. Eles viram o que aconteceu e viram que foi Auren quem fez aquilo acontecer.

É só uma questão de tempo até virem atrás dela.

Mas eu vou estar preparado para essa porra.

VIDEIRA DE OURO
PARTE TRÊS

Ah, esse avarento a valorizava,
essa videira dourada e bela.
Ele não podia parar agora,
então se prostrou no santuário dela.

Tinha de cortar, podar e sangrar.
Para ela continuar crescendo,
essa era a crença.

Sempre que podava
até a videira limpar,
Ao lado dos caules se sentava,
até a pele rasgar.

Ele se perdia, enquanto sentado a limpava.
Ele se rendia, enquanto à sombra dela se deitava.

Logo ele desistiu dos dedos dos pés, e das mãos, meros tocos.
Seus dentes ele arrancou, pedaços brancos e vermelhos ocos.

Caiu no solo,
como chuva para suas raízes.
Suas flores cresceram,
frutas não comestíveis.

O ouro era seu cobertor,
seu prêmio e seu regozijo.
Os espinhos em vez de dentes,
as folhas, seu casaco no frio.

Ele pegava o que ela fazia
e colhia o que ela produzia.
Viciado, arrogante, pensando:
que riqueza ela a ele devia.

Mas tornaram-se suas raízes
amargas enquanto ela florescia.
Esta videira dourada e bela,
ressentida e furiosa crescia.

Tão cego pelo brilho,
ele não enxergava
no que se transformara
pelas demandas que decretava.

Quando a encontrou
naquela estrada um dia,
mal sabia ele
o que em sua caminhada colhia.

Pois não foi só ela
que naquele dia levou.
A ganância foi a erva daninha

que para sua vida ele convidou.
Na casa dele, o ouro todo o espaço ocupava.
Ele considerava isso um triunfo.
(Mas era uma tumba que cavava.)

Emaranhadas e enroscadas,
em cada canto, folhas espalhadas.
Ainda assim, ele queria mais
— Ah! Só mais um pouco de cada!

Sem olhos ou nariz, sem unhas ou cabelos.
Sem dedos nas mãos ou orelhas, nos pés não tinha mais dedos.
No entanto, se contentava com a própria ganância recitar.
Ele era o mais rico homem vivo! Qualquer coisa podia comprar!
(E era verdade, ele não mentia ao falar.)

Embora ele não percebesse, não, ele não podia enxergar
que sua obsessão por ouro era o que o fazia definhar.

O velho avarento vivia
em lamentável estado.
Sacrificando a língua,
pernas, braços — em pares, dois de cada lado.

Ele não podia tocar ou falar, nem podia ver.
Mas que importância isso tinha, quando o que contava era estar
sozinho com sua videira, seu tesouro sublime preservar.
Não precisava dos sentidos, caminhar ou gesticular,
quando tudo que ele queria era ver sua opulência brilhar.

E durante todo esse tempo, esse velho avarento se agarrou à vinha.
A boca muda e vazia, mas ainda se movendo: *minha*.

A videira extrapolou sua casinha na colina.
Descendo para a floresta, folhas largas e finas.
Ela ficou muito grande, enquanto ele só definhou.
Até que, finalmente, o que restava dele ela devorou.

Seus restos e tocos,
agora dentro dela, em suas entranhas.
Essa ganância por ouro,
como a teia de uma aranha.

E depois da morte dele,
a videira lentamente pereceu.
Encolheu de floresta a quintal,
seu ouro desapareceu.

A única coisa que restou
naquela casa na colina, dentro dela
foi um resquício de brilho
em um parapeito rachado na janela.

E bem ali embaixo,
sob uma pilha de escombros,
havia uma videira dourada,
de espinhos curtos e tortos.

Ela brilhava e brilhava,
tão pequena, só uma folha a cintilar.
Ficou ali, sem ser vista,
para um ladrão premiar.
Esta videira dourada, como um pedacinho de sol,
esperava que alguém aparecesse.
E quando alguém surgia (pois sempre haveria um),
ela se empertigava e levantava,

e seu brilho ela mostrava.
E ele a roubava e sorria,
e sussurrava, ganancioso: *minha*.

AGRADECIMENTOS

Vou começar admitindo de pronto que este livro foi muito difícil de escrever. Enfrentei *muitas* dificuldades, sem saber se aquelas eram as palavras certas, se estava retratando Auren com honestidade. Este não é apenas o livro mais longo que escrevi até hoje, mas também o mais complexo. Acho que tinha mais fios soltos para atar do que Midas. Eu os perdi várias vezes, os embaralhei, tive vontade de desistir. Se não fosse pelas pessoas da minha vida, eu não teria conseguido dar os nós.

Ao meu marido, meu porto, meu lar: obrigada por cuidar de tudo no mundo real, enquanto eu lidava com esta ficção. Te amo para sempre. Além disso, você é fofo, engraçado e me traz guloseimas, então gosto de você.

Para minha filha, que me lembra de respirar e brincar: você é meu coração.

Para minha família: seu incentivo e orgulho constantes foram o que começou tudo isso, e tenho muita sorte de tê-los.

Tem muita gente no mundo dos livros que fez toda a diferença para mim.

Em primeiro lugar, estou impressionada com a gentileza e o apoio dos bookstagrammers e booktokers que promoveram esses livros. A cada vez que sou marcada em outra foto linda ou vídeo divertido, isso faz com que me lembre de como as pessoas que gostam de ler são incríveis. Um agradecimento especial para Candice em sua conta no Instagram @canxdancexreads, porque, desde o momento em que você leu *Gild*, ajuda a divulgar esta série e tem causado meu hype mais épico. Obrigada!

Para Sarah Finger Parker: nem tenho certeza se consigo explicar quanto sou grata. Você realmente me arrastou até a linha de chegada esperneando e gritando (e às vezes subornando), e te amo por isso. Obrigada por sua amizade e por todas as vezes que você acordou às quatro da manhã na Austrália só para me encontrar na sala de escrita ou me ajudar em um brainstorming. Você é a melhor parceira de escrita de todos os tempos, e este livro (e esta Raven) teria desmoronado muitas vezes sem sua ajuda. Nota 10/10. Recomendo.

Ivy Asher e Ann Denton: como tive a sorte de encontrar vocês, meninas. Esse mundo dos livros seria muito solitário e difícil sem vocês. Eu não poderia pedir pessoas mais leais, gentis, engraçadas e incríveis para ter na minha equipe. Obrigada por sempre serem as leitoras beta, mesmo tendo sempre um milhão de outras coisas para fazer. E estou feliz por termos adotado o TikTok e agora criarmos conversas inteiras com vídeos. Estou aqui para isso.

Helayna: acredito que você é um unicórnio mágico. Este livro foi difícil, estourei muitos prazos e, ainda assim, você fez sua magia e ficou comigo, mesmo quando mergulhei no caos. Mandei este livro para você em TREZE versões diferentes. (Eu sei, eu contei.) Mas de alguma forma, você me controlou e refinou este livro feroz que simplesmente não acabava. Obrigada por ser essa criatura mágica, paciente e compreensiva.

Amy: obrigada por todo o esforço na formatação desta série. Eu não poderia pedir uma pessoa mais fácil de trabalhar!

Aubrey: obrigada por todos os visuais e designs lindos que você criou para esta série. Fico impressionada a cada vez que me envia alguma coisa.

Lisa, Cheria e Reagan: obrigada pela moderação de meu grupo de leitores! Nunca preciso me preocupar, porque vocês, garotas, cuidam de tudo enquanto estou presa na caverna da escrita.

E obrigada aos meus leitores. A cada um de vocês.

Não posso acreditar em todo o amor que recebi por esta série, ou no apoio geral como autora. Sou muito grata por ter este trabalho, porque é tudo que sempre quis fazer. Então, obrigada por cada frase que vocês leem, cada crítica que fazem, cada post que escrevem. Obrigada por darem uma chance a uma garota dourada com fitas nas costas e um feérico com espinhos nos braços. Vocês são puro ouro.

RAVEN

Primeira edição (maio/2024)
Papel de miolo Ivory 65g
Tipografias Cormorant, Trajan Pro e Sveva Versal
Gráfica LIS